TRAIDOR

Bernard Cornwell

TRAIDOR

AS CRÔNICAS
DE STARBUCK
LIVRO 2

Tradução de
Alves Calado

EDITORA RECORD
RIO DE JANEIRO • SÃO PAULO
2016

CIP-BRASIL. CATALOGAÇÃO NA PUBLICAÇÃO
SINDICATO NACIONAL DOS EDITORES DE LIVROS, RJ

Cornwell, Bernard, 1944-
C835t   Traidor / Bernard Cornwell; tradução de Ivanir Alves Calado. – 1ª ed. – Rio de Janeiro: Record, 2016.

Tradução de: Copperhead
Sequência de: Rebelde
Continua com: Battle Flag
ISBN 978-85-01-10649-0

1. Ficção histórica inglesa. I. Calado, Ivanir Alves. II. Título.

15-27626   CDD: 823
                                                               CDU: 821.111-3

TÍTULO ORIGINAL:
Copperhead

Copyright © Bernard Cornwell, 1995

Texto revisado segundo o novo Acordo Ortográfico da Língua Portuguesa.

Todos os direitos reservados. Proibida a reprodução, no todo ou em parte, através de quaisquer meios. Os direitos morais do autor foram assegurados.

Editoração eletrônica: Abreu's System

Direitos exclusivos de publicação em língua portuguesa somente para o Brasil adquiridos pela
EDITORA RECORD LTDA.
Rua Argentina, 171 – Rio de Janeiro, RJ – 20921-380 – Tel.: (21) 2585-2000, que se reserva a propriedade literária desta tradução.

Impresso no Brasil

ISBN 978-85-01-10649-0

Seja um leitor preferencial Record.
Cadastre-se no site www.record.com.br e receba informações sobre nossos lançamentos e nossas promoções.

Atendimento e venda direta ao leitor:
mdireto@record.com.br ou (21) 2585-2002.

Traidor
é para Bill e Anne Moir

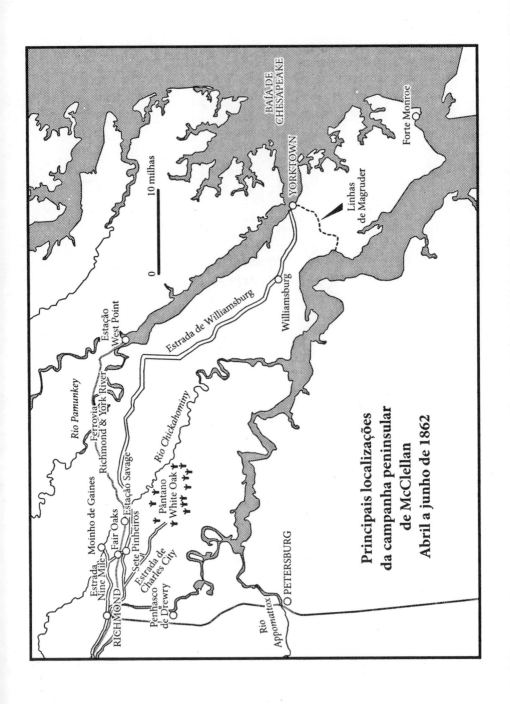

Parte 1

1

A invasão começou à meia-noite.

Não foi de fato uma invasão, apenas um ataque pesado a um acampamento rebelde encontrado por uma patrulha em meio ao bosque denso que coroava os altos penhascos no lado do rio pertencente à Virgínia. Mas, para os dois mil homens que esperavam para atravessar o redemoinho cinza--ardósia do rio Potomac, os esforços desta noite pareciam mais importantes que um mero ataque. Essa corrida para atravessar o rio era a oportunidade de provar que aqueles que os criticavam estavam errados. Soldadinhos brincando de guerra, como havia chamado um jornal; maravilhosamente treinados e lindamente exercitados, porém preciosos demais para se sujar em batalha. Mas esta noite os desprezados soldadinhos iriam lutar. Esta noite o Exército do Potomac levaria fogo e aço a um acampamento rebelde e, se tudo corresse bem, continuaria marchando para ocupar a cidade de Leesburg, três quilômetros após o acampamento inimigo. Os soldados ansiosos imaginavam os envergonhados moradores da cidade da Virgínia acordando e vendo a bandeira com estrelas e listras tremulando de novo acima de sua comunidade, e depois se imaginavam marchando para o sul, cada vez mais para o sul, até que a rebelião estivesse esmagada e o país se reunisse em paz e fraternidade.

— Seu filho da mãe! — gritou alguém na margem do rio, onde uma equipe destacada estivera pondo na água um barco carregado desde as proximidades do canal Chesapeake e Ohio. Um homem do grupo havia escorregado no barro, largando a popa do barco no pé de um sargento. — Seu desgraçado filho da puta imprestável! — O sargento saiu mancando de perto da embarcação.

— Desculpe-me — respondeu o homem, nervoso.

— Eu vou lhe dar motivos para se desculpar, seu desgraçado!

— Silêncio! Quietos, agora!

Um oficial, resplandecente num sobretudo cinza e novo, com debrum vermelho, desceu a margem íngreme e ajudou a levar o barco para a água cinzenta do rio, do qual uma névoa rala se esgueirava escondendo as encostas mais baixas da margem oposta. Os homens se esforçavam sob a lua alta num céu sem nuvens, uma vastidão de estrelas tão brilhante e limpa que parecia um augúrio do sucesso. Era outubro, o mês perfumado em que o ar recendia a maçãs e fumaça de madeira, e quando os dias sufocantes do verão davam lugar ao tempo limpo, contendo uma promessa de inverno leve o suficiente para os soldados usarem seus sobretudos bons e novos, da mesma cor da névoa do rio.

Os primeiros barcos se afastaram, desajeitados, da margem. Os remos fizeram barulho nos toletes, depois mergulharam espirrando água enquanto as embarcações se afastavam na névoa. Os homens, que pouco antes eram criaturas atrapalhadas, xingando ao descer a margem lamacenta até os barcos desajeitados, foram transformados milagrosamente em silhuetas de guerreiros armados, deslizando silenciosos e nobres através da noite diáfana em direção às sombras enevoadas do litoral inimigo. O oficial que dera a bronca no sargento olhava pensativo para a frente.

— Acho que foi assim que Washington se sentiu na noite em que atravessou o Delaware — comentou em voz baixa aos homens ao redor.

— Creio que aquela noite estava muito mais fria — respondeu um segundo oficial, um jovem estudante de Boston.

— Aqui logo estará bem frio — disse o primeiro oficial, um major. — Só faltam dois meses para o Natal.

Quando o major havia marchado para a guerra os jornais prometeram que a rebelião terminaria no outono, mas agora ele se perguntava se estaria em casa com a esposa e os três filhos para as tradições familiares da época. No dia anterior ao Natal, eles cantavam em coro na praça em Boston, os rostos das crianças iluminados por lanternas penduradas em varas, e depois havia ponche quente e fatias de ganso cozido na sacristia da igreja. E no dia 25 de dezembro eles iam à fazenda dos pais de sua esposa em Stoughton, onde arreavam os cavalos, e as crianças riam, deliciadas, enquanto trotavam por estradas campestres numa nuvem de neve e sob o tilintar de sinos de trenó.

— E suspeito que a organização do general Washington era superior à nossa — acrescentou o estudante transformado em tenente, divertindo-se. Seu nome era Holmes, e ele demonstrava uma inteligência capaz de espantar os superiores, mas, em geral, não a ponto de afastar o afeto dos outros homens.

— Tenho certeza de que nossa organização vai bastar — retrucou o major, um pouco na defensiva.

— Tenho certeza de que o senhor está certo — concordou o tenente Holmes, mesmo não tendo nenhuma certeza desse fato.

Três regimentos de tropas nortistas esperavam para atravessar, e só havia três barcos pequenos para levá-los do litoral de Maryland à ilha perto da margem oposta do rio, e nessa ilha as tropas deveriam desembarcar antes de embarcar de novo em mais dois barcos para a breve e última travessia até a Virgínia. Sem dúvida estavam cruzando o rio no local mais próximo do acampamento inimigo, mas o tenente Holmes não entendia de fato por que não atravessavam um quilômetro e meio rio acima, onde nenhuma ilha obstruía o caminho. Talvez, supôs Holmes, este fosse um local de travessia tão improvável que os rebeldes jamais pensariam em vigiá-lo, e esta parecia ser a melhor explicação que ele conseguia encontrar.

Mas, se a escolha do local de travessia era obscura, ao menos o objetivo desta noite estava claro. A expedição subiria os penhascos da Virgínia para atacar o acampamento rebelde e capturar o maior número possível de confederados. Alguns deles iriam escapar, mas esses fugitivos descobririam que o caminho estava bloqueado por uma segunda força ianque que atravessava o rio oito quilômetros abaixo. A força se posicionaria na estrada que levava de Leesburg ao quartel-general rebelde em Centreville, e, ao encurralar as forças rebeldes derrotadas, o norte obteria uma pequena porém significativa vitória para provar que o Exército do Potomac poderia fazer mais que simplesmente se exercitar, treinar e realizar desfiles impressionantes. A captura de Leesburg seria um presente bem-vindo, mas o verdadeiro objetivo da noite era provar que o recém-treinado Exército do Potomac estava preparado para açoitar os rebeldes maltrapilhos.

E, com esse objetivo, os barcos se esforçavam de um lado para o outro atravessando a névoa. Cada travessia parecia demorar uma eternidade, e para os homens impacientes no litoral de Maryland as filas de espera pareciam não diminuir. O 15º Regimento de Massachusetts estava atravessando primeiro, e alguns homens do 20º temiam que o outro regimento capturasse o acampamento inimigo muito antes que os poucos barcos conseguissem levá-los para o outro lado do rio. Tudo parecia lento e desajeitado demais. Coronhas de fuzis batiam nas amuradas e bainhas de baionetas se prendiam nos arbustos à beira d'água enquanto os homens subiam nos barcos. Às duas da manhã uma embarcação maior foi descoberta rio acima e trazida ao ponto de travessia, onde foi recebida com aplausos irônicos. Para o tenente Holmes, os homens que esperavam pareciam estar fazendo barulho demais, sem dúvida o suficiente para alertar qualquer rebelde que estivesse vigiando a margem da Virgínia, no entanto nenhuma interpelação soou através da névoa e nenhum tiro de fuzil ecoou na alta encosta coberta de árvores que se erguia tão agourenta para além da ilha.

— A ilha tem nome? — perguntou o tenente Holmes ao major que falara tão desejoso sobre o Natal.

— Ilha de Harrison, acho. É, ilha de Harrison.

Para o tenente Holmes esse pareceu um nome pouco dramático. Ele preferiria algo mais nobre para marcar o batismo de fogo do 20º de Massachusetts. Talvez um nome com o som férreo de Valley Forge ou a nobreza simples de Yorktown. Algo que ressoasse através da história e parecesse belo ao ser bordado na bandeira de batalha do regimento. Ilha de Harrison parecia prosaico demais.

— E a colina atrás dela? — perguntou, esperançoso. — Na outra margem?

— É chamada de penhasco de Ball — respondeu o major, e isso era menos heroico ainda. A Batalha do Penhasco de Ball parecia mais uma brincadeira do que o evento que sinalizaria a ressurgência das armas nortistas.

Holmes aguardava com sua companhia. Seriam os primeiros do 20º Regimento a cruzar, e, portanto, os mais prováveis a entrar numa luta se o 15º já não tivesse capturado o acampamento. A possibilidade de travar um combate deixava os homens nervosos. Nenhum deles havia lutado antes, embora todos tivessem ouvido as histórias da batalha no Bull Run, três meses antes, e como os rebeldes maltrapilhos vestidos de cinza se mantiveram juntos de algum modo por tempo suficiente para lançar o exército federal, em maior número, numa retirada em pânico, porém ninguém do 20º acreditava que sofreria um destino semelhante. Os homens possuíam um equipamento extraordinário, além de serem bem-treinados e comandados por um soldado profissional e acreditarem que derrotariam qualquer rebelde. Haveria perigos, é claro — eles esperavam e até desejavam que houvesse —, mas o trabalho da noite seria coroado com a vitória.

Um dos barcos que voltava da ilha de Harrison trouxe um capitão do 15º Regimento que havia atravessado com as primeiras tropas e agora retornava para informar aos oficiais comandantes sobre os regimentos que esperavam. O capitão escorregou ao saltar da proa, e teria caído se o tenente Holmes não estendesse a mão para firmá-lo.

— Tudo está calmo, Wendell. — O capitão pareceu desapontado. — Calmo demais. Não há sequer um acampamento inimigo lá em cima.

— Não há barracas? — perguntou, surpreso, o tenente Holmes. — É verdade?

E ele torceu para que sua voz soasse adequadamente desapontada, digna de um guerreiro cuja chance de entrar numa batalha fora negada. Em parte, sentia-se desapontado porque estivera ansioso pela empolgação do combate mas também tinha consciência de um alívio vergonhoso porque talvez nenhum inimigo esperasse no penhasco distante.

O capitão ajeitou a casaca.

— Deus sabe o que aquela patrulha pensou ter visto ontem à noite, mas não encontramos nada.

Ele se afastou com sua novidade enquanto o tenente Holmes repassava a notícia à sua companhia. Não havia inimigo esperando do outro lado do rio, o que significava que a expedição provavelmente marcharia para ocupar Leesburg. Um sargento quis saber se havia alguma tropa rebelde na cidade, e Holmes teve de confessar que não sabia, mas o major, entreouvindo a conversa, sugeriu que, na melhor das hipóteses, haveria apenas um punhado de milicianos da Virgínia, provavelmente com as mesmas armas que seus avós usaram contra os ingleses. O major prosseguiu dizendo que a nova tarefa seria capturar a colheita que devia ter sido posta recentemente nos celeiros e nos armazéns de Leesburg, e que, ainda que esses suprimentos fossem um alvo militar legítimo, outras propriedades particulares deveriam ser respeitadas.

— Não viemos aqui para declarar guerra aos lares de mulheres e crianças — disse com seriedade. — Devemos mostrar aos separatistas que as tropas nortistas são amigáveis.

— Amém — disse o sargento. Ele era um pregador leigo que tentava livrar o regimento dos pecados da jogatina, da bebida e das mulheres.

O restante do 15º de Massachusetts cruzou o rio até a ilha, e os homens de Holmes, com suas casacas cinzentas, desceram o barranco para esperar a vez de usar os barcos. Havia um sentimento de frustração entre os soldados. Eles previram uma caçada alegre pela floresta, mas em vez disso parecia que iriam simplesmente desarmar uma cidade arrancando mosquetes das mãos de velhos.

Nas sombras da margem da Virgínia, uma raposa atacou e um coelho morreu. O guincho do animal foi súbito e agudo, e desapareceu quase imediatamente, deixando para trás apenas o cheiro de sangue e o eco da morte na floresta escura que dormia sem suspeitar de nada.

O capitão Nathaniel Starbuck chegou ao acampamento de seu regimento às três da manhã. Era uma noite clara, estrelada e enluarada, com apenas uma sugestão de névoa nos baixios. Ele viera caminhando de Leesburg. Estava exausto quando chegou ao campo onde as barracas e os abrigos da legião estavam arrumados em quatro fileiras bem-organizadas. Uma sentinela da Companhia C assentiu, afável, para o jovem oficial de cabelos pretos.

— Ouviu o coelho, capitão?
— Willis? Você é o Willis, certo? — perguntou Nathaniel.
— Bob Willis.
— Você não deveria me interpelar, Bob Willis? Não deveria apontar o fuzil, pedir a senha e atirar em mim caso eu dissesse algo errado?
— Eu sei quem é o senhor, capitão. — Willis riu ao luar.
— O que eu acho, Willis, é que você teria me feito um favor se atirasse em mim. O que o coelho lhe disse?
— Guinchou como se estivesse morrendo, capitão. Acho que foi pego por uma raposa.

Nathaniel estremeceu diante do prazer na voz da sentinela.
— Boa noite, Willis, e que os doces anjos cantem para seu descanso.

Nathaniel caminhou em meio aos restos das fogueiras noturnas e o punhado de barracas onde alguns homens da Legião Faulconer dormiam. A maioria das barracas do regimento tinha sido perdida no caos do campo de batalha em Manassas, de modo que agora a maior parte do regimento dormia ao ar livre ou em abrigos feitos de galhos e relva. Uma fogueira tremulava no meio dos abrigos da Companhia K, a de Nathaniel, e um homem ergueu o olhar enquanto ele se aproximava.

— Sóbrio? — perguntou o homem.
— O sargento Truslow está acordado — avisou Nathaniel. — Você nunca dorme, Truslow? Estou perfeitamente sóbrio. Na verdade, estou sóbrio como um pastor.

— Já conheci alguns pastores bêbados — disse com azedume o sargento Truslow. — Há um pastor batista charlatão em Rosskill que não consegue rezar o pai-nosso sem antes encher a pança com uísque fuleiro. Ele quase se afogou uma vez tentando batizar um bando de mulheres choronas no rio atrás da igreja. Todas elas rezando e ele tão cheio de álcool que nem conseguia ficar de pé. Então, o que você estava fazendo, saracoteando?

"Saracotear" era a palavra desaprovadora do sargento para dizer "andar atrás de mulheres". Nathaniel fingiu considerar a pergunta enquanto se acomodava ao lado da fogueira. Então assentiu:

— Eu estava saracoteando, sargento.

— Com quem?

— Um cavalheiro não conta.

Truslow grunhiu. Era um homem baixo, atarracado, de rosto rígido, que comandava a Companhia K com uma disciplina nascida do puro medo, embora esse temor não fosse proveniente de alguma forma de violência física, e sim de seu desprezo. O sargento era um homem cuja aprovação os outros soldados buscavam, talvez porque ele parecesse senhor de seu próprio mundo brutal. Em seu tempo, ele fora fazendeiro, ladrão de cavalos, soldado, assassino, pai e marido. Agora era viúvo e, pela segunda vez na vida, era um soldado que trazia ao serviço um ódio puro, sem complicações, contra os ianques. O que tornava sua amizade com o capitão Nathaniel Starbuck muito mais misteriosa, porque Starbuck era ianque.

Nathaniel vinha de Boston, era o segundo filho do reverendo Elial Starbuck, famoso pela fúria contra o sul, temível opositor da escravidão e pregador passional, cujos sermões impressos fizeram consciências culpadas por todo o mundo cristão estremecer. Nathaniel Starbuck estivera a caminho da própria ordenação quando uma mulher o havia tentado a abandonar os estudos no seminário do Yale College. A mulher o abandonara em Richmond, onde, amedrontado demais para voltar para casa e enfrentar a fúria terrível do pai, ele entrou para o Exército dos Estados Confederados da América.

— Foi a puta de cabelo loiro? — perguntou Truslow. — A que você conheceu no encontro para orações depois do serviço religioso?

— Ela não é puta, sargento — retrucou Nathaniel sentindo a dor de sua dignidade. Truslow reagiu cuspindo na fogueira, e Nathaniel balançou a cabeça com tristeza. — Você jamais busca o consolo da companhia feminina, sargento?

— Quer saber se eu já me comportei como um gato vadio? Claro que já, mas deixei isso de lado antes de ter barba. — Truslow fez uma pausa, talvez estivesse pensando na esposa em sua sepultura solitária no alto dos morros. — E onde a puta loira mantém o marido?

Nathaniel bocejou.
— Com as forças do Magruder em Yorktown. Ele é major da artilharia.
Truslow balançou a cabeça.
— Um dia desses você vai ser apanhado e vão arrancar suas entranhas a pancada.
— Isso aí é café?
— É o que dizem. — Truslow serviu ao capitão uma caneca do líquido grosso, doce e melado. — Você dormiu?
— O objetivo da noite não era dormir.
— Você é igual a todo filho de pastor, não é? Basta sentir um cheirinho de pecado para chafurdar na lama feito um porco.

Havia mais que uma sugestão de desaprovação na voz de Truslow; não porque ele tivesse aversão a homens conquistadores, mas porque sabia que sua própria filha contribuíra para a formação de Nathaniel. Sally Truslow, afastada do pai, era prostituta em Richmond. Isso era motivo de amargura e vergonha para Truslow, e, apesar de se sentir desconfortável sabendo que Sally e Starbuck foram amantes, também via na amizade dos dois a única chance de salvação para a filha. Às vezes, a vida podia parecer muito complicada, até para um homem simples como Thomas Truslow.

— E o que aconteceu com todas as suas leituras da Bíblia? — perguntou ao seu oficial, referindo-se às desanimadas tentativas de devoção que Nathaniel ainda fazia de vez em quando.

— Sou um apóstata, sargento — respondeu Nathaniel, despreocupado, mas na verdade sua consciência não era tão tranquila quanto sugeria o tom de voz.

Às vezes, assaltado pelos temores do inferno, ele se sentia tão preso no pecado que suspeitava que jamais encontraria o perdão de Deus, e nesses momentos sofria as agonias do remorso, porém, quando chegava a noite, pegava-se impelido de volta ao que o tentava.

Agora estava descansando encostado no tronco de uma macieira e tomava o café. Era alto, magro, endurecido por uma temporada como soldado, e tinha cabelos compridos e pretos que emolduravam um rosto anguloso, de barba feita. Quando a legião entrava numa nova cidade ou vilarejo, Truslow sempre notava como as moças olhavam para Nathaniel, sempre para Nathaniel. Assim como sua filha fora atraída para o nortista alto de olhos cinzentos e riso fácil. Mantê-lo longe do pecado, refletiu o sargento, era como manter um cachorro longe de um açougue.

— A que horas vão tocar a alvorada? — perguntou Nathaniel.
— A qualquer momento.
— Ah, meu Deus. — Nathaniel gemeu.
— Você deveria ter voltado antes. — Truslow jogou um pedaço de lenha na pequena fogueira. — Você disse à puta de cabelo loiro que vamos embora?
— Decidi não contar. A separação é um inferno.
— Covarde.

Starbuck pensou na acusação e riu.

— Você está certo. Sou um covarde. Odeio quando elas choram.
— Então não dê motivo para elas chorarem — retrucou Truslow, sabendo que era como pedir ao vento que não soprasse.

Os soldados sempre faziam as namoradas chorarem. Era assim que as coisas funcionavam: eles vinham, conquistavam e depois marchavam para longe. E nesta manhã a Legião Faulconer marcharia para longe de Leesburg. Nos últimos três meses o regimento fizera parte da brigada acampada perto da cidade e vigiava um trecho de trinta quilômetros do rio Potomac, mas o inimigo não demonstrara sinais de que desejava atravessá-lo. E agora, enquanto o outono escorregava em direção ao inverno, multiplicavam-se os boatos de um último ataque ianque a Richmond antes que o gelo e a neve impedissem a movimentação dos exércitos, e assim a brigada era enfraquecida. A legião iria para Centreville, onde o corpo central do Exército confederado defendia a estrada principal que levava de Washington à capital rebelde. Fora nessa estrada, três meses antes, em Manassas, que a Legião Faulconer ajudara a sangrar o nariz da primeira invasão nortista. Agora, se os boatos fossem verdadeiros, eles poderiam ter de fazer todo o trabalho outra vez.

— Mas não vai ser igual. — Truslow captou o pensamento não dito. — Ouvi dizer que não há nada a não ser fortificações de terra em Centreville. De modo que, se os ianques vierem, derrubaremos os desgraçados enquanto estivermos atrás de muros bons e sólidos. — Ele parou, vendo que Nathaniel havia caído no sono de boca aberta, o café derramado. — Filho da puta — resmungou, mas com afeto, porque, apesar de todo o saracoteio de filho de pastor, Nathaniel havia se mostrado um oficial notável.

Ele transformara a Companhia K na melhor da legião, fazendo isso com uma mistura de exercícios constantes e treinamento imaginativo. Fora Nathaniel quem, tendo negadas a pólvora e as balas necessárias para melhorar a habilidade de tiro dos homens, atravessara o rio com uma patrulha para capturar um suprimento de uma carroça da União na estrada perto de Poolesville. Naquela noite ele trouxera três mil cartuchos, e uma semana depois foi de novo e trouxe dez sacos de bom café nortista. Truslow, que conhecia o trabalho de soldado, reconheceu que Nathaniel tinha um dom para o ofício. Era um combatente esperto, capaz de ler o pensamento do inimigo, e os soldados da Companhia K, na maioria garotos, pareciam reconhecer essa qualidade. Truslow sabia que Nathaniel era bom.

Um bater de asas fez Truslow olhar para cima e ver a forma preta e atarracada de uma coruja passar diante da lua. Supôs que o pássaro estivera caçando nos campos abertos próximos à cidade e agora estava retornando ao lar na densa floresta acima do rio no penhasco de Ball.

Um corneteiro errou a nota, respirou e espantou a noite com seu toque. Nathaniel acordou com um tremor, xingou porque o café derramado havia encharcado a perna da calça, então gemeu de cansaço. Ainda era o meio da noite, mas a legião precisava se levantar, preparar-se para a marcha, afastando-se de sua vigilância silenciosa do rio e ir para a guerra.

— Isso foi uma corneta? — perguntou o tenente Wendell Holmes ao seu sargento devoto.

— Não sei, senhor.

O sargento ofegava enquanto subia o penhasco de Ball, e sua casaca cinza e nova estava aberta, revelando o elegante forro escarlate. As casacas eram presentes do governador de Massachusetts, decidido a garantir que os regimentos do seu estado estivessem entre os mais bem equipados de todo o Exército da nação.

— Provavelmente foi um de nossos corneteiros — supôs o sargento. — Talvez soasse mandando os escaramuçadores avançar.

Holmes presumiu que o sargento estivesse certo. Os dois se esforçavam subindo o caminho íngreme e sinuoso que levava ao cume do penhasco onde o 15º esperava. Era quase necessário ter de usar as mãos para ajudar a subir a encosta; na escuridão, muitos homens pisaram em falso e escorregaram até bater dolorosamente no tronco de uma árvore. O rio abaixo ainda estava amortalhado pela névoa, onde a forma longa da ilha de Harrison surgia escura. Os homens estavam apinhados na ilha enquanto esperavam os dois barcos que transportavam as tropas pelo último trecho de rio. O tenente Holmes havia ficado surpreso com a velocidade da correnteza que tentara levar o barco rio abaixo, em direção à distante Washington. Os remadores grunhiram com o esforço de lutar contra o rio, depois lançaram a embarcação com força na margem lamacenta.

O coronel Lee, oficial comandante do 20º Regimento de Massachusetts, alcançou Holmes no cume do penhasco.

— O sol está quase nascendo — comentou, animado. — Tudo bem, Wendell?

— Tudo bem, senhor. Eu só estou com tanta fome que seria capaz de comer um cavalo.

— Vamos tomar o café da manhã em Leesburg — disse o coronel com entusiasmo. — Presunto, ovos, broa de milho e café. Um pouco de manteiga sulista fresca! Será um regalo. E sem dúvida todas as pessoas da cidade nos garantirão que não são rebeldes, e sim bons cidadãos leais ao Tio Sam.

O coronel se virou abruptamente, espantado com um grito súbito que ecoou ritmicamente e com aspereza entre as árvores no alto do penhasco. O ruído capaz de parar o coração havia feito os soldados mais próximos girar num alarme rápido, com os fuzis erguidos.

— Não precisam se preocupar — gritou o coronel. — É só uma coruja.

Ele havia reconhecido o arrulho de uma coruja-listrada e supôs que o pássaro estivesse vindo para casa depois de uma noite de caça, com a barriga cheia de camundongos e sapos.

— Continue avançando, Wendell. — Lee se virou de volta para Holmes. — Siga por aquele caminho até chegar à companhia que está no flanco esquerdo do 15º. Pare lá e me espere.

O tenente Holmes levou sua companhia para a retaguarda dos homens do 15º de Massachusetts, que estavam agachados. Parou junto à linha das árvores iluminadas pela lua. Diante deles, agora, havia uma pequena campina salpicada com as sombras nítidas de pequenos arbustos e alfarrobeiras, e depois delas crescia outro bosque escuro. A patrulha informara ter visto um acampamento inimigo por volta das três horas da madrugada anterior, e Holmes supôs que homens apavorados podiam facilmente ter confundido a luz da lua e as sombras na floresta distante com a forma de barracas.

— Avançar!

O coronel Devens, do 15º Regimento de Massachusetts, gritou a ordem, e seus homens se moveram para a campina ao luar. Ninguém disparou contra eles; ninguém os interpelou. O sul dormia enquanto o norte marchava desimpedido.

* * *

O sol nasceu, pintando o rio de ouro e lançando raios escarlate através das árvores enevoadas. Galos cantaram nos quintais em Leesburg, onde baldes eram enchidos em bombas-d'água e vacas chegavam para a primeira ordenha do dia. Oficinas fechadas para o Dia do Senhor foram destrancadas e ferramentas tiradas de bancadas. Fora da cidade, nos acampamentos da brigada confederada que vigiava o rio, a fumaça das fogueiras de cozinhar subia no ar fresco da manhã.

As fogueiras da Legião Faulconer já haviam morrido, mas os homens não estavam com muita pressa para abandonar o acampamento. O dia prometia ser bom, e a marcha até Centreville comparativamente curta, de modo que os oitocentos soldados do regimento se demoraram nos preparativos, e o major Thaddeus Bird, o oficial comandante, não tentou apressá-los. Em vez disso, caminhou amigavelmente entre seus homens como um vizinho afável desfrutando de um passeio matinal.

— Meu Deus, Starbuck. — Bird parou, pasmo, ao ver o capitão da Companhia K. — O que aconteceu com você?

— Só dormi mal, senhor.

— Você parece um morto-vivo! — grasnou Bird, deliciado ao pensar no desconforto de Nathaniel. — Já contei sobre Mordechai Moore? Ele era um estucador em Faulconer Court House. Morreu numa quinta-feira, a viúva chorando sem parar, os filhos berrando feito gatos escaldados, enterro no sábado, metade da cidade vestida de preto, sepultura cavada, o reverendo Moss pronto para entediar a todos nós com suas futilidades costumeiras, e então eles ouvem um som de algo raspando na tampa do caixão. Abrem e lá está ele! Um estucador muito perplexo! Tão vivo quanto você ou eu. Ou eu, pelo menos. Mas ele estava como você. Muito parecido com você, Nate. Parecia meio podre.

— Muito obrigado.

— Todo mundo foi para casa — continuou Bird. — O Dr. Billy fez um exame em Mordechai. Declarou-o em condições de viver mais dez anos e, imagine só, ele morreu logo no dia seguinte. Só que dessa vez morreu de verdade, e tiveram de cavar a sepultura de novo. Bom dia, sargento.

— Major — grunhiu Truslow. O sargento não tratava nenhum oficial como "senhor", nem mesmo Bird, o oficial comandante do regimento, de quem gostava.

— Você deve se lembrar de Mordechai Moore, não é, Truslow?

— Com certeza. O filho da puta não era capaz de emboçar direito uma parede nem para salvar a vida. Meu pai e eu refizemos metade da casa de Cotton para ele. E nunca fomos pagos por isso.

— Então sem dúvida o ramo da construção está melhor com ele morto — concluiu Bird calmamente.

Pica-Pau Bird era um homem alto, desalinhado, esquelético, que fora professor na cidade de Faulconer Court House quando o coronel Washington Faulconer, o maior proprietário de terras do Condado de Faulconer e cunhado de Bird, havia estabelecido a legião. Ferido em Manassas, Faulconer estava agora em Richmond, deixando Bird no comando do regimento. O professor provavelmente fora o homem menos capacitado como militar em todo o condado, se é que não em toda a Virgínia, e só tinha sido nomeado major para aplacar sua irmã e cuidar da papelada do coronel; no entanto, contrariando as expectativas, o desalinhado mestre se provara um oficial eficaz e popular. Os homens gostavam dele, talvez porque sentissem sua grande simpatia por tudo que era mais falho na humanidade. Bird pôs a mão no cotovelo de Starbuck.

— Uma palavrinha? — sugeriu, conduzindo o rapaz para longe da Companhia K.

Nathaniel acompanhou Bird até a campina com círculos pálidos que marcavam onde estiveram as poucas barracas do regimento. Entre essas marcas havia outras menores, chamuscadas, onde as fogueiras haviam ardido, e, para além dessas cicatrizes, ficavam os grandes círculos de capim mais curto, onde os cavalos dos oficias pastaram até o limite das cordas que os amarravam. A legião podia marchar para longe dali, refletiu Nathaniel, mas durante dias o campo guardaria essa prova da passagem do exército.

— Já se decidiu, Nate? — perguntou Bird.

Ele gostava de Nathaniel, e sua voz refletia esse afeto. Ofereceu ao rapaz um charuto barato, escuro, pegou um para si e depois riscou um fósforo para acendê-lo.

— Ficarei com o regimento, senhor — respondeu Nathaniel enquanto seu charuto era aceso.

— Eu esperava que você dissesse isso. Mas mesmo assim... — A voz de Bird ficou no ar. Ele deu um trago no charuto, olhando para a direção de Leesburg, sobre a qual tremeluzia uma fina névoa matinal. — Será um dia ótimo.

Tiros de fuzil soaram distantes, mas nem Bird nem Nathaniel prestaram atenção. Eram raras as manhãs em que os homens não saíam para caçar.

— E não sabemos se o coronel vai mesmo assumir a legião, não é, senhor? — perguntou Nate.

— Não sabemos de nada. Os soldados, como as crianças, vivem num estado natural de ignorância voluntária. Mas é um risco.

— O senhor está correndo o mesmo risco — comentou Starbuck objetivamente.

— Sua irmã não é casada com o coronel — respondeu Bird com a mesma objetividade. — O que torna você, Nate, muito mais vulnerável que eu. Permita-me lembrá-lo de que você prestou a este mundo o belo serviço de assassinar o futuro genro do coronel, e, ainda que o céu e todos os anjos tenham se regozijado com seu ato, duvido que Faulconer já o tenha perdoado.

— Não, senhor — concordou Nathaniel em voz direta.

Ele não gostava de se lembrar da morte de Ethan Ridley. Nate o matara durante a confusão da batalha, e desde então dizia a si mesmo que havia sido um ato de legítima defesa, mas sabia que a guardava a ideia de cometer o assassinato no coração ao puxar o gatilho, e também sabia que nenhuma racionalização poderia apagar esse pecado do grande livro no céu, que registrava todas as suas falhas. Com certeza o coronel Washington Faulconer jamais iria perdoá-lo.

— Mas, mesmo assim, eu preferiria ficar com o regimento — declarou.

Nathaniel era um estranho numa terra estranha, um nortista lutando contra o norte, e a Legião Faulconer se tornara seu novo lar. A legião o alimentava e o vestia, além de lhe dar bons amigos. Também era o lugar onde ele descobrira o trabalho em que era melhor e, com o anseio da juventude para discernir um objetivo maior na vida, Nate havia decidido que era destinado a ser um dos oficiais da legião. Ali era o seu lugar.

— Boa sorte a nós dois então — terminou Bird, e os dois precisariam de sorte, refletiu, caso suas suspeitas estivessem corretas e a ordem de marchar para Centreville fosse parte da tentativa do coronel Faulconer de retomar o controle da legião.

Afinal, Washington Faulconer era o criador da Legião Faulconer. Ele dera seu nome ao exército e o havia aparelhado com os melhores equipamentos que sua fortuna podia comprar, depois o levara para a luta nas margens do Bull Run. Faulconer e seu filho, ambos feridos naquela batalha, retornaram a Richmond para ser saudados como heróis, mas na verdade Washington Faulconer nem estivera perto da legião quando ela enfrentara o avassalador ataque ianque. Agora era tarde demais para consertar a história: a Virgínia, e na verdade toda a parte de cima do sul, considerava Faulconer um herói e exigia que ele recebesse o comando de uma brigada, e, se isso acontecesse, Bird sabia, o herói esperaria que sua própria legião estivesse no coração dessa brigada.

— Mas não é garantido que o filho da puta vá receber a brigada, é? — perguntou Nathaniel, tentando em vão suprimir um longo bocejo.

— Corre um boato de que em vez disso vão lhe oferecer um posto diplomático, o que seria muito mais adequado, porque meu cunhado tem um gosto natural para lamber o traseiro de príncipes e potentados, mas nossos jornais dizem que ele deveria ser general, e, o que os jornais querem, geralmente os políticos concedem. É mais fácil que ter ideias próprias, veja bem.

— Vou correr o risco.

A alternativa de Nathaniel era se juntar ao estado-maior do general Nathan Evans e ficar no acampamento perto de Leesburg, onde Evans comandava a colcha de retalhos que era a brigada confederada vigiando a margem do rio. Nate gostava do general, mas preferia permanecer com a legião. O exército de Faulconer era seu lar, e ele não conseguia de fato imaginar que o alto-comando confederado daria o posto de general a Washington Faulconer.

Outra saraivada de tiros de fuzil soou na floresta cinco quilômetros a noroeste. O som fez Bird se virar, franzindo a testa.

— Alguém está sendo tremendamente enérgico. — Ele parecia desaprovar a atitude.

— Piquetes disputando? — sugeriu Nathaniel.

Nos últimos três meses as sentinelas se enfrentaram de lados opostos do rio, e, ainda que na maior parte do tempo as relações fossem amistosas, de vez em quando um oficial novo e enérgico tentava provocar uma guerra.

— Provavelmente apenas piquetes — concordou Pica-Pau Bird, e depois se virou de novo quando o sargento-mor Proctor veio informar que o eixo partido de uma carroça, que estivera adiando a marcha da legião, havia sido consertado. — Isso quer dizer que estamos prontos para ir, sargento?

— Mais prontos, impossível.

Proctor era um homem lúgubre e cheio de suspeitas, que vivia temendo um desastre.

— Então vamos partir! Vamos partir! — exclamou Bird, animado, e seguiu em direção à legião enquanto outra saraivada soava, só que dessa vez o barulho não tinha vindo da floresta distante, e sim da estrada a leste. Bird enfiou os dedos finos na barba comprida e hirsuta. — Você acha...? — perguntou a ninguém em particular, sem se incomodar em articular a pergunta com clareza. — Será...? — continuou, com uma nota de empolgação crescente, e depois outro som de mosquetes ecoou nos penhascos a noroeste, e Bird virou a cabeça para um lado e para o outro, seu gesto habitual quando estava achando algo divertido. — Acho que devemos esperar um pouco, Sr. Proctor. Vamos esperar! — Bird estalou os dedos. — Parece que Deus e o Sr. Lincoln podem ter nos mandado outro dia de trabalho. Vamos esperar.

As tropas de Massachusetts que avançavam descobriram os rebeldes ao se chocarem com um piquete de quatro homens escondidos num trecho da floresta mais baixa. Os rebeldes espantados atiraram primeiro, fazendo os homens de Massachusetts recuar rapidamente pelas árvores. O piquete rebelde fugiu na direção oposta para encontrar o comandante de sua companhia, o capitão Duff, que primeiro enviou uma mensagem ao general Evans e depois levou quarenta homens de sua companhia para a floresta no alto do penhasco, onde alguns escaramuçadores ianques surgiam agora junto à linha das árvores. Mais nortistas começaram a aparecer, tantos que Duff perdeu a conta.

— Há muitos filhos da puta — comentou um dos seus homens enquanto o capitão Duff os alinhava atrás de uma cerca contra cobras e os mandava atirar.

A linha da cerca foi marcada por rajadas de fumaça enquanto as balas assobiavam da encosta suave. Três quilômetros atrás de Duff, a cidade de Leesburg ouviu os disparos, e alguém pensou em correr até a igreja e tocar o sino para convocar a milícia.

Não que a milícia pudesse se reunir a tempo de ajudar o capitão Duff, que começava a entender a tremenda inferioridade numérica de seus homens do Mississippi. Ele foi obrigado a recuar encosta abaixo quando uma companhia de tropas nortistas ameaçou seu flanco esquerdo, e essa retirada foi recebida por zombarias nortistas e uma saraivada de mosquetes. Os quarenta homens de Duff atiraram, obstinados, enquanto recuavam. Era uma companhia precária, vestindo uma mistura maltrapilha de uniformes marrom-claros e cinza sujeira, mas sua pontaria era muito superior à dos rivais nortistas, que em sua maioria usava mosquete de cano liso. Massachusetts se esforçara tremendamente para equipar seus voluntários, mas não havia fuzis suficientes para todos, e assim o 15º Regimento, do coronel Devens, lutava com mosquetes do século XVIII. Nenhum dos homens de Duff foi acertado, mas suas balas cobravam um preço lento e constante dos escaramuçadores nortistas.

O 20º de Massachusetts veio resgatar seus companheiros. Todos os homens do 20º Regimento tinham fuzis, e seus disparos mais precisos obrigaram Duff a recuar ainda mais encosta abaixo. Seus quarenta homens passaram por cima de uma cerca entrando num campo de restolho, onde havia aveia enrolada em feixes. Não havia mais cobertura por mais de quinhentos metros, e Duff não queria ceder terreno demais para os ianques, por isso parou seus homens no meio do campo e mandou que contivessem os filhos da mãe. Os homens de Duff estavam em número terrivelmente menor, mas eram provenientes dos condados de Pike e de Chickasaw, e Duff achava que isso os tornava alguns dos melhores soldados da América do Norte.

— Acho que teremos de dar uma lição nesses desgraçados de bunda suja, rapazes.

— Não, capitão! Eles são rebeldes! Olhe! — gritou um dos seus homens alertando, depois apontou para a linha das árvores onde uma companhia de tropas vestindo cinza tinha acabado de aparecer.

Duff olhou horrorizado. Será que estivera disparando contra seu próprio lado? Os homens que avançavam usavam casacas compridas e cinzentas. O oficial que os comandava estava com o sobretudo aberto e carregava uma espada na mão, que ele usava para cortar o mato enquanto avançava, como se estivesse fazendo um passeio casual pelo campo.

O capitão sentiu suas certezas beligerantes se esvair. Sentia a boca seca, um vazio no estômago, e um músculo da coxa tremia. Os disparos por toda a encosta haviam cessado à medida que a companhia de casacas cinzentas marchava, descendo em direção ao campo de aveia. Duff levantou a mão e gritou para os estranhos:

— Alto!

— Amigos! — gritou de volta um dos homens de casaca cinzenta. Havia sessenta ou setenta homens na companhia, e seus fuzis tinham baionetas compridas e reluzentes na ponta.

— Alto! — exclamou Duff outra vez.

— Somos amigos! — berrou de volta um homem

25

Duff podia ver o nervosismo no rosto deles. Um homem tinha um tremor num músculo da bochecha, e outro ficava olhando de lado para um sargento bigodudo que marchava estoicamente no flanco da companhia que avançava.

— Alto! — gritou Duff de novo. Um dos seus homens cuspiu no restolho.

— Somos amigos! — gritaram os nortistas outra vez.

O sobretudo aberto do oficial tinha forro escarlate, mas Duff não conseguia ver a cor do uniforme do sujeito porque o sol estava às costas dos estranhos.

— Eles não são nossos amigos, capitão! — disse um dos homens de Duff.

O capitão desejou sentir a mesma certeza. Deus do céu, e se aqueles homens fossem amigos? Ele estava prestes a cometer um assassinato?

— Ordeno que parem! — gritou, mas os homens avançavam sem obedecer, por isso Duff gritou para seus soldados mirarem.

Quarenta fuzis subiram para quarenta ombros.

— Amigos! — gritou uma voz nortista.

Agora as duas unidades estavam separadas por cinquenta metros, e Duff ouvia as botas nortistas quebrando e amassando o restolho de aveia.

— Eles não são amigos, capitão! — insistiu um dos homens do Mississippi, e neste exato momento o oficial que avançava tropeçou, e Duff teve uma visão clara do uniforme por baixo do sobretudo cinza forrado de escarlate. O uniforme era azul.

— Fogo! — gritou Duff, e a saraivada sulista estalou como um bambuzal queimando. Um nortista gritou enquanto as balas rebeldes os acertavam.

— Fogo! — gritou um nortista, e as balas de Massachusetts vieram através da fumaça.

— Continuem atirando! — gritou Duff, e esvaziou seu revólver na fumaça de pólvora que já obscurecia o campo.

Seus homens haviam buscado cobertura atrás dos feixes de aveia e recarregavam as armas constantemente. Os nortistas faziam o mesmo, a não ser por um homem, que estava se retorcendo e sangrando no chão. Havia outros ianques à direita de Duff, mais acima na encosta, no entanto não podia se preocupar com eles. Optara por resistir ali, bem no meio do campo, e agora precisaria lutar com aqueles desgraçados até um lado não suportar mais.

A menos de dez quilômetros dali, em Edwards Ferry, mais nortistas atravessaram o Potomac e cortaram a estrada que levava a Centreville. Nathan Evans, apanhado assim entre as duas forças invasoras, recusava-se a demonstrar qualquer temor indevido.

— Uma pode estar tentando me enganar enquanto a outra se prepara para me estuprar. Não é assim que se faz, Boston?

"Boston" era o apelido que ele dera a Nathaniel. Tinham se conhecido em Manassas, onde Evans salvara a Confederação segurando o ataque nortista enquanto as linhas rebeldes se reorganizavam.

— Desgraçados mentirosos, ladrões de bunda suja — disse Evans, evidentemente falando de todo o exército nortista.

Ele cavalgara com a ordem de manter a Legião Faulconer onde estava, e descobriu que Thaddeus Bird havia se antecipado e cancelado a partida. Evans virou o ouvido para o vento e tentou avaliar, pela intensidade dos disparos de fuzil, qual incursão inimiga oferecia mais perigo. O sino da igreja em Leesburg continuava tocando, convocando a milícia.

— Então você não vai ficar comigo, Boston?

— Gosto de ser oficial da companhia, senhor.

Evans resmungou em resposta, mas Nathaniel não tinha certeza se que o pequeno sul-carolinense boca suja ouvira o que ele dissera. Evans voltava a atenção de um lado para o outro, entre os sons das duas incursões nortistas. Otto, seu ordenança alemão, cujo principal serviço consistia em carregar um barril de uísque para uso do general, também ouvia os disparos, de modo que a cabeça dos dois se virava para lá e para cá simultaneamente. O general foi o primeiro a parar, estalando os dedos para um gole de uísque. Ele esvaziou a caneca de estanho, depois olhou de novo para Bird.

— Você, Pica-Pau, fique aqui. Você é minha reserva. Não creio que os desgraçados sejam muitos, não estão fazendo barulho suficiente para isso, portanto é melhor ficarmos parados e ver se podemos sangrar o nariz deles. Matar ianques é um bom modo de começar a semana, não é? — Ele gargalhou. — Claro, se eu estiver errado, todos estaremos mortinhos ao anoitecer. Venha, Otto! — Evans esporeou seu cavalo e galopou de volta ao forte com muros de terra que era seu quartel-general.

Nathaniel Starbuck subiu numa carroça cheia de barracas dobradas e dormiu enquanto o sol dissipava a névoa do rio e secava o orvalho dos campos. Mais tropas nortistas atravessaram o Potomac e subiram o penhasco, amontoando-se sob as árvores. O general Stone, comandante das forças federais que vigiavam o rio, decidira mandar mais tropas para a travessia e deu ordens para que os invasores não somente ocupassem Leesburg como também fizessem um reconhecimento em todo o Condado de Loudoun. Se os rebeldes tivessem ido embora, comandou Stone, os ianques deveriam ocupar a área, porém, caso uma grande força confederada se opusesse ao reconhecimento, as forças federais estariam livres para recuar atravessando o rio com qualquer comida que pudessem confiscar. Stone despachou a artilharia para acrescentar poder de fogo à força invasora, mas também deixou claro que a decisão de ficar na Virgínia era do homem que agora estava no comando de toda a operação nortista.

Esse homem era o coronel Ned Baker, um político alto, de barba feita, cabelos prateados e eloquente. Baker era um advogado californiano, senador no Oregon e um dos amigos mais próximos do presidente Lincoln, tão próximo que Lincoln dera o nome do senador ao segundo filho. Baker era impetuoso, passional, caloroso, e sua chegada ao ponto de travessia do rio empolgou os homens do 15º Regimento de Massachusetts que ainda esperavam o regimento Tammany, de Nova York, na margem de Maryland. O regimento de Baker, o 1º da Califórnia, juntou-se à invasão. O regimento era de Nova York, mas os soldados recrutados tinham ligação com a Califórnia, e com eles vinha um canhão de quatorze libras com cano estriado, de Rhode Island, e dois morteiros manejados por homens do Exército dos Estados Unidos.

— Levem tudo para o outro lado! — gritou Baker cheio de animação. — Até o último homem e a última arma!

— Vamos precisar de mais barcos — alertou o coronel dos Tammanys ao senador.

— Então os encontre! Construa-os! Roube-os! Pegue madeira e construa uma arca, coronel. Encontre uma bela mulher cujo rosto faça mil navios navegar, mas vamos para a glória, rapazes! — Baker desceu a margem, voltando o ouvido para os estalos em *staccato* dos mosquetes na outra margem do rio. — Os rebeldes estão morrendo, rapazes! Vamos matar mais alguns!

O coronel do regimento Tammany tentou perguntar ao senador o que os seus homens deveriam fazer ao chegar à margem da Virgínia, porém Baker dispensou a pergunta. Ele não se importava se aquele era um mero ataque ou uma invasão histórica que marcava o início da ocupação da Virgínia, só sabia que tinha três peças de artilharia e quatro regimentos de tropas de primeira que ainda não tinham visto sangue, o que lhe dava o poder necessário para oferecer ao presidente Lincoln e ao país a vitória de que tanto precisavam.

— Para Richmond, rapazes! — gritou Baker enquanto passava em meio às tropas na margem do rio. — Para Richmond, e que o diabo não tenha misericórdia da alma deles! Pela União, rapazes, pela União! Regozijem!

Os homens gritaram alto o suficiente para obliterar o som dos estalos de mosquetes que vinha da outra margem do rio, onde, atrás do penhasco coberto de árvores, a fumaça de pólvora pairava em meio aos feixes de aveia. O longo dia de mortes havia começado.

2

O major Adam Faulconer chegou à Legião Faulconer pouco depois do meio-dia.

— Há ianques na estrada. Eles me perseguiram!

Ele parecia feliz, como se a corrida intensa dos últimos minutos fosse uma farra pelo campo e não uma fuga desesperada de um inimigo decidido. Seu cavalo, um belo garanhão ruano do Haras Faulconer, estava salpicado de espuma branca, as orelhas inclinadas com nervosismo para trás, e ficava dando pequenos passos irrequietos de lado, que Adam corrigia instintivamente.

— Tio! — cumprimentou ele, animado, o major Bird, depois se virou imediatamente de volta para Nate. Os dois eram amigos havia três anos, mas fazia semanas que não se encontravam, e o prazer de Adam com a reunião era sincero. — Parece que você estava dormindo a sono solto, Nate.

— Ele esteve num encontro de orações ontem à noite — comentou o sargento Truslow numa voz deliberadamente amarga, de modo que ninguém, a não ser ele e Nathaniel, soubesse que era uma piada. — Rezou até as três da madrugada.

— Que bom, Nate — disse Adam calorosamente, depois virou o cavalo de volta para Thaddeus Bird. — Ouviu o que eu disse, tio? Há ianques na estrada!

— Ouvimos dizer que eles estavam lá — respondeu Bird casualmente, como se ianques errantes fossem uma característica tão previsível da paisagem de outono quanto aves migratórias.

— Os desgraçados atiraram em mim. — Adam parecia atônito por tamanha descortesia em tempos de guerra. — Mas fomos mais rápidos, não foi, garoto? — Ele deu um tapinha no pescoço do cavalo suado, depois desceu da sela e jogou as rédeas para Robert Decker, que fazia parte da companhia de Nathaniel. — Ande com ele um pouco, está bem, Robert?

— Será um prazer, Sr. Adam.

— E não o deixe beber água por enquanto. Pelo menos até esfriar — instruiu Adam, depois explicou ao tio que havia partido de Centreville ao alvorecer, esperando encontrar a legião na estrada. — Não encontrei vocês, por isso continuei vindo — explicou, animado.

Adam caminhava mancando ligeiramente, resultado de uma bala na batalha em Manassas. O ferimento estava quase curado e a coxeadura era pouco perceptível. Ao contrário do pai, Washington Faulconer, Adam estivera no meio da luta em Manassas, ainda que, durante semanas antes disso, ele fosse assaltado por questionamentos quanto à moralidade da guerra e até duvidasse da própria capacidade de participar dos combates. Depois da batalha, enquanto convalescia em Richmond, Adam fora promovido a major e recebera um posto no estado-maior do general Joseph Johnston. O general era um dos muitos confederados que acreditavam de forma equivocada que Washington Faulconer havia ajudado a conter o ataque nortista em Manassas, e a promoção do filho para o estado-maior servia como um agradecimento ao pai.

— Você nos trouxe ordens? — perguntou Bird.

— Só trouxe a mim mesmo, tio. O dia parecia bonito demais para ficar preso com a papelada de Johnston, então vim cavalgar. Embora eu não esperasse por isso.

Adam se virou e ouviu o som dos tiros de fuzil que vinham da floresta distante. Os disparos eram quase ininterruptos, mas não se pareciam com o estardalhaço ensurdecedor da batalha. Em vez disso, era um som metódico, cuidadoso, sugerindo que os dois lados estavam apenas trocando disparos porque isso era esperado deles, e não que estivessem tentando estraçalhar o outro lado.

— O que está acontecendo?

O major Thaddeus Bird explicou que dois grupos de ianques haviam atravessado o rio. Adam já encontrara um dos exércitos invasores, e o outro estava no terreno elevado perto da ilha de Harrison. Ninguém tinha certeza do que os ianques pretendiam com a incursão dupla. No início eles pareciam estar tentando capturar Leesburg, mas uma única companhia de homens do Mississippi havia contido o avanço federal.

— Um homem chamado Duff fez os patifes pararem — disse Bird a Adam. — Enfileirou seus rapazes bem no meio de uma plantação e trocou tiros com eles, que voltaram com o rabo entre as pernas para cima do morro, como um bando de ovelhas apavoradas!

A história do desafio de Duff se espalhara pela brigada de Evans, enchendo os homens com orgulho da invencibilidade sulista. O restante do batalhão de Duff estava no lugar, mantendo os ianques encurralados entre as árvores no alto do penhasco.

— Você deveria contar a Johnston sobre Duff — declarou Bird a Adam.

Mas Adam não pareceu interessado no heroísmo do homem do Mississippi.

— E você, tio, o que vai fazer?

— Estou esperando ordens, é claro. Acho que Evans não sabe para onde nos mandar, por isso está esperando para ver qual bando de ianques é mais perigoso. Assim que isso estiver claro, vamos fazer algumas cabeças sangrarem.

Adam se encolheu diante do tom de voz do tio. Antes de entrar para a legião e se tornar inesperadamente seu oficial superior, Thaddeus Bird fora um professor que se referia aos soldados e à guerra com ironia, mas uma batalha e alguns meses de comando o transformaram num homem muito mais severo. Ele mantinha a espirituosidade, porém agora possuía um gume mais afiado, sintoma, pensou Adam, de como a guerra piorava tudo, embora às vezes Adam se perguntasse se apenas ele tinha consciência de como ela tornava áspero e degradava tudo que tocava. Seus companheiros ajudantes no quartel-general do exército adoravam o conflito, vendo-o como uma rivalidade esportiva que daria a vitória aos jogadores mais entusiasmados. Adam ouvia aquelas frases impactantes e mantinha a própria paz, sabendo que qualquer expressão de seu ponto de vista verdadeiro seria recebida, na melhor das hipóteses, com desprezo, e na pior com acusações de covardia. Porém não era covarde. Simplesmente acreditava que a guerra era uma tragédia nascida do orgulho e da estupidez, por isso cumpria com seu dever, escondia os sentimentos verdadeiros e ansiava pela paz, mas não sabia por quanto tempo conseguiria manter o fingimento ou a duplicidade.

— Esperemos que nenhuma cabeça precise ser sangrada hoje — comentou com o tio. — É um dia bonito demais para mortes. — Ele se virou quando os cozinheiros da Companhia K levantaram uma panela das chamas. — Aquilo ali é o almoço?

O almoço era um cozido de carne, gordura de toucinho defumado e broa de milho, acompanhado de purê de maçã e batata. A comida era farta ali no Condado de Loudoun, onde as terras agrícolas eram férteis e as tropas confederadas eram poucas. Em Centreville e Manassas, segundo Adam, era muito mais difícil encontrar suprimentos.

— Eles ficaram até sem café no mês passado! Achei que haveria um motim.

Em seguida ele ouviu, fingindo se divertir, Robert Decker e Amos Tunney contarem sobre a grande incursão do capitão Starbuck para obter café. Eles atravessaram o rio à noite e marcharam cinco quilômetros através de florestas e plantações para atacar o armazém de um vivandeiro nos arredores de um acampamento nortista. Oito homens foram com Starbuck e oito voltaram, e o único nortista a detectá-los havia sido o próprio vivandeiro, um mercador que vivia de vender artigos de luxo para as tropas. Dormindo no meio de suas mercadorias, ele tinha gritado o alarme e sacado um revólver.

— Pobre homem — comentou Adam.

— Pobre homem? — protestou Nathaniel contra a piedade do amigo. — Ele estava tentando atirar em nós!

— E o que vocês fizeram?

— Cortamos a garganta dele — respondeu Nate. — Não queríamos alertar o acampamento disparando um tiro, veja bem.

Adam estremeceu.

— Você matou um homem por causa de alguns grãos de café?

— E um pouco de uísque e peras secas — disse Robert Decker, entusiasmado. — Os jornais de lá disseram que foram simpatizantes da secessão. Eles nos chamaram de guerrilheiros. Guerrilheiros! Nós!

— E no dia seguinte vendemos dez libras de café para uns piquetes ianques do outro lado do rio! — acrescentou, orgulhoso, Amos Tunney.

Adam deu um leve sorriso, depois recusou a oferta de uma caneca de café, dizendo que preferia água pura. Estava sentado no chão e se encolheu levemente ao mudar o peso para a perna ferida. Ele tinha o rosto largo do pai, barba loira cortada quadrada e olhos azuis. Era um rosto que transmitia uma honestidade direta, pensava Nathaniel, mas ultimamente Adam parecia ter perdido o antigo humor e o substituído por uma eterna preocupação com os problemas do mundo.

Após a refeição os dois amigos caminharam para o leste ao longo da borda da campina. Os abrigos de madeira e relva da legião ainda estavam no lugar, parecendo chiqueiros cobertos de capim. Nate, fingindo ouvir as histórias de Adam sobre a vida no quartel-general, estava na verdade pensando no quanto gostava de viver em seu abrigo coberto de turfa. Assim que se deitava, sentia-se um animal na toca: seguro, escondido e secreto. Seu antigo quarto em Boston, com os lambris de carvalho, as tábuas largas de pinho, a lareira a gás e as estantes solenes, parecia um sonho, algo de outra vida.

— É estranho como gosto de ficar desconfortável — comentou em tom tranquilo.

— Você não ouviu o que eu disse? — perguntou Adam.

— Desculpe, estava sonhando.

— Eu estava falando de McClellan. Todos concordam que ele é um gênio. Até Johnston diz que ele era o homem mais inteligente de todo o antigo exército dos Estados Unidos.

Adam falava com entusiasmo, como se McClellan fosse o novo comandante sulista e não o líder do exército nortista do Potomac. Ele olhou para a direita, perturbado por um aumento súbito no som dos mosquetes que vinha da floresta acima do rio distante. Os disparos foram esporádicos na última hora, mas agora subiram até um estalar constante que parecia acendalha seca pegando fogo. Permaneceu assim durante cerca de meio minuto, depois voltou a um som baixo, constante e quase monótono.

— Eles devem atravessar de volta para Maryland em pouco tempo! — comentou Adam com raiva, como se estivesse ofendido com a teimosia dos ianques em ficar deste lado do rio.

— Então me fale mais sobre McClellan — pediu Nathaniel.

— Ele é o homem do futuro — disse Adam, animado. — Isso acontece na guerra, você sabe. Os antigos começam a luta, depois são substituídos pelos jovens com novas ideias. Dizem que McClellan é o novo Napoleão, Nate, exigente com a ordem e a disciplina! — Adam fez uma pausa, evidentemente preocupado porque talvez parecesse fascinado demais pelo novo general inimigo. — Você cortou mesmo a garganta de um homem por causa de café? — perguntou, sem jeito.

— Não foi tão a sangue-frio como Decker faz parecer. Tentei manter o sujeito quieto sem o machucar. Eu não queria matá-lo.

Na verdade, ele havia morrido de medo naquele momento, tremendo e em pânico, mas sabia que a segurança de seus homens dependia de manter o vivandeiro em silêncio.

Adam fez uma careta.

— Não consigo me imaginar matando um homem com uma faca.

— Não é algo que eu já tenha me imaginado fazendo — confessou Nathaniel. — Mas Truslow me fez treinar com alguns porcos, e não é tão difícil quanto se pensa.

— Santo Deus — disse Adam debilmente. — Porcos?

— Só animais jovens. Mesmo assim são incrivelmente difíceis de matar. Truslow faz com que pareça fácil, mas, afinal, ele faz tudo parecer fácil.

Adam pensou na ideia de praticar a habilidade de matar como se fizesse parte dos elementos básicos de uma profissão. Pareceu trágico.

— Você não poderia simplesmente ter atordoado o pobre coitado?

Nathaniel gargalhou diante da pergunta.

— Eu precisava garantir que o sujeito estivesse morto, não é? É claro que precisava! A vida dos meus homens dependia do silêncio dele, e nós cuidamos dos nossos homens. É a primeira regra da vida militar.

— Truslow ensinou isso também?

— Não. — Nate pareceu surpreso com a pergunta. — É uma regra óbvia, não é?

Adam não disse nada. Em vez disso, pensava, não pela primeira vez, em como ele e Nathaniel eram diferentes. Tinham se conhecido em Harvard, onde cada um parecera reconhecer no outro as qualidades que sabia carecer em si mesmo. Nate era impaciente e inconstante, ao passo que Adam era pensativo e meticuloso; Nathaniel era vítima de seus sentimentos, enquanto Adam se esforçava desesperadamente para obedecer aos duros ditames de uma consciência rigorosa. Mas a partir dessas dessemelhanças brotara uma amizade que havia suportado até mesmo as tensões seguidas à batalha de Manassas. O pai de Adam tinha se voltado contra Nathaniel em Manassas, e ele agora puxou esse assunto delicado perguntando se Adam achava que seu pai receberia o comando de uma brigada.

— Joe gostaria que ele recebesse uma brigada — respondeu Adam, incerto. "Joe" era Joseph Johnston, comandante dos exércitos confederados na Virgínia. — Mas o presidente não ouve muito o que ele diz — continuou Adam. — Ele se importa mais com a opinião da Vovó Lee. — O general Robert Lee havia começado a guerra com uma reputação inflada, mas ganhara o apelido de "Vovó" depois de uma pequena campanha malsucedida no oeste da Virgínia.

— E Lee não quer que o seu pai seja promovido?

— Foi o que me disseram. Evidentemente Lee acredita que papai deveria ir para a Inglaterra, como adido. — Adam sorriu com a ideia. — O que mamãe considera chique. Acho que até a doença dela desapareceria se conseguisse tomar chá com a rainha.

— Mas seu pai quer a brigada?

Adam assentiu.

— E quer a legião de volta — acrescentou, sabendo exatamente por que o amigo puxara o assunto. — E se ele a conseguir, Nate, exigirá sua demissão. Acho que ainda está convencido de que você atirou em Ethan. — Adam se referia à morte do homem que se casaria com sua irmã.

— Ethan foi morto por um obus — insistiu Nathaniel.

— Papai não acreditará nisso — disse Adam com tristeza. — E não será convencido também.

— Então é melhor eu esperar que seu pai vá para a Inglaterra e tome chá com a rainha — disse Nathaniel casualmente.

— Porque você vai mesmo ficar com a legião? — perguntou Adam, surpreso.

— Gosto daqui. Eles gostam de mim. — Nate falava num tom tranquilo, disfarçando a natureza fervorosa de sua ligação com a legião.

Adam deu alguns passos em silêncio enquanto os disparos soavam distantes como se fosse a escaramuça de uma guerra que não lhe dizia respeito.

— Seu irmão — começou Adam de repente, depois parou, como se suspeitasse de que estava ultrapassando uma área difícil. — Seu irmão — recomeçou — ainda espera que você volte para o norte.

— Meu irmão?

Nate foi incapaz de esconder a surpresa. Seu irmão mais velho, James, fora capturado em Manassas e agora era prisioneiro em Richmond. Nathaniel mandara livros de presente para James, mas não pedira nenhuma licença para visitá-lo. Acharia difícil demais qualquer confronto com a família.

— Você o viu?

— Só como parte dos meus deveres. — Adam explicou que uma das suas responsabilidades era analisar as listas de oficiais capturados que seriam trocados entre o norte e o sul. — Às vezes eu visito a prisão em Richmond, e vi James lá na semana passada.

— Como ele está?

— Magro, muito pálido, mas esperando ser trocado.

— Pobre James.

Nathaniel não podia imaginar seu preocupado e pedante irmão como soldado. James era um advogado muito bom, mas sempre odiara a incerteza e a aventura, exatamente as coisas que recompensavam os perigosos desconfortos da vida militar.

— Ele se preocupa com você.

— Eu me preocupo com ele — disse Nate em tom leve, esperando desviar o que suspeitava que fosse um iminente sermão do amigo.

— Ele com certeza ficará satisfeito em saber que você está participando de reuniões de oração — comentou Adam com fervor. — Ele se preocupa com sua fé. Você vai à igreja toda semana?

— Sempre que posso — respondeu Nate, então decidiu que era melhor mudar de assunto. — E você? Como está?

Adam sorriu, mas não respondeu imediatamente. Em vez disso, enrubesceu, depois gargalhou. Era claro que tinha alguma notícia que estava sem graça demais para dizer abertamente, mas que mesmo assim queria que lhe fosse arrancada.

— Estou bem, de fato — disse, deixando a abertura.

Nathaniel captou perfeitamente a inflexão.

— Você está apaixonado.

Adam assentiu.

— Acho que posso estar, sim. — Ele parecia surpreso consigo mesmo.

— É. De fato.

A timidez de Adam fez Nate sentir um afeto pelo amigo e se divertir.

— Você vai se casar?

— Acho que sim. Nós achamos, mas não por enquanto. Achamos que deveríamos esperar o fim da guerra. — Adam continuou ruborizado, mas de repente riu, bastante satisfeito consigo mesmo, e desabotoou um bolso da túnica como se fosse tirar um retrato de sua amada. — Você nem perguntou o nome dela.

— Diga o nome dela — pediu Nathaniel obedientemente, depois se virou porque o som dos fuzis havia aumentado de novo até uma intensidade frenética.

Uma leve fumaça de pólvora surgia acima das árvores, uma bandeira de batalha translúcida que se adensaria até se tornar uma névoa intensa caso as armas mantivessem a taxa atual de disparos.

— Ela se chama... — começou Adam, depois parou porque cascos soaram altos no chão atrás dele.

— Senhor! Sr. Starbuck! — gritou alguém, e Nathaniel se virou, vendo o jovem Robert Decker galopando pelo campo, montado no garanhão de Adam. — Senhor! — Ele acenava agitado para Nathaniel. — Temos ordens, senhor! Temos ordens! Vamos lutar, senhor!

— Graças a Deus! — exclamou Nate, e começou a correr de volta para sua companhia.
— O nome dela é Julia — disse Adam para ninguém, franzindo a testa para as costas do amigo. — O nome dela é Julia.
— Senhor? — perguntou Robert Decker, perplexo. Ele havia descido da sela e agora oferecia a Adam as rédeas do garanhão.
— Nada, Robert. — Adam pegou as rédeas. — Absolutamente nada. Vá se juntar à companhia.
Ele olhou para Nate gritando com a Companhia K, vendo a empolgação dos homens tirados do descanso pela perspectiva de lutar. Então abotoou o bolso para manter em segurança a fotografia de sua garota, protegida por uma capa de couro, antes de montar na sela e cavalgar para a legião de seu pai. Que estava para travar sua segunda batalha.
Nas margens calmas do Potomac.

As duas travessias ianques eram separadas por oito quilômetros, e o general Nathan Evans estivera tentando decidir qual oferecia maior perigo à sua brigada. A travessia a leste havia cortado a estrada e por isso parecia ser a maior ameaça tática, porque interrompia sua comunicação com o quartel-general de Johnston em Centreville. Mas os ianques não estavam reforçando o punhado de homens e canhões que lançaram pelo rio para aquele ponto, enquanto mais e mais informes falavam de reforços de infantaria que atravessavam o rio pela ilha de Harrison e depois subiam a encosta íngreme até o topo coberto de árvores do penhasco de Ball. Era lá, decidiu Evans, que o inimigo estava concentrando a ameaça, e foi para lá que enviou o restante dos seus homens do Mississippi e dois regimentos da Virgínia. Mandou o 8º da Virgínia para o lado mais próximo do penhasco de Ball, mas ordenou a Bird que fosse para o flanco mais a oeste.
— Atravesse a cidade — disse Evans a Bird —, e venha pela esquerda dos rapazes do Mississippi. Depois se livre dos ianques desgraçados.
— Com prazer, senhor.
Bird se virou e gritou as ordens. As mochilas e os rolos de cobertores dos homens seriam deixados com uma pequena guarda de bagagem, e todos os outros integrantes da legião marchariam para o oeste com um fuzil, sessenta cartuchos de munição e quaisquer outras armas que decidissem carregar. No verão, quando marcharam para a guerra pela primeira vez, os homens sofriam com o peso de mochilas e sacolas, cantis e caixas de

cartuchos, cobertores e esteiras, facas e revólveres, baionetas e fuzis, além de qualquer outro equipamento que a família de algum homem pudesse ter mandado para mantê-lo seguro, quente ou seco. Alguns tinham carregado casacos de pele de búfalo, e um ou dois chegaram a usar peitorais de metal destinados a protegê-los das balas ianques, mas agora poucos carregavam algo além de um fuzil e uma baioneta, um cantil, uma mochila e uma esteira e um colchão enrolados e levados diagonalmente no peito. Todo o resto era apenas estorvo. A maioria descartara os bonés endurecidos com papelão, preferindo chapéus de abas moles que protegiam a nuca do sol. As botas altas e rígidas tinham sido cortadas para virar sapatos, as belas fileiras duplas de botões de latão nos casacos compridos foram arrancadas e usadas como pagamento por suco de maçã ou leite das fazendas do Condado de Loudoun, e muitas abas de casacas compridas haviam sido cortadas para remendar calças ou cotovelos. Em junho, quando a legião treinava em Faulconer Court House, o regimento parecia mais elegante e bem-equipado que qualquer soldado no mundo, mas agora, depois de apenas uma batalha e três meses de piquete ao longo da fronteira, todos pareciam maltrapilhos, mas eram soldados muito melhores. Estavam magros, bronzeados, em forma e muito perigosos.

— Eles ainda têm ilusões, veja bem — explicou Thaddeus Bird ao sobrinho.

Adam montava seu belo ruano enquanto o major Bird, como sempre, ia a pé.

— Ilusões?

— Achamos que somos invencíveis porque somos jovens. Não eu, você entende, mas os rapazes. Antigamente meu trabalho era arrancar as falácias mais imbecis da juventude; agora, tento preservar os absurdos deles. — Bird ergueu a voz para que a companhia mais próxima ouvisse. — Vocês viverão para sempre, seus patifes, desde que se lembrem de uma coisa. Do quê?

Houve uma pausa, depois um punhado de homens deu a resposta desordenadamente.

— Mirar baixo.

— Mais alto!

— Mirar baixo! — Desta vez, toda a companhia rugiu a resposta, então começou a rir, e Bird riu para eles como um professor orgulhoso dos feitos dos alunos.

A legião marchou através da empoeirada rua principal de Leesburg, onde um pequeno grupo de homens estava reunido fora da sede do Condado de Loudoun e outro, parcialmente maior, do lado de fora da Taverna Faça a Paz, do lado oposto da rua.

— Dê-nos canhões! — gritou um homem.

Eles pareciam ser da milícia do condado e não tinham armas nem munição, embora alguns homens, equipados por conta própria, tenham ido assim para o campo de batalha. Uns rapazes acompanharam a legião esperando encontrar uma arma abandonada no campo.

— O que está acontecendo, coronel? — perguntaram a Adam, confundindo o acabamento escarlate e as estrelas de ouro em seu belo uniforme com a prova de que ele comandava o regimento.

— Nada com que se preocupar — insistiu Adam. — Nada além de alguns nortistas desgarrados.

— Eles estão fazendo bastante barulho, não? — gritou uma mulher.

Os ianques estavam de fato muito mais ruidosos agora, com o sucesso do senador Baker em atravessar seus três canhões pelo rio e subir com eles o caminho íngreme e escorregadio até o alto do penhasco, onde os artilheiros limparam a goela das armas com três disparos de metralha que ribombaram rasgando as folhas das árvores.

Assumindo o comando da batalha, Baker encontrara suas tropas tristemente espalhadas. O 20º Regimento de Massachusetts estava postado na floresta do topo do penhasco enquanto o 15º atravessara a campina, a floresta do outro lado e chegara às encostas abertas acima de Leesburg. Baker chamou o 15º de volta, insistindo que formassem uma linha de batalha à esquerda do 20º.

— Vamos entrar em formação aqui — anunciou —, enquanto Nova York e a Califórnia se juntam a nós!

Ele desembainhou a espada e desferiu um corte com a lâmina gravada, ceifando uma urtiga. As balas rebeldes passavam acima, ocasionalmente arrancando algumas folhas, que desciam lentamente no ar quente e agradável. Os projéteis pareciam assobiar na floresta, e de algum modo esse barulho estranho afastava o perigo delas. O senador, que lutara como voluntário na Guerra do México, não se sentia apreensivo; na verdade, ele sentia a empolgação de alguém que via a oportunidade de fazer algo grandioso. Este seria o seu dia! Ele se virou enquanto o coronel Milton Cogswell, comandante do regimento de Tammany, chegava ofegante ao alto do penhasco.

— "Um toque de sua corneta vale por mil homens!" — disse Baker, cumprimentando o coronel suado com uma citação jocosa a Walter Scott.

— Prefiro malditos soldados, senhor, com o seu perdão — retrucou Cogswell amargamente, e depois se encolheu quando algumas balas atravessaram as folhas acima da sua cabeça. — Quais são as nossas intenções, senhor?

— Nossas intenções, Milton? Nossas intenções são vitória, fama, glória, paz, perdão dos nossos inimigos, reconciliação, magnanimidade, prosperidade, felicidade e a promessa garantida de uma recompensa no céu.

— Então será que posso sugerir, senhor — disse Cogswell, tentando deixar mais sóbrio o senador empolgado —, que avancemos e ocupemos aquele agrupamento de árvores?

O coronel indicou o bosque depois do trecho de campina descuidado. Ao tirar o 20º Regimento de Massachusetts daquela floresta, Baker entregara as árvores aos rebeldes, e os primeiros soldados de infantaria de casacas cinzentas já estavam bem estabelecidos no mato baixo.

— Esses patifes não vão nos incomodar — retrucou Baker sem dar importância. — Nossos artilheiros vão arrancá-los daqui a pouco. Ficaremos aqui por pouco tempo, só o suficiente para nos reunirmos, e depois avançaremos. Para a glória!

Uma bala passou perto, acima dos dois, e fez Cogswell xingar, perplexo e furioso. Não estava com raiva por quase ter sido acertado, e sim porque o tiro viera de um morro alto na extremidade leste dos penhascos. Aquela elevação era a parte mais alta do penhasco, dominando as árvores onde as tropas nortistas se reuniam.

— Não vamos ocupar aquele ponto elevado? — perguntou com horror a Baker.

— Não é necessário! Não é necessário! Vamos avançar logo! Para a vitória!

Baker se afastou, jubiloso em sua certeza. Enfiadas na tira interna do chapéu, onde ele antigamente colocava suas anotações jurídicas antes de ir ao tribunal, estavam as ordens do general Stone. "Coronel", dizia a determinação do general numa letra de quem escreve com pressa, "no caso de intensa troca de tiros diante da ilha de Harrison, o senhor avançará o regimento da Califórnia da sua brigada ou retirará os regimentos sob o comando dos coronéis Lee e Devens para o lado do rio pertencente à Virgínia segundo seu critério, assumindo o comando ao chegar." Tudo isso, na visão de Baker, significava muito pouco; dizia apenas que ele estava no comando, o dia estava ensolarado, o inimigo se encontrava à sua frente e a glória de uma batalha estava ao seu alcance.

— "Um toque de sua corneta" — entoou o senador os versos de Sir Walter Scott enquanto marchava por entre as tropas nortistas que se reuniam sob as árvores — "valia por mil homens!" Atirem de volta, rapazes! Que os patifes saibam que estamos aqui! Disparem, rapazes! Deem fogo a eles! Que saibam que o norte está aqui para lutar!

O tenente Wendell Holmes tirou seu sobretudo cinza, dobrou-o cuidadosamente e o colocou sob uma árvore. Sacou o revólver, verificou se as cápsulas de percussão estavam bem colocadas sobre os cones, depois disparou nas formas distantes e cobertas por sombras dos rebeldes. A bela voz do senador ainda ecoava na floresta, pontuada pelos estalos e pelos disparos do revólver de Holmes.

— "Salve o chefe que em triunfo avança" — disse Holmes baixinho o verso do mesmo poema que Baker declamava.

O senador Baker pegou um relógio caro que fora presente dos seus colegas e amigos do judiciário da Califórnia na ocasião de sua nomeação para o Senado dos Estados Unidos. O dia estava passando depressa, e se ele quisesse capturar e consolidar a ocupação de Leesburg antes do anoitecer precisaria se apressar.

— Avante, agora! — Baker enfiou o relógio de volta no bolsinho do casaco. — Todos vocês! Todos vocês! Vamos, meus bons rapazes! A Richmond! À glória! Todos pela União, rapazes, todos pela União!

As bandeiras foram erguidas, as gloriosas estrelas e listras da bandeira da União, e ao lado dela a bandeira de seda branca de Massachusetts com o brasão da Commonwealth bordado num flanco e o lema *Fide et Constantia* no outro. A seda tremulava ao sol enquanto os homens se regozijavam, saíam da cobertura e avançavam.

Para morrer.

— Fogo!

Agora dois regimentos inteiros de homens do Mississippi estavam no meio das árvores, e seus fuzis disparavam cuspindo fogo pela clareira onde os nortistas haviam aparecido subitamente. Balas rachavam as alfarrobeiras e despedaçavam as folhas amarelas dos bordos. Vários nortistas caíram com a saraivada. Um homem que jamais havia xingado na vida começou a soltar palavrões. Um artífice de móveis de Boston olhou atônito para o sangue se espalhando pelo uniforme, depois chamou pela mãe enquanto tentava se arrastar de volta para a cobertura.

— Fogo!

O coronel Eps, do 8º Regimento da Virgínia, estava no terreno elevado que se erguia acima do flanco leste dos ianques, e seus fuzileiros lançaram uma fuzilaria assassina nos nortistas. Tantas balas gemiam e retiniam ao atingir os canos de bronze dos morteiros ianques que os artilheiros fugiram, descendo o penhasco, para onde estavam a salvo do zumbido e do sibilar das balas rebeldes.

— Fogo!

Mais homens do Mississippi abriram fogo. Eles estavam deitados no meio das árvores ou ajoelhados entre os troncos, e espiavam através da fumaça de pólvora para ver que suas saraivadas tinham feito o ataque nortista recuar. Espalhados entre os soldados do Mississippi havia homens de Leesburg e das fazendas ao redor, que disparavam os ianques hesitantes com armas de caçar pássaros e espingardas. Um sargento de Nova York xingou seus homens em gaélico, mas os xingamentos não adiantaram e uma bala despedaçou seu ombro. Os nortistas estavam recuando para a floresta, procurando abrigo atrás de troncos e árvores caídas, onde recarregavam os mosquetes e os fuzis. Duas companhias de Massachusetts eram de imigrantes alemães, e seus oficiais gritavam na língua deles, exortando-os a mostrar ao mundo como os alemães sabiam lutar. Outros oficiais nortistas fingiam indiferença à tempestade de balas que açoitavam e sibilavam no alto do penhasco. Eles caminhavam entre as árvores, sabendo que uma demonstração de coragem despreocupada era a qualidade necessária para a patente. Pagaram essa demonstração com sangue. Muitos homens do 20º Regimento de Massachusetts penduraram em galhos suas novas casacas boas, forradas de escarlate, e as vestimentas tremiam enquanto as balas perfuravam e rasgavam o caro tecido cinzento. O som da batalha era constante, como tafetá sendo rasgado ou bambu queimando, mas sob os estalos ensurdecedores vinha o soluço de homens machucados, o grito de homens feridos e o estardalhaço de homens agonizando.

O senador Baker gritou para que seus oficiais do estado-maior manobrassem um dos morteiros abandonados, mas nenhum deles sabia escorvar um ouvido de morteiro, e a tempestade de balas virginianas fez os oficiais voltarem para as sombras. Deixaram um major morto e um tenente tossindo sangue enquanto cambaleava de volta para longe da peça de artilharia. Uma bala arrancou uma lasca de madeira do raio de uma roda do morteiro, outra acertou a frente do cano, e uma terceira furou o balde d'água.

Um grupo de homens do Mississippi, enfurecidos porque seu coronel levara um tiro, tentou investir através da campina, mas, assim que se mostraram junto à linha das árvores, os frustrados nortistas lançaram fogo sobre eles. Foi a vez de os rebeldes recuarem, deixando três mortos e dois feridos. No flanco direito da linha de Massachusetts o canhão de quatorze libras ainda disparava, mas os artilheiros de Rhode Island haviam usado seu pequeno estoque de metralha e agora não tinham nada para disparar, a não ser balas de ferro maciço. A metralha, despedaçando-se no cano do canhão para lançar uma rajada mortal de balas de mosquete nas fileiras inimigas, era ideal para matar a curta distância, porém as balas sólidas eram feitas para atirar a longa distância e não serviam para arrancar a infantaria de uma floresta. As balas de ferro alongadas ressoavam acima da clareira e sumiam a distância ou então arrancavam mais lascas de madeira dos troncos de árvores. A fumaça do canhão lançava sua nuvem malcheirosa vinte metros à frente do cano, forjando uma cortina que escondia as companhias do flanco direito do 20º Regimento de Massachusetts.

— Vamos, Harvard! — gritou um oficial.

Pelo menos dois terços dos oficiais do regimento vieram de Harvard, assim como seis sargentos e dezenas de soldados.

— Vamos, Harvard! — gritou o oficial de novo, e deu um passo adiante para comandar seus homens com o exemplo, mas foi atingido por uma bala embaixo do queixo, o que fez sua cabeça se virar bruscamente para trás. O sangue formou uma névoa ao redor do rosto enquanto ele desmoronava lentamente.

Com a boca seca, Wendell Holmes viu o oficial ferido se ajoelhar e depois tombar para a frente. Holmes correu para ajudá-lo, mas dois outros soldados estavam mais perto e arrastaram o corpo de volta para as árvores. O oficial estava inconsciente, a cabeça sangrenta tremia, então ele gorgolejou e o sangue borbulhou na garganta.

— Ele está morto — declarou um dos homens que havia puxado o corpo de volta.

Holmes olhou para o morto e sentiu o vômito subir na garganta. De algum modo conseguiu mantê-lo no lugar enquanto se virava e se obrigava a caminhar com aparente tranquilidade no meio de sua companhia. Na verdade, queria se deitar, mas sabia que precisava mostrar aos homens que não tinha medo, por isso andou entre eles com a espada desembainhada, oferecendo a ajuda que pudesse.

— Mirem baixo, agora. Mirem com cuidado! Não desperdicem balas. Procurem-nos agora!

Seus homens mordiam cartuchos, deixando a boca rançosa com o gosto salgado da pólvora. Tinham o rosto enegrecido de pólvora, os olhos vermelhos. Holmes, parando num retalho de luz do sol, captou subitamente o som de vozes rebeldes gritando exatamente o mesmo conselho.

— Mirem baixo! — gritou um oficial confederado. — Mirem nos oficiais!

Holmes se apressou, resistindo à tentação de se demorar atrás dos troncos de árvores marcados por balas.

— Wendell! — gritou o coronel Lee.

O tenente Holmes se virou para seu oficial comandante.

— Senhor?

— Olhe à nossa direita, Wendell! Talvez possamos flanquear esses patifes. — Lee apontou para a floresta atrás do canhão. — Descubra até onde se estende a linha rebelde. Depressa!

Assim, tendo recebido permissão para abandonar o ar estudado e casual, Holmes correu por entre as árvores em direção ao flanco direito aberto da linha nortista. À sua direita, abaixo dele e por entre as árvores, surpreendeu-se com o vislumbre do brilho e do frescor do rio, e a visão da água era estranhamente reconfortante. Ele passou por seu sobretudo muito bem dobrado ao pé da macieira, correu por trás dos homens de Rhode Island que manobravam o canhão, e seguiu em direção ao flanco. E, assim que emergiu da fumaça e viu que a floresta distante estava mesmo sem rebeldes, oferecendo ao coronel Lee a oportunidade de avançar pelo flanco esquerdo dos confederados e atacá-los por trás, uma bala acertou seu peito.

Ele estremeceu, todo o corpo sacudido pelo golpe da bala. O ar saiu com força de seus pulmões, deixando-o momentaneamente incapaz de respirar, mas mesmo assim Holmes se sentiu estranhamente frio e distanciado, de modo que pôde registrar exatamente o que experimentava. A bala, ele tinha certeza de que era uma bala, o acertara com um impacto que ele imaginava ser igual ao coice de um cavalo. Aparentemente o deixara paralítico, mas, quando tentou respirar, teve a agradável surpresa de descobrir que os pulmões funcionavam, afinal, e percebeu que não era de fato paralisia, e sim uma interrupção do controle da mente sobre o movimento do corpo. Ele também percebeu que seu pai, professor de medicina em Harvard, iria gostar de saber dessas percepções, por isso levou a mão ao bolso onde mantinha seu caderno de anotações e o lápis, mas então, incapaz de impedir, começou a tombar para a frente. Tentou pedir ajuda, mas nenhum som saía, então tentou erguer as mãos para interromper a queda, mas os braços pareciam subitamente debilitados. Sua espada, que estivera carregando desembainhada, caiu no chão, e Holmes viu uma gota de sangue atingir a lâmina espelhada, depois o tenente caiu sobre o aço e sentiu uma dor no peito terrível, fazendo-o de frustração e agonia. Teve uma visão de sua família em Boston e quis chorar.

— O tenente Holmes foi abatido! — gritou um homem.

— Peguem-no agora! Tragam-no de volta! — ordenou o coronel Lee, em seguida foi ver se Holmes estava ferido gravemente.

Ele foi atrasado alguns segundos pelos artilheiros de Rhode Island que gritaram para os soldados ficarem longe enquanto disparavam. O canhão saltou para trás na conteira, cuspindo longe fumaça e chamas na clareira ensolarada. Cada vez que disparava, o canhão recuava cerca de um metro, de modo que a conteira deixava um sulco aberto grosseiramente no chão coberto de folhas. A equipe do canhão estava ocupada demais para voltar a arma para a posição inicial, e cada disparo era feito cerca de um metro atrás do anterior.

O coronel Lee alcançou Holmes justo quando o tenente estava sendo posto numa maca.

— Sinto muito, senhor — conseguiu dizer Holmes.

— Fique quieto, Wendell.

— Sinto muito — repetiu Holmes.

Lee parou para pegar a espada do tenente e se perguntou por que tantos homens presumiam que sofrer um ferimento era culpa deles próprios.

— Você se saiu bem, Wendell — disse Lee com fervor.

Então uma explosão de gritos de comemoração dos rebeldes o fez se virar para ver uma nova investida de tropas sulistas chegando à floresta do outro lado, e o coronel soube que agora não tinha chance de realizar a manobra ao redor do flanco aberto do inimigo. Na verdade, parecia que os rebeldes a fariam em volta do seu exército. Xingou baixinho, depois colocou a espada de Holmes ao lado do tenente ferido.

— Ponham-no no chão com cuidado — ordenou, depois se encolheu quando um cabo começou a gritar porque uma bala havia entrado em suas tripas. Outro homem se virou com um olho cheio de sangue, e Lee se perguntou por que, em nome de Deus, Baker não ordenara a retirada. Era hora de voltar para o outro lado do rio antes que todos morressem.

Do outro lado da clareira, os rebeldes começaram a fazer o som demoníaco que os veteranos nortistas de Bull Run diziam ter pressagiado o início do desastre. Era um ruído estranho, ululante, inumano, que provocava tremores de puro terror na coluna do coronel Lee. Era um ganido prolongado como o grito de triunfo de um animal, e era o som da derrota nortista, pensou Lee. Estremeceu, segurou a espada com mais força e foi procurar o senador.

A Legião Faulconer subiu a longa encosta em direção à batalha. Marchar pela cidade e encontrar a trilha certa na direção do rio havia demorado mais do que todos imaginavam, e agora a tarde chegava ao fim e alguns dos homens mais confiantes reclamavam que todos os ianques estariam mortos e saqueados antes que a legião pudesse pegar sua parte nos espólios, enquanto os tímidos notavam que a batalha ainda soava implacavelmente. A legião estava perto o suficiente para sentir o bafio amargo de pólvora trazido no fraco vento norte que carregava a fumaça através das folhas verdes como uma névoa de inverno passando entre os galhos. Em sua casa, pensou Nathaniel, todas as folhas já teriam mudado de cor, transformando os morros ao redor de Boston numa gloriosa surpresa de ouro, escarlate, amarelo flamejante e marrom intenso, mas ali, na extremidade norte da confederação sulista, apenas os bordos ficaram dourados enquanto as outras árvores permaneciam carregadas de folhas verdes, embora o verdor estivesse sendo arrancado e abalado com a tempestade de balas disparadas em algum lugar no fundo da floresta.

A legião marchou pelo trecho leproso de restolho chamuscado que mostrava onde a companhia de Duff, composta de homens dos condados de Pike e de Chickasaw, havia lutado contra o avanço dos ianques até pararem para resistir à investida. As buchas acesas dos fuzis e as balas provocaram pequenos focos de incêndio que haviam queimado e morrido, deixando cicatrizes cinzentas no campo. Também havia alguns trechos com sangue, mas a legião estava distraída demais pelo combate no alto do morro para se preocupar com esses sinais de uma batalha anterior.

Mais restos de batalha apareciam na borda da floresta. Doze cavalos de oficiais estavam amarrados ali, e alguns feridos eram cuidados por médicos. Uma mula carregada com munição nova foi levada por entre as árvores enquanto outra, com os cestos vazios, era trazida para fora. Um escravo, vindo para a batalha para atender ao seu senhor, correu morro acima com cantis que havia enchido no poço da fazenda próxima. Pelo menos vinte crianças vieram de Leesburg para assistir à batalha, e um sargento do Mississippi tentava expulsá-las para fora do alcance das balas nortistas. Um menino tinha levado a enorme espingarda de seu pai para o campo e implorava permissão de matar um ianque antes da hora de dormir. O menino nem se mexeu quando uma bala sólida de quatorze libras saiu do meio das árvores e passou por cima deles. O disparo pareceu percorrer metade do caminho até a montanha Catoctin antes de cair espirrando água num riacho logo depois da estrada de Licksville. A legião estava a sessenta metros das árvores, e os oficiais que continuavam montados apearam e enfiaram hastes de ferro no chão para prender os cavalos, enquanto o capitão Hinton, o segundo no comando da legião, corria à frente para estabelecer exatamente onde ficava o flanco esquerdo dos rapazes do Mississippi.

A maioria dos homens de Starbuck estava empolgada. Seu alívio por sobreviver a Manassas havia se transformado em tédio nas longas semanas vigiando o Potomac. Aquelas semanas não pareceram tempos de guerra; em vez disso, foram uma temporada idílica de verão ao lado da água fresca. De vez em quando um homem numa margem ou na outra disparava um tiro acima da água, e durante um ou dois dias após isso os piquetes ficavam carrancudos nas sombras, mas na maior parte do tempo os dois lados levaram a vida tranquilamente. Homens nadavam sob as miras dos inimigos, lavavam as roupas e davam água aos cavalos, e inevitavelmente se encontravam com as sentinelas do outro lado e descobriam partes rasas onde podiam se encontrar no meio do rio para trocar jornais ou tabaco sulista por café nortista. Mas agora, na ansiedade para mostrar que eram os melhores soldados do mundo, a legião esquecia o jeito amigável do verão e jurava ensinar aos ianques mentirosos, ladrões e desgraçados o que acontecia quando atravessavam o rio sem pedir permissão aos rebeldes.

O capitão Hinton reapareceu junto à borda das árvores e pôs as mãos em concha.

— Companhia A, a mim!

— Formar à esquerda da Companhia A! — gritou Bird para o restante da legião. — Equipe de bandeiras, a mim!

Uma bala de canhão passou entre as árvores, lançando uma chuva de folhas e lascas sobre os homens que avançavam. Starbuck pôde ver o ponto onde um disparo anterior havia arrancado um galho do tronco, deixando uma marca aterradora de madeira clara. Essa visão causou um nó súbito em sua garganta, uma onda de medo e empolgação.

— Equipe de bandeiras, a mim! — exclamou Bird outra vez, e os porta-estandartes levantaram suas bandeiras ao sol e correram para perto do major.

A bandeira da legião era baseada no brasão da família Faulconer e continha três crescentes vermelhos num campo de seda branca acima do lema da família, "Sempre Ardente". A segunda bandeira era a da Confederação — duas listras horizontais vermelhas e uma branca no meio, e o quadrante superior esquerdo era um campo azul com um círculo de sete estrelas brancas bordado. Depois de Manassas houvera reclamações de que a bandeira era parecida demais com a nortista, e que as tropas haviam atirado em unidades aliadas acreditando serem ianques, e corriam boatos de que um novo desenho estava sendo feito em Richmond, mas por hoje a legião lutaria sob a seda de sua antiga bandeira confederada com furos de balas.

— Meu Deus, salvai-me, meu Deus, salvai-me — rezava, ofegante, Joseph May, um dos homens de Starbuck, enquanto corria atrás do sargento Truslow. — Guardai-me, ó Senhor, guardai-me.

— Guarde o seu fôlego! — vociferou Truslow.

A legião estivera avançando em colunas de companhias, e foi rapidamente para a esquerda enquanto se transformava numa linha de batalha. A Companhia A foi a primeira a entrar na floresta, e a Companhia K, de Starbuck, seria a última. Adam Faulconer cavalgava ao lado de Nate.

— Desça do cavalo, Adam! — gritou Starbuck para o amigo. — Você vai ser morto!

Ele precisava gritar porque os estalos dos mosquetes eram altos, mas o som deixava Starbuck animado e curioso. Ele sabia, tanto quanto Adam, que a guerra era algo errado. Era como o pecado: terrível, no entanto terrivelmente atraente. Starbuck sentia que, se um homem sobrevivesse a isso, ele suportaria qualquer coisa que o mundo lançasse contra ele. Esse era um jogo de apostas inimaginavelmente altas, porém privilégios não conferiam vantagens além da chance de evitá-lo por completo. E evitar o jogo significava não ser um homem, e sim um covarde abominável. Ali, onde o ar exalava mau cheiro com a fumaça e a morte avançava em meio às folhas verdes, a existência era simplificada pelo absurdo. Starbuck gritou de repente, tomado pelo puro júbilo do momento. Atrás dele, com os fuzis carregados, a Companhia K se espalhou entre as árvores. Os homens ouviram a exultação de seu capitão e o grito rebelde das tropas à direita, por isso começaram a soltar o mesmo berro demoníaco que falava dos direitos sulistas, do orgulho sulista e dos rapazes sulistas que tinham vindo matar seus inimigos.

— Mande-os para o inferno, rapazes! — gritou Bird. — Mande-os para o inferno!

E a legião obedeceu.

Baker morreu.

O senador estivera tentando manter firmes seus homens, cujos nervos estavam sendo afligidos pelos bandidos sulistas que berravam e desejavam se vingar. Baker havia feito três tentativas de sair da floresta, mas cada avanço nortista fora obrigado a recuar sangrando, deixando outra marca na maré de mortos da pequena campina que se tornava um campo de massacre amortalhado pela fumaça entre as duas forças. Alguns homens de Baker abandonavam o combate, escondendo-se na escarpa íngreme que descia até a margem do rio ou se abrigando às cegas atrás de troncos e de afloramentos rochosos no alto do penhasco. Baker e seus ajudantes tiravam esses homens temerosos dos refúgios e os mandavam de volta até onde os soldados corajosos ainda tentavam manter os rebeldes distantes, mas os temerosos se esgueiravam de volta para os abrigos assim que os oficiais se afastavam.

O senador não tinha mais ideias. Toda a sua esperteza, sua oratória e sua paixão se condensaram numa bolinha de impotência guiada pelo pânico. Não que ele demonstrasse qualquer medo. Em vez disso, caminhava com a espada empunhada diante dos homens e gritava para mirarem baixo e manterem o espírito elevado.

— Há reforços chegando! — avisou aos homens manchados de pólvora do 15º Regimento de Massachusetts. — Não falta muito, rapazes! — encorajou seus homens do 1º da Califórnia. — O trabalho é duro, rapazes, mas eles vão cansar antes! — prometeu aos homens dos Tammanys de Nova York. — Se eu tivesse mais um regimento como vocês, todos estaríamos festejando em Richmond esta noite! — disse aos de Harvard.

O coronel Lee tentou convencer o senador a recuar para o outro lado do rio, mas Baker pareceu não ouvir o pedido. Quando o coronel gritou, insistindo em ser escutado, o senador meramente lançou um sorriso triste ao coronel.

— Não sei se temos barcos suficientes para uma retirada, William. Acho que devemos ficar e vencer aqui, não é? — Uma bala passou centímetros acima da cabeça do senador, mas ele não se encolheu. — É apenas um bando de rebeldes. Não seremos derrotados por esses malditos. O mundo está olhando, e precisamos mostrar nossa superioridade!

O que é provável ter sido dito por algum ancestral de Baker em Yorktown, refletiu Lee, mas sabiamente não disse em voz alta. O senador podia ter nascido na Inglaterra, mas não havia americano mais patriota.

— O senhor está mandando os feridos embora? — perguntou Lee em vez de fazer o comentário.

— Tenho certeza de que estamos! — respondeu Baker com convicção, mas não tinha certeza nenhuma, porém não podia se preocupar agora com os feridos.

Em vez disso, devia encher seus homens com um fervor digno pela amada União. Um ajudante lhe trouxe notícias de que o 19º de Massachusetts havia chegado à margem oposta do rio, e ele pensava que, se pudesse trazer esse novo regimento para este lado do Potomac, teria homens suficientes para lançar um ataque contra o morro de onde os rebeldes dizimavam seu flanco esquerdo e impediam seus morteiros de realizar uma carnificina. Essa ideia encheu o senador de esperança e de um novo entusiasmo.

— É isso que faremos! — gritou para um dos ajudantes.

— O que, senhor?

— Venha! Temos trabalho a fazer!

O senador precisava retornar ao flanco esquerdo, e o caminho mais rápido era pelo terreno aberto onde a fumaça das armas oferecia um banco de névoa no qual se esconder.

— Venha — gritou de novo, depois correu pela frente de sua linha, gritando para os fuzileiros cessarem fogo até ele passar. — Estamos recebendo reforços, rapazes — berrou. — Agora não falta muito! A vitória está chegando. Mantenham a posição, mantenham a posição!

Um grupo de rebeldes viu o senador e seus ajudantes andando rapidamente em meio à fumaça, e, apesar de não saberem que Baker era o comandante nortista, sabiam que somente um oficial superior carregaria uma espada com borlas e usaria um uniforme tão engalanado com tranças e brilhos. Uma corrente de relógio, de ouro e cheia de sinetes, estava enrolada no casaco do coronel e reluzia no sol baixo.

— Lá está o chefe da quadrilha deles! O chefe da quadrilha! — gritou um homem alto, magro e ruivo do Mississippi, apontando para a figura que marchava com tanta confiança na frente de batalha. — Ele é meu! — gritou o grandalhão enquanto corria adiante. Vários de seus companheiros foram atrás, ansiosos para saquear os corpos dos ricos oficiais nortistas.

— Senhor! — exclamou um ajudante de Baker, alertando-o.

O senador se virou, erguendo a espada. Ele deveria ter recuado para o meio das árvores, mas não tinha atravessado o rio para fugir de uma ralé de separatistas.

— Venha, então, seu rebelde maldito! — gritou, e estendeu a espada como se fosse travar um duelo.

Mas o ruivo usou um revólver, e suas quatro balas acertaram o peito do senador como golpes de machado em madeira. O senador foi lançado para trás, tossindo e apertando o peito. Sua espada e seu chapéu caíram enquanto ele tentava permanecer de pé. Outra bala rasgou sua garganta, e o sangue se derramou numa cascata escarlate pela túnica cheia de botões da casaca trespassada e se coagulou nos elos da corrente de ouro do relógio. Baker estava tentando respirar e balançava a cabeça como se não acreditasse no que lhe acontecia. Ergueu o olhar para o assassino magro, com expressão perplexa, depois desmoronou no capim. O rebelde ruivo correu para reivindicar o corpo.

Um disparo de fuzil fez o ruivo girar, depois outra bala o derrubou. Uma saraivada impeliu os homens do Mississippi de volta enquanto dois ajudantes do senador arrastavam o chefe morto para as árvores. Um dos homens recuperou o chapéu e pegou a mensagem suada, dobrada, que havia lançado essa loucura por cima de um rio.

O sol baixava no oeste. As folhas podiam não ter mudado de cor, mas as noites chegavam mais cedo e o sol teria ido embora às cinco e meia, mas agora a escuridão não poderia salvar os ianques. Eles precisavam de barcos, mas havia apenas cinco embarcações pequenas, e alguns feridos já haviam se afogado tentando nadar de volta à ilha de Harrison. Mais feridos desciam o penhasco desajeitadamente até onde as baixas nortistas preenchiam a pequena área de terreno plano entre a base do despenhadeiro e a margem do rio. Dois ajudantes carregavam o corpo do senador até uma das embarcações, em meio à confusão de homens gemendo, e ordenaram que fosse aberto um espaço para o cadáver. O relógio caro do senador caiu do bolso enquanto sua carcaça era descida pelo barranco da margem. O relógio balançou na corrente coberta de sangue, primeiro se arrastando na lama, depois batendo com força nas tábuas do barco. O golpe quebrou o cristal e espalhou pequenos cacos afiados no fundo da embarcação. O cadáver sangrento do senador foi rolado por cima do vidro.

— Levem-no de volta! — ordenou um ajudante.

— Vamos todos morrer! — exclamou um homem no alto do morro, e um sargento de Massachusetts mandou que ele calasse a maldita boca e morresse como homem.

Um grupo de rebeldes tentou atravessar a clareira e foi lançado de volta por um crescendo de tiros de mosquete que os fez dar meia-volta e arrancou lascas das árvores atrás deles. Um porta-estandarte de Massachusetts foi acertado, e sua bandeira de seda grandiosa, linda, perfurada de balas, caiu tremulando, mas outro homem agarrou sua franja com borlas e ergueu as estrelas de volta em direção ao sol antes que as listras tocassem o chão.

— O que faremos — disse o coronel Cogswell, que finalmente havia estabelecido que era o oficial vivo de maior patente e, portanto, tinha o comando dos quatro regimentos ianques encurralados na margem da Virgínia — é abrir caminho lutando até a embarcação. — Ele queria levar seus homens das sombras assassinas para os campos abertos onde os inimigos não poderiam mais se esconder atrás de árvores. — Vamos marchar depressa. Isso quer dizer que teremos de abandonar os canhões e os feridos.

Ninguém gostou dessa decisão, mas ninguém tinha uma ideia melhor, e assim a ordem foi repassada ao 20º de Massachusetts, que estava no flanco direito da linha ianque. O canhão James de quatorze polegadas teria de ser abandonado de qualquer modo, porque havia recuado tanto por causa dos disparos que finalmente despencara do penhasco. Um artilheiro havia gritado sobressaltado no último disparo, então todo o canhão pesado ficou inclinado no alto da escarpa e despencou com um estrondo assustador pela encosta íngreme até se chocar numa árvore. Agora os artilheiros abandonaram a tentativa de puxar o canhão de volta para o topo e em vez disso ouviram o coronel Lee explicar aos oficiais o que o regimento iria fazer. Eles deixariam os feridos à mercê dos rebeldes e se reuniriam no flanco esquerdo da linha nortista. Lá fariam uma investida em massa através das forças sulistas descendo até a campina junto à água, que levava ao ponto em que a segunda força ianque atravessara o rio para cortar a estrada. Essa segunda força era protegida por artilharia na margem do rio pertencente a Maryland.

— Não podemos atravessar de volta para Maryland aqui porque não temos barcos suficientes — disse Lee aos seus oficiais. — Por isso teremos de marchar os oito quilômetros rio abaixo e lutar com os rebeldes por todo o caminho. — Ele olhou para o relógio. — Vamos nos mover em cinco minutos.

Lee sabia que demoraria esse tempo para que suas ordens chegassem a todas as suas companhias e para que as baixas fossem reunidas sob uma bandeira de trégua. Odiava deixar os feridos, mas sabia que ninguém do seu regimento chegaria a Maryland esta noite se ele não abandonasse as baixas.

— Depressa, agora — disse aos oficiais, e tentou parecer confiante, mas agora a tensão era nítida, e sua aparência calma estava sendo desgastada sob o açoite e o sibilo constantes das balas rebeldes. — Depressa, agora! — gritou de novo, em seguida ouviu um grito terrível vindo de seu flanco direito aberto e se virou, alarmado, e soube subitamente que agora nenhuma pressa poderia ajudá-lo.

Parecia que os homens de Harvard precisariam lutar onde estavam. Lee desembainhou a espada, umedeceu os lábios secos e entregou a alma a Deus e seu amado regimento ao fim desesperado.

3

— Estamos muito à esquerda — resmungara Truslow a Nate assim que a Companhia K chegou à linha de batalha. — Os desgraçados estão lá.

Truslow apontou para a clareira onde um véu de fumaça pairava diante das árvores. Essa fumaça ficava muito à direita da Companhia K, ao passo que, em frente aos homens de Nathaniel, não havia fumaça de armas, apenas árvores vazias e sombras longas que escureciam em meio às quais parecia haver um brilho não natural proveniente dos bordos. Alguns homens da Companhia K tinham começado a disparar naquelas árvores vazias, mas Truslow vociferou para pararem de desperdiçar pólvora.

A companhia aguardou as ordens de Nathaniel, depois se virou quando outro oficial veio correndo pelo mato. Era o tenente Moxey, que havia se considerado herói desde que recebera um leve ferimento na mão esquerda em Manassas.

— O major disse que vocês estão perto demais do centro. — Moxey estava tomado pela empolgação do momento. Balançou um revólver na direção do som dos mosquetes. — Diz que vocês devem reforçar a companhia de Murphy.

— Companhia! — gritou Truslow para seus homens, antecipando as ordens de Nathaniel para se moverem.

— Não! Espere!

Nate ainda estava olhando diretamente através da clareira, em direção às árvores calmas. Olhou de novo para a direita, notando que o fogo ianque havia diminuído momentaneamente. Durante alguns segundos ele imaginou se aquela calmaria nos disparos significava que as forças nortistas estavam se retirando, mas então uma carga súbita, realizada por um grupo de rebeldes gritando, provocou uma saraivada furiosa de disparos dos fuzis nortistas. Durante alguns segundos, o tiroteio fazia um barulho ensurdecedor, mas quando os rebeldes recuaram, a fuzilaria parou. Nathaniel percebeu que os nortistas estavam contendo o fogo até poderem ver alvos, ao passo que os sulistas mantinham uma fuzilaria constante. O que significava, decidiu, que os ianques estavam preocupados com a quantidade de munição.

— O major disse que devemos nos mover imediatamente — insistiu Moxey.

O tenente era um jovem magro, de rosto pálido, que se ressentia porque Nathaniel Starbuck recebera o posto de capitão enquanto ele permanecia na mesma patente. Além disso, era um dos poucos homens da legião que se ressentiam da presença de Nathaniel, acreditando que um regimento da Virgínia não precisava de um renegado de Boston, mas era uma opinião que guardava para si, pois já vira o temperamento do capitão e sabia que o nortista tinha toda a disposição para usar os punhos.

— Ouviu, Starbuck?

— Ouvi — respondeu Nate, mas permaneceu imóvel.

Estava pensando nos ianques, que lutaram naquela floresta quase o dia inteiro e presumivelmente haviam usado quase todos os cartuchos que carregavam nas bolsas, o que significava que agora estavam contando com a pequena quantidade de munição que pudesse ser trazida do outro lado do rio. Além disso, pensava nas tropas, que, preocupadas com a quantidade de cartuchos, podiam entrar em pânico muito depressa. Ele tinha visto pânico em Manassas e achava que este podia trazer uma vitória igualmente rápida e completa aqui.

— Starbuck! — Moxey insistiu em ser ouvido. — O major diz que você deve reforçar o capitão Murphy.

— Eu ouvi, Mox — respondeu Nate, e continuou sem fazer nada.

Mox fez menção a fingir que Nathaniel devia ser particularmente idiota. Bateu no braço dele e apontou para as árvores à direita.

— Para lá, Starbuck.

— Vá embora, Mox — disse Starbuck, e olhou de novo para o outro lado da clareira. — E diga ao major que vamos atravessar aqui e avançar sobre os desgraçados pela esquerda. Pela nossa esquerda, entendeu?

— Você vai fazer o quê? — Moxey olhou boquiaberto para Nathaniel, depois para Adam, que estava a cavalo, alguns passos atrás do capitão Starbuck. — Diga a ele, Adam — apelou Moxey à autoridade maior. — Diga para ele obedecer às ordens!

— Vamos atravessar o campo, Moxey — declarou Nate em voz gentil, lenta, como se falasse com uma criança particularmente obtusa —, e vamos atacar os malditos ianques atravessando as árvores, lá. Agora vá e diga isso ao Pica-Pau!

Essa manobra parecia a coisa óbvia a ser feita. No momento os dois exércitos estavam disparando de lados opostos da clareira, e ainda que os rebeldes tivessem uma nítida vantagem, nenhum lado parecia capaz de avançar direto contra os tiros concentrados de fuzil do outro. Ao atravessar a clareira nesse flanco aberto, Nathaniel poderia levar seus homens em segurança até as árvores onde estavam os nortistas e depois avançar contra sua lateral indefesa.

— Certifiquem-se de estar com as armas carregadas! — gritou Nate aos seus homens.

— Você não pode fazer isso, Starbuck — retrucou Moxey. Nathaniel não prestou atenção. — Quer que eu diga ao major que você está desobedecendo à ordem? — perguntou maldosamente.

— Quero — respondeu Nathaniel. — É exatamente isso que eu quero que você diga. E que estamos atacando o flanco deles. Agora vá!

Adam, ainda montado, franziu a testa para o amigo.

— Você sabe o que está fazendo, Nate?

— Sei, Adam, sei sim.

Na verdade, a oportunidade de dar a volta no flanco ianque era tão clara que o maior idiota poderia tê-la aproveitado, embora um homem sensato pudesse antes ter pedido permissão para realizar a manobra. Porém Nathaniel tinha tanta certeza de que estava certo, e estava tão confiante de que seu ataque pelo flanco acabaria com a defesa ianque, que achou que pedir permissão seria apenas perda de tempo.

— Sargento! — gritou Nate, chamando Truslow.

Truslow antecipou de novo a ordem de Nathaniel.

— Calar baionetas! — berrou para a companhia. — Certifiquem-se de que estão bem firmes! Lembrem-se de torcer a lâmina quando cravarem! — A voz de Truslow estava calma como se este fosse apenas mais um dia de treinamento. — Não se apresse, rapaz! Não meta os pés pelas mãos! — Ele disse isso a um homem que, na empolgação, havia deixado a baioneta cair, depois verificou se a baioneta de outro soldado estava encaixada com firmeza no cano do fuzil. Hutton e Mallory, os outros dois sargentos da companhia, verificavam de modo semelhante seus esquadrões.

— Capitão! — gritou um dos homens de Hutton. Era o cabo Peter Waggoner, cujo irmão gêmeo também era cabo da companhia. — O senhor vai ou fica? — Peter Waggoner era um homem grande, lento, de profunda devoção e crenças fervorosas.

— Eu vou para lá — disse Nathaniel, apontando para o outro lado da clareira e deliberadamente não entendendo a pergunta.

— O senhor sabe o que estou dizendo — disse Waggoner.

A maioria dos outros homens da companhia também sabia, porque olharam apreensivos para o seu capitão. Eles sabiam que Nathan Evans lhe oferecera um trabalho, e muitos temiam que uma nomeação assim para o estado-maior poderia ser atraente para um jovem ianque esperto como Nate.

— Você ainda acredita que as pessoas que bebem uísque vão para o inferno, Peter? — perguntou Nathaniel ao cabo.

— Isso é verdade, não? — reagiu Waggoner de forma amarga. — A verdade de Deus, Sr. Starbuck. Tenha certeza de que seus pecados irão encontrá-lo.

— Decidi ficar aqui até você e seu irmão ficarem bêbados comigo, Peter — retrucou Nathaniel. Houve um segundo de silêncio enquanto os homens entendiam exatamente o que ele queria dizer, então gritaram comemorando.

— Quietos! — exclamou Truslow rispidamente.

Nate olhou de novo para o lado da clareira ocupado pelos inimigos. Ele não sabia por que seus homens gostavam dele, mas se sentia tremendamente comovido com o afeto, tanto que tinha se virado para não trair a emoção. Quando fora nomeado capitão deles, sabia que os homens o aceitaram porque ele tinha vindo com a aprovação de Truslow, mas desde então eles descobriram que seu oficial ianque era um homem inteligente, feroz e combativo. Ele nem sempre era amigável, como alguns oficiais que se comportavam exatamente como os comandados, mas a Companhia K aceitava os modos reservados e frios de Nathaniel como características de um nortista. Todos sabiam que os ianques eram pessoas estranhas e frias, e ninguém era mais estranho ou mais frio que os homens de Boston, mas também aprenderam que Nathaniel protegia ferozmente seus homens e estava preparado para desafiar as autoridades da Confederação para salvar alguém de sua companhia. Também sentiam que ele era um patife, e isso os fazia pensar que tinha sorte, e, como todo soldado, prefeririam ter um líder sortudo a qualquer outro tipo.

— O senhor vai mesmo ficar? — perguntou Robert Decker.

— Vou mesmo, Robert. Agora, prepare-se.

— Estou preparado — disse Decker, rindo com prazer.

Era o mais novo dos cinquenta e sete homens da companhia, quase todos vindos do Condado de Faulconer, onde estudaram com Thaddeus Bird, receberam os cuidados médicos do major Danson, ouviram as pregações do reverendo Moss e foram empregados, provavelmente, de Washington Faulconer. Um punhado tinha mais de 40 anos, alguns tinham 20 e poucos ou 30 e poucos, mas a maioria tinha apenas 17, 18 ou 19 anos. Eram irmãos, primos, cunhados, amigos e inimigos, nenhum estranho a qualquer outro, e todos eram familiarizados com as casas, as irmãs, as mães, os cachorros, as esperanças e as fraquezas dos outros. Para o olhar de um estranho eles pareciam ferozes e desalinhados, como um bando de cães no inverno depois de um dia correndo debaixo de chuva, mas Nate sabia que eles não eram assim. Alguns, como os gêmeos Waggoner, eram garotos profundamente devotos que prestavam testemunho todas as noites com os outros soldados e rezavam pela alma de seu capitão, ao passo que outros, como Edward Hunt e Abram Statham, eram patifes que não mereciam um dedo de confiança. Robert Decker, que viera do mesmo vale do sargento Truslow, no alto da Blue Ridge, era uma alma gentil, trabalhadora e confiante, ao passo que outros, como os gêmeos Cobb, eram criaturas indolentes.

— Você deveria reforçar a companhia de Murphy! — O tenente Moxey ainda se demorava perto de Nathaniel.

O capitão se virou rapidamente para ele.

— Leve minha mensagem ao Pica-Pau! Pelo amor de Deus, Mox, se você quer ser um garoto de recados, seja um bom garoto de recados. Agora corra!

Moxey recuou, e Nathaniel olhou para Adam.

— Por favor, pode dizer ao Pica-Pau o que vamos fazer? Não confio no Moxey.

Adam esporeou o cavalo, e Nathaniel se virou para seus homens. Levantou a voz acima do som dos mosquetes e disse à companhia o que esperava dela. Iriam atravessar a clareira em passo acelerado, e, assim que estivessem do lado de lá, iriam virar para a direita e formar uma linha que percorreria a floresta como uma onda chegando à extremidade aberta da linha ianque.

— Não disparem a não ser que seja necessário. Só gritem o mais alto que puderem e deixem-nos ver as baionetas. Eles vão fugir, eu garanto!

Instintivamente, Nate sabia que o surgimento súbito de um bando de rebeldes gritando bastaria para espantar os ianques. Os homens riram nervosos. Um homem, Joseph May, que estivera rezando enquanto subia o morro, olhou para a fixação da baioneta, garantindo que estivesse bem presa. Nathaniel viu o rapaz franzir os olhos.

— Onde estão seus óculos, Joe?

— Perdi, capitão. — May fungou, infeliz. — Eles quebraram — admitiu finalmente.

— Se algum de vocês vir um ianque de óculos, traga-os para Joseph! — instruiu Nate, depois colocou sua baioneta no cano do fuzil.

Em Manassas, por insistência de Washington Faulconer, os oficiais da legião foram para a batalha com espadas, mas os que haviam sobrevivido aprenderam que os atiradores de elite inimigos adoravam um alvo com espada, por isso trocaram as lâminas elegantes por fuzis de soldados comuns e as mangas e os colarinhos cheios de tranças por tecido sem enfeites. Nate também carregava um revólver de cinco balas com cabo de marfim que ele saqueara no campo de batalha em Manassas, mas por enquanto deixaria essa arma inglesa cara no coldre e contaria com seu potente fuzil do Mississippi com a baioneta comprida como uma lança.

— Estão prontos? — gritou de novo.

— Prontos! — respondeu a companhia, querendo acabar com a batalha.

— Nada de gritar enquanto atravessamos! — alertou Nathaniel. — Não queremos que os ianques saibam que estamos indo. Vamos depressa e em silêncio!

Olhou para os rostos ao redor e viu a mistura de empolgação e ansiedade. Olhou para Truslow, que assentiu rapidamente como se acrescentasse aprovação à decisão de Nate.

— Então vamos! — gritou Starbuck, e foi à frente em direção à luz do sol salpicada de verde e ouro que chegava à clareira na diagonal e tremeluzia na fumaça perolada que repousava como camadas de véus entre as árvores.

Era uma agradável tarde de outono, e Nate sentiu um medo súbito e terrível de morrer nessa luz suave, e correu com mais intensidade, temendo uma explosão de metralha de um canhão ou o coice repugnante de uma bala, mas nenhum nortista disparou contra a companhia que correu até o agrupamento de árvores.

Entraram em marcha pesada no mato baixo no lado da clareira ocupado pelos ianques. Assim que estava em segurança sob as árvores, Nate viu de relance a água do rio, que se afastava do penhasco, e para além daquela curva brilhante pôde ver os campos extensos e verdes de Maryland sombreados pela tarde. Essa visão lhe causou uma aflição momentânea, então ele ordenou que seus homens se virassem para a direita e formassem linha, e girou o braço esquerdo para mostrar como queria que eles formassem a nova linha de batalha, mas os soldados não estavam esperando ordens; em vez disso, já atravessavam as árvores em direção ao inimigo. Nathaniel queria que eles avançassem contra o flanco ianque numa linha firme, mas eles optaram por correr em pequenos grupos empolgados, e seu entusiasmo mais que compensava a desorganização. O capitão correu com eles, sem perceber que tinha começado a soltar o agudo berro fantasmagórico. Thomas Truslow estava à sua esquerda, carregando sua faca de caça com lâmina de cinquenta centímetros. A maioria dos homens da legião possuíra um daqueles instrumentos malignos, mas o grande peso das facas havia convencido quase todos a abandoná-las. Truslow, por teimosia, mantivera a sua, e agora era sua arma predileta. Era o único da companhia a não fazer barulho, como se o serviço à frente fosse sério demais para os gritos.

Nathaniel viu os primeiros ianques. Dois homens estavam usando uma árvore caída como posição de tiro. Um recarregava, enfiando a vareta comprida no cano do fuzil enquanto o companheiro mirava por cima do tronco. O homem disparou e Nate viu o coice do fuzil no ombro do sujeito e a fumaça sair iluminada por fagulhas onde a cápsula de percussão explodiu. Para além dos dois homens, a floresta pareceu subitamente cheia de uniformes azuis e, o que era mais estranho, sobretudos cinzentos pendendo de árvores e tremendo ao serem atingidos pelas balas rebeldes.

— Matem-nos! — gritou Nathaniel, e os dois homens junto às árvores caídas se viraram, olhando horrorizados para a carga rebelde.

O homem que havia recarregado o fuzil virou a arma para encarar o capitão rebelde, mirou e puxou o gatilho, mas no pânico havia se esquecido de escorvá-la. O percussor deu um estalo seco ao atingir o aço. O homem se levantou atabalhoadamente e correu, passando por um oficial que se levantou com a espada empunhada e um olhar perplexo e consternado no rosto adornado por suíças. Ao ver a expressão do oficial, Nate soube que fizera a coisa certa.

— Matem-nos! — gritou, sem perceber em absoluto que pronunciava algo tão sanguinário.

Sentia apenas a empolgação de alguém que foi mais esperto que o inimigo e com isso impôs sua vontade num campo de batalha. Esse sentimento era inebriante, preenchendo-o com uma empolgação maníaca.

— Matem-nos! — gritou de novo, e desta vez as palavras pareceram provocar a desintegração de todo o flanco ianque.

Os nortistas fugiram. Alguns se jogaram da beira do penhasco e deslizaram encosta abaixo, mas a maioria correu de volta ao longo do topo; e, enquanto eles corriam, mais homens se juntavam à fuga, e a retirada se tornou cada vez mais apinhada e caótica. Nathaniel tropeçou num ferido que gritava de forma horrível, depois entrou correndo na clareira onde o canhão de Rhode Island havia aberto seu sulco recuando e caindo do penhasco. Pulou por cima de uma caixa de munição, ainda gritando em desafio aos homens que corriam à frente.

Nem todos os nortistas fugiram. Muitos oficiais acharam que o dever era mais importante que a segurança e, com uma bravura que se aproximava do suicídio, ficaram para lutar contra o ataque dos rebeldes que vinha pelo flanco. Um tenente mirou calmamente com seu revólver, disparou uma vez e depois caiu acertado por duas baionetas. Tentou disparar o revólver mesmo morrendo, então um terceiro rebelde enfiou uma bala na sua cabeça e o sangue jorrou. O tenente morreu, mas os homens com baionetas continuaram destroçando seu cadáver com a ferocidade de cães de caça rasgando um cervo caído. Nate gritou para seus homens deixarem o morto e irem em frente. Não queria dar tempo para os ianques se recuperarem.

Adam Faulconer estava montado em seu cavalo na clareira ensolarada, gritando para que o restante da legião a atravessasse e ajudasse a companhia de Nathaniel. O major Bird comandava a equipe que portava as bandeiras do outro lado, entrando na floresta no fim de tarde, tomada pelo som agudo dos ataques rebeldes, dos disparos e dos oficiais nortistas gritando ordens que não tinham chance de ser obedecidas no meio do pânico.

Truslow mandou um nortista largar o fuzil, o sujeito ou não escutou ou decidiu desafiar a ordem, e a faca de caça baixou uma vez com uma horrenda economia de esforço. Um grupo de ianques, tendo o recuo bloqueado, virou-se e correu às cegas de volta para os atacantes. A maioria parou ao ver o erro e ergueu as mãos se rendendo, mas um deles, um oficial, tentou desferir um golpe ensandecido no rosto de Nathaniel. O capitão rebelde parou, deixou a lâmina passar sibilando, em seguida impeliu sua baioneta para a frente e para baixo. Ele sentiu o aço acertar as costelas do ianque e xingou porque havia golpeado para baixo, e não para cima.

— Nate! — arfou o oficial ianque. — Não! Por favor!

— Meu Deus!

A blasfêmia foi arrancada de Nathaniel. O homem que ele estava atacando era integrante da igreja de seu pai, um velho conhecido com quem suportara uma eternidade de aulas na escola dominical. A última notícia que Nate ouvira de William Lewis era que ele havia se tornado aluno de Harvard, mas agora estava ofegando enquanto sua baioneta resvalava por suas costelas.

— Nate? — perguntou Lewis. — É você?

— Largue a espada, Will!

Will Lewis balançou a cabeça, não por estar obstinado em sua recusa, mas por perplexidade por seu velho amigo aparecer no disfarce improvável de rebelde. Então, percebendo a expressão de fúria no rosto de Nathaniel, largou a espada.

— Eu me rendo, Nate!

Starbuck o deixou parado junto à espada caída e continuou correndo para alcançar seus homens. O encontro com um velho amigo o irritara. Será que estava lutando contra um batalhão de Boston? Nesse caso, quantos outros inimigos derrotados iriam reconhecê-lo? Que lares conhecidos ele lançaria ao luto devido às suas ações nesse morro na Virgínia? Então esqueceu as dúvidas ao ver um gigante barbudo uivando para os rebeldes. O homem, vestido em mangas de camisa e suspensórios, usava uma das mãos para empunhar um soquete de artilharia como se fosse um porrete, e na outra levava uma espada curta, de estilo romano, que era padrão dos artilheiros. Sua retirada havia sido interrompida, mas ele se recusava a se render, preferindo morrer como herói a ceder como um covarde. Já havia derrubado um dos homens de Nathaniel; agora desafiava os outros a lutar com ele. O sargento Mallory, que era cunhado de Truslow, disparou contra o gigante, mas a bala errou e o artilheiro barbudo se virou furioso para o magro Mallory.

— Ele é meu! — gritou Nate

Ele empurrou Mallory para o lado, avançou com uma estocada, depois recuou um pouco quando o grandalhão girou o soquete. Esse, pensou Nathaniel, era seu dever de oficial. A companhia precisava ver que ele tinha menos medo, que era o mais preparado para a luta. Além disso, hoje Nate se sentia invencível. O grito de batalha estava em suas veias como uma explosão de fogo. Gargalhou enquanto estocava com a baioneta, mas a lâmina foi empurrada de lado pela espada curta.

— Desgraçado! — cuspiu o artilheiro para Nathaniel, depois usou a espada curta em golpes rápidos e malignos, tentando manter a atenção de Starbuck na lâmina enquanto preparava um golpe com o soquete. Pensou que havia enganado o oficial rebelde e gritou com uma espécie de júbilo enquanto previa a cabeça de madeira do soquete esmagando o crânio do inimigo, mas Nate se abaixou rapidamente, e assim o soquete passou sibilando acima do seu chapéu de aba mole, e o ímpeto do grande arco desferido pela arma improvisada bastou para desequilibrar o grandalhão. Então foi a vez de Nathaniel gritar de triunfo enquanto impelia a baioneta para cima, com força, fazendo um enorme esforço para atravessar a pele e a carne resistentes do sujeito, e ainda estava gritando quando o grandalhão se sacudiu e caiu, estremecendo na lâmina comprida como um peixe morrendo espetado.

Nathaniel ofegava enquanto tentava soltar a baioneta, mas a carne do artilheiro havia se fechado no aço, a lâmina não se movia. O homem largara suas armas e estava segurando sem força o fuzil enfiado nas tripas. Nate também tentou girar o aço para soltá-lo, mas a sucção da carne o prendia como uma pedra. Puxou o gatilho do fuzil, esperando soltar a baioneta, mas ela continuava sem se mexer. O artilheiro ofegou horrivelmente ao ser acertado pela bala, então Nathaniel abandonou a arma e deixou o artilheiro morrendo no chão da floresta. Tirou do coldre seu belo revólver com cabo de marfim e correu atrás de seus homens, descobrindo que a Companhia K não estava mais sozinha na floresta, e era meramente parte de uma maré cinzenta e castanha que dominava os defensores nortistas e impelia os sobreviventes numa debandada terrível para fora do alto do penhasco, descendo até a elevação estreita e lamacenta junto ao rio. Um sargento de Nova York gritou ao perder o equilíbrio precário e despencou pelo barranco, quebrando a perna numa pedra.

— Nate! — Adam havia esporeado seu garanhão e entrado no meio das árvores. — Chame-os de volta!

Nathaniel olhou para o amigo sem compreender.

— Acabou! Você venceu! — exclamou Adam, e indicou a massa de rebeldes que havia começado a disparar de cima da encosta íngreme do penhasco nos ianques encurralados abaixo. — Faça-os parar! — disse Adam, como se culpasse Nathaniel por essa demonstração de vitória jubilosa e vingativa, depois virou o cavalo violentamente para encontrar alguém com autoridade suficiente para acabar com o massacre.

Porém ninguém desejava que acabasse. Os nortistas estavam encurralados sob o penhasco e os sulistas derramavam uma saraivada implacável na massa que se retorcia e se arrastava lá embaixo. Um grupo de ianques tentou escapar da chacina passando por cima dos feridos para alcançar a segurança de um barco recém-chegado, mas o peso dos fugitivos fez a pequena embarcação virar. Um homem pedia socorro enquanto a correnteza o arrastava. Outros tentaram nadar atravessando o canal, mas a água estava agitada com o impacto das balas. O sangue manchou a corrente e foi carregado em direção ao mar. Homens se afogavam, homens morriam, homens sangravam, e ainda assim a chacina sem remorso, interminável, continuava à medida que os rebeldes recarregavam as armas e disparavam, recarregavam e disparavam, recarregavam e disparavam, zombando o tempo todo de seu inimigo derrotado, encolhido, partido.

Nathaniel se esgueirou até a beira do penhasco e olhou para uma cena infernal. A base da escarpa lembrava uma massa que se retorcia insensata; uma enorme fera morrendo no crepúsculo que se aproximava, mas ainda não era uma fera sem presas, pois alguns tiros ainda vinham lá de baixo. Nate enfiou o revólver no cinto, pôs as mãos em concha e gritou morro abaixo, para os ianques pararem de atirar.

— Vocês são prisioneiros! — gritou, mas como resposta recebeu chamas de fuzis nas sombras e o assobio dos disparos perto da sua cabeça.

Nathaniel pegou o revólver e o descarregou morro abaixo. Truslow estava ao seu lado, pegando fuzis carregados pelos homens de trás e disparando na cabeça de homens que tentavam nadar para a segurança. O rio espumava, como se um cardume de peixes se agitasse freneticamente para escapar de um baixio de maré. Corpos deslizavam corrente abaixo, outros se agarravam em galhos ou se prendiam em bancos de lama. O Potomac havia se tornado um rio da morte, marcado por sangue, açoitado por balas e repleto de corpos. O major Bird fez uma expressão de desagrado ao ver aquilo, mas não fez nada para impedir seus homens de atirar.

— Tio! — protestou Adam. — Faça-os parar!

Mas, em vez de parar com a matança, Bird olhou para baixo como se fosse um explorador que acabara de tropeçar num fenômeno da natureza. Para o major, a guerra implicava chacinas, e era incoerente participar de uma guerra e protestar contra a chacina. Além disso, os ianques não iriam se render, ainda estavam atirando de volta nos rebeldes, então Bird respondeu à exigência de Adam levantando o revólver e disparando um tiro no tumulto embaixo.

— Tio! — gritou Adam em protesto.

— Nosso trabalho é matar ianques — retrucou Bird, e olhou o sobrinho galopar para longe. — E o trabalho deles é nos matar — continuou, mesmo que Adam já estivesse longe demais para ouvir —, e, se os deixarmos vivos hoje, amanhã poderá ser a vez deles.

Em seguida, o major Bird se virou outra vez para o horror e descarregou o revólver de forma inofensiva no rio. Ao redor, homens faziam caretas ao disparar, e Bird olhou para eles, vendo a luxúria do sangue correr solta, mas, à medida que as sombras se alongavam e os tiros de volta eram reduzidos a nada, e à medida que o medo e a paixão do clímax do longo dia se esvaíam, os soldados sulistas pararam de atirar e deram as costas para o rio que espumava sangrento.

Bird encontrou Nate tirando um par de óculos de um morto. As lentes estavam sujas de sangue coagulado que o jovem capitão limpou na bainha do casaco.

— Está perdendo a visão, Nate? — perguntou Bird.

— Joe May perdeu os óculos. Estamos tentando achar uns que sirvam.

— Eu gostaria de arranjar um cérebro novo para ele. Ele é uma das criaturas mais obtusas a quem já tive o infortúnio de ensinar — comentou Bird, pondo o revólver no coldre. — Preciso agradecer a você por ter me desobedecido. Parabéns.

Nathaniel riu diante do elogio. Bird percebeu o júbilo feroz no rosto do nortista e se espantou ao ver que a batalha poderia dar tanta alegria a alguém. O major supunha que alguns homens nasciam para ser soldados, assim como outros nasciam para ser médicos, professores ou agricultores, e achava que Nate era um soldado nascido para aquele ofício sombrio.

— Moxey reclamou de você — disse Bird. — E o que devemos fazer com relação a ele?

— Entregue o filho da puta aos ianques — respondeu Nathaniel, depois se afastou com Bird do topo do penhasco, voltando para as árvores, onde uma companhia de homens do Mississippi reunia prisioneiros.

Nate evitou os nortistas carrancudos, sem querer ser reconhecido por algum outro habitante de Boston. Um soldado do Mississippi havia pegado uma bandeira branca caída, com a qual desfilou ao crepúsculo, e Nate viu o belo escudo da Comunidade de Massachusetts bordado na seda suja de sangue. Imaginou se Will Lewis ainda estaria no alto do penhasco ou se, no caos da derrota, o tenente se esgueirara para o rio e tentara chegar à outra margem. E o que diriam em Boston, pensou Nathaniel, quando ouvissem que o filho do reverendo Elial proferia o grito rebelde, usava o cinza maltrapilho e atirava nos homens que rezavam na igreja do pai? Não importava o que dissessem. Ele era um rebelde partidário do sul desafiador, e não um daqueles soldados nortistas elegantes, bem equipados, que pareciam de uma raça diferente dos sulistas risonhos e cabeludos.

Ele deixou Bird com as bandeiras da legião e foi caçar no meio da floresta, em busca de óculos ou de algum outro saque útil que pudesse encontrar nos cadáveres. Alguns mortos pareciam bastante pacíficos, a maior parte parecia atônita. Estavam caídos com a cabeça inclinada para trás, boca aberta, os braços estendidos, e as mãos contraídas como garras. Moscas se ocupavam nas narinas e nos olhos vítreos. Acima dos mortos, os sobretudos cinzentos descartados pelos nortistas, rasgados por balas, continuavam pendurados nos galhos, parecendo homens enforcados à luz que se esvaía. Nate encontrou um dos casacos com forro escarlate muito bem dobrado e posto junto ao tronco de uma árvore. Acreditando que seria útil no inverno que se aproximava, pegou-o e o desdobrou, vendo que não tinha marcas de bala nem de baioneta. Uma etiqueta com o nome tinha sido muito bem costurada na gola, e Nate observou as letras pintadas meticulosamente na pequena tira branca. "Oliver Wendell Holmes Jr.", dizia a etiqueta, "20º Mass." O nome trouxe uma lembrança súbita e intensa de uma família inteligente de Boston e do escritório do professor Oliver Wendell Holmes com seus vidros de espécimes em prateleiras altas. Um daqueles vidros tinha um cérebro humano pálido e enrugado, lembrou Nathaniel, ao passo que outros continham estranhos homúnculos de cabeça grande suspensos num líquido turvo. A família não rezava na igreja de Starbuck, mas o reverendo Elial aprovava o professor Holmes, por isso Nate tivera permissão de visitar a casa do doutor, onde se tornara amigo de Oliver Wendell Jr., que era um rapaz intenso, magro e amigável, rápido nos debates e de natureza generosa. Nathaniel esperou que o velho amigo tivesse sobrevivido à luta. Então, pendurando o sobretudo pesado de Holmes nos ombros, foi encontrar seu fuzil e descobrir como seus homens se saíram na batalha.

* * *

No escuro, Adam Faulconer vomitava.

Ele estava ajoelhado na camada de folhas sob um bordo e vomitou até a barriga secar e a garganta arder, depois fechou os olhos e rezou como se o próprio futuro da humanidade dependesse da intensidade de sua súplica.

Adam sabia que lhe contaram mentiras e, o que era pior, sabia que havia acreditado voluntariamente nelas. Acreditara que uma batalha dura seria derramamento de sangue suficiente para lancetar a doença que assolava os Estados Unidos, mas, em vez disso, a batalha havia meramente piorado a febre, e hoje ele presenciara homens matar como animais. Vira seu melhor amigo, seus vizinhos e o irmão de sua mãe matarem como animais. Vira homens descendo ao inferno e vira suas vítimas morrerem como insetos.

Agora estava escuro, mas um gemido alto ainda vinha da base do penhasco, onde uma enorme quantidade de nortistas sangrava e morria. Adam havia tentado descer para ajudar, mas uma voz gritara para ele se afastar, e um fuzil havia disparado nele às cegas do alto da encosta, e esse tiro desafiador bastara para provocar outra fuzilaria rebelde do topo do penhasco. Mais homens gritaram no escuro e choraram na noite.

Ao redor de Adam algumas fogueiras ardiam, e ao redor dessas fogueiras os rebeldes vitoriosos estavam sentados com expressões risonhas e demoníacas. Eles saquearam os mortos e revistaram os bolsos dos prisioneiros. O coronel Lee, do 20º Regimento de Massachusetts, fora obrigado a entregar sua bela casaca com tranças a um arreeiro do Mississippi, que agora estava sentado usando-a diante de uma fogueira e limpando a gordura das mãos nas abas da vestimenta. O cheiro rústico de uísque preenchia o ar noturno, assim como o mau cheiro azedo de sangue e o odor enjoativo e doce dos mortos apodrecendo. Algumas baixas sulistas foram enterradas na campina inclinada voltada para o sul, em direção à montanha Catoctin, mas os corpos dos nortistas ainda permaneciam ao ar livre. A maioria fora recolhida e empilhada como lenha, mas alguns cadáveres que não tinham sido descobertos continuavam escondidos no mato baixo. De manhã, um grupo de escravos seria trazido das fazendas próximas e obrigado a cavar uma vala de tamanho suficiente para os mortos ianques. Perto da pilha de corpos cobertos de sangue um homem tocava uma rabeca ao lado de uma fogueira, e alguns soldados cantavam baixinho a música triste.

Deus havia abandonado esses homens, decidiu Adam, assim como eles O abandonaram. Hoje, na beira de um rio, eles usurparam as decisões de Deus sobre a vida e a morte. Estavam entregues ao mal, concluiu Adam, abalado. Não importava que alguns rebeldes vitoriosos tivessem rezado ao crepúsculo e tentado ajudar o inimigo derrotado; todos, segundo Adam, estavam chamuscados pelo hálito do diabo.

Porque o diabo havia agarrado os Estados Unidos e arrastava o mais belo país da terra para o seu ninho imundo, e Adam, que se deixara ser convencido de que o sul precisava de um único momento de glória em batalha, sabia que tinha chegado ao seu próprio impasse. Sabia que precisava tomar uma decisão, e que ela implicava o risco de se separar da família, dos vizinhos, dos amigos e até mesmo da jovem que amava, mas era melhor perder Julia do que perder a alma, disse a si mesmo enquanto se ajoelhava no ar recendendo a vômito e a morte no topo do penhasco.

A guerra precisava ser encerrada. Essa foi a decisão de Adam. Ele tentara evitar o conflito antes mesmo do início da luta. Havia trabalhado com a Comissão Cristã de Paz e vira aquele bando de pessoas dignas e devotas ser esmagado pelos fervorosos defensores da guerra, por isso agora usaria a guerra para acabar com ela própria. Trairia o sul porque somente com essa traição poderia salvar seu país. O norte precisaria receber toda a ajuda possível, e, como ajudante do general comandante do sul, Adam sabia que poderia prestar mais auxílio ao norte que qualquer outro homem.

Rezou no escuro, e sua oração pareceu ser respondida quando sentiu uma grande paz em si. A paz disse a Adam que sua decisão era boa. Ele se tornaria traidor e entregaria o país ao inimigo em nome de Deus e pelos Estados Unidos.

Corpos flutuavam rio abaixo no escuro, levados em direção à baía de Chesapeake e ao oceano distante. Alguns cadáveres ficaram presos nas barragens perto de Great Falls, onde o rio virava para o sul em direção a Washington, no entanto, a maior parte foi carregada através das corredeiras e flutuou pela noite até se prender nos pilares da Long Bridge, onde passava a estrada de Washington para o sul, adentrando a Virgínia. O rio lavava os corpos, de modo que, ao alvorecer, quando os cidadãos de Washington caminharam junto à água e olharam para os baixios lamacentos perto das margens, viram seus filhos totalmente limpos e brancos, a pele morta reluzindo, mas agora os corpos estavam tão inchados com gás que forçavam os botões e esticavam as costuras dos belos uniformes novos.

E na Casa Branca um presidente chorava a morte do senador Baker, seu amigo querido, enquanto o sul rebelde, vendo a mão de Deus nessa vitória junto às águas, agradecia.

* * *

As folhas perdiam a cor e caíam, soprando ouro e escarlate sobre as novas sepulturas no penhasco de Ball. Em novembro, as tropas rebeldes se afastaram do rio, indo para os alojamentos de inverno mais perto de Richmond, onde os jornais alertavam sobre o aumento das fileiras nortistas. O general de brigada McClellan, o Jovem Napoleão, estaria treinando seu exército crescente até o auge da perfeição militar. O breve combate no penhasco de Ball podia ter enchido as igrejas nortistas com gente de luto, mas o norte se consolava ao pensar que sua vingança estava nas mãos do exército muito bem equipado de McClellan, que, quando a primavera chegasse, baixaria sobre o sul como um verdadeiro relâmpago.

A Marinha nortista não esperou a primavera. Na Carolina do Sul, perto de Hilton Head, os navios de guerra entraram disparando no estreito Port Royal e equipes de desembarque invadiram os fortes que guardavam o porto Beaufort. As forças marítimas estavam bloqueando e dominando o litoral sul, e, ainda que os jornais sulistas tentassem diminuir a importância da derrota em Port Royal, a notícia provocou comemorações e cânticos nos alojamentos de escravos da Confederação. Houve mais comemoração quando Charleston foi quase destruída pelo fogo — uma visita do anjo da vingança, diziam os pastores nortistas. E os mesmos pastores comemoraram ao saber que uma embarcação de guerra ianque, desafiando as leis do mar, tinha parado um navio-correio britânico e retirado os dois enviados confederados mandados de Richmond para negociar tratados com os poderes europeus. Alguns sulistas também comemoraram essa notícia, declarando que esnobar a Grã-Bretanha certamente traria a Marinha Real ao litoral americano, e em dezembro os jubilosos jornais de Richmond informavam que batalhões de casacas-vermelhas estavam desembarcando no Canadá para reforçar a guarnição permanente, para o caso de os Estados Unidos optarem por lutar contra a Inglaterra, em vez de devolver os dois enviados sequestrados.

A neve caía nas montanhas Blue Ridge, cobrindo o túmulo da esposa de Truslow e impedindo a passagem pelas estradas que levavam ao oeste da Virgínia, região que havia desafiado Richmond ao abandonar o estado e se juntar à União. Washington celebrou a deserção, declarando ser o início da dissolução da Confederação. Mais tropas marcharam, atravessando a Pennsylvania Avenue e chegando aos campos de treinamento da ocupação no norte da Virgínia, onde o Jovem Napoleão aprimorava suas habilidades. Todos os dias novas armas chegavam pelos trens das fundições do norte e eram deixadas enfileiradas em campos próximos ao Capitólio, que reluzia sob o sol de inverno em meio ao emaranhado de andaimes de seu domo inacabado. Uma investida poderosa, disseram os jornais nortistas, e a Confederação ruirá como uma árvore velha apodrecida.

A capital rebelde não estava tão confiante. O inverno não trouxera nada além de más notícias e um tempo ainda pior. A neve chegara cedo, o frio era cortante, e a forca ianque parecia apertar o pescoço do sul. A perspectiva de uma iminente vitória nortista finalmente animou Adam Faulconer que, duas semanas antes do Natal, saiu a cavalo da cidade até o cais de pedra no atracadouro de Rockett. O vento agitava o rio provocando ondas curtas, cinzentas e fortes e assobiava no cordame alcatroado do navio para troca de prisioneiros que partia uma vez por semana da capital confederada. A embarcação viajava pelo rio James, sob os altos canhões do forte rebelde no penhasco de Drewry, seguindo pelos meandros baixos ladeados por pântanos salgados até a confluência do rio com o Appomattox, e de lá para o leste ao longo de um caminho livre, largo e raso, até que, a pouco mais de cem quilômetros de Richmond, chegava às Hampton Roads e virava para o norte até o cais do Forte Monroe. A fortificação, apesar de se encontrar em solo da Virgínia, estava sob o poder das forças da União desde antes do início da guerra, e lá, sob sua bandeira de trégua, o barco descarregou nortistas capturados que eram trocados por prisioneiros rebeldes liberados pelo norte.

O pungente vento frio de inverno açoitava o atracadouro de Rockett com espasmos de chuva fina e azedava o cais com o cheiro das forjas que lançavam sua sulfurosa fumaça de carvão ao longo da margem do rio. A chuva e a fumaça deixavam tudo oleoso; as pedras do cais, os turcos de metal, os cabos que prendiam a embarcação e até os uniformes de tecido leve e mal-ajustados dos trinta homens que esperavam ao lado da prancha de embarque. Eram oficiais nortistas capturados em Manassas que, depois de quase cinco meses de cativeiro, estavam sendo trocados por oficiais rebeldes capturados na campanha do general McClellan, no que agora era chamado de estado da Virgínia Ocidental. Os rostos dos prisioneiros estavam pálidos depois do confinamento na Castle Lightning, um prédio de fábrica que ficava na Cary Street, perto dos dois tanques de depósito de gás para a iluminação das ruas da cidade. As roupas dos prisioneiros libertados

71

pendiam frouxas, evidência do peso que perderam durante o confinamento na fábrica confiscada.

Os homens tremiam enquanto esperavam a permissão para embarcar. A maioria carregava pequenos sacos com os poucos pertences que conseguiram preservar durante a prisão: um pente, algumas moedas, uma Bíblia, algumas cartas de casa. Estavam com frio, mas pensar na libertação iminente os animava, e eles se provocavam mutuamente falando da recepção no Forte Monroe, inventando refeições cada vez mais luxuriantes que seriam servidas nos alojamentos dos oficiais. Sonhavam com lagosta e bife, sopa de tartaruga e ostras, pato com molho de laranja, taças de vinho da Madeira e garrafas de vinho, mas, acima de tudo, sonhavam com café, café de verdade, bom e forte.

Um prisioneiro não sonhava com essas coisas. Em vez disso, andava de um lado para o outro do cais com Adam Faulconer. O major James Starbuck era um homem alto com um rosto que já fora carnudo, mas agora parecia flácido. Ainda era jovem, mas sua postura, a carranca perpétua e o cabelo ralo o faziam parecer muito mais velho. Um dia tivera uma bela barba, mas até ela perdera o lustro no interior úmido da Castle Lightning. James fora um advogado em ascensão em Boston antes da guerra, e depois fora ajudante de confiança de Irvin McDowell, o general que havia perdido a batalha de Manassas, e agora, voltando para o norte, James não sabia o que seria dele.

O dever de Adam neste dia era garantir que apenas os prisioneiros cujos nomes foram combinados entre os dois exércitos fossem soltos, mas essa obrigação terminara após haver uma simples chamada e uma contagem de cabeças. Com isso, ele buscara a companhia de James e pedira para falar com ele em particular. Naturalmente James presumiu que Adam queria falar sobre seu irmão.

— Você acha que não há chance de Nate mudar de lado? — perguntou a Adam, ansioso.

Adam não respondeu diretamente. Na verdade, estava bastante desapontado com seu amigo Nathaniel Starbuck que, segundo acreditava, abraçava a guerra como se ela fosse uma amante. Adam acreditava que Nate havia abandonado Deus, e o melhor que poderia esperar era que Deus não tivesse abandonado Nate Starbuck, mas Adam Faulconer não queria emitir esse juízo rígido, por isso tentou encontrar alguma migalha de bondade redentora que levantasse as esperanças de James para o irmão mais novo.

— Ele me disse que vai aos cultos regularmente — respondeu em tom débil.

— Isso é bom! Isso é muito bom!

James parecia numa animação incomum, depois franziu a testa coçando a barriga. Como todos os outros prisioneiros mantidos na Castle Lightning, estava cheio de piolhos. A princípio ele achara a infestação terrivelmente vergonhosa, mas o tempo o acostumara aos parasitas.

— Mas o que Nate fará no futuro? — perguntou Adam, e respondeu à própria pergunta balançando a cabeça. — Não sei. Se meu pai retomar o comando da legião, acho que Nate será obrigado a procurar outro trabalho. Você sabe, meu pai não gosta dele.

James saltou alarmado quando uma súbita erupção de vapor sibilou alto numa locomotiva na ferrovia York River, ali perto. A máquina emitiu outro enorme jato de vapor, depois suas gigantescas rodas propulsoras emitiram um barulho agudo enquanto buscavam alguma tração nos trilhos de aço molhados e brilhantes. Um supervisor gritou ordens a dois escravos que correram para espalhar punhados de areia embaixo das rodas que derrapavam. Por fim, a locomotiva conseguiu tração e se moveu com um tranco, puxando um longo trem de vagões de carga sacolejando. O combustível da locomotiva era resina de pinheiro que deixava um alcatrão grosso na borda da chaminé que parecia uma panela.

— Eu tinha um motivo particular para vê-lo hoje — disse Adam sem jeito quando o som da locomotiva diminuiu.

— Despedir-se? — sugeriu James com um engano desajeitado. Uma das solas dos seus sapatos havia se soltado e balançava quando ele caminhava, fazendo-o tropeçar ocasionalmente.

— Preciso ser franco — prosseguiu Adam, nervoso, e depois ficou em silêncio quando os dois passaram em volta de uma pilha de correntes de âncora molhadas. — A guerra deve ser encerrada — explicou-se Adam por fim.

— Ah, de fato — concordou James com fervor. — Deve, sim. É minha esperança e rezo por isso.

— Não sou capaz de descrever a você o tipo de tribulação que a guerra já está trazendo para o sul — continuou Adam com igual fervor. — Sinto medo ao pensar no mesmo tipo de iniquidade acontecendo ao norte.

— De acordo — murmurou James, mesmo sem fazer ideia do que Adam estava falando.

Na prisão, às vezes a Confederação parecia estar ganhando a guerra, impressão que aumentou com a chegada dos prisioneiros do penhasco de Ball.

— Se a guerra continuar — disse Adam —, degradará a todos nós. Seremos escarnecidos pela Europa; perderemos qualquer autoridade moral que possuímos no mundo.

Ele balançou a cabeça como se não tivesse conseguido se expressar muito bem. Para além do cais, o trem ganhava velocidade, as rodas dos vagões de carga retiniam nas juntas dos trilhos, e a fumaça da locomotiva surgia branca contra as nuvens cinzentas. Um guarda pulou na plataforma do último vagão, que servia como alojamento, e saiu do vento frio.

— A guerra é errada! — exclamou Adam por fim. — Ela vai contra o propósito de Deus. Estive rezando sobre isso e peço que me entenda.

— Eu entendo — disse James.

No entanto, ele não podia falar mais nada porque não queria ofender seu novo amigo dizendo que o único modo de realizar o propósito de Deus seria com a derrota da Confederação, e, ainda que Adam pudesse estar verbalizando sentimentos muito próximos daquilo que acreditava, ele ainda usava um uniforme cinzento dos rebeldes. Tudo era muito confuso, pensou James. Alguns prisioneiros nortistas na Castle Lightning alardeavam abertamente adultério, blasfemavam e zombavam, amavam álcool e jogos, violavam o domingo e eram libertinos; homens que James considerava serem da estirpe mais cruel e do caráter mais vil, porém eram soldados que lutavam pelo norte, ao passo que esse Adam lastimoso e devoto era rebelde.

Então, para perplexidade de James, Adam mostrou que essa suposição estava errada.

— O necessário, e imploro seu sigilo nessa questão, é que o norte obtenha uma vitória rápida e esmagadora. Só assim esta guerra pode ser encerrada. Você acredita em mim? — perguntou Adam.

— Acredito, acredito. É claro. — James se sentiu dominado pelos sentimentos de Adam. Ele parou e observou o rosto do rapaz, sem prestar atenção a um sino que havia começado a tocar convocando os prisioneiros a embarcar no navio. — E junto minhas orações às suas — continuou, repleto de santimônia.

— Agora será necessário mais que orações — explicou Adam, e tirou do bolso uma Bíblia de papel muito fino que entregou a James. — Peço que você leve isto de volta ao norte. Escondida atrás das folhas de guarda há uma lista completa das unidades do nosso exército, sua força nesta semana e suas posições atuais na Virgínia.

Adam estava sendo modesto. No envelope improvisado feito com a capa de couro da Bíblia ele enfiara todos os detalhes relativos às defesas confederadas no norte da Virgínia. Tinha listado a quantidade de ração de cada brigada do exército rebelde e discutido a possibilidade de o governo de Richmond adotar o alistamento obrigatório na primavera. Seu trabalho no estado-maior permitira revelar o total semanal de novas peças de artilharia que chegavam ao exército vindo das fundições em Richmond e revelar quantos canhões, dos que estavam diante dos piquetes nortistas nos redutos rebeldes ao redor de Centreville e Manassas, eram falsos. Ele havia desenhado as defesas de Richmond, alertando que o círculo de fortes de terra e valas ainda estava em construção e que cada mês que passava tornaria os obstáculos mais formidáveis. Contou ao norte sobre a nova embarcação blindada com ferro que estava sendo construída em segredo no estaleiro de Norfolk e sobre os fortes que protegiam o rio nas proximidades de Richmond. Adam incluíra tudo que podia, descrevendo os pontos fortes e fracos do sul, mas sempre insistindo que um ataque forte certamente esmagaria a secessão como se ela fosse um castelo de cartas.

Adam esperava desesperadamente que esta traição ampla bastasse para acabar com a guerra, mas era suficientemente sensato para saber que quem recebesse a carta poderia exigir mais informações. Agora, andando pelo cais coberto de óleo sob a chuva fria, disse a James exatamente como uma mensagem do norte poderia chegar a ele. Adam havia trabalhado arduamente nesse esquema, tentando prever cada falha que revelasse sua identidade às autoridades sulistas, e sabia que o maior perigo viria das mensagens do norte para o sul.

— E é por isso que eu preferiria que você nunca me contatasse — alertou a James. — Mas, se for preciso, peço que nunca use meu nome nas cartas.

— É claro.

James segurou a Bíblia com capa de couro com suas mãos frias, sentindo culpa por sua felicidade indecorosa. Era certo e adequado que ficasse feliz por Adam esposar a causa do norte, mas sentia que era vergonhoso ver nessa adoção uma vantagem para si próprio, porque tinha uma consciência culpada de que a carta escondida na Bíblia poderia muito bem ajudar em sua carreira militar. Em vez de voltar ao norte como o humilde ajudante de um general fracassado, de repente era o portador da vitória nortista. Suas orações foram atendidas e multiplicadas por cem.

— Se for necessário, posso lhe mandar mais informações — continuou Adam —, mas só para você. Para mais ninguém. Não posso confiar em outra pessoa.

Os dois lados tinham muitos informantes que trairiam qualquer um pelo preço de uma garrafa de uísque, mas Adam tinha certeza de que podia confiar nesse advogado de Boston que era um dos homens mais devotos e dedicados a Deus nos dois exércitos.

— Você me dará sua palavra de cristão de que manterá minha identidade em segredo?

— É claro — respondeu James, ainda atordoado com esse golpe de sorte.

— Quero dizer, em segredo para todos — insistiu Adam. — Se você revelar minha identidade ao general McClellan, não tenho fé de que ele não vá contar a outra pessoa, e essa outra pessoa poderia ser minha ruína. Prometa-me isto. Ninguém deve saber, a não ser você e eu.

James assentiu outra vez.

— Eu prometo.

Em seguida, James se virou quando o sino do barco tocou de novo. Seus colegas prisioneiros estavam subindo pela rampa de embarque, mas mesmo assim James não fez menção de se juntar a eles. Em vez disso, enfiou a mão num bolso do casaco desbotado e sujo e pegou um pacote embrulhado em pano impermeável. O pano estava mal enrolado, e James o deixou abrir revelando uma Bíblia pequena e muito manuseada, com a capa surrada.

— Pode entregar isto a Nate? Pedir que ele leia?

— Com prazer.

Adam pegou a Bíblia volumosa e ficou olhando James embrulhar suas novas escrituras no pedaço de pano impermeável.

— E lhe diga que, se ele retornar ao norte, farei o possível para reconciliá-lo com papai e mamãe— acrescentou James numa voz sincera.

— Claro — disse Adam, mas não conseguia imaginar Nathaniel reagindo à generosidade do irmão.

— Quer ficar aqui, moço? — gritou um marinheiro do navio para James.

— Lembre-se da sua promessa — pediu Adam. — Não conte a ninguém quem lhe deu essa carta.

— Pode confiar em mim — garantiu James. — Não contarei a ninguém.

— Que Deus o abençoe. — Adam sentiu um súbito e imenso afeto por aquele homem bom e desajeitado que obviamente era um irmão em Cristo.

— E que Deus abençoe os Estados Unidos.

— Amém — respondeu James, depois estendeu a mão. — Vou rezar por você.

— Obrigado. — E os dois trocaram um aperto de mão antes de acompanhar o nortista até o navio que esperava.

A rampa foi puxada para bordo e os cabos retirados. James ficou junto à amurada, apertando a Bíblia nova com as mãos. Enquanto o último cabo caía e o barco se movia perceptivelmente na correnteza do rio, os prisioneiros libertos comemoraram. As rodas laterais começaram a girar, suas grandes pás agitando a água oleosa até ficar branca. O movimento das pás fez os prisioneiros libertos gritarem comemorando de novo, todos menos James, que permaneceu em silêncio e separado do restante. A chaminé alta do navio lançou uma lufada de fumaça suja que foi soprada por cima do rio.

Adam ficou olhando o navio passar pelo estaleiro da Marinha, ajudado por uma corrente de vento fria e agitada. Ele acenou uma última vez para James, depois olhou para a Bíblia no bolso, vendo que as margens estavam cheias de anotações. Era a Bíblia de um homem que lutava com a vontade de Deus, a Bíblia de um homem bom. Fechou o livro e o apertou com força, como se pudesse se fortalecer com a palavra do Senhor, depois se virou e foi mancando na direção de seu cavalo amarrado. O vento soprava fresco e frio, mas Adam sentia uma calma imensa porque tinha feito a coisa certa. Havia escolhido o caminho da paz, e, ao fazê-lo, traria apenas bênçãos para o seu país; seria um único país outra vez, norte e sul, unidos no propósito de Deus.

Cavalgou para a cidade. Atrás dele, o barco para troca de prisioneiros espirrava água e soltava fumaça fazendo a curva do rio, indo para o sul levando sua carga de traição e paz.

Parte 2

4

O aniversário de George Washington foi escolhido como o dia da posse formal de Jefferson Davis como presidente dos Estados Confederados da América. Ele já havia sido empossado uma vez antes, em Montgomery, Alabama, mas aquela cerimônia tornara Davis apenas presidente de um governo provisório. Agora, consagrado pela eleição e instalado adequadamente na nova capital confederada, seria empossado pela segunda vez. A escolha do aniversário de Washington como data da segunda cerimônia se destinava a investir a ocasião de uma dignidade simbólica, mas o dia auspicioso trouxe apenas uma chuva miserável e incessante que levou a multidão enorme reunida na praça do Capitólio, em Richmond, a se abrigar sob uma infinidade de guarda-chuvas tão densamente apinhados que os oradores pareciam falar para um monte de calombos pretos lustrosos. O tamborilar da chuva no teto das carruagens e nos panos esticados dos guarda-chuvas era tão alto que ninguém, a não ser o grupo na plataforma, conseguia ouvir algum discurso, oração ou até mesmo o juramento solene do presidente. Após prestar juramento, o presidente Davis invocou a ajuda de Deus para a causa justa do sul, e a oração foi pontuada pelos espirros e pelas tosses dos dignitários ao redor. Nuvens cinzentas de fevereiro pairavam baixas sobre a cidade, escurecendo tudo a não ser as novas bandeiras de batalha do exército confederado do leste. As bandeiras, que pendiam em mastros atrás da plataforma e em todos os telhados à vista da praça do Capitólio, eram belos estandartes vermelhos, cortados pela cruz azul de santo André onde estavam costuradas treze estrelas representando os onze estados rebeldes, além do Kentucky e do Missouri, cuja lealdade era reivindicada pelos dois lados. Os sulistas que buscavam augúrios ficaram satisfeitos porque treze estados fundavam este novo país, assim como treze haviam fundado um país diferente oitenta e seis anos antes, mas algumas pessoas na multidão o consideravam um número de azar, assim como percebiam a chuva torrencial como um presságio de infortúnio para o presidente recém-empossado.

Depois da cerimônia, um cortejo de homens notáveis sujos de lama se apressou pela Twelfth Street para uma recepção na Brockenborough House, na Clay Street, que fora alugada pelo governo para servir como mansão presidencial. Logo a casa estava apinhada com pessoas pingando, que penduraram casacos molhados na estátua da Comédia e na da Tragédia, que enfeitavam o saguão de entrada, depois foram de um cômodo a outro para avaliar e criticar o gosto do novo presidente com relação a móveis e pinturas. Os escravos dele puseram capas protetoras nos tapetes caros nas salas de recepção, mas os visitantes queriam inspecionar as estampas e puxaram as capas de algodão. Assim, os tapetes com lindas estampas ficaram pisoteados por botas cheias de lama, e dois dos arranjos de penas de pavão no console da sala de estar das damas foram destruídos por pessoas que desejavam lembranças daquele dia. O próprio presidente estava com a testa franzida ao lado da lareira de mármore branco na sala de jantar oficial e garantia a todos que lhe davam os parabéns que concebera a cerimônia do dia como uma ocasião extremamente solene e sua presidência como um dever tremendamente pesado. Alguns músicos do Exército deveriam estar entretendo os convidados, mas a multidão era tão compacta que o violinista nem tinha espaço para mover o arco, e assim os soldados se retiraram para a cozinha, onde os cozinheiros os presentearam com um bom vinho da Madeira e *aspic* de frango.

O coronel Washington Faulconer, resplandecente num uniforme confederado elegante que parecia mais vistoso ainda com a tipoia preta que sustentava o braço direito, parabenizou o presidente, depois fez o pequeno alarde de não poder trocar apertos de mão com o braço ferido e, assim, ofereceu a mão esquerda.

Por fim o presidente Davis conseguiu um aperto de mão frouxo e desajeitado e murmurou que se sentia honrado com a presença de Faulconer nessa ocasião solene que pressagiava esses dias de dever pesado.

— Deveres pesados exigem grandes homens, senhor presidente — respondeu Washington Faulconer. — O que significa que somos felizardos por tê-lo.

A boca fina de Davis se repuxou, mostrando que recebeu o elogio. Ele sentia uma dor de cabeça lancinante que o fazia parecer ainda mais distante e frio que o normal.

— Lamento — disse rigidamente — que o senhor não tenha se sentido capaz de aceitar o serviço de enviado diplomático.

— Mas decerto fui poupado de algum inconveniente com isso, senhor presidente — respondeu Washington Faulconer em tom despreocupado, antes de perceber que, na guerra, todos os homens deveriam aceitar a inconveniência, ainda que implicasse ser sequestrado dos aposentos confortáveis de um navio do correio britânico pela Marinha dos Estados Unidos.

Os dois enviados foram libertados, assim poupando o norte de lutar contra a Inglaterra, além de contra a Confederação, mas a chegada deles à Europa não havia gerado boas notícias. A França não apoiaria o sul a não ser que a Inglaterra desse o primeiro passo, e os ingleses não interviriam a não ser que o sul desse sinais claros de que poderia vencer a guerra sem ajuda externa, e tudo isso resultava num absurdo sem sentido. O presidente, refletindo sobre o fracasso diplomático, concluíra que foram escolhidos os homens errados como diplomatas. Slidell e Mason eram homens de modos rústicos, acostumados à rispidez da política americana, mas não eram ardilosos o suficiente para as chancelarias astutas de uma Europa cheia de suspeitas. Um enviado mais elegante poderia ter obtido um maior sucesso, acreditava o presidente agora.

E Washington Faulconer certamente era um homem impressionante. Tinha cabelos cor de linho e um rosto franco e honesto que quase reluzia de tanta beleza. Tinha ombros largos, cintura fina e uma das maiores fortunas de toda a Virgínia; uma fortuna tão grande que ele criara um regimento com o próprio dinheiro e depois o equipara de forma equivalente aos melhores soldados de qualquer dos dois exércitos, e, segundo boatos, poderia ter repetido essa generosidade dezenas de vezes e ainda não sentir o esforço. Segundo qualquer padrão, ele era um homem afortunado e marcante, e o presidente Davis se sentiu irritado de novo por Faulconer ter recusado o cargo diplomático para perseguir seu sonho de comandar uma brigada em batalha.

— Lamento ver que não esteja recuperado, Faulconer. — O presidente indicou a tipoia preta.

— Uma pequena perda de destreza, senhor presidente, mas não o bastante para me impedir de brandir uma espada em defesa do meu país — disse Faulconer com modéstia, mas na verdade o braço estava totalmente recuperado e ele só usava a tipoia para passar a impressão de heroísmo. A tipoia preta era especialmente eficaz com as mulheres, algo ainda mais conveniente por conta da ausência da esposa de Faulconer em Richmond, que levava uma vida apreensiva como inválida na propriedade rural da família.

— E espero que a espada seja bem empregada logo — acrescentou Faulconer com uma sugestão pesada de que desejava o apoio do presidente para sua nomeação como brigadeiro.

— Suspeito de que logo todos estaremos totalmente empregados em várias tarefas — respondeu em tom vago o cadavérico presidente.

Ele queria que sua esposa viesse ajudá-lo a lidar com aquelas pessoas ansiosas que desejavam mais entusiasmo do que se sentia capaz de transmitir. Varina era boa para conversar amenidades, ao passo que nesses eventos sociais o presidente sentia as palavras sumirem de sua boca. Será que Lincoln era afligido de modo semelhante por gente querendo cargos?, pensou Davis. Ou será que seu colega presidente tinha uma facilidade maior para lidar com estranhos inoportunos? Um rosto familiar surgiu de repente ao lado de Faulconer, um homem que sorriu e assentiu para o presidente exigindo reconhecimento. Davis procurou lembrar o nome do sujeito que, felizmente, veio na última hora.

— Sr. Delaney — cumprimentou o presidente sem entusiasmo.

Belvedere Delaney era um advogado e fofoqueiro que Davis não se lembrava de ter convidado para a recepção, mas que, como o esperado, viera mesmo assim.

— Senhor presidente. — Delaney inclinou a cabeça reconhecendo o alto cargo de Davis. O advogado de Richmond era um homem baixo, gorducho e risonho, cujo exterior flácido escondia uma mente afiada como dentes de serpente. — Permita-me estender meus parabéns sinceros por sua posse.

— É uma ocasião solene, Delaney, que leva a tarefas pesadas.

— Assim como o clima parece sugerir, senhor presidente — comentou Delaney, parecendo sentir uma alegria maligna pelo caráter úmido do dia. — E agora, senhor, se é que posso, vim requisitar a atenção do coronel Faulconer. O senhor não pode monopolizar a companhia dos nossos heróis confederados o dia inteiro.

Davis assentiu com gratidão por Delaney levar Faulconer embora, mas a liberação só permitiu que um congressista gorducho viesse parabenizar calorosamente seu colega do Mississippi por ser empossado como primeiro presidente da Confederação.

— É um dever pesado e uma responsabilidade solene — murmurou o presidente.

O congressista do Mississippi deu um tapa portentoso no ombro de Jefferson Davis.

— Dane-se o dever pesado, Jeff — berrou o congressista no ouvido do seu presidente. — Só mande nossos rapazes para o norte cortar os bagos do velho Abe Lincoln.

— Devo deixar a estratégia para os generais.

O presidente tentou fazer o congressista ir em frente e aceitou os cumprimentos mais lúcidos de um clérigo episcopal.

— Ora, Jeff, você sabe tanto sobre guerras quanto qualquer um dos nossos bons rapazes soldados. — O congressista lançou uma bola de catarro com tabaco na direção de uma escarradeira. O cuspe errou o alvo, acertando a barra molhada de chuva da saia da esposa do clérigo. — É hora de darmos jeito de uma vez por todas naqueles ianques de merda — opinou, animado, o congressista, depois ofereceu ao novo presidente um gole de sua garrafinha. — O melhor e mais forte uísque deste lado do rio Tennessee, Jeff. Um gole cura qualquer doença que você tenha!

— Está exigindo minha companhia, Delaney?

Faulconer estava irritado porque o advogado baixo e astuto o havia afastado do presidente.

— Não sou eu que quero você, Faulconer, e sim Daniels, e, quando Daniels chama, é melhor atender.

— Daniels! — exclamou Faulconer, entusiasmado, porque John Daniels era um dos homens mais poderosos e reclusos de Richmond.

Além disso, era famoso pela feiura e pela boca suja, mas era importante porque decidia que causas e homens o poderoso *Examiner* de Richmond iria apoiar. Ele morava sozinho com dois cães selvagens que tinha o prazer de pôr para brigar enquanto gargalhava observando de uma cadeira de barbeiro alta. Ele próprio não era mau lutador; havia enfrentado duas vezes seus inimigos na área de duelos de Bloody Run, em Richmond, e sobrevivera às duas lutas com a reputação malévola aumentada. Também era visto por muitos sulistas como um teórico político de primeira linha, e seu panfleto *A questão dos crioulos* era amplamente admirado por todos que não viam necessidade de modificar a instituição da escravatura. Agora parecia que o formidável John Daniels esperava Faulconer na varanda dos fundos da nova Mansão Executiva, onde, com um chicote de montaria na mão, olhava mal-humorado para a chuva.

Ele olhou de soslaio para Faulconer, depois estalou o chicote na direção da água que pingava das árvores desnudas.

— Este tempo é um augúrio para o nosso novo presidente, Faulconer? — perguntou Daniels em sua voz áspera e dura, deixando de lado qualquer cumprimento mais formal.

— Espero que não, Daniels. Você está bem?

— E o que acha do nosso novo presidente, Faulconer? — Daniels ignorou a cortesia do outro.

— Acho que somos felizardos em tê-lo.

— Você parece um escritor de editorial do *Sentinel*. Felizardos! Meu Deus, Faulconer, o antigo Congresso dos Estados Unidos estava cheio de pés-rapados como Davis. Já vi homens melhores caírem do traseiro de uma porca. Ele o impressiona com a seriedade, não é? Ah, ele é sério, admito, porque não há nada vivo dentro dele, nada além de noções de dignidade, honra e estadismo. Não é de noções que precisamos, Faulconer, e sim de ação. Precisamos de homens que partam para matar ianques. Precisamos encharcar o norte com sangue ianque, e não fazer belos discursos em plataformas elevadas. Se discursos vencessem batalhas, agora estaríamos marchando pelo Maine a caminho do Canadá. Você sabia que Joe Johnston esteve em Richmond há dois dias?

— Não, não sabia.

— Sabe como Johnston chama você, Faulconer? — perguntou Daniels em sua voz desagradável.

Não importava para Daniels que Faulconer fosse um dos homens mais ricos do sul, tão rico que poderia comprar o *Examiner* dez vezes; Daniels conhecia seu próprio poder: a capacidade de moldar a opinião pública no sul. Esse mesmo poder lhe dava o direito de se sentar na cadeira de balanço de vime do presidente com suas botas velhas apoiadas no parapeito enquanto Faulconer, com seu espalhafatoso uniforme de coronel, ficava de pé ao seu lado como um suplicante.

— Ele chama você de herói de Manassas — disse Daniels com a voz azeda. — O que acha?

— Fico muito agradecido — respondeu Faulconer.

Na verdade, o elogio era um equívoco, pois o general Johnston jamais descobrira que não tinha sido Faulconer quem havia comandado a legião contra o ataque surpresa do norte ao flanco em Manassas, e sim o esquecido Thaddeus Bird, e Johnston não soubera que Bird havia tomado a decisão desobedecendo às ordens de Faulconer. Em vez disso, como tantas outras pessoas na Confederação, Johnston estava convencido de que em Washington Faulconer o sul tinha um herói brilhante e adequado.

Essa crença fora alimentada cuidadosamente pelo próprio Washington Faulconer. O coronel havia passado os meses desde Manassas discursando sobre a batalha em salões e teatros de Fredericksburg a Charleston. Ele contava às plateias a história de um desastre e uma vitória arrancada da derrota garantida, e seu conto recebia drama e cor com a ajuda de um pequeno grupo de músicos feridos que tocava canções patrióticas e, nos momentos mais dramáticos da narrativa, imitava toques de trombeta que davam à plateia a impressão de que exércitos fantasmagóricos realizavam manobras do lado de fora das janelas escuras do salão. Então, quando a narrativa chegava ao ápice e todo o destino da Confederação pendia na balança da história, Faulconer fazia uma pausa. Uma caixa rufava com a sugestão de disparos de mosquete, e um tambor grave soava os ecos de tiros de canhões distantes antes de Faulconer falar do heroísmo que salvara o dia. Então os aplausos soavam abafando o tiroteio simulado pelos tambores. O heroísmo sulista havia derrotado o poder obtuso dos ianques, e Faulconer dava um sorriso modesto enquanto os gritos de comemoração o cercavam.

Não que Faulconer afirmasse ser o herói de Manassas, mas seu relato do combate não negava especificamente a honraria. Se perguntassem o que ele fizera pessoalmente, Faulconer se recusava a responder, afirmando que a modéstia era algo bom para um guerreiro, mas depois tocava a tipoia preta do braço direito e via os homens se empertigarem com respeito e as mulheres o olharem com uma consideração derretida. Ele havia se acostumado à adulação; de fato, viera fazendo o discurso por tanto tempo que agora havia passado a acreditar em seu próprio heroísmo, e esta crença tornava difícil suportar a lembrança da rejeição de sua legião a ele na noite de Manassas.

— Você foi um herói? — perguntou Daniels diretamente.

— Todo homem em Manassas foi um herói — respondeu, sentencioso, Faulconer.

Daniels riu da resposta.

— Ele deveria ser advogado como você, hein, Delaney? Ele sabe como fazer com que as palavras não signifiquem nada!

Belvedere Delaney estivera limpando as unhas, mas lançou um sorriso breve e sem humor ao editor. Delaney era um homem fastidioso, espirituoso e inteligente, em quem Faulconer não depositava muita confiança.

No momento, o advogado usava o uniforme confederado, mas Faulconer não sabia quais eram seus deveres marciais. Também corria o boato de que Delaney era proprietário do famoso bordel da Sra. Richardson, na Marshall Street, e do prostíbulo ainda mais exclusivo na Franklin Street. Se fosse verdade, os boatos coletados nos dois bordéis forneciam a Delaney um conhecimento capaz de prejudicar um bom número de líderes confederados, e sem dúvida o advogado astuto repassava todas as conversas entre quatro paredes ao carrancudo, doente e desnaturado Daniels.

— Precisamos de heróis, Faulconer — declarou Daniels. E olhou amargamente para os caminhos encharcados e os canteiros enlameados do quintal. Um fio de fumaça subia do fumeiro do presidente, onde alguns presuntos da Virgínia eram curados. — Ouviu falar sobre o Henry e o Donelson?

— Sim — respondeu Faulconer.

No Tennessee, os fortes Donelson e Henry foram capturados, e agora parecia que Nashville iria cair, enquanto no leste a marinha ianque havia atacado de novo pelo mar; desta vez, para capturar a ilha Roanoke, na Carolina do Norte.

— E o que você diria, Faulconer — Daniels lançou um olhar nada amistoso ao belo homem da Virgínia — se eu lhe dissesse que Johnston está para abandonar Centreville e Manassas?

— Não pode ser! — Faulconer ficou genuinamente pasmo com a notícia. Uma área grande demais do norte da Virgínia já estava sob ocupação inimiga, e ceder mais território sagrado do estado sem luta consternava Faulconer.

— Mas está. — Daniels fez uma pausa para acender um charuto comprido e preto. Cuspiu a ponta por cima do parapeito, depois soprou fumaça na chuva. — Ele decidiu recuar até ficar atrás do Rappahannock. Diz que podemos nos defender melhor lá do que em Centreville. Por enquanto ninguém anunciou a decisão, ela deveria ser segredo, o que significa que Johnston sabe, Davis sabe, você e eu sabemos e metade dos malditos ianques provavelmente também sabe. E dá para você imaginar o que Davis propõe fazer com relação a isso, Faulconer?

— Acredito que ele lutará contra a decisão.

— Lutar? — Daniels zombou da palavra. — Jeff Davis não sabe o significado dessa palavra. Ele simplesmente escuta a Vovó Lee. Cautela! Cautela! Cautela! Em vez de lutar, Faulconer, Davis propõe que de amanhã a uma semana todos tenhamos um dia de oração e jejum. Dá para acreditar?

Devemos passar fome para que o Deus Todo-Poderoso preste atenção ao nosso pedido. Bom, Jeff Davis pode apertar o cinto, mas eu não farei isso de jeito nenhum. Vou dar uma festa nesse dia. Você vai se juntar a mim, Delaney?

— Com enorme prazer, John — respondeu Delaney, depois olhou para trás quando a porta da varanda se abriu. Um menino de 4 ou 5 anos carregando um aro apareceu na varanda. O menino sorriu para os estranhos.

— Minha babá disse que eu posso brincar aqui — explicou o menino, que Washington Faulconer supôs que fosse o filho mais velho do presidente.

Daniels lançou um olhar venenoso para a criança.

— Quer levar uma chicotada, garoto? Se não, dê o fora daqui, agora!

O menino saiu correndo com lágrimas nos olhos enquanto o editor se virava de novo para Faulconer.

— Não vamos apenas nos retirar de Centreville, Faulconer, mas, como não há tempo suficiente para retirar os suprimentos do exército do fim da linha férrea em Manassas, vamos botar fogo em tudo! Dá para acreditar? Passamos meses abastecendo o exército com comida e munição, e justamente no início da primavera decidimos queimar todo o material e depois nos esconder feito mulheres apavoradas atrás do rio mais próximo. O que precisamos, Faulconer, é de generais com bagos. Generais com ousadia. Generais sem medo de lutar. Leia isso.

Daniels tirou um papel dobrado do bolso do colete e jogou para Faulconer. O coronel precisou se abaixar no tapete de junco da varanda para pegá-lo. Era a prova de impressão de um editorial proposto para o *Examiner*, de Richmond.

O editorial era puro bálsamo para a alma de Faulconer. Declarava que havia chegado a hora de uma ação ousada. A primavera certamente traria um ataque inimigo com violência inigualável, e a Confederação só sobreviveria se enfrentasse essa investida com bravura e inventividade. O sul jamais venceria através da timidez, e certamente não cavando trincheiras como as que o general Robert Lee parecia decidido a fazer ao redor de Richmond. A Confederação, segundo proclamava o editorial, seria estabelecida por homens de visão ousada, e não por esforços de engenheiros de drenagem. O redator admitia, de má vontade, que os atuais líderes da Confederação eram homens bem-intencionados, mas tinham ideias tacanhas, e certamente chegara a hora de nomear novos oficiais em cargos elevados. Um desses homens era o coronel Washington Faulconer, que não era usado desde Manassas. Envie um homem como esse contra o norte, concluía o artigo, e a guerra terminaria até o verão. Faulconer leu o editorial uma segunda vez e pensou se deveria procurar o Shaffers esta tarde mesmo para encomendar as tranças extras para as mangas e as guirlandas de ouro que rodeariam as estrelas do colarinho. General de brigada Faulconer! Decidiu que o posto lhe caía bem.

Daniels pegou o editorial de volta.

— A questão, Faulconer, é: devemos publicar isso?

— A decisão é sua, Daniels, não minha — respondeu Faulconer com modéstia, escondendo a empolgação enquanto protegia um charuto contra o vento e riscava um fósforo. Imaginou se a publicação ofenderia um número muito grande de oficiais superiores, depois percebeu que não ousava expressar uma reserva tão tímida a Daniels, caso contrário o editorial seria mudado para recomendar que outro homem recebesse uma brigada.

— Mas você está conosco? — vociferou Daniels.

— Se você quer saber se eu atacaria, atacaria e continuaria atacando, sim. Se quer saber se eu abandonaria Manassas? Não. Se quer saber se eu empregaria homens bons para cavar fossos de drenagem ao redor de Richmond? Jamais!

Daniels ficou em silêncio depois da sonora declaração de Faulconer. Na verdade, ficou quieto por tanto tempo que Washington Faulconer começou a se sentir tolo, mas depois o pequeno editor barbudo falou de novo.

— Você sabe qual é o tamanho do exército de McClellan? — perguntou sem se virar para Faulconer.

— Não exatamente.

— Nós sabemos, mas não publicamos o número no jornal porque, se fizermos isso, podemos desanimar o povo. — Daniels sacudiu o chicote comprido enquanto sua voz trovejava um pouco mais alto do que a chuva incessante. — O Jovem Napoleão, Faulconer, tem mais de cento e cinquenta mil homens. Tem quinze mil cavalos e mais de duzentos e cinquenta canhões. Canhões grandes, Faulconer, canhões assassinos, os melhores canhões que as fundições nortistas podem produzir, e eles estão alinhados, roda com roda, para dizimar nossos pobres rapazes sulistas até não sobrar nada além de sangue. E quantos pobres rapazes sulistas nós temos? Setenta mil? Oitenta? E quando acaba o período de serviço deles? Junho? Julho? — A maior parte dos homens do exército sulista havia se oferecido como voluntária para apenas um ano de serviço, e, quando esse tempo terminasse, os sobreviventes esperavam voltar para casa. — Teremos de tornar o alistamento obrigatório, Faulconer — continuou Daniels —, a não ser que derrotemos esse suposto gênio, McClellan, na primavera.

— A nação jamais aceitará o alistamento obrigatório — declarou Faulconer, sério.

— A nação, coronel, irá aceitar o que nos trouxer a vitória — retrucou Daniels de forma ríspida. — Mas você liderará esses conscritos, Faulconer? Essa é a pergunta certa. Você está comigo? O *Examiner* deveria apoiá-lo? Afinal, você não é o oficial mais experiente, é?

— Posso trazer novas ideias — sugeriu Faulconer com modéstia. — Sangue novo.

— Mas um brigadeiro novo e inexperiente precisará de um segundo em comando bom e experiente, não é, coronel? — Daniels olhou maleficamente para Faulconer ao falar.

Faulconer deu um sorriso feliz.

— Eu esperaria que meu filho Adam servisse comigo. Ele está agora no estado-maior de Johnston, por isso tem a experiência, e não há um homem mais honesto e capaz na Virgínia.

A súbita sinceridade e o ardor de Faulconer eram palpáveis. Ele sentia um extremo carinho pelo filho, não apenas o amor de um pai mas um orgulho pelas virtudes indubitáveis de Adam. De fato, às vezes Faulconer achava que Adam era seu único sucesso inquestionável, o feito que justificava o resto de sua vida. Então ele se virou sorridente para o advogado.

— Você pode responder pelo caráter de Adam, não é, Delaney?

Mas Belvedere não respondeu. Só olhou para o jardim encharcado.

Daniels sibilou com uma respiração dúbia, depois balançou a cabeça feia num alerta.

— Não gosto disso, Faulconer. Não gosto nem um pouquinho. Isso me fede a favoritismo. A nepotismo! Não é essa a palavra, Delaney?

— A palavra é nepotismo, Daniels — confirmou Delaney, sem olhar para Faulconer, cujo rosto parecia o de um menino que levara um soco brutal.

— O *Examiner* jamais apoiaria o nepotismo, Faulconer — disse Daniels em sua voz áspera, depois fez um gesto curto na direção de Delaney, que obedientemente abriu a porta central da varanda para receber uma criatura magra e desalinhada vestindo um uniforme molhado e puído que fazia o sujeito tremer no frio intenso do dia. O homem estava no início da meia-idade e parecia ter tido uma vida ruim. Tinha uma barba grisalha e áspera, olhos fundos e um tique no rosto marcado por uma cicatriz. Evidentemente sofria de um resfriado, porque passou a manga do casaco no nariz que pingava, depois enxugou a manga na barba que tinha crostas de sumo de tabaco seco.

— Johnny! — A figura pouco cativante cumprimentou Daniels com familiaridade.

— Faulconer? — Daniels olhou para o coronel. — Este é o major Griffin Swynyard.

Swynyard assentiu rapidamente para Faulconer, depois estendeu a mão esquerda que, Faulconer viu, não tinha os três dedos do meio. Os dois trocaram um aperto de mão desajeitado. O espasmo na bochecha direita de Swynyard dava ao seu rosto uma expressão curiosamente indignada.

— Swynyard serviu no antigo exército dos Estados Unidos — disse Daniels a Faulconer. — Formou-se em West Point... Quando?

— Na turma de vinte e nove, Johnny. — Swynyard bateu os calcanhares.

— Depois serviu nas guerras do México e dos Seminoles, certo?

— Tirei mais escalpos do que qualquer branco vivo, coronel — disse Swynyard, rindo para Faulconer e revelando a boca cheia de dentes amarelos e podres. — Arranquei trinta e oito cabeleiras num só dia! — alardeou. — Tudo com as próprias mãos, coronel. Squaws, papooses, bravos! Fiquei com sangue até os cotovelos. Sujei até as axilas! Já teve o prazer de arrancar um escalpo, coronel? — perguntou Swynyard com uma intensidade feroz.

— Não — conseguiu dizer Faulconer. — Não, não tive. — Ele estava se recuperando da recusa de Daniels em concordar com a nomeação de Adam e percebendo que a promoção teria um preço.

— Há um truque — continuou Swynyard. — Como qualquer outra habilidade, há um truque! Os soldados jovens sempre tentam cortá-los e, claro, não dá certo. Acabam com algo que parece um camundongo morto. — Swynyard achava isso engraçado, porque abriu sua boca quase banguela para soltar um riso sibilante para Faulconer. — Cortar não dá certo com um escalpo, coronel. Não, é preciso descascar o escalpo, descascar como uma laranja! — Ele falava com amor, demonstrando a ação com sua mão ferida, parecida com uma garra. — Se um dia for a Tidewater, eu lhe mostro minha coleção. Tenho três baús cheios de escalpos de primeira, todos curados e bem curtidos. — Swynyard evidentemente achava ter causado uma boa impressão em Faulconer, porque deu um sorriso insinuante enquanto sua bochecha estremeceu brevemente. — Será que gostaria de ver um escalpo agora, coronel? — perguntou Swynyard subitamente, batendo no botão de seu bolso de cima enquanto falava. — Eu sempre carrego um. Como amuleto de sorte, sabe? Este é de uma seminole. Era uma cadelinha barulhenta. Os selvagens sabem berrar, vou lhe dizer, eles sabem mesmo berrar!

— Não, obrigado. — Faulconer conseguiu impedir que o troféu fosse mostrado. — Então você é um homem da Virgínia, major? — perguntou, mudando de assunto e disfarçando a aversão pelo abominável Swynyard. — De Tidewater, foi o que disse?

— Dos Swynyards de Charles City Court House — respondeu Swynyard com orgulho evidente. — O nome já foi famoso! Não é, Johnny?

— Swynyard e Filhos — disse o editor, olhando a chuva. — Comerciantes de escravos para as pessoas de bem da Virgínia.

— Mas meu pai perdeu o negócio no jogo, coronel. Houve um tempo em que o nome Swynyard significava o mesmo que o comércio de crioulos, mas papai perdeu o negócio com o pecado do jogo. Desde então somos pobres! — Ele disse isso com orgulho, mas a ostentação sugeriu a Washington Faulconer exatamente que proposta lhe era feita.

O editor deu um trago no charuto.

— Swynyard é meu primo, Faulconer. É do meu sangue.

— E ele o procurou para conseguir um trabalho? — perguntou Faulconer de forma astuta.

— Não como jornalista! — interveio o major Swynyard. — Não tenho habilidade com palavras, coronel. Deixo isso para as pessoas inteligentes como o primo Johnny aqui. Não; sou totalmente soldado. Fui gerado no cano da arma, pode-se dizer. Sou lutador, coronel, e tenho três baús cheios de cocurutos pagãos para provar.

— Mas no momento está sem trabalho? — instigou Daniels.

— Estou procurando o melhor lugar para o meu talento como lutador — confirmou Swynyard a Faulconer.

Houve uma pausa. Daniels pegou o editorial no bolso e fingiu lançar um olhar crítico sobre os parágrafos. Faulconer entendeu a deixa.

— Se eu conseguir um trabalho para mim, major — disse rapidamente a Swynyard —, considerarei uma grande honra e um privilégio se você se considerar meu braço direito.

— Seu segundo em comando, não é? — disse John Daniels na cadeira de balanço do presidente.

— Meu segundo em comando, de fato — confirmou Faulconer apressadamente.

Swynyard bateu os calcanhares.

— Não vou desapontá-lo, coronel. Posso carecer de elegância, mas, por Deus, não careço de ferocidade! Não sou um homem mole, meu Deus, não. Acredito em conduzir soldados como se conduz os crioulos! Forte e rápido! Sangrento e brutal. Não tem outro jeito, não é, Johnny?

— Essa é a completa verdade, Griffin. — Daniels dobrou o editorial, mas ainda não o devolveu ao bolso do colete. — Infelizmente, Faulconer, meu primo empobreceu a serviço do país. Quero dizer, do velho país, dos nossos inimigos. O que também significa que ele chegou ao nosso novo país com um punhado de dívidas. Não é, Griffin?

— Estou sem sorte, coronel — confessou Swynyard, carrancudo. Uma lágrima surgiu num olho e a bochecha estremeceu com o tique. — Eu me entreguei por completo ao antigo exército. Dei até os dedos! Mas fui deixado sem nada, coronel, sem nada. Mas não peço muito, só a chance de servir e lutar, e uma sepultura com bom solo confederado quando meus serviços honestos terminarem.

— Mas você também está pedindo que suas dívidas sejam saldadas — disse John Daniels objetivamente. — Especialmente a parte que é devida a mim.

— Terei grande prazer em estabelecer seu crédito — interveio Faulconer, imaginando quanta dor esse prazer iria lhe custar.

— O senhor é um cavalheiro, coronel — disse Swynyard. — Um cristão e um cavalheiro. Isso é evidente, coronel, é mesmo. Fico comovido. Profundamente tocado, senhor, profundamente. — E Swynyard limpou a lágrima do olho com a manga do casaco, depois se empertigou como sinal de respeito ao seu salvador. — Não vou desapontá-lo. Não sou de causar desapontamentos, coronel. Desapontar não é da natureza de Swynyard.

Faulconer duvidou da veracidade dessa afirmação, mas supôs que a melhor oportunidade de ser nomeado general era com a ajuda de Daniels, e, se o preço de Daniels era Swynyard, que fosse.

— Então estamos combinados, major — declarou Faulconer, e estendeu a mão.

— Estou de acordo, senhor, estou de acordo. — Swynyard trocou um aperto de mão com Faulconer. — O senhor sobe um posto, senhor, e eu também. — Ele deu seu sorriso podre.

— Esplêndido! — exclamou Daniels em voz alta, depois inseriu delicada e objetivamente o editorial dobrado de volta no bolso do colete. — Agora, se os dois cavalheiros querem se conhecer melhor, o Sr. Delaney e eu temos negócios a discutir.

Assim dispensados, Faulconer e Swynyard foram se juntar à multidão que ainda apinhava a casa do presidente, deixando Daniels estalando o chicote na chuva.

— Tem certeza de que Faulconer é o nosso homem?

— Você ouviu Johnston — disse Delaney, animado. — Faulconer foi o herói de Manassas!

Daniels franziu o cenho.

— Ouvi boatos de que Faulconer foi apanhado com as calças arriadas nos tornozelos. Que ele nem estava com a legião quando ela lutou.

— São meras histórias de quem sente ciúmes, caro Daniels, meras histórias.

Delaney, bastante à vontade com o poderoso editor, pegou um charuto. Seu estoque de preciosos cigarros franceses havia acabado, e essa falta talvez fosse o motivo mais premente para ele querer terminar logo essa guerra. E, para obter isso, Delaney, como Adam Faulconer, apoiava secretamente o norte e trabalhava pela vitória causando danos à capital sulista. Ele acabara de convencer o jornalista mais importante do sul a utilizar a enorme influência de seu jornal para apoiar o soldado mais vaidoso e ineficiente da Confederação. Faulconer, segundo a visão cáustica de Delaney, jamais havia crescido, e sem a riqueza seria apenas um idiota de cabeça vazia.

— Ele é o nosso homem, John. Tenho certeza.

— E por que ele não é usado desde Manassas?

— O ferimento no braço demorou muito a sarar — respondeu Delaney vagamente.

A verdade, segundo ele suspeitava, era de que o orgulho enorme de Faulconer não lhe permitia servir sob o comando do boca-suja e malnascido Nathan Evans, mas Daniels não precisava saber disso.

— E ele não libertou os crioulos dele? — perguntou Daniels em tom de ameaça.

— Libertou, John, mas houve motivos atenuantes para isso.

— O único motivo atenuante para libertar um crioulo é porque o desgraçado está morto — declarou Daniels.

— Acredito que Faulconer libertou seus escravos para cumprir o desejo do pai no leito de morte — mentiu Delaney.

A verdade era que Faulconer havia alforriado seu pessoal por causa de uma mulher nortista, uma abolicionista fervorosa, cuja beleza fascinara momentaneamente o proprietário de terras sulista.

— Bom, pelo menos ele tirou Swynyard da minha mão — comentou Daniels com má vontade, depois fez uma pausa quando o som de aplausos veio de dentro da casa. Alguém evidentemente estava fazendo um discurso, e a multidão pontuava a fala com risadas e aplausos. Daniels lançou um olhar furioso para a chuva que continuava caindo forte. — Não precisamos de palavras, Delaney, precisamos de um maldito milagre.

A Confederação precisava de um milagre porque o Jovem Napoleão estava finalmente preparado, e seu exército era muito maior que as tropas sulistas na Virgínia, numa relação de dois para um, e a primavera estava chegando, o que significava que as estradas estariam de novo adequadas à passagem dos canhões, e o norte prometia ao seu povo que Richmond seria capturada e que a rebelião terminaria. Os campos da Virgínia seriam adubados com seus mortos, e o único modo de o sul ser salvo de uma derrota desonrosa e esmagadora seria com um milagre. Em vez disso, refletiu Delaney, ele lhe dera Faulconer. Isso bastava para fazer alguém rolar de rir.

Porque o sul estava condenado.

Logo depois do alvorecer, a cavalaria veio galopando de volta pelos campos, os cascos espirrando uma água prateada no capim inundado.

— Os ianques estão em Centreville! Rápido!

Os cavaleiros esporearam passando pelo muro de terra interrompido por troneiras, só que, em vez de canhões de verdade nesses intervalos, havia apenas canhões quaker. Canhões quaker eram troncos pintados de preto e depois encostados nos suportes de tiro para dar a aparência de canos verdadeiros.

A Legião Faulconer seria o último regimento de infantaria a deixar as posições de Manassas, e o último, presumivelmente, a marchar para as novas fortificações que estavam sendo cavadas atrás do rio Rappahannock. A retirada significava ceder ainda mais território da Virgínia aos nortistas, e fazia dias que as estradas que passavam por Manassas em direção ao sul estavam apinhadas com refugiados indo para Richmond.

As únicas defesas deixadas em Manassas e Centreville seriam os canhões quaker, as mesmas armas falsas que ocuparam a paisagem durante todo o inverno para manter as patrulhas ianques longe do exército de Johnston. Esse exército fora bem abastecido com a comida trazida por trens com dificuldade para a estação de Manassas ao longo do inverno, mas agora não havia tempo para evacuar a estação, por isso os preciosos suprimentos estavam sendo queimados. O céu de março já estava preto de fumaça e com o cheiro intenso de carne-seca assando, enquanto a companhia de Starbuck punha fogo nas últimas fileiras de vagões deixados no entroncamento ferroviário. Os vagões já haviam sido preparados com montes de mechas, piche e pólvora, e, quando as tochas acesas eram jogadas nas pilhas incendiárias, o fogo estalava e rugia, subindo com ferocidade. Uniformes, rédeas, cartuchos, arreios e barracas subiam na fumaça, então os próprios vagões pegaram fogo, e as chamas oscilavam ao vento e lançavam sua fumaça preta no céu. Um celeiro cheio de feno foi incendiado, depois um armazém de tijolos cheio de farinha, carne de porco salgada e biscoitos. Ratos fugiam dos armazéns em chamas e eram caçados pelos empolgados cães da legião. Cada companhia adotara uns cinco vira-latas que eram tratados com carinho pelos soldados. Os cães pegavam os ratos pelo pescoço e os sacudiam até matar, espalhando sangue. Os donos aplaudiam.

Os vagões queimariam até não restar nada além de um par de rodas enegrecidas cercadas por brasas e cinzas. O sargento Truslow tinha uma equipe destacada que arrancava trilhos e os empilhava em montes de madeira encharcada de piche. As pilhas geravam um calor tão intenso que os trilhos de aço se retorciam até ficarem inúteis. Havia focos de incêndio ao redor de todo o regimento conforme a retaguarda destruía a comida para dois meses e equipamentos para todo um inverno.

— Vamos, Nate!

O major Bird caminhava pela estação incendiada, e se assustou quando uma caixa de munição pegou fogo num vagão. Os cartuchos estalavam como fogos de artifício, provocando um incêndio incandescente num canto do vagão.

— Para o sul! — exclamou Bird dramaticamente, apontando a direção. — Ouviu a notícia, Nate?

— Notícia, senhor?

— O leviatã deles encontrou nosso beemote. A ciência disputou com a ciência, e acho que lutaram até um impasse. Uma pena. — De repente, Bird parou e franziu a testa. — Uma pena mesmo.

— Os ianques também têm uma embarcação de metal, senhor? — perguntou Nathaniel.

— Ela chegou um dia depois da vitória do *Virginia*, Nate. Nossa súbita superioridade naval não serve para nada. Sargento! Deixe esses trilhos, é hora de irmos, a não ser que deseje ser hóspede dos ianques esta noite!

— Nós perdemos nossa embarcação? — perguntou Nate, incrédulo.

— O jornal informa que ela continua flutuando, mas o barco monstruoso deles também continua. Agora nossa rainha é igualada pela rainha deles, por isso estamos num impasse. Depressa, tenente! — Essa ordem era para Moxey, que estava usando uma faca cega para cortar a corda de cânhamo de um balde de poço.

Nate ficou desanimado. Já era ruim o suficiente que o exército estivesse entregando o entroncamento de Manassas aos ianques, mas todos ficaram animados com a notícia repentina de que uma arma secreta sulista, um barco com casco de ferro, imune aos tiros de canhão, tinha começado a navegar nas Hampton Roads e dizimara o esquadrão ianque que bloqueava o caminho, composto de embarcações de madeira. Os barcos da Marinha dos Estados Unidos deram meia-volta e fugiram, alguns encalhando, outros afundando, e o restante simplesmente acelerando ao máximo possível para escapar da lenta mas vingativa *Virginia*, a embarcação envolta em ferro que retinia e deixava um rastro de fumaça, feita do casco de um barco abandonado da Marinha dos Estados Unidos, o *Merrimack*. A vitória parecia uma compensação pelo abandono de Manassas e prometia destruir o estrangulamento do bloqueio formado pela marinha inimiga, mas agora o norte parecia possuir uma fera semelhante, que conseguira lutar contra o CSS *Virginia* até um impasse.

— Não faz mal, Nate. Só precisamos resolver a guerra por terra — disse Bird, depois bateu palmas para encorajar os últimos homens a deixar o pátio ferroviário em chamas e se formar na estrada que seguia para o sul.

— Mas como, em nome de Deus, eles souberam que nós tínhamos um navio de ferro? — perguntou Nathaniel.

— Eles têm espiões, é claro. Provavelmente centenas. Você acha que todos ao sul de Washington mudaram de repente o patriotismo da noite para o dia? É claro que não. E algumas pessoas sem dúvida acreditam que qualquer acordo com os ianques é melhor que esse sofrimento.

Bird apontou para um grupo de refugiados dignos de pena, e de repente foi assaltado pela imagem de sua querida esposa sendo obrigada a sair de casa pelos ianques invasores. Não era um destino provável, visto que o Condado de Faulconer ficava nas profundezas da Virgínia, mas mesmo assim Bird pôs a mão no bolso, onde o retrato de Priscila estava cuidadosamente embrulhado para ser protegido da chuva e da umidade. Ele tentou imaginar a casinha dos dois, com as pilhas de partituras desarrumadas e violinos e flautas espalhados sendo queimados por tropas ianques desdenhosas.

— Você está bem? — Nathaniel percebera a súbita expressão de preocupação no rosto de Bird.

— Cavalaria inimiga! Pareçam animados! — gritou o sargento Truslow para sua companhia, mas também pretendia que o berro repentino arrancasse o major Bird de seu devaneio. — Ianques, senhor. — Truslow apontou para o norte, onde surgia a silhueta de um grupo de cavaleiros contra os troncos pálidos de um bosque distante.

— Marchem! — gritou Bird para a frente da coluna da legião, depois se virou para Nate. — Eu estava pensando em Priscilla.

— Como ela está?

— Ela diz que está bem, mas não diria outra coisa, não é? Aquela garota não me preocuparia com reclamações.

Bird se casara com uma jovem com metade da sua idade, e, como um solteirão convicto finalmente caindo de amores, via sua esposa com uma adoração que chegava às raias do culto religioso.

— Ela diz que plantou cebolas. Não é cedo demais para plantar cebolas? Ou será que quis dizer que plantou no ano passado? Não sei, mas estou impressionado demais por Priscilla entender de cebolas. Eu não entendo nada. Sabe Deus quando irei vê-la de novo.

Bird fungou, depois se virou para olhar os cavaleiros distantes que pareciam bastante cautelosos com o luxuriante número de canhões de madeira que ameaçava sua aproximação.

— Em frente, Nate, ou melhor, para trás. Vamos entregar esse campo de cinzas ao inimigo.

A legião marchou passando pelos armazéns incendiados, depois pela cidadezinha. Algumas casas estavam vazias, mas a maioria dos habitantes ficaria para trás.

— Esconda sua bandeira, homem! — gritou Bird a um carpinteiro que tinha a nova bandeira de batalha confederada hasteada em desafio acima de sua oficina. — Dobre-a! Esconda-a! Nós vamos voltar!

— Há alguém atrás do senhor, coronel? — perguntou o carpinteiro, inadvertidamente dando uma promoção a Bird.

— Só alguns cavalarianos. Depois disso são todos ianques!

— Deem uma boa surra nos desgraçados, coronel! — exclamou o carpinteiro enquanto estendia a mão para sua bandeira.

— Vamos fazer o nosso melhor. Boa sorte!

A legião deixou a cidadezinha para trás e marchou obstinadamente por uma estrada úmida e lamacenta, arruinada pela passagem das carroças de refugiados. A estrada levava a Fredericksburg, onde a legião atravessaria o rio e depois destruiria a ponte, antes de se juntar ao grosso do exército sulista. A maior parte desse exército estava se retirando por uma estrada mais a oeste, que ia diretamente a Culpeper Court House, onde ficava o novo quartel-general do general Johnston. Ele presumia que os ianques fariam uma curva ampla na tentativa de dar a volta nas tropas junto ao rio, e que, portanto, uma grande batalha precisaria ser travada no Condado de Culpeper; seria um combate capaz de fazer Manassas parecer uma escaramuça, comentou Bird com Nathaniel.

A retirada da legião levou os homens pelo antigo campo de batalha. À direita ficava o morro comprido pelo qual fugiram desorganizados após conter o ataque surpresa dos ianques, e à esquerda ficava o morro mais íngreme, onde Stonewall Jackson finalmente contivera o avanço inimigo, fizera seus soldados avançarem e repelira o exército nortista. Essa batalha ocorrera oito meses atrás, mas o morro íngreme ainda mostrava as cicatrizes da artilharia. Perto da estrada havia uma casa de pedra onde Nate vira cirurgiões cortando e serrando carne ferida, e no pátio da casa havia uma cova coletiva rasa que havia sido lavada pela chuva de inverno, deixando pontas arredondadas de ossos surgirem brancas acima do solo vermelho. Havia um poço no pátio, onde Nate se lembrava de ter matado a sede durante o calor terrível, exacerbado pela pólvora. Um grupo de retardatários, carrancudos e desafiadores estava agachado agora perto do poço.

Os retardatários, todos de regimentos que marchavam à frente da legião, incomodaram Truslow.

— Eles deveriam ser homens, não é? E não mulheres.

A legião passou por mais e mais homens. Alguns estavam doentes e não podiam fazer nada, mas a maioria estava simplesmente cansada ou sofrendo com bolhas nos pés. Truslow rosnou para eles, mas nem mesmo seu desprezo selvagem conseguia persuadir os retardatários a ignorar o sangue que enchia as botas e continuar marchando. Logo, alguns homens das primeiras companhias da legião começaram a ficar para trás.

— Isso não está certo — reclamou Truslow a Nate. — Se continuar assim, vamos perder metade do exército. — Ele viu três homens da Companhia A da legião e partiu para cima deles, gritando para os covardes desgraçados continuarem marchando. Os três o ignoraram, por isso Truslow deu um soco no mais alto, derrubando-o. — Levante-se, filho da puta! — gritou. O homem balançou a cabeça, depois se retorceu na lama quando Truslow o chutou na barriga. — Levante-se, seu desgraçado molenga! De pé!

— Não consigo!

— Pare com isso! — gritou Nathaniel para Truslow, que se virou atônito ao receber uma repreensão direta de seu oficial.

— Não vou deixar esses filhos da puta perderem a guerra porque são uns fracotes covardes — protestou Truslow.

— Também não pretendo deixar que isso aconteça — disse Nate.

Em seguida, foi até o homem da Companhia A, observado por vários outros retardatários que queriam ver como o oficial alto, de cabelos escuros, poderia ter sucesso onde o sargento atarracado e feroz havia fracassado.

Truslow cuspiu na lama enquanto Nathaniel se aproximava.

— Você planeja fazer o filho da puta escutar a voz da razão?

— Planejo — respondeu Nate. — Sim. — Em seguida, parou junto ao homem caído, observado por toda a Companhia K, que havia parado para assistir ao confronto. — Qual é o seu nome? — perguntou ao retardatário.

— Ives — respondeu o sujeito cautelosamente.

— E você não consegue acompanhar os outros, Ives?

— Acho que não.

— Ele sempre foi um filho da puta inútil! — exclamou Truslow. — Igual ao pai. Vou lhe dizer, se a família Ives fosse um bando de mulas, você atiraria em todos assim que nascessem

— Certo, sargento! — retrucou Nathaniel, reprovando, depois sorriu para o molhado e arrasado Ives. — Sabe quem vem atrás de nós?

— Parte da nossa cavalaria — respondeu Ives.

— E atrás da cavalaria? — perguntou Nate gentilmente.

— Ianques.

— Dê um soco nesse desgraçado inútil — vociferou Truslow.

— Deixe-me em paz! — gritou Ives para o sargento. Ele se sentira encorajado pelos modos gentis e afáveis de Nathaniel e pelo apoio dos outros retardatários, que murmuravam ressentidos por causa da brutalidade de Truslow e apreciavam o tom razoável de Nate.

— E sabe o que os ianques vão fazer com você? — perguntou Nathaniel a Ives.

— Acho que não vai ser pior que isso, capitão.

Nathaniel assentiu com a cabeça.

— Então você não consegue continuar?

— Admito que não.

Os outros retardatários murmuraram, concordando. Todos estavam cansados demais, sentindo dor demais, desesperados demais, e infelizes demais até mesmo para pensar em prosseguir com a marcha. Só queriam desmoronar ao lado da estrada, e, para além desse pensamento no descanso imediato, não sem preocupavam nem temiam nada.

— Pode ficar aqui, então — disse Nathaniel a Ives.

Truslow resmungou em protesto. Os outros retardatários riram com prazer para Ives que, aparentemente tendo vencido a batalha, levantou-se.

— Só há uma coisa — interveio Nathaniel em tom afável.

— Capitão? — Ives estava ansioso para agradar.

— Você pode ficar aqui, Ives, mas não posso deixar que fique com nenhum equipamento que pertença ao governo. Não seria justo, não é? Não queremos dar aos ianques nossas preciosas armas e nossos uniformes, não é? — Ele sorriu.

Ives ficou subitamente cauteloso. Balançou a cabeça com bastante cuidado, mas obviamente não entendia de fato o que Nate estava dizendo.

Nathaniel se virou para sua companhia.

— Amos, Ward, Decker, venham cá! — Os três correram até Nate, que apontou para Ives. — Deixem o covarde sacana pelado.

— O senhor não pode... — começou Ives, mas Nathaniel deu um passo e lhe deu um soco na barriga, depois levantou a outra mão para lhe dar um tapa forte na cabeça. Ives despencou outra vez na lama.

— Tirem a roupa dele! — mandou Nate. — Rasguem e arranquem a roupa do desgraçado.

— Meu Deus — blasfemou um dos retardatários, incrédulo, enquanto os homens de Nathaniel rasgavam e arrancavam a roupa de Ives.

Rindo, Truslow havia tirado o fuzil e a munição do sujeito. Ives gritava que queria ficar com a legião, mas Nate sabia que precisava dar o exemplo usando um homem, e foi azar de Ives ser o escolhido. O soldado se sacudiu e lutou, mas não era páreo para os homens de Nathaniel, que arrancaram suas botas, sua mochila e seu cobertor enrolado, e tiraram as calças e cortaram a casaca e a camisa. Ives foi deixado apenas com uma ceroula suja e puída. Ele se levantou cambaleando, com o nariz sangrando por causa da pancada de Nathaniel.

— Continuarei andando, capitão! — implorou Ives. — Vou, sim!

— Tire a ceroula — disse Nate com aspereza.

— O senhor não pode! — Ives recuou, mas Robert Decker o derrubou, depois se inclinou e rasgou a ceroula esgarçada, deixando Ives totalmente nu na chuva e na lama.

Nathaniel olhou para os outros retardatários.

— Se algum de vocês quiser ficar aqui e conhecer os ianques, tire a roupa agora! Se não, comecem a andar.

Todos começaram a andar. Alguns exageravam a coxeadura para mostrar que tinham um motivo genuíno para ser retardatários, porém Nate gritou que poderia despir um aleijado muito mais depressa do que conseguiria arrancar as roupas de um homem saudável, e esse encorajamento fez os retardatários andarem mais rápido. Alguns quase corriam, apressando-se para se afastar de Nathaniel e Truslow, espalhando a notícia de que não havia misericórdia no fim da coluna da legião.

Ives implorou para ter suas roupas de volta. Nate sacou a pistola.

— Suma daqui!

— O senhor não pode fazer isso!

Nathaniel disparou. A bala espirrou lama nos tornozelos de Ives, brancos como a neve.

— Corra! — gritou Nathaniel. — Vá para os ianques, seu filho da puta!

— Vou matar você — gritou Ives. Ele corria, espirrando lama, totalmente nu, pela estrada em direção a Manassas. — Vou matar você, seu ianque desgraçado!

Nathaniel enfiou o revólver no coldre e riu para Truslow.

— Está vendo, sargento? A argumentação doce sempre funciona. Sempre.

— Você é um filho da mãe esperto, não é?

— Sim, sargento, sou. Em frente, agora! — gritou Nathaniel para a companhia, e os homens continuaram marchando, rindo, enquanto Truslow distribuía a munição de Ives.

O número de retardatários reduziu consideravelmente, e esses poucos pareciam compostos de homens genuinamente sem condições de continuar. Nathaniel mandou seus soldados pegarem as armas e os cartuchos deles, mas, afora isso, deixou-os em paz. Não houve mais homens fingindo estarem doentes ou feridos.

No início da tarde a legião passou pelo que já fora a maior fábrica de carne-seca da Confederação, mas agora era um inferno de chamas amarelas e azuis. A gordura chiava, estalava e escorria, derretida, em riachos que se derramavam nas choupanas onde viviam os escravos que trabalhavam na fábrica. Os negros olhavam os soldados passar e não deixavam transparecer nenhuma emoção. Eles sabiam que logo os nortistas viriam, mas não ousavam demonstrar prazer com essa perspectiva. Crianças se agarravam aos aventais das mães, os homens olhavam das sombras, e atrás deles a carne queimando assava e fritava, lançando um aroma tentador de bife e toucinho por uma ampla área de terreno úmido.

A legião sentiu cheiro de toucinho até o meio da tarde, quando a cavalaria da retaguarda por fim alcançou a infantaria em retirada. Os cavaleiros apearam e puxaram as rédeas dos animais cansados e brancos de suor. Alguns dos homens não tinham selas e usavam um pedaço de pano grosso dobrado, ao passo que outros tinham arreios feitos de cordas cheias de nós. Os homens avaliavam os entornos da estrada enquanto seguiam para o sul, procurando qualquer coisa útil no meio do equipamento jogado fora pelos batalhões de infantaria à frente. Havia casacas, barracas, cobertores e armas, todos tirados dos armazéns abandonados em Manassas e depois considerados pesados demais para se carregar, sendo então simplesmente descartados. Os cachorros da legião se refestelavam com a comida que fora tirada dos depósitos em chamas, mas que agora era descartada à medida que os homens ficavam mais cansados.

— Isso parece mais uma derrota que uma retirada — reclamou Nathaniel com Thaddeus Bird.

— Acredito que os manuais descrevem isso como retirada tática — comentou Bird com satisfação.

Ele estava gostando daquele dia. A visão de tanto material sendo queimado era prova da idiotice essencial da humanidade, especialmente da parte que estava em posição de autoridade, e Bird sempre gostara dessas provas de estupidez generalizada. De fato, seu júbilo era tamanho que às vezes ele se sentia culpado.

— Mas acho que você nunca se sente culpado, não é, Starbuck?

— Eu? — Nathaniel ficou espantado com a pergunta. — O tempo todo.

— Porque gosta da guerra?
— Por ser um pecador.
— Rá! — Bird gostou dessa confissão. — Está falando daquela mulher do ferreiro em Manassas? Você é um idiota! Sentir culpa por fazer o que é natural? A árvore sente culpa por crescer? Ou o pássaro por voar? Seu defeito não é cometer pecados, Starbuck, e sim o medo da solidão.

O tiro acertou o alvo em cheio, a ponto de Nate ignorar totalmente o comentário.

— Você nunca sente peso na consciência? — perguntou, em vez disso.

— Nunca permiti que minha consciência ficasse confusa com o balido dos ministros de Deus. Nunca ouvi por tempo suficiente, veja só. Santo Deus, Starbuck, se não fosse esta guerra, você já poderia ser um homem de Deus, ordenado! Estaria casando pessoas em vez de matá-las!

Bird gargalhou, balançando a cabeça para trás e para a frente, e subitamente se virou quando um fuzil disparou ao longe, atrás da legião. Uma bala passou entre as árvores, e a cavalaria rebelde, apeada, virou-se de súbito para enfrentar a ameaça. Uma tropa de cavalaria ianque havia aparecido a distância. A chuva tornava difícil enxergar o inimigo, mas de vez em quando um sopro de fumaça branca indicava o disparo de uma carabina. Pouco depois o som da arma chegava, abafado, logo depois de a bala ter atingido a estrada molhada ou atravessado de forma inofensiva os pinheiros. A cavalaria nortista estava disparando de muito longe, contando mais com a sorte que com a perícia.

— Isso é trabalho para os seus homens, Nate — disse o major Bird com um prazer perverso.

Bird acreditava na eficácia dos mosquetes. Gostava de conter as saraivadas dos seus regimentos até o último instante e acreditava que suas companhias de escaramuça deveriam ser compostas dos melhores atiradores. A insistência de Nathaniel no treino constante transformara os escaramuçadores da Companhia K nos mais mortais da legião. Um punhado dos homens, como Esau Washbrook e William Tolby, eram atiradores natos, mas até os integrantes mais inaptos da companhia melhoraram nos meses de treinamento. Joseph May era um desses, mas no caso dele a melhora na capacidade de tiro se devia ao par de óculos com aros de ouro que foram tirados de um capitão ianque morto no penhasco de Ball.

O major Bird observou a estrada longa que seguia em linha reta entre escuras árvores de folhas perenes.

— Uma saraivada certeira, Nate. Os patifes não se arriscarão a chegar perto, e, assim que perceberem que sabemos atirar, ficarão ainda mais para trás, de modo que o Deus onipotente que tudo vê só está nos dando uma chance de mandar suas almas miseráveis para o inferno. — Ele esfregou as mãos magras. — Você ficaria ofendido se eu desse a ordem, Nate?

Divertindo-se com o entusiasmo sanguinário de Bird, Nathaniel garantiu ao seu oficial comandante que não ficaria ofendido, depois disse à sua companhia para encontrar posições de tiro e carregar os fuzis. Havia pouco mais de dez cavalarianos ianques à vista, porém outros provavelmente estavam escondidos junto às ruínas de uma taverna de madeira que ficava na curva da estrada onde o inimigo tinha aparecido. Os nortistas disparavam suas carabinas de cima das selas, acreditando estarem longe demais da retaguarda rebelde para correr algum perigo real. Seus disparos eram menos uma ameaça que um ato de zombaria, um gesto de despedida, cheio de desprezo, para os rebeldes que recuavam. A cavalaria confederada atirava de volta, mas sua coleção improvisada de revólveres, armas esportivas e carabinas capturadas se mostrava ainda mais imprecisa que os disparos nortistas.

— Quinhentos metros! — gritou Truslow.

Era uma distância muito grande para os fuzis da legião. Como regra, Nathaniel achava que os disparos de distâncias acima de duzentos metros eram provavelmente desperdiçados, a não ser que um dos melhores atiradores da companhia estivesse atirando, mas quinhentos metros não era uma distância impossível. Ele carregou seu fuzil, primeiro usando os dentes para arrancar a bala do topo do cartucho embrulhado em papel, depois derramando a pólvora no cano. Enfiou o papel vazio no cano como bucha, depois cuspiu a bala no cano. O gosto amargo e salgado da pólvora se demorou na boca enquanto ele pegava a vareta do fuzil. Em seguida, forçou a bala em forma de cone com força sobre a bucha e a pólvora, depois prendeu a vareta de volta no lugar. Por fim, pescou uma pequena cápsula de percussão, de cobre, que colocou em cima do cone da culatra. A cápsula tinha uma pitada de fulminato de mercúrio, um produto químico suficientemente instável para explodir quando golpeado com força. O percussor do fuzil, acertando a cápsula, faria o fulminato explodir lançando uma fagulha de fogo pelo cano furado até a pólvora que ele havia socado na culatra do fuzil.

Uma bala inimiga atingiu uma poça a trinta metros da companhia, espirrando água suja. Ned Hunt, o eterno palhaço da companhia, zombou dos cavalarianos distantes até que Truslow o mandou calar a maldita boca. Nathaniel se ajoelhou ao lado de uma árvore onde poderia firmar a mira. Ergueu a mira traseira para quatrocentos metros, depois, como a distância de disparo de fuzis frios é menor, acrescentou mais cem, para garantir.

— Deem espaço, rapazes! — gritou o major Bird para a cavalaria rebelde, e os cavaleiros de casacas cinzentas e cabelos compridos conduziram seus cavalos para trás, passando pela companhia de Nathaniel.

— Vocês não vão acertar nada, rapazes! — gritou um cavaleiro, bem-humorado. — É o mesmo que jogar pedras naqueles filhos da mãe.

Agora havia mais ianques na curva da estrada, talvez uns vinte. Alguns apearam para se ajoelhar ao lado da taverna enquanto outros continuavam mirando e disparando de cima das selas.

— Vamos atirar no grupo da direita! — ordenou Bird. — Lembrem-se de mirar descontando o vento, e esperem minha ordem!

Nathaniel moveu o cano do fuzil para a esquerda por causa do vento que vinha do leste. A chuva deixou o cano da arma cheio de gotas enquanto ele apontava a mira dianteira para um cavaleiro no centro do grupo de ianques.

— Vou contar até três e depois dar a ordem — anunciou o major Bird.

Ele estava de pé no centro da estrada olhando para o inimigo com metade de um binóculo de campanha que tirara de um cadáver em Manassas.

— Um.

Nate tentou controlar a oscilação do cano do fuzil.

— Dois!

A chuva caía nos olhos de Nathaniel, fazendo-o piscar enquanto erguia a coronha para que a alça de mira emoldurasse a mira dianteira.

— Três.

A companhia inteira prendeu o fôlego e tentou imobilizar os músculos rigidamente. Nathaniel colocou a mira exatamente na figura turva de um homem montado a quinhentos metros de distância e a manteve lá até que Bird enfim gritou a ordem.

— Fogo!

Cinquenta fuzis estalaram quase ao mesmo tempo, lançando uma nuvem de pólvora branca na estrada molhada. A coronha do fuzil de Nathaniel atingiu seu ombro quando um jato amargo de explosão de fulminato chegou à sua narina. O major Bird correu para fora da fumaça de pólvora e apontou o binóculo quebrado para a distante curva da estrada. Um cavalo galopava sem cavaleiro, um homem estava caído na estrada, um segundo mancava em direção à floresta, enquanto um terceiro se arrastava na lama. Outro cavalo estava caído, chutando e se sacudindo, e atrás do animal agonizante uns vinte ianques se espalhavam feito palha soprada.

— Muito bem! — gritou Bird. — Agora entrem em formação e continuem marchando!

— Como nos saímos? — perguntou Nate.

— Três homens e um cavalo — respondeu Bird. — Talvez um dos três homens esteja morto.

— De cinquenta tiros?

— Eu li em algum lugar — disse Bird, animado — que eram necessários duzentos tiros de mosquete para causar uma baixa nas guerras napoleônicas, de modo que três homens e um cavalo em cinquenta balas não me parece uma contagem ruim. — Ele soltou uma gargalhada abrupta, sacudindo a cabeça para trás e para a frente no maneirismo que lhe garantira o apelido. Explicou a alegria enquanto guardava o binóculo quebrado. — Há apenas seis meses, Nate, eu estava cheio de escrúpulos com relação a matar. Agora, imagine só, parece que considero isso uma medida do sucesso. Adam está certo, a guerra nos muda.

— Ele teve essa conversa com você também?

— Adam deixou a consciência vazar em cima de mim, se é isso que quer dizer. Não foi bem uma conversa, visto que ele considerou irrelevante qualquer colaboração da minha parte. Em vez disso, gemeu para mim, depois pediu que eu rezasse com ele. — Bird balançou a cabeça. — Pobre Adam, ele não deveria usar uniforme.

— Nem o pai dele — acrescentou Nathaniel, carrancudo.

— Verdade.

Bird caminhou alguns passos em silêncio. Uma pequena fazenda fora aberta em meio às árvores na beira da estrada, e o fazendeiro, um homem de barba branca com cartola alta e puída e cabelos que chegavam abaixo dos ombros, estava parado à porta vendo os soldados passarem.

— Vivo temendo que Faulconer surja no meio de nós, cheio de fanfarronice e dignidade. No entanto, fico mais perplexo a cada dia que passa e ele não é nomeado de novo nem ganha uma brigada, graças a Deus, achando que talvez haja algum bom senso no nosso alto-comando, afinal.

— Mas não há nenhum nos nossos jornais? — observou Nathaniel.

— Não me lembre disso, por favor.

Bird estremeceu ao se lembrar do editorial do *Examiner* de Richmond que pedia a promoção de Washington Faulconer. Ele se perguntava como os jornais poderiam entender as coisas de modo tão equivocado, depois ponderou como muitos de seus próprios preconceitos e ideias foram moldados por um jornalismo igualmente equivocado.

— Estive pensando — disse depois de um tempo, e ficou em silêncio.

— E? — instigou Nathaniel.

— Estive me perguntando por que somos chamados de Legião Faulconer. Afinal, não somos mais pagos pelo lorde. Somos propriedade da comunidade da Virgínia, e acho que deveríamos arranjar um nome novo.

— O 45º? O 60º? O 121º? — sugeriu Nathaniel, mordaz. Os regimentos do estado recebiam números de acordo com quando foram criados, e de algum modo ser o 50º Regimento da Virgínia ou o 101º não era exatamente o mesmo que ser a legião.

— Os Atiradores de Elite da Virgínia — sugeriu Bird com orgulho.

Nate pensou no nome, e, quanto mais pensava, mais gostava.

— E quanto à bandeira? Quer que os Atiradores de Elite da Virgínia sigam para a batalha com o brasão de Faulconer?

— Uma nova bandeira, acho. Algo ousado, sanguinário e decidido. Talvez com o lema do estado! *Sic semper tyrannis*!

Bird proferiu as palavras de forma dramática, depois gargalhou. Nate também gargalhou. O lema significava que qualquer pessoa que tentasse oprimir a comunidade da Virgínia receberia a mesma derrota humilhante do rei Jorge III, mas a ameaça poderia igualmente se referir ao coronel que havia abandonado sua própria legião quando ela marchara contra o inimigo em Manassas.

— Gosto da ideia — disse Nathaniel. — Muito.

A companhia passou por uma pequena subida na estrada, de onde dava para ver a fumaça de um bivaque subindo de uma encosta a quase um quilômetro dali. A chuva e as nuvens mascaravam o sol poente e traziam um crepúsculo precoce em que as fogueiras de acampamento na encosta apareciam brilhantes. Aquele morro era onde a retaguarda da legião passaria a noite no alto daquele morro, protegida por um riacho e duas baterias de artilharia cujas silhuetas se destacavam no horizonte distante. A maior parte da legião já havia chegado ao acampamento, muito à frente da companhia de Nathaniel, que fora atrasada pelo encontro com os retardatários e pela escaramuça com a cavalaria ianque.

— Confortos do lar à vista — avisou Bird, animado.

— Graças a Deus! — exclamou Nate. A bandoleira de seu fuzil estava machucando por cima do uniforme encharcado, as botas chapinhavam na água da chuva, e a perspectiva de descansar junto a uma fogueira era como uma antecipação dos prazeres do paraíso.

— Aquele é o Murphy? — Bird forçou a vista através da chuva, na direção de um cavaleiro que galopava pela estrada, vindo do morro. — Está me procurando, imagino. — E acenou para atrair a atenção do irlandês.

Murphy, um excelente cavaleiro, atravessou um vau raso esporeando o cavalo e galopou até a Companhia K, depois virou a montaria numa agitação de cascos e lama até puxar as rédeas perto de Bird.

— Há um homem esperando você no acampamento, Pica-Pau. Ele está meio que exigindo que você se apresse para vê-lo.

— A patente dele torna essa exigência importante para mim?

— Acho que torna, Pica-Pau. — Murphy conteve seu cavalo agitado. — O nome dele é Swynyard. Coronel Griffin Swynyard.

— Nunca ouvi falar — comentou Bird, animado. — A não ser que ele seja um Swynyard da antiga família de traficantes de escravos. Era um pessoal desagradável. Meu pai sempre dizia que era preciso ficar contra o vento ao lidar com um Swynyard. O sujeito fede, Murphy?

— Não mais que você ou eu, Pica-Pau. Mas ele disse que quer vê-lo logo.

— Será que você pode dizer a ele que vá se catar? — sugeriu Bird, alegre.

— Acho que não, Pica-Pau — respondeu Murphy com tristeza. — Acho que não. Ele tem novas ordens para nós, veja bem. Vamos trocar de brigada.

— Ah, Deus, não — disse Bird, adivinhando a verdade terrível. — Faulconer?

Murphy assentiu.

— Infelizmente, Pica-Pau. O próprio Faulconer não está aqui, mas Swynyard é o novo subcomandante. — Murphy fez uma pausa, depois olhou para Nathaniel. — Ele quer ver você também, Nate.

Nathaniel xingou. Mas xingar não adiantava. Washington Faulconer havia conseguido sua brigada, e com ela tomara de volta sua legião.

E de repente o dia pareceu mesmo uma derrota.

* * *

Um grupo de homens, alguns com roupas civis e alguns de uniforme, andava lentamente pela linha de fortificações abandonadas ao norte da estação ferroviária de Manassas. O dia chegava ao fim depressa, acabando com a pouca luz cinzenta que iluminara o sofrimento da terra molhada. A chuva ajudava a reduzir os focos de incêndio iniciados pelos confederados, deixando pilhas úmidas e enfumaçadas de cinza fétida que as tropas nortistas recém-chegadas reviravam com esperança de conseguir suvenires. Os moradores da cidade lançavam olhares aborrecidos àqueles invasores ianques, os primeiros nortistas livres vistos em Manassas desde o início da guerra. Alguns negros livres deram uma recepção melhor às tropas federais, trazendo pratos com bolo de milho, mas até mesmo essa generosidade era oferecida cautelosamente, pois os simpatizantes dos nortistas na cidade não tinham certeza se que o vento da batalha não viraria de novo em favor do sul, trazendo de volta o exército confederado.

Mas, por enquanto, o exército nortista controlava o entroncamento ferroviário, e seu comandante inspecionava as fortificações de terra abandonadas pelos confederados. O general de divisão George Brinton McClellan era um homem baixo, atarracado, com rosto cheio, corado e juvenil. Tinha apenas 35 anos, mas compensava a juventude com austeridade, dignidade e uma carranca permanente que ajudava a compensar sua estatura diminuta. Também cultivava um pequeno bigode que, equivocadamente, ele supunha acrescentar autoridade à sua aparência, mas que só tornava a juventude mais evidente. Agora, no ar enfumaçado do entroncamento, ele parou para examinar um dos troncos pintados de preto que se projetava, como um cano de canhão, por cima da troneira molhada.

Doze oficiais do estado-maior pararam atrás do general de divisão e também ficaram olhando para o tronco pintado de preto que pingava por causa da chuva. Ninguém falou até um civil gorducho romper o silêncio portentoso.

— É uma tora, general — disse com sarcasmo pesado. — O que nós, lá em Illinois, chamamos de tronco de árvore.

O general de divisão George Brinton McClellan não se dignou a responder. Em vez disso, e tomando bastante cuidado para não colocar as botas engraxadas nas poças mais fundas, foi até a troneira seguinte, onde analisou seriamente um tronco quase idêntico. Um rebelde havia escrito duas palavras com giz no cano do canhão falso: "Rá rá".

— Rá rá — disse o homem de Illinois.

Era um homem de meia-idade, com rosto vermelho, um congressista conhecido por ser ligado ao presidente Lincoln. Esse relacionamento teria impedido a maioria dos oficiais de ofender o político, mas McClellan o desprezava por ser um dos capachos republicanos que passaram o inverno zombando da inatividade do exército do Potomac. "Tudo quieto no Potomac", cantarolavam os zombeteiros, exigindo saber por que o exército mais caro da história dos Estados Unidos havia esperado solenemente durante o inverno antes de avançar contra o inimigo. Eram homens como esse congressista que atiçavam o presidente a encontrar um soldado mais combativo para comandar os exércitos nortistas, e McClellan estava cansado das críticas. Ele demonstrou o desprezo dando as costas para o congressista e olhando irritado para um dos seus oficiais.

— Você acha que os quakers foram postos aqui hoje de manhã?

O oficial, um coronel engenheiro, havia examinado os canhões quaker e deduzido, pelo estado das culatras, que os troncos estavam ali ao menos desde o verão anterior, o que significava que o Exército Federal dos Estados Unidos, a maior força jamais reunida na América, passara os últimos meses com medo de um punhado de árvores derrubadas sujas de piche. Mas o coronel sabia que não deveria confirmar essa visão ao general McClellan.

— Talvez tenham sido postos ontem, senhor — respondeu, com tato.

— Mas havia canhões de verdade aqui na semana passada? — perguntou McClellan com ferocidade.

— Ah, sem dúvida — mentiu o coronel.

— Com certeza — acrescentou outro oficial, assentindo sabiamente.

— Nós os vimos! — afirmou um terceiro oficial nortista, mas estava se perguntando se sua cavalaria em patrulha fora enganada por aqueles troncos pintados que, a distância, pareciam-se espantosamente com canhões de verdade.

— Esses troncos de árvore me parecem muito bem estabelecidos — disse o congressista de Illinois com um tom de escárnio.

Em seguida, passou por cima da fortificação lamacenta, sujando as roupas de terra, depois escorregou ao descer ao lado do canhão quaker. Um dia devia ter havido canhões de verdade nas troneiras, porque os falsos repousavam em rampas suaves cobertas por pranchas de madeira por onde um canhão recuaria ao ser disparado, antes de rolar suavemente de volta à posição inicial. O congressista quase perdeu o equilíbrio nas velhas pranchas de madeira escorregadias cobertas por um mofo oleoso e úmido. Ele se segurou no cano do quaker, depois bateu o pé direito com força. O calcanhar quebrou as pranchas podres da plataforma, incomodando uma colônia de cupins que se arrastou desesperadamente para longe da luz do dia. O congressista tirou da boca um toco de charuto molhado e mastigado.

— Não sei como um canhão de verdade poderia ter estado aqui nos últimos meses, general. Acho que o senhor estava molhando as calças por causa de um punhado de troncos serrados.

— O que o senhor está testemunhando, congressista — disse McClellan, virando-se para o político enfurecido —, é uma vitória! Talvez uma vitória sem paralelos nos anais do nosso país! Uma vitória magnífica. Um triunfo de armas empregadas cientificamente! — O general estendeu a mão dramaticamente para as piras de fumaça, os pares de rodas de vagões espalhadas e as altas chaminés de tijolos deixadas desoladas no meio das brasas fumegantes. — Veja, senhor, um exército derrotado — declarou McClellan, balançando os braços para a paisagem desalentadora. — Um exército que se retirou antes do nosso avanço vitorioso como feno caindo diante da foice.

O congressista obedeceu e observou a cena.

— Pouquíssimos corpos, general.

— Uma guerra vencida através de uma manobra do inimigo, senhor, é uma guerra misericordiosa. O senhor deveria se ajoelhar e agradecer a Deus Todo-Poderoso. — McClellan decidiu que esse era o seu último comentário e se afastou rapidamente na direção da cidade.

O congressista balançou a cabeça, mas não disse nada. Apenas olhou enquanto um homem magro, usando um uniforme puído e manchado da cavalaria francesa, subiu na troneira para observar o canhão quaker. O francês usava uma espada reta e monstruosa à cintura, tinha um olho a menos, disfarçado por um tapa-olho, e uma postura animada. Seu nome era coronel Lassan, e era um observador militar francês que fora anexado ao exército nortista desde antes da batalha de Bull Run, no verão anterior. Ele bateu o bico da bota nas pranchas da plataforma de canhão. Suas esporas tilintaram enquanto a madeira podre se despedaçava sob seu chute fraco.

— E então, Lassan? — perguntou o congressista. — O que acha?

— Sou apenas um mero convidado em seu país — respondeu Lassan com tato. — Um estrangeiro e um observador, de modo que minha opinião, congressista, não importa.

— Você tem olhos, não é? Bom, pelo menos um — acrescentou o congressista às pressas. — Não é preciso ser americano para decidir se esse pedaço de madeira foi posto aí apenas ontem.

Lassan sorriu. Seu rosto tinha cicatrizes horríveis, mas havia algo indomável e malicioso em sua expressão. Ele era um homem sociável, que falava um inglês perfeito com sotaque britânico.

— Aprendi uma coisa sobre seu maravilhoso país — disse ao congressista. — Nele, nós, meros europeus, devemos guardar nossas críticas para nós mesmos.

— Seu francês paternalista filho de uma puta desgraçada — disse o congressista. Ele gostava do francês, ainda que o maldito caolho tivesse arrancado dois meses de seu salário num jogo de pôquer na noite anterior. — Então diga, Lassan. Esses troncos foram postos aqui ontem?

— Acho que os troncos estão aqui há um pouco mais de tempo do que presume o general McClellan — respondeu Lassan, com cautela.

O congressista olhou irritado para o grupo do general, que agora estava a cem passos de distância.

— Acho que ele não quer que seu exército lindo e limpo se suje brigando com alguns rapazes sulistas desagradáveis e mal-educados. É isso que você acha, Lassan?

Lassan achava que a guerra poderia terminar em um mês se o exército nortista continuasse em frente, sofresse algumas baixas e permanecesse marchando, mas era diplomático demais para escolher um lado nos desacordos disputados com tamanho fervor nos escritórios de Washington e nas mesas de jantar bem-abastecidas da capital. Assim, o coronel simplesmente deu de ombros, descartando a pergunta, então foi salvo de mais questionamentos pela chegada de um ilustrador de jornal que começou a fazer um esboço das tábuas e do tronco apodrecidos.

— Você está vendo uma vitória, filho — disse o congressista com sarcasmo, tirando as partes mais úmidas do charuto antes de enfiá-lo de volta na boca.

— Com certeza não é uma derrota, congressista — retrucou o artista com lealdade.

— Você acha que isso é uma vitória? Filho, nós não expulsamos os rebeldes, eles só foram embora quando quiseram! Eles estão preparando seus canhões de madeira em algum lugar. Não teremos uma vitória de verdade enquanto não pendurarmos Jeff Davis pelos tornozelos magricelos. Vou lhe dizer, filho, esses canhões estão apodrecendo aqui desde o ano passado. Acho que o seu Jovem Napoleão foi simplesmente enganado de novo. Canhões de madeira para um cabeça-dura. — O congressista cuspiu na lama.

— Faça um desenho desses canhões de madeira, filho, e certifique-se de mostrar as marcas de rodas onde os canhões de verdade foram rebocados hoje.

O artista franziu a testa para a lama além das rampas de disparo podres.

— Não há nenhuma marca de roda.

— Você entendeu, filho. E isso quer dizer que você está muito à frente do nosso Jovem Napoleão. — O congressista se afastou com passos pesados, acompanhado pelo observador francês.

A cem passos de distância, outro homem com roupas civis franzia a testa para outro canhão quaker. Ele tinha um rosto duro, quadrado, com barba cheia, do qual se projetava um cachimbo enegrecido. Usava um casaco de montaria puído e um chapéu redondo de aba curta. Segurava um pequeno chicote de montaria que usou para dar um golpe no cano de um canhão de madeira, depois se virou e gritou para um ajudante trazer seu cavalo.

Mais tarde, naquela noite, o barbudo recebeu uma visita na sala da casa onde se alojava. As casas eram poucas em Manassas, tão poucas que a maioria dos homens com patente abaixo de general de divisão era obrigada a viver em barracas, portanto o fato de esse civil ter uma casa inteira para seu uso era prova de sua importância. A inscrição em giz na porta dizia "Major E. J. Allen", mas o homem não era soldado nem tinha o sobrenome Allen; em vez disso, era um civil que gostava de usar pseudônimos e disfarces. Seu verdadeiro nome era Allen Pinkerton, e havia sido detetive da polícia de Chicago antes de o general McClellan nomeá-lo como chefe do Serviço Secreto do Exército do Potomac. Agora, à luz tremeluzente das velas, Pinkerton olhou para o oficial alto e nervoso que fora chamado da retaguarda do exército para sua presença.

— Você é o major James Starbuck?

— Sim, senhor — respondeu James Starbuck, com a cautela de alguém que espera que qualquer convocação seja um presságio de encrenca.

Ultimamente, James parecia uma alma desconsolada. Após ter sido um elevado oficial do estado-maior, a par dos segredos do comandante do exército, fora relegado a um serviço na intendência da 1ª Unidade. Suas novas tarefas estavam relacionadas ao suprimento de legumes secos, farinha, carne-seca, carne de porco salgada, biscoitos duros e café, tarefas que ele realizava meticulosamente, mas nem toda a comida que conseguia fornecer bastava, de modo que os oficiais de cada regimento, bateria e tropa se sentiam livres para xingá-lo de inútil filho de uma puta. James sabia que deveria ignorar esses insultos, mas, em vez disso, eles o esmagavam e humilhavam. Ele raramente se sentira tão arrasado.

Agora, para seu espanto, viu que o homem chamado Allen estava estudando a longa carta de Adam, que James enviara ao quartel-general do general de divisão McClellan no ano anterior. Para James, a carta havia sido completamente ignorada pelo alto-comando do Exército, e, como não tinha autoridade nem caráter para convencer ninguém sobre a importância desta, presumira que ela estava esquecida havia muito tempo. Mas agora o pouco sedutor major Allen finalmente percebera o valor dela.

— Quem lhe deu esta carta, major? — perguntou Pinkerton.

— Prometi não dizer, senhor.

James se perguntou por que estava chamando aquele homenzinho sem graça de "senhor". Allen não tinha patente superior a James, mas algo na postura desafiadora do sujeito induzia a subserviência natural de James, mas ao mesmo tempo provocava um pequeno veio de teimosia, de modo que ele decidiu não usar de novo o tratamento honorífico.

Pinkerton apertou o tabaco do cachimbo com um dedo calejado, depois levou o fornilho acima de uma vela e o acendeu tragando.

— Você tem um irmão que está com os rebeldes?

James enrubesceu, o que não era de espantar, porque a traição de Nate era motivo de imensa vergonha para a família Starbuck.

— Sim, se... major. Tenho, infelizmente.

— Ele escreveu esta carta?

— Não, se... major. Não escreveu. Eu gostaria que sim.

O cachimbo de Pinkerton efervesceu enquanto ele tragava pela haste curta. O vento soprou na janela e uivou pela chaminé curta, lançando uma nuvem de fumaça densa de volta para a sala.

— Se eu lhe garantir que sou de confiança, major — disse Pinkerton, com a voz mantendo a pronúncia suave do erre de sua Escócia nativa —, e se eu jurar pela minha alma, se jurar pela alma da minha querida mãe falecida, pela alma da querida mãe dela e por todas as Bíblias da América do Norte também, e se jurando assim eu prometer que nunca, jamais, revelarei o nome do seu informante a qualquer pessoa, você me contaria?

James sentiu a tentação. Talvez, se desse o nome de Adam, pudesse ser aliviado de seu horrível cargo de intendente, mas dera a palavra e não iria violá-la, por isso apenas balançou a cabeça.

— Não, major, eu não contaria. Eu confiaria no senhor, mas não faltaria à minha palavra.

— Muito bom, Starbuck. Muito bom. — Pinkerton escondeu o desapontamento e franziu a testa de novo para a carta de Adam. — Seu homem estava certo — continuou — e o restante estava errado. Seu homem nos contou a verdade, ou algo próximo a ela. Ele errou os números de Johnston, nós sabemos com certeza que o exército rebelde tem pelo menos o dobro do tamanho que ele contou a você, mas todo o resto aqui acerta o alvo, na mosca!

O que havia impressionado Pinkerton era a descrição que Adam fizera dos canhões quaker de madeira. Ele dera o número exato e a localização destes, e Pinkerton, ao chegar perto deles no crepúsculo chuvoso, havia se lembrado do relatório descartado e ordenara que fosse encontrado em seus arquivos. Havia centenas desses relatórios, muitos eram trabalho de patriotas imaginativos, alguns eram meras suposições baseadas em histórias de jornais, ao passo que outros eram mandados indubitavelmente por sulistas que tentavam enganar o norte. Uma quantidade tão grande de informação fluía para o norte que Pinkerton era obrigado a jogar fora boa parte dela, mas agora percebia que descartara ouro junto do refugo.

— Seu homem lhe mandou mais alguma carta?

— Não, major.

Pinkerton se recostou na cadeira, fazendo as pernas dela estalarem de modo agourento.

— Você acha que ele estaria disposto a fornecer mais informações?

— Tenho certeza de que sim.

O sobretudo de James pingava no chão da sala. Ele tremia de frio, apesar do fogo baixo com chamas furiosas que mal esquentavam a sala sem graça. Uma marca mais clara no reboco acima da lareira indicava o local de onde um quadro fora retirado às pressas, antes da chegada do exército nortista; talvez fosse um retrato de Jeff Davis ou de Beauregard, que fora o vitorioso em Manassas e era o general predileto do sul.

Pinkerton olhou atentamente a carta outra vez, imaginando por que não a havia levado a sério antes. Notou que o papel era de alta qualidade, obviamente de um estoque anterior à guerra e de manufatura muito melhor que o material descolorido, fibroso e pobre que o sul fazia agora.

O escritor havia usado letras de forma, assim disfarçando a escrita, mas a gramática e o vocabulário indicavam que era um homem com boa educação, e essa informação revelava que ele devia estar no coração do exército rebelde. Pinkerton sabia que cometera um erro ao ter ignorado a carta, mas se consolava pensando que era normal algumas pepitas se perderem no meio do caos.

— Lembre-me de como o seu homem lhe passou esta carta — pediu.

James havia explicado as circunstâncias numa carta que anexara ao longo relato de Adam, mas aparentemente essa explicação havia muito desaparecera.

— Ele me entregou em Richmond, major, quando fui trocado.

— E como você poderia se comunicar com ele agora?

— Ele disse que as cartas deveriam ser deixadas no vestíbulo da Igreja de St. Paul, em Richmond. Há um quadro de avisos lá, entrecruzado por fitas, e, se uma carta for posta embaixo das fitas e endereçada ao secretário honorário da Sociedade para o Suprimento de Bíblias ao Exército Confederado, ele iria recolhê-la. Não creio que essa sociedade exista — disse James, depois fez uma pausa. — É preciso confessar que não saberia como fazer uma carta chegar a Richmond — acrescentou humildemente.

— Não há problema, homem. Nós fazemos isso quase todo dia — disse Pinkerton calorosamente, depois abriu uma valise de couro e pegou uma escrivaninha portátil. — Precisaremos da ajuda do seu amigo nas próximas semanas, major. — Ele tirou uma folha de papel do estojo, acrescentou um tinteiro e uma pena e empurrou tudo por cima da mesa. — Sente-se.

— Quer que eu escreva para ele agora, major? — perguntou James, atônito.

— Não há tempo melhor que o presente, Starbuck! Aproveitar a oportunidade, não é como dizem? Sem delongas! Diga ao seu amigo que as informações dele são do maior valor e que foram apreciadas nos níveis mais altos do exército federal.

Pinkerton descobrira que um pouquinho de lisonja tinha enorme valor com os agentes secretos. Ele fez uma pausa enquanto James puxava uma vela para perto do papel e começava a escrever numa letra rápida e eficiente. A pena tinha uma ponta fendida que espirrava gotículas de tinta enquanto raspava o papel rápido.

— Escreva algo pessoal — continuou Pinkerton — para que ele saiba que é você.

— Já escrevi — avisou James. Ele havia expressado a esperança de que Adam tivesse tido oportunidade de entregar a Bíblia a Nate.

— Agora escreva que nos sentiríamos gratos se seu amigo pudesse nos ajudar com o pedido anexado.

— Pedido anexado? — perguntou James, perplexo.

— Você não quer me dizer quem ele é, por isso não vou lhe dizer o que quero dele.

James pousou a pena na borda da mesa. Franziu a testa.

— Ele vai correr algum risco, senhor?

— Risco? É claro que ele vai correr algum risco! Estamos em guerra! O risco está no ar que respiramos! — Pinkerton franziu o cenho e tragou a fumaça do cachimbo encostando o tabaco na chama outra vez. — Seu homem faz isso por dinheiro?

James se enrijeceu diante da sugestão.

— Ele é um patriota, major. E cristão.

— Então a recompensa do céu certamente é todo o motivo que ele precisa para correr algum risco, não é? Mas você acha que quero perder o seu homem? É claro que não! Prometo que não vou pedir que ele faça nada que eu não esperaria que meu próprio filho fizesse, disso tenha certeza, major. Mas me deixe dizer outra coisa. — Como se demonstrasse que suas próximas palavras eram importantes, Pinkerton tirou o cachimbo da boca e limpou a saliva dos lábios. — O que vou pedir ao seu homem poderia nos garantir a vitória nesta guerra. Para ver como é importante, major.

James pegou a pena obedientemente.

— O senhor quer que eu simplesmente peça a ele que realize o pedido anexado.

— Sim, major, é o que eu quero. Depois vou incomodá-lo pedindo que enderece o envelope para mim.

Pinkerton se recostou e tragou. Ele pediria a Adam informações sobre as defesas rebeldes a leste de Richmond, porque era naquela paisagem úmida e vazia que, a qualquer dia desses, o general McClellan planejava fazer seu ataque surpresa contra a capital rebelde. Esse lento avanço atual em direção às ruínas de Manassas só se destinava a manter o exército confederado preso ao norte da capital, enquanto McClellan enviava secretamente a maior frota da história para carregar sua verdadeira força de ataque ao redor do flanco leste dos rebeldes. Richmond em maio, disse Pinkerton a si mesmo, paz em julho, e as recompensas da vitória pelo resto da sua vida.

Pegou a carta e o envelope com James. O envelope era feito de um papel pardo áspero que um agente de Pinkerton trouxera de uma visita secreta à Confederação, e James o endereçara ao secretário honorário da Sociedade para o Suprimento de Bíblias ao Exército Confederado, aos cuidados da Igreja de St. Paul, Grace Street, Richmond. Pinkerton encontrou um dos selos verdes de cinco centavos, de aparência barata, com o rosto fundo de Jefferson Davis, e o colou no envelope.

— Imagino que esse informante só confiará em você.

— Certamente — confirmou James.

Pinkerton assentiu. Se esse estranho espião só confiaria em James, então Pinkerton desejava garantir que James estivesse sempre à mão.

— E, antes da guerra, major, com o que trabalhava?

— Eu era advogado em Boston.

— Advogado, é? — Pinkerton se levantou e se aproximou do fogo fraco da lareira. — Minha mãe desejava que eu fosse advogado, o que na Escócia chamam de escritor do sinete, mas infelizmente nunca houve dinheiro para os estudos. Gosto de pensar que eu seria um bom advogado se tivesse tido chance.

— Tenho certeza de que sim — disse James, sem nenhuma certeza.

— E como advogado, major, o senhor está acostumado a examinar provas? A separar o que é verdadeiro do que é falso?

— Estou.

— Pergunto isso porque ultimamente este departamento vem sofrendo de uma falta de organização — explicou Pinkerton. — Nós nos esforçamos demais para manter os arquivos como eu gostaria, e preciso de um chefe de seção, major, alguém que possa fazer avaliações e reunir provas. Garanto que o general McClellan irá autorizar a transferência imediatamente, de modo que não haveria problemas com o seu comandante atual. Seria presunção minha lhe oferecer esse cargo?

— É tremendamente generoso, senhor, tremendamente generoso — respondeu James, esquecendo-se da decisão firme de não o chamar de "senhor". — Eu ficaria honrado em me juntar ao senhor — continuou rapidamente, mal ousando acreditar que estava sendo mesmo resgatado dos barracões úmidos e vazios da intendência.

— Nesse caso, bem-vindo a bordo, major. — Pinkerton estendeu a mão dando as boas-vindas. — Aqui não temos cerimônia — acrescentou depois de trocar um forte aperto de mão com James. — De modo que, daqui em diante, pode me chamar de Buldogue.

— Buldogue? — gaguejou James.

— É só um apelido, major — garantiu James.

— Muito bem. — James hesitou. — Buldogue. E eu me sentiria honrado se o senhor me chamasse de James.

— Pretendo fazer isso, Jimmy, pretendo! Vamos começar o trabalho de manhã, vamos sim. Você vai querer pegar suas coisas esta noite? Pode dormir na copa, se não se incomodar com um ou dois ratos.

— Eu me acostumei com os ratos na prisão, e com coisa pior.

— Então vá, major! Precisamos começar a trabalhar de manhã cedo — disse Pinkerton.

Assim que James saiu, o chefe do serviço secreto se sentou e escreveu uma carta breve que iria para o sul dentro do bilhete de James. A carta pedia informações detalhadas sobre as defesas rebeldes a leste de Richmond, e perguntava em particular quantos soldados cuidavam dessas defesas. Então Pinkerton requisitou que essas informações fossem entregues ao Sr. Timothy Webster, aos cuidados do Hotel Ballard House, na Franklin Street, em Richmond.

Timothy Webster era o espião mais brilhante de Pinkerton, um homem que já fizera três incursões à Confederação e agora estava no meio da quarta. Desta vez, Webster se estabelecera como um mercador que fugia do bloqueio e procurava negócios em Richmond, mas na verdade usava as verbas do serviço secreto para fazer amigos entre oficiais e políticos indiscretos. Sua missão era descobrir as defesas de Richmond, serviço que implicava riscos terríveis, mas agora, com o advento do informante de James Starbuck, Pinkerton tinha certeza do sucesso de Webster. Lacrou as duas folhas dentro do envelope, desarrolhou uma garrafa de seu precioso uísque escocês e fez um brinde. À vitória.

5

O coronel Griffin Swynyard comia vorazmente um prato de repolho frito com batatas quando Bird e Nathaniel chegaram à sua barraca. Tinha começado a chover, e as nuvens pesadas trouxeram um crepúsculo antecipado, de modo que a barraca do coronel precisava ser iluminada por dois lampiões pendurados na vara de cumeeira. O coronel recém-promovido estava sentado entre os dois lampiões, usando um volumoso roupão de lã cinza por cima da calça do uniforme e de uma camisa suja. Ele se encolhia sempre que uma mordida provocava uma pontada de agonia em um dos seus dentes amarelos e podres. Seu serviçal, um escravo amedrontado, anunciara o major Bird e o capitão Starbuck e depois havia se esgueirado de volta para a noite, onde as fogueiras da retaguarda lutavam contra o vento e a chuva.

— Então você é Bird — disse Swynyard, ignorando descaradamente Nathaniel.

— E você é Swynyard — disse Bird com igual rispidez.

— Coronel Swynyard. West Point, classe de vinte e nove, antigo exército dos Estados Unidos, 4º Regimento de Infantaria. — Os olhos injetados de Swynyard tinham um tom amarelo pouco saudável à luz do lampião. Ele mastigou uma colherada do jantar, depois ajudou a engolir com um gole de uísque. — Agora nomeado segundo em comando da Brigada Faulconer. — Ele apontou a colher para Bird. — O que me torna seu oficial superior.

Bird aceitou o relacionamento com um curto movimento de cabeça, mas se recusou a chamá-lo de "senhor", que presumivelmente era o que o coronel desejava. Swynyard não pressionou; em vez disso, passou uma faca afiada no prato e pegou outra colherada daquela mistura pouco apetitosa. Sua barraca tinha um piso de pinho recém-serrado, uma mesa dobrável, uma cadeira, uma cama de campanha e um cavalete usado como suporte para sua sela. A mobília, como a sela e a barraca, era totalmente nova. Teria sido cara antes da guerra, mas Bird não gostava de pensar no quanto um equipamento daquele devia ter custado em tempos de escassez. Havia uma carroça parada do lado de fora, e Bird supôs que era usada para transportar os confortos de Swynyard, e isso era mais uma prova do dinheiro gasto no equipamento do coronel.

Swynyard engoliu a comida e tomou outro gole de uísque. A chuva batia forte na lona esticada da barraca, e no escuro um cavalo relinchou e um cachorro uivou.

— Agora você está na Brigada Faulconer — anunciou Swynyard formalmente —, que consiste nesta legião, do Batalhão de Voluntários do Condado de Izard, do Arkansas, do 12º e do 13º Regimentos da Flórida e do 65º da Virgínia. Todos esses estão agora sob as ordens do general de brigada Washington Faulconer, que Deus o abençoe, que espera nossa chegada ao Rappahannock amanhã. Alguma pergunta?

— Como está meu cunhado? — perguntou Bird educadamente.

— Perguntas militares, Bird. Militares.

— O ferimento do meu cunhado se curou o suficiente para fazer com que ele finalmente cumprisse seus deveres militares? — perguntou Bird docemente.

Swynyard ignorou a pergunta zombeteira. Sua bochecha direita tremeu com um tique enquanto ele usava a mão esquerda mutilada para gadanhar a barba grisalha, onde restos de repolho se alojaram. O coronel havia posto um chumaço de fumo de mascar, úmido, na beira do prato, e agora colocou o tabaco de volta na boca e sugou com força, enquanto se levantava e passava ao redor do cavalete que servia como suporte da sela.

— Já tirou algum escalpo? — perguntou, desafiando Bird.

— Que eu me lembre, não. — Bird conseguiu esconder a surpresa e o nojo com a pergunta súbita.

— Há um truque para fazer isso! Como qualquer outra habilidade, Bird, há um truque! O problema dos soldados jovens é que eles sempre tentam cortá-lo fora, e isso não funciona. Não funciona mesmo. Não, é preciso descascá-lo. Ajudar a descascar com a faca, se for preciso, mas só cortar as bordas, desse jeito se obtém uma coisa boa e peluda! Algo assim! — Swynyard havia tirado um chumaço de cabelos pretos do bolso do roupão e balançou para um lado e para o outro diante do rosto de Bird. — Eu tirei mais cabeleiras de selvagens do que qualquer outro homem branco vivo, e tenho orgulho disso, tenho orgulho. Servi bem ao meu país, Bird, ninguém serviu melhor, ouso dizer, mas minha recompensa foi vê-lo eleger aquele chimpanzé imprestável do Lincoln, de modo que agora devemos lutar por um país novo. — Swynyard fez esse discurso com emoção, inclinando-se tão perto que Bird sentiu uma mistura de repolho, tabaco e uísque no hálito dele. — Vamos nos dar bem, Bird, você e eu. De homem para homem, hein? Como está o regimento? Conte.

— Está bem — respondeu Bird rapidamente.

— Esperemos que esteja, Bird. Bom e bem! O general não tem certeza se ele deveria ser comandado por um major, entende? — Swynyard aproximou o rosto do de Bird enquanto falava. — De modo que é melhor você e eu nos darmos bem, major, se quiser minha boa opinião para influenciar a mente do general.

— O que você está sugerindo? — perguntou Bird em voz baixa.

— Não faço sugestões, major. Não sou inteligente o bastante para fazer sugestões. Sou apenas um soldado rude gerado no cano preto da arma. — Swynyard soltou uma gargalhada rouca em cima de Bird, depois apertou o roupão de lã com força em volta do peito magro antes de voltar, inseguro, para sua cadeira. — Tudo que me importa — continuou depois de se sentar — é que a legião esteja pronta para lutar e saiba exatamente por que está lutando. Os homens sabem disso, Bird?

— Tenho certeza de que sim.

— Você não parece ter certeza, Bird. Não parece nem um pouco. — Swynyard fez uma pausa para tomar mais um pouco de uísque. — Os soldados são pessoas simples. Não há nada complicado num soldado, Bird. Basta apontar um soldado na direção certa, dar um chute no traseiro dele e mandar que ele mate; é só disso que um soldado precisa, Bird! Os soldados não passam de crioulos brancos, é o que eu digo, mas até um crioulo faz um trabalho melhor se souber por que está fazendo. E é por isso que esta noite você vai distribuir esses livretos para os homens. Quero que eles conheçam a nobreza da causa.

Swynyard tentou levantar uma caixa de madeira cheia de panfletos e pôr sobre a mesa, mas o peso dela o derrotou, por isso ele usou o pé para empurrá-la para Bird.

Bird se curvou para pegar um panfleto, depois leu o título em voz alta.

— *A questão dos crioulos*, por John Daniels. — A voz de Bird traía sua aversão pelas opiniões virulentas de John Daniels. — Você quer mesmo que eu dê isso aos homens?

— Você precisa! — declarou Swynyard. — John é meu primo, veja bem, e ele vendeu esses panfletos ao general Faulconer para que os homens os lessem.

— Que generosidade do meu cunhado! — exclamou Bird acidamente.

— E como esses panfletos serão úteis! — disse Nate, manifestando-se pela primeira vez desde que entrara na barraca.

Swynyard olhou desconfiado para Nathaniel.

— Úteis? — perguntou numa voz perigosa, depois de um longo silêncio.

— É terrivelmente difícil acender uma fogueira nesse tempo molhado — comentou Nathaniel em tom afável.

O tique na bochecha de Swynyard aumentou. Ele não disse nada durante um longo tempo, apenas ficou mexendo na faca com cabo de osso enquanto contemplava o jovem oficial.

— Daniels é seu primo? — perguntou Bird, rompendo o silêncio de repente.

— É. — Swynyard afastou o olhar de Nathaniel e pôs a faca de novo na mesa.

— E presumo que o seu primo — disse Bird lentamente enquanto percebia o que estava acontecendo — escreveu o editorial encorajando o exército a promover Washington Faulconer?

— E daí?

— Nada, nada — respondeu Bird, mas não conseguia esconder a diversão ao perceber o preço que seu cunhado havia pago pelo apoio de Daniels.

— Está achando algo engraçado? — perguntou Swynyard, malévolo.

Bird suspirou.

— Coronel — disse ele —, nós fizemos uma longa marcha hoje, e não tenho energia nem vontade de ficar aqui explicando minhas diversões. Você quer mais alguma coisa de mim? Ou o capitão Starbuck e eu podemos dormir um pouco?

Swynyard encarou Bird por alguns segundos, depois apontou com a mão esquerda devastada para a entrada da barraca.

— Vá, major. Mande um homem pegar os panfletos. Você, fique aqui. — As três últimas palavras foram dirigidas a Nathaniel.

Bird não se moveu.

— Se tem negócios a tratar com um dos meus oficiais, coronel — disse a Swynyard —, tem negócios comigo. Vou ficar.

Swynyard deu de ombros, como se não se importasse se Bird ficasse ou partisse, depois olhou de novo para Nathaniel.

— Como vai seu pai, Starbuck? — perguntou, de repente. — Ainda pregando o amor fraternal pelos crioulos? Ainda esperando que casemos nossas filhas com os filhos da África? — Ele fez uma pausa para a resposta de Nate. A chama de um dos lampiões oscilou de repente, e em seguida se acomodou de novo. O som de homens cantando vinha da escuridão chuvosa. — E então, Starbuck? Seu pai ainda espera que entreguemos nossas filhas aos crioulos?

— Meu pai jamais pregou o casamento entre as raças — respondeu Nathaniel em tom ameno. Ele não amava o pai, mas, diante da zombaria de Swynyard, sentiu-se impelido a defender o reverendo Elial.

O rosto de Swynyard estremeceu com o tique, depois ele levantou bruscamente a mão esquerda e apontou para as duas estrelas que enfeitavam o colarinho da casaca de seu uniforme novo, pendurada num prego em um dos mastros da tenda.

— O que essa insígnia significa, Starbuck?

— Acho que significa que essa casaca pertence a um tenente-coronel.

— Ela pertence a mim! — exclamou Swynyard, falando mais alto.

Nate deu de ombros, como se a propriedade da casaca fosse de pouca importância.

— E eu sou seu superior! — gritou Swynyard, soltando uma névoa de cuspe e sumo de tabaco nos restos de seu repolho com batata. — Portanto, você vai me chamar de "senhor"! Não vai?!

Nathaniel continuou sem dizer nada. O coronel o olhou furioso, com a mão mutilada raspando a beira da mesa. O silêncio se estendeu. A cantoria na penumbra havia parado quando os homens ouviram o coronel gritar com Nate, e o major Bird supôs que metade da legião estivesse ouvindo o confronto que acontecia na barraca com a iluminação amarelada.

O coronel Swynyard não percebia essa plateia silenciosa e não vista. Perdia as estribeiras, instigado pela expressão de divertimento no rosto bonito de Nathaniel. De repente, o coronel pegou um chicote de montaria, de cabo curto, que estava em sua cama de campanha e estalou sua tira trançada na direção do homem de Boston.

— Você é um filho da mãe nortista, Starbuck, um lixo republicano que adora crioulos, e não há lugar para você nesta brigada. — O coronel ficou de pé repentinamente e estalou o chicote de novo, desta vez passando a ponta a centímetros do rosto de Nathaniel. — Portanto, está dispensado do regimento para sempre, ouviu? Estas são as ordens do general de brigada, assinadas, seladas e confiadas a mim. — Swynyard usou a mão esquerda para remexer nos papéis sobre a mesa dobrável, mas a ordem de dispensa havia sumido, e ele abandonou a busca. — Você vai se retirar agora, neste instante! — Swynyard estalou o chicote pela terceira vez na direção de Nathaniel. — Saia!

Nate agarrou a tira do chicote. Tinha planejado não fazer nada além de se desviar do golpe, mas, quando a tira do chicote se enrolou na sua mão, um caminho mais diabólico foi sugerido. Ele deu um leve sorriso, depois puxou, desequilibrando Swynyard. O coronel agarrou a mesa para se apoiar, então Nate puxou com mais força e a mesa dobrável desmoronou sob o peso de Swynyard. O coronel se esparramou no chão numa confusão de madeira quebrada e repolho derramado.

— Guarda! — gritou Swynyard ao cair. — Guarda!

O perplexo sargento Tolliver, da Companhia A, enfiou a cabeça pela entrada da barraca.

— Senhor? — Ele olhou para o coronel caído no meio dos destroços da mesa de campanha quebrada, depois lançou um olhar desanimado para Bird. — O que faço, senhor? — perguntou a Bird.

Swynyard lutou para ficar de pé.

— Você vai prender esse lixo nortista — gritou para Tolliver —, e vai entregá-lo à polícia do Exército e ordenar que ele seja mandado a Richmond, para ser preso como inimigo do Estado. Entendeu?

Tolliver hesitou.

— Entendeu? — gritou Swynyard para o sargento atarantado.

— Ele entendeu — interveio o major Bird.

— Você está dispensado do Exército — gritou Swynyard para Nathaniel. — Sua comissão terminou, você está acabado, está dispensado!

Perdigotos atingiram o rosto de Nate. O autocontrole do coronel havia desaparecido por completo, levado pelo álcool e pela instigação sutil de Nathaniel. Ele se lançou na direção do nortista cambaleando, levando a mão rapidamente ao coldre pendurado perto da casaca, no mastro da barraca.

— Você está preso! — soluçou Swynyard, ainda tentando soltar o revólver.

Bird segurou o cotovelo de Nate e o puxou para fora da barraca antes que acontecesse um assassinato.

— Acho que ele é louco — disse Bird enquanto afastava Nate rapidamente da barraca de Swynyard. — Totalmente louco. Insano. Demente. Lunático. — Bird parou a uma distância segura e olhou de volta, como se não pudesse acreditar de fato no que tinha acabado de testemunhar. — E está bêbado também, é claro. Mas ele perdeu a cabeça muito antes de afogar as amígdalas em birita. Meu Deus, Nate, e é o nosso segundo em comando?

— Senhor? — O sargento Tolliver havia seguido os dois oficiais. — Devo prender o Sr. Starbuck, senhor?

— Não seja ridículo, Dan. Eu cuido de Starbuck. Esqueça tudo isso. — Bird balançou a cabeça. — Maluco! — exclamou, pasmo. Agora não havia movimento na barraca do coronel, só o brilho da lona iluminada surgindo em meio à chuva. — Desculpe, Nate. — Bird ainda estava segurando o panfleto de Daniels, que agora rasgava em pedacinhos.

Nate xingou, amargo. Havia esperado a vingança de Faulconer, mas de algum modo ainda tinha esperanças de poder ficar com a Companhia K. Ela era seu lar agora, o lugar onde tinha amigos e um objetivo. Sem a Companhia K, ele era uma alma perdida.

— Eu devia ter ficado com o Canelas — comentou Starbuck. "Canelas" era Nathan Evans, cuja brigada reduzida fora muito antes para o sul.

Bird deu um charuto a Nathaniel, depois tirou um tição de uma fogueira próxima para acendê-lo.

— Precisamos tirá-lo daqui, Nate, antes que aquele lunático decida prendê-lo de verdade.

— Prender por quê? — perguntou Nathaniel com amargura.

— Por ser inimigo do Estado — respondeu Bird baixinho. — Você ouviu o que o idiota bêbado disse. Suspeito de que Faulconer tenha posto essa ideia na cabeça dele.

Nate olhou para a barraca do coronel.

— Onde Faulconer encontrou esse filho da puta?

— Com John Daniels, é claro. Meu cunhado acabou de comprar uma brigada, e o preço foi qualquer coisa que Daniels pedisse. O que presumivelmente incluía empregar esse maníaco bêbado.

— Desculpe, Pica-Pau — disse Nate, envergonhado com sua autocomiseração. — O desgraçado ameaçou você também.

— Vou sobreviver — retrucou Bird cheio de confiança. Ele sabia muito bem que Washington Faulconer o desprezava e gostaria de rebaixá-lo, mas Thaddeus Bird também sabia que tinha o respeito e o afeto da legião e como seria difícil seu cunhado lutar contra essa ligação. Nathaniel era um alvo muito mais fácil para Faulconer. — É mais importante levá-lo em segurança para longe daqui, Nate. O que você quer fazer?

— Fazer? O que eu posso fazer?

— Quer voltar para o norte?

— Meu Deus, não.

Voltar para o norte significava enfrentar a fúria amarga do pai. Significava trair seus amigos da legião. Significava se arrastar para casa como um fracasso penitente, e seu orgulho não permitiria isso.

— Então vá para Richmond, encontre Adam. Ele vai ajudá-lo.

— O pai dele não vai deixar que ele me ajude. — Nate pareceu amargo outra vez. Não tivera notícias de Adam durante todo o inverno e suspeitava de que seu antigo amigo o havia abandonado.

— Adam pode tomar decisões sozinho. Vá esta noite, Nate. Murphy vai levá-lo a Fredericksburg, e lá você pode pegar um trem. Vou lhe dar um passe que deve lhe permitir chegar a Richmond.

Ninguém podia viajar pela Confederação sem um passaporte emitido pelas autoridades, mas os soldados tinham permissão de sair de licença usando passes dados pelos regimentos.

A notícia da dispensa de Nathaniel se espalhara como fumaça de canhão pela legião. A Companhia K quis protestar, mas Bird convenceu os homens de que essa discussão não seria vencida apelando ao senso de justiça de Swynyard. Ned Hunt, que se considerava o bobo da corte da companhia, quis serrar os raios da carroça de Swynyard ou então queimar a barraca do coronel, mas Bird não permitiu esse absurdo e até pôs um guarda junto à barraca para impedir isso. O importante, afirmou Bird, era levar Nate para longe, a salvo da crueldade de Swynyard.

— E então, o que você vai fazer? — perguntou Truslow a Nathaniel enquanto o capitão Murphy preparava dois cavalos.

— Ver se Adam pode ajudar.

— Em Richmond? Então você vai ver minha Sally?

— Espero que sim. — Apesar dos desastres da noite, Nathaniel sentiu uma pontada de ansiedade.

— Diga-lhe que penso nela — pediu Truslow, carrancudo. Era o mais próximo de uma declaração de amor e perdão que ele poderia dar. — Se estiver faltando algo a ela — continuou, depois deu de ombros porque duvidava de que a filha pudesse carecer de dinheiro. — Eu gostaria — começou, então hesitou, ficando outra vez em silêncio, e Nate supôs que o sargento desejasse que sua filha única não estivesse ganhando a vida como prostituta, mas então Truslow o surpreendeu. — Você e ela — explicou. — Eu gostaria de ver isso.

Nathaniel ficou ruborizado no escuro.

— Sua Sally precisa de alguém com perspectivas melhores do que eu.

— Ela poderia arranjar coisa muito pior — retrucou Truslow com lealdade.

— Não vejo como. — Starbuck deixou a autocomiseração crescer outra vez. — Estou sem casa, sem um tostão, sem trabalho.

— Mas não por muito tempo. Você não vai deixar aquele filho da puta do Faulconer derrotá-lo.

— Não — concordou Nate, mas na verdade suspeitava de que já estivesse derrotado. Era um estranho numa terra estranha, e seus inimigos eram ricos, influentes e implacáveis.

— Então você vai voltar — disse Truslow. — Até lá, vou manter a companhia em boas condições.

— Você não precisa de mim para fazer isso. Você nunca precisou de mim para isso.

— Você é um idiota, garoto — resmungou Truslow. — Eu não tenho os seus miolos, e você é um idiota em não ver isso. — Uma corrente tilintou quando o capitão Murphy puxou dois cavalos selados no meio da chuva. — Despeça-se — ordenou Truslow —, e prometa aos rapazes que vai voltar. Eles precisam dessa promessa.

Nathaniel se despediu. Os homens da companhia não possuíam nada além do que podiam carregar, mas mesmo assim tentaram enchê-lo de presentes. George Finney havia saqueado uma chave do Phi Beta Kappa da corrente de relógio de um oficial morto no penhasco de Ball e queria que Nathaniel a aceitasse. Ele recusou, assim como não quis aceitar uma oferta de dinheiro do esquadrão do sargento Hutton. Apenas pegou seu passe e depois amarrou o cobertor na parte de trás da sela emprestada. Puxou o sobretudo forrado de vermelho de Oliver Wendell Holmes em volta dos ombros e montou no cavalo.

— Verei todos vocês em breve — disse, como se acreditasse nisso, depois bateu os calcanhares de modo que ninguém da legião visse como estava próximo do desespero.

Nathaniel e Murphy cavalgaram para a noite, passando pela barraca escura do coronel Swynyard. Nada se movia lá. Os três escravos do coronel estavam agachados sob a carroça e viram os cavaleiros partindo na chuva negra. O som dos cascos desapareceu na escuridão.

Ainda chovia quando a manhã chegou. Bird havia dormido mal e se sentia mais velho do que era enquanto se arrastava para fora de seu abrigo coberto de turfa e tentava esquentar os ossos perto de uma fogueira fraca. Notou que a barraca do coronel Swynyard já fora desmontada e os três escravos estavam amarrando a carga na carroça, pronta para a viagem até Fredericksburg. Quase um quilômetro ao norte, no morro distante, dois cavaleiros ianques observavam o acampamento rebelde através da chuva. Hiram Ketley, o ordenança obtuso mas solícito de Bird, trouxe ao major uma caneca de café adulterado e batata-doce seca, depois tentou agitar a fogueira e aumentar as chamas. Alguns oficiais tremiam ao redor do fogo miserável, e foi quando esses oficiais olharam alarmados para além de Bird que este percebeu alguém se aproximando. Ele se virou e viu a barba hirsuta e os olhos injetados do coronel Swynyard que, espantosamente, deu um sorriso amarelo e estendeu a mão para Bird.

— Bom dia! Você é Bird, não é? — perguntou Swynyard em voz enérgica.

Bird assentiu cautelosamente, mas não aceitou a mão estendida.

— Sou Swynyard. — O coronel parecia não reconhecer Bird. — Eu pretendia falar com você ontem à noite. Desculpe, mas eu não estava bem. — Ele recuou a mão, desajeitado.

— Nós conversamos — disse Bird.

— Conversamos? — Swynyard franziu a testa.

— Ontem à noite. Na sua barraca.

— Malária, esse é o problema — explicou Swynyard. Sua bochecha latejou com um tique, o que fazia o olho direito parecer piscar constantemente. A barba do coronel estava úmida, lavada, o uniforme escovado e o cabelo fora penteado com óleo. Ele havia recuperado o chicote e agora o segurava com a mão mutilada. — A febre vem e vai, Bird. Mas geralmente ataca à noite. Ela me derruba, veja bem. Então, se conversamos ontem à noite, não me lembro de nada. É a febre, sabe?

— Você estava febril, sim — comentou Bird debilmente.

— Mas agora estou bem. Nada como dormir um pouco para espantar a febre. Sou o segundo em comando de Washington Faulconer.

— Eu sei.

— E agora você está na brigada dele — continuou Swynyard, impávido. — Há vocês, alguns moleques do Arkansas, o 12º e o 13º Regimento da Flórida e o 65º da Virgínia. O general Faulconer me mandou para me apresentar e lhe dar as novas ordens. Vocês não vão cuidar das defesas de Fredericksburg, vão se juntar ao restante da brigada mais a oeste. Está tudo anotado. — Ele entregou a Bird um papel dobrado que havia sido lacrado com o sinete do anel de Washington Faulconer.

Bird abriu o papel e viu que era uma ordem simples: a legião deveria marchar de Fredericksburg para Locust Grove.

— Estamos na reserva lá — disse Swynyard. — Com sorte, teremos alguns dias para entrar em forma, mas há uma questão delicada que precisamos tratar primeiro. — Ele pegou o cotovelo de Bird e afastou o espantado major dos ouvidos curiosos dos outros oficiais. — Algo muito delicado.

— Starbuck? — sugeriu Bird.

— Como adivinhou? — Swynyard pareceu atônito, mas também impressionado com a acuidade de Bird. — É Starbuck mesmo, Bird. Um negócio ruim. Odeio desapontar um homem, Bird, não é o meu estilo. Nós, os Swynyards, sempre fomos diretos, às vezes até demais, mas agora estamos velhos demais para mudar. Starbuck, exatamente. O general não o aceita, você sabe, e precisamos nos livrar dele. Prometi agir com tato, e achei que você saberia o melhor modo de lidar com isso.

— Já resolvemos o assunto — disse Bird, com amargura. — Ele partiu ontem à noite.

— Partiu? — Swynyard piscou para Bird. — Partiu? Bom. Primeiro corte! Você fez isso, não foi? Muito bem! Então não há mais nada a dizer, há? Prazer em conhecê-lo, Bird. — Ele ergueu o chicote num aceno de despedida, depois se virou de volta subitamente. — Havia outra coisa, Bird.

— Coronel?

— Tenho um material de leitura para os seus homens. Algo para animá-los. — Swynyard lançou um sorriso amarelo para Bird. — Eles parecem um pouco carrancudos, como se precisassem de algo para entusiasmá-los. Mande um soldado pegar os livretos, está bem? E ordene que qualquer homem que não saiba ler peça a um amigo que leia em voz alta. Bom! Muito bem! Prossiga assim!

Bird olhou o coronel se afastar, depois fechou os olhos e balançou a cabeça como se estivesse verificando se a manhã úmida não era um sonho terrível. Parecia que não era, e que o mundo estava mesmo irrecuperavelmente insano.

— Talvez os ianques tenham alguém como ele — disse a ninguém em particular. — Esperemos que sim.

Acima do vale, os piquetes ianques se viraram e desapareceram na floresta úmida. A artilharia sulista atrelou seus canhões e seguiu a carroça do coronel Swynyard para o sul, deixando a legião para apagar as fogueiras e calçar as botas molhadas.
A retirada continuou, e parecia uma derrota.

A grande massa do exército do Potomac não avançou para além de Manassas. Em vez disso, numa manobra destinada a desequilibrar as forças rebeldes, as tropas retornaram a Alexandria, que ficava diante de Washington, do outro lado do rio, onde uma frota esperava para carregá-los pelo Potomac, saindo pela baía de Chesapeake e indo para o sul até o Forte Monroe, da União. A frota fora alugada pelo governo dos Estados Unidos e os mastros dos barcos que esperavam formavam uma floresta no rio. Havia vapores com rodas laterais vindos de lugares ao norte distantes como Boston, balsas do Delaware, escunas de vários portos do Atlântico e até barcos de passageiros transatlânticos com proas finas como agulhas e elegantes arabescos dourados nas popas. O vapor expelido por uma centena de motores sibilava enquanto o som de uma centena de apitos amedrontava os cavalos que esperavam para ser postos nas entranhas das embarcações. Guindastes a vapor içavam redes de carga para bordo enquanto filas de soldados subiam nas pranchas inclinadas. Canhões e cofres de munição, armões e forjas portáteis eram amarrados nos conveses dos vapores. O estado-maior de McClellan avaliava que seriam necessários vinte dias para que toda a expedição fosse transportada, todos os cento e vinte e um mil homens com trezentos canhões, mil e cem carroças, quinze mil cavalos, dez mil cabeças de gado para carne e os fardos aparentemente intermináveis de ração, barcas para pontões, tambores de fios telegráficos e barris de pólvora, e tudo isso precisava ser protegido durante a viagem pelos encouraçados, fragatas e canhoneiras da Marinha dos Estados Unidos. A frota do Exército do Potomac era a maior jamais reunida, prova da decisão da União de acabar com a rebelião com um golpe maciço. Os capachos que reclamaram da natureza apática de McClellan veriam agora como o Jovem Napoleão era capaz de lutar! Ele levaria seu exército à língua de terra malvigiada que se estendia por cento e dez quilômetros a sudeste de Richmond e, como um relâmpago, golpearia a oeste para capturar a capital dos rebeldes e minar a determinação deles.

"Eu os segurei para que pudessem dar o golpe fatal na rebelião que perturbou nossa pátria outrora feliz", explicava a proclamação impressa de

McClellan às tropas, depois prometia que o general cuidaria de seus soldados "como um pai cuida dos filhos; e vocês sabem que seu general os ama do fundo do coração". A proclamação alertava às tropas que haveria combates desesperados, mas também lhes garantia que, quando levassem a vitória para casa, eles considerariam a participação no Exército do Potomac como a maior honra de sua vida.

— Belos sentimentos — disse James Starbuck ao ler a proclamação que fora produzida na prensa gráfica que viajava com o quartel-general do Exército, e ele não estava sozinho em admirar as belas palavras e os nobres sentimentos.

Os jornais nortistas podiam chamar McClellan de Jovem Napoleão, mas os soldados do Exército do Potomac conheciam seu general como "Pequeno Mac" e declaravam que não havia melhor soldado em todo o mundo. Se algum homem podia trazer a vitória rápida era o Pequeno Mac, que havia convencido o Exército do Potomac de que eram os soldados mais bem equipados e mais bem treinados da história do mundo, e, ainda que os inimigos políticos do Pequeno Mac pudessem reclamar de sua cautela e cantar sarcasticamente que tudo estava quieto no Potomac, os soldados sabiam que seu general só estivera esperando o momento perfeito para atacar. Agora, o momento chegara, à medida que centenas de rodas de pás e hélices faziam o Potomac espumar branco e centenas de chaminés soltavam fumaça de carvão num céu azul de primavera. Os primeiros barcos partiram rio abaixo, com bandas tocando para baixar as bandeiras enquanto passavam pela casa de George Washington em Mount Vernon.

— Eles vão precisar de mais do que sentimentos — observou, sombrio, Allen Pinkerton a James.

O Escritório de Serviço Secreto do general McClellan aguardava que o próprio general estivesse pronto para viajar numa casa que fora requisitada perto do cais de Alexandria. Nesta manhã, enquanto James e seu chefe olhavam para os movimentados cais, para além dos trilhos ferroviários, Pinkerton esperava a chegada de visitantes. O restante do escritório estava ocupado recolhendo as últimas informações vindas do sul. Cada dia trazia uma massa indigerível de informações dadas por desertores, escravos fugidos ou em cartas de simpatizantes do norte que eram contrabandeadas atravessando o Rappahannock, mas Pinkerton não confiava em nada disso. Queria ter notícias de seu melhor agente, Timothy Webster, e, através de Webster, do misterioso amigo de James, mas por semanas houvera um silêncio agourento vindo de Richmond. A boa notícia nesse silêncio era não ter havido menção nos jornais de Richmond a nenhuma prisão nem ter chegado ao norte nenhum boato de algum oficial sulista de alta patente acusado de traição, mas o silêncio de Webster preocupava Pinkerton.

— Precisamos levar as melhores informações possíveis ao general — dizia repetidamente a James. Pinkerton nunca se referia ao general McClellan como Pequeno Mac, nem mesmo como Jovem Napoleão, mas sempre como general.

— Certamente podemos garantir ao general que a península está pouco defendida, não é? — comentou James. Ele estava trabalhando numa pequena mesa de campanha que havia colocado na varanda.

— Arrá! Mas é exatamente nisso que os sulistas querem que acreditemos — disse Pinkerton, virando-se empolgado para ver se o som de cascos que ouvia agora pressagiava a chegada de visitantes. Um cavaleiro passou direto, e Pinkerton ficou desanimado. — Mas, até eu ter mais notícias do seu amigo, não acredito em nada!

Adam já enviara uma resposta através dos bons serviços de Timothy Webster, e essa única resposta fora espantosamente detalhada. A não ser com relação a canhões, escrevera Adam, as defesas diante do Forte Monroe eram muito poucas. O general de divisão Magruder protegia o forte com quatro brigadas fracas, compostas de apenas vinte batalhões reduzidos. Em termos de infantaria, pela última contagem, esses batalhões continham apenas dez mil homens, a maioria dos quais Magruder havia concentrado em fortes de terra na ilha Mulberry, no lado sul da península, e em fortificações semelhantes em Yorktown, no lado norte. Algumas defesas de Yorktown, acrescentara Adam com pedantismo, eram relíquias da malsucedida defesa britânica em 1783. Os vinte e dois quilômetros entre Yorktown e a ilha Mulberry eram guardados por meros quatro mil soldados e alguns fortes de terra. A fraqueza de Magruder em números era parcialmente compensada por uma concentração de artilharia, e cinquenta e cinco canhões leves estavam incorporados às defesas rebeldes. Mesmo assim, enfatizou Adam, nem todos esses canhões poderiam cobrir cada caminho ou trilha da península.

Dezesseis quilômetros atrás da linha de Yorktown, informou Adam, perto da pequena cidade universitária de Williamsburg, Magruder havia preparado mais alguns fortes de terra, no entanto presumivelmente estavam desguarnecidos. Afora isso, disse Adam, não havia defesa entre o Forte Monroe e as novas trincheiras e os redutos que eram cavados ao redor de

Richmond pelo general Robert E. Lee. Adam havia acrescentado, como um pedido de desculpas, que suas informações estavam cerca de uma semana desatualizadas e que ele sabia que reforços seriam mandados logo para o general Magruder, e prometia enviar detalhes sobre eles assim que soubesse do que se tratavam.

Esses outros detalhes jamais chegaram; de fato, nenhuma notícia, de nenhum tipo, viera de Adam ou de Timothy Webster. O silêncio súbito era preocupante, mas James não acreditava que o silêncio tivesse alguma importância militar, pois cada relatório vindo da Virgínia rebelde servia para confirmar a precisão do primeiro relatório detalhado de Adam sobre as defesas da península. Todos sugeriam que as linhas de Magruder eram muito malguarnecidas e que a última coisa que os rebeldes esperavam era um ataque maciço vindo do mar, e James não conseguia entender por que Pinkerton não se tranquilizava com essas informações. Agora, esperando na varanda da casa em Alexandria, James pediu que seu chefe confiasse nas notícias que vinham de trás das linhas rebeldes.

— Mesmo com seus reforços, Magruder não tem mais de quatorze mil homens — disse com convicção.

James lera cada migalha de informação vinda do sul, e apenas alguns relatos contradiziam os números de Adam. Suspeitava de que esse punhado era de relatórios plantados com o objetivo de confundir o alto-comando federal. Todos os seus instintos diziam que o Jovem Napoleão atropelaria o inimigo com enorme facilidade. Os cento e dez mil homens que estavam sendo embarcados no cais de Alexandria enfrentariam apenas quatorze ou quinze mil rebeldes, e James não conseguia entender de jeito nenhum as apreensões de Pinkerton.

— Eles só querem que nós pensemos que estão fracos, Jimmy! — explicou Pinkerton agora. — Querem nos atrair antes de nos atacar! — Ele fintou como se estivesse lutando boxe. — Pense nos seus números!

James estivera pensando em pouquíssima coisa além disso nas últimas duas semanas, mas mesmo assim cedeu ao pequeno escocês.

— O senhor sabe algo que eu não sei, major?

— Na guerra, James, nem todo homem luta.

Pinkerton estivera examinando jornais em outra mesa na varanda, mas agora, depois de colocar um peso nos papéis por causa do vento fraco, começou a andar de um lado para o outro no piso de madeira. No rio, sob o sol pálido, um grande vapor transatlântico manobrava para o cais onde três regimentos de Nova Jersey esperavam. As enormes rodas de pás do navio agitavam a água portentosamente, e um pequeno rebocador soltava raivosos sopros de fumaça preta enquanto comprimia a proa com amortecedores contra a proa elegante do vapor. Uma banda de regimento tocava "Rally Round the Flag, Boys!", e Pinkerton acompanhava o ritmo da música andando na varanda.

— Na guerra, Jimmy, alguns poucos homens carregam de fato fuzil e baioneta contra o inimigo, mas outros milhares servem, e servem nobremente! Você e eu estamos lutando pela União, mas não marchamos na lama como os soldados comuns. Admite que estou certo?

— É claro — respondeu James cautelosamente. Ele não conseguia chamar Pinkerton de "Buldogue", embora outros integrantes do departamento usassem alegremente o apelido do pequeno escocês.

— Então! — Pinkerton se virou na extremidade da varanda. — Nós concordamos que nem todos os homens são contados nas fileiras, só os que carregam um fuzil, está me acompanhando? Mas, por trás desses heróis que carregam armas, Jimmy, há um bando de cozinheiros, músicos e médicos, ordenanças e policiais, engenheiros e escriturários. — Pinkerton acompanhou esse catálogo de homens com gestos expansivos que invocavam uma hoste imaginária no ar. — Meu argumento, Jimmy, é que, por trás dos homens que lutam, há milhares de outras almas que alimentam e prestam serviços, apoiam e direcionam, e todos pressionando para tornar a luta possível. Entendeu?

— Até certo ponto, sim — disse James cuidadosamente, com o tom sugerindo que, apesar de captar o argumento do chefe, ainda não estava convencido.

— Seu amigo mesmo disse que estavam sendo enviados reforços para as linhas de Magruder — declarou Pinkerton vigorosamente. — Quantos homens? Não sabemos. Onde eles estão? Não sabemos! E quantos não estão sendo contados? Não sabemos! — Pinkerton parou ao lado da mesa de James e pegou um lápis e uma folha de papel. — Não sabemos, James, mas vamos fazer algumas estimativas. Você acha que Magruder tem quatorze mil homens? Muito bem, vamos começar com esse número. — Ele rabiscou o número no alto da folha. — Esses, é claro, são os únicos homens presentes para a chamada, portanto temos de acrescentar os que estavam de licença por doença e os de folga, e você pode ter certeza de que esses sujeitos vão se juntar em torno da bandeira imunda assim que a luta começar. E quantos seriam? Seis mil? Sete? Digamos que sete. — Ele escreveu o novo número embaixo do primeiro. — Então agora deduzimos que o general Magruder tem pelo menos vinte e um mil homens, e esses vinte e um mil precisam de alimentos e suprimentos, e esses serviços devem acrescentar pelo menos mais dez mil homens, e não deveríamos esquecer os músicos, o pessoal médico e todos os auxiliares que fazem um exército funcionar, e que certamente devem chegar a um total de mais dez mil. — Pinkerton acrescentou o número à sua coluna. — E depois devemos admitir que o inimigo quase certamente está tentando nos enganar contabilizando um número menor que o real, de modo que um homem prudente acrescentaria cinquenta por cento ao número final para compensar as mentiras, e o que temos? — Ele passou alguns segundos fazendo os cálculos. — Pronto! Setenta e um mil e quinhentos homens! Alguns espiões nos dão um número próximo desse, não é? — Pinkerton folheou as pilhas de papel, procurando alguns relatórios que James descartara por serem obviamente falsos. — Aí! — Ele balançou uma dessas cartas. — E isso apenas em Yorktown, James! Quem sabe quantos estão postados nas cidades depois de Yorktown?

James achava que o número era zero, mas não gostava de contradizer o pequeno escocês tão energicamente seguro de si.

— Meu informe ao general — proclamou Pinkerton — dirá que ele pode esperar uma luta contra pelo menos sessenta mil homens nas trincheiras de Yorktown. Onde, lembre-se, até mesmo o grande general Washington optou por fazer seus inimigos passarem fome em vez de atacá-los, ainda que estivesse em maior número numa relação de dois para um. E nós temos pelo menos a mesma relação, Jimmy, e quem sabe quantos outros rebeldes partirão em bando de Richmond para apoiar as linhas de Magruder? É uma tarefa desesperada, desesperada! Agora você vê por que precisamos de outro relatório de seu amigo?

Pinkerton ainda não conhecia a identidade de Adam e desistira de tentar arrancar o nome de James. Não que a reticência de James o desapontasse de qualquer forma, pois considerava sua nomeação ao cargo uma grande decisão. O advogado trouxera ao Escritório de Serviço Secreto uma organização de que precisava desesperadamente.

James ficou sentado, infeliz, junto à sua mesa. Não estava convencido da matemática de Pinkerton e sabia que, se aquilo fosse um tribunal de Massachusetts e Pinkerton uma testemunha hostil, ele adoraria destruir aquela mixórdia de suposições dúbias e aritmética improvável, mas agora se obrigou a suprimir as dúvidas. A guerra tornava tudo diferente, e Pinkerton, afinal, era a escolha pessoal do general de divisão McClellan como chefe do serviço secreto, e presumivelmente entendia essas questões de um modo que era impossível para James compreender. James ainda se sentia um militar amador, de modo que patrioticamente calou suas dúvidas.

Pinkerton se virou quando uma charrete veio chacoalhando por cima da linha férrea que passava entre a casa e o cais de Alexandria. Os cavalos empinaram as orelhas e mostraram o branco dos olhos quando uma locomotiva sibilou soltando um jato de vapor, mas o cocheiro acalmou os animais enquanto puxava as rédeas. Pinkerton reconheceu o condutor e o passageiro, e acenou, cumprimentando-o.

— Está na hora de medidas desesperadas — disse misteriosamente a James.

Os dois homens desceram da charrete. Eram jovens, ambos barbeados, ambos vestindo roupas civis, mas afora isso eram tão diferentes um do outro quanto a água do vinho. Um era alto com cabelo liso e loiro caindo sobre um rosto magro e bastante melancólico, ao passo que o outro era baixo e rubicundo, com cabelo preto bastante encaracolado e expressão animada.

— Buldogue! — exclamou o menor enquanto subia rapidamente os degraus da varanda. — É ótimo vê-lo de novo!

— Sr. Scully! — Pinkerton estava igualmente deliciado em receber os visitantes. Abraçou Scully, depois trocou um aperto de mão com o outro homem antes de apresentá-los a James. — Major, tenho o prazer de lhe apresentar John Scully e Price Lewis. Esse é o major Starbuck, meu chefe de seção.

— É um dia maravilhoso, major! — disse John Scully. Ele tinha sotaque irlandês e sorriso fácil. Seu companheiro, muito mais reservado, ofereceu a James um aperto de mão frouxo e um cumprimento de cabeça discreto, quase com suspeitas.

— O Sr. Scully e o Sr. Lewis se ofereceram como voluntários para viajar para o sul — declarou Pinkerton com orgulho palpável.

— Para Richmond! — confirmou Scully, animado. — Ouvi dizer que é uma cidadezinha fantástica.

— Ela fede a tabaco — comentou James, realmente por falta de outra coisa a dizer.

— Como eu, hein, Buldogue? — Scully gargalhou. — Sou realmente um sujeitinho que fede a tabaco, major. A última mulher que levei para a cama disse que não sabia se fazia amor comigo ou se me fumava!

Scully gargalhou diante dessa demonstração da própria espirituosidade, Price Lewis parecia entediado, Pinkerton sorria com deleite e James lutava para não demonstrar sua desaprovação e seu espanto. Aqueles homens, afinal, iriam tentar algo extraordinariamente corajoso, e ele sentia que deveria aguentar a grosseria dos dois.

— O major Starbuck é um homem da igreja, temente a Deus. — Pinkerton havia detectado o embaraço de James e ofereceu a explicação a John Scully.

— Assim como eu, major — garantiu Scully apressadamente, e acompanhou as palavras fazendo o sinal da cruz. — E, se eu fizesse uma confissão, sem dúvida me diriam como tenho sido um garoto mau, mas que diabo? Precisamos rir de vez em quando, não é? Caso contrário, acabamos com um rosto miserável como o desse inglês aqui. — Ele deu uma risada bem-humorada para Price Lewis, que ignorou a provocação e olhou os soldados de Nova Jersey embarcando no vapor transatlântico.

— Os europeus podem viajar pela Confederação com mais facilidade que os ianques — explicou Pinkerton a James. — O Sr. Lewis e o Sr. Scully bancarão comerciantes que furam o bloqueio em busca de negócios.

— E tudo vai ser muito chique desde que ninguém nos reconheça — acrescentou Scully, animado.

— Isso seria possível? — perguntou James com preocupação.

— Há uma pequena chance, mas nada com que se preocupar — respondeu Scully. — Price e eu passamos algum tempo descobrindo simpatizantes dos sulistas em Washington e jogando os patifes de volta para o outro lado da fronteira, mas temos quase certeza de que nenhum daqueles desgraçados está em Richmond. Não é verdade, Price?

Price baixou a cabeça concordando, sério.

— Parece que os senhores se colocaram num sério perigo — disse James, num tributo fervoroso aos dois.

— O Buldogue paga para corrermos perigo, não sabia? — disse Scully, animado. — E ouvi dizer que as mulheres de Richmond são tão lindas quanto desesperadas por dinheiro ianque de verdade. E Price e eu adoramos ceder às damas, não é a verdade de Deus, Price?

— Se você diz, John, se você diz — respondeu Lewis, distraído, ainda observando altivo a movimentação no cais.

— Mal posso esperar para pôr as mãos numa daquelas garotas sulistas — comentou Scully em tom lascivo. — Todas cheias de ares e graças, não é? Todas cheias de frufrus e babados. Boas demais para gente como nós, até tilintarmos algumas boas moedas nortistas, e então vamos ver os aros das anáguas rolando para longe, hein, Price?

— Se você diz, John, se você diz — respondeu Price Lewis, depois colocou a mão diante da boca como se disfarçasse um bocejo

Pinkerton começou a encerrar as amenidades, explicando a James que Lewis e Scully viajariam ao sul para descobrir o que acontecera com Timothy Webster.

— Ele não tem andado bem — disse Pinkerton —, e sempre há o risco de ele ter estado de cama ou coisa pior, e nesse caso o Sr. Lewis e o Sr. Scully precisarão pegar as informações diretamente com seu amigo. O que significa, Jimmy, que eles precisam de uma carta sua dizendo que são de confiança.

— E podemos ser mesmo, major — acrescentou Scully animadamente.

— A não ser com as damas, não é verdade, Price?

— Se você diz, John, se você diz.

James se sentou à mesa e escreveu a carta. Foi-lhe garantido que ela seria usada somente se Timothy Webster tivesse desaparecido, caso contrário ficaria escondida dentro da roupa de John Scully. James, escrevendo sob orientação de Pinkerton, garantiu a Adam que a necessidade de informações sobre essas defesas na península atrás do Forte Monroe era mais urgente que nunca e que ele deveria confiar nas instruções que acompanhavam a carta, que seguia com votos e orações de seu irmão em Cristo, James Starbuck. Em seguida, endereçou o envelope ao secretário honorário da Sociedade para o Suprimento de Bíblias ao Exército Confederado, e Pinkerton lacrou o envelope com um selo comum antes de entregá-lo com um floreio a Scully.

— Há um quadro de avisos no vestíbulo da Igreja de St. Paul, e é lá que você deve colocá-la.

— St. Paul é uma igreja importante? — perguntou Scully.

— Fica bem no centro da cidade — garantiu Pinkerton.

Scully beijou o envelope e o colocou no bolso.

— Teremos suas notícias em uma semana, Buldogue!

— Vocês vão atravessar esta noite?

— E por que não? — O irlandês riu. — O tempo está ótimo e há um ventinho bom para nós.

James havia aprendido o suficiente para saber que o método preferido de Pinkerton para se infiltrar na Confederação era que seus homens atravessassem a ampla foz do Potomac à noite, partindo de um dos riachos solitários e desertos do litoral de Maryland e viajando em silêncio com uma vela escura até o litoral da Virgínia. Lá, em algum lugar no Condado de King George, um simpatizante dos nortistas forneceria cavalos e documentos aos agentes.

— Permitam-me desejar boa sorte — disse James com muita formalidade.

— Só reze para que as mulheres fiquem felizes em nos ver, major! — exclamou Scully, animado.

— E mandem notícias assim que puderem! — acrescentou Pinkerton, sério. — Precisamos de números, John, números! Quantos soldados estão estacionados na península? Quantos canhões? Quantos soldados em Richmond estão prontos para apoiar Magruder?

— Não se preocupe, major, você terá os números — respondeu John Scully, empolgado, enquanto os dois voltavam para a charrete. — Dois dias até Richmond! — gritou Scully, feliz. — Talvez eu espere por você lá, Buldogue! Para comemorar a vitória na adega de vinhos de Jeff Davis, hein?

Ele gargalhou. Price Lewis ergueu a mão numa despedida solene, depois estalou a língua para o cavalo. A charrete se afastou chacoalhando por cima do trilho.

— Homens corajosos — comentou Pinkerton com uma leve fungada.

— Homens muito corajosos, Jimmy.

— É mesmo — concordou James.

No cais, os guindastes a vapor levantavam caixas e fardos de munição para artilharia: balas de canhão, metralhas e lanternetas, obuses e morteiros. Outro navio grande dava a volta no rio, com as pás fazendo a água espumar e lutando contra a corrente rápida do Potomac. Mais homens chegavam ao cais, derramando-se de um trem recém-chegado para fazer filas e esperar a vez na beira do rio. A banda do regimento começou a tocar enquanto as bandeiras de estrelas e listras, pendendo de uma dúzia de mastros, estalavam como chicotes ao vento fresco de primavera. O exército do norte, o maior de toda a história americana, estava em movimento.

Em direção a uma península guardada por apenas dez mil rebeldes.

Belvedere Delaney arranjou para Nate Starbuck um trabalho no Escritório de Passaportes da Confederação. A primeira reação do nortista foi de nojo.

— Sou um soldado — disse ao advogado —, não um burocrata.

— Você é um pobre — retrucou Delaney frio. — E as pessoas estão dispostas a pagar grandes subornos por um passaporte.

Os passaportes eram necessários não somente para viajar para além de Richmond, mas até para ficar nas ruas da cidade depois do anoitecer. Civis e soldados precisavam se registrar para receber os passaportes no escritório imundo e apinhado que ficava na esquina da Ninth com a Broad Street. Nathaniel, tendo chegado com a indicação de Delaney, recebeu uma saleta no terceiro andar, mas sua presença era tão supérflua quanto tediosa. Um tal sargento Crow fazia todo o serviço de verdade, deixando Nate passar o dia olhando pela janela ou então lendo um romance de Anthony Trollope que algum ex-ocupante do escritório empoeirado usara para apoiar a perna quebrada da mesa. Além disso, escrevia cartas para Adam Faulconer, que estava no quartel-general do Exército em Culpeper Court House, implorando que o amigo usasse sua influência para recolocá-lo na Companhia K da Legião Faulconer. Nathaniel sabia que Washington Faulconer era incapaz de resistir aos pedidos do filho, e por alguns dias deixou que as esperanças se mantivessem elevadas, mas nenhuma resposta veio de Adam, e, depois de mais apelos importunos, Nathaniel desistiu.

Passaram-se três semanas inteiras antes de Nate perceber que ninguém esperava que ele ficasse no escritório, e, se prestasse seus respeitos ao sargento Crow uma ou duas vezes por semana, estava livre para desfrutar de quaisquer prazeres oferecidos por Richmond. Esses prazeres ganhavam um ar de perigo com a chegada contínua de tropas nortistas ao Forte Monroe. Um leve pânico varrera a cidade com as primeiras notícias desses desembarques, mas, como os ianques não fizeram nenhuma tentativa de romper as linhas confederadas, a opinião geral foi de que os nortistas estavam meramente fazendo uma pausa no caminho para reforçar a guarnição federal em Roanoke. Belvedere Delaney, com quem Nate almoçava frequentemente, zombava dessa ideia.

— Por que desembarcá-los no Forte Monroe? — perguntou num desses almoços. — Não, meu caro Starbuck, eles logo marcharão contra Richmond. Uma batalha e toda essa confusão vai terminar. Todos seremos prisioneiros! — Ele parecia bastante satisfeito com a perspectiva. — Pelo menos a comida não pode ser pior! Estou aprendendo que o pior da guerra é o efeito que ela causa nos artigos de luxo. Metade das coisas que tornam a vida digna de ser vivida são impossíveis de se obter, e a outra metade fica absurdamente cara. Esse bife não está medonho?

— É melhor do que carne de porco salgada.
— Vivo esquecendo que você serviu no campo. Talvez eu devesse ouvir o som de uma bala uma vez, antes do fim da guerra, não é? Isso tornará meu livro de memórias da guerra muito mais convincente, não acha?

Delaney sorriu, mostrando os dentes. Era um homem vaidoso e orgulhoso dos dentes, que eram totalmente seus, não lascados; e eram limpos, de uma brancura que quase não parecia natural. Nathaniel o conhecera no ano anterior, quando ficara em Richmond, e os dois começaram uma amizade cautelosa. Delaney achava divertido que o filho pródigo do reverendo Elial Starbuck estivesse em Richmond, ainda que seu apreço por Nathaniel fosse mais profundo que a mera curiosidade. Enquanto isso, o afeto de Nate por Delaney surgira em parte porque o advogado estava sempre disposto a ajudar e em parte porque ele precisava da amizade de homens como Delaney e Bird, que não julgavam suas ações pelos padrões da fé implacável de seu pai. Esses homens, pensava Nate, percorreram uma estrada que pretendia seguir, ainda que, às vezes, na companhia de Delaney, ele se imaginasse se era inteligente o bastante para se libertar da culpa. Nathaniel sabia que, apesar da cuidadosamente cultivada afabilidade pickwickiana, Delaney era também inteligente e implacável; qualidades que o advogado usava no momento para juntar uma fortuna com a venda do que Delaney gostava de descrever como as duas necessidades dos guerreiros: mulheres e armas. Ele tirou os óculos e limpou as lentes em seu guardanapo.

— As pessoas dizem que as balas assobiam. É verdade?
— É.
— Em que tom?
— Nunca notei.
— Talvez balas diferentes toquem notas diferentes, não é? Um atirador hábil poderia tocar uma música — sugeriu Delaney, depois cantou animado a primeira frase de uma canção que fora popular em Richmond durante todo o inverno: — "O que você está esperando, George Atrasado?", embora ele não esteja mais esperando, não é? Você acha que o período crítico da guerra acontecerá na península?
— Se for assim, quero estar lá.
— Você é estupidamente sedento de sangue, Nate. — Delaney fez uma careta, depois levantou um medonho pedaço de cartilagem para a inspeção de Nathaniel. — Você acha que isto é comida? Ou algo que morreu na cozinha? Não importa, vou comer algo em casa.

Ele empurrou o prato. Estavam almoçando no Hotel Spotswood House, e, quando sua refeição terminou, Nathaniel pegou um maço de passaportes em branco e empurrou por cima da mesa.

— Muito bem — disse Delaney, enfiando-os no bolso. — Eu lhe devo quatrocentos dólares.

— Quanto? — Nate estava aturdido.

— Passaportes são valiosos, meu caro Starbuck! — declarou com deleite o pequeno advogado astuto. — Os espiões nortistas pagam uma fortuna por esses pedaços de papel. — Delaney gargalhou para mostrar que estava brincando. — E é certo que você compartilhe de meus ganhos ilícitos. Acredite, eu vendo isso por uma tremenda fortuna. Presumo que você queira o pagamento em dinheiro nortista, não é?

— Não me importa.

— Importa, sim, acredite. Um dólar nortista vale pelo menos três dos nossos sulistas.

Sem se importar com os olhares dos outros clientes do restaurante, contou uma pilha das novas notas de dólar que estavam substituindo boa parte das moedas do norte. O dinheiro sulista supostamente deveria valer o mesmo, mas todo o sistema de valor e preço parecia ter enlouquecido. O quilo de manteiga custava um dólar em Richmond, o feixe de lenha custava oito dólares, o café não podia ser obtido por preço nenhum, e até mesmo o algodão, suposta base da prosperidade do sul, dobrara de preço. Um quarto que um ano antes não seria alugado por cinquenta centavos por semana valia agora dez dólares pelo mesmo período.

Não que Nathaniel se importasse. Ele tinha um quarto sobre os estábulos da enorme casa da Franklin Street, onde Sally Truslow e suas duas companheiras moravam agora com suas serviçais, cozinheiras e costureira. A casa era uma das melhores residências da cidade e pertencera a um comerciante de tabaco cujas fortunas foram atingidas seriamente pelo bloqueio nortista. O homem fora obrigado a vender a residência, e Belvedere Delaney transformara a casa no local de encontros clandestinos mais exclusivo e caro de Richmond. A mobília, os quadros e os ornamentos eram, se não da mais alta qualidade, pelo menos suficientemente finos para passar por uma inspeção à luz de velas, ao passo que a comida, a bebida e o entretenimento eram tão luxuosos e elegantes quanto as privações da guerra permitiam. As damas realizavam recepções à noite, e de dia ficavam em casa para visitantes, embora apenas aqueles que tivessem feito arranjos antecipadamente pudessem passar do balaústre esculpido ao pé da escadaria grandiosa. O dinheiro trocava de mãos, mas de forma tão discreta que o pároco da Igreja de St. James visitara a casa três vezes antes de descobrir a natureza dos negócios, e depois disso jamais a visitou de novo. No entanto, o mesmo conhecimento não deteve três de seus companheiros clérigos. A regra de Delaney era que nenhum oficial abaixo do posto de major poderia ser admitido, e nenhum civil cujas roupas traíssem mau gosto. Em consequência, a clientela era rica e geralmente civilizada, embora a admissão necessária de membros do congresso confederado colocasse a sofisticação da casa muito abaixo das expectativas extravagantes de Delaney.

Nate tinha um quarto pequeno e úmido em cima do estábulo, no fim de um jardim úmido e abandonado. Em vez de aluguel, ele fornecia passes a Delaney, e para as mulheres sua presença era um modo de afastar o crime que assolava Richmond. Os roubos a residências eram comuns a ponto de quase não serem notados, ao passo que os de rua eram flagrantes e frequentes. O que tornava Nate um hóspede ainda mais bem-vindo na residência, pois ele ficava sempre feliz em acompanhar uma das mulheres ao Ducquesne's, ao cabeleireiro parisiense na Main Street, ou então a uma das lojas de roupas que de algum modo descobriam material suficiente para continuar manufaturando produtos de luxo.

Num dia de manhã, ele estava à toa do lado de fora do Ducquesne's, esperando Sally e lendo uma das exigências usuais do *Examiner*, de que a Confederação abandonasse sua postura retraída e desse um fim à guerra invadindo o norte. Era uma manhã ensolarada, a primeira em quase três semanas, e o sabor do calor da primavera dera à cidade um ar animado. Os dois veteranos de Bull Run que vigiavam o salão do Ducquesne's provocavam Nathaniel por causa do estado de seu uniforme.

— Com uma garota assim, capitão, o senhor não deveria usar trapos — disse um deles.

— Quem precisa de roupas tendo uma garota como aquela? — retrucou Nathaniel.

Os homens riram. Um havia perdido uma perna, o outro um braço; agora montavam guarda num cabeleireiro com espingardas.

— Esse jornal diz alguma coisa sobre o Jovem Napoleão? — perguntou o maneta.

— Nenhuma palavra, Jimmy.

— Então ele não está no Forte Monroe?

— Se está, o *Examiner* não ficou sabendo.

Jimmy cuspiu um longo jato de sumo de tabaco na sarjeta.

— Se ele não está lá, eles não vêm para cá, e nós vamos saber que ele vem para cá quando ele chegar lá.

Jimmy parecia triste. Os jornais da Virgínia podiam zombar das pretensões de McClellan, mas mesmo assim havia uma sensação de que o norte encontrara seu gênio militar e que o sul não tinha ninguém que se igualasse. No início da guerra, o nome de Robert Lee havia enchido a Virgínia de otimismo, mas a reputação brilhante de Lee fora embotada nos primeiros combates no oeste da Virgínia, e agora ele passava o tempo cavando trincheiras intermináveis ao redor de Richmond, ganhando o apelido de "Rei das Pás". Ainda tinha quem o apoiasse, principalmente Sally Truslow, que o considerava o maior general desde Alexandre, mas essa opinião se baseava somente no fato de que o cortês Lee havia tirado o chapéu para ela na rua.

Nate deu o jornal a Jimmy, depois olhou um relógio numa vitrine para avaliar por quanto tempo Sally continuaria mexendo no cabelo. Achou que ela demoraria pelo menos mais quinze minutos, por isso inclinou o chapéu para trás, acendeu um charuto e se encostou numa das colunas douradas que emolduravam a entrada do Ducquesne's. Foi então que uma voz o saudou.

— Nate!

O chamado veio do outro lado da rua, e por um segundo Nathaniel não conseguiu ver quem tinha gritado porque uma carroça passou levando madeira cortada, e depois passou chacoalhando uma charrete elegante com rodas pintadas e almofadas com franjas, então viu que era Adam, que agora andava rapidamente no meio do tráfego com a mão estendida.

— Nate! Desculpe, eu deveria ter escrito. Como você está?

Nathaniel não sentia boa vontade com o amigo, mas havia tamanho afeto e remorso na voz de Adam que a amargura se esvaiu imediatamente.

— Estou bem — respondeu, sem graça. — E você?

— Ocupado, terrivelmente ocupado. Passo metade do tempo aqui e metade no quartel-general do Exército. Tenho de servir como ligação com o governo e isso não é fácil. Johnston não gosta muito do presidente, e Davis não é o maior admirador do general, de modo que costumo ser açoitado pelos dois lados igualmente.

— A passo que eu só sou açoitado pelo seu pai — disse Nate, com um pouco do azedume de volta.

Adam franziu a testa.

— Sinto muito, Nate, de verdade. — Ele fez uma pausa, obviamente envergonhado, depois balançou a cabeça. — Não posso ajudar, Nate. Gostaria de poder, mas papai está resoluto sobre sua situação e não me ouve.

— Você pediu a ele?

Adam fez uma pausa, depois sua honestidade inata dominou a tentação de prevaricar.

— Não, não pedi. Não o vejo há um mês, e sei que não adianta escrever para ele. Talvez ele amacie se eu pedir diretamente, não é? Pessoalmente. Você pode esperar até lá?

Nathaniel deu de ombros.

— Vou esperar — declarou, sabendo que não tinha muitas opções. Se Adam não conseguisse fazer com que o pai mudasse de ideia, ninguém conseguiria. — Você parece bem — disse a Adam, mudando de assunto. A última vez que Nathaniel vira o amigo havia sido no penhasco de Ball, onde Adam ficara atormentado com os horrores da batalha, mas agora tinha recuperado toda a boa aparência e o entusiasmo. Seu uniforme estava limpo, a bainha do sabre brilhava ao sol e as botas com esporas reluziam.

— Estou bem — confirmou Adam muito enfaticamente. — Estou com Julia.

— A noiva? — perguntou Nathaniel, provocando.

— Noiva não oficial — corrigiu Adam. — Eu gostaria de que fosse oficial. — Ele deu um sorriso tímido. — Mas todos concordam que seria melhor esperar até as hostilidades terminarem. O tempo de guerra não é tempo para o casamento. — Ele fez um gesto para o outro lado da rua. — Quer conhecê-la? Ela está com a mãe na Sewell's.

— Sewell's? — Nathaniel achava que conhecia todas as lojas de roupas e chapéus de Richmond, mas não tinha ouvido falar da Sewell's.

— A loja de Escrituras, Nate! — censurou Adam, depois explicou que a mãe de Julia, a Sra. Gordon, abrira um curso de ensinamentos bíblicos para os negros libertos que vieram em busca de trabalho na economia de guerra de Richmond. — Elas estão procurando testamentos simples — explicou Adam —, talvez uma versão para crianças do Evangelho de Lucas. O que me lembra que eu tenho uma Bíblia para você.

— Uma Bíblia?

— Seu irmão deixou aqui para você. Há meses quero enviá-la. Agora venha conhecer a Sra. Gordon e Julia.

Nathaniel ficou parado.

— Estou com uma amiga — explicou, e indicou a vitrine do Ducquesne's com seu elaborado mostruário de loções, pentes de tartaruga e perucas enfeitadas com fitas, e justamente quando fez o gesto, a porta se abriu e Sally saiu. Ela ofereceu o braço a Nate e deu um sorriso bonito para Adam. Sally o conhecia do Condado de Faulconer, mas era evidente que Adam não a reconheceu. Na última vez que a vira, ela era uma garota maltrapilha num vestido de algodão desbotado que carregava água e pastoreava animais na pequena propriedade do pai, ao passo que agora vestia uma saia-balão de seda e usava o cabelo enrolado e com cachos sob uma touca cheia de fitas.

— Senhorita — cumprimentou Adam com uma reverência.

— Adam, você conhece... — começou Nathaniel.

Sally o interrompeu.

— Meu nome é Victoria Royall, senhor. — Este era seu nome profissional, dado a Sally no bordel da Marshall Street.

— Srta. Royall — saudou Adam.

— Major Adam Faulconer — disse Nate, completando a apresentação. Ele percebia o prazer de Sally com a ignorância de Adam e se resignou a suportar a malícia da jovem. — O major Faulconer é um velho amigo — explicou, como se ela não soubesse.

— O Sr. Starbuck mencionou seu nome, major Faulconer — disse Sally, comportando-se de seu modo mais recatado. E parecia mesmo recatada, porque o vestido era de um cinza muito escuro e as fitas vermelhas, brancas e azuis na touca eram mais um gesto patriótico que uma demonstração de luxo. Ninguém ostentava joias ou artigos muito finos nas ruas de Richmond, com tantos crimes.

— E a senhorita, Srta. Royall? É de Richmond? — perguntou Adam, mas, antes que Sally pudesse responder, ele viu Julia e a mãe emergirem da loja de Escrituras do outro lado da rua, e insistiu em que Sally e Nathaniel fossem apresentados.

Sally estava de braço dado com Nate. Ela deu um risinho enquanto seguiam Adam atravessando a rua.

— Ele não me reconheceu! — sussurrou ela.

— Como poderia? Agora, pelo amor de Deus, tenha cuidado. Essa gente é da igreja — avisou Nathaniel, depois expressou uma respeitabilidade circunspecta. Ajudou Sally a subir no meio-fio, educadamente, jogando

149

fora o que restava do charuto, depois se virou para encarar a Sra. Gordon e sua filha.

Adam fez as apresentações, e Nathaniel tocou de leve nos dedos enluvados das mãos estendidas pelas damas. A Sra. Gordon era uma mulher magra, com ar de megera, nariz afilado e olhos aguçados como um falcão com fome, mas a filha era muito mais surpreendente. Nate esperava uma jovem de igreja, recatada, tímida e devota, mas Julia Gordon tinha um ar direto que eliminou imediatamente o equívoco. Tinha cabelos pretos, olhos escuros e um rosto que evidenciava uma força quase desafiadora. Não era linda, pensou, mas certamente era bonita. Aparentava possuir caráter, força e inteligência, e Nathaniel, encarando-a, sentiu-se estranhamente com inveja de Adam.

Sally foi apresentada, mas a Sra. Gordon se virou imediatamente de volta para Nate, querendo saber se ele era parente do famoso reverendo Elial Starbuck de Boston. Ele confessou que o famoso abolicionista era seu pai.

— Nós o conhecemos — disse a Sra. Gordon com desaprovação.

— Conhecem, senhora? — perguntou Nathaniel, segurando o chapéu surrado.

— Gordon — a Sra. Gordon falava do marido — é missionário da SAPEP.

— Sim, senhora — disse Nate respeitosamente. Seu pai era um dos administradores da Sociedade Americana para a Propagação do Evangelho aos Pobres, missão que levava a salvação aos recantos mais obscuros das cidades americanas.

A Sra. Gordon olhou de relance para o uniforme pobre de Nathaniel.

— Seu pai não pode estar satisfeito com o senhor por estar usando um uniforme confederado, não é, Sr. Starbuck?

— Tenho certeza de que não está, senhora.

— Mamãe julgou o senhor antes de conhecer os fatos — interveio Julia com tal delicadeza que fez Starbuck sorrir. — Mas o senhor terá a chance de fazer um pedido de mitigação antes que a sentença dela seja confirmada.

— É uma história muito longa, senhora — disse Nathaniel respeitosamente, sabendo que não ousava descrever como se apaixonara sem esperanças e sem ser correspondido por uma atriz, pela qual havia abandonado o norte, a família, os estudos e a respeitabilidade.

— Longa demais para ser ouvida agora, imagino — retrucou a Sra. Gordon numa voz que se tornou rude pelos anos instigando fiéis relutantes a sentir algum fiapo de entusiasmo. — Mas mesmo assim fico muito feliz em vê-lo defendendo os direitos dos estados, Sr. Starbuck. Nossa causa é nobre e justa. E senhorita, Srta. Royall — ela se virou para Sally —, é de Richmond?

— Do Condado de Greenbrier, senhora — mentiu Sally, citando um condado na parte mais distante do oeste da Virgínia. — Meu pai não queria que eu ficasse lá com toda a luta acontecendo, por isso mandou que eu me hospedasse com uma parente aqui. — Ela estava se esforçando ao máximo para diminuir a aspereza rural de sua fala, mas permanecia um eco. — Uma tia na Franklin Street — explicou.

— Será que nós a conhecemos?

A Sra. Gordon avaliava a qualidade do vestido de Sally, o custo de seu guarda-sol e a delicadeza da gola rendada que faziam um contraste nítido com as roupas simples, cerzidas, que mãe e filha usavam. A Sra. Gordon também devia ter notado que Sally estava usando pó e pintura, enfeites que jamais seriam permitidos na sua casa, mas havia uma inocência na juventude de Sally que talvez tivesse suavizado a desaprovação da Sra. Gordon.

— Ela está muito doente. — Sally tentou escapar de mais perguntas sobre a tia fictícia.

— Então tenho certeza de que gostaria de uma visita. — A Sra. Gordon reagia à menção de um leito de doente como um cavalo de batalha velho e vigoroso ouvindo a corneta. — E onde sua tia reza, Srta. Royall?

Nathaniel sentiu que as invenções de Sally haviam se esgotado.

— Fui apresentado à Srta. Royall na Igreja Batista da Grace Street — interveio ele, deliberadamente citando uma das congregações menos conhecidas da cidade. Nate percebeu o olhar sério de Julia Gordon, e também notou que tentava causar uma boa impressão nela.

— Então tenho certeza de que devemos conhecer sua tia — insistiu a Sra. Gordon a Sally. — Acho que Gordon e eu conhecemos todas as famílias evangélicas de Richmond. Não é, Julia?

— Tenho certeza de que sim, mamãe.

— Qual é o nome da sua tia, Srta. Royall? — perguntou a Sra. Gordon, insistindo numa resposta.

— Srta. Ginny Richardson, senhora — respondeu Sally, usando o nome da madame do bordel da Marshall Street.

— Não sei se conheço nenhuma Virginia Richardson. — A Sra. Gordon franziu a testa tentando ligar o nome a alguém. — Da Igreja Batista da Grace Street, você disse? Não que sejamos batistas, Srta. Royall. — A Sra.

Gordon declarou isso no mesmo tom em que poderia ter garantido a Sally que não era canibal ou papista. — Mas, é claro, conhecemos a igreja. Talvez um dia desses vocês queiram ouvir meu marido pregar, não é? — O convite foi feito a Nate e Sally.

— Eu iria com certeza — respondeu Sally com um entusiasmo que brotava do alívio por não ter de inventar mais detalhes sobre a tia imaginária.

— Você poderia tomar chá conosco — sugeriu a Sra. Gordon a Sally.

— Venha numa sexta-feira. Nós fazemos o serviço divino com os feridos no Hospital Chimborazo nas sextas-feiras. — O Chimborazo era o maior hospital do exército em Richmond.

— Eu gostaria — concordou Sally com doçura e disposição, como se a proposta da Sra. Gordon fosse animar suas tardes monótonas.

— E o senhor também, Sr. Starbuck — disse a Sra. Gordon. — Sempre precisamos de mãos saudáveis para ajudar nas enfermarias. Alguns homens não conseguem segurar as Escrituras.

— É claro, senhora. Seria um privilégio.

— Adam arranjará isso. Nada de crinolinas, Srta. Royall, não há espaço suficiente entre as camas para esses frufrus. Agora venha, Julia.

Tendo feito a censura à roupa de Sally, a Sra. Gordon concedeu um sorriso a ela e uma inclinação de cabeça a Nathaniel, depois foi andando pela rua. Adam prometeu rapidamente que deixaria uma carta para Nate no Escritório de Passaportes, e, depois de tocar o chapéu cumprimentando Sally, correu para alcançar as Gordons.

Sally gargalhou.

— Eu estava olhando você, Nate Starbuck. Você gosta daquela garota da igreja, não é?

— Bobagem — respondeu Nathaniel, mas na verdade estivera imaginando exatamente o que o atraíra naquela jovem que se vestia de modo tão simples. Seria porque a filha do missionário representava um mundo de devoção, inteligência e inocência que ele havia perdido para sempre com sua renegação?

— Ela me pareceu uma professorinha — comentou Sally, passando a mão pelo braço dele.

— E provavelmente é disso que Adam precisa.

— É claro que não. Ela é forte demais para ele — reagiu Sally com mordacidade. — Adam sempre foi indeciso demais. Nunca conseguia decidir nada. Mas não me reconheceu, não foi?

Nate sorriu com o prazer na voz dela.

— Não.

— Ele estava me olhando de um jeito bem estranho, como se achasse que deveria me conhecer, mas não conseguiu se lembrar! — Sally estava deliciada. — Você acha que eles vão nos convidar para o chá?

— Provavelmente, mas não vamos.

— Por que não? — perguntou Sally enquanto eles começavam a andar para a Franklin Street.

— Porque passei a porcaria da vida inteira em casas evangélicas respeitáveis e estou tentando me afastar delas.

Sally gargalhou.

— Você não iria pela sua garota da igreja? — provocou ela. — Mas eu gostaria de ir.

— Não gostaria mesmo.

— Gostaria, sim. Gosto de ver como as pessoas vivem e como fazem as coisas de modo decente. Nunca fui convidada para uma casa respeitável. Ou você tem vergonha de mim?

— É claro que não!

Sally parou e fez Nathaniel encará-la. Havia lágrimas nos olhos dela.

— Nate Starbuck! Você tem vergonha de me levar para uma casa decente?

— Não!

— Porque eu ganho a vida deitada? É isso?

Ele segurou a mão dela e a beijou.

— Eu não tenho vergonha de você, Sally Truslow. Só acho que ficaria entediada. É um mundo maçante. Um mundo sem crinolinas.

— Eu quero ver esse mundo. Quero ver como é ser respeitável. — Ela falava com uma obstinação patética.

Nathaniel supôs que essa ambição perversa de Sally passaria, e assim decidiu que não havia muita necessidade de se opor.

— Claro. Se eles convidarem, nós iremos. Prometo.

— Nunca me convidam a lugar nenhum — reclamou Sally, ainda à beira das lágrimas enquanto andavam. — Quero ser convidada para ir a algum lugar. Posso tirar uma noite de folga.

— Então nós iremos — declarou Nate para tranquilizá-la, e imaginou o que aconteceria se o missionário descobrisse que sua esposa havia convidado uma prostituta para tomar chá, e esse pensamento o fez rir. — Com certeza iremos — prometeu. — Com certeza.

Julia provocou Adam com relação a Sally.
— Ela não era um pouquinho espalhafatosa?
— Decididamente. De fato.
— Mas você pareceu fascinado por ela, não foi?

Adam era obtuso demais para detectar a provocação de Julia. Em vez disso, ficou ruborizado.
— Eu lhe garanto...
— Adam! — interrompeu Julia. — Acho que a Srta. Royall é uma beldade notável! Um homem teria de ser feito de granito para não ficar fascinado.

— Não foi isso — disse Adam com sinceridade —, e sim a sensação de que eu já a vi em algum lugar.

Ele estava de pé na sala da pequena casa do reverendo Gordon, na Baker Street. Era um cômodo escuro, pesado, com aroma de cera para móveis. As estantes com portas de vidro tinham comentários sobre a Bíblia e histórias da vida missionária em países pagãos, ao passo que a única janela dava para as lápides respeitosas do Cemitério Shockoe. A casa ficava numa área muito humilde de Richmond, construída bem perto de um abrigo, de um hospital de caridade, do albergue de pobres da cidade e do cemitério. E o reverendo Gordon não podia se dar ao luxo de uma casa melhor, porque a regra da Sociedade Americana para a Propagação do Evangelho aos Pobres dizia que os missionários deviam viver no meio de seu rebanho, e, para garantir que fosse seguida, os administradores da sociedade mantinham os salários de seus missionários num nível baixo a ponto de causar pena. Todos esses administradores eram nortistas, e era sua parcimônia que explicava a ávida adesão da Sra. Gordon à causa sulista.

— Tenho certeza de que conheço a Srta. Royall — disse Adam, franzindo a testa. — Mas de jeito nenhum consigo me lembrar dela! — Ele estava chateado consigo mesmo.

— Qualquer homem incapaz de se lembrar de uma beldade como a Srta. Royall deve ter o coração de pedra — retrucou Julia, depois gargalhou diante da evidente confusão de Adam. — Querido Adam, sei que você não tem o coração de pedra. Fale do seu amigo Starbuck. Ele parece interessante.

— Interessante o suficiente para precisar das nossas orações — acrescentou Adam, e explicou do melhor modo possível que Nate estivera estudando para ser ministro religioso, mas que fora tentado a se afastar. Adam não descreveu a natureza da tentação e Julia era inteligente demais para perguntar. — Ele se refugiou aqui no sul, e temo que não sejam apenas suas alianças políticas que tenham mudado.

— Quer dizer que ele é um apóstata? — perguntou Julia com gravidade.

— Temo que sim.

— Então com certeza devemos rezar por ele. Ele se afastou da igreja a ponto de não devermos convidá-lo para o chá?

— Espero que não — respondeu Adam, franzindo a testa.

— Então convidamos ou não?

Adam não tinha certeza, depois se lembrou de que seu amigo estivera frequentando as reuniões de oração em Leesburg, então decidiu que Nathaniel devia ter mantido respeitabilidade suficiente para merecer um convite da família do missionário.

— Acho que pode convidá-los — respondeu com seriedade.

— Então você vai escrever convidando os dois para esta sexta-feira. Tenho a sensação de que a Srta. Royall precisa de uma amiga. Agora, você vai ficar para o almoço? Acho que é só uma sopa de pobre, mas você é bem-vindo. Papai gostaria se você ficasse.

— Tenho negócios a tratar. Mas obrigado.

Adam caminhou de volta para a cidade. A identidade da Srta. Royall ainda o incomodava, mas, quanto mais pensava nisso, mais distante ficava a lembrança. Por fim, conseguiu afastar a charada da mente enquanto subia a escadaria do Departamento de Guerra.

Suas tarefas implicavam que ele passasse um ou dois dias por semana em Richmond, de onde mantinha o general Johnston informado sobre a opinião política e as fofocas. Também atuava como elemento de ligação entre Johnston e o quartel-general do Departamento da Intendência Confederada, que requisitava suprimentos e direcionava seu envio.

Era esse trabalho que dava a Adam um conhecimento íntimo de onde as brigadas e os batalhões do Exército eram postados, e era esse conhecimento que ele tivera tanto cuidado de repassar a Timothy Webster. Adam presumia que suas duas cartas recentes foram repassadas muito antes ao quartel-general de McClellan, e com frequência se perguntava por que as tropas nortistas estavam demorando tanto para aproveitar as defesas frágeis da península. O norte estava lançando homens no Forte Monroe, mas apenas um punhado de rebeldes se opunha a eles, e ainda assim a União não agia para destruir esse punhado. Às vezes, Adam se perguntava se Webster havia repassado suas cartas, depois sofria um ataque de puro terror ao pensar que talvez o espião nortista tivesse sido preso em segredo. Adam só recuperava a compostura depois de se lembrar de que Webster não conhecia e não tinha como descobrir a identidade de seu correspondente misterioso.

Adam se acomodou na sua sala e escreveu o despacho diário para Johnston. Era um documento monótono listando o número de homens liberados das enfermarias do hospital em Richmond e descrevendo que suprimentos ficaram disponíveis nas armarias e nos armazéns da capital. Terminou com um resumo das últimas informações, dizendo que o general de divisão McClellan ainda estava em Alexandria e que as forças no Forte Monroe não demonstravam nenhum sinal de agressão, depois juntou as últimas edições dos jornais para fazer um pacote grande que um cavaleiro levaria a Culpeper Court House. Mandou o pacote para o andar de baixo, depois abriu a carta do pai, que estivera esperando na mesa. A carta, como Adam esperava, era mais um pedido para que ele saísse do estado-maior de Johnston e se juntasse à Brigada Faulconer. "Acho que você deveria tomar o comando da legião do Pica-Pau", tinha escrito Washington Faulconer, "ou, se preferir, você poderia ser meu chefe do estado-maior. Swynyard é difícil; sem dúvida mostrará suas melhores qualidades em batalha, mas, enquanto ela não ocorre, ele aprecia demais uma boa garrafa de bebida. Preciso da sua ajuda." Adam amassou a carta, depois foi até a janela e olhou morro acima, para onde as belas colunas do edifício do Capitólio eram tocadas pelo sol da tarde. Virou-se quando a porta foi aberta de repente.

— Talvez você tenha de acrescentar algumas novidades ao seu despacho, Faulconer — disse um oficial em mangas de camisa.

Adam precisou esconder a empolgação súbita.

— Eles estão saindo do Forte Monroe?

— Ah, meu Deus, não. Os malditos ianques se enraizaram lá. Talvez jamais planejem sair! Quer um pouco de café? É de verdade, trazido de Liverpool num navio que furou o bloqueio.

— Por favor.

O oficial, um capitão chamado Meredith, do Departamento de Sinaleiros, gritou para seu ordenança trazer o café, depois entrou na sala.

— Os ianques são idiotas, Faulconer. Totalmente malucos! Idiotas!

— O que eles fizeram?
— São imbecis! Cabeças de bagre, tolos! — Meredith se sentou na cadeira giratória de Adam e pôs as botas enlameadas na mesa com tampo de couro. Acendeu um charuto, jogando o fósforo numa escarradeira. — Eles não sabem de nada, são uns cabeças ocas, tacanhos. Resumindo: são nortistas. Sabe quem é Allen Pinkerton?
— É claro que sei.
— Preste atenção, então, e você vai se divertir. Aqui! — Essa última palavra foi para o ordenança, que havia se esgueirado na sala com as duas canecas de café. Meredith esperou até que o homem tivesse saído, depois retomou a narrativa. — Parece que Pinkerton queria mandar alguns agentes secretos para nos espionar. Foram enviados para descobrir nossos desejos mais sombrios e nossos segredos mais íntimos, e quem ele manda? Algum sujeito desconhecido, arrancado da obscuridade? Não, manda dois idiotas que, há menos de seis meses, foram empregados como arruaceiros que expulsavam simpatizantes do sul encontrados em Washington! Imagine só, um dos homens que eles expulsaram esbarrou neles na Broad Street. "Olá", diz ele, "eu conheço vocês dois, suas beldades. Vocês são Scully e Lewis!" Nossos heróis negam, mas os idiotas estão portando documentos com os nomes verdadeiros. Price Lewis e John Scully, em carne e osso! Alguém pode ser mais imbecil? De modo que agora os dois melhores espiões do norte estão a ferros na Cadeia de Henrico. Não é esplêndido?
— Certamente é idiota — concordou Adam.
Seu coração disparou subitamente enquanto o medo o açoitava. Scully e Lewis? Será que Webster estava usando um desses nomes como disfarce? Será que a verdade estaria sendo arrancada sob tortura neste momento? Havia boatos terríveis sobre os castigos dados a traidores nas celas secretas das prisões confederadas, e ele quase gemeu quando outra pontada de terror apertou suas entranhas. Obrigou-se a parecer calmo e tomar um gole do café quente, o tempo todo lembrando a si mesmo que não havia assinado os dois longos documentos que enviara para Webster, que se esforçara para disfarçar a letra nos dois relatórios detalhados. Mesmo assim, de repente, a sombra da forca pareceu muito próxima.
— Você acha que eles vão ser enforcados? — perguntou em tom casual.
— Os desgraçados certamente merecem isso, mas Lewis é inglês e o desgraçado do Scully é irlandês, e precisamos da boa vontade de Londres mais do que precisamos ver dois súditos da rainha se balançando na ponta

de duas cordas. — Meredith pareceu enojado com essa leniência. — Os desgraçados não levarão sequer uma surra, caso o governo britânico seja contrário. E eles sabem disso, motivo pelo qual os dois desgraçados não estão admitindo coisa nenhuma.

— Talvez eles não tenham nada para admitir, não é? — sugeriu Adam em tom tranquilo.

— Claro que têm. Eu faria os patetas berrarem — declarou Meredith em tom sombrio.

— Não vou incomodar Johnston com essa notícia. Vou esperar até que eles tenham algo a dizer.

— Só achei que gostaria de saber. — Meredith obviamente sentia que a reação de Adam fora discreta demais, mas o major Faulconer tinha a reputação de ser um sujeito estranho no quartel-general. — Não posso tentá-lo a ir a Screamersville esta noite? — perguntou Meredith.

Screamersville era a parte negra de Richmond e tinha os mais loucos bordéis, casas de jogatina e antros de bebedeira. O álcool estava banido oficialmente da cidade, numa tentativa de diminuir a criminalidade, mas nenhuma patrulha da polícia ousaria entrar em Screamersville para fazer valer a lei, assim como não tentaria confiscar o champanhe das caras *maisons d'assignation* da cidade.

— Tenho outro compromisso esta noite — respondeu Adam rigidamente.

— Outra reunião de orações? — perguntou Meredith em tom de zombaria.

— Sim.

— Reze por mim, Faulconer. Planejo precisar de uma oração ou duas esta noite. — Meredith tirou as botas de cima da mesa. — Não se apresse com o café. Só coloque a caneca de volta na minha sala quando acabar.

— Claro. Obrigado.

Adam tomou o café e observou as sombras se alongarem pela praça do Capitólio. Funcionários corriam de um lado para o outro com montes de documentos dos escritórios do governo para o prédio do Capitólio enquanto uma patrulha de policiais, com as baionetas caladas, andava lentamente pela Ninth Street passando pela Torre do Sino, que tocava o alarme para incêndios e outras emergências na cidade. Duas crianças pequenas andavam de mãos dadas com um dos escravos de sua família, subindo a ladeira em direção à estátua de George Washington. Dois anos antes, pensou Adam, esta cidade parecia tão aconchegante e amigável quanto Seven Springs, a propriedade de sua família no Condado de Faulconer, mas agora recendia a perigo e a intriga. Adam estremeceu, imaginando um alçapão se abrindo sob seus pés, o vazio o engolindo, a aspereza de uma corda em volta do pescoço, o estalo quando o nó se retesasse, depois disse a si mesmo que não precisava se preocupar, porque James Starbuck dera sua palavra de que jamais revelaria seu nome, e ele era um cristão e um cavalheiro, de modo que era quase impossível Adam ser traído. A prisão de Scully e Lewis, quem quer que fossem, não precisava preocupá-lo. Assim tranquilizado, sentou-se à mesa, puxou um pedaço de papel e escreveu um convite para o capitão Nathaniel Starbuck e a Srta. Victoria Royall tomarem chá na casa do reverendo Gordon na sexta-feira.

6

John Scully e Price Lewis não admitiram nada, nem mesmo quando documentos capazes de incriminar um santo foram encontrados costurados em suas roupas. Lewis, o inglês, tinha um mapa de Richmond no qual estavam esboçadas as novas defesas escavadas pelo general Lee, com hachuras sugerindo onde a existência de redutos e fortes em formato de estrela era meramente conjecturada. Um memorando anexado ao mapa exigia a confirmação das conjecturas e uma avaliação da artilharia contida nas obras. John Scully, o pequeno irlandês, carregava uma carta sem selo endereçada ao secretário honorário da Sociedade para o Suprimento de Bíblias ao Exército Confederado, assinada por um tal major James Starbuck, do Exército dos Estados Unidos, que se descrevia como "irmão em Cristo" do destinatário anônimo. A carta dizia que as instruções anexadas eram de confiança, e essas instruções imploravam uma enumeração completa e atualizada das tropas confederadas sob o comando do general Magruder, com especial cuidado para informar o número total de tropas disponíveis nas cidades, guarnições e fortes entre Richmond e Yorktown.

John Scully, confrontado com a carta descoberta costurada na lapela do casaco, jurou que comprara as roupas num vivandeiro fora da cidade e não fazia ideia do que a carta significava. Ele sorriu para o major que fazia o interrogatório.

— Sinto muito, major, sinto mesmo. Eu ajudaria se pudesse.

— Dane-se a sua ajuda. — O major Alexander era um homem alto e corpulento com suíças fartas e expressão de indignação perpétua. — Se você não falar — ameaçou —, vamos enforcá-lo.

— Não vão não, major — disse Scully —, porque sou cidadão britânico.

— Dane-se a Grã-Bretanha.

— E normalmente eu concordaria com o senhor, concordaria, sim, mas neste momento, major, este é um irlandês que ficaria de joelhos e agradeceria ao Deus Todo-Poderoso por fazê-lo britânico. — Scully riu como um querubim.

— Ser britânico não vai protegê-lo. Você será enforcado! — ameaçou Alexander, mas mesmo assim Scully não quis falar.

No dia seguinte veio a notícia de que os ianques finalmente saíram de suas linhas no Forte Monroe. O general McClellan tinha chegado à península, e agora toda a Virgínia sabia de onde o raio viria. Um exército poderoso avançava contra as frágeis defesas postas entre Yorktown e a ilha Mulberry.

— Mais um mês — garantiu Price Lewis a John Scully — e seremos resgatados. Seremos heróis.

— Se não nos enforcarem primeiro — argumentou John Scully, fazendo o sinal da cruz.

— Eles não farão isso. Não ousariam.

— Não tenho tanta certeza. — A confiança de Scully estava diminuindo.

— Eles não farão isso! — insistiu Price Lewis.

Mas no dia seguinte um tribunal militar foi convocado à cadeia e recebeu o mapa das defesas de Richmond e a carta endereçada ao secretário honorário da Sociedade para o Suprimento de Bíblias ao Exército Confederado. A prova suplantou qualquer escrúpulo que o tribunal pudesse sentir pela nacionalidade dos prisioneiros, e menos de uma hora depois do momento em que o tribunal fora reunido, o presidente condenou os dois prisioneiros à morte. Scully tremeu de medo, mas o inglês alto simplesmente riu com desprezo para os juízes.

— Vocês não ousarão fazer isso.

— Levem-nos! — O tenente-coronel que presidira o tribunal bateu com a mão na mesa. — Vocês serão enforcados, seus cães!

De repente, Scully sentiu as asas do anjo da morte muito perto, acima dele.

— Quero um padre! — implorou ao major Alexander. — Pelo amor de Deus, major, traga-me um padre!

— Cale a boca, Scully! — gritou Price Lewis.

O inglês foi levado rapidamente pelo corredor até sua cela enquanto John Scully era posto numa sala diferente, onde o major Alexander lhe trouxe uma garrafa de uísque de centeio.

— É ilegal, John. Mas achei que poderia ajudar em suas últimas horas na terra.

— Vocês não ousarão fazer isso! Não podem nos enforcar!

— Ouça! — disse Alexander baixinho, e no silêncio Scully pôde ouvir o som de marteladas. — Estão preparando o patíbulo para de manhã, John.

— Não, major, por favor.

— O nome dele é Lynch — comentou Alexander. — Isso deve agradar a você, John.

— Agradar-me? — perguntou Scully, perplexo.

— Não lhe agrada ser enforcado por outro irlandês? Veja bem, o velho Lynch não é nenhum artista. Ele se atrapalhou nos dois últimos. Um era um preto que levou vinte minutos para morrer, e não foi uma visão bonita. Santo Deus, não foi. Ele ficou se retorcendo e se mijou, e a respiração passava áspera na garganta feito lixa. Terrível. — Alexander balançou a cabeça.

John Scully fez o sinal da cruz, depois fechou os olhos e rezou, pedindo forças. Ele seria forte; não trairia a confiança de Pinkerton.

— E só quero um padre — insistiu.

— Se você falar, John, não será enforcado de manhã — provocou Alexander.

— Não tenho nada a dizer, major, a não ser a um padre — insistiu Scully bravamente.

Naquela noite, um padre foi à nova cela de John Scully. Era um homem muito velho, mas ainda tinha uma bela cabeleira branca que descia bem abaixo do colarinho da batina. O rosto era castanho, como se tivesse passado a vida nos campos de missão nos trópicos. Era um rosto ascético, gentil, tocado pela sugestão de uma intelectualidade abstrata, sugerindo que seus pensamentos já haviam ido para um mundo mais elevado e melhor. Ele se acomodou na cama de Scully e tirou um velho escapulário puído da maleta. Beijou a faixa de pano bordado e o colocou em volta do pescoço magro, depois fez o sinal da cruz na direção do prisioneiro.

— Sou o padre Mulroney — apresentou-se —, e sou de Galway. Disseram-me que você quer se confessar, filho.

Scully se ajoelhou.

— Perdoe-me, padre, pois pequei. — E fez o sinal da cruz.

— Continue, filho. — A voz do padre Mulroney era profunda e bela, a voz de um homem que havia pregado coisas tristes em grandes salões. — Continue — repetiu com a voz maravilhosa, baixa e reconfortante.

— Deve fazer dez anos desde que me confessei pela última vez — começou Scully, depois a represa estourou e ele jorrou a lista de suas transgressões.

O padre Mulroney fechou os olhos enquanto ouvia, e o único sinal de vigília eram as leves batidas de seus dedos longos e ossudos num delicado crucifixo de marfim pendurado numa corrente simples no pescoço. Ele assentiu uma ou duas vezes enquanto Scully citava seus pecados patéticos: as prostitutas enganadas, os juramentos feitos, as bagatelas roubadas, as mentiras contadas, os deveres religiosos ignorados.

— Minha mãe sempre dizia que eu teria um final ruim, dizia mesmo. — O pequeno irlandês estava quase chorando ao terminar.

— Paz, meu filho, paz. — A voz do padre era seca e baixa, mas muito reconfortante. — Você se arrepende desses pecados, filho?

— Sim, padre, ah, meu Deus, eu me arrependo.

Scully começou a chorar. Ele havia tombado para a frente, apoiando a cabeça nas mãos que, por sua vez, estavam apoiadas nos joelhos do velho. O rosto do padre Mulroney não demonstrava nenhuma reação ao terror e ao remorso de Scully; em vez disso, ele acariciou de leve a cabeça do irlandês com dedos longos e observou a cela pintada de branco, com seu lampião e sua janela sinistra com barras. As lágrimas escorriam pelo rosto de Scully, deixando uma mancha úmida na batina desbotada e puída de Mulroney.

— Eu não mereço morrer, padre.

— Então por que vão enforcá-lo, filho? — indagou Mulroney, e continuou acariciando os cabelos curtos e pretos de Scully. — O que você fez de tão ruim? — perguntou o padre em sua voz triste e gentil, e Scully contou que Allan Pinkerton havia pedido a ele e a Lewis que viajassem para o sul, procurando o agente desaparecido, o melhor agente que o norte possuía, e que Pinkerton lhes garantira que, como súditos britânicos, estariam a salvo de qualquer recriminação dos rebeldes, mas que, apesar dessa garantia, eles foram condenados à forca pelo tribunal militar.

— É claro que você não merece morrer, filho — disse Mulroney com indignação. — Tudo que fez foi tentar ajudar seus próximos. Não é verdade? — Seus dedos continuavam aplacando os temores de Scully. — E vocês encontraram o seu homem? — O sotaque irlandês do padre Mulroney parecia ter ficado mais forte durante a confissão.

— Encontramos, padre, e o motivo para o desaparecimento é que ele está doente. Bastante doente, está, sim. Tem febre reumática. Deveria estar no Hotel Ballard House, mas ele se mudou, e nós demoramos cerca de um dia para encontrá-lo, mas agora o coitado está no Hotel Monumental, e uma das damas de Pinkerton está cuidando dele.

Mulroney acalmou Scully, que estava embolando as palavras desesperadamente.

— Pobre homem — disse Mulroney. — Você disse que ele está doente?

— Mal consegue se mexer. Está terrivelmente doente, está, sim.

— Dê-me o nome dele, filho, para que eu possa rezar por ele — pediu Mulroney baixinho, então o padre sentiu a hesitação em Scully, por isso bateu os dedos numa leve censura. — O que você está fazendo é uma confissão, filho, e os segredos do confessionário vão para o túmulo, com o padre. O que você diz aqui, filho, é um segredo entre mim, você e Deus Todo-Poderoso. Portanto, diga o nome dele para que eu possa rezar pelo pobre coitado.

— Webster, padre, Timothy Webster. E ele sempre foi o verdadeiro espião, e não nós. Price e eu só estamos fazendo um favor a Pinkerton vindo procurá-lo! Webster é o verdadeiro espião! É o melhor que existe!

— Rezarei por ele. E a mulher que está cuidando do pobre homem, qual seria o nome dela, filho?

— Hattie, padre, Hattie Lawton.

— Rezarei por ela também. Mas o major da prisão aqui, qual é mesmo o nome dele? Alexander? Ele disse que você estava trazendo uma carta?

— Só entregaríamos a carta se não encontrássemos Webster, padre — explicou Scully, depois descreveu o quadro de avisos do vestíbulo da Igreja de St. Paul, onde a carta seria enfiada sob as fitas cruzadas. — Que mal há em entregar uma carta numa igreja, padre?

— Absolutamente nenhum, filho, absolutamente nenhum — disse Mulroney, depois garantiu ao sujeito apavorado que tinha sido uma boa confissão.

Ele levantou gentilmente a cabeça de Scully e disse que o irlandês deveria fazer um bom ato de contrição e rezar quatro ave-marias, depois o absolveu num latim solene, em seguida prometeu que buscaria a misericórdia para Scully junto às autoridades confederadas.

— Mas você sabe, filho, como eles ouvem pouco os católicos. Ou a nós, os irlandeses. Os sulistas são tão maus quanto os ingleses, são, sim. Sentem pouco amor por nós.

— Mas o senhor vai tentar? — Scully olhou, desesperado, para os olhos gentis do padre.

— Vou tentar, filho — confirmou Mulroney, depois deu a bênção e fez o sinal da cruz acima da cabeça de Scully.

O padre Mulroney voltou lentamente para o escritório principal da cadeia, onde o major Alexander o esperava com um tenente magro, de óculos. Nenhum dos oficiais falou enquanto o padre tirava o escapulário, depois tirava a batina pela cabeça revelando um terno preto velho, mas com excelente caimento. Havia uma tigela de água na mesa, e o velho começou a lavar as mãos como se quisesse tirar dos dedos o toque do cabelo de Scully.

— A pessoa que vocês querem — disse o homem que havia se chamado de Mulroney, num sotaque que não tinha absolutamente nada da Irlanda, e sim da Virgínia — é um tal Timothy Webster. Vocês vão encontrá-lo no Hotel Monumental. Ele está doente, por isso não deve causar problema. Ele tem uma auxiliar chamada Hattie Lawton. Ela é outro lixo, portanto prendam-na também. — O velho pegou uma cigarreira de prata no bolso e tirou um charuto fino e perfumado. O tenente de óculos avançou e pegou uma vela na mesa, levando-a ao charuto. O velho tragou na chama e depois lançou um olhar entediado ao tenente. — Você é Gillespie?

— Sim senhor, de fato, senhor.

— O que há na bolsa, Gillespie? — O velho apontou para uma bolsa de couro pendurada no ombro do tenente. Gillespie a abriu e revelou um funil de latão e uma garrafa feita de vidro azul-escuro.

— O óleo do meu pai — respondeu Gillespie com orgulho.

A boca do velho se retorceu.

— Você estava planejando administrar o óleo aos prisioneiros?

— Ele faz maravilhas com os lunáticos — explicou Gillespie em tom defensivo.

— Eu não me importo com os seus malditos lunáticos — reagiu o velho rispidamente. — Você pode experimentá-lo em outro prisioneiro, que não seja importante para ninguém. Mas Lewis e Scully precisam ser poupados. — Seu rosto fino e ascético estremeceu com um espasmo de nojo, depois ele alisou o cabelo comprido e prateado por cima do colarinho e olhou para Alexander. — Infelizmente as considerações políticas ditam que a escória terá de viver, pois a morte dos dois poderia dissuadir os ingleses de nos ajudar. Mas nem mesmo os ingleses esperam que nós os mantenhamos com algum conforto. Coloquem-nos na seção dos negros, deixem que eles quebrem pedra durante alguns meses. — Ele tragou o charuto, franzindo a testa, depois deu ordens para que a carta endereçada ao secretário honorário da Sociedade para o Suprimento de Bíblias ao Exército Confederado fosse posta no vestíbulo da Igreja de St. Paul, onde deveria ser vigiada noite e dia para o caso de um espião vir pegá-la. — Mas primeiro prendam Webster.

— Claro, senhor — disse Alexander.

O velho tirou um belo anel de ouro do bolso. Tinha um brasão antigo gravado, testemunho da longa linhagem do sujeito.

— Ainda está chovendo? — perguntou enquanto enfiava o anel num dedo.

— Está, sim senhor — respondeu Alexander.

— Isso vai obstruir a aproximação dos ianques, não vai? — perguntou o velho, sério.

O avanço dos nortistas para Yorktown estava sendo retardado pela lama e pela chuva, mas mesmo assim o velho sabia que perigo terrível a Confederação enfrentava. Era pouquíssimo tempo, mas pelo menos o trabalho desta noite havia descoberto mais um espião e até poderia revelar o traidor que se escondia sob a máscara de secretário honorário da Sociedade para o Suprimento de Bíblias ao Exército Confederado. O velho estava ansioso para descobrir a identidade desse homem e olhá-lo balançar na ponta de um laço de corda. Pegou uma pistola *derringer* no bolso do paletó e verificou se estava carregada, depois pegou a capa e o chapéu.

— Virei de manhã ver pessoalmente esse tal Webster. Bom dia, senhores.

Ele enfiou o chapéu sobre o cabelo comprido, depois foi até onde uma carruagem antiga, com painéis envernizados e cubos de eixos dourados, esperava sob a chuva forte. Um escravo abriu a porta e dobrou os degraus da carruagem.

Alexander soltou o ar quando o velho havia saído, quase como se sentisse que uma presença sinistra deixara a prisão. Depois sacou seu revólver e verificou se as cápsulas de percussão estavam bem firmes.

— Ao trabalho — disse a Gillespie. — Ao trabalho! Vamos encontrar o Sr. Webster! Ao trabalho!

A chuva transformava as estradas que iam do Forte Monroe para o interior em faixas de terra amarela escorregadia. Elas pareciam bastante sólidas, mas, assim que um cavalo punha o casco na superfície, a crosta arenosa se partia, expondo por baixo um atoleiro de lama vermelha e pegajosa.

Uma tropa de cavalaria nortista abandonou a estrada para cavalgar em direção ao sul sob um céu baixo e cinzento e uma chuva fraca. Era abril, as árvores floresciam e as campinas eram de um verde adorável, mas o vento estava frio e os cavaleiros seguiam com as golas erguidas e os chapéus puxados para baixo. Seu comandante, um capitão, espiava através da chuva para o caso de a cavalaria inimiga aparecer de repente, como demônios vestidos de cinza na penumbra, mas, para seu alívio, o terreno parecia vazio.

Meia hora depois de sair da estrada, a patrulha emergiu do abrigo de alguns pinheiros finos e viu as cicatrizes vermelhas de terra recém-revirada marcando a linha de fortificações rebeldes que se estendiam de Yorktown até a ilha Mulberry. As obras não eram contínuas, consistiam principalmente em fortes de terra com canhões pesados que se enfileiravam nos trechos de campina inundada. O capitão levou sua patrulha para o sul, parando a cada cem metros para examinar as obras inimigas com uma luneta. O coronel fora enfático ao exigir que todas as suas patrulhas de cavalaria deviam tentar descobrir se os canhões inimigos eram verdadeiros ou feitos de madeira, e o capitão se perguntou, rispidamente, como, em nome de Deus, deveria descobrir isso.

— Quer cavalgar até o barranco e dar um peteleco num daqueles canhões, sargento? — perguntou o capitão ao homem que cavalgava ao seu lado.

O sargento deu um risinho, depois desapareceu sob o sobretudo para acender um charuto.

— Os canhões parecem verdadeiros, capitão! — gritou um dos homens.

— Os que estavam em Manassas também pareciam — argumentou o capitão, depois se sobressaltou, atônito, quando um dos canhões distantes disparou subitamente. A fumaça subiu trinta metros da troneira amortalhando a língua de fogo em seu interior. O projétil, evidentemente uma bala sólida redonda ou alongada, foi de encontro às árvores de um verde recente logo atrás da patrulha.

— Desgraçados — disse o sargento, e esporeou o cavalo para voltar. Ninguém da cavalaria fora ferido, mas a corrida súbita provocou gritos de zombaria por parte dos distantes artilheiros rebeldes.

Quase um quilômetro adiante o capitão chegou a um morro baixo que brotava poucos metros acima da paisagem plana e rajada por água. Ele levou seus homens ao topo, onde apearam, e o capitão descobriu uma árvore que tinha uma forquilha conveniente, na qual dava para apoiar a luneta. De lá, conseguia enxergar entre os dois redutos rebeldes, uma vista por cima de um trecho de pântano onde os jacintos cresciam luminosos e se distanciando pela retaguarda rebelde, e onde ele podia vislumbrar uma estrada passando entre alguns pinheiros cobertos por sombras. Havia tropas marchando na estrada, ou pelo menos se esforçando nas bordas do caminho lamacento. Contou-as, companhia após companhia, e percebeu que estava vendo todo um batalhão rebelde marchando para o sul.

— Escute, senhor. — O sargento se aproximara do capitão. — Está ouvindo, senhor?

O capitão baixou a gola e, prestando bastante atenção, captou o som de trombetas distantes trazido pelo vento frio. O som era fraco e longínquo. Uma trombeta soou, outra respondeu ao chamado, e, agora que o capitão havia prestado atenção naqueles sons fantasmagóricos, parecia que toda esta terra úmida estava cheia daqueles toques.

— Os desgraçados estão em grande número — disse o sargento estremecendo, como se o ruído sinistro pressagiasse um inimigo misterioso.

— Só vimos um batalhão — disse o capitão, mas então outra coluna de soldados vestidos de cinza apareceu na estrada distante. Ele observou pela luneta e contou mais oito regimentos. — Dois batalhões — disse, e, nem bem havia falado, um terceiro regimento surgiu.

A cavalaria ficou durante duas horas na colina baixa, e nesse tempo o capitão viu oito regimentos rebeldes marchando para o sul. Um boato esperançoso afirmara que os rebeldes só tinham vinte batalhões para guardar todas as defesas de Yorktown, mas aqui, oito quilômetros ao sul da famosa cidade, o capitão vira a passagem de um regimento depois do outro. Obviamente o inimigo estava em força muito maior do que esperavam os otimistas.

No meio da tarde, a cavalaria montou de novo. O capitão foi o último a deixar a colina. Virou-se no último instante e viu mais um regimento rebelde surgindo nas árvores longínquas. Não ficou para contar; em vez disso, levou a notícia para o leste, através das campinas inundadas e cobertas de trevo, atravessando fazendas carrancudas onde pessoas sérias olhavam a passagem do inimigo.

Todas as patrulhas de cavalaria nortista voltaram contando histórias idênticas de enormes movimentações de tropas atrás das linhas rebeldes, de unidades escondidas sinalizando com trombetas e de canhões verdadeiros amontoados em fortificações de terra recém-cavadas. McClellan ouviu os relatórios e estremeceu.

— Você estava certo — disse a Pinkerton. — Estamos diante de pelo menos setenta mil homens, talvez cem mil!

O general havia ocupado o confortável alojamento do comandante no Forte Monroe, de onde via o número enorme de navios que trouxeram seu exército de Alexandria para o sul. Esses homens estavam prontos para a ação, e McClellan esperara usá-los numa investida relâmpago em direção a Richmond, uma manobra que teria rachado as frágeis defesas ancoradas em Yorktown, mas os reconhecimentos feitos hoje pela cavalaria implicavam que não poderia haver uma investida rápida, afinal. A captura de Yorktown e Richmond teria de ser feita ao modo antigo, com canhões de cerco, paciência e trincheiras. Seus cento e vinte e um mil homens teriam de esperar enquanto os redutos de cerco eram construídos e os enormes canhões eram arrastados do Forte Monroe pelas estradas que pareciam saídas de um pesadelo. O atraso era uma pena, mas Pinkerton o havia alertado de que as defesas rebeldes eram guarnecidas com força muito maior do que todos supunham, e agora o general agradecia ao chefe de seu serviço secreto por essa informação oportuna e precisa.

Enquanto isso, atrás das fortificações de terra rebeldes, o único batalhão de tropas da Geórgia, que havia marchado nove vezes no mesmo trecho de estrada lamacenta e que havia retornado nove vezes através das árvores antes de percorrer a estrada de ovo, estremecia ao crepúsculo e reclamava, dizendo que estava perdendo tempo. Os homens argumentavam que entraram no Exército para dar uma surra infernal nos ianques, e não para marchar em círculos ouvindo corneteiros espalhados fazendo uma serenata nas árvores vazias. Na floresta solitária, eles acenderam fogueiras e se perguntaram se algum dia a chuva iria parar. Sentiam-se muito solitários, o que não era de espantar, pois não havia outro batalhão de infantaria num raio de cinco quilômetros. Em vez disso, havia apenas treze mil homens espalhados em toda a maldita península, e esses treze mil soldados deveriam conter o maior exército já reunido na América do Norte. Não era de espantar que os homens da Geórgia tremessem e reclamassem por bancarem os idiotas o dia todo debaixo de chuva.

No crepúsculo as árvores estavam tomadas pelo assobio dos pássaros. O som era sutilmente diferente do chamado daquele mesmo pássaro na Geórgia, mas os homens que marcharam em círculos o dia inteiro eram rapazes do campo e sabiam muito bem que pássaro fazia aquele estardalhaço nas árvores no fim da tarde.

O general Magruder também sabia, e ele pelo menos sorriu com o som porque tinha passado aqueles dias tentando enganar os ianques, fazendo-os pensar que enfrentavam uma hoste, quando na verdade a linha de defesa era debilmente guarnecida. Magruder havia feito marchas e contramarchas o dia inteiro com seus homens, realizando uma demonstração de força; e agora, sob a chuva do fim de tarde, rezou para que a música dos pássaros fosse para McClellan, e não para ele.

Porque no crepúsculo cantavam os imitadores tordos.

Parecia que jamais iria parar de chover. A água escorria pelas sarjetas de Richmond até o rio, que espumava com a água bombeada por fundições, fábricas de tabaco, curtumes e matadouros. As poucas pessoas nas ruas andavam depressa sob guarda-chuvas pretos e sombrios. Inclusive ao meio-dia os lampiões a gás de carvão iluminavam a sala onde o congresso confederado debatia uma medida para encorajar o desenvolvimento de um salitre sintético para a manufatura de pólvora. As vozes no salão precisavam lutar contra o som da chuva lá fora. Um punhado de congressistas escutava, alguns dormiam, enquanto outros bebericavam uísque vendido por farmácias como remédio, dessa forma livre da proibição imposta na cidade. Um ou dois congressistas estavam preocupados porque, com o exército ianque se aproximando de Yorktown, essas discussões seriam inúteis, mas ninguém ousava expor esse pensamento. Houvera bastante derrotismo ultimamente, e muitos bons motivos para isso; um grande número de fortes litorâneos havia sido tomado pela Marinha dos Estados Unidos, e havia um número enorme de sugestões de que a Confederação estava cercada por um inimigo implacável.

De braço dado com Nate Starbuck, Sally Truslow não se importava com os ianques a pouco mais de cem quilômetros dali nem com a chuva. Ela estava empolgada com a ideia de tomar chá numa casa respeitável. Para isso, tinha posto um vestido escuro, de gola alta, mangas compridas e uma saia pouco avolumada com apenas duas anáguas. Havia aberto mão de toda a maquiagem, a não ser um pouquinho de pó e uma leve sugestão de sombra.

Sally e Nathaniel correram pela Franklin Street, um pouco protegidos pelo guarda-chuva que Nate segurava, depois se abrigaram no portal de uma padaria na esquina da Second Street, até que surgiu um bonde puxado por cavalos. Eles se apinharam a bordo e pagaram a passagem até o Cemitério Shockoe.

— Talvez eles não queiram ir ao hospital nesse tempo, não é? — perguntou Sally. Ela se espremeu contra Nathaniel no bonde úmido e lotado e olhou para a chuva, através da janela de vidro imundo.

— O mau tempo não impede as boas ações — retrucou Nate, azedamente.

Ele não estava ansioso pela tarde nem pela noite, porque nem mesmo a companhia enérgica de Sally poderia fazê-lo saber lidar com esse encontro com um mundo que pensava ter deixado para trás em Boston. Mas não podia ser um entrave para a felicidade de Sally, por isso decidira suportar qualquer desconforto, ainda que não entendesse por que ela havia ficado tão satisfeita com a chegada do convite de Adam.

A própria Sally não sabia o motivo, mas entendia que os Gordons eram uma família, e percebia, vagamente, que durante toda a sua vida jamais fizera parte de uma, pelo menos não de uma família normal, sem atribulações, simples. Era filha de um ladrão de cavalos, o pai e a mãe fugitivos que cuidavam de um terreno irregular nas montanhas altas. Agora era uma prostituta, esperta o suficiente para saber que poderia subir tão alto quanto cobiçasse, se ao menos entendesse o verdadeiro valor dos serviços que oferecia, mas também sabia que jamais teria a satisfação de fazer parte de um grupo de pessoas comuns, ordinárias, simples. Ao contrário de Nate, Sally tinha uma ideia romântica de que uma vida normal era a recompensa do sucesso. Ela crescera como pária e ansiava pela respeitabilidade, ao passo que Nate crescera respeitável e adorava ser um rebelde.

Julia e a Sra. Gordon os receberam no corredor estreito onde mal havia espaço para tirar as capas molhadas e empilhá-las num cabide com espelho, ao redor do qual Sally e Nathaniel se esgueiraram para entrar na sala. O dia de primavera estava suficientemente frio para justificar o fogo aceso na pequena lareira de ferro fundido, mas a reluzente pilha de carvão era tão pequena que mal aquecia para além do guarda-fogo de ferro. O piso era coberto de tiras de lona de algodão pintada, tapetes humildes, mas tudo era cuidadosamente limpo, recendendo a lixívia e a cera, e sugerindo a Nate exatamente por que Adam se sentia atraído por uma filha daquela casa, com sua sugestão de honestidade pobre e valores simples. O próprio Adam estava de pé ao lado de um piano, um segundo rapaz estava perto da janela, e o reverendo John Gordon, o missionário, aquecia-se diante de seu minúsculo monte de carvão que soltava fumaça.

— Srta. Royall! — cumprimentou ele, com a boca cheia de bolo. — Desculpe, minha cara. — Ele limpou uma das mãos na aba da sobrecasaca, pôs a xícara e o prato no console e finalmente estendeu a mão dando as boas-vindas. — É um prazer vê-la.

— Senhor — saudou Sally, e fez uma reverência desajeitada em vez de apertar a mão oferecida. Em sua casa ela sabia como receber generais e senadores, podia provocar os doutores mais eminentes da cidade e zombar da espirituosidade dos advogados, mas ali, diante da respeitabilidade, perdia toda a segurança.

— É um prazer conhecê-la — repetiu o reverendo John Gordon com o que parecia uma afabilidade genuína. — Creio que a senhorita conheça o major Faulconer, não é? Então permita-me apresentar o Sr. Caleb Samworth. Esta é a Srta. Victoria Royall.

Sally sorriu, fez outra reverência, depois ficou de lado abrindo espaço para Nate, a Sra. Gordon e Julia. Mais apresentações foram feitas, e então uma criada pálida e tímida trouxe outra bandeja com xícaras de chá, e a Sra. Gordon se ocupou com o bule e o coador. Todos concordaram que o tempo estava terrível, a pior primavera na memória de Richmond, e ninguém mencionou o exército nortista que estava em algum lugar no flanco leste da cidade.

O reverendo John Gordon era um homem pequeno e magro, com o rosto bastante rosado e os cabelos finos e brancos. Tinha os traços do queixo fracos que outro homem poderia disfarçar com uma barba cheia, mas o missionário raspava, sugerindo que sua esposa não gostava de barbas. De fato, ele parecia tão pequeno e indefeso — ao passo que a Sra. Gordon parecia tão formidável — que Nathaniel concluiu que era ela, e não ele, quem governava o poleiro deliberadamente apinhado. A Sra. Gordon entregou o chá e perguntou pela saúde da tia da Srta. Royall. Sally respondeu que a tia não estava melhor nem pior, então, para seu alívio, o assunto da doença da tia foi deixado de lado.

A Sra. Gordon explicou que Caleb Samworth era dono da carroça em que todos iriam para o Hospital Chimborazo. Samworth sorriu quando seu nome foi mencionado, depois olhou para Sally como alguém morrendo de sede olharia para um riacho de água gelada, distante porém inalcançável. A carroça era de seu pai, explicou ele em tom hesitante.

— Talvez vocês tenham ouvido falar de nós, Samworth e Filho, Embalsamadores e Coveiros.

— Infelizmente, não — disse Nathaniel.

Adam e o encolhido Samworth convidaram Sally a se sentar com eles junto à janela. Adam afastou um grande monte de sacos de pano vazios que as damas da casa, como quase todas as damas de Richmond, estavam costurando a partir de qualquer resto de tecido antigo que encontrassem. Os sacos eram levados para as novas fortificações de terra da Vovó Lee para serem enchidos com areia, mas ninguém sabia se essas fortalezas seriam eficientes contra a horda nortista que vinha do Forte Monroe.

— Sente-se aqui, Sr. Starbuck — disse o reverendo John Gordon, puxando uma cadeira ao lado da sua, depois ele se lançou numa longa lamentação sobre os problemas que a secessão impunha à Sociedade Americana para a Propagação do Evangelho aos Pobres. — Nossa sede, o senhor sabe, fica em Boston.

— O Sr. Starbuck sabe muito bem onde fica a sede da sociedade, Gordon! — exclamou a Sra. Gordon em seu trono atrás da bandeja de chá. — Ele é de Boston. Na verdade, o pai dele é administrador da sociedade, não é, Sr. Starbuck?

— É, sim — respondeu Nate.

— Um dos que desvalorizaram os emolumentos dos missionários nesses muitos anos — acrescentou objetivamente a Sra. Gordon.

— Mãe — censurou timidamente o reverendo John Gordon.

— Não, Gordon! — A Sra. Gordon não admitia mudar de assunto. — Enquanto Deus me der língua eu falarei, falarei, sim. Uma das bênçãos da secessão do sul foi nos livrar dos administradores nortistas! Obviamente era a vontade de Deus.

— Não recebemos nenhuma notícia da sede há nove meses! — explicou o reverendo John Gordon numa voz preocupada para Nathaniel. — Felizmente, os gastos da missão são custeados localmente, que Deus seja louvado, mas é preocupante, Sr. Starbuck, muito preocupante. Há contas faltando, relatórios inacabados e visitas não feitas. É irregular!

— É uma providência, Gordon — corrigiu a Sra. Gordon.

— Rezemos para que sim, mãe, rezemos para que sim. — O reverendo John Gordon suspirou e deu uma mordida em sua fatia de bolo de fruta farinhento e seco. — Seu pai, então, é o reverendo Elial Starbuck?

— Sim, senhor, é. — Nathaniel tomou um gole de chá e conseguiu se conter para não fazer uma careta com o gosto amargo.

— Um grande homem de Deus — comentou Gordon em tom bastante soturno. — Forte no Senhor.

— Mas cego às necessidades dos missionários da Sociedade! — observou amargamente a Sra. Gordon.

— Desculpe-me, mas acho estranho que o senhor esteja usando uniforme sulista, Sr. Starbuck — comentou timidamente o reverendo John Gordon.

— Tenho certeza de que Starbuck está fazendo a obra de Deus, Gordon. A Sra. Gordon, que achara a lealdade de Nathaniel igualmente inexplicável ao conhecê-lo diante da loja de Escrituras, agora optou por defender o convidado contra a curiosidade mais discreta do marido.

— De fato, de fato — disse o missionário apressadamente. — Mesmo assim, é trágico.

— O que é trágico, senhor? — perguntou Nate.

O reverendo John Gordon balançou as mãos num gesto impotente.

— Famílias divididas, uma nação dividida. Muito triste.

— Não seria triste se o norte simplesmente retirasse suas tropas e nos permitisse viver em paz — disse a Sra. Gordon. — Não concorda, Srta. Royall?

Sally sorriu e assentiu.

— Sim, senhora.

— Eles não vão se retirar — disse Adam, soturno.

— Então só teremos de dar uma surra dos infernos neles — declarou Sally, sem pensar.

— Eu estava pensando — Julia tocou uma nota breve no piano para interromper a surpresa súbita que enchera a sala depois das palavras de Sally — que talvez não devêssemos usar hinos muito tristes na enfermaria esta noite, papai, não acha?

— Com certeza, querida, com certeza — respondeu o pai. Em seguida, explicou a Sally e a Starbuck que ele começava o serviço religioso na enfermaria com uma seleção de hinos e uma oração, e depois alguém do grupo fazia uma leitura da palavra de Deus. — Talvez a Srta. Royall goste de ler as escrituras — sugeriu.

— Ah, senhor, não. — Sally, consciente de que já fizera uma bobagem, enrubesceu ao recusar a oferta. Estava aprendendo a ler e, no último ano, havia progredido a ponto de conseguir abrir um livro por prazer, mas não tinha fé na própria capacidade de ler em voz alta.

— A senhorita está salva, Srta. Royall? — perguntou com suspeitas a Sra. Gordon, enquanto olhava atentamente para a convidada.

— Salva, senhora?

— A senhorita foi lavada no sangue do Cordeiro? Aceitou Jesus no coração? Sua tia, certamente, apresentou-a ao seu Salvador, não é?

— Sim, senhora — respondeu Sally, tímida, sem fazer ideia do que a Sra. Gordon queria dizer.

— Eu ficaria feliz em ler para o senhor — interveio Nate para o reverendo John Gordon.

— O Sr. Samworth lê a Escritura muito bem — disse a Sra. Gordon.

— Quem sabe, Caleb, você poderia ler a palavra de Deus — pediu o reverendo John Gordon. — E, depois disso — ele se virou de novo para os convidados, para explicar a forma do serviço —, temos um tempo para orações e testemunhos. Encorajo os homens a testemunhar a força da graça salvadora de Deus na vida deles, e depois cantamos outro hino e eu faço algumas observações antes de encerrarmos o culto com um último hino e uma bênção. Depois damos aos pacientes algum tempo para conversas particulares ou orações. Às vezes eles precisam que escrevamos algumas cartas. A ajuda de vocês — ele sorriu primeiro para Sally, depois para Nathaniel — seria tremendamente apreciada, tenho certeza.

— E vamos precisar de ajuda para distribuir os hinários — acrescentou a Sra. Gordon.

— Será um prazer — respondeu Sally calorosamente.

Para a perplexidade de Nate, ela realmente parecia estar gostando, porque, quando a conversa se voltou para assuntos gerais outra vez, seu riso soava claro e com frequência dava para ouvi-lo em toda a pequena sala. A Sra. Gordon franziu a testa diante daquele som, mas Julia obviamente estava gostando da companhia de Sally.

Às cinco horas a criada pálida recolheu a louça do chá, e depois o reverendo John Gordon fez uma oração em que implorava a Deus Todo-Poderoso que derramasse bênçãos sobre o culto daquela noite, e então Caleb Samworth pegou a carroça que era mantida num pátio depois da esquina, na Charity Street. A carroça era pintada de preto e tinha uma cobertura de lona da mesma cor sustentada por aros. Havia dois bancos ao longo das laterais, e dois trilhos de aço brilhantes eram fixados no centro.

— É aí que se põe o caixão? — perguntou Sally enquanto Caleb a ajudava a subir os degraus presos na traseira dobrável.

— Sim, Srta. Royall.

Sally e Julia compartilharam um banco com Adam, Nathaniel se sentou com o reverendo e a Sra. Gordon, e Caleb Samworth se empoleirou na boleia, enrolado numa capa impermeável. A carroça fúnebre levou vinte minutos para chegar ao morro onde os abrigos recém-construídos do hospital se espalhavam pela grama do parque Chimborazo. O sol se punha, e uma luz fraca e amarela surgia através de dezenas de janelas minúsculas. Uma névoa de fumaça de carvão pairava na chuva acima dos tetos alcatroados dos abrigos. O grupo da missão desceu ao lado da enfermaria escolhida para o serviço desta noite, e então Caleb e Adam levaram a carroça para pegar o harmônio do hospital enquanto Julia e Sally distribuíam cópias do hinário da missão.

Nathaniel foi com Adam.

— Eu queria trocar uma palavrinha em particular — confessou ao amigo enquanto a carroça do coveiro chacoalhava no chão molhado. — Você falou com o seu pai?

— Não tive chance. — Adam não olhou para Nate, apenas para a noite molhada.

— Só quero voltar para a minha companhia! — apelou Nathaniel.

— Eu sei.

— Adam!

— Vou tentar! Mas é difícil. Preciso escolher o momento certo. Papai é melindroso, você sabe. — Adam balançou a cabeça. — Por que você está tão ansioso para lutar? Por que não fica aqui esperando o fim da guerra?

— Porque sou um soldado.

— Você quer dizer: um idiota — retrucou Adam com um toque de exasperação, depois a carroça parou com uma sacudida, e era hora de levar o harmônio para a enfermaria.

Havia sessenta homens doentes no barracão de madeira. Vinte catres estavam arrumados junto às paredes longas, e outros vinte eram postos numa fileira dupla no centro do abrigo. Um fogão bojudo, de ferro, ocupava uma posição central, com a chapa quente atulhada de bules de café. A mesa da enfermeira fora puxada para o lado para dar espaço ao harmônio. Julia bombeou os pedais acarpetados, depois tocou alguns acordes chiados como se estivesse tirando as teias de aranha dos tubos do instrumento.

O reverendo e a Sra. Gordon caminharam ao longo das camas trocando apertos de mão e dizendo palavras de conforto. Sally fez o mesmo, e Nate notou como a presença dela animava os feridos. Seu riso encheu o barracão com brilho, e Nathaniel pensou que nunca a vira tão feliz. Baldes de água estavam espalhados pela enfermaria para que as bandagens dos pacientes pudessem ser mantidas úmidas. Sally encontrou uma esponja e umedecia suavemente as bandagens com manchas escuras. A enfermaria exalava um cheiro de carne podre e de dejetos humanos. Estava fria e úmida apesar do fogão, e escura apesar de alguns lampiões penderem dos caibros rústicos. Alguns homens estavam inconscientes, a maioria com febre, apenas uns poucos tinham ferimentos de batalha.

— Quando a luta começar de verdade — disse a Nathaniel um sargento que havia perdido o braço — é que o senhor vai ver os feridos chegarem.

O sargento viera para o serviço religioso com outros pacientes dos barracões vizinhos, trazendo cadeiras e lampiões extras. Ele havia se ferido num acidente de trem.

— Caí nos trilhos quando estava bêbado — explicou a Nathaniel. — A culpa foi minha. — Ele olhou com apreciação para Sally. — Aquela é uma moça de beleza rara, capitão, uma moça que faz a vida de um homem valer a pena.

O som dos hinos trouxe ainda mais pacientes à enfermaria, com alguns oficiais não feridos que visitavam amigos e agora apinhavam a parte de trás do barracão. Alguns feridos eram ianques, mas todas as vozes cresceram com a melodia, enchendo o barracão com uma camaradagem sentimental que fez Nate subitamente ansiar pela companhia de seus soldados. Somente um homem parecia não se afetar pelos cânticos; uma criatura barbuda, pálida, magra, que estivera dormindo, mas que acordou de repente e gritou aterrorizado. As vozes hesitaram, então Sally se aproximou dele, apoiou a cabeça dele no colo e acariciou seu rosto, e Nathaniel viu as mãos agitadas do homem se acalmarem no cobertor cinza e puído que cobria seu catre.

O homem magro ficou em silêncio enquanto as vozes cantavam. Nate olhou Julia no harmônio e subitamente sentiu sua antiga fé o atraindo. Talvez fosse a luz amarela, os rostos dos feridos que pareciam tão pateticamente satisfeitos por ouvir a palavra de Deus, ou talvez fosse a beleza absorta de Julia, mas de repente Nate foi assaltado por uma culpa de pecador enquanto ouvia o reverendo John Gordon rezar, dizendo que as bênçãos de Deus seriam lançadas sobre aquelas almas feridas. O missionário tinha modos gentis e eficientes que pareciam muito mais adequados do que a arenga forte que o pai de Nate empregaria. A Escritura era de Eclesiastes, capítulo doze, e Samworth leu em voz aguda e nervosa. Nathaniel acompanhou a passagem na Bíblia do seu irmão, que Adam mandara junto do convite para o chá.

As palavras acertaram fundo a alma de Nate. "Lembra-te também do teu Criador nos dias da tua mocidade", começava a passagem, e James havia escrito ao lado, em sua letra minúscula: "É mais fácil ser cristão mais tarde na vida? Os anos trazem a sabedoria? Reze pela graça agora", e Nathaniel soube que havia caído da graça, que era um pecador, que as portas do inferno se escancaravam como a bocarra flamejante das fornalhas junto ao rio de Richmond, e sentiu o pânico e o tremor de um pecador diante de Deus. "Porque o homem se vai à sua casa eterna", leu Samworth, "e os pranteadores andarão pela rua. Antes que se rompa o cordão de prata, e se quebre o copo de ouro, e se despedace o cântaro junto à fonte, e se quebre a roda junto ao poço", e as palavras fizeram Nate ter uma súbita premonição de que morreria precocemente: rasgado por um disparo ianque, estripado por um obus vingativo e justo, um pecador que ia para sua casa eterna e feroz.

Ele não ouviu muito do sermão, ou muitos dos testemunhos em que os feridos louvavam Deus por suas bênçãos na vida deles. Em vez disso, Nathaniel estava perdido no poço escuro do remorso. Decidiu que após o culto trocaria uma palavra com o reverendo John Gordon. Entregaria seus pecados diante de Deus e, com a ajuda do missionário, tentaria levar sua alma de volta ao local de direito. Mas como poderia ocupar seu lugar de direito? Havia brigado com Ethan Ridley por causa de Sally e o matara por causa disso, e esse único ato com certeza condenaria sua alma para sempre. Ele disse a si mesmo que a morte fora em legítima defesa, mas sua consciência sabia que era um assassinato. Nathaniel piscou para afastar as lágrimas. Era tudo vaidade, mas de que adiantava isso diante da danação eterna?

Passava das oito horas quando o reverendo John Gordon pronunciou sua bênção para os pacientes, e então o missionário foi de cama em cama, rezando e oferecendo encorajamento. Os feridos pareciam muito jovens; até para Nate pareciam meros meninos.

Um dos principais cirurgiões do hospital chegou, ainda com o avental cheio de sangue, para agradecer ao reverendo John Gordon. Com o cirurgião estava um clérigo, o reverendo doutor Peterkin, o capelão honorário do hospital, além de um dos pastores mais elegantes da cidade. Ele reconheceu Adam e foi falar com ele, enquanto Julia, tendo parado com a música, foi até Nathaniel.

— O que achou de nosso pequeno culto, Sr. Starbuck?

— Fiquei comovido, Srta. Gordon.
— Papai é bom, não é? A sinceridade dele brilha. — Ela estava preocupada com a expressão de Nate, confundindo sua culpa de pecador com um nojo pelos horrores da enfermaria. — Isso atrapalha suas funções como soldado?
— Não sei. Eu não havia pensado nisso. — Ele olhou para Sally, que se dedicava ao homem devastado e apavorado que agarrava suas mãos como se apenas ela pudesse mantê-lo vivo. — Os soldados não pensam que vão terminar num local assim.
— Ou pior — observou Julia secamente. — Há enfermarias aqui para os agonizantes, para homens que não podem ser ajudados. Embora eu fosse gostar de prestar algum auxílio. — Ela falava com melancolia.
— Tenho certeza de que sim — disse Nathaniel com um galanteio.
— Não quero dizer visitando e tocando hinos, Sr. Starbuck, quero dizer cuidando deles como enfermeira. Mas mamãe não admite. Ela diz que vou contrair uma febre, ou coisa pior. E Adam também não permitiria. Ele quer me proteger da guerra. O senhor sabe que ele desaprova a guerra, não sabe?
— Eu sei — respondeu Nate, depois olhou para Julia. — E você?
— Não há nada aqui que mereça aprovação. Mas confesso que sou orgulhosa demais para querer que o norte triunfe sobre nós. De modo que talvez eu seja uma fomentadora do conflito. É isso que faz os homens lutarem? O simples orgulho?
— O simples orgulho — repetiu ele. — No campo de batalha queremos provar que somos melhores que o outro lado.

Ele se lembrou do júbilo de atacar o flanco aberto dos ianques no penhasco de Ball, o pânico nas fileiras azuis, seus gritos enquanto eram derrubados do topo e caíam no rio sangrento, açoitados por balas. Então sentiu culpa ao se lembrar desse prazer. Os portões do inferno, pensou, com certeza se escancarariam especialmente para ele.

— Sr. Starbuck? — chamou Julia, preocupada com o horror que o rosto do rapaz exibia, mas, antes que ele pudesse reagir, ou antes que ela pudesse dizer mais uma palavra, Sally veio correndo subitamente pela enfermaria e segurou o cotovelo de Nathaniel.
— Leve-me embora, por favor. — Sua voz estava baixa e ansiosa.
— Sall... — Ele se conteve, percebendo que Julia conhecia Sally como Victoria. — O que houve?

— Aquele homem me reconhece. — Sally apenas sussurrou as palavras, sem se incomodar em indicar de quem estava falando. — Por favor, Nate. Leve-me embora.

— Tenho certeza de que isso não importa — comentou ele baixinho.

— Por favor! — sibilou Sally. — Leve-me daqui!

— Posso ajudar? — perguntou Julia, perplexa.

— Acho que devemos ir — respondeu Nathaniel, mas o problema era que a capa de Sally e seu sobretudo estavam no fim do barracão, onde o cirurgião com avental cheio de sangue estava parado, e era ele quem a havia reconhecido e falara com o reverendo doutor Peterkin, que, por sua vez, agora falava com a Sra. Gordon. — Venha — chamou, e puxou Sally pela mão. Nate abandonaria os casacos, mesmo lamentando perder o bom sobretudo cinzento que pertencera a Oliver Wendell Holmes. — A senhorita me desculpa? — perguntou a Julia ao passar por ela.

— Sr. Starbuck! — chamou a Sra. Gordon imperiosamente. — Srta. Royall!

— Ignore-a — disse Nathaniel a Sally.

— Srta. Royall! Venha cá! — chamou a Sra. Gordon, e Sally, irritada com o tom de voz, virou-se para ela. Adam atravessou rapidamente a enfermaria para ver qual era o problema, enquanto o reverendo John Gordon erguia os olhos, ajoelhado perto da cama de um homem febril.

— Vou falar com vocês lá fora — declarou a Sra. Gordon, e se virou para a pequena varanda onde, nos bons dias, os pacientes podiam tomar ar sob o abrigo de um telhado inclinado.

Sally pegou sua capa. O cirurgião deu um risinho e lhe fez uma reverência.

— Filho da puta — sussurrou Sally para ele. Nate pegou sua capa e foi para a varanda.

— As palavras me faltam — começou a Sra. Gordon a Sally e Nathaniel na escuridão chuvosa.

— A senhora queria falar comigo? — confrontou-a Sally.

— Não posso acreditar, Sr. Starbuck. — A Sra. Gordon ignorou a desafiadora Sally e olhou para Nathaniel. — Que o senhor, criado num lar religioso, tenha os maus modos de levar uma mulher assim à minha casa.

— Uma mulher como? — perguntou Sally. O reverendo John Gordon tinha chegado à varanda e, em obediência à ordem enfática da esposa, fechou a porta, mas não antes de Adam e Julia terem se comprimido na pequena varanda.

— Você, Julia, entre — insistiu a mãe.

— Deixe-a ficar! — exclamou Sally. — Uma mulher como?

— Julia! — A Sra. Gordon olhou furiosa para a filha.

— Mãe, querida — disse o reverendo John Gordon —, pode nos dizer de que se trata?

— O doutor Peterkin — disse, indignada, a Sra. Gordon — acaba de me informar que esta, esta mulher é uma... — Ela fez uma pausa, incapaz de encontrar uma palavra que pudesse usar decentemente diante da filha. — Julia! Para dentro neste instante!

— Querida! — interveio o reverendo John Gordon. — O que ela é?

— Uma Madalena! — gritou a Sra. Gordon.

— Ela quer dizer que eu sou uma prostituta, reverendo — acrescentou Sally azedamente.

— E o senhor a trouxe à minha casa! — berrou a Sra. Gordon para Nate.

— Sra. Gordon — começou Nathaniel, mas foi incapaz de interromper a arenga que a Sra. Gordon derramou sobre sua cabeça como a chuva que tamborilava no telhado de papel alcatroado do barracão. A Sra. Gordon se perguntou se o reverendo Elial Starbuck sabia a que profundezas de iniquidade seu filho havia afundado, e até que ponto ele se afastara da graça de Deus, e como sua escolha de companhia era maligna.

— Ela é uma mulher em desgraça! — gritou a Sra. Gordon — E o senhor a levou à minha casa!

— Nosso Senhor convivia com pecadoras — comentou o reverendo John Gordon debilmente.

— Mas Ele não dava chá a elas! — A Sra. Gordon nem queria discutir. Ela se virou para Adam. — E o senhor, Sr. Faulconer, estou abalada com as suas amizades. Não há outra palavra. Estou abalada.

Adam olhou com remorso para Nathaniel.

— É verdade?

— Sally é minha amiga — respondeu Nate. — Uma boa amiga. Tenho orgulho de conhecê-la.

— Sally Truslow! — exclamou Adam ao finalmente se lembrar da identidade da Srta. Royall.

— O senhor está dizendo que conhece esta mulher? — perguntou a Sra. Gordon a Adam.

— Ele não me conhece — respondeu Sally em voz cansada.

— Sou obrigada a me perguntar se o senhor é uma companhia adequada para a minha filha, Sr. Faulconer. — A Sra. Gordon aproveitou a vantagem sobre Adam. — Esta noite foi uma providência de Deus; talvez ela tenha revelado seu verdadeiro eu!

— Eu disse que ele não me conhece! — insistiu Sally.

— Você a conhece? — perguntou o reverendo John Gordon a Adam.

Adam deu de ombros.

— O pai dela já foi inquilino da minha família. Há muito tempo. Afora isso, não a conheço.

— Mas conhece o Sr. Starbuck. — A Sra. Gordon ainda não havia exposto todo o seu ressentimento que sentia de Adam. — Está dizendo que o senhor aprova a companhia dele?

Adam olhou para o amigo.

— Tenho certeza de que Nate não conhecia a natureza da Srta. Truslow.

— Eu conhecia — disse Nathaniel —, e, como disse, ela é uma amiga. — Ele passou o braço pelo ombro de Sally.

— E o senhor aprova a escolha de companhia feita por seu amigo? — perguntou a Sra. Gordon a Adam. — Aprova, Sr. Faulconer? Porque não posso admitir que minha filha esteja ligada, ainda que respeitavelmente, a um homem que se relaciona com amigos de mulheres de vida fácil.

— Não — declarou Adam. — Não aprovo.

— Você é igual ao seu pai — acusou Sally. — Podre até o osso. Se vocês, Faulconers, não tivessem dinheiro, seriam mais baixos que cães. — Ela se soltou do braço de Nathaniel e correu para a chuva.

Nate se virou para acompanhar Sally, mas foi contido pela Sra. Gordon.

— O senhor está fazendo uma escolha! — alertou ela. — Esta é a noite em que o senhor escolhe entre Deus e o diabo, Sr. Starbuck!

— Nate! — Adam acrescentou sua voz ao alerta da Sra. Gordon. — Deixe-a ir.

— Por quê? Por que ela é uma prostituta? — Nathaniel sentiu a fúria crescer, um ódio imundo por aqueles puritanos hipócritas. — Eu lhe disse, Adam, ela é minha amiga, e não podemos abandonar os amigos. Malditos sejam todos vocês.

Ele correu atrás de Sally, alcançando-a na borda dos barracões, no ponto em que a encosta lamacenta do parque Chimborazo descia até o Bloody Run, onde ficava o terreno de duelos da cidade, ao lado de um riacho.

— Desculpe-me — disse a Sally, pegando o braço dela outra vez.

Ela fungou. A chuva deixou seu cabelo molhado e escorrido. Sally chorava, e ele a puxou para junto de si, cobrindo-a com o forro escarlate de seu sobretudo. A chuva pinicava seu rosto.

— Você estava certo — comentou Sally, com a voz abafada. — Não devíamos ter ido.

— Eles não deveriam se comportar assim.

Sally chorou baixinho.

— Às vezes eu só queria ser uma pessoa normal — conseguiu falar por entre as lágrimas. — Só queria uma casa, bebês, um tapete no chão e uma macieira. Não quero viver como meu pai e não quero viver como vivo agora. Não para sempre. Só quero ser uma pessoa normal. Sabe o que estou dizendo, Nate? — Ela o olhou, o rosto iluminado pelo fogo das forjas que queimavam dia e noite na outra margem do rio.

Nate acariciou seu rosto molhado de chuva.

— Eu sei.

— Você não quer ser uma pessoa normal?

— Às vezes, sim.

— Meu Deus — imprecou Sally. Ela o empurrou para longe, passou o punho no nariz e afastou o cabelo molhado da testa. — Eu pensei que, se a guerra acabar, vou ter dinheiro para comprar uma lojinha. Nada chique, Nate. Produtos alimentícios, talvez. Estou guardando dinheiro, veja bem, para que eu possa ser alguém normal. Ninguém especial. Nada mais de Royall, só simples, normal. Mas meu pai está certo — disse com um novo tom de vingança —, há dois tipos de pessoas neste mundo. Há ovelhas e lobos, Nate, ovelhas e lobos, e não podemos mudar a própria natureza. E todos eles são ovelhas. — Ela agitou o polegar, com desprezo, para os barracões do hospital. — Inclusive o seu amigo. Ele é igual ao pai. Tem medo de mulher. — Era um julgamento mordaz.

Nate a abraçou de novo e olhou por cima das sombras do Bloody Run, para onde o fogo da fundição fazia seus reflexos tremeluzirem no rio salpicado de chuva. Até esse momento ele não entendera como estava sozinho no mundo, um pária, um lobo correndo sozinho. Sally era igual, rejeitada pela sociedade refinada porque, no desespero para escapar e se tornar independente, tinha violado as regras, e por causa disso jamais seria perdoada, assim como ele próprio. O que significava que precisava se virar sozinho. Ele cuspiria nessas pessoas por terem-no rejeitado, e o faria sendo o melhor soldado possível. Sempre soubera que sua salvação no sul estava no exército, porque nele nenhum homem se importava com quem se era, desde que fosse um lutador.

— Sabe de uma coisa, Nate? — disse Sally. — Eu achava que lá talvez fosse ter uma chance. Uma chance real, sabe? Que eu poderia ser boa. — Ela disse a última palavra com fervor. — Mas eles não me querem no mundo deles, não é?

— Você não precisa da aprovação deles para ser uma pessoa boa, Sally.

— Eu não me importo mais. Um dia vou tê-los implorando para ficar no meu tapete. Espere e verá.

Nate sorriu no escuro. Eram uma prostituta e um soldado fracassado, declarando guerra ao mundo. Ele parou e deu um beijo no rosto de Sally, molhado de chuva.

— Preciso levá-la para casa.

— Para o seu quarto — disse Sally. — Não estou com vontade de trabalhar.

Abaixo deles um trem saiu da cidade, a luz de sua fornalha lançando um brilho sinistro no capim úmido ao lado do riacho. A locomotiva puxava vagões de munição, indo para a península onde uma delgada linha de rebeldes fazia teatro para conter uma horda.

Nathaniel levou Sally para casa, depois, para a sua cama. Ele era um pecador, e esta noite, afinal, não era para sentir arrependimento.

Sally deixou Nate logo depois da uma da manhã, de modo que ele estava sozinho na cama estreita quando os soldados chegaram. Dormia um sono profundo, e a primeira coisa que notou da incursão foi o estalo da porta do estábulo sendo derrubada. Não havia luz no quarto. Procurou o revólver enquanto passos soavam na escada, e tinha acabado de pegar a arma com cabo de marfim no coldre quando a porta se abriu com um estrondo e a luz de um lampião brilhou no pequeno quarto do sótão.

— Baixe a arma, rapaz! Baixe! — Todos os homens usavam uniformes e carregavam fuzis com baionetas caladas. Por toda Richmond uma baioneta calada era marca de um policial da força militar do general Winder, e Nate, de forma sensata, deixou o revólver cair de volta no chão. — Seu nome é

Starbuck? — perguntou o homem que havia ordenado que ele baixasse a arma.

— Quem são vocês? — Nathaniel protegeu os olhos. Agora havia três lampiões no quarto e o que parecia ser todo um pelotão de soldados.

— Responda à pergunta! — vociferou. — Seu nome é Starbuck?

— É.

— Peguem-no! Depressa!

— Deixem que eu me vista, pelo amor de Deus!

— Depressa, rapazes!

Dois homens agarraram Nathaniel, arrastaram-no despido da cama e o jogaram dolorosamente na parede de onde o reboco estava soltando.

— Ponham um cobertor em volta dele, rapazes. Não queremos amedrontar os cavalos. Algeme-o primeiro, cabo!

Os olhos de Nathaniel se ajustaram e ele viu que o oficial comandante era um capitão de peito largo e barba castanha.

— Mas que diabo... — começou a protestar Nate enquanto o cabo pegava correntes e algemas, mas o soldado que o segurava o empurrou com força contra a parede.

— Silêncio — trovejou o capitão. — Peguem tudo, rapazes, tudo! Vou levar essa garrafa como prova, obrigado, Perkins. Todos os papéis devem ser reunidos; essa é sua responsabilidade, sargento. E aquela garrafa também, Perkins, para mim.

O capitão colocou as garrafas de uísque nos amplos bolsos de seu uniforme, depois desceu a escada à frente de todos. Nathaniel, com os pulsos acorrentados e o corpo mal enrolado num cobertor cinza e áspero, seguiu cambaleando atrás do capitão, passando pela cocheira vazia e indo para a Sixth Street, onde uma carruagem preta com quatro cavalos esperava sob a luz do poste. Ainda chovia, e o bafo dos cavalos soltava fumaça à luz do gás. Um relógio de igreja marcou quatro horas e uma janela nos fundos da casa se abriu chacoalhando.

— O que está acontecendo? — questionou uma voz feminina. Nate achou que poderia ser Sally, mas não sabia.

— Nada, senhora! Volte para a cama! — gritou o capitão, depois empurrou Nate pelos degraus da carruagem. O capitão e três soldados entraram em seguida. O restante do grupo ainda estava revistando o quarto.

— Aonde vamos? — perguntou Nathaniel enquanto a carruagem chacoalhava, afastando-se da calçada.

— Agora você é um prisioneiro da guarda militar — declarou o capitão muito formalmente. — Vai falar quando lhe dirigirem a palavra e em nenhum outro momento.

— O senhor está falando comigo agora. Então, para onde vamos?

Estava escuro na carruagem, e Nathaniel não viu o punho que subitamente o acertou acima dos olhos e fez sua cabeça bater no fundo da carruagem.

— Cale a boca, seu ianque maldito — disse uma voz, e Nate, com os olhos lacrimejando involuntariamente por causa do golpe, fez o que o homem sugeria.

A viagem foi curta, menos de um quilômetro, então as rodas com aros de ferro guincharam protestando enquanto a carruagem fazia uma curva apertada antes de parar sacolejando. A porta foi escancarada, e Nate viu o portão da Cadeia de Lumpkin, agora conhecida como Castelo Godwin, iluminado por tochas.

— Ande! — gritou o cabo, e Nathaniel foi empurrado pelos degraus da carruagem e através de uma portinhola do portão maior do Castelo Godwin.

— Número quatorze! — exclamou um porteiro quando o grupo passou pelo portão.

Um guarda uniformizado foi à frente, atravessando um arco de tijolos e descendo um corredor com piso de pedra iluminado por dois lampiões a óleo, até chegar a uma porta de madeira resistente marcada com um "14" a estêncil. Ele abriu a porta com uma chave pesada feita de aço reluzente. O cabo abriu as algemas dos pulsos de Nathaniel.

— Aí, neguinho — disse o guarda, e Nathaniel foi empurrado para dentro da cela. Viu uma cama de madeira, um balde de metal e uma poça enorme. O quarto fedia a esgoto. — Cague no balde, durma na cama ou o contrário, neguinho.

O guarda gargalhou, então a porta se fechou com um estrondo que ecoou pela cadeia e a cela mergulhou numa escuridão absoluta. Exausto, ele se deitou na cama e tremeu.

Deram-lhe uma calça cinza de tecido áspero, calçados quadrados de couro e uma camisa da qual as manchas de sangue do último dono não tinham sido tiradas. O desjejum foi um copo de água e um pedaço de pão velho. Os relógios da cidade marcavam nove horas quando dois guardas chegaram e ordenaram que ele se sentasse na cama e estendesse os pés. Prenderam um par de tornozeleiras de ferro em Nate.

— Elas vão ficar até você sair — disse um dos guardas —, ou até ser enforcado. — Em seguida pôs a língua para fora e contorceu o rosto na expressão grotesca de um enforcado.

— De pé! — ordenou o outro guarda. — Ande!

Nathaniel foi empurrado para o corredor. As correntes nos pés o obrigavam a andar desajeitadamente, mas era evidente que os guardas estavam acostumados ao passo lento, porque não tentaram apressá-lo; na verdade, encorajaram-no a se demorar enquanto passavam por um pátio que fez Nate se lembrar das histórias assustadoras que ouvira sobre as câmaras de tortura medievais. Correntes pendiam das paredes, e no centro do pátio havia uma tábua montada de lado sobre dois cavaletes de madeira. O castigo era pôr um homem sentado na tábua e colocar pesos nos pés, de modo que a madeira ficasse no meio das pernas.

— Isso não é para gente do seu tipo, neguinho — comentou um dos guardas. — Eles vão tentar uma coisa nova com você. Continue andando.

Nate foi levado a uma sala com paredes de tijolos, um chão de pedras com um ralo no centro, uma mesa e uma cadeira. Uma janela com barras de ferro dava para o oeste, na direção do esgoto aberto do riacho Shockoe, que corria pela cidade. Um dos pequenos postigos estava aberto, e o cheiro do riacho azedava a sala. Os guardas, que conseguia ver melhor agora, encostaram os mosquetes na parede. Os dois eram grandes, altos como Nate, com rostos pálidos, rudes, barbeados, e com as expressões vazias de homens que pediam e recebiam pouco da vida. Um deles cuspiu um jato viscoso de tabaco na direção do ralo aberto. O cuspe acertou bem no centro.

— Essa foi boa, Abe — disse o outro guarda.

A porta se abriu e um homem magro e pálido entrou. Levava uma bolsa de couro pendurada num ombro e tinha uma barba rala e clara que mal cobria o queixo. As bochechas e o lábio superior reluziam do barbear matinal, e seu uniforme de tenente era imaculado, escovado impecavelmente e passado a ferro até ficar com vincos parecendo gumes de faca.

— Bom dia — saudou numa voz tímida.

— Responda ao oficial, seu lixo ianque — ordenou o guarda chamado Abe.

— Bom dia — disse Nate.

O tenente espanou o assento da cadeira, sentou-se, tirou um par de óculos de um bolso e o prendeu atrás das orelhas. Tinha um rosto muito magro e bastante sério, como um novo pastor chegando a uma congregação antiga.
— Starbuck, não é?
— Sim.
— Chame o oficial de "senhor", seu lixo!
— Paz, Harding, paz. — O tenente franziu a testa em óbvia desaprovação à grosseria de Harding. Ele havia posto a bolsa de couro na mesa e agora tirava uma pasta de papel de dentro. Desamarrou as fitas verdes da pasta, abriu-a e examinou os papéis no interior. — Nathaniel Joseph Starbuck, não é?
— É.
— Reside atualmente na Franklin Street, na antiga casa de Burrell, não é?
— Não sei quem morava lá.
— Josiah Burrell, fabricante de tabaco. A família sofreu dificuldades como tantas ultimamente. Agora, deixe-me ver. — O tenente se recostou, fazendo a cadeira ranger de modo agourento, depois tirou os óculos e esfregou preguiçosamente os olhos. — Farei algumas perguntas, Starbuck, e o seu papel, como deve ter adivinhado, é respondê-las. Normalmente, é claro, essas coisas são sujeitas à lei, mas há uma guerra acontecendo e temo que a necessidade de descobrir a verdade não possa esperar a ladainha dos advogados. Entende?

— Na verdade, não. Eu gostaria de saber o que diabo estou fazendo aqui.

Os guardas atrás de Nate rosnaram um alerta por causa da rudeza do nortista, mas o tenente ergueu a mão, aplacando-os.

— Você vai descobrir, Starbuck, eu prometo. — Ele fixou os óculos de volta no nariz. — Esqueci de me apresentar. Que relapso! Sou o tenente Gillespie, tenente Walton Gillespie. — Ele falou o nome como se esperasse que Nathaniel o reconhecesse, mas este apenas deu de ombros. Gillespie pegou um lápis no bolso do uniforme. — Podemos começar? Onde você nasceu?

— Boston.
— Onde exatamente, por favor?
— Na Milk Street.
— Na casa dos seus pais?
— Dos avós. Pais da minha mãe.

Gillespie fez uma anotação.

— E onde seus pais vivem agora?

— Na Walnut Street.

— É mesmo? Que agradável para eles! Estive em Boston há dois anos e tive o privilégio de ouvir seu pai expondo o evangelho. — Gillespie sorriu com evidente prazer pela lembrança. — Vamos em frente.

Ele fez uma série de perguntas sobre a formação de Nate e a faculdade de teologia de Yale, e como ele viera parar no sul quando a guerra começou e que serviço ele tivera na Legião Faulconer.

— Até agora, tudo bem — avisou Gillespie quando terminou de ouvir sobre o penhasco de Ball. Em seguida, virou uma página e franziu a testa para o que estava escrito ali. — Quando você conheceu John Scully?

— Nunca ouvi falar nele.

— Price Lewis?

Nathaniel balançou a cabeça.

— Timothy Webster?

Apenas deu de ombros, revelando a ignorância.

— Sei — disse Gillespie num tom que sugeria que a negação era particularmente enigmática. — Qual é o nome do seu irmão?

— Tenho três. James, Frederick e Sam.

— Qual a idade deles?

Nate precisou pensar.

— Vinte seis ou vinte e sete, dezessete e treze.

— O mais velho. Qual é o nome dele?

— James.

— James. — Gillespie repetiu o nome como se nunca o tivesse ouvido antes. No pátio, um homem gritou subitamente, e Nathaniel ouviu o som nítido de um chicote cortando o ar, depois o estalo do couro acertando a carne. — Eu fechei a porta, Harding? — perguntou Gillespie.

— Está bem fechada, senhor.

— Tanto barulho, tanto barulho. Diga, Starbuck, quando viu James pela última vez?

Ele balançou a cabeça.

— Deve ter sido muito antes da guerra.

— Antes da guerra — repetiu Gillespie, anotando. — E quando foi a última vez que recebeu uma carta dele?

— De novo, antes da guerra.

— Antes da guerra — disse Gillespie devagar, depois pegou um pequeno canivete no bolso. Abriu a lâmina e afiou a ponta do lápis, espanando meticulosamente as aparas de madeira e chumbo numa pilha na beira da mesa. — O que a Sociedade para o Suprimento de Bíblias ao Exército Confederado significa para você?

— Nada.

— Sei. — Gillespie pousou o lápis e se recostou na cadeira frágil. — E que informações você mandou para o seu irmão sobre a disposição das nossas forças?

— Nenhuma! — protestou, por fim começando a entender de que se tratava todo aquele absurdo.

Mais uma vez, Gillespie tirou os óculos e os esfregou na manga da camisa.

— Eu mencionei antes, Sr. Starbuck, que somos obrigados, lamentavelmente obrigados, a tomar medidas extremas na tentativa de encontrar a verdade. Geralmente, como eu disse, teríamos o recurso de um processo jurídico, mas momentos extremos exigem medidas extremas. Você entende?

— Não.

— Então deixe-me perguntar de novo. Você conhece John Scully e Lewis Price?

— Não.

— Esteve em comunicação com o seu irmão?

— Não.

— Recebeu cartas aos cuidados da Sociedade para o Suprimento de Bíblias ao Exército Confederado?

— Não.

— E entregou uma carta aos cuidados do Sr. Timothy Webster no Hotel Monumental?

— Não — protestou Nate.

Gillespie balançou a cabeça com tristeza. Quando o major Alexander havia prendido Timothy Webster e Hattie Lawton, também havia descoberto uma carta escrita em letra de forma que descrevia toda a disposição dos defensores de Richmond. A carta era endereçada ao major James Starbuck, o mesmo nome que aparecia na comunicação tirada de John Scully. A carta teria sido um desastre para a causa sulista, porque oferecia até uma descrição da farsa com que o general Magruder estivera tentando enganar as patrulhas de McClellan. Tudo que havia impedido Webster de entregar a carta fora uma terrível febre reumática que manteve o sujeito acamado durante semanas.

Interrogado de novo sobre a carta, Nathaniel balançou a cabeça.

— Nunca ouvi falar de nenhum Timothy Webster.

Gillespie fez uma careta.

— E insiste nessas respostas?

— Elas são a verdade!

— Infelizmente — disse Gillespie, em seguida abriu a bolsa de couro e tirou um funil de latão reluzente e uma garrafa de vidro azul. Tirou a rolha da garrafa, deixando um cheiro fraco e azedo preencher a sala. — Meu pai, Starbuck, como o seu, é um homem importante. É o superintendente médico do Asilo de Lunáticos de Chesterfield. Você conhece?

— Não. — Ele olhou para a garrafa, apreensivo.

— Há duas opiniões correntes sobre o tratamento de lunáticos. Uma teoria afirma que a loucura pode ser tratada com ar puro, boa comida e gentileza, mas a segunda opinião, da qual meu pai compartilha, insiste que a loucura pode ser arrancada do organismo do paciente através do choque. Em essência, Starbuck — Gillespie olhou para o prisioneiro e seus olhos apresentavam um brilho estranho —, devemos punir o lunático por seu comportamento aberrante, desse modo impelindo-o de volta à companhia dos homens civilizados. Isto — ele ergueu a garrafa azul — foi declarado como a substância mais coerciva conhecida pela ciência. Fale sobre Timothy Webster.

— Não há o que falar!

Gillespie fez uma pausa e assentiu para os dois guardas. Nate se virou para resistir ao homem mais próximo, porém não foi rápido o suficiente. Foi atingido por trás e jogado no chão, e, antes que pudesse se virar, foi espremido contra a pedra. As correntes em volta dos tornozelos tilintaram e suas mãos foram presas às costas. Ele xingou os dois guardas, mas eles eram homens grandes, acostumados a dominar prisioneiros, e ignoraram seus xingamentos, virando-o de barriga para cima. Um deles puxou o funil de latão e enfiou na boca de Nathaniel. Como ele resistiu trincando os dentes, o homem ameaçou martelar o funil e quebrar seus dentes. Sabendo que estava derrotado, relaxou o maxilar.

Gillespie se ajoelhou ao lado dele com a garrafa azul.

— Isso é óleo de cróton — explicou ao nortista. — Já ouviu falar?

Nate não conseguia dizer nada, por isso meneou a cabeça.

— O óleo de cróton é tirado das sementes da planta *Croton tiglium*. É um purgante, Sr. Starbuck, e muito violento. Meu pai o usa sempre que um paciente exibe comportamento ofensivo. Nenhum louco consegue ser violento ou perverso quando tem uma crise de diarreia a cada dez minutos. — Gillespie sorriu. — O que você sabe sobre Timothy Webster?

Nate balançou a cabeça, depois tentou se soltar dos guardas, mas os dois eram fortes demais. Um deles forçou a cabeça do nortista para trás nas pedras enquanto Gillespie posicionava a garrafa sobre o funil.

— No passado, o tratamento da loucura dependia de castigos físicos simples — explicou Gillespie —, mas a colaboração do meu pai para a medicina foi a descoberta de que uma aplicação deste catártico é muito mais eficiente do que qualquer número de chicotadas. Primeiro uma provinha, acho.

Ele derramou um fio fino de óleo no funil. O gosto era gorduroso e rançoso. Nathaniel engasgou, mas um dos guardas pôs a mão em volta do seu maxilar e ele não teve opção além de engolir o óleo, que deixou uma sensação de queimação na boca.

Gillespie afastou a garrafa e sinalizou para os guardas soltarem Nate, que ofegou ao voltar a respirar. Sua boca ardia e a garganta parecia áspera. Sentiu o óleo denso chegando ao estômago enquanto lutava para se ajoelhar.

Então o purgante fez efeito. Ele se dobrou ao meio, vomitando no chão. O espasmo o deixou sem fôlego, mas antes que pudesse se recuperar, outro espasmo subiu da barriga, então suas entranhas se abriram incontrolavelmente e o chão se encheu com seu mau cheiro terrível. Não conseguia se conter. Gemeu e rolou no chão, depois se sacudiu quando outro espasmo de vômito rasgou seu corpo.

Os guardas riram e se afastaram dele. Gillespie, sem se importar com o mau cheiro medonho, olhava avidamente através dos óculos e fazia uma anotação ocasional no caderno. Os espasmos continuavam devastando Nathaniel. Mesmo quando não restava nada na barriga ou nas entranhas, ele continuava ofegando e se retorcendo enquanto o óleo terrível atravessava suas tripas.

— Vamos conversar de novo — avisou Gillespie alguns minutos depois, quando Nate estava mais calmo.

— Desgraçado — reclamou Nate. Estava imundo, deitado em sua imundície, as roupas sujas; estava humilhado, impotente e degradado pela imundície.

— Você conhece o Sr. John Scully ou o Sr. Lewis Price? — perguntou Gillespie em sua voz precisa.

— Não. E vá para o inferno.

— Você esteve em comunicação com seu irmão?

— Não. Vai se ferrar!

— Recebeu cartas aos cuidados da Sociedade para o Suprimento de Bíblias ao Exército Confederado?

— Não!

— E passou informações para Timothy Webster no Hotel Monumental?

— Vou dizer o que eu fiz, seu desgraçado! — Nathaniel levantou o rosto e cuspiu uma baba de vômito na direção de Gillespie. — Eu lutei por este país, mais do que você jamais fez, seu filho da puta com cara de merda!

Gillespie balançou a cabeça como se Nathaniel fosse particularmente resistente.

— De novo — disse aos guardas, e pegou a garrafa na mesa.

— Não! — exclamou Nathaniel, mas um dos guardas o empurrou para baixo e os dois o prenderam no chão. Gillespie trouxe o óleo de cróton.

— Estou curioso para descobrir quanto óleo uma pessoa pode suportar — comentou Gillespie. — Tragam-no para cá, não quero me ajoelhar na bosta dele.

— Não! — gemeu, mas o funil foi enfiado em sua boca outra vez, e Gillespie, com um leve sorriso, derramou outro fio do líquido viscoso e amarelado no funil de latão.

Os espasmos o atacaram de novo. Desta vez, a dor foi muito pior, uma agonia terrível que queimou sua barriga e se espalhou enquanto ele se retorcia na própria imundície. Gillespie derramou o purgante em sua garganta mais duas vezes, porém o líquido extra não rendeu mais informações. Nathaniel continuou insistindo que não conhecia ninguém chamado Scully, Lewis ou Webster.

Ao meio-dia, os guardas jogaram baldes de água fria nele. Gillespie olhou inexpressivo o corpo inerte e fétido do nortista ser tirado da sala e largado na cela, e depois, chateado consigo mesmo por estar atrasado, saiu correndo para a aula de estudos bíblicos que acontecia na hora do almoço na igreja universalista, ali perto.

Enquanto Nate ficava deitado na umidade, gemendo.

* * *

Relutante, como um animal pesado que acorda de um longo sono, o exército rebelde se afastou de suas posições ao redor de Culpeper Court House. Movia-se devagar e com cuidado, porque o general Johnston ainda não tinha certeza se o norte não estava preparando um enorme ardil. Talvez a amplamente anunciada viagem dos grandes navios de Alexandria para o Forte Monroe fosse apenas uma charada complexa para fazê-lo levar suas tropas para o lado cego de Richmond. Um ardil assim abriria as estradas do norte da Virgínia para um verdadeiro ataque federal e, temendo exatamente esse artifício, Johnston mandou patrulhas de cavalaria penetrarem nos condados de Fauquier e de Prince William, depois mais para o norte ainda, entrando no Condado de Loudoun. Os homens das brigadas guerrilheiras, os cavaleiros rudes cujo serviço era ficar para trás e incomodar os invasores nortistas, atravessaram o Potomac entrando em Maryland, mas todas as patrulhas voltavam com as mesmas notícias. Os ianques haviam sumido. As defesas ao redor de Washington estavam totalmente guarnecidas, e os fortes que guardavam o enclave norte no Condado de Fairfax, na Virgínia, estavam muito bem guarnecidos, mas o exército do norte havia desaparecido. O Jovem Napoleão estava atacando na península.

A Brigada Faulconer estava entre as primeiras forças a serem mandadas para os arredores de Richmond. Washington Faulconer chamou o major Bird para receber ordens.

— Não era Swynyard quem devia ser seu garoto de recados? — perguntou Bird a Washington Faulconer.

— Ele está descansando.

— Quer dizer que está bêbado.

— Bobagem, Pica-Pau. — Washington Faulconer usava seu novo casaco do uniforme com a coroa de estrelas de general de brigada na gola. — Ele está entediado. Louco por um pouco de ação. O sujeito é um guerreiro.

— O sujeito é um lunático dipsomaníaco. Ele tentou prender Tony Murphy ontem por não ter lhe prestado continência.

— O capitão Murphy tem um lado rebelde — argumentou Faulconer.

— Achei que todos nós deveríamos ter um lado rebelde — observou Bird. — Vou lhe dizer, Faulconer, o sujeito vive de porre. Você foi enganado.

Mas Washington Faulconer não admitiria um erro. Ele sabia, como todos os outros, que Griffin Swynyard era um desastre encharcado de álcool, mas o desastre precisaria ser suportado até a Brigada Faulconer conquistar uma boa reputação em batalha, garantindo assim ao seu comandante a liberdade para desafiar o poder do *Examiner* de Richmond. Jornal que agora estava aberto na mesa de campanha de Faulconer.

— Viu a notícia sobre Starbuck?

Bird nem tinha visto o jornal, quanto mais ouvido alguma notícia sobre Nate.

— Ele foi preso. Acreditam que trocava informações com o inimigo. Rá! — Faulconer deu a explicação com evidente satisfação. — Ele nunca prestou, Pica-Pau. Só Deus sabe por que você o defende.

Bird sabia que seu cunhado estava procurando uma discussão, por isso se recusou a satisfazê-lo.

— Mais alguma coisa, Faulconer? — perguntou friamente.

— Uma outra coisa, Pica-Pau. — Com o casaco abotoado e o cinto afivelado, Faulconer desembainhou o sabre curto e cortou o ar com um movimento deliberadamente casual. — As eleições — disse vagamente, como se tivesse acabado de pensar no assunto.

— Eu arranjei tudo.

— Não quero nenhuma bobagem, Pica-Pau. — Faulconer apontou o sabre para Bird. — Nenhuma bobagem, ouviu?

Dali a duas semanas, a legião precisaria fazer novas eleições para os oficiais da companhia. A exigência fora imposta pelo governo confederado, que havia acabado de implantar o alistamento obrigatório e, ao mesmo tempo, estendera os termos de serviço aos homens que foram voluntários para um ano. De agora em diante, os homens de um ano deveriam servir até que a morte, a incapacidade ou a paz os dispensasse das fileiras, no entanto, acreditando que a pílula amarga precisava de uma cobertura doce, o governo também determinara que os regimentos de um ano tivessem outra chance de escolher seus próprios oficiais.

— Que bobagem poderia acontecer? — perguntou Thaddeus Bird com inocência.

— Você sabe, Pica-Pau, você sabe — alertou Faulconer.

— Não tenho a mínima, a menor, nem uma levíssima ideia do que você quer dizer.

A ponta do sabre golpeou até tremer a centímetros da barba hirsuta de Bird.

— Não quero o nome de Starbuck na urna.

— Então vou garantir que ele não esteja lá — disse Bird com toda a inocência.

— E não quero que os homens escrevam o nome dele.
— Isso, Faulconer, está fora do meu controle. Chama-se democracia. Acredito que o seu avô e o meu tenham travado uma guerra para estabelecê-la.
— Bobagem, Pica-Pau.

Faulconer sentiu a frustração de sempre de lidar com o cunhado e o pesar de sempre por Adam ter recusado com tanta teimosia deixar Johnston e assumir o comando da legião. Faulconer não conseguia pensar em outro homem que a legião fosse aceitar como substituto para Pica-Pau, e admitia que até mesmo Adam teria dificuldade para ocupar o lugar do tio. O que significava, aceitou em particular, que Bird provavelmente seria o coronel do regimento, e nesse caso por que não podia demonstrar apenas um fiapo de gratidão ou cooperação? Washington Faulconer se considerava um homem de instintos caridosos e gentis, e tudo o que desejava de fato era que gostassem dele em troca, mas, em vez disso, com frequência parecia causar ressentimento.

— Os homens certamente não seriam tentados a votar em Starbuck se houvesse um bom oficial comandando a Companhia K — sugeriu Faulconer.

— Quem, então?
— Moxey.

Bird revirou os olhos.

— Truslow iria comê-lo vivo.
— Então discipline Truslow.
— Por quê? Ele é o melhor soldado da legião.
— Bobagem — comentou Faulconer, mas não tinha outro candidato a sugerir. Embainhou o sabre, com a lâmina sibilando contra a boca de madeira da bainha. — Diga aos homens que Starbuck é um traidor. Isso deve esfriar o entusiasmo deles. Diga que ele será enforcado antes do fim do mês e diga que é exatamente isso que o filho da puta merece. E merece mesmo! Você sabe muito bem que ele assassinou o pobre Ethan,

Para Bird, a morte de Ethan Ridley fora o melhor trabalho que Nate fizera na guerra, mas guardou essa opinião para si.

— Tem mais alguma ordem, Faulconer?

— Esteja pronto para partirmos em uma hora. Quero que os homens pareçam elegantes. Lembre-se de que marcharemos através de Richmond, portanto vamos fazer uma bela apresentação!

Bird saiu da barraca e acendeu um charuto. Pobre Starbuck, pensou. Não acreditava na culpa do jovem nortista nem por um instante, mas não podia fazer nada, e o professor transformado em soldado havia decidido muito antes que não deveria se sentir afetado por coisas que não podia fazer nada. Mesmo assim, pensou, era triste o que estava acontecendo com Starbuck.

Mas a tragédia dele sem dúvida estava para ser engolida pelo desastre maior provocado pela invasão de McClellan, refletiu. Quando Richmond caísse, a Confederação iria cambalear durante alguns meses desafiadores, mas, destituída de sua capital e afastada da Fundição Tredegar, que era a maior e mais eficiente de todo o sul, a rebelião não teria esperança de sobreviver. Era estranho, pensou Bird enquanto caminhava pelas fileiras do acampamento da brigada, mas fazia apenas cerca de um ano desde que a rebelião começara, com os canhões disparando no Forte Sumter. Um ano, e agora o norte estava envolvendo Richmond como um grande punho com uma manopla de aço prestes a se fechar com força.

Tambores soaram e as ordens dos sargentos ecoaram pelo acampamento molhado enquanto a brigada se preparava para marchar. O sol apareceu de trás das nuvens pela primeira vez em semanas enquanto a Legião Faulconer saía, marchando para o sudeste, para onde o destino da América seria decidido em batalha.

Walton Gillespie conseguiu preparar uma armadilha e fazer com que Nathaniel, de algum modo, admitisse um crime. Tendo encontrado esse ponto fraco, o tenente continuou trabalhando nele com um entusiasmo desesperado. Nate confessara que vendia passaportes para lucro pessoal, e Gillespie aproveitou essa confissão.

— Você admite que vendia passaportes sem verificar a validade?
— Todos nós fazemos isso.
— Por quê?
— Por dinheiro, é claro.

Gillespie, já pálido, pareceu ficar branco diante dessa confissão de torpeza moral.

— Quer dizer que você aceitou subornos?
— É claro que aceitei.

Nathaniel estava fraco como um gatinho, sentia uma dor brutal na garganta e na barriga enquanto no rosto haviam brotado pústulas que exsudavam, em todos os pontos da pele atingidos pelo óleo de cróton. O tempo estava esquentando, mas ele tremia a todo momento e temia estar ficando com febre. Dia após dia fora interrogado, e dia após dia ingeria o óleo imundo até que não sabia mais há quanto tempo estava na cadeia. As perguntas pareciam intermináveis, enquanto o vômito e a disenteria o assolavam dia e noite. Doía engolir água, doía respirar, doía estar vivo.

— Quem suborna você? — perguntou Gillespie, depois fez uma careta quando o nortista cuspiu baba sangrenta no chão.

Nathaniel estava sentado com o corpo amolecido numa cadeira, porque se sentia debilitado demais para ficar de pé, e Gillespie não gostava de interrogar homens caídos no chão. Os guardas estavam encostados na parede. Estavam entediados. Para os dois, cuja opinião sabiam não ter a menor importância, esse maldito nortista era inocente, mas o tenente continuava em cima dele.

— Quem? — insistiu Gillespie.

— Todo tipo de gente. — Nate estava enfraquecido demais, com dor demais. — O major Bridgford veio uma vez com uma pilha de formulários, e também...

— Isso é um absurdo! — exclamou Gillespie rispidamente. — Bridgford não faria uma coisa dessas.

Nate deu de ombros como se não se importasse. Bridgford era o marechal da polícia do Exército, e de fato lhe trouxera uma pilha de passaportes em branco para serem assinados, e depois deixou uma garrafa de uísque de centeio na mesa de Nate como pagamento pelo favor. Vários outros oficiais de alta patente e pelo menos dez congressistas fizeram o mesmo, em geral pagando com mais do que uma garrafa de uísque ilegal. Sob ordem de Gillespie, ele deu o nome de todos. O único homem que não denunciou foi Belvedere Delaney. O advogado era seu amigo e benfeitor, e o mínimo que poderia fazer em troca era protegê-lo

— O que você fez com o dinheiro?

— Perdi no Johnny Worsham's.

O Johnny Worsham's era o maior antro de jogatina da cidade, um lugar barulhento com mulheres e música, guardado por dois negros tão altos e fortes que nem mesmo policiais armados ousavam se meter com eles. Nate perdera algum dinheiro lá, mas a maior parte estava guardada em segurança no quarto de Sally. Ele não ousava revelar esse esconderijo por medo de que Gillespie fosse atrás dela.

— Joguei pôquer — acrescentou. — Não sou bom nisso.

Ele sentiu uma ânsia de vômito seco, depois gemeu tentando recuperar o fôlego. Gillespie havia abandonado o óleo de cróton nos últimos dias, mas Nathaniel continuava curvado por causa das dores de barriga.

No dia seguinte, Gillespie prestou contas ao major Alexander, que franziu o cenho ao ver o pouco que fora extraído do nortista.

— Será que ele é inocente? — sugeriu Alexander.

— Ele é ianque — retrucou Gillespie.

— Disso ele é culpado, com certeza, mas é culpado de escrever a Webster?

— Quem mais poderia ser?

— Isso, tenente, é o que deveríamos descobrir. Achei que os métodos científicos do seu pai eram infalíveis. E, se eles são infalíveis, Starbuck deve ser inocente.

— Ele aceita subornos.

Alexander suspirou.

— Deveríamos prender metade do Congresso por esse crime, tenente. — Ele folheou os relatórios do interrogatório de Gillespie, percebendo com nojo a gigantesca quantidade de óleo que fora forçado pela garganta do prisioneiro. — Suspeito que estejamos perdendo tempo — concluiu.

— Mais alguns dias, senhor! — pediu Gillespie, ansioso. — Tenho certeza de que ele está pronto para se dobrar. Sei que está!

— Você disse isso na semana passada.

— Eu não dei óleo nesses últimos dias — disse Gillespie com entusiasmo. — Estou lhe dando a chance de se recuperar, depois planejo dobrar a dose.

Alexander fechou a pasta de Nathaniel Starbuck.

— Se ele tivesse alguma coisa para nos contar, tenente, já teria confessado. Ele não é o nosso homem.

Gillespie se irritou com a sugestão de que seu interrogatório havia fracassado.

— O senhor sabe que Starbuck se alojava num bordel?

— Você condenaria um homem por ter sorte? — perguntou Alexander.

Gillespie ficou ruborizado.

— Uma das mulheres andou perguntando por ele, senhor. Ela visitou a prisão duas vezes.

— É a puta bonita? A que se chama Royall?

O rubor de Gillespie se aprofundou. Na verdade, Victoria Royall era mais linda do que seus sonhos, mas ele não ousava admitir isso a Alexander.

— Ela se chamava Royall, certamente. E foi de uma insolência régia. Ela não quis dizer qual era seu interesse pelo prisioneiro, e acho que deveria ser interrogada.

Alexander balançou a cabeça, cauteloso.

— O interesse dela no prisioneiro, tenente, se deve ao fato de o pai dela ter servido na companhia de infantaria de Starbuck, e ela provavelmente serviu na cama de Starbuck. Eu conversei com a jovem e ela não sabe de nada, de modo que não é preciso interrogá-la. A não ser que tenha outro tipo de diversão em mente.

— É claro que não, senhor. — Gillespie se irritou com a sugestão, mas na verdade estivera esperando que o major Alexander o autorizasse a interrogar a Srta. Victoria Royall.

— Porque, se tinha algo diferente em mente — continuou Alexander —, deve saber que as *nymphs du monde* daquela casa são as mais caras de toda a Confederação. Talvez ache as damas do estabelecimento em frente à Associação Cristã de Moços mais do agrado de sua carteira.

— Senhor! Devo protestar...

— Fique quieto, tenente — mandou Alexander, cansado. — E, para o caso de pensar em fazer uma visita particular à Srta. Royall, reflita em quantos oficiais de alta patente estão entre os clientes dela. Ela provavelmente pode causar muito mais problemas a você do que você a ela.

Alguns desses clientes já haviam protestado contra a prisão de Nathaniel, que o próprio Alexander achava cada vez mais difícil justificar. Deus do céu, pensou o major, esse caso estava se mostrando complicado. Starbuck parecera o candidato óbvio, mas não admitia nada. Timothy Webster, de cama em sua cela, não dera nenhuma informação em seus interrogatórios, e o homem posto para vigiar o quadro de avisos da Igreja de St. Paul obviamente estava perdendo tempo. Uma carta falsa fora posta sob as fitas do quadro no vestíbulo, mas ninguém aparecera para recolhê-la.

— Se o senhor me deixar administrar os purgantes do meu pai em Webster — sugeriu Gillespie, ansioso.

Alexander o interrompeu.

— Temos outros planos para o Sr. Webster. — Alexander também duvidava de que o doente Webster conhecesse a identidade do homem que escrevera ao major James Starbuck. Talvez apenas o próprio James Starbuck conhecesse.

— E a mulher capturada com Webster? — sugeriu Gillespie.

— Não vamos deixar que os jornais nortistas afirmem que purgamos mulheres — disse Alexander. — Ela será mandada de volta para o norte incólume.

O som de uma banda marcial fez Alexander ir até a janela do escritório e olhar um batalhão de infantaria que marchava para o leste pela Franklin Street. O exército de Johnston, finalmente retirado de suas posições ao redor de Culpeper Court House, estava chegando para defender a capital da Confederação. Os primeiros regimentos a chegar já haviam ido engrossar as defesas de Magruder em Yorktown, enquanto os que vieram depois montavam acampamento ao leste e ao norte de Richmond.

A banda da infantaria tocava "Dixie". Crianças com pedaços de pau fingindo serem mosquetes saracoteavam ao lado dos soldados que usavam narcisos nos chapéus. Mesmo do terceiro andar Alexander via como os soldados estavam maltrapilhos e mal uniformizados. Eles jogavam narcisos para as moças mais bonitas. Uma jovem mulata, parada no meio dos espectadores na calçada do lado oposto, tinha uma braçada inteira de flores e ria enquanto os soldados aumentavam a pilha. A infantaria estava sendo deliberadamente levada a atravessar a cidade, de modo que os moradores de Richmond soubessem que um exército viera em sua defesa, no entanto os próprios soldados precisavam ser defendidos da cidade, ou melhor, de suas prostitutas doentes, e assim a coluna em marcha era escoltada por fileiras de policiais com baionetas caladas certificando-se de que nenhum homem escapasse na multidão.

— Não podemos simplesmente soltar Starbuck — reclamou Gillespie. Ele se aproximara da segunda janela.

— Podemos acusá-lo de corrupção, eu acho — admitiu Alexander —, mas não podemos levá-lo diante de uma corte marcial parecendo que está no leito de morte. Limpe-o, deixe que ele se recupere, depois vamos decidir se o julgamos por aceitar suborno.

— E como acharemos nosso verdadeiro traidor?

Alexander pensou num velho de cabelo comprido e teve um tremor involuntário.

— Acho que teremos de jantar com o diabo, Gillespie.

Alexander se virou de costas para a janela e olhou com tristeza para um mapa da Virgínia pendurado na parede de sua sala. Assim que os ianques passassem por Yorktown, não haveria nada para impedi-los. Eles irromperiam contra as defesas de Richmond como uma maré levada por um vendaval. Cercariam a cidade, depois a sufocariam, e o que restaria da Confederação? No oeste, apesar de os jornais sulistas tentarem pintar uma vitória, Beauregard havia recuado após sofrer perdas enormes num lugar chamado Shiloh. O norte reivindicava a vitória lá, e Alexander temia que fosse verdadeira. Quanto tempo faltava para a União reivindicar a vitória aqui na Virgínia?

— Você já pensou que talvez tudo isso seja um desperdício de esforço? — perguntou a Gillespie.

— Como pode ser? — O tenente ficou perplexo com a pergunta. — Nós temos o direito moral. Deus não nos abandonará.

— Eu estava me esquecendo de Deus — declarou Alexander, depois colocou o chapéu e foi encontrar o diabo.

7

Dois soldados tiraram Nathaniel da cela. Eles o acordaram no escuro, fazendo-o gritar com um medo súbito enquanto arrancavam o cobertor do catre. Nate mal estava acordado quando o levaram rapidamente para o corredor. Esperando outro interrogatório, virou instintivamente à direita, mas um dos soldados o empurrou na outra direção. A prisão estava adormecida, os corredores enfumaçados com as pequenas chamas das velas de sebo que ardiam a intervalos de alguns passos. Nate tremia, apesar do calor no ar da primavera. Fazia dias que Gillespie administrara pela última vez o óleo de cróton, mas ele ainda estava dolorosamente magro e com uma palidez lívida. Não tinha mais ânsias de vômito e até conseguira comer um pouco da gororoba da prisão sem que o estômago se esvaziasse da ração, porém se sentia frágil como um gatinho e imundo como um porco, mas o fim do interrogatório dera ao menos uma migalha de esperança.

Foi levado à sala da guarda, onde um escravo recebeu a ordem de tirar suas tornozeleiras. Na mesa da sala da guarda havia um calendário perpétuo feito de cartões numa estrutura de madeira. Os cartões registravam que era segunda-feira, 29 de abril de 1862.

— Como está se sentindo, rapaz? — perguntou o sargento atrás da mesa. Ele aninhava uma caneca de estanho nas mãos enormes. — Como está seu estômago?

— Vazio, doendo.

— É a melhor coisa para ele hoje. — O sargento gargalhou e tomou um gole da caneca antes de fazer uma careta. — Café de amendoim torrado. Tem gosto de merda de ianque.

Os soldados ordenaram que Nate fosse ao pátio da prisão. A ausência das correntes nas pernas o fazia levantar os pés numa altura que não era natural, tornando seu passo grotesco e desajeitado. Uma carruagem da prisão, pintada de preto, esperava no pátio com a porta traseira aberta, a única do veículo, e um cavalo derreado, com antolhos, nos arreios. Nate foi empurrado para dentro.

— Para onde estou indo?

Não houve resposta. Em vez disso, a porta da carruagem foi fechada com força. Não havia maçaneta no lado de dentro nem janelas. Era um transporte para criminosos; uma caixa de madeira com rodas, tendo um banco de ripas no qual ele se sentou e gemeu. Ouviu os guardas subindo no degrau de trás do veículo enquanto o cocheiro estalava o chicote.

A carroça avançou com um sacolejo forte. Nathaniel ouviu o portão da prisão se abrir rangendo, depois o veículo desajeitado passou balançando sobre a sarjeta e chegou à rua. Ele tremia na escuridão solitária, imaginando que novas indignidades iriam ser empilhadas sobre seus ombros.

Passou-se meia hora antes que a carruagem parasse e a porta fosse aberta.

— Fora, neguinho — ordenou um guarda, e Nathaniel desceu no lusco-fusco e viu que fora levado ao Camp Lee, o antigo terreno central de feiras em Richmond, a oeste da cidade. Agora o campo era o maior agrupamento de tropas na capital. — Para lá — mandou o guarda, e apontou para a direção da traseira da carruagem.

Nate se virou e, por um segundo, não conseguiu se mexer. A princípio foi a incompreensão que o manteve imóvel, depois, quando percebeu exatamente o que via nesse alvorecer, foi dominado por uma onda de terror.

Porque lá, à luz fantasmagórica, havia um cadafalso.

O patíbulo havia sido construído recentemente com madeira crua e limpa. Era uma coisa monstruosa, assustadora em meio ao cinza da noite, com uma plataforma a mais de três metros do chão. Dois postes na plataforma sustentavam uma trave de seção quadrada mais três metros acima. Uma corda pendia da trave, com a extremidade na qual ficava o laço presumivelmente enrolada sobre o alçapão. Uma escada levava da grama até a plataforma onde estava um homem barbudo usando camisa e calça pretas e uma casaca branca manchada. Ele estava encostado num dos postes fumando um cachimbo.

Uma pequena multidão de homens uniformizados esperava ao pé do cadafalso. Fumavam charutos e conversavam, mas, quando Nathaniel apareceu, ficaram em silêncio conforme cada um se virava para olhá-lo. Alguns franziram o cenho, o que não era de espantar, porque ele vestia uma camisa imunda, calças rasgadas e sujas, presas por um pedaço de barbante com nós, e sapatos de couro desajeitados que balançavam em seus pés como caixas de manteiga. Os tornozelos tinham sido ralados pelos ferros até só restarem feridas soltando cascas, o cabelo estava desgrenhado e imundo, e a barba crescida era uma confusão só. Ele fedia.

— Você é Starbuck? — vociferou um major de bigode.

— Sim.

— Fique aí e espere — ordenou o major, apontando para um espaço à parte da pequena plateia.

Ele obedeceu, depois se virou alarmado quando a carruagem que o trouxera da cidade se afastou de repente. Será que ele sairia daqui no caixão de pinho que esperava junto à escada? O major viu o terror no rosto de Nate e franziu a testa.

— Não é para você, seu idiota.

O alívio atravessou Nathaniel. Fez com que ele se sentisse trêmulo, quase querendo chorar.

Uma segunda carruagem chegou enquanto a da prisão se afastava. A recém-chegada era elegante, antiquada, com painéis cobertos por um verniz escuro, cubos de roda dourados e quatro cavalos idênticos. O cocheiro negro puxou as rédeas do lado oposto do cadafalso, tracionou o freio e depois desceu para abrir a porta. Surgiu um velho. Era alto e magro, com uma grande juba branca emoldurando o rosto bronzeado e com rugas profundas. Não usava uniforme; em vez disso, vestia um elegante terno preto. A luz do alvorecer se refletia na corrente do relógio cheio de sinetes e no castão de prata da bengala. Também reluzia nos olhos, que pareciam estar concentrados em Nate numa expressão fixa que era estranhamente incômoda. Nathaniel o encarou, lutando contra o desconforto da inspeção do velho, e justamente quando parecia estar preso numa disputa infantil para descobrir quem desviaria o olhar primeiro, uma comoção vinda de trás anunciou a chegada da vítima do cadafalso.

O comandante do Camp Lee guiava a pequena comitiva, e depois dele vinha o capelão episcopal que lia em voz alta o Salmo 23. O prisioneiro vinha em seguida, ajudado por dois soldados.

O prisioneiro era um homem grande, de boa aparência, com bigode espesso, queixo barbeado e cabelos escuros e densos. Vestia camisa, calça e sapatos. As mãos estavam amarradas à frente do corpo, as pernas não tinham correntes nem cordas, mas mesmo assim ele parecia ter dificuldade para andar. Mancava, e cada passo era obviamente uma agonia. Os espectadores ficaram em silêncio de novo.

O embaraço e a dor de ver um aleijado andar em direção à morte ficou pior quando o prisioneiro tentou subir a escada. Suas mãos amarradas fariam com que a subida fosse difícil, na melhor das hipóteses, mas a dor nas pernas a tornava quase impossível. Os dois soldados o ajudaram do melhor modo que podiam, e o carrasco de casaca branca bateu as fagulhas de seu cachimbo, depois se inclinou para ajudar o prisioneiro a subir os últimos degraus. O prisioneiro fizera pequenos ruídos de agonia a cada passo. Então mancou em direção ao alçapão, e Nathaniel viu o carrasco se abaixar para prender os pés da vítima.

O capelão e o comandante haviam seguido o prisioneiro até a plataforma. Os primeiros raios de sol tocavam a trave horizontal do cadafalso com uma exuberante luz dourada enquanto o comandante desdobrava o mandado de execução.

— "De acordo com a sentença dada ao senhor pela Corte Marcial reunida legitimamente aqui em Richmond no dia 16 de abril..." — começou a ler o comandante.

— Não há lei que o autorize a fazer isso — interrompeu o prisioneiro. — Sou cidadão americano, patriota, servidor do governo legítimo deste país! — O protesto fora feito numa voz rouca que ainda possuía uma força espantosa.

— "O senhor, Timothy Webster, foi condenado à morte pelo crime de espionagem, realizado de modo ilegal dentro das fronteiras dos soberanos Estados Confederados da América..."

— Sou cidadão dos Estados Unidos! — rugiu Webster em desafio. — E somente eles têm autoridade sobre este lugar!

— "E esta sentença será cumprida segundo as provisões da lei" — terminou o comandante apressadamente, depois se afastou do alçapão. — Tem algo a dizer?

— Que Deus abençoe os Estados Unidos da América! — exclamou Timothy Webster em sua voz áspera e profunda.

Alguns oficiais que observavam tiraram os chapéus, outros meio desviaram o olhar. O carrasco precisou ficar na ponta dos pés para colocar o capuz preto na cabeça de Webster e o laço em volta do pescoço. A voz do capelão era um murmúrio quando começou a citar o salmo outra vez. A luz do sol se esgueirou descendo pelos postes verticais em direção ao capuz do condenado.

— Que Deus salve os Estados Unidos da América! — gritou Webster, a voz abafada pelo capuz. Então o carrasco chutou a trava que mantinha o alçapão no lugar e houve um som ofegante por parte dos espectadores quando a portinhola de pinho se abriu e o prisioneiro caiu.

Tudo aconteceu tão depressa que Nathaniel só se lembrou dos detalhes mais tarde, e mesmo assim não tinha certeza se sua mente não havia adornado os acontecimentos. A corda pareceu se retesar, o prisioneiro até parou momentaneamente, mas então o laço correu pelo rosto encapuzado e, de repente, com as mãos e os pés amarrados feito um porco, Webster caiu no chão deixando a corda balançando no alvorecer com o capuz preto preso no laço vazio. Ele gritou de dor quando pousou nos tornozelos frágeis e reumáticos. Nate estremeceu ao ouvir o grito de agonia do nortista, enquanto o velho de cabelos brancos e bengala com castão de prata apenas olhava fixamente para Starbuck.

Um dos oficiais que observava se virou, com a mão na boca. Outro se apoiou numa árvore. Dois ou três pegaram frascos de bebida. Um homem fez o sinal da cruz. O carrasco apenas olhou boquiaberto para o alçapão escancarado.

— De novo! Faça de novo! — gritou o comandante. — Depressa. Pegue-o! Deixe-o, doutor.

Um homem, evidentemente um médico, havia se ajoelhado perto de Webster, mas recuou inseguro quando dois soldados correram para pegar o sujeito caído. Webster soluçava; não de medo, mas por causa da dor terrível nas juntas.

— Depressa! — exclamou de novo o comandante. Um dos oficiais que olhava vomitou.

— Vocês vão me matar duas vezes! — protestou Webster numa voz trêmula de agonia.

— Depressa! — O comandante parecia à beira do pânico.

Os soldados empurraram Webster para a escada. Tiveram de desamarrar os pés dele e colocá-los um a um nos degraus. O espião nortista subiu centímetro a centímetro, ainda soluçando de dor, enquanto o carrasco pegava o laço outra vez. Um espectador levantou uma espada para fechar o alçapão de novo.

O capuz havia caído do laço, e o carrasco estava reclamando que não podia fazer o serviço sem o saco preto.

— Não importa! — reclamou rispidamente o comandante. — Prossiga com isso, pelo amor de Deus!

O capelão tremia tanto que não conseguia segurar a Bíblia com firmeza. O carrasco amarrou de novo os pés do prisioneiro, pôs o laço de volta no pescoço dele, depois grunhiu apertando o nó sob a orelha esquerda da vítima. O capelão começou a rezar o pai-nosso, embolando as palavras como se temesse esquecê-las se rezasse muito devagar.

— Que Deus abençoe os Estados Unidos! — gritou Webster, mas numa voz que era um soluço de agonia. Ele estava curvado de dor, mas então, na claridade total do sol da manhã, fez um esforço supremo para dominar a agonia e mostrar aos seus assassinos que era mais forte que eles. Centímetro a centímetro obrigou o corpo aleijado e dolorido a ficar de pé enfim.

— Que Deus abençoe os Estados...

— Anda! — ordenou o comandante.

O carrasco bateu na tranca e de novo o alçapão se abriu, e de novo o prisioneiro passou disparado por ele, só que desta vez a corda se retesou e o corpo dançou por um segundo enquanto o pescoço se esticava e estalava. Um dos oficiais que acompanhavam ofegou em choque enquanto o corpo balançava na extremidade da corda. Webster morrera imediatamente desta vez, o pescoço partido de modo que o rosto inclinado parecia olhar para o alçapão balançando e rangendo à luz matinal. Caiu poeira da plataforma. A língua do morto apareceu entre os lábios, então um líquido começou a pingar do sapato direito.

— Baixem-no! — mandou o comandante.

Os oficiais se viraram de costas, todos exceto um médico, que correu para baixo da plataforma para certificar a morte do espião. Imaginando por que teria sido levado através da cidade para testemunhar aquela execução bárbara, Nathaniel se virou para observar o sol nascente. Fazia muito tempo que não via o céu aberto. O ar estava ameno e limpo. Um galo jovem cantou no campo, contrapondo o som de martelos e pregos enquanto os soldados colocavam o corpo do espião dentro do caixão.

Uma mão ossuda caiu sobre o ombro de Nate.

— Venha comigo, Starbuck, venha comigo. — Era o velho de cabelos brancos que tinha falado, e agora o levava para sua carruagem. — Agora que nosso apetite foi saciado — disse, feliz —, vamos tomar o café da manhã.

A alguns metros do patíbulo uma sepultura fora cavada. A carruagem passou chacoalhando pelo buraco vazio, depois seguiu para o sul pela área de revista de tropas e foi para a cidade. O velho, com as mãos apertando a bengala de prata, sorria o tempo inteiro. Pelo menos o dia dele começara bem.

A Hyde House, onde o velho morava, ocupava um terreno triangular em que a Brook Avenue cortava a grade de ruas de Richmond na diagonal. A área era cercada por um muro de tijolos alto encimado por uma faixa de pedras brancas acima da qual surgia uma profusão de árvores e flores. Adentrando o terreno com árvores malcuidadas, depois de passarem por um portão de metal encimado por lanças, ficava uma casa de três andares que já fora grandiosa, com varandas em cada andar e um pórtico para carruagens ornamentado na frente. Não estava chovendo, mas no ar do início da manhã tudo na casa parecia úmido. Até as belas trepadeiras floridas penduradas nos corrimões das varandas balançavam desconsoladas, ao passo que a tinta das próprias varandas estava descascando e suas balaustradas estavam rachadas. Os degraus da frente, de madeira, por onde o velho levou Nathaniel, pareciam verdes e meio podres. Uma escrava abriu a porta envernizada um instante antes de o velho trombar com suas folhas pesadas.

— Este é o capitão Starbuck — vociferou o velho para a mulher jovem e bonita que tinha aberto a porta. — Mostre-lhe o quarto dele. O banho está pronto?

— Sim, sinhô.

O velho pegou o relógio.

— Café da manhã em quarenta e cinco minutos. Martha vai lhe mostrar onde. Vá!

— Sinhô? — disse Martha a Nathaniel e o chamou para a escada.

Nate não havia pronunciado uma única palavra durante a viagem, mas agora, cercado pelos luxos súbitos e desbotados dessa velha mansão, sentiu a segurança se esvair.

— Senhor? — disse para as costas do velho.

— Café da manhã em quarenta e quatro minutos! — exclamou o velho com raiva, depois desapareceu por uma porta.

— Sinhô? — repetiu Martha, e Nathaniel deixou a jovem guiá-lo escada acima até um quarto amplo e luxuoso.

O quarto já fora elegante, mas agora seu belo papel de parede estava cheio de pintas e manchas de umidade, e o tapete generoso estava comido por traças e desbotado. A cama era coberta por uma tapeçaria puída sobre a qual, arrumado cuidadosamente como se fosse o melhor conjunto de roupas de noite, estava o uniforme confederado de Nate. O casaco havia sido lavado e cerzido, o cinto estava polido e as botas, que estavam com fôrmas no interior ao pé da cama, tinham sido remendadas e enceradas. Até o sobretudo de Oliver Wendell Holmes estava ali. A escrava abriu uma porta que levava a um pequeno quarto de vestir, onde havia uma banheira pequena fumegando diante de um fogo de carvão.

— Quer que eu fique, sinhô? — perguntou Martha timidamente.

— Não. Não.

Nathaniel mal podia acreditar no que estava acontecendo. Entrou no quarto de vestir e pôs a mão na água, hesitante. Estava tão quente que mal suportava o toque. Uma pilha de toalhas brancas esperava numa cadeira de vime, e uma navalha, sabão e pincel de barba estavam ao lado de uma tigela de louça numa bancada.

— Se o sinhô deixar as suas roupas velhas do lado de fora da porta... — começou Martha, mas não terminou a frase.

— Você vai queimá-las? — sugeriu ele.

— Vou voltar pro sinhô em quarenta minutos — disse ela, e fez uma reverência antes de recuar pela porta e fechá-la.

Uma hora depois, Nathaniel estava barbeado, lavado, vestido e alimentado com ovos, presunto e um bom pão branco. Até o café havia sido de verdade, e o charuto que ele fumava depois da refeição era perfumado e leve. A abundância de comida ameaçara causar outro espasmo de enjoo, mas ele havia comido devagar, a princípio, depois com voracidade, como o estômago não tinha se rebelado. O velho mal havia falado durante todo o desjejum, a não ser para zombar dos parágrafos nos jornais matutinos. Para Nathaniel ele era uma criatura tão extraordinária quanto parecia malévola. Seus escravos domésticos obviamente o temiam. Duas jovens serviram a refeição, ambas de pele clara e atraentes como Martha. Nate se questionou se estava simplesmente num estado em que acharia qualquer mulher desejável, mas o velho o viu olhar para uma das escravas e confirmou sua avaliação.

— Não suporto coisas feias em casa, Starbuck. Se um homem tem de possuir mulheres, é melhor que tenha as mais bonitas, e posso pagar por elas. Vendo todas quando estão com 25 anos. Se você mantiver uma mulher por tempo demais, ela começa a achar que conhece sua vida melhor que você mesmo. Compre-as jovens, mantenha-as dóceis, venda-as rápido. Aí está a felicidade. Venha para a biblioteca.

O velho atravessou a porta dupla entrando num cômodo que era pura magnificência, no entanto uma magnificência que fora deixada decair horrivelmente. Estantes belamente esculpidas iam do chão de madeira de lei até o teto de estuque decorado quatro metros acima, mas o reboco estava esfarelando, a folha de ouro nas estantes estava surrada e os livros com encadernação de couro tinham lombadas soltas. Mesas antigas estavam atulhadas de livros inchados de umidade e todo o cômodo triste recendia a mofo.

— Meu nome é *death* — disse o velho em sua voz fascinante.

— *Death*, quer dizer, *morte*? — Nathaniel não conseguiu esconder a surpresa.

— D minúsculo, E, apóstrofo, A, T, H. Origem francesa: de'Ath. Meu pai veio para cá com Lafayette e nunca voltou. Não tinha para o quê voltar. Era um bastardo, Starbuck, nascido do lado errado do cobertor de uma prostituta aristocrática. Toda a família teve o que merecia durante o terror francês. Cabeças cortadas pelo instrumento esplêndido do Dr. Guillotin. Rá! — De'Ath se acomodou atrás da mesa maior, que era uma confusão de livros, papéis, tinteiros e penas. — A excelente máquina do Dr. Guillotin me tornou marquês não sei das quantas, só que, sob a sabedoria do nosso antigo país, não temos permissão de usar títulos. Você acredita naquele absurdo jeffersoniano, de que todos os homens são criados iguais, Starbuck?

— Fui criado para acreditar nisso, senhor.

— Não estou interessado nos absurdos que foram enfiados na sua cabeça infantil, e sim nos absurdos que estão alojados nela. Você acredita que todos os homens são criados iguais?

— Sim, senhor.

— Então você é um idiota. É óbvio, mesmo para os menos inteligentes, que alguns homens são criados mais sábios que outros, alguns mais fortes, e uns poucos afortunados mais implacáveis que o restante, e disso podemos deduzir que nosso Criador pretendeu que vivêssemos dentro dos limites confortáveis de uma hierarquia. Torne todos os homens iguais, Starbuck, e você eleva a tolice à sabedoria e perde a capacidade de separar uma da outra. Eu disse isso com frequência a Jefferson, mas ele jamais ouvia o bom senso dos outros. Sente-se. Bata suas cinzas no chão. Quando eu morrer, isso tudo vai apodrecer, de qualquer modo. — Ele balançou a mão magra para mostrar que estava falando da casa e de seu conteúdo glorioso porém decadente. — Não acredito em riqueza herdada. Se um homem não pode ganhar seu próprio dinheiro, não deveria ter à disposição a fortuna de outro. Você foi maltratado.

— É, fui.

— Foi seu infortúnio que o considerassem um confederado. Se capturamos um nortista e achamos que ele é espião, não o espancamos para que os nortistas não espanquem nossos espiões. Não nos importamos em enforcá-los, mas não batemos neles. Os estrangeiros nós tratamos segundo o que desejamos dos países deles, mas nosso próprio povo nós tratamos de modo abominável. O major Alexander é um idiota.

— Alexander?

— Claro, você não conheceu o Alexander. Quem o interrogou?

— Um desgraçadozinho chamado Gillespie.

De'Ath grunhiu.

— Uma coisinha pálida que aprendeu as técnicas com os lunáticos do pai. Ele ainda acredita que você é culpado.

— De aceitar subornos? — perguntou Nathaniel com escárnio.

— Eu deveria esperar que você aceitasse subornos. De que outro modo algo pode ser obtido numa república de iguais? Não, Gillespie acha que você é um espião.

— Ele é um idiota.

— Pela primeira vez concordo com você. Você gostou do enforcamento? Eu gostei. Eles fizeram um trabalho atabalhoado, não foi? É o que acontece quando se delega responsabilidades a cretinos. Eles deveriam ser iguais a nós, mas nem conseguem enforcar um homem direito! E como isso pode ser difícil? Ouso dizer que eu ou você faríamos a coisa certa na primeira tentativa, Starbuck, mas eu ou você fomos dotados de cérebros por nosso Criador, e não com um crânio cheio de semolina rançosa. Webster sofria de febre reumática. O pior castigo seria deixá-lo viver num lugar úmido, mas fomos misericordiosos e o enforcamos. Supostamente ele era o melhor e mais inteligente espião do norte, mas não pode ter sido muito inteligente, se conseguimos pegá-lo e matá-lo de modo tão atabalhoado, hein? Agora precisamos pegar outro e matá-lo atabalhoadamente também. — De'Ath se levantou e foi até uma janela suja através da qual olhou para a vegetação densa e úmida que envolvia a casa. — O presidente Davis me nomeou, *ex officio*, para ser seu caçador de bruxas, ou, melhor, o homem que livra nosso país de traidores. Você acha que essa tarefa é possível?

— Não faço ideia, senhor.

— É claro que não é possível. Não se pode riscar uma linha no mapa e dizer que daqui em diante todo mundo deste lado da linha será leal a um novo país! Devemos ter centenas de pessoas que desejam secretamente a vitória do norte. Centenas de milhares, se contar os pretos. A maioria dos traidores brancos é formado por mulheres e pregadores, esse tipo de idiota inofensivo, mas alguns são perigosos. Meu serviço é descobrir os perigosos de verdade e usar o restante para enviar mensagens falsas a Washington. Leia isto. — De'Ath atravessou a sala e jogou um papel no colo de Nathaniel.

O papel era muito fino e coberto com letras de fôrma muito pequenas, mas com uma enorme ambição de trair. Até mesmo Nathaniel, que não sabia nada sobre as disposições do exército, percebeu que, se essa mensagem chegasse ao quartel-general de McClellan, seria de imensa utilidade. Ele disse isso.

— Se McClellan acreditar, sim — admitiu de'Ath —, mas nosso trabalho é garantir que ele não tenha essa chance. Está vendo a quem é endereçada?

Nate virou a página e leu o nome do seu irmão. Durante alguns segundos olhou para nome do destinatário com pura incredulidade, depois xingou baixinho ao entender por que havia passado as últimas semanas na cadeia.

— Gillespie achou que eu escrevi isso?

— Ele quer acreditar, mas é um idiota. Seu irmão esteve prisioneiro aqui em Richmond, não esteve?

— Sim.

— Você o viu enquanto ele estava aqui?

— Não — respondeu, mas estava pensando que Adam vira James durante o período de prisão. Levantou a carta de novo e analisou a letra com atenção. Estava disfarçada, mas mesmo assim sentiu um temor profundo de que aquela letra fosse do seu amigo.

— O que você está pensando? — De'Ath sentiu algo nos modos do nortista.

— Eu estava pensando, senhor, que James não tem talento para questões de mentira e perfídia — mentiu Nate tranquilamente. Na verdade, estava pensando se Adam ainda era seu amigo. Certamente ele poderia ter visitado seu irmão na cadeia, até poderia ter impedido a tortura de Gillespie, mas, pelo que Nate sabia, Adam não tentara fazer nada disso. Será que estava tão horrorizado por Nathaniel ter apresentado Sally a uma casa respeitável que havia rompido a amizade? Então Nate imaginou Adam sendo empurrado para subir a escada do cadafalso e parando sobre o alçapão enquanto o carrasco prendia desajeitadamente seus tornozelos e enfiava o capuz na sua cabeça. E, por mais que a amizade estivesse prejudicada, soube que não poderia suportar essa visão. O fato de Adam ter conversado com James não o tornava um traidor. Uma grande quantidade de oficiais confederados devia ter visitado os prisioneiros em Castle Lightning.

— Quem seu irmão conhece aqui em Richmond? — A voz de de'Ath continuava com suspeitas.

— Não sei, senhor. James era um advogado importante em Boston antes da guerra, por isso acho que ele deve ter conhecido muitos advogados sulistas. — Nathaniel fez sua voz parecer inocente e especulativa. Não ousava revelar o nome de Adam, caso contrário seu amigo seria levado para as celas úmidas em Castle Godwin e enchido com o óleo de cróton de Gillespie.

De'Ath, carrancudo, olhou em silêncio para Nate durante alguns segundos, depois acendeu um charuto, jogando o papel torcido que usara para isso na sujeira que atulhava a grade da lareira.

— Deixe-me dizer o que está para acontecer, Starbuck. Deixe-me contar as notícias repugnantes da guerra. McClellan derrama homens e canhões em suas obras de cerco em Yorktown. Em um ou dois dias iremos recuar. Não temos escolha. Isso significa que o exército nortista estará livre para avançar sobre Richmond. Johnston acredita que pode fazê-los parar no rio Chickahominy. Veremos. — De'Ath parecia duvidar. — Nesta hora, na semana que vem — de'Ath soprou uma pluma de fumaça em direção a um quadro a óleo envernizado tão escuro que Nathaniel mal podia enxergar a pintura por baixo —, Richmond pode muito bem estar abandonada.

Isso fez Nate se empertigar.

— Abandonada!

— Você acha que estamos vencendo esta guerra? Meu Deus, homem, você acredita naquelas histórias sobre a vitória em Shiloh? Nós perdemos aquela batalha. Milhares de homens mortos. Nova Orleans se rendeu, Forte Macon foi tomado, Savannah está ameaçada. — De'Ath vociferou a lista de reveses confederados, deixando Nathaniel perplexo e desanimado. — O norte até fechou seus escritórios de recrutamento, Starbuck, e mandou os recrutadores de volta aos batalhões. Sabe por quê? Porque eles sabem que a guerra está ganha. A rebelião acabou. Agora tudo que resta para o norte é tomar Richmond e varrer os pedaços que restarem. É o que eles acham, e talvez estejam certos. Quanto tempo você acha que o sul sobreviverá sem as fábricas de Richmond?

Nate não respondeu. Não havia o que dizer. Ele não imaginava que a Confederação estivesse tão precária. Na prisão, ouvira boatos de derrotas nos extremos sul e oeste dos Estados Confederados, mas nunca havia suposto que o norte estivesse tão perto da vitória a ponto de ter fechado os centros de recrutamento e devolvido os recrutadores aos regimentos. Agora só precisava capturar o emaranhado infernal de fornalhas e metal fundido de Richmond, de alojamentos de escravos e depósitos de carvão, de apitos agudos e marretas a vapor, e a rebelião seria história.

— Porém, talvez ainda possamos vencer. — De'Ath penetrou nos pensamentos sombrios de Nathaniel. — Mas não se espiões como esse desgraçado estiverem nos traindo. — Ele fez um gesto em direção à carta no colo do nortista. — Encontramos essa carta escondida no quarto de hotel de Webster. Ele não teve chance de mandá-la para o norte, mas cedo ou tarde outro homem passará as notícias para o outro lado da fronteira.

— E o que você quer de mim? — quis saber Nate. Não um nome, rezou, tudo menos um nome.

— Por que você está lutando? — perguntou de'Ath subitamente.

Pasmo com a pergunta, apenas deu de ombros.

— Você acredita na escravidão como instituição? — desafiou de'Ath.

Era uma pergunta em que Nate jamais havia pensado de verdade porque, crescendo na casa do reverendo Elial Starbuck, nunca precisara pensar nela. A escravidão era simplesmente maligna e ponto final. Essa atitude era tão entranhada em Nathaniel que, mesmo depois de um ano na Confederação, sentia-se desconfortável na companhia de escravos. Eles o faziam se sentir culpado. Mas também tinha certeza de que a verdadeira questão não era se a escravidão era certa ou errada — a maioria das pessoas sabia que era errada —, mas o que poderia ser feito com relação a ela? E esse dilema havia confundido as melhores e mais benignas almas da América durante anos. A questão era simplesmente profunda demais para uma resposta superficial e, outra vez, Nate meramente deu de ombros.

— Você estava insatisfeito com o governo dos Estados Unidos?

Antes da guerra, Nathaniel nunca dedicara um instante sequer a pensar no governo dos Estados Unidos.

— Não particularmente.

— Você acredita que existem princípios constitucionais vitais em jogo?

— Não.
— Então por que está lutando?
De novo, apenas deu de ombros. Não porque não tivesse uma resposta, e sim porque sua resposta parecia inadequada demais. Ele começara a lutar pelo sul como um gesto de independência em relação a um pai muito poderoso, porém, com o tempo, isso havia se tornado algo mais que uma simples rebelião. O pária havia encontrado um lar, e isso bastava.
— Eu lutei suficientemente bem para não precisar dizer por que lutei — respondeu com beligerância.
— E ainda quer lutar pelo sul? — perguntou de'Ath com um tom cético.
— Mesmo depois do que Gillespie fez com você?
— Eu lutaria pela Companhia K, da Legião Faulconer.
— Talvez você não tenha chance de fazer isso. Talvez seja tarde demais.
— De'Ath deu um trago no charuto. Um bocado de cinza caiu da ponta e manchou seu paletó. — Talvez esta guerra esteja acabada, Starbuck, mas, se houver alguma chance de expulsarmos esses desgraçados da nossa terra, você ajudaria?
Nathaniel assentiu cautelosamente.
De'Ath soprou cinza por todo o aposento.
— Os jornais de amanhã dirão que as acusações contra você foram retiradas e que você foi solto da prisão. Você precisa disso impresso para que seu irmão acredite na sua história.
— Meu irmão? — Nate ficou confuso.
— Pense bem, Starbuck. — De'Ath se sentou numa cadeira com o encosto arredondado ao lado da lareira. O encosto amplo escondia seu rosto nas sombras. — Há um espião, um espião muito eficiente, que esteve em contato com o seu irmão. Ele andou enviando informações através de Webster, mas a doença de Webster interrompeu o fluxo de informações, por isso o norte mandou dois idiotas chamados Lewis e Scully para restaurá-lo. Lewis e Scully foram capturados, Webster foi morto e o norte deve estar se perguntando como, em nome de Deus, vai entrar em contato de novo com o sujeito. Então, do nada, você aparece nas linhas deles carregando a mensagem do espião. Ou melhor, você aparece com uma mensagem falsa que vou produzir. Você diz ao seu irmão que está desencantado com o sul, que suas experiências na cadeia destruíram qualquer ideia romântica que já teve sobre a rebelião. Você dirá a ele que deixou que seu desencanto fosse conhecido em Richmond, motivo pelo qual uma pessoa desconhecida lhe

entregou uma carta na esperança de que a entregasse ao seu irmão. Então você vai se oferecer para voltar a Richmond e servir como mensageiro para qualquer outra comunicação. Você convencerá seu irmão de que sua recém-descoberta paixão pelo norte o persuadiu a tomar c lugar de Webster. Creio que seu irmão irá acreditar em você e que lhe dirá como pode fazer contato com esse tal espião, e você, se for sincero com relação a servir à Confederação e não ao seu norte nativo, irá me contar. Assim, criaremos uma armadilha, Sr. Starbuck, e nos daremos o prazer exótico de assistir a um idiota matar outro espião.

Nathaniel pensou em Adam enforcado, a cabeça loira inclinada com o ângulo agudo da corda, a língua inchada entre os dentes separados, a urina pingando das botas que balançavam.

— E se meu irmão não confiar em mim?

— Então você terá entregado informações falsas que ajudarão nossa causa e poderá voltar para cá quando quiser. Por outro lado, você pode nos trair, é claro, convencendo os superiores do seu irmão de que somos uma força derrotada, reduzida a inventar informações numa tentativa de sobreviver. Devo confessar, Sr. Starbuck, que neste momento o norte está em um número tão superior ao nosso que provavelmente não sobreviveremos, mas gostaria de pensar que devemos jogar nossa partida até a última carta. — De'Ath fez uma pausa, dando um trago no charuto de modo que a ponta reluziu na escuridão causada pelo encosto da cadeira. — Se temos de ser derrotados — continuou em voz baixa —, ao menos vamos dar uma surra nos desgraçados que lhes cause pesadelos durante anos.

— Como eu vou cruzar as linhas?

— Há homens chamados pilotos que acompanham viajantes através das linhas. Vou lhe dar um dos melhores, e tudo o que precisará fazer será entregar ao seu irmão uma carta que vou escrever. Vai ser na mesma letra disfarçada da carta que estava com Webster, no entanto esta será um tecido de mentiras. Vamos fantasiar sobre regimentos imaginários, sobre uma cavalaria preparada como dentes de dragão brotando do solo, sobre canhões inumeráveis. Vamos convencer McClellan de que ele está diante de uma horda vingativa feita de milhares de homens furiosos. Resumindo, tentaremos enganá-lo. E você será o meu enganador, Sr. Starbuck? — Os olhos de de'Ath brilharam por trás do encosto curvo da cadeira enquanto ele esperava a resposta.

— Quando o senhor quer que eu vá?

— Esta noite. — De'Ath deu um sorriso cheio de dentes. — Até lá você pode desfrutar das amenidades desta casa.

— Esta noite! — De algum modo, Nathaniel havia imaginado que teria alguns dias para se preparar.

— Esta noite — insistiu de'Ath. — Você vai levar dois ou três dias para passar em segurança pelas linhas, de modo que o quanto antes, melhor.

— Há uma coisa que eu quero primeiro.

— De mim? — De'Ath pareceu perigoso, como alguém desacostumado a fazer barganhas. — Gillespie? É isso? Quer se vingar daquela criatura patética?

— Terei minha vingança contra ele no meu tempo. Não, preciso fazer algumas visitas na cidade.

— A quem?

Nate ofereceu um leve sorriso.

— Mulheres.

De'Ath fez uma careta.

— Você não gosta de Martha? — Ele fez um gesto irritado para o fundo da casa onde, presumivelmente, suas escravas se acomodavam. Nathaniel não disse nada e de'Ath franziu o cenho. — E, se eu deixar que você faça suas visitas, levará a mensagem ao seu irmão?

— Sim, senhor.

— Então pode ver suas amantes esta noite — concedeu de'Ath azedamente. — E depois vá para o leste. De acordo?

— De acordo — respondeu, mas na verdade pretendia fazer um jogo muito mais complicado, um jogo que ele não pretendia que levasse a um encontro matinal com um amigo tremendo na ponta de uma corda. — De acordo — mentiu de novo, e esperou pela noite.

As tropas nortistas tinham levado quatro semanas para construir as máquinas de cerco necessárias para destruir as fortificações de terra rebeldes em Yorktown. O general de divisão McClellan era engenheiro de formação e entusiasta de cercos por vocação, e planejava fazer uma demonstração da eficiência implacável de seu país. Os olhos do mundo se voltavam para sua campanha; jornalistas da Europa e da América acompanhavam seu exército enquanto observadores militares de todas as grandes potências cavalgavam com seus quartéis-generais. Em Yorktown, onde os Estados Unidos tinham se libertado pela primeira vez, o mundo testemunharia o florescer da capacidade militar de um continente. Veria um cerco de ferocidade implacável, engendrado pelo novo Napoleão do mundo.

Primeiro as estradas do Forte Monroe para Yorktown precisaram ser cobertas com toras de madeira para que as enormes filas de carroças chegassem ao terreno de cerco diante das defesas da cidade. Centenas de lenhadores haviam derrubado e aparado milhares de árvores. Em seguida, parelhas de animais arrastavam os troncos para fora da floresta, onde eram postos longitudinalmente sobre as traiçoeiras estradas lamacentas. Uma segunda camada de toras era posta transversalmente para formar a pista de rolamento. Em alguns lugares as novas estradas de troncos ainda afundavam na lama viscosa e vermelha, e mais camadas de troncos recém-cortados precisavam ser postos, até que finalmente os canhões e a munição pudessem ser arrastados.

Foram construídas quinze baterias de artilharia. A primeira parte do trabalho era feita à noite, quando os trabalhadores ficavam a salvo dos atiradores rebeldes. Em cada um dos quinze locais os homens levantaram um barranco de terra com dois metros de altura, depois protegeram as laterais íngremes com cobertores de madeira trançada que impediriam a terra de deslizar sob a chuva incessante. As paredes de cada bateria tinham quase cinco metros de espessura, o necessário para conter e abafar qualquer obus rebelde. Protegendo a frente de cada bateria havia um fosso do qual fora escavado o material para a barreira enorme, e, diante de cada fosso, os engenheiros punham abatises feitos de galhos emaranhados. Qualquer ataque rebelde que tentasse dominar uma bateria teria primeiro de abrir caminho pelos emaranhados espinhentos que chegavam à cintura, depois vadear no atoleiro no fundo do fosso inundado antes de subir a face escorregadia da barreira, até onde uma linha de sacos de areia formava o parapeito, e o tempo todo os atacantes estariam sob o fogo das baterias de canhões e recebendo os disparos laterais das baterias a norte e a sul.

Quando os muros, os fossos e os abatises estavam prontos, as baterias foram preparadas para os canhões. Os menores, de doze libras e quatro polegadas, com cano estriado, precisavam meramente de uma rampa forrada de madeira por onde poderiam recuar após cada disparo, mas os grandes canhões, que destroçariam as defesas rebeldes explodindo-as em ruínas sangrentas, precisavam de um trabalho mais cuidadoso. Foram escavados alicerces atrás das troneiras, depois preenchidos com pequenas pedras trazidas do Forte Monroe em carroças pesadas. Em seguida, os engenheiros colocavam um agregado de pedra, areia e cimento, que era nivelado para formar uma plataforma dura como rocha, mas, antes que o concreto endurecesse, uma grande curva de trilho de metal era afundada na superfície. O trilho formava um semicírculo, com o lado aberto virado para o inimigo. No interior da troneira um poste de metal era cravado na plataforma do canhão de modo que o trilho curvo descrevesse um arco como uma linha de compasso ao redor do poste.

O poste e o trilho curvo estavam prontos para receber a carreta de um canhão. A base da carreta era um par de traves de ferro fundido que inclinava para cima, da frente para trás. Embaixo da parte traseira das duas traves havia um par de rodas de metal que se encaixava no trilho curvo, e na frente ficava o encaixe que deslizava sobre a ponta lubrificada do poste, de modo que agora toda a carreta do canhão podia ser girada no pivô do poste. Montada em cima das traves ficava a carreta do canhão em si que, quando o canhão era disparado, deslizava ao longo das traves. A fricção das toneladas de metal saltando para trás nas duas traves bastava para conter o coice gigantesco. E por fim os canhões enormes eram trazidos às baterias. Os maiores de todos eram pesados demais para as estradas forradas de madeira e precisavam ser trazidos do Forte Monroe em barcos de fundo chato que se esgueiravam pelos riachos da península sobre as marés de primavera. Os canhões eram transferidos das barcas para carroças, que consistiam em pouco mais que um par de rodas tão grandes que os canos dos canhões podiam ser suspensos a partir do eixo destas. Os veículos estranhos e frágeis rolavam até as baterias e os canhões portentosos eram baixados cuidadosamente por sarilhos até que seus munhões se apoiassem nos soquetes das carretas. O serviço precisava ser feito à noite, mas mesmo assim os rebeldes detectavam a atividade e mandavam um obus depois do outro, ressoando por cima do terreno encharcado num esforço para frustrar o progresso dos ianques.

Os canhões maiores eram monstros com mais de nove metros de comprimento e pesando mais de oito toneladas. Disparavam um projétil com vinte centímetros de largura e pesando noventa quilos. Uma dúzia de canhões disparava projéteis de quarenta quilos, e até esses menores eram maiores que qualquer um dos canhões escondidos atrás das troneiras rebeldes. Porém, mesmo assim, McClellan não estava satisfeito, e decretou que o bombardeio do cerco não poderia começar até ter trazido os maiores morteiros do norte, entre os quais os maiores chegavam a pesar mais de dez toneladas. Os morteiros eram canhões de cano curto e boca larga que podiam arremessar balas pesando cem quilos numa trajetória alta que largaria os projéteis quase verticalmente nas linhas confederadas. Os grandes canhões em suas carretas móveis eram destinados a derrubar as fortificações rebeldes com fogo direto, ao passo que as bombas dos morteiros explodiriam por trás dos muros já quase desmoronados enchendo os bastiões rebeldes com uma morte altamente explosiva. McClellan planejava manter o bombardeio durante doze horas terríveis, e apenas quando os grandes canhões tivessem terminado seu trabalho medonho a infantaria nortista receberia ordem de atravessar o capim de primavera que crescia entre as linhas.

Finalmente os canhões estavam no lugar. Cada bateria fora equipada com câmaras subterrâneas forradas de pedra, e dia após dia esses paióis eram enchidos com seiscentas cargas de carroças de munição trazidas dos navios que estavam no Forte Monroe. Outros engenheiros faziam sapa para cavar a paralela, uma trincheira posta diante das quinze baterias, que serviria como ponto de lançamento para o ataque de infantaria. Nada disso foi obtido sem perdas. Atiradores rebeldes atiravam de suas linhas, às vezes disparos de morteiros caíam no meio dos cavadores, tiros de canhões podiam rasgar os finos escudos de vime que protegiam um grupo de trabalho das vistas do inimigo, mas centímetro a centímetro e metro a metro as linhas do cerco federal tomaram forma. Abrigos à prova de bombas foram cavados para os artilheiros, de modo que pudessem sobreviver ao fogo das baterias confederadas, os alcances foram medidos com exatidão e os canhões pesados arrumados com precisão matemática. Se todos os canhões disparassem ao mesmo tempo, e McClellan estava decidido a que isso acontecesse, cada saraivada nortista lançaria mais de três toneladas de projéteis explosivos contra as linhas rebeldes.

— Vamos manter esse peso de fogo durante doze horas, senhores — informou McClellan aos ansiosos observadores estrangeiros na noite anterior ao bombardeio.

Ele achava que poderia inundar as linhas rebeldes com mais de duas mil toneladas de metal, e que no fim dessa matança caída do céu os defensores sobreviventes estariam encolhidos e tontos, carne fácil para a infantaria nortista.

— Vamos dar aos separatistas um remédio durante meio dia, senhores — alardeou McClellan —, depois veremos que tipo de desafio eles podem nos apresentar. Iremos vê-los derrotados amanhã à tarde!

Naquela noite, quase como se soubesse o destino que era planejado para eles de manhã, os canhões rebeldes abriram fogo contra as linhas nortistas finalizadas. Cada disparo partia retumbando pela escuridão chuvosa, os pavios acesos riscando linhas vermelhas de fogo no meio da noite. A maioria dos projéteis explodiu inofensivamente no terreno inundado, mas alguns encontraram alvos. Uma parelha de mulas amarradas gritou de dor, uma barraca nas fileiras do 20º de Massachusetts foi atingida e dois dos seus ocupantes foram mortos: os primeiros homens do batalhão a morrer em ação desde o desastroso batismo de fogo no penhasco de Ball. E o bombardeio rebelde continuava riscando a noite até que, tão subitamente quanto começara, ele se silenciara, deixando a escuridão para os cães latindo, os cavalos relinchando e os chamados dos tordos.

O dia seguinte amanheceu limpo. Havia nuvens ao norte, e os camponeses da região juraram que a chuva viria logo, mas o sol matinal brilhava forte. A fumaça de dez mil fogueiras subia dos acampamentos da infantaria nortista. Os homens estavam animados, prevendo uma vitória fácil. Os canhões estraçalhariam as defesas inimigas, depois a infantaria iria caminhar pelo terreno e arrancar os sobreviventes do entulho enfumaçado. O ataque seguiria o manual, prova de que um general americano e um exército americano poderiam alcançar em doze horas o que os europeus haviam se atrapalhado para fazer em doze semanas na Crimeia. McClellan fora observador dos cercos na Crimeia e estava decidido a fazer com que os oficiais franceses e britânicos em seu exército aprendessem nesse dia uma lição silenciosa mas clara.

Nas plataformas de canhão novas em folha os artilheiros ianques faziam os últimos preparativos. Os grandes canhões estavam carregados, as espoletas de fricção enfiadas nos ouvidos das armas, e oficiais artilheiros examinavam os alvos através de telescópios. Mais de cem canhões pesados esperavam o sinal para lançar sua terrível destruição contra as defesas confederadas. Um mês de trabalho árduo fora investido neste momento, e para muitos nortistas que esperavam em seus bastiões o mundo parecia ter prendido o fôlego. No rio York as canhoneiras se aproximavam da margem, prontas para acrescentar seus tiros de canhão ao peso assassino do bombardeio do exército. Um vento fraco erguia as bandeiras dos navios e carregava a fumaça de seus motores a vapor para o leste por cima da água.

Menos de um quilômetro atrás dos canhões ianques, escondida por um bosque de pinheiros que de algum modo escapara dos machados dos construtores de estrada, uma curiosa forma amarela crescia como um monstro. Homens se esforçavam para derramar cargas de ácido sulfúrico em tonéis com aparas de ferro, e mais homens ainda trabalhavam com as bombas gigantescas que empurravam o hidrogênio formado nesses tonéis através de mangueiras de lona emborrachada, levando-o ao grande balão de pele amarela que inflava lentamente até assumir toda a forma bulbosa acima das árvores. O balão começara a ser enchido durante a madrugada, de modo que estaria pronto logo depois do nascer do sol, e ao alvorecer aquele instrumento enorme precisava de uma equipe de trinta homens para mantê-lo preso à terra. Dois homens subiram no cesto de vime do balão. Um era o professor Lowe, o famoso aeronauta e balonista cuja habilidade tornara o veículo possível; o outro era o general Heintzelman, que estava sendo levado para o alto de modo que seu experiente olho militar examinasse a destruição provocada pelos canhões. Heintzelman estava ansioso pela experiência. Ele veria os canhões trabalharem, depois telegrafaria para McClellan quando visse as linhas rebeldes se partirem e fugirem para o oeste em pânico. O professor Lowe testou o equipamento do telégrafo, depois gritou para que a equipe soltasse o veículo.

Lentamente, como uma portentosa lua amarela se erguendo acima das árvores, o balão subiu. Quinhentos metros de cabo prendiam o veículo a um sarilho enorme que se desenrolou vagarosamente à medida que os aeronautas subiam mais e mais no trecho de céu limpo. A visão do balão normalmente provocava uma saraivada de disparos de canhão de longo alcance por parte das linhas rebeldes, mas nesta manhã houve apenas silêncio.

— Será que estão rezando? — sugeriu, animado, o professor Lowe.

— Eles precisam — respondeu o general Heintzelman.

Ele tamborilou sobre a borda do cesto do balão. Apostara com seu chefe de estado-maior que os defensores rebeldes iriam se partir em seis horas, e não doze. O cesto oscilava e rangia, mas não era uma sensação desagradável, decidiu Heintzelman. Melhor que a maioria das viagens por mar, isso era certo. Quando o balão passou de duzentos e cinquenta metros o general apontou seu telescópio para o horizonte oeste, onde podia ver a mancha escura de fumaça que era a capital rebelde. Até podia ver as cicatrizes de terra onde novas defesas tinham sido escavadas nos morros ao redor da cidade.

— O covil das serpentes, professor! — proclamou Heintzelman.

— De fato, general, e vamos purgar as víboras num instante.

Heintzelman voltou a se concentrar em seu trabalho e olhou para baixo, onde as linhas inimigas estavam tão claras. Sentia-se tremendamente poderoso, com uma visão quase divina dos segredos inimigos. Podia ver as baterias, as trincheiras que partiam dos abrigos de bombas e as barracas escondidas atrás dos muros de terra. A guerra nunca mais seria a mesma, pensou Heintzelman, quando não havia mais onde se esconder. Apontou o telescópio para uma das maiores baterias de canhão inimigas. Nenhum canhão ianque abriria fogo até que Heintzelman estivesse preparado para informar os efeitos dos disparos, e esse momento, decidiu, havia chegado.

— Acho que estamos prontos para nos comunicar, professor — avisou o general.

— Não há muitas fogueiras, general — observou Lowe, indicando os acampamentos rebeldes onde um punhado de barracas precárias aparecia no meio dos abrigos malfeitos, cobertos de terra. Algumas fogueiras estavam acesas nas linhas, mas pouquíssimas, e nenhuma fumaça surgia nas chaminés finas que se projetavam dos abrigos de terra junto às baterias.

Heintzelman olhou para a bateria de canhão. Uma bandeira rebelde oscilava no mastro, mas não havia artilheiros à vista. Será que estavam esperando o bombardeio e já se encontravam abrigados? Levantou o telescópio para examinar o acampamento. Podia ver onde cavalos foram amarrados e onde armões deixaram a marca das rodas no capim, mas não conseguia ver nenhum homem.

— O que vamos dizer a eles? — perguntou Lowe.

O professor estava com uma das mãos na máquina de telégrafo do balão, que se comunicava com o solo através de um fio que corria junto ao cabo de amarração. Uma segunda máquina de telégrafo esperava na estação no solo para repassar as notícias dos aeronautas para o quartel-general do general McClellan. O próprio McClellan havia ficado na cama, contente em deixar seus artilheiros fazerem o serviço sem sua presença.

Um ajudante acordou o Jovem Napoleão duas horas depois do nascer do sol.

— Temos um informe do balão, senhor.

— E? — O general ficou incomodado por ser acordado.

— O inimigo foi embora, senhor.

McClellan olhou para o relógio na mesinha de cabeceira, depois se inclinou e puxou um postigo. Encolheu-se com a luz forte do sol, depois se virou de novo para o ajudante.

— O que você disse?

— As linhas inimigas estão desertas, senhor. — O ajudante era Louis Philippe Albert d'Orleans, o conde de Paris, que viera à América no espírito de Lafayette para ajudar a restaurar a unidade do país, e por um momento se perguntou se seu inglês não estava bom. — Os rebeldes se retiraram, senhor — disse da forma mais clara que pôde. — As linhas estão vazias.

— Quem disse isso? — indagou McClellan com raiva.

— O general Heintzelman está na gôndola do balão, senhor, com o professor Lowe.

— Eles estão sonhando. Sonhando!

O general não podia admitir aquela estupidez. Como os rebeldes podiam ter se retirado? Ontem à noite mesmo eles iluminaram o céu com seus disparos de canhão! Os clarões reluziram como relâmpagos de verão no horizonte oeste, os pavios rasgaram a noite com linhas de fogo no ar e as explosões ecoaram sombrias contra os campos inundados. O general bateu o postigo com força, por causa da luz, e dispensou seu ajudante aristocrata com um gesto em direção à porta. No andar de baixo, a máquina de telégrafo matraqueava com mais notícias dos balonistas, mas o general não queria saber. Queria mais uma hora de sono.

— Acorde-me às oito horas — ordenou. — E mande os canhões abrirem fogo!

— Sim, senhor, claro, senhor. — O conde de Paris recuou, saindo do quarto, fechou a porta e depois se permitiu um suspiro incrédulo diante da obtusidade do general.

Os artilheiros esperaram. Atrás deles, no alto do céu, o balão amarelo tensionava a amarra. O sol foi encoberto por nuvens e as primeiras gotas de chuva atingiram a pele emborrachada do balão. Uns dez adidos militares estrangeiros e uns vinte jornalistas esperavam pela ordem de abrir fogo, junto das maiores baterias federais, mas, apesar de os canhões estarem preparados e carregados e as espoletas prontas, nenhuma ordem vinha do balão.

Em vez disso, um pequeno piquete de cavalaria partiu das linhas federais. Os doze cavaleiros se espalharam numa longa linha de escaramuça para o caso de um canhão inimigo carregado com metralha ou lanterneta disparar neles. Avançavam muito cautelosamente, parando a intervalos de alguns passos enquanto seu oficial olhava para as fortificações inimigas através de um telescópio. Os cavalos baixavam a cabeça para pastar o capim luxuriante que crescera sem ser incomodado no espaço entre os dois exércitos.

A cavalaria se moveu de novo. Aqui e ali uma sentinela era visível nos redutos inimigos, mas elas não se moveram nem quando foram atingidas pelas balas dos atiradores nortistas. As sentinelas eram bonecos de palha, guardando fortificações de terra abandonadas, porque durante a noite o general Johnston havia ordenado que os defensores de Magruder recuassem para Richmond. Os rebeldes partiram em silêncio, abandonando seus canhões, suas fogueiras, abandonando tudo que não pudesse ser carregado nas costas.

O general McClellan, finalmente acordado para a verdade do dia, ordenou uma perseguição, mas ninguém no exército nortista estava preparado para uma ação súbita. Os cavalos estavam pastando e os cavalarianos jogavam cartas e ouviam a chuva tamborilar nas laterais das barracas. As únicas tropas prontas para agir eram os artilheiros, e seus alvos se dissolveram na noite.

A chuva ficou mais intensa enquanto a infantaria nortista tomava posse das linhas abandonadas. Por fim, a cavalaria arreou os cavalos, mas as ordens detalhadas para a perseguição não vinham, por isso os cavaleiros não se moveram. Enquanto isso, McClellan estava redigindo seu despacho para a capital nortista. Yorktown, disse o general a Washington, havia caído numa demonstração brilhante da capacidade militar nortista. Disse que cem mil rebeldes com quinhentos canhões foram expulsos de suas linhas, permitindo a retomada da marcha para a capital inimiga. Haveria mais batalhas desesperadas, alertou, mas, pelo menos neste dia, Deus havia sorrido para o norte.

Os homens de Magruder, sem serem perseguidos nem molestados, marchavam para oeste enquanto o Jovem Napoleão se sentava para seu almoço atrasado.

— Temos uma vitória — declarou aos ajudantes. — Graças a Deus Todo-Poderoso, temos uma vitória.

De'Ath deu as últimas instruções a Nathaniel no corredor da casa decadente em Richmond. A chuva escorria das calhas quebradas e formava uma cascata no telhado da varanda; pingava da folhagem densa do jardim e empoçava no caminho arenoso onde a velha carruagem de de'Ath estava esperando. Os cubos de roda dourados refletiam a luz fraca lançada pelos lampiões tremeluzentes na varanda.

— A carruagem vai levá-lo às suas damas — avisou de'Ath com uma entonação azeda na última palavra —, mas você não vai manter o cocheiro esperando até depois da meia-noite. Nessa hora, ele vai levá-lo a um homem chamado Tyler. Tyler é o piloto que vai levá-lo através das linhas. Este é o passe para você sair da cidade. — De'Ath entregou a Nathaniel um dos familiares passaportes de papel marrom. — Tyler também é o homem que vai trazê-lo de volta. Se você voltar.

— Vou voltar, senhor.

— Se houver alguma coisa para a qual voltar!

O velho gesticulou em direção à estrada que ficava do outro lado do muro alto encimado por pedras, e Nate ouviu o som de rodas e cascos. O tráfego estivera intenso desde que a notícia do abandono de Yorktown chegara à cidade, mergulhando Richmond numa fuga em pânico. Quem possuía dinheiro havia contratado carroças ou carruagens, enchido-as com bagagens e partido para os condados mais ao sul do estado, ao passo que as pessoas incapazes de carregar seus tesouros para um lugar seguro estavam enterrando-os nos quintais dos fundos. Os corredores dos escritórios governamentais estavam com pilhas altas de caixas cheias de papéis oficiais endereçados a Columbia, Carolina do Sul, que seria a próxima capital da Confederação caso Richmond caísse, e na estação da Ferrovia Richmond & Petersburg, na Byrd Street, havia uma locomotiva esperando soltando bastante vapor e com um trem de vagões blindados, pronto para evacuar o ouro da Confederação. Até mesmo a mulher do presidente, segundo boatos, estava se preparando para levar os filhos para longe dos ianques que avançavam.

— Já imaginava que ela fosse fazer isso — comentou de'Ath azedamente quando essa notícia foi trazida à Hyde House.

Agora, na escuridão chuvosa, de'Ath se certificou de que Nate tivesse a carta falsa que o velho produzira naquela tarde. A carta, imitando as letras de fôrma do documento encontrado no quarto de hotel de Webster, informava sobre uma enorme concentração de forças rebeldes em Richmond. A carta estava costurada numa bolsa de oleado à prova d'água escondida no cós da calça de Nathaniel.

— Estou com ela, senhor.

— Então que Deus o acompanhe — declarou de'Ath abruptamente, e virou as costas.

Nathaniel supôs que não teria outra despedida além dessa bênção breve, por isso apertou o sobretudo de Oliver Wendell Holmes em volta dos ombros, enfiou o chapéu na cabeça e correu pela chuva até a carruagem. Não usava armas. Tinha abandonado a ideia de carregar uma espada depois de sua primeira batalha, deixara o fuzil com o sargento Truslow e o primoroso revólver com cabo de marfim que havia tirado do cadáver de Ethan Ridley em Manassas fora roubado enquanto ele estava na prisão. Gostaria de carregar um revólver, mas de'Ath aconselhara a não fazer isso.

— Seu objetivo é atravessar as linhas, e não ser confundido com um infiltrador. Vá desarmado, mantenha as mãos erguidas e conte mentiras como um bom advogado.

— Como um advogado mente?

— Com paixão, Sr. Starbuck, e com uma crença autoinfligida, ainda que temporária, de que os fatos que está repassando são a própria matéria da verdade de Deus. É preciso acreditar na mentira, e o modo de acreditar é se convencer de que a mentira é um atalho para o bem. Se a mentira não ajudar o cliente, não a conte. O bem é a sobrevivência do cliente, a mentira é a serviçal do bem. Suas mentiras são serviçais da sobrevivência da Confederação, e rezo a Deus para que você deseje essa sobrevivência tanto quanto eu.

O cocheiro negro de de'Ath estava na boleia da carruagem, enrolado numa multiplicidade de casacos e com a cabeça coberta por um capuz de lona.

— Pra onde, sinhô? — gritou o homem.

— Apenas siga pela Marshall. Eu lhe digo quando parar — respondeu Nathaniel, depois entrou enquanto o grande veículo partia sacolejando.

O couro dos bancos da carruagem estava rachado e deixava a crina do forro escapar. Nathaniel acendeu um charuto na lanterna abrigada que iluminava fracamente o interior da carruagem, depois enrolou uma das cortinas de couro. O avanço era lento, porque a chegada da noite não havia diminuído o tráfego da retirada. Ele esperou até terem passado pela Thirteenth Street e depois baixou a janela e gritou para o cocheiro parar diante da Medical College of Virginia. Tinha parado deliberadamente a uma boa distância de seu destino, de modo que o cocheiro não pudesse informar a de'Ath que casa ele visitara.

— Só espere aqui — ordenou, depois desceu para a rua e se apressou por dois quarteirões da Marshall antes de virar na Twelfth Street. A casa que ele desejava ficava no lado mais distante da Clay Street, uma casa grande, uma das mais luxuosas de toda Richmond, e Nate diminuiu o passo enquanto se aproximava, porque não tinha certeza do melhor modo de lidar com essa tarefa.

Entendia muito bem a armadilha que estava sendo criada por de'Ath, mas não queria deixar Adam cair nela. Se é que o traidor era mesmo Adam. Nate não tinha provas, apenas uma suspeita de que a aversão de seu ex--amigo pela guerra poderia facilmente ter se transformado em traição, e que a amizade de Adam com James poderia ter fornecido um meio para que essa traição acontecesse com facilidade.

Se é que "traição" fosse mesmo a palavra certa. Porque, se o espião era Adam, ele só estava sendo leal ao seu país de nascimento, assim como Nate estava sendo leal a uma amizade. Essa amizade podia ter sido testada, podia até mesmo ter sido rompida, mas ainda assim ele não podia permitir, a sangue-frio, que a armadilha fosse acionada. Avisaria a Adam.

E assim atravessou a rua e subiu os degraus da casa dos Faulconers na cidade. Puxou a grande argola de latão e ouviu o sino tocar no fundo dos alojamentos dos empregados. Nathaniel já havia morado nessa casa, quando chegara a Richmond e quando Washington Faulconer era seu aliado, e não seu inimigo.

A porta se abriu. Polly, uma das empregadas, olhou boquiaberta para a figura encharcada no degrau de cima.

— Sr. Starbuck?

— Olá, Polly. Eu esperava que o jovem Sr. Faulconer estivesse em casa.

— Ele não tá aqui, sinhô — disse Polly, e depois, quando Nate se moveu para sair da chuva, ela levantou a mão, amedrontada, para impedi-lo.

— Tudo bem, Polly. — Nathaniel tentou acalmar os temores dela. — Só quero escrever um bilhete e deixá-lo aqui para o Sr. Adam.

— Não, sinhô. — Polly balançou a cabeça com teimosia. — O sinhô não pode entrar. Ordens do Sr. Adam.

— Adam disse isso? — Nathaniel acreditaria se a proibição tivesse vindo de Washington Faulconer, mas não de Adam.

— Se o sinhô viesse, deveria ser mandado embora. O Sr. Adam disse — insistiu Polly. — Me desculpa.

— Tudo bem, Polly.

Nate olhou para além dela e viu que todas as pinturas que enfeitavam a famosa escadaria curva tinham sido tiradas. Havia um belo retrato de Anna, a irmã de Adam, na parede de frente para a porta, mas agora havia apenas um quadrado de papel de parede mais claro.

— Pode me dizer onde está o Sr. Adam, Polly? Só quero falar com ele, nada mais.
— Ele não tá aqui, sinhô. — Polly tentou fechar a porta, mas alguém falou atrás dela.
— Adam recebeu a ordem de voltar ao exército — disse. Era uma voz feminina, e Nathaniel olhou para os recessos cobertos por sombras do corredor, vendo uma silhueta escura e alta na porta da sala do andar de baixo.
— Muito obrigado, senhora — agradeceu. — Ele está com as tropas do pai? Ou com o general Johnston?
— Com o general Johnston. — A pessoa saiu das sombras, e Nate viu que era Julia Gordon. Ele tirou o chapéu. — Parece — continuou — que desde o abandono de Yorktown a convocação é geral. O senhor acha que estamos prestes a ser esmagados por nortistas vingativos, Sr. Starbuck?
— Não tenho certeza de nada, Srta. Gordon. — A chuva caía na sua cabeça e escorria pelo rosto.
— Eu também não. E Adam não escreve para me contar, portanto é tudo um grande mistério. Por que não sai da chuva?
— Porque fui proibido de entrar na casa, Srta. Gordon.
— Ah, que bobagem! Deixe-o entrar, Polly. Não vou contar a ninguém, se você também não contar.
Polly hesitou, depois riu e escancarou a porta. Nathaniel passou pela soleira, respingando no pano simples que protegia o piso de madeira de lei junto à porta. Ele deixou Polly pegar seu sobretudo e o chapéu, que ela pendurou numa escada de mão que fora posta ali para tirar os quadros. Quase tudo havia sumido do saguão: a bela mobília europeia, as pinturas, os tapetes persas, até o esplêndido lustre dourado que pendia no poço da escada com cinco metros de corrente.
— Tudo foi mandado para Faulconer Court House — explicou Julia, percebendo Nathaniel olhar ao redor. — O general Faulconer acreditou que seus pertences estariam mais seguros no campo. A situação deve estar mesmo desesperadora, não acha?
— O norte parou de recrutar soldados, se é que isso significa alguma coisa.
— Certamente significa que perdemos, não é?
Ele sorriu.
— Talvez nem tenhamos começado a lutar.
Julia gostou da bravata e o chamou para a sala iluminada.

— Venha para a sala de estar, para que Polly não precise ficar aterrorizada com a ideia de alguém o ver e denunciá-la ao general.

Julia o conduziu à sala do andar de baixo, iluminada por dois lampiões a gás. A maior parte da mobília se fora, mas as estantes ainda estavam atulhadas com volumes e havia uma mesa de cozinha, simples, perto de alguns caixotes abertos. Quando Nathaniel Starbuck entrou na sala familiar, pensou em como era estranho ouvir Washington Faulconer ser descrito como general, mas ele era, e era um inimigo ainda mais poderoso por causa disso.

— Estou separando os livros da família — disse Julia. — O general não queria mandar todos os volumes para o campo, só os valiosos, e ele confia em mim para dizer quais são.

— Não são todos valiosos?

Ela deu de ombros.

— Algumas belas encadernações, talvez, mas a maioria dos livros é bastante comum. — Pegou um ao acaso. — *A ascensão da república holandesa*, de Motley? Nem de longe é um volume raro, Sr. Starbuck. Não, estou separando os livros com as melhores encadernações, os livros com ilustrações especialmente apuradas e alguns outros.

— A senhora conhece livros?

— Sei mais sobre livros que o general Faulconer — respondeu Julia com um leve ar de divertimento.

Estava usando um vestido de algodão azul-escuro, de gola alta e anquinhas de alças de tecido na cintura. Os braços do vestido estavam protegidos por duas mangas de linho branco por causa da poeira. O cabelo preto estava preso num coque alto, mas alguns fios haviam se soltado, pendendo sobre a testa. Ela parecia estranhamente atraente, pensou Nate, e ele se sentiu culpado por esse pensamento. Aquela era a noiva de Adam.

— A senhorita não vai para algum lugar seguro, Srta. Gordon?

— Aonde poderíamos ir? Os parentes da minha mãe moram em Petersburg, mas, se Richmond cair, Petersburg não vai demorar muito para seguir o mesmo caminho. O general sugeriu um convite para irmos a Faulconer Court House, mas não fez qualquer provisão para a nossa mobília, e as carroças fúnebres do pobre Sr. Samworth foram tomadas para uso do exército, o que significa que nossos pertences devem ficar aqui. E, onde estiver a mobília de mamãe, mamãe estará, portanto, parece que, pela falta de uma carroça, devemos ficar em Richmond e suportar a invasão ianque. Se ela acontecer. — Julia olhou para um relógio simples, de latão, que parecia ter sido tirado dos aposentos dos empregados. — Não tenho muito tempo, Sr. Starbuck, uma vez que meu pai vem para me acompanhar para casa daqui a alguns instantes, mas eu queria lhe pedir desculpas.

— A mim? — questionou Nathaniel, surpreso.

Julia olhou para ele solenemente.

— Por causa daquela noite no hospital.

— Duvido que a senhorita tenha do que se desculpar.

— Acho que temos — insistiu. — O senhor pensaria, não é, que uma missão para os pobres estaria acostumada a lidar com jovens como a sua amiga, não é?

Nate sorriu.

— Sally não é muito pobre.

Julia apreciou a observação e sorriu de volta.

— Mas ela é sua amiga?

— É, sim.

Ela se virou para a mesa e começou a separar os livros enquanto falava.

— É-nos requerido imitar Jesus em todas as coisas, não é? Mas naquela noite acho que nosso Salvador ficaria mais satisfeito com o seu comportamento do que com o nosso.

— Ah, não — retrucou Nathaniel, sem jeito.

— Acho que sim. Adam me proibiu de mencionar de novo aquela noite. Ele me proibiu, Sr. Starbuck! — Julia ficara obviamente irritada com a ordem. — Adam ficou bastante embaraçado com aquilo. Ele teme ofender a minha mãe, sabe? Acho que tem mais medo disso do que de me ofender. — Ela espanou a poeira da lombada de um livro. — *Ensaios*, de Macauley? Acho que não. Sua amiga ficou muito magoada?

— Não por muito tempo.

— *A vida cristã*, de Baynes. Duvido que serviria muito de orientação para nós esta noite. Olhe, as páginas nem foram cortadas, mas mesmo assim não tem nenhum valor. A não ser pelo aconselhamento espiritual, mas duvido que o general me agradecesse por isso. — Ela jogou o livro de volta na mesa. — Sua amiga ficaria ofendida se eu a visitasse?

A pergunta deixou Nate espantado, mas ele conseguiu esconder a surpresa.

— Acho que ela ficaria feliz, sim.

— Cheguei a sugerir isso a Adam, mas definitivamente não ficou feliz com a ideia. Ele me disse que o piche degrada, e tenho certeza de que fiquei grata pela informação, mas não pude deixar de pensar que esse piche tem mais probabilidade de degradar um homem do que uma mulher. Não concorda?

— Acho que pode ser verdade, Srta. Gordon — disse Nathaniel com o rosto impassível.

— Mamãe desaprovaria se achasse que estou pensando nessa visita, e consigo entender a desaprovação dela. Mas por que Adam deveria se incomodar tanto?

— A mulher de César não deveria estar acima de qualquer suspeita?

Julia gargalhou. Tinha um riso muito rápido que animava seu rosto e ardia no coração de Nate.

— O senhor acha que Adam é César? — perguntou ela em tom de zombaria.

— Acho que ele quer o melhor para a senhorita — respondeu, com tato.

— O senhor acha que ele sabe? — perguntou Julia com veemência. — Tenho certeza de que não sei o que é melhor para mim. Eu gostaria de ser enfermeira, mas mamãe diz que não é uma ocupação adequada, e Adam concorda. — Ela jogou um livro na mesa, depois pareceu se arrepender da violência do gesto. — Não tenho certeza absoluta se Adam sabe o que é melhor para si mesmo — acrescentou Julia, meio para si própria, depois pegou um livro delgado com encadernação de couro vermelho. — *Eirenarcha*, de Lambarde. Tem mais de duzentos anos e vale a pena ser guardado. O senhor acha que Adam sabe o que é melhor para mim, Sr. Starbuck?

Nathaniel tinha uma leve percepção das águas profundas e escuras que seria melhor não sondar.

— Espero que saiba, se vocês vão se casar.

— Nós vamos nos casar? — Os olhos dela eram desafiadores. — Adam quer esperar.

— Até o fim da guerra?

Julia gargalhou, quebrando a estranha intimidade que existira por alguns segundos.

— É o que ele diz, e tenho certeza de que deve estar certo. — Ela soprou a poeira de um livro, olhou o título e o jogou num dos caixotes abertos. De repente, a luz do lampião a gás ficou mais fraca, em seguida aumentou de novo. Julia franziu o cenho. — Eles vivem fazendo isso. Será um sinal do fim da civilização? Ouvi o senhor dizer a Polly que queria falar com Adam?

— É. E com bastante urgência.

— Eu gostaria de poder ajudar. O general Johnston exigiu a presença dele, e Adam foi correndo obedecer. Mas não sei onde o general está, porém suponho que, se o senhor marchasse na direção do som dos canhões, iria encontrá-lo. Será que posso entregar uma mensagem? Tenho certeza de que ele voltará logo à cidade. E, se não voltar, sempre posso mandar uma carta para ele.

Nathaniel pensou por alguns segundos. Não podia simplesmente ir ao exército e procurar Adam. Seu passe só valia para uma viagem saindo da cidade, e os policiais jamais permitiriam que ele percorresse a retaguarda do exército procurando um ajudante do quartel-general. Tinha planejado deixar uma mensagem para Adam ali, mas depois decidiu que a mensagem poderia ser passada por Julia.

— Mas não por carta — implorou a ela.

— Não? — Julia ficou intrigada.

Nathaniel sabia que cartas podiam ser abertas e lidas, e essa mensagem, com a sugestão de uma correspondência traidora, não deveria ser lida por homens como Gillespie.

— Quando a senhorita o vir de novo — pediu a Julia —, poderia dizer que seria aconselhável ele interromper a correspondência com minha família? — Ele quase disse "irmão", mas decidiu que não precisava ser específico. — E, se ele achar esse conselho misterioso, eu explicarei assim que puder.

Julia olhou séria para Nathaniel durante alguns segundos.

— Eu acho misterioso — comentou depois de um tempo.

— Infelizmente isso deve continuar sendo um mistério.

Julia pegou um livro e olhou para a lombada.

— Adam disse que o senhor estava preso.

— Fui solto hoje.

— É um homem inocente?

— Como uma criança.

— Verdade? — Julia gargalhou, evidentemente incapaz de ficar séria por muito tempo. — O jornal dizia que o senhor aceitava subornos. Fico feliz por não ser verdade.

— Mas eu aceitei. Todo mundo aceita.

Julia pousou o livro e lançou um olhar especulativo para Nathaniel.

— Pelo menos o senhor é honesto com relação à sua desonestidade. Mas não com relação às suas amizades. Adam diz que não devemos falar com o senhor ou com sua amiga, e o senhor diz que ele não deve falar com sua família? Será que todos devemos fazer votos de silêncio? Bom, apesar de tudo, vou falar com sua amiga, a Srta. Royall. Qual seria a melhor hora para uma visita?

— No fim da manhã, acho.

— E que nome ela prefere?

— Suspeito que é melhor a senhorita perguntar pela Srta. Royall, apesar de o nome dela ser Sally Truslow.

— Truslow. Com W? — Julia anotou, depois copiou o endereço da Franklin Street. Olhou de novo para o relógio. — Devo pôr o senhor para fora antes que meu pai chegue e se preocupe com a hipótese de eu estar sendo degradada pelo toque do piche. Talvez um dia tenhamos o prazer de nos vermos de novo, não é?

— Eu gostaria, Srta. Gordon.

No corredor, Nathaniel vestiu o sobretudo.

— Guardou a mensagem, Srta. Gordon?

— Adam não deve se corresponder com sua família.

— E, por favor, não conte a mais ninguém. Só a Adam. E não por carta, por favor.

— Eu deixei de precisar que me dissessem qualquer coisa duas vezes quando era uma criancinha, Sr. Starbuck.

Nate sorriu diante da censura.

— Peço desculpas, Srta. Gordon. Estou acostumado a lidar com homens, não com mulheres.

Com essas palavras ele a deixou sorrindo, e também sorria ao sair à chuva. Levava uma lembrança do rosto de Julia, tão forte que quase entrou no caminho de uma carroça que levava para leste a mobília de mais um fugitivo. O negro que conduzia a carroça gritou um protesto, depois estalou o chicote acima da cabeça dos cavalos ariscos. A carroça estava com uma enorme pilha de móveis meio protegidos da chuva por uma lona inadequada.

Nathaniel andava de um poço de luz de lampião a gás até outro, assaltado por um sentimento de perda súbita. Fora desafiador com Julia, dizendo que o sul ainda não tinha começado a lutar, mas a verdade certamente era outra. A guerra havia acabado, a rebelião estava perdida, o norte era triunfante e ele, com sua carroça atrelada a uma estrela agonizante, sabia que precisava mudar a vida e começar de novo. Parou para se virar e olhar para a casa dos Faulconers. Era um momento de despedida. Uma parte de sua vida começara com uma amizade em Yale e estava terminando numa noite em meio ao pânico de uma derrota, mas ao menos no fim Nate podia ter um sentimento de nobreza negando a si mesmo. Seu amigo o rejeitara, mas ele fora fiel ao amigo. Tinha dado o aviso a Adam, e assim o afastara do cadafalso no Acampamento Lee. Adam iria sobreviver, se casar, sem dúvida prosperar.

Afastou-se da casa e foi na direção da carruagem de de'Ath. As ruas ecoavam com rodas com aros de ferro e gritos de cocheiros. As luzes estavam acesas até tarde. No vale, um trem chacoalhava e ressoava, o apito lamentoso na chuva demorada. Escravos e empregados colocavam baús e bolsas com tapeçaria em vagões; crianças choravam. Em algum lugar no leste, amortalhado pela noite, um exército vingativo vinha reivindicar uma cidade e Nate foi se salvar.

Ele entrou pela porta dos fundos, chegando à cozinha onde Grace e Charity cozinhavam vitela no fogão de chumbo preto. As duas escravas gritaram quando Nate atravessou a porta, depois o receberam com um coro de perguntas sobre de onde ele havia brotado e exclamações pelo estado de suas roupas e de sua saúde.

— O senhor ficou magro! — exclamou Grace. — Olhe para o senhor!

— Senti falta da sua comida — disse ele, depois conseguiu falar que precisava ver a Srta. Truslow. — Ela está ocupada?

— Ocupada? Ocupada com os mortos! — respondeu Grace em tom agourento, mas não quis dar maiores explicações. Em vez disso, tirou o avental, deu uma ajeitada no cabelo e subiu a escada. Voltou cinco minutos depois e disse a Nathaniel que usasse a escada dos fundos até o quarto de Sally.

O cômodo ficava no terceiro andar e dava para o jardim molhado e emaranhado que ia até o estábulo, onde a janela de seu antigo quarto surgia como um retângulo preto. As paredes eram forradas com papel de elegantes listras verdes, e a cama dela tinha um dossel de tecido verde. Havia flores secas num vaso dourado no console da lareira e paisagens pendiam em molduras laqueadas nas paredes. O quarto era iluminado por dois abajures a gás, mas havia velas numa mesa, para o caso de o suprimento de gás da cidade falhar. A mobília estava encerada e polida, as cortinas limpas, os tapetes bem batidos e arejados. Era um quarto que sugeria uma sólida virtude americana, limpo e próspero, um quarto do qual a mãe de Nathaniel se orgulharia.

A porta se abriu com um estalo e Sally entrou depressa.

— Nate! — Ela atravessou o cômodo correndo e jogou os braços em volta do pescoço dele. — Ah, meu Deus! Eu estava tão preocupada! — Beijou-o, depois passou a mão em seu casaco. — Tentei encontrar você. Fui à cadeia da cidade, depois ao Lumpkin's, e pedi ajuda às pessoas, mas não adiantou! Não consegui chegar a você. Eu queria, mas...

— Tudo bem. Eu estou bem. Estou bem de verdade.

— Está magro.

— Vou engordar de novo — disse ele, sorrindo, depois inclinou a cabeça na direção da porta aberta, ouvindo o som de risos vindo do andar de baixo.

— Eles estão levantando os mortos — observou Sally, cansada. Em seguida, tirou o coque do cabelo e o colocou na penteadeira. Sem os cachos de mentira ela parecia mais jovem. — Eles estão fazendo uma falsa sessão espiritualista — explicou. — Todos bêbados feito índios e tentando obter conselho do general Washington. Isso porque os ianques estão chegando, de modo que todos estão entupidos de uísque.

— Mas você não?

— Querido, se quiser ganhar dinheiro nesse negócio, deve-se ficar totalmente sóbrio. — Ela atravessou o quarto e estava prestes a trancar a porta, mas fez uma pausa. — Ou você queria descer? Participar?

— Não. Eu estou partindo.

Sally sentiu o peso na voz dele.

— Para onde?

Ele mostrou o passe.

— Vou atravessar as linhas. De volta para os ianques.

Sally franziu a testa.

— Vai lutar por eles, Nate?

— Não. Logo, não haverá mais luta. Vai acabar, Sally. Os desgraçados venceram. São tão presunçosos que até fecharam os postos de recrutamento. Imagine o que isso significa!

— Significa que estão confiantes — respondeu Sally com desprezo, depois fechou a porta com um estrondo. — E daí? Você já conheceu um ianque que não fosse confiante? Que inferno, é por isso que eles são ianques. Tudo pose e floreio, Nate, e ensinando padre a rezar missa, mas ainda não estou vendo nenhum deles marchando pela Franklin Street. É como diz o meu pai. A coisa só termina quando o porco para de guinchar.

Ela foi até uma mesa e pegou dois charutos num estojo. Acendeu ambos num lampião a gás e trouxe um para Nathaniel, depois se agachou diante dele, no tapete junto à lareira. As saias-balão farfalharam enquanto ela se agachava. Estava usando um elaborado vestido de seda branca, de saia ampla e cintura fina, com ombros nus sob um xale de renda com pérolas. Havia mais pérolas em seu pescoço e nas orelhas.

— Você veio se despedir?

— Não.

— Então o que veio fazer? Aquilo? — Ela virou a cabeça para a cama.

— Não. — Ele fez uma pausa. O som de uma garrafa se quebrando veio do andar de baixo, seguido por uma comemoração irônica. — Tremenda sessão espiritualista — comentou ele com um sorriso.

O espiritualismo era moda em Richmond, condenado pelos púlpitos da cidade, mas usado pelas famílias de homens mortos no campo de batalha que queriam a garantia de que seus filhos e maridos estavam em segurança do outro lado.

— Não é uma sessão de verdade. Eles só estão sentados em volta da mesa chutando as pernas dela. — Sally fez uma pausa e deu um sorriso cauteloso para Nathaniel. — Então o que é, Nate?

Ele foi em frente. Adam estava em segurança, agora era sua vez.

— Você se lembra daquela noite no hospital? Quando me disse que queria ser uma pessoa comum? Ser simples? Talvez ter uma loja? Então venha comigo. Esse passe vai permitir que nós dois cheguemos do outro lado das linhas. — Ele não tinha certeza absoluta disso, mas tinha quase certeza de que não iria sem Sally se ela concordasse em acompanhá-lo. — Tenho permissão para ir porque estou fazendo um trabalho para o governo.

Sally franziu a testa.

— Para o nosso governo?

— Preciso entregar uma carta — respondeu Nate, e viu que ela ainda suspeitava de que ele ia voltar para lutar pelo norte, por isso explicou mais. — Há um espião aqui em Richmond, um espião perigoso, e eles querem que eu prepare uma armadilha para ele, entende? E para isso preciso levar essa carta para os ianques.

— E eles não esperam que você volte?

— Eles querem que eu volte — admitiu, porém não deu mais explicações.

Ele já havia revelado o máximo que ousava, e não sabia como contar o restante; que acreditava que Adam era o espião, e que voltando a Richmond colocaria o amigo numa armadilha. Em vez disso, tinha planejado levar a carta falsa e deixar que ela desfizesse o dano já causado por Adam, e depois iria embora com Sally e deixaria os exércitos lutarem até o fim da guerra. Na melhor das hipóteses, achava, só restavam um ou dois meses de luta para a Confederação, e seria melhor sair dos destroços agora do que ser destruído na catástrofe final.

— Traga o seu dinheiro — insistiu para Sally — e vamos para o norte. Talvez para o Canadá. Talvez para o Maine. Vamos abrir sua loja de produtos alimentícios lá. Que tal irmos para oeste? — Ele franziu a testa, sabendo que estava se expressando mal. — Estou dizendo que você pode recomeçar. Estou dizendo para vir comigo, eu cuido de você.

— Com o meu dinheiro? — Sally sorriu.

— Você tem um pouco de dinheiro meu. Sei que não é muito, mas juntos podemos nos virar. Que droga, Sally, nós podemos nos estabelecer onde quisermos! Só eu e você.

Ela deu um trago no charuto, olhando-o.

— Você está se oferecendo para se casar comigo, Nate Starbuck? — perguntou depois de um tempo.

— É claro! — Será que ela não havia entendido?

— Ah, Nate. — Sally sorriu. — Você é um sujeito fantástico com quem fugir.

— Não estou fazendo isso — retrucou ele, incomodado com a acusação.

Ela não notou sua mágoa.

— Às vezes sinto vontade de me casar, Nate, e às vezes não. E, quando sinto, querido, Deus sabe que eu me casaria com você antes de me casar com qualquer outro. — Ela deu um sorriso triste. — Mas você iria se cansar de mim.

— Não!

— Shh! — Sally encostou um dedo nos lábios dele. — Eu vi você olhar para aquela garota da Bíblia no hospital. Você iria sempre querer saber como seria se casar com alguém do seu tipo.

— Isso não é justo — protestou.

— Mas é verdade, querido. — Ela deu um trago no charuto. — Você e eu somos amigos, mas teríamos um casamento terrível.
— Sally!
Ela o silenciou.
— Vou ver o fim desta guerra, Nate. Se os ianques chegarem, vou cuspir neles, depois ganhar dinheiro com os desgraçados. Não sei o que mais faria, mas sei que não vou fugir.
— Não estou fugindo — garantiu ele, mas sem muita convicção.
Sally pensou por um segundo.
— Você não teve dificuldades, Nate. Conheço um monte de rapazes como você. Você gosta dos seus confortos. — Desta vez, ela viu que o havia magoado, por isso estendeu a mão e tocou em seu rosto. — Talvez eu esteja errada. Vivo esquecendo que este país não é seu, e sim meu. — Ficou quieta por um tempo, pensando, depois lhe deu um sorriso breve. — Vai chegar um tempo em que você estará de pé sozinho, e não na sombra do seu pai. É isso que meu pai me ensinou. Não sou uma pessoa de desistir, Nate.
— Eu não estou...
— Shh! — Ela tocou os lábios dele outra vez. — Sei que os ianques ainda não venceram, e você mesmo disse que são necessários cinco deles para derrotar um dos nossos rapazes.
— Eu estava contando vantagem.
— Como um homem. — Ela sorriu. — Mas o porco ainda está berrando, querido. Ainda não fomos derrotados.
Nathaniel deu um trago no charuto. Tinha se convencido de que Sally o acompanharia. Nem por um momento imaginara que ela preferiria ficar e se arriscar à vitória ianque. Tinha pensado que eles fugiriam juntos e fariam um pequeno refúgio longe dos problemas do mundo. A recusa o deixou confuso.
— Nate? — perguntou Sally. — O que você quer?
Ele pensou.
— No inverno passado eu estava feliz. Quando estava com a companhia. Gosto de ser um soldado.
— Então, se quer alguma coisa, querido, vá atrás dela. Como diz o meu pai, o mundo não deve nada a ninguém, o que significa que você precisa ir e plantar, fazer, comprar ou roubar o que quiser. — Sorriu. — Está sendo honesto com esse negócio do espião?
Sally o encarou.

— Estou. Juro.

— Vá pegar o desgraçado, querido. Você prometeu entregar essa carta, então faça isso. Se quiser fugir depois, você é quem sabe, mas faça isso com seus próprios pés, não com os meus. — Ela se inclinou e o beijou. — Mas, se voltar para cá, querido, eu ainda vou estar aqui. Ainda lhe devo muito. — Fora por Sally que Nathaniel havia assassinado Ethan Ridley, e a gratidão dela por esse fato era sincera e profunda. Sally jogou o que restava do charuto nos ladrilhos da lareira. — Quer que eu lhe dê o seu dinheiro?

Ele balançou a cabeça.

— Não. — Suas certezas estavam se desvanecendo, deixando-o confuso outra vez. — Você faria uma coisa por mim?

— Se eu puder, claro.

— Escreva ao seu pai.

— Meu pai! — Ela pareceu alarmada. — Ele não quer receber uma carta minha!

— Acho que quer.

— Mas eu não sei escrever direito! — Sally enrubescia, subitamente envergonhada com a falta de estudo.

— Ele também não lê muito bem. Só escreva e diga que eu vou voltar. Diga que vou estar com a companhia antes do fim da primavera. Prometa isso a ele.

— Achei que o desgraçado do Faulconer não queria você na legião.

— Eu posso derrotar Faulconer.

Sally gargalhou.

— Há um minuto, Nate, você estava a favor de correr e se esconder no Canadá, agora vai derrotar o general Faulconer? É claro, vou escrever ao meu pai. Tem certeza quanto ao dinheiro?

— Guarde para mim.

— Então você vai voltar?

Ele sorriu.

— O porco ainda está berrando, querida.

Ela deu um beijo em Nathaniel, depois se levantou e foi até a penteadeira, onde ajeitou cuidadosamente o coque falso no cabelo escovado para trás. Certificou-se de que os cachos caíam naturalmente, depois sorriu para ele.

— Verei você, Nate.

— Verá, mesmo. — Ele a olhou ir até a porta. — A garota da Bíblia — lembrou-se de repente.

— O que tem ela? — Sally parou com a mão na beira da porta.
— Ela quer vir conversar com você.
— Comigo? — Sally riu. — Sobre o quê? Jesus?
— Talvez. Você se incomoda?
— Se Jesus não se incomoda, por que eu iria me incomodar?
— Ela se sente mal por causa daquela noite.
— Eu tinha esquecido — comentou Sally, depois deu de ombros. — Não, não esqueci. Em parte, esperava esquecer. Mas talvez eu possa ensinar uma coisa ou duas a ela.
— Como o quê?
— O que é um homem de verdade, querido. — Ela riu.
— Não a perturbe — pediu Nathaniel, e ficou surpreso com o súbito impulso de proteger Julia, mas Sally não tinha escutado. Já havia saído. Ele terminou de fumar o charuto. Parecia não haver uma saída fácil, o que significava que tinha uma promessa a cumprir e um espião a trair. Em algum lugar na noite um relógio marcou a hora, e Nate seguiu para a escuridão.

8

— O que é isso? — Belvedere Delaney segurou uma nota de dinheiro entre o indicador e o polegar como se aquela coisa amarrotada fosse contagiosa. — Paróquia de Point Coupee — leu em voz alta a inscrição na nota. — Dois dólares. Querida Sally, espero que não seja isso que você cobra pelos seus serviços.

— Você é mesmo engraçado, não é? — comentou Sally, depois pegou a nota da mão do advogado e a acrescentou a uma das pilhas na mesa de castanheira. — Ganhos no jogo — explicou.

— Mas o que vou fazer com isso? — perguntou Delaney fastidiosamente, pegando de novo a nota ofensiva. — Devo viajar à Louisiana e exigir que o funcionário da Paróquia de Point Coupee me pague dois dólares?

— Você sabe muito bem que eles vão descontar o dinheiro no Exchange Bank — disse Sally rapidamente, pegando a nota de volta e acrescentando-a aos ganhos da semana. — São quatrocentos e noventa e dois dólares e sessenta e três centavos vindos lá de baixo. — "Lá de baixo" significava as mesas onde aconteciam os jogos de pôquer e euchre, e onde a casa recebia uma porcentagem dos ganhos. A política era de que qualquer tipo de dinheiro com o qual os jogadores concordassem podia ser usado nas mesas, mas em cima a única moeda aceitável eram as novas notas de dólar nortistas, moedas de ouro e prata e Notas do Tesouro da Virgínia.

— E quanto dos quatrocentos e noventa e dois dólares é dinheiro útil? — quis saber Delaney.

— Metade — admitiu Sally. O resto era em notas extravagantes emitidas por uma variedade de bancos, mercadores e governos municipais sulistas que haviam ajustado suas prensas para substituir a morte do dinheiro nortista.

— O Banco de Chattanooga — disse Delaney com escárnio, folheando as notas. — E o que, em nome de Deus, é isso? — Ele balançou um pedaço de papel desbotado. — Uma nota de vinte e cinco centavos da Corte Inferior do Condado de Butts, Jackson, Geórgia? Meu Deus, Sally, estamos ricos! Um quarto de dólar! — Ele jogou a nota na mesa. — Por que simplesmente não imprimimos umas notas também?

— Por que não? — perguntou Sally. — Seria muito mais fácil do que o trabalho que faço lá em cima.

— Poderíamos inventar paróquias inteiras! Condados inteiros! Poderíamos criar nossos próprios bancos!

Delaney estava adorando a ideia. Qualquer coisa que sabotasse a Confederação agradava a Belvedere Delaney, e destruir a moeda certamente apressaria a morte da rebelião. Não que a moeda sulista precisasse de muita desvalorização; os preços subiam a cada dia e todo o sistema financeiro se baseava em promessas frágeis que, para a realização, precisavam da vitória confederada. Até as notas oficiais do governo admitiam isso, prometendo pagar ao portador o valor nominal da nota, mas somente seis meses após a paz ser declarada entre os lados em guerra.

— Poderíamos colocar uma prensa na cocheira — sugeriu Delaney. — Quem iria saber?

— O gráfico? — perguntou Sally azedamente. — Você precisaria de gente demais, Delaney, e com certeza eles iriam acabar chantageando-o. Além disso, tenho uma ideia melhor para a cocheira.

— Diga.

— Pinte de preto, ponha tapetes, uma mesa e doze cadeiras, e garanto um lucro maior do que você pode ganhar com o meu quarto.

Delaney balançou a cabeça sem entender.

— Você vai servir refeições?

— É claro que não. Sessões espiritualistas. Estabeleça-me como a melhor médium de Richmond, me passe fofocas, cobre cinco pratas por uma sessão geral e cinquenta por uma consulta particular.

A ideia viera a Sally na noite anterior, quando os clientes da casa fizeram a sessão espiritualista falsa na sala escura. Tinha sido um jogo, mas Sally notou que mesmo assim alguns participantes esperavam uma intervenção natural, e achou que a superstição poderia ser usada para lucrar.

— Vou precisar de um ajudante para bater nas paredes e balançar os véus — disse ao fascinado Delaney —, e temos de desenvolver mais alguns truques.

Delaney gostou da ideia. Balançou a mão vagamente para os andares de cima.

— E você deixaria o negócio do quarto?

— Enquanto eu estiver ganhando dinheiro, é claro que sim. Mas vou precisar que você invista um pouco antes. Não podemos enganar a cidade com uma sala barata. Tem de ser bem-feito.
— Você é brilhante, Sally. Muito brilhante.
O elogio de Delaney era genuíno. Ele gostava de seus encontros semanais com Sally, cuja inteligência comercial o impressionava e cujo forte bom senso o divertia. Era Sally quem cuidava do lado financeiro da casa, fazendo isso com uma eficiência rápida e uma honestidade rude. O bordel, com seus luxos e o ar de exclusividade, era uma mina de ouro para o advogado, mas também um lugar onde ele captava fofocas sobre políticos e comandantes militares sulistas, e toda essa fofoca era repassada ao contato de Delaney em Washington. O quanto das informações era verdadeiro ou útil, Delaney nem sempre sabia, nem se importava particularmente. Bastava que ele estivesse do lado do norte e que com isso pudesse lucrar antecipadamente com essa aliança quando, como ele via, acontecesse a inevitável vitória da União. Agora, ainda pensando na proposta de Sally para transformar a construção nos fundos da casa em um templo espiritualista, Delaney pegou sua parte do dinheiro da semana.
— Então, conte-me as novidades.
Sally fez um gesto através da janela, para onde as carroças e as carruagens dos refugiados ainda bloqueavam a rua.
— Essa é a novidade, não é? Logo não teremos mais clientes.
— Ou teremos novos clientes chegando? — sugeriu Delaney delicadamente.
— E vamos cobrar o dobro deles — fungou Sally, depois perguntou se era verdade que os escritórios de recrutamento do exército nortista tinham sido fechados.
— Eu não tinha ouvido isso — declarou Delaney, tomando cuidado para não demonstrar como estava empolgado com a notícia.
— Os ianques devem estar muito metidos a besta — observou Sally com o cenho franzido.
E com bons motivos, pensou Delaney, porque o exército nortista estava a apenas um dia de marcha da cidade.
— Que cliente lhe contou sobre os escritórios de recrutamento?
— Não foi um cliente. Foi Nate.
— Starbuck? — indagou Delaney com surpresa. — Ele esteve aqui?
— Ontem à noite. Acabaram de soltá-lo da cadeia.

— Eu vi que ele tinha sido solto. — A notícia saíra no *Examiner* e no *Sentinel*. — Nathaniel está no quarto dele? Eu deveria ir dizer olá.

— O filho da mãe está sendo um idiota. — Sally acendeu um charuto.

— Deus sabe onde ele está.

— O que você quer dizer com isso? — Sally estivera tentando esconder a ansiedade da voz, mas Delaney era perceptivo demais para não notar aquele tom, e sabia como ela gostava de Nathaniel Starbuck.

— É que ele está arriscando a maldita vida, é isso. Nate vai levar uma carta para o outro lado das linhas e queria que eu fosse com ele.

Delaney sentiu um belo acepipe ali, mas não ousava ser ansioso demais no questionamento, para não levantar as suspeitas de Sally.

— Ele queria que você passasse para o lado dos ianques? Que estranho.

— Ele queria que eu me casasse com ele — corrigiu Sally.

Delaney sorriu para ela.

— Que gosto sofisticado tem o nosso amigo Starbuck! — exclamou com galanteria. — E você recusou? — Ele a provocou gentilmente com a pergunta.

Sally fez uma careta.

— Ele achou que a gente poderia abrir uma loja no Maine.

Delaney gargalhou.

— Minha cara Sally, você seria desperdiçada! E odiaria o Maine. Eles vivem em casas de gelo, sobrevivem sugando peixe salgado e cantam salmos para se divertir. — Delaney balançou a cabeça pesaroso. — Pobre Nate. Vou sentir falta dele.

— Ele disse que vai voltar. Não queria, se eu fugisse com ele, mas como não vou acompanhá-lo, ele disse que vai entregar a carta e voltar para cá.

Delaney pretendeu esconder um bocejo.

— Que tipo de carta? — perguntou com inocência.

— Ele não disse. Era só uma carta do governo daqui.

Sally fez uma pausa, mas então sua preocupação com Nathaniel a fez explicar mais, e nem uma vez suspeitou de que suas elucidações poderiam colocá-lo em perigo. Sally confiava totalmente em Delaney. O advogado era seu amigo, era um oficial confederado uniformizado e um homem gentil. Outras prostitutas suportavam surras e desprezo, mas Belvedere Delaney sempre se comportava com consideração e cortesia para com as mulheres que empregava; de fato, ele parecia tão preocupado com a felicidade e a saúde de seus empregados quanto com os lucros que lhe garantiam, e assim Sally se sentiu livre para colocar as preocupações em seu ouvido simpático.

— Nate disse que há um espião, um espião perigoso de verdade, que está contando aos ianques tudo que o nosso exército planeja fazer, e, se ele puder entregar a carta em segurança, ela vai acabar com o espião. Ele não falou mais do que isso, mas basta. Ele é um idiota. Não deveria querer se misturar com essa bobagem, Delaney. Vai acabar enforcado como aquele homem que penduraram no Acampamento Lee.

O fim de Webster rendera uma história rica para os jornais, que descreveram o enforcamento como o destino merecido de um espião.

— Certamente não queremos que o pobre Nate seja enforcado — comentou Delaney com gravidade, e viu que sua mão direita tremia ligeiramente, só o bastante para fazer a fumaça do cachimbo balançar enquanto subia na direção do teto de estuque. Sua primeira reação foi de que Nathaniel estava numa missão para colocá-lo numa armadilha, depois descartou esse temor como uma bobagem autoindulgente. Richmond estava cheia de espiões, desde os escancarados e excêntricos como a rica e louca Betty Van Lew, que andava pela cidade murmurando traição e levando presentes para os prisioneiros nortistas, até os sutis e secretos como o próprio Delaney. Mas Delaney conhecia pouquíssimos segredos militares, e as palavras de Sally sugeriam que o espião que Nathaniel estava caçando era um militar, alguém que tinha acesso a todos os segredos da Confederação. — E o que você quer que eu faça? — perguntou a Sally.

Ela deu de ombros.

— Acho que Nate só vai ficar feliz se puder voltar para a legião. Ele gosta de estar lá. Você pode dar um jeito nisso? Se ele voltar da visita aos ianques, é claro.

— E se ainda existir uma Confederação — acrescentou Delaney em dúvida.

— Claro que vai haver uma Confederação. Ainda não fomos derrubados. Então, você não pode falar com o general Faulconer?

— Eu? — Delaney estremeceu. — Faulconer não gosta de mim, querida, e com certeza odeia Nate. Posso dizer agora que Faulconer não vai deixar Nate voltar à sua preciosa legião.

— Então você pode colocá-lo em outro regimento? Ele gosta de ser um soldado.

Idiotice dele, pensou Delaney, mas guardou essa opinião para si.

— Posso tentar — concedeu, depois olhou para um relógio de bronze dourado que enfeitava o console. — Acho que devo ir, querida.

— Não vai ficar para o café da manhã? — Sally pareceu surpresa.

Delaney se levantou.

— Até os advogados precisam trabalhar de vez em quando, querida.

Delaney era conselheiro jurídico do Departamento de Guerra, um cargo que implicava menos de uma hora de trabalho por mês, mas que lhe pagava um salário anual de mil quinhentos e sessenta dólares, embora fossem dólares sulistas. Ele ajeitou o paletó.

— Farei o máximo que puder por Nate, prometo.

Sally sorriu.

— Você é um homem bom.

— Não é uma verdade espantosa?

Delaney beijou a mão de Sally com a gentileza de sempre, pôs seu dinheiro numa maleta de couro e seguiu rapidamente para a rua. Havia começado a chover de novo; as gotas traziam um vento frio demais para a estação.

Ele andou rapidamente por um quarteirão até seu apartamento, na Grace Street, onde destrancou a escrivaninha de tampo corrediço. Havia ocasiões em que o advogado suspeitava que as centenas de informantes nortistas em Richmond estivessem competindo para fornecer as melhores informações, e que o vencedor dessa competição secreta ganharia as melhores recompensas quando o norte ocupasse a cidade. Sua pena raspou rapidamente o papel e ele refletiu que sua pequena fofoca deveria render um prêmio alto quando a vitória chegasse. Anotou tudo que Sally dissera. Escreveu rapidamente, avisando ao norte que Nathaniel Starbuck era um traidor, e depois lacrou a carta dentro de um envelope, que endereçou ao tenente-coronel Thorne, do Departamento de Inspetoria Geral em Washington, D.C. Lacrou o envelope dentro de um outro, que endereçou ao reverendo Ashley M. Winslow, na Canal Street, Richmond, depois entregou o pacote e três dólares nortistas ao seu escravo doméstico.

— Isso é urgente, George. É para os nossos amigos mútuos.

George conhecia e compartilhava da lealdade de seu senhor. Ele levou a carta à Canal Street e a entregou a um homem chamado Ashley, cujo dono era supervisor da Ferrovia Central Virginia. George deu a Ashley dois dólares. Ao anoitecer, um trem havia levado a carta e um dos dois dólares para a estação de Catlett, no norte da Virgínia, onde um negro livre que era dono de uma pequena oficina de sapateiro se ocupou do envelope.

Enquanto isso, em Richmond, o êxodo continuava. A mulher do presidente levou os filhos para fora da cidade. O preço do transporte triplicou. Quando o vento vinha do leste, às vezes havia uma estranha percussão abafada no ar, praticamente indiscernível, mas que mesmo assim estava lá. Era o som dos canhões. Belvedere Delaney ouviu o barulho distante e pôs uma bandeira nortista em sua sala, pronta para ser pendurada na janela como um cumprimento aos vitoriosos ianques. Imaginou se sua carta chegaria a Washington a tempo, ou se a guerra terminaria antes que a traição de Nathaniel Starbuck fosse descoberta. De certo modo, esperava que o jovem nortista vivesse, porque Nate era um patife charmoso, mas mesmo assim era um patife, o que provavelmente significava que estava condenado à forca, de qualquer modo. Seria uma morte que Delaney lamentaria, mas, nessa temporada de mortes, um cadáver a mais não faria tanta diferença. Seria uma pena, mas só isso. O advogado ouviu o som dos canhões distantes e rezou para que ele significasse a derrota da rebelião.

Os primeiros ianques a perceber a aproximação de Nathaniel foram homens do 5º Regimento de Infantaria de New Hampshire, que o confundiram com um rebelde desgarrado e o fizeram marchar à ponta de baionetas até o subcomandante deles, um capitão de barba revolta com óculos de lentes pequeninas, que ficou montado num cavalo malhado olhando o prisioneiro maltrapilho através da chuva.

— Vocês revistaram o miserável? — perguntou o capitão.

— Ele não tem nada — respondeu um dos captores. — Pobre como um advogado honesto.

— Levem-no à brigada — ordenou o capitão. — Ou, se for muito complicado, só atirem no desgraçado quando ninguém estiver olhando. É isso que desertores merecem, uma bala.

Ele deu um riso torto para Nate, como se o desafiasse a questionar o veredicto.

— Não sou desertor — retrucou.

— Nunca achamos que fosse, rebelde. Só acho que você é um filho da mãe de pés cansados que não conseguiu acompanhar o passo. Acho que vou fazer um favor aos separatistas matando você, motivo pelo qual talvez eu o deixe viver. — O capitão segurou as rédeas e balançou a cabeça, sem dar importância. — Levem o desgraçado.

— Estou trazendo uma mensagem — disse Nathaniel em desespero. — Não sou desertor nem desgarrado. Estou levando uma mensagem para o major James Starbuck, do Serviço Secreto. Saí de Richmond há duas noites!

O capitão lançou um olhar demorado e maldoso a Nathaniel.

— Filho — disse, por fim. — Estou morto de cansaço, tonto de fome, completamente molhado e só quero ir para casa, em Manchester, de modo que, se estiver desperdiçando o meu tempo, talvez eu fique tão cansado de você que enterre sua carcaça miserável sem nem mesmo desperdiçar uma bala com ela primeiro. Então me convença, filho.

— Preciso de uma faca emprestada.

O capitão olhou para os dois homens corpulentos que haviam capturado Nate e riu, achando que o prisioneiro tentaria lutar com eles.

— Está se sentindo heroico, rebelde, ou somente com sorte?

— Uma faca pequena — acrescentou Nate, cansado.

O capitão remexeu em camadas de roupas úmidas. Atrás dele a infantaria de New Hampshire avançava com dificuldade pela estrada lamacenta, com a chuva molhando os sobretudos usados como capas por cima das mochilas. Alguns homens lançavam um olhar interrogativo para Nathaniel, tentando ver na casaca cinzenta puída e nas calças largas e remendadas desse rebelde capturado as características demoníacas que os pregadores nortistas descreveram.

O capitão pegou um pequeno canivete que Nate usou para cortar a costura do cós da calça. Tirou a bolsa impermeável, que entregou ao cavaleiro.

— Ela não deve se molhar, senhor.

O capitão desdobrou a bolsa, depois cortou a costura revelando as folhas de papel fino. Xingou quando uma gota de chuva acertou a página, dissolvendo uma palavra instantaneamente, depois se curvou à frente para abrigar os papéis do mau tempo. Baixou os óculos molhados no nariz e olhou por cima da borda para a letra condensada, e o que leu o convenceu por completo da sinceridade do jovem, porque dobrou os papeis cuidadosamente e pôs de novo na bolsa de lona impermeável, que devolveu a Nathaniel.

— Você está me colocando numa tremenda encrenca, filho, mas acho que o Tio Sam quer que eu me esforce. Você precisa de alguma coisa?

— De um charuto.

— Dê um charuto ao homem, Jenks, e tire sua baioneta das costelas do pobre filho da mãe. Parece que ele está do nosso lado, afinal.

Cavalos foram encontrados, e uma escolta foi formada por dois tenentes que aproveitaram a chance de cavalgar até Williamsburg. Ninguém tinha certeza absoluta de onde estava o quartel-general do Exército do Potomac, mas a cidade parecia o local óbvio, e um dos tenentes vira uma garota lá no dia anterior que jurou ser a coisa mais linda que poderia ter a esperança de ver neste lado do paraíso, por isso cavalgaram para Williamsburg. O tenente queria saber se as garotas de Richmond eram igualmente bonitas, e Nathaniel garantiu que sim.

— Mal posso esperar para ir até lá — comentou o tenente, mas seu companheiro, um homem muito menos otimista, perguntou a Nate até que ponto as defesas em volta da cidade eram formidáveis.

— São bastante formidáveis.

— Bom, acho que os nossos rapazes dos canhões mal podem esperar para massacrá-las. Desde que os separatistas correram de Yorktown sem esperar para serem mortos primeiro.

Os tenentes presumiram, e Nathaniel não os desiludiu, que ele era um patriota nortista que arriscara a vida por seu país, e estavam naturalmente curiosos. Queriam saber de onde era, e, quando respondeu dizendo que era de Boston, eles disseram que passaram por lá a caminho da guerra, e que bela cidade era aquela! Melhor que Washington, que era toda feita de avenidas varridas pelo vento, prédios inacabados e especuladores tentando ganhar um ou dois dólares dos honestos soldados da área rural. Conheceram o presidente Lincoln lá, e ele era um homem bom, simples e direto, mas, quanto ao restante da cidade, disseram, praticamente não havia palavras ruins que bastassem.

Os tenentes não estavam com pressa especial e pararam numa taverna onde pediram cerveja. O taverneiro, um homem carrancudo, disse que já haviam bebido toda a cerveja e ofereceu uma garrafa de vinho de pêssego. Era doce e encorpado, bastante viscoso. Nathaniel, sentado na varanda dos fundos da taverna, viu no rosto do taverneiro o ódio dos invasores. Por sua vez, os dois tenentes desprezavam o taverneiro como um ignorante cabeludo com uma necessidade desesperada de esclarecimento nortista.

— Não é um lugar feio! — comentou o mais animado dos dois tenentes, indicando a paisagem. — Se fosse bem drenado e cultivado criteriosamente, daria para ganhar dinheiro aqui.

Na verdade, a paisagem chuvosa parecia pouquíssimo convidativa. A taverna ficava numa clareira logo ao norte dos pântanos ao redor do rio

Chickahominy. O rio em si não era mais largo do que a Main Street de Richmond, mas era cercado por largas faixas de pântano inundado que exalava um cheiro intenso e ruim.

— Para mim, parece um lugar doentio — observou o tenente mais pessimista. — Esse tipo de pântano causa doenças. Não é uma terra para homens brancos.

Os tenentes, desapontados com o vinho doce e encorpado, decidiram continuar a viagem. A jornada levou os três cavaleiros contra uma maré de infantaria que chegava, e Nathaniel notou como os soldados nortistas eram bem equipados. Nenhum daqueles homens tinha solas de sapatos presas com barbante, nenhum usava cordas esgarçadas como cintos, nenhum carregava um mosquete de cano liso e pederneira como os que foram usados pelos homens de George Washington ao marchar por essas mesmas estradas para espremer os ingleses contra o mar em Yorktown. Aquelas tropas não tinham uniformes remendados com restos de outros uniformes, nem precisavam moer amendoim torrado e maçãs defumadas para substituir o café. Aqueles nortistas pareciam bem alimentados, animados e confiantes, um exército treinado, equipado e decidido a acabar rapidamente com uma desgraça.

A dois ou três quilômetros do destino passaram por um estacionamento de artilharia onde Nathaniel parou para olhar, com puro espanto. Não imaginava que existissem tantos canhões em todo o mundo, quanto mais num pequeno campo na Virgínia. Estavam enfileirados roda com roda, todos com armões novos e envernizados, polidos, a para além deles havia fileiras de carroças cobertas, novas em folha, que guardavam os suprimentos e a munição de reserva dos artilheiros. Tentou contar os canhões, mas estava escurecendo e ele não conseguia ver com nitidez suficiente para fazer uma estimativa aproximada. Havia fileiras de Napoleões de doze libras e de canhões Parrott com suas culatras bojudas, e hectares de peças de três polegadas com canos estriados esguios. Alguns canhões tinham canos enegrecidos, lembrança de que os rebeldes haviam travado uma ação rápida e sangrenta em Williamsburg para retardar o avanço federal. Grupos de artilheiros se reuniam ao redor de fogueiras, no meio dos canhões, e o aroma de carne assada fez os três cavaleiros instigarem os animais na direção dos confortos da cidade próxima.

As primeiras luzes de lampiões apareciam através de janelas quando eles entraram trotando em Williamsburg com sua bela coleção de antigos prédios universitários. Algumas casas eram novas e bem-cuidadas, mas outras, presumivelmente as abandonadas pelos donos, foram reviradas pelos ianques. Cortinas rasgadas pendiam de janelas quebradas, e cacos de louça cobriam os quintais. Uma boneca estava caída na lama de um pátio, e um colchão rasgado tinha sido pendurado nos restos lascados de uma cerejeira. Uma casa havia sido destruída pelo fogo, só restando duas chaminés finas e pretas e alguns estrados de cama tortos e meio derretidos. Havia tropas acantonadas em todas as casas.

A College of William and Mary sofrera tanto quanto a cidade propriamente dita. Os tenentes amarraram os cavalos num poste no pátio principal e exploraram o Prédio Wren procurando a sede do serviço secreto. Uma sentinela no portão da faculdade havia garantido que o escritório funcionava lá, mas ele não tinha certeza do lugar exato, por isso os três homens caminharam por corredores iluminados por lampiões, cheios de livros destruídos e papéis rasgados no chão. Para Nathaniel, parecia que uma horda de bárbaros viera destruir o aprendizado. Todas as estantes tinham sido esvaziadas e os livros estavam amontoados no chão, queimavam em lareiras ou estavam simplesmente jogados de lado. Pinturas foram cortadas e documentos antigos tirados de baús quebrados para serem usados como lenha. Numa sala, o forro de linho fora arrancado das paredes de reboco por baionetas e cortado para servir como acendalha, de modo que agora só restavam cinzas numa grande lareira. Os corredores recendiam a urina. Uma efígie grosseira de Jefferson Davis com chifres de diabo e cauda bifurcada tinha sido pintada com cal na parede de uma sala de aula. Havia soldados acampados nas salas de pé-direito alto. Alguns homens encontraram becas de professores penduradas num armário e agora andavam pelos corredores enrolados nos mantos de seda preta.

— Estão procurando o quartel-general? — Um capitão de Nova York, com o hálito fedendo a uísque, apontou para algumas casas que ficavam a uma curta distância, no escuro. — As casas do corpo docente. — Ele deu um soluço, depois riu quando uma risada feminina soou na sala atrás. Alguém havia escrito com giz "Salão da Amalgamação" por cima da porta da sala. — Nós capturamos a bebida da faculdade e no momento estamos amalgamando as garotas da cozinha que foram libertadas — anunciou o capitão. — Venham se juntar a nós.

Um sargento de Nova York se ofereceu para acompanhar Nathaniel até a casa onde ele acreditava que ficava o quartel-general do serviço secreto, enquanto os dois tenentes de New Hampshire, desincumbidos da tarefa, foram se juntar às comemorações dos nova-iorquinos. O sargento estava com raiva.

— Eles não têm noção de dever — disse sobre seus oficiais. — Estamos numa cruzada justa, e não num deboche bêbado! Elas não passam de ajudantes de cozinha, mal saídas da infância! O que queremos que aquelas pobres negras inocentes pensem? Que não somos melhores que os sulistas?

Mas Nate não podia desperdiçar sua simpatia com a infelicidade do sargento. Estava consumido demais pela apreensão e pelo nervosismo enquanto andava por um caminho cheio de poças até a fileira de casas elegantes iluminadas por lampiões. Estava a segundos de encontrar seu irmão e esclarecer com certeza se seu ex-amigo era um traidor. Além disso, precisava fazer um jogo, e não tinha certeza se conseguiria continuar com ele. Talvez perdesse a convicção ao ver o rosto de James. Talvez toda essa farsa fosse a maneira de Deus agir para levá-lo de volta ao caminho certo. Seu coração parecia bater fraco no peito; a barriga, ainda azeda pelos maus-tratos de Gillespie, parecia áspera. Seja fiel à sua verdade, disse a si mesmo, mas isso só provocou a pergunta de Pôncio Pilatos. O que é a verdade? Será que Deus queria que ele traísse o sul? Por um nada ele teria dado meia-volta e fugido desse confronto, mas em vez disso o sargento indicou uma casa bastante iluminada por velas e guardada por duas sentinelas de casaca azul que se protegiam do vento na parede de tijolos vermelhos.

— Essa é a casa — disse o sargento, depois chamou as duas sentinelas. — Ele tem negócios aí dentro.

A porta estava marcada com giz. "Major E. J. Allen e Pessoal, não entre". Nathaniel meio esperou que as sentinelas o proibissem de entrar, mas, em vez disso, sem questionamento, conduziram-no para um saguão cheio de desenhos de catedrais europeias pendurados nas paredes. Um cabide feito de uma galhada de cervo estava cheio de casacas azuis e cintos com espadas. Vozes de homens e o som de talheres raspando pratos vinham de uma sala que se abria no corredor, à esquerda de Nate.

— Tem alguém aí? — gritou uma voz na sala de jantar.

— Estou procurando... — começou Nathaniel, mas sua voz falhava parcialmente e ele precisou recomeçar. — Estou procurando o major Starbuck — gritou de novo.

— E quem, em nome de Deus, é você?

Um homem baixo e barbudo, com voz acentuada, apareceu junto à porta aberta. Tinha um guardanapo enfiado no colarinho e um pedaço de frango cravado num garfo, na mão direita. Lançou um olhar de desprezo para o uniforme maltrapilho de Nathaniel.

— Você é um rebelde miserável? Hein? É isso que você é? Veio implorar uma refeição decente, foi, agora que sua rebelião miserável desmoronou? E então? Fale, idiota.

— Sou irmão do major Starbuck e tenho uma carta de Richmond para ele.

O sujeito beligerante o encarou por alguns segundos.

— Meu Deus — disse finalmente numa blasfêmia atônita. — Você é o irmão de Richmond?

— Sou.

— Então entre, entre! — Ele fez um gesto com o pedaço de frango espetado. — Entre!

Nathaniel entrou numa sala onde uma dúzia de homens estava sentada ao redor de uma mesa bem-provida. Velas ardiam em três candelabros sobre o tampo polido, os pratos tinham pão fresco, verduras e carne assada, e vinho tinto e prataria vistosa brilhavam à luz das chamas. Por mais que estivesse com fome, Nate não notou nada disso; só viu do outro lado da mesa o homem barbudo que tinha começado a se levantar, mas que agora parecia congelado no meio do movimento, acima da cadeira. Ele olhou para Nathaniel com incredulidade.

— Jimmy! — exclamou o homem que havia acuado Nate no corredor. — Ele disse que é seu irmão!

— Nate — disse James, ainda meio agachado saindo da cadeira, com a voz débil.

— James. — De repente, Nathaniel sentiu um imenso afeto pelo irmão.

— Ah, graças a Deus! — exclamou James, e desmoronou de volta na cadeira, como se o momento fosse demais para ele. — Ah, graças a Deus! — repetiu, levando um guardanapo aos olhos fechados enquanto rezava agradecendo o retorno do irmão. Os outros homens ao redor da mesa olharam para Nathaniel imóveis e em silêncio.

— Eu lhe trouxe uma mensagem — interrompeu Nate a oração silenciosa do irmão.

— De...? — perguntou James num tom de ansiedade e esperança. Quase acrescentou o nome, mas então se lembrou da promessa de manter em segredo a identidade de Adam. Conteve a pergunta e até pôs um dedo nos lábios como se alertasse o irmão para não dizer o nome em voz alta.

E então Nathaniel soube. O movimento de alerta de James sugeria que ele conhecia a identidade do espião, e isso só poderia significar que o traidor era Adam. Sempre tivera de ser Adam, mas essa inevitabilidade não havia impedido Nate de esperar e rezar para que o espião fosse um completo estranho. Sentiu uma tristeza súbita e imensa pelo amigo, e um desespero porque agora precisaria usar essa nova certeza. James ainda estava esperando uma resposta, e Nate assentiu.

— É — respondeu. — É dele.

— Graças a Deus por isso também — disse James. — Temi que ele tivesse sido capturado.

— Jimmy está rezando de novo — comentou o sujeito baixo e barbudo, intrometendo-se na conversa dos irmãos. — Portanto é melhor se sentar e comer alguma coisa, Sr. Starbuck. Você parece bastante faminto. Está com a mensagem aí?

— Esse é o Sr. Pinkerton — apresentou James. — Chefe do Escritório de Serviço Secreto.

— E é uma honra conhecê-lo — declarou Pinkerton, estendendo a mão.

Nathaniel trocou um aperto de mão e depois entregou o quadrado de tecido impermeável a Pinkerton.

— Acho que o senhor estava esperando isso.

Pinkerton desdobrou o pano e observou a letra cuidadosamente disfarçada.

— É de verdade, Jimmy! Do seu amigo! Ele não nos abandonou! Eu sabia! — Ele bateu com um pé no tapete em sinal de felicidade. — Sente-se, Sr. Starbuck! Sente-se! Coma! Abram espaço para ele! Ao lado do seu irmão, não é?

James ficou de pé enquanto Nate se aproximava. Nathaniel estava tão feliz por ver James de novo que por um segundo ficou tentado a abraçá-lo, mas a família nunca fora expansiva, de modo que os irmãos apenas trocaram um aperto de mão.

— Sente-se — convidou James. — Posso incomodar o tenente Bentley para passar um pouco de frango? Obrigado. E um pouco de molho de pão. Você sempre gostou de molho de pão, Nate. Batata-doce? Sente-se, sente-se. Um pouco de limonada?

— Vinho, por favor — respondeu Nathaniel.

James ficou horrorizado.

— Você toma bebidas alcoólicas? — Então, incapaz de estragar o momento com uma desaprovação devota, sorriu. — Um pouco de vinho, então, claro. Por causa do seu estômago, tenho certeza, e por que não? Sente-se, Nate, sente-se!

Nathaniel se sentou e foi assaltado por perguntas. Parecia que cada homem à mesa sabia quem ele era, e todos tinham visto os relatos nos jornais de Richmond anunciando sua libertação. Esses jornais viajaram até Williamsburg muito mais rápido do que Nate, que agora garantiu aos colegas do irmão que sua prisão fora um equívoco.

— Você foi acusado de aceitar subornos? — James zombou da sugestão. — Que absurdo!

— Foi uma acusação falsa — comentou com a boca cheia de frango e molho de pão. — E meramente uma desculpa para me manter preso enquanto tentavam me obrigar a confessar a espionagem.

Alguém lhe serviu mais vinho e quis saber exatamente como ele havia escapado de Richmond, por isso Nathaniel contou que tinha viajado para o norte até Mechanicsville e lá virou para o leste até o emaranhado de pequenas estradas que ficava acima do Chickahominy. Fez parecer que tinha viajado sozinho, mas na verdade jamais teria chegado às linhas nortistas sem o piloto de de'Ath, que o levara em segurança por discretas trilhas secundárias e florestas fantasmagóricas. Viajaram à noite, primeiro até Mechanicsville, depois até uma fazenda a leste de Cold Harbor, e na última noite passaram pela linha de piquetes rebeldes junto à Ferrovia York and Richmond, e depois seguiram por um bosque de pinheiros perto da Igreja de St. Peter, onde George Washington havia se casado. Foi lá que o taciturno Tyler deixara Nathaniel.

— Daqui você segue sozinho — dissera Tyler.

— Onde estão os ianques?

— Nós passamos por eles há três quilômetros. Mas a partir daqui, garoto, os desgraçados estão em toda parte.

— Como eu volto?

— Vá ao Moinho Baker's e pergunte por Tom Woody. Tom sabe como me achar, e, se Tom não estiver lá, você está sozinho. Agora, vá.

Nate ficara sob a cobertura dos pinheiros durante a maior parte da manhã, depois tinha caminhado para o sul até chegar à estrada onde o regimento de New Hampshire o havia capturado. Agora, saciado com uma refeição mais bem servida do que comera em meses, afastou a cadeira da mesa e aceitou um charuto. Seu irmão franziu a testa ao vê-lo fumando tabaco, e Nathaniel garantiu a James que era apenas para aliviar o problema dos brônquios que o tempo nas masmorras dos rebeldes tinha lhe causado. Depois, descreveu como fora tratado na prisão e horrorizou o grupo com o relato explícito do enforcamento de Webster. Não podia dar notícias de Scully ou Lewis a Pinkerton, nem da mulher, Hattie Lawton, que fora capturada com o espião.

Ocupado em encher um cachimbo com o tabaco das plantações do rio James capturado junto da casa onde estavam aquartelados, Pinkerton franziu a testa para Nathaniel.

— Por que eles deixaram você testemunhar a morte do pobre Webster?

— Acho que eles esperavam que eu me traísse reconhecendo-o, senhor.

— Devem pensar que somos idiotas! — Pinkerton balançou a cabeça diante dessa prova da estupidez sulista. Ele acendeu o cachimbo, depois bateu nas folhas de papel fino em que estava escrita a mensagem falsa de de'Ath. — Devo presumir que você conhece o homem que escreveu isso?

— Conheço, senhor.

— É amigo da família, é? — Pinkerton olhou do magro Nathaniel para o mais gorducho James, depois para Nathaniel de novo. — E presumo, Sr. Starbuck, que, se esse amigo lhe pediu que entregasse a carta, ele devia saber sobre suas simpatias pelo norte, não é?

Nate presumiu que a pergunta fosse um teste desajeitado de sua lealdade, e por um segundo era mesmo, porque sabia que este era o momento em que precisava começar a contar mentiras. Era isso ou confessar a verdade e ver seus amigos da Companhia K e em Richmond serem esmagados pelo exército nortista. Por um instante, sentiu a tentação da sinceridade, nem que fosse por sua alma, mas então o pensamento em Sally o fez sorrir para o esperançoso Pinkerton.

— Ele conhecia minhas simpatias, senhor. Já faz um tempo que o venho ajudando a coletar as informações que ele manda para o senhor.

A mentira saiu fácil. Ele até a fizera parecer modesta, e por um ou dois segundos teve consciência da admiração silenciosa na sala; em seguida, Pinkerton bateu na mesa, aprovando.

— Então o senhor merecia mesmo a prisão, Sr. Starbuck! — Ele gargalhou para mostrar que era brincadeira, depois bateu de novo na mesa.

— O senhor é um homem corajoso, Sr. Starbuck, sem dúvida. — Pinkerton falava com sinceridade, e os homens ao redor da mesa murmuraram em aprovação aos sentimentos do chefe.

James tocou no braço do irmão.

— Eu sempre soube que você estava do lado certo. Muito bem, Nate!

— O norte lhe tem uma dívida de gratidão — declarou Pinkerton. — E vou garantir que ela seja paga. Agora, se você terminou de comer, talvez nós dois possamos conversar em particular, certo? E você, Jimmy, claro. Venha. Traga seu vinho, Sr. Starbuck.

Pinkerton os levou até uma sala pequena e mobiliada com elegância. Livros de teologia enchiam as estantes e uma máquina de costura estava numa mesa de nogueira com uma camisa inacabada, presa sob a agulha. Retratos de família em molduras de prata estavam enfileirados num aparador. Uma delas, um daguerreótipo de uma criança pequena, tinha a moldura coberta por um tecido leve, indicando que a criança morrera recentemente. Outra mostrava um rapaz com uniforme da artilharia confederada.

— Uma pena essa aí não estar coberta de preto, hein, Jimmy? — comentou Pinkerton ao se sentar. — Bom, Sr. Starbuck, como o senhor é chamado? Nathaniel? Nate.

— Nate, senhor.

— Pode me chamar de Buldogue. Todo mundo chama. Todo mundo menos o Jimmy aqui, porque ele é um bostoniano frio demais para usar apelidos, não é, Jimmy?

— Exato, chefe — respondeu James, sinalizando para Nate se sentar diante de Pinkerton, ao lado da lareira vazia. O vento soprava pela chaminé e jogava chuva contra as janelas com cortinas.

Pinkerton tirou a mensagem falsa de de'Ath do bolso do colete.

— A notícia é ruim, Jimmy — disse o detetive, soturno. — É como eu temia. Deve haver cento e cinquenta mil rebeldes diante de nós agora. Veja você mesmo.

James colocou um par de óculos de leitura e pôs a carta sob um lampião a óleo. Nate se perguntou se o irmão notaria a letra falsificada, mas, em vez disso, James estalou a língua ao ler as notícias e balançou a cabeça numa evidente simpatia pelo pessimismo do chefe.

— É ruim, major, muito ruim.

— E estão mandando reforços para Jackson no Shenandoah, viu? — Pinkerton deu um trago no cachimbo. — Para ver quantos homens eles têm! Eles podem se dar ao luxo de mandar tropas para longe das defesas de Richmond. Era isso que eu temia, Jimmy! Durante meses os patifes estavam tentando nos convencer de que o exército deles é pequeno! Querem nos atrair, está vendo? Eles querem nos sugar. Depois nos atacariam com tudo! — Ele deu dois socos no ar. — Meu Deus, se não fosse esta mensagem, Jimmy, a coisa poderia ter dado certo. O general vai agradecer. Pela minha alma, ele vai agradecer. Vou visitá-lo daqui a pouco. — Pinkerton parecia levemente satisfeito com as más notícias, quase energizado por elas. — Mas, antes de eu ir, Nate, diga o que está acontecendo em Richmond. Não alivie nada, garoto. Conte o pior, não nos poupe de nada.

Assim instigado, Nathaniel descreveu uma capital rebelde apinhada de soldados de todas as partes da Confederação. Informou que a Fundição Tredegar estivera forjando canhões dia e noite desde o início da guerra e que agora as peças estavam jorrando pelos portões da fábrica na direção das defesas recém-escavadas que cercavam Richmond. Pinkerton se inclinou para a frente, como se estivesse ansioso para ouvir cada palavra, e se encolhia a cada nova revelação sobre a força rebelde. James, sentado ao lado, fazia anotações em seu caderninho. Nenhum dos dois questionou as invenções de Nate; em vez disso, engoliam todas as suas invenções ultrajantes.

Nathaniel terminou dizendo que tinha visto trens entrando na estação da ferrovia de Petersburg, em Richmond, carregados com caixotes de fuzis ingleses contrabandeados através do bloqueio da Marinha dos Estados Unidos.

— Eles acham que cada soldado rebelde tem um fuzil moderno agora, senhor, e munição suficiente para dez batalhas.

James franziu a testa.

— Metade dos prisioneiros que capturamos na semana passada estava com armas antiquadas, de cano liso.

— É porque não estão deixando as armas novas saírem de Richmond — mentiu Nathaniel tranquilamente. De repente, estava gostando daquilo.

— Está vendo, Jimmy? Eles estão nos sugando! Atraindo! — Pinkerton balançou a cabeça diante dessa prova da perfídia rebelde. — Eles vão nos puxar, depois nos golpear. Meu Deus, isso é inteligente.

Ele deu uma baforada no cachimbo, imerso em pensamentos. Um relógio tiquetaqueava no console da lareira, e da escuridão molhada veio o som das vozes dos homens cantando. Por fim, Pinkerton se recostou na cadeira como se fosse incapaz de ver uma saída do espinheiro de inimigos que brotara ao redor.

— Seu amigo, o sujeito que escreve as cartas — retomou Pinkerton, apontando o cachimbo para Nate —, como ele planeja nos mandar mais cartas?

Nathaniel deu um trago no charuto.

— Ele sugeriu, senhor, que eu voltasse a Richmond e que o senhor me usasse como teria usado Webster. Ad... — Ele se conteve a tempo para não dizer o nome de Adam. — Admito que eu talvez não seja ideal, mas isso pode ser feito. Ninguém em Richmond sabe que atravessei as linhas.

Pinkerton olhou intensamente para Nathaniel.

— Qual é a sua fama com os rebeldes, Nate? Eles o soltaram da prisão, mas será que são idiotas a ponto de esperar você de volta ao exército deles?

— Eu pedi uma licença, senhor, e eles concordaram com isso, mas vão me querer de volta no Escritório de Passaportes no fim do mês. Era onde eu estava trabalhando quando fui preso, veja bem.

— Ora, você poderia ser imensamente útil para nós nesse escritório, Nate! Ora, isso seria muito útil! — Pinkerton se levantou e andou empolgado pela sala pequena. — Mas você está correndo um risco tremendo ao voltar. Está mesmo disposto a fazer isso?

— Sim, senhor, se for necessário. Quero dizer, se vocês não terminarem com a guerra antes.

— Você é um homem corajoso, Nate, um homem corajoso — comentou Pinkerton, e continuou andando de um lado para o outro enquanto Nathaniel acendia de novo o charuto e sugava a fumaça para o fundo do peito. De'Ath ficaria orgulhoso dele, pensou. Pinkerton parou de andar e apontou o cabo do cachimbo para Nate. — O general pode querer falar com você. Você estaria disposto?

Nathaniel escondeu o sobressalto de pensar em encarar o comandante nortista.

— Claro, senhor.

— Certo! — Pinkerton pegou a carta falsa na mesa diante de James. — Vou me encontrar com o lorde. Deixo vocês dois conversando. — Ele saiu da sala, gritando para um ordenança trazer seu sobretudo e o chapéu.

Subitamente sem graça, James se sentou na cadeira que era de Pinkerton. Atraiu timidamente o olhar do irmão e depois sorriu.

— Eu sempre soube que no fundo você não era um cabeça-de-cobre.

— Um o quê?

— Cabeça-de-cobre. É um insulto contra os nortistas que simpatizam com o sul. Os jornalistas usam essa palavra.

— As cabeças-de-cobre são malignas — comentou Starbuck em tom despreocupado. Um dos seus homens fora picado por uma serpente cabeça-de-cobre no ano anterior, e ele se lembrava de Truslow vociferando um aviso e depois decepando a cabeça marrom da cobra com sua faca de caça. A cobra recendia a madressilva, lembrou.

— Como Adam está? — perguntou James.

— Sério. E apaixonado. Ela é filha do reverendo John Gordon.

— Da SAPEP? Não o conheci, mas ouvi coisas boas a respeito dele. — James tirou os óculos de leitura e os limpou na aba da casaca. — Você está magro. Eles usaram mesmo purgantes?

— Usaram, sim.

— Terrível, terrível. — James franziu a testa, depois deu ao irmão um sorriso de simpatia sem graça. — Agora nós dois já estivemos na prisão, Nate. Quem imaginaria? Devo confessar que, quando estive em Richmond, senti um grande conforto com os Atos dos Apóstolos. Acreditei que, se o Senhor pôde tirar Paulo e Silas da masmorra, certamente me libertaria. E libertou!

— A mim também — disse Nathaniel, retorcendo-se de embaraço. Havia um certo prazer em enganar Pinkerton, mas nenhum em fazer isso com o irmão.

James sorriu.

— Adam me encorajou a acreditar que você poderia voltar para o nosso lado.

— Foi? — perguntou Nate, incapaz de esconder a surpresa por seu ex-amigo tê-lo entendido tão mal.

— Ele disse que você vinha frequentando reuniões de oração, por isso eu soube que devia estar pondo seu fardo diante do Senhor, e agradeci a Deus por isso. Adam lhe deu a Bíblia?

— Sim, obrigado. Ela está aqui — respondeu, batendo no bolso do peito. A Bíblia estivera esperando com seu uniforme na casa de de'Ath. — Você a quer de volta?

— Não! Não. Quero que fique com ela, um presente. — James bafejou nos óculos e limpou as lentes outra vez. — Pedi a Adam que convencesse você a ir para casa. Assim que eu soube quais eram os verdadeiros sentimentos dele sobre a guerra, é claro.

— Ele de fato me encorajou — mentiu Nathaniel.

James balançou a cabeça.

— Então há mesmo muitos soldados rebeldes? Devo confessar que eu tinha dúvidas. Achei que Pinkerton e McClellan estavam vendo perigo onde não havia, mas estava errado! Bom, com a ajuda de Deus iremos vencer, mas admito que a luta será árdua. Pelo menos você cumpriu com o seu dever, Nate, e vou me certificar de dizer isso ao nosso pai.

Nathaniel deu um sorriso breve e embaraçado.

— Não consigo ver papai me perdoando.

— Ele não é dado ao perdão — concordou James —, mas, se eu lhe contar como seu serviço foi valioso, quem sabe? Talvez ele ainda veja um caminho para restaurar os afetos, não é? — James se ocupou limpando os óculos de novo. — Devo confessar que ele ainda está com raiva.

— Por causa da moça? — perguntou brutalmente, referindo-se aos dias em que fugira de Yale e da fúria do pai. — E do dinheiro que roubei?

— É. — James enrubesceu, depois sorriu. — Mas nem mesmo papai pode negar a parábola do filho pródigo, não é? E vou dizer a ele que é hora de perdoar você. — James fez uma pausa, preso entre o desejo de confessar uma emoção e a criação que lhe ensinara a esconder todos esses sentimentos reveladores. O desejo venceu. — Só percebi como sentia sua falta quando você foi embora. Você sempre foi o rebelde, não é? Acho que eu precisava da sua malícia mais do que sabia. Depois que você foi embora decidi que deveríamos ter sido mais amigos, e agora podemos.

— É gentileza sua — comentou Starbuck, tremendamente sem graça.

— Venha! — James deslizou subitamente para fora da cadeira e se ajoelhou no tapete peludo. — Vamos rezar?

— Vamos, claro — respondeu Nate, e pela primeira vez em meses se ajoelhou. Seu irmão rezou em voz alta, agradecendo ao Senhor pela volta de seu irmão pródigo e pedindo a bênção de Deus para Nate, para o futuro de Nate e para a causa justa do norte. — Você quer acrescentar alguma coisa, Nate?

— Só amém — declarou, imaginando que traições teria de cometer nos próximos dias para manter a promessa que fizera ao pai de Sally. — Só amém.

— Então amém e amém — concluiu James. Em seguida, sorriu, repleto de felicidade, porque o que era certo havia triunfado, um pecador voltara para casa e a desgraça de uma família poderia terminar finalmente.

* * *

O CSS *Virginia*, o couraçado construído sobre o casco do velho USS *Merrimack*, foi encalhado e queimado quando Norfolk, sua base, foi abandonada. A perda da embarcação rebelde abriu o rio James para a marinha nortista, e uma flotilha de navios de guerra se esgueirou rio acima em direção a Richmond. Baterias sulistas ao longo do rio foram dominadas por fogo naval, com os enormes projéteis dos canhões Dahlgren, em forma de garrafa, despedaçando os parapeitos encharcados de chuva e os obuses de quarenta e cinco quilos dos canhões estriados Parrott rasgando as plataformas de tiro apodrecidas pela umidade e espatifando as carretas dos canhões. Quilômetro a quilômetro a esquadra nortista, composta de três couraçados e duas canhoneiras de madeira, avançava rio acima, confiante de que não restava nenhum navio separatista no James capaz de desafiá-la e sem descobrir nenhuma bateria na margem suficientemente forte para impedir seu progresso inexorável.

Dez quilômetros ao sul de Richmond, quando a esquadra passava por um ângulo reto para seguir diretamente para o norte até o coração da cidade, restava um último forte rebelde. Ficava no alto do penhasco de Drewry, um grande morro na margem sul do James, e seus canhões pesados apontavam para o leste, em direção à foz do rio. Ao norte do penhasco, onde o rio corria de forma tão convidativa para o coração da rebelião, uma barricada de barcas cheias de pedras fora afundada contra grandes barreiras de estacas. A água espumava por cima da barricada e corria branca através da represa, e um tapete de madeira emaranhada e árvores flutuando estava preso rio acima, fazendo o obstáculo parecer ainda mais eficiente.

A esquadra nortista chegou ao último forte e à sua barricada numa manhã após o alvorecer. Os cinco navios de guerra tinham ficado ancorados no meio da corrente a noite inteira, atormentados por tiros de fuzil das margens inimigas, mas agora, com o sol nascente por trás, eles limparam as torrinhas e os conveses dos canhões para a batalha decisiva. Primeiro dominariam o forte, depois abririam um buraco na barricada com explosões.

— Richmond ao anoitecer, rapazes! — gritou um oficial no couraçado da frente aos seus artilheiros.

Através do telescópio via a cidade distante à luz do novo dia, via o sol brilhando nas torres brancas de igrejas, num templo com colunas e nos telhados que subiam as sete colinas da cidade. Via as malditas bandeiras rebeldes balançando, e jurou que antes do fim deste dia seu navio iria desembarcar um grupo de ataque para arrancar um daqueles trapos do mastro em Richmond. Primeiro destruiriam esse último obstáculo, depois subiriam o rio até o coração da cidade e obrigariam os moradores a se render sob uma chuva de obuses. Assim, o exército seria poupado da necessidade de montar um cerco. Vitória ao anoitecer.

Os cinco navios carregaram seus canhões, puxaram as âncoras da lama do rio e partiram para a batalha com as bandeiras brilhantes ao sol nascente. Os rebeldes atiraram primeiro, disparando rio abaixo quando a primeira embarcação estava a apenas meio quilômetro de distância. Os obuses rebeldes ressoavam ao cair do alto do morro, cada projétil soltando um tênue fiapo de fumaça do pavio. Os primeiros mergulharam no rio, suas explosões se tornando grandes repuxos de água que formavam uma névoa. Então os primeiros obuses acertaram o alvo, e os artilheiros rebeldes comemoraram.

— Poupem o fôlego! Recarreguem depressa agora! — gritou um capitão artilheiro.

O couraçado USS *Galena* comandava o ataque, suportando o canhoneio rebelde enquanto manobrava para uma posição de disparo. Primeiro lançou uma âncora de popa, depois, com a hélice parada, girou no eixo da corrente de modo que todo o seu costado ficasse virado para o pequeno forte no penhasco alto. O capitão do *Galena* pretendia conter o movimento da corrente soltando uma âncora de proa quando estivesse com o costado na direção dos canhões inimigos, mas o couraçado improvisado mal começou a girar quando os obuses rebeldes começaram a despedaçar suas laterais blindadas. As placas de ferro foram amassadas e caíram, então os obuses inimigos rasgaram a desprotegida superfície de madeira transformando o convés num súbito matadouro de fogo e aço incandescente. Gritos ecoavam sob o convés baixo, a fumaça brotava das escotilhas e o fogo explodia das portinholas dos canhões. O navio de guerra cortou o cabo da âncora e, com sangue escorrendo dos embornais, voltou com dificuldade rio abaixo em busca da segurança.

O *Monitor*, um couraçado de verdade, com convés e torrinha de metal sólido, foi até o ponto de perigo com sua hélice de três metros de largura fazendo tanta espuma no rio que ela ficava marrom com a lama do fundo. Os artilheiros do forte pararam para deixar a fumaça dos seus oito canhões se dissipar, depois viraram as cunhas e nivelaram as carretas dos canhões para melhorar a mira. O *Monitor* era um alvo muito mais difícil, porque era pouco mais que um convés plano de metal quase no nível do rio, onde estava montada uma torrinha circular com seis metros de diâmetro. Para os homens no forte ele parecia uma fôrma de bolo flutuando numa bandeja de metal cheia d'água, então um sopro de fumaça surgiu quando seu motor auxiliar a vapor acionou o mecanismo que giraria a torrinha do navio, colocando seus dois canhões enormes na direção de disparo.

— Fogo! — gritaram os comandantes artilheiros rebeldes, e os canhões lançaram chamas e deram um coice em suas carretas barbete.

As balas sólidas e os obuses saltaram para o couraçado. Alguns projéteis levantaram grandes jatos de água do rio, outros acertaram o alvo, mas apenas ricochetearam na blindagem do convés e ressoaram pelas margens do rio num voo incerto.

Os marinheiros do *Monitor* abriram as portinholas dos canhões. Todo o barco estremeceu quando um projétil inimigo acertou o convés, e em seguida outro obus fez a torrinha reverberar como um tambor gigante.

— Fogo! — gritou o oficial da torrinha.

— Eles não vão subir o bastante! — gritou de volta um capitão artilheiro. — Os canhões! Eles não podem se elevar mais!

Outro obus inimigo acertou a torrinha, soltando poeira de cada rebite e cada junta da blindagem interna. A água dos disparos próximos espirrava nos canhões, depois outro obus retumbou e ricocheteou na blindagem.

O oficial forçou a vista ao longo das miras do canhão e viu que o cano da arma estava apontado para a encosta abaixo do forte.

— Eles não sobem mais! — gritou o capitão acima do ruído terrível das balas sólidas acertando as oito camadas de placas de blindagem de mais de dois centímetros. O motor principal do couraçado ressoava com pancadas na barriga profunda do barco, segurando-o contra a corrente enquanto a intervalos de alguns segundos um som como um chicote anunciava o acerto de uma bala de fuzil disparada das trincheiras ao longo da margem do rio.

— Disparem assim mesmo! — gritou o oficial.

O *Monitor* disparou, mas seus enormes obuses gêmeos apenas se enterraram na encosta úmida do morro e provocaram uma pequena avalanche de terra molhada que se desprendeu da rocha. Os obuses inimigos atingiam e ricocheteavam na blindagem do convés e inundavam as aberturas de ventilação dos motores com jatos de água. O timoneiro do couraçado, lutando contra o empuxo lateral da hélice monstruosa, espiou através de fendas nos blocos de ferro sólido da casa do leme e não viu nada além de água e fumaça dos canhões. A embarcação disparou outra vez, e toda a popa afundou momentaneamente quando os dois grandes canhões recuaram, mas de novo os projéteis caíram muito abaixo do forte de paredes de terra que havia sido construído tão acima do rio.

— Recuar! — gritou o capitão do navio para o timoneiro.

O *Monitor*, com os canhões incapazes de ferir as baterias inimigas, navegou rio abaixo atrás do derrotado *Galena*, e o timoneiro ouviu os gritos de escárnio da infantaria rebelde nas margens do rio.

O terceiro couraçado, o USS *Naugatuck*, desviou-se, passando pelo frustrado *Monitor* para assumir a posição de vanguarda no rio estreito. Sua primeira salva foi baixa, a segunda, de costado, passou acima do forte, partindo as árvores altas do outro lado, e então seus artilheiros acharam que tinham a elevação adequada e colocaram um obus de quarenta e cinco quilos no cano de seis metros do grande canhão Parrott. Eles recuaram, o artilheiro puxou o cordão para acionar o pavio de fricção e disparar a arma, porém, em vez disso, o cano inteiro, mais de quatro toneladas de ferro, explodiu num estalo ofuscante. Homens foram lançados para longe em jatos de sangue enquanto os fragmentos serrilhados da culatra arrebentada assobiavam por cima do convés. O fogo lambeu o convés, explodindo uma carga preparada junto ao canhão seguinte. A explosão menor abriu as costelas de um homem como se tivessem sido cortadas com uma faca e espalhou seus intestinos por cima de um sarilho de munição, como entranhas escorrendo num matadouro. Um obus inimigo aumentou o horror, vindo através da portinhola do canhão para matar dois homens que estavam arrastando uma mangueira de incêndio para a popa. Chamas rugiram ao longo do convés, impelindo os artilheiros para a popa, onde se tornaram alvos fáceis para os atiradores rebeldes nas margens. As bombas do navio controlaram o incêndio, mas não antes que o *Naugatuck*, como o *Galena* e o *Monitor*, tivesse voltado corrente abaixo, para longe do alcance dos canhões inimigos. As duas canhoneiras menores dispararam de longe, mas nenhuma ousou levar seu frágil casco de madeira para perto dos canhões incólumes no penhasco de Drewry, e centímetro a centímetro, como se não quisesse admitir a derrota, a flotilha ferida recuou rio abaixo.

Em Richmond, os canhões soavam como trovoadas de primavera, chacoalhando caixilhos e estremecendo a água colorida que enchia as garrafas de gargalo comprido na vitrine do salão de cabeleireiro de Monsieur

Ducquesne. Os mil e duzentos escravos que trabalhavam nos dois hectares infernais da Fundição Tredegar aplaudiram em silêncio os atacantes invisíveis enquanto os supervisores olhavam nervosos através das janelas sujas como se esperassem ver uma monstruosa frota de couraçados ianques chegando pela curva do rio no atracadouro de Rockett, com suas chaminés enegrecendo o céu e os grandes canhões erguidos para rasgar o coração da capital separatista. No entanto, nada se movia na curva, a não ser a água agitada pelo vento. Os canhões continuaram estalando, o som abafado na manhã longa e quente.

O som deu urgência a uma reunião de cidadãos livres que fora convocada para acontecer ao pé da escadaria grandiosa do prédio da Assembleia Legislativa do estado. No topo da escadaria, emoldurado e ganhando nobreza com as enormes colunas da arquitetura de Jefferson, o prefeito de Richmond e o governador da Virgínia juraram que a cidade jamais se renderia enquanto houvesse ar em seus pulmões e orgulho em seus corações. Eles prometeram lutar em cada rua, em cada casa, e juraram que o rio James ficaria vermelho com sangue ianque antes que a cidade da Virgínia cedesse à tirania nortista. A multidão, abarrotada de armas, aplaudiu.

Julia Gordon, voltando para casa com dois coelhos esfolados que trocara no mercado da Union Street por uma bela toalha de damasco que fizera parte do enxoval de casamento da mãe, parou na borda da multidão e ouviu os oradores. Nas pausas entre os aplausos notou como o som dos canhões parecia aumentar, diminuir, esvair-se e ecoar como uma tempestade de trovões no outono. Um famoso congressista confederado tinha começado a falar, usando como texto um exemplar do *Herald* de Nova York que contava como os cidadãos de Albany, a capital do estado de Nova York, estavam comemorando a iminente vitória do norte sobre a secessão. Estavam dançando nas ruas do norte, afirmou o congressista, porque os ianques presunçosos achavam que a guerra estava vencida. E por que acham isso?, perguntou o orador. Porque o grande McClellan estava marchando para Richmond.

— E McClellan vai vencer? — berrou o orador.

— Não! — gritou a multidão de volta.

Segundo o orador, o Jovem Napoleão encontraria sua Waterloo e as cabriolas nas ruas de Albany se transformariam no arrastar de pés do luto. As bandas animadas dariam lugar aos tambores abafados e os arlequins às viúvas enlutadas. Para cada herói corajoso enterrado no cemitério Hollywood, em Richmond, prometeu o orador, vinte cadáveres seriam enterrados no norte, e para cada lágrima derramada por uma viúva sulista, um balde inteiro jorraria na odiada União. Richmond não iria se render, o sul não cederia, a guerra não estava perdida. A multidão aplaudiu enquanto os canhões distantes ecoavam.

Julia continuou andando devagar, com as duas carcaças sangrentas pingando em sua mão. Ela rodeou a turba e pegou o caminho que levava à Torre do Sino. Mendigos aleijados estavam sentados junto aos corrimões em volta da torre, todos feridos na batalha de Manassas. Para além da torre, parada junto à Igreja de St. Paul na Ninth Street, uma carruagem fúnebre esperava atrás de uma parelha de cavalos usando adornos altos feitos de penas pretas. Os postilhões negros usavam luvas brancas e casacas pretas. Atrás da carruagem fúnebre uma pequena banda militar com braçadeiras pretas esperava o caixão ser trazido da igreja.

Ela atravessou a rua diante dos cavalos emplumados, subiu os degraus do Departamento de Guerra e perguntou ao funcionário no escritório se o major Adam Faulconer, do estado-maior do general Johnston, estava no prédio. O funcionário não precisou examinar seu livro.

— Todo o estado-maior do general está fora da cidade, senhorita. Não vemos o major Faulconer há um mês.

— Ele mandou alguma carta para mim? — perguntou Julia. Às vezes os oficiais do estado-maior evitavam o serviço postal usando os mensageiros do Exército para levar sua correspondência particular à cidade. — Para a Srta. Gordon?

O funcionário examinou as cartas sobre a mesa, mas não havia nada para Julia. Ela agradeceu e subiu o morro devagar, virando na Franklin Street e tentando decidir se estava desapontada pelo silêncio de Adam ou se, de um modo estranho, isso era um alívio. Julia havia escrito a Adam dizendo que tinha uma mensagem para ele, mas não recebera resposta e estava começando a suspeitar que o silêncio talvez fosse sintoma de sua mudança de ideia.

Ficara surpresa quando Adam havia começado a cortejá-la, mas também se sentira lisonjeada, porque ele era um homem notavelmente bonito e considerado honrado e honesto. Além disso — e Julia não era desonesta a ponto de se fingir cega a essa vantagem —, Adam era o único herdeiro de uma das maiores fortunas da Virgínia, e, ainda que se dissesse constantemente que seu afeto por ele não se alterava por essa circunstância, também sabia que a circunstância devia ter um efeito tão claro e constante quanto a Lua influenciando as marés da Terra. A mãe de Julia vivia com a permanente vergonha da pobreza, e essa vergonha tornava a vida do seu marido um sofrimento, e, ao se casar com alguém da família Faulconer, Julia tinha consciência de que poderia aliviar a infelicidade dos pais.

Mas, e Julia caiu num devaneio enquanto andava lentamente pela cidade, havia algo que não parecia sincero em seus sentimentos por Adam. A palavra "amor" era imprecisa demais, pensou. Será que ela o amava? Tinha certeza de que sim, e vislumbrava uma vida de casada com obras boas e caridosas que se estenderiam ao longe, até o século seguinte, e, sempre que pensava nessa vida boa e benévola, enxergava a si mesma bastante ocupada, mas jamais feliz. Não infeliz, com certeza, mas também não feliz, e então se censurava pelo egoísmo pouco cristão de querer felicidade. A felicidade, dizia a si mesma, não era produto da busca por prazer, e sim um efeito do engajamento em incessantes boas obras.

Mas às vezes, no meio da noite, quando acordava ao som do vento suspirando nos telhados e da chuva escorrendo nas sarjetas, sentia-se melancólica porque percebia uma falta de alegria. Será que Adam ao menos se preocupava com a alegria?, pensava. Ele parecia muito soturno, muito cheio de grandes objetivos e preocupações profundas. Dizia que era a guerra que oprimia sua alma, mas Julia não era cega a outros jovens cujo amor e cuja felicidade transcendiam a luta.

Percebeu que estava andando para oeste pela Franklin Street, o que significava que logo passaria pela casa de Sally Truslow. Julia ainda não tinha reunido coragem para fazer a visita e sentia vergonha desse fracasso. Passou pela casa do outro lado da rua e se sentiu intimidada por sua grandeza. Um sol coberto por uma névoa dava um brilho às janelas, mas não escondia os lustres que pendiam nos cômodos do outro lado. A porta reluzia à luz pouco familiar. Ela teve um impulso súbito de atravessar a rua e puxar a argola de latão do sino, mas depois decidiu que carregar dois coelhos sangrentos para dentro de uma casa, mesmo uma casa de má reputação, não era o melhor modo de salvar uma alma. E era por isso, garantiu a si mesma, que queria visitar Sally.

Continuou andando, passando por casas trancadas porque os moradores tinham fugido da aproximação dos ianques. A cidade estava mais segura por causa dessa retirada, visto que o exército havia aumentado as patrulhas num esforço para proteger as propriedades que estavam sem vigilância. Outras patrulhas haviam revistado os quarteirões mais pobres da cidade para descobrir desertores, e os jornais também proclamavam que as autoridades estavam caçando espiões nortistas que tentavam trair a Confederação. A cidade estava cheia de boatos e medo, e agora tremia ao som dos canhões. O inimigo estava às portas.

Julia chegou à casa dos pais. Parou um instante e ouviu a percussão abafada dos canhões pesados disparando no rio, fechou os olhos e fez uma oração para que todos os rapazes voltassem para casa em segurança. Espontaneamente teve uma imagem de Nathaniel e ficou tão surpresa com essa incursão que explodiu numa gargalhada. Depois levou os coelhos para dentro e fechou a casa para o som da guerra.

A carta de Belvedere Delaney ao tenente-coronel Thorne ficou escondida durante uma semana inteira na oficina de sapateiro da estação de Catlett. A cada dia o sapateiro acrescentava mais cartas ao esconderijo até que por fim tinha um número suficiente para que a viagem valesse a pena. Então, com dezesseis cartas para o coronel Wilde lacradas num envelope grande, trancou a oficina e disse aos amigos que ia entregar sapatos a clientes distantes. Depois, carregando uma grande sacola de sapatos remendados com a correspondência clandestina escondida no forro, caminhou para o norte. Ele passou a viajar apenas à noite ao sair do distrito, tomando cuidado para evitar as patrulhas de cavaleiros guerrilheiros que, segundo diziam, enforcavam negros livres na primeira árvore disponível, com ou sem passaporte.

Demorou duas noites para chegar às linhas federais ao sul do Potomac, onde simplesmente entrou caminhando num acampamento de infantaria da Pensilvânia.

— Está procurando trabalho, neguinho? — interpelou um sargento.

— Só o encarregado da correspondência, senhor. — O sapateiro tirou o chapéu e balançou a cabeça respeitosamente.

— Há uma carroça de correio perto do barracão do vivandeiro, mas estou de olho em você! Se roubar alguma coisa, seu preto filho da mãe, vou mandar meus homens usarem seu couro como alvo de tiro.

— Sim, senhor! Vou me comportar, senhor! Obrigado, senhor!

O encarregado do serviço postal pegou o envelope grande, franqueou--o, empurrou o troco pelo balcão e mandou o sapateiro dar o fora. No dia seguinte, as dezesseis cartas foram postas na mesa do tenente-coronel Wilde no Departamento de Inspetoria Geral, em Washington, D.C., onde esperaram sobre outras cem cartas que precisavam da atenção dele. O escritório tinha uma quantidade de funcionários extremamente pequena, uma vez que, na rápida expansão do exército dos Estados Unidos, o departamento havia se tornado um local conveniente para delegar tarefas que nenhuma outra divisão parecia competente ou disposta a realizar. Dentre essas ocupações estava a avaliação das informações vindas da Confederação, um serviço que poderia ser mais bem realizado pelo Escritório de Serviço Secreto, mas nem todos no governo dos Estados Unidos compartilhavam da fé do general McClellan no detetive Pinkerton, e assim havia surgido em Washington um serviço de informações à parte, que, como qualquer outra responsabilidade órfã, havia pousado no Departamento de Inspetoria Geral.

Fora uma delegação de responsabilidade aleatória que primeiro guiara a oferta de ajuda original de Belvedere Delaney à mesa do tenente-coronel Thorne. Desde aquele dia, Delaney, como uma grande quantidade de simpatizantes dos nortistas na Confederação, enviava seu material para Thorne, que acrescentava essa correspondência ao grande fluxo de informações ameaçando inundar um escritório que já sofria com tarefas indevidas. Assim, quando a última carta de Delaney chegou à sua sala, Thorne não estava perto de Washington, e sim em Massachusetts, realizando uma viagem de inspeção aos fortes litorâneos do norte que deveria durar boa parte do mês de maio. E assim a carta de Delaney esperou em Washington enquanto o coronel Thorne enumerava os baldes de incêndio e as latrinas do Forte Warren. Não era para isso que ele havia entrado para o Exército, dizia a si mesmo, mas ainda assim tinha esperança de um dia galopar por um campo rasgado pela fumaça e salvar seu país do desastre. O coronel Thorne, apesar das costas eretas, do rosto endurecido e dos olhos que não deixavam escapar nada, ainda podia ter os sonhos de um soldado e rezar uma oração para conseguir lutar pelo menos numa batalha por seu país, antes que o Jovem Napoleão trouxesse uma paz duradoura à América.

E a carta acumulou poeira.

O explosivo fora deixado para que o comandante do Exército do Potomac visse por si mesmo exatamente a que profundezas abjetas as forças rebeldes haviam afundado.

— Somente pela graça de Deus Todo-Poderoso descobrimos isso antes que explodisse, mas Deus sabe que muitos outros explodiram sem aviso. — Quem falava era um major baixo e de gestos bruscos do Corpo de

Engenheiros, vestido em mangas de camisa e suspensório e com um ar de eficiência e competência que fazia Nathaniel se lembrar de Thomas Truslow.

O general de divisão McClellan apeou do cavalo e andou a passos rígidos para examinar o explosivo que fora escondido num barril com a legenda mal escrita: "Hostras Secas, Sres. Moore e Carline, monte Folly, Va.". McClellan, imaculado numa casaca com duas fileiras de botões de latão e um belo cinto dourado, aproximou-se cautelosamente do barril.

— Nós o desativamos, senhor, como o senhor verá. — O major devia ter notado o nervosismo do general. — Mas era um dispositivo demoníaco, por minha alma, era mesmo.

— Uma desgraça — comentou McClellan, ainda mantendo distância do barril de ostras. — Uma tremenda desgraça.

— Nós o encontramos naquela casa. — O major indicou uma pequena casa de fazenda abandonada a cem metros da estrada. — Trouxemos para cá para que o senhor visse.

— E deveriam trazer mesmo, para que o mundo inteiro visse!

McClellan estava bastante empertigado, uma das mãos enfiada numa abertura desabotoada na casaca e com uma ruga de preocupação na testa. Essa ruga, notara Nathaniel, parecia ser a expressão perpétua do jovem general.

— Eu não teria acreditado — disse McClellan em voz alta e lentamente, para que os cavaleiros reunidos junto à estrada ouvissem cada palavra — que homens nascidos e criados nos Estados Unidos da América, homens picados pela inveja do separatismo, usassem estratagemas tão baixos e dispositivos tão malignos.

Muitos dos oficiais montados assentiram seriamente enquanto Pinkerton e James, que acompanhavam Nate nessa viagem para oeste com o general, manifestavam desprezo. Os jornalistas estrangeiros, a quem McClellan direcionava suas observações, na verdade, fizeram anotações nos cadernos. O único homem que não parecia surpreso nem espantado com a armadilha no barril era um observador militar francês com cicatrizes e um olho só que, como Nathaniel havia notado, parecia achar tremendamente divertido o que via, até mesmo aquele dispositivo maligno.

O barril de ostras estava com areia até a metade, e nessa areia estivera um obus de três polegadas e meia. A espoleta de cobre fora desatarraxada do nariz do projétil, deixando um tubo estreito correndo até a barriga explosiva. Esse tubo havia sido enchido de pólvora, mas não antes de uma pederneira rústica, antiquada, ser soldada no nariz do obus. O major demonstrou como um barbante preso embaixo da tampa do barril acionaria a pederneira de modo a provocar uma fagulha que acenderia a pólvora, explodindo a carga principal dentro do obus.

— Isso mataria facilmente um homem — comentou o major com solenidade. — Dois ou três, se estivessem perto o suficiente.

Os confederados em retirada tinham deixado dezenas desses explosivos. Alguns estavam enterrados em estradas, alguns ao lado de poços, outros em casas abandonadas; tantos que nesse ponto os ianques que avançavam haviam aprendido a procurar fios esticados no meio do caminho ou outros mecanismos de disparo, mas a cada um ou dois dias esses apetrechos ainda encontravam vítimas, e cada vítima aumentava o ultraje que os nortistas sentiam.

— Tática que até os selvagens pagãos poderiam hesitar antes de empregar — anunciou McClellan aos jornalistas que acompanhavam seu estado-maior. — Seria de se pensar que, com a preponderância de homens que os rebeldes têm, eles não precisariam usar essas medidas desesperadas, não é? Mas acho que esses instrumentos são a marca de sua degradação moral e espiritual.

Murmúrios de concordância soaram enquanto o general montava de novo e esporeava o cavalo, afastando-se do barril mortal. Os outros cavaleiros se acotovelaram para se posicionar atrás do diminuto comandante do Exército, lutando para atrair a atenção do sujeito, mas McClellan, buscando um companheiro para a próxima parte da viagem, sinalizou para Pinkerton.

— Traga o seu homem, Pinkerton! — gritou McClellan, e Pinkerton instigou Nate. Tinham esperado dias para esse encontro com o general, um encontro pelo qual Nathaniel não sentia entusiasmo, mas que Pinkerton insistia em que acontecesse. — Então esse é o seu mensageiro, Pinkerton? — perguntou McClellan ferozmente.

— Sim, senhor, e é um homem corajoso.

McClellan olhou para Nathaniel, sem que o rosto revelasse nada. Cavalgavam num terreno plano, passando por campos exauridos, atoleiros escuros e pinheiros pingando água. Jacintos cresciam nas margens dos córregos, mas poucas coisas além disso pareciam atraentes ou alegres.

— Seu nome? — vociferou McClellan para Nathaniel.

— Starbuck, senhor.

— O irmão dele é um dos meus homens mais valiosos, senhor. — Allen Pinkerton fez um gesto na direção de James com a haste do cachimbo. — Está atrás de nós, senhor, gostaria de cumprimentá-lo?

— Certo, bom — disse McClellan, sem responder ao certo, depois ficou quieto de novo.

Nathaniel olhou furtivamente para o comandante ianque, vendo um homem baixo e atarracado com cabelos castanho-claros, olhos azuis e pele jovem. O general estava mascando tabaco e de vez em quando cuspia um jato de sumo na estrada, tomando o cuidado de se inclinar da sela para que o cuspe não sujasse o uniforme nem atingisse as botas bem engraxadas.

— Você sabia o que estava na mensagem que entregou? — perguntou subitamente a Nathaniel.

— Sim, senhor.

— E? E? E então? Você concorda com ela?

— É claro, senhor.

— Isso é ruim, bem ruim. — McClellan ficou em silêncio de novo, e Starbuck notou que o irônico oficial francês havia se aproximado para ouvir a conversa. McClellan também viu o francês. — Está vendo contra o que lutamos, coronel Lassan? — O general se virou na sela para confrontar o francês.

— Exatamente o que, *mon general*?

— Um inimigo avassalador, é isso! Um inimigo capaz de colocar dois homens para cada um dos nossos, e o que as pessoas de Washington fazem? Você sabe o que elas fazem? Impedem que o corpo de McDowell nos ofereça reforços. Em todos os anais das guerras, coronel, em toda a história militar, o senhor conhece uma traição igual a essa? E por quê? Por quê? Para preservar Washington, que não está sob ataque nenhum! Eles são idiotas! Covardes! Traidores! Macacos!

O comportamento subitamente passional deixou Nate impressionado, mas não surpreso. A maior parte do exército sabia da raiva do general de divisão McClellan porque o presidente Lincoln impedira o 1º Corpo de navegar para oferecer reforços aos homens na península. Segundo o presidente, McClellan devia se virar com os cento e vinte mil homens que já possuía, mas o general declarava que os trinta e cinco mil que faltavam eram a chave para a vitória nortista.

— Se eu tivesse esses homens, poderia conseguir alguma coisa. Do jeito que está, só podemos esperar um milagre. Nada mais nos salvará agora, só um milagre.

— De fato, *mon general* — comentou o coronel Lassan, mas com o que Nathaniel achou ser uma extraordinária falta de convicção.

McClellan se virou de volta para Nathaniel e quis saber que unidades ele vira marchando pelas ruas de Richmond, e Nate, que nesse ponto havia se acostumado a contar mentiras monstruosas, detalhou unidade após unidade que não vira e da qual não ouvira falar. Inventou toda uma brigada da Flórida, criou um regimento de cavalaria da Louisiana e descreveu baterias de artilharia pesada que conjurou do ar quente da Virgínia. Para sua perplexidade e diversão, McClellan ouvia tão avidamente quanto Pinkerton fizera, aceitando sua palavra como prova de que um inimigo poderoso esperava de fato para emboscá-lo nos arredores de Richmond.

— Era o que temíamos, Pinkerton! — exclamou McClellan quando a invenção de Nathaniel se esgotou. — Johnston deve ter cento e cinquenta mil homens!

— Pelo menos isso, senhor.

— Devemos ser cautelosos. Se eu perder este exército, toda a guerra está perdida — comentou McClellan. — Precisamos saber o posicionamento exato dessas novas brigadas rebeldes.

Esse último pedido foi feito a Pinkerton, que garantiu ao general que Nathaniel estaria pronto para viajar de volta a Richmond assim que recebesse a lista de perguntas que McClellan queria ver respondidas pelo valioso e misterioso espião que parecia estar no coração do alto-comando confederado.

— Você terá suas perguntas — garantiu McClellan a Nate, depois ergueu uma das mãos em resposta a um grupo de negros que aplaudia na beira da estrada.

Uma mulher com vestido surrado e avental rasgado correu com um buquê de jacintos e o ofereceu ao general. McClellan hesitou, nitidamente esperando que um dos seus ajudantes pegasse as flores para ele, mas a mulher as estendeu para suas mãos. Ele as pegou com um sorriso forçado.

— Coitados — disse quando os negros estavam suficientemente longe para não ouvirem. — Acreditam que viemos libertá-los.

— E não vieram? — Nate não pôde resistir a perguntar.

— Esta não é uma guerra para tirar as propriedades legítimas de cidadãos dos Estados Unidos, nem mesmo os cidadãos tolos a ponto de fazer uma rebelião armada contra seu governo. — O general parecia aborrecido por ter de explicar. — Este é um conflito sobre a preservação da união, e, se eu acreditasse, ainda que por um momento, que estávamos arriscando o sangue de homens brancos para libertar escravos, pediria demissão. Não é, Marcy?

Ele lançou o pedido de confirmação para trás e Marcy, um oficial de aparência soturna, confirmou a opinião inabalável do general. De repente, McClellan fez uma careta para os jacintos na mão e os jogou na beira da estrada, onde as flores se espalharam numa poça. Nathaniel se virou na sela e viu que os negros ainda estavam olhando para os cavaleiros. Sentiu uma tentação súbita de apear e pegar as flores, mas, justo quando puxava as rédeas da montaria, o cavalo de Pinkerton pisoteou as flores na lama.

A visão dos negros provocou o coronel Lassan, que tinha um inglês perfeito, a falar sobre uma jovem escrava que ele conhecera em Williamsburg.

— Tinha só 19 anos, e era uma coisa linda. Já tinha quatro filhos, cada um deles gerado por um branco. Ela achava que isso tornava seus garotos mais valiosos. Orgulhava-se disso. Ela disse que uma boa criança de raça misturada podia ser vendida por quinhentos dólares.

— Uma garota bonita de raça misturada renderia muito mais — sugeriu Pinkerton.

— E algumas são quase brancas — observou um oficial. — Eu nem consigo notar a diferença.

— Compre uma branca, Lassan, e leve para casa — sugeriu Pinkerton.

— Por que só uma? — perguntou o francês com inocência fingida. — Eu poderia cuidar de um barco cheio, se todas fossem bonitas.

— É verdade — começou McClellan num tom que sugeria a desaprovação a essas conversas inúteis e lascivas. — É verdade — repetiu, olhando atentamente para Nathaniel — que Robert Lee foi nomeado segundo em comando, abaixo de Johnston?

— Não ouvi isso, senhor — respondeu Nate, sincero.

— Rezo para que seja — disse McClellan franzindo a testa, pensativo. — Lee sempre foi cauteloso demais. É um homem fraco. Não gosta da responsabilidade. Não tem firmeza moral, e homens assim se mostram tímidos sob fogo. Notei isso. Como é mesmo que chamam o Lee no sul?

— Vovó, senhor.

McClellan soltou uma gargalhada curta.

— Suspeito que um jovem Napoleão possa dominar uma vovó, hein, Lassan?
— De fato, *mon general.*
— Mas será que ele pode comandar cento e cinquenta mil rebeldes? — perguntou McClellan, depois ficou em silêncio enquanto pensava na pergunta.

Eles cavalgavam por uma área onde a infantaria estava acampada, e as tropas nortistas, descobrindo que o general se encontrava nas proximidades, correram para a estrada e começaram a aplaudir. Nate, deixando de seguir ao lado de McClellan e ficando para trás, notou que o pequeno general foi imediatamente encorajado pela adoração das tropas e que essa adoração era genuína. Os homens se sentiam revigorados pela presença de McClellan, assim como o general se reanimava com os aplausos. Houve até mesmo mais aplausos quando ele parou o cavalo e pediu que um soldado lhe emprestasse o cachimbo aceso para acender um charuto. Esse toque afável pareceu especialmente comovente para os soldados que se apinharam ao redor para tocar o grande cavalo baio do general.

— Ele é um homem maravilhoso — confessou James ao irmão.
— Não é mesmo?

Nesses últimos dias Nate havia descoberto que o melhor modo de manobrar James era concordar afavelmente com tudo que ele dizia, mas às vezes até mesmo esse pequeno gesto era difícil. O alívio e o prazer de James com a volta do pródigo eram sinceros, e ele queria deixar o irmão feliz como recompensa por essa mudança de ideia, mas suas atenções podiam ser sufocantes. James podia acreditar, como o pai, que o tabaco era a erva do diabo, mas, se Nate queria fumar, James ficava feliz em comprar charutos com os vivandeiros do regimento, cujas carroças serviam de postos comerciais onde quer que um regimento acampasse. James até fingia acreditar na afirmação do irmão, de que ele precisava de vinho e uísque para acalmar o estômago dispéptico e usava seu próprio dinheiro para comprar o suposto remédio.

A carinhosa assiduidade de James só fazia aumentar a culpa de Nathaniel, uma culpa que aumentou ao ver o quanto o irmão gostava da sua companhia. James sentia orgulho do irmão, invejava-o, e sentia prazer em espalhar a história de que seu irmão, longe de ter sido um traidor no ano que passara, de fato fora um agente a serviço do norte desde os primeiros tiros da guerra. Nate não negava a história, mas o prazer de James com ela somente deixava sua consciência mais pesada ao pensar em trair a confiança dele. Embora, perversamente, a perspectiva dessa traição ficasse mais convidativa ainda porque implicava retornar a Richmond, e com isso escapar das atenções de James. A única coisa que atrasava o retorno de Nathaniel era a lista de perguntas que deveria entregar a Adam. Essas perguntas estavam sendo preparadas por McClellan e Pinkerton, mas, assim como cada dia trazia novos boatos sobre reforços rebeldes, cada dia acrescentava mais perguntas e emendava as que já estavam na lista.

Outro grupo de soldados ansiosos veio cercar o general, tantos que James e Nathaniel foram separados pela confusão de corpos. O cavalo de Nate se desviou para o lado e começou a pastar o capim que crescia entre os sulcos lamacentos na beira da estrada. O general McClellan fez o discurso costumeiro sobre levar seus preciosos rapazes à vitória, mas só quando fosse a hora certa e as circunstâncias propícias. Os homens aplaudiram as palavras enquanto o general continuava cavalgando para oeste.

— Eles vão segui-lo a qualquer lugar — disse uma voz irônica baixinho, logo atrás de Nathaniel. — Infelizmente ele não quer levá-los a lugar nenhum.

Nate se virou e viu que quem falava era o adido militar francês de rosto selvagem, cujo olho arruinado era coberto por um pedaço de couro mofado. Seu uniforme era de uma glória desbotada, o fio metálico da túnica estava manchado e as dragonas esgarçadas. Ele usava uma enorme espada com punho de aço e lâmina reta, e tinha dois revólveres em coldres na sela. Acendeu um charuto e ofereceu a Nathaniel. O gesto permitiu que os outros oficiais do estado-maior passassem por eles, evidentemente o que o francês desejava.

— Cento e cinquenta mil homens? — perguntou Lassan com ceticismo.

— Talvez mais. — Nate havia pegado o charuto. — Obrigado.

— Setenta mil? — O francês acendeu um charuto para si mesmo, depois estalou a língua para fazer o cavalo continuar andando obedientemente.

— Senhor?

— Estou supondo, monsieur, que o general Johnston tenha setenta mil homens. No máximo, e que sua missão aqui é enganar o general McClellan. — Ele sorriu para Nate.

— Essa sugestão é ultrajante, senhor — protestou acaloradamente.

— Claro que é ultrajante — disse Lassan em tom divertido — mas também é verdadeira, não é?

À frente deles, quase invisível através de um aguaceiro que vinha na direção do grupo de cavaleiros, a forma amarela e bojuda de um dos balões do professor Lowe oscilava no céu cinzento.

— Deixe-me dizer minha posição, Sr. Starbuck — continuou Lassan suavemente. — Sou um observador, enviado pelo meu governo para assistir à guerra e informar a Paris que técnicas e armas poderiam ser úteis para o nosso Exército. Não estou aqui para escolher lados. Não sou como o conde de Paris ou o príncipe de Joinville — ele indicou dois elegantes oficiais que cavalgavam logo atrás do general — que vieram para cá para lutar pelo norte. Francamente, não me importo com que lado vença. Não é meu trabalho me importar, só observar e escrever relatórios, e parece que talvez seja hora de observar a guerra pelo lado sulista.

Nathaniel deu de ombros, como se sugerisse que as decisões de Lassan não eram da sua conta.

— Porque eu gostaria muito de ver como setenta mil homens planejam ser mais espertos que cento e vinte mil — disse Lassan.

— Os cento e cinquenta mil rebeldes — retrucou Nathaniel com teimosia — vão se entocar e expulsar os nortistas com tiros de canhão.

— De jeito nenhum. Vocês não podem se dar ao luxo de ter tantos ianques sentados na soleira da sua porta, nem podem se dar ao luxo de se igualar a McClellan na guerra de cerco. O sujeito pode ser grandiloquente, mas sabe de engenharia. Não. Vocês, rebeldes, precisam manobrá-lo, e a batalha será fascinante. Meu problema, claro, é que não tenho permissão de atravessar as linhas. Minhas opções são navegar para Bermuda e pagar a um navio que fure o bloqueio para me contrabandear até um dos portos da Confederação ou então ir para oeste e voltar por terra através do Missouri. De qualquer modo, eu perderia a luta na primavera. A não ser que o senhor concorde em me permitir acompanhá-lo quando voltar para o lado rebelde.

— Se eu voltar ao lado rebelde — disse Nate com o máximo de altivez que pôde reunir —, o farei como servidor dos Estados Unidos.

— Que bobagem! — reagiu Lassan de modo afável. — Você é um patife, Sr. Starbuck, e um patife sempre sabe reconhecer outro. E o senhor é um mentiroso inventivo. A 2ª Brigada da Flórida! Muito boa, Sr. Starbuck, muito boa. Mas com certeza não há homens brancos suficientes morando na Flórida para formar uma brigada, quanto mais duas! Sabe por que o general McClellan acredita no senhor?

— Porque estou falando a verdade.

— Porque ele quer acreditar. Ele precisa desesperadamente estar em menor número. Desse modo, veja bem, nenhuma desgraça recairá sobre sua derrota. Então, quando o senhor vai voltar?

— Não sei.

— Então me diga quando souber. — Em algum lugar adiante dos cavaleiros soaram tiros de artilharia, abafados pelo ar úmido. O som parecia vir do lado esquerdo da estrada, depois de um corredor distante de árvores.

— Observe agora — disse Lassan a Nathaniel. — Vamos parar o avanço a qualquer momento. Veja se não estou certo.

Os canhões estalaram de novo, e de repente o general McClellan ergueu a mão.

— Podemos parar aqui — anunciou o general —, só para descansar os cavalos.

Lassan lançou um olhar divertido para Nate.

— O senhor gosta de apostar?

— Já joguei um pouco de pôquer.

— Então acha que o par de dois dos rebeldes vai vencer o *royal flush* do Jovem Napoleão?

— Nada pode derrotar um *royal flush*.

— Depende de quem o estiver segurando, Sr. Starbuck, e se a pessoa ousa jogá-lo. Talvez o general não queira sujar suas belas cartas novas, não é? — O francês sorriu. — O que estão dizendo em Richmond? Que a guerra está perdida?

— Alguns dizem — respondeu Nathaniel, e sentiu-se ruborizando. Ele próprio o dissera, e havia tentado convencer Sally.

— Não está, pelo menos enquanto o Jovem Napoleão for o inimigo do sul. Ele tem medo de sombras, Sr. Starbuck, e suspeito que seu serviço seja fazê-lo ver sombras onde elas não existem. O senhor é um dos motivos pelos quais setenta mil homens podem derrotar cento e vinte.

— Sou apenas um nortista que caiu em si — retrucou.

— E eu, monsieur, sou o rei de Tombuctu. Avise-me quando quiser ir para casa.

Ele pôs a mão no chapéu e esporeou o cavalo. Nathaniel, olhando o francês cavalgar na direção do som dos canhões, soube de repente que estava errado e Sally estava certa. O porco ainda berrava, e a guerra não estava perdida.

* * *

— Você acha que a guerra está perdida, seu desgraçado? — O sargento Truslow agarrou a orelha de Izard Cobb, ignorando o grito de dor do sujeito. — Se eu mandar que você vá depressa, seu cabeça de bagre de merda, você anda depressa. Agora, depressa! — Ele deu um chute na bunda de Cobb. Uma bala passou assobiando por cima deles, o que fez o soldado se abaixar. — E corra com a coluna ereta! — gritou Truslow. — Seu desgraçado filho de uma puta!

Uma nuvem de fumaça surgiu quando um canhão disparou da linha de árvores distante. A fumaça do pavio do obus traçou um risco tênue e cinzento no ar, visível apenas para os homens que estavam quase diretamente alinhados com a trajetória do projétil. O sargento Truslow, vendo o obus se aproximar, soube que não havia tempo de se proteger, por isso fingiu estar despreocupado. O projétil atingiu o aterro da ferrovia atrás dele, pouco antes de o ruído do canhão estrondear acima do rio e do pântano.

— Cabo Bailey! — gritou Truslow quase ao mesmo tempo que a terra levantada pelo obus havia caído.

— Sargento!

— Cave aquele obus!

O obus não havia explodido, o que significava que poderia haver um projétil perfeitamente utilizável no solo macio do aterro. Se houvesse uma bateria de artilharia confederada ali perto, Truslow ofereceria o obus resgatado aos artilheiros para ser devolvido aos remetentes, mas como não havia um artilheiro que pudesse apreciar o presente, ele achou que iria montá-lo como um explosivo terrestre.

A legião estava na margem sul do rio Chickahominy, perto dos suportes da ponte da Ferrovia Richmond & York. A última locomotiva confederada a atravessar a ponte passara três horas antes, arrastando todo o material restante da estação de White House e os trilhos dos desvios da estação de Tunstall. Em seguida, os engenheiros puseram cargas na ponte, acenderam os pavios e observaram enquanto nada acontecia. A Legião Faulconer, a unidade de infantaria mais próxima da ponte, recebera ordem de segurar os escaramuçadores inimigos enquanto os engenheiros decidiam o que tinha dado de errado com os explosivos.

A ponte não era uma grande obra de engenharia. Não precisava atravessar um desfiladeiro gigantesco nem levar os trilhos entre dois morros portentosos; em vez disso, era pouco mais que um píer sobre suportes que atravessava o pântano, passava sobre o rio e depois seguia obstinadamente por mais meio quilômetro até que os trilhos alcançavam de novo o terreno sólido na outra margem do Chickahominy. Os ianques haviam posicionado os canhões de campanha nesse terreno, ao lado de um bosque denso com árvores cheias de musgo, e agora o fogo de artilharia nortista era disparado por cima do pântano coberto de capim com seus poços estagnados, arbustos mirrados e leitos de juncos. Alguns cavalarianos nortistas a pé também estavam no terreno distante, acrescentando seu fogo de carabinas ao canhoneio, enquanto outro grupo de cavaleiros apeados avançava pela ponte na esperança de espantar os engenheiros sulistas.

— Sargento Hutton! — gritou Truslow. — Traga seu esquadrão! Rápido, agora!

Carter Hutton gritou para seus homens se aproximarem do aterro onde Truslow os formou em duas fileiras. Durante alguns segundos eles se tornaram um alvo tentador para os artilheiros, mas Truslow estivera marcando o tempo dos disparos e sabia que tinha trinta segundos enquanto os artilheiros recarregavam.

— Mirem naqueles desgraçados! Ao longo dos trilhos! Ponham as miras a trezentos metros. — Ele olhou para os cavalarianos que avançavam e não perceberam o perigo, de modo que continuavam andando pelos trilhos em vez de usar o terreno pantanoso dos dois lados dos suportes. — Fogo! — gritou Truslow. — Agora abaixem-se, saiam dos trilhos, depressa!

Cinco segundos depois um obus ressoou logo acima do lugar onde as duas fileiras de Truslow estiveram e explodiu, inofensivo, nas árvores atrás da legião. A fumaça da saraivada de Truslow se dissipou mostrando que os cavalarianos que avançavam haviam se espalhado nos poços cheios de água da chuva dos dois lados da ponte.

— Mantenham as cabeças deles abaixadas! — gritou Truslow, depois se virou quando Andrew Bailey se aproximou carregando no colo o obus escavado.

Era um projétil de dez libras, com menos de dez centímetros de diâmetro e um tampão de zinco no nariz. Truslow colocou o obus num dormente e usou a lâmina de sua faca de caça para desatarraxar o tampão. Dois homens agachados ali perto se afastaram com medo, ganhando um olhar de desprezo de Truslow.

O tampão de zinco havia lacrado o tubo enfiado no obus. No tubo havia um êmbolo com uma cápsula de percussão de latão na ponta que deveria ter sido empurrada com o impacto do obus, explodindo no lado de baixo do tampão. O êmbolo era preso por duas projeções delgadas de metal quebradiço desenhadas para impedir que o detonador escorregasse para a frente e explodisse quando o obus estivesse sendo transportado ou manuseado. Só o impacto violento de um projétil batendo no alvo deveria ser suficiente para partir as projeções de metal, mas este obus, caindo na terra macia do aterro, ficara intacto.

Truslow usou a lâmina da faca para quebrar as duas projeções, depois virou o obus de cabeça para baixo para soltar o êmbolo sacudindo-o. O êmbolo, com sua cápsula de percussão na ponta, tinha um buraco estreito no centro, cheio de explosivo. Essa pólvora deveria levar o fogo para a carga principal protegida da umidade por um diafragma de papel. Ele usou um graveto para rasgar o diafragma, depois encheu até a metade o tubo vazio do pavio do obus com pólvora tirada de cartuchos de fuzil. Por fim, colocou o êmbolo de volta no tubo, mas agora, em vez de descer até o fundo do tubo, o êmbolo se projetava dois centímetros acima do nariz do obus. Se alguém batesse no êmbolo exposto, o fogo desceria para dentro do obus, explodiria a pólvora que Truslow havia posto no tubo, acionando a carga principal.

Agora precisava posicionar o obus. Depois da passagem do último trem, os engenheiros arrancaram os trilhos de aço e os colocaram nos vagões para serem transportados até Richmond, mas deixaram os dormentes de madeira molhada presos no chão. Truslow mandou dois homens arrancarem um deles, depois escavar um buraco no espaço em forma de caixão que havia ficado na lateral da ferrovia. Ele colocou o obus no buraco, com a ponta virada para cima, depois colocou uma pedra ao lado e equilibrou cuidadosamente o dormente na pedra. Balançou o pedaço de madeira com bastante suavidade, movendo-o dois centímetros para cima e para baixo, depois recuou para admirar o trabalho. O dormente parecia erguido cerca de dois centímetros de sua posição original, mas com sorte os ianques não notariam, e um homem pisaria nele, fazendo a madeira se chocar contra a cápsula de percussão.

— Está se divertindo, sargento? — O major Bird havia avançado desde a linha das árvores, onde a maior parte da legião esperava.

— É uma pena desperdiçar um bom obus — comentou Truslow, detectando uma leve nota de desaprovação na pergunta aparentemente inocente de Bird.

Bird não tinha certeza de que esses explosivos eram um método totalmente leal de travar a guerra, mas também sabia que travar a guerra com lealdade era uma ideia ridícula, o tipo de ideia que seu cunhado abraçaria. A guerra tinha a ver com matança, e não com obedecer a antigas regras de cavalheirismo.

— Acabou de chegar uma carta para você — avisou a Truslow.

— Para mim? — questionou Truslow, atônito.

— Aqui. — Bird a pegou no bolso e a entregou, depois usou seu meio binóculo para ver como os engenheiros estavam progredindo. — Por que estão demorando tanto?

— Pavios úmidos — respondeu Truslow, depois limpou as mãos no casaco antes de abrir o delicado envelope cor-de-rosa e pegar a folha cor-de-rosa que devia ter vindo de um estoque anterior à guerra, de papel com detalhes dourados e enfeites. Olhou primeiro para a assinatura. — É da minha Sally! — Ele pareceu surpreso. Uma bala assobiou perto de sua orelha e um obus passou acima, emitindo um som fantasmagórico.

— Ah, bom — disse o major Bird, não para a notícia de Truslow, mas porque os engenheiros finalmente estavam voltando para a margem sul.

— Deem cobertura a eles! — ordenou Truslow, e os fuzis dos escaramuçadores estalaram furiosamente por cima do rio. — Eu nem sabia que minha Sally sabia escrever.

A julgar pelo envelope, pensou Bird, ela não sabia. Era um milagre a carta ter chegado, mas o exército era bom em tentar realizar esse tipo de milagre. Poucas coisas eram mais benéficas ao moral que cartas de casa.

— O que ela diz? — perguntou Bird.

— Não sei bem — resmungou Truslow.

O major lançou um olhar astuto para o sargento. Sem dúvida, Truslow era o homem mais enérgico da legião, de fato era provavelmente o homem mais enérgico que Bird já conhecera, mas agora havia uma expressão de vergonha nos olhos dele.

— Posso ajudar? — perguntou Bird casualmente.

— É a letra da garota — respondeu Truslow. — Dá para entender o nome dela, mas quase nada além disso.

— Deixe-me tentar — pediu Bird, que sabia perfeitamente que Truslow não era bom em leitura. Pegou a carta, depois ergueu o olhar enquanto os engenheiros passavam correndo por ele. — Para trás! — gritou aos homens da Companhia K, depois olhou para a carta de novo. — Meu Deus! — exclamou. A letra era de fato espantosa.

— Ela está bem? — quis saber Truslow imediatamente, com a voz tomada pela ansiedade.

— É só por causa da letra dela, sargento, nada mais. Deixe-me ver agora. Diz que você vai ficar surpreso em ter notícias dela, mas que está bem e acha que já deveria ter escrito há muito tempo, mas que é tão teimosa quanto você, e que por isso não escreveu.

Bird e Truslow, sozinhos no aterro, tornaram-se subitamente alvos de uma saraivada de tiros de carabina. Um engenheiro gritou para os dois voltarem antes que o pavio fosse acendido, por isso eles começaram a andar lentamente para a segurança das árvores.

— Ela diz que lamenta o que aconteceu — continuou Bird, lendo a carta enquanto as balas da cavalaria assobiavam ao redor —, mas que não lamenta o que fez. Isso faz sentido?

— Nunca consegui entender nada do que essa garota dizia — comentou Truslow, carrancudo. Na verdade, sentia falta de Sally. Ela era uma cadelinha teimosa, mas era o único parente que ele tinha.

Bird prosseguiu, sem querer deixar Truslow envergonhado ao notar as lágrimas do sargento.

— Ela diz que viu Nate Starbuck! Isso é interessante. Ele a procurou quando foi solto da prisão e pediu a ela que escrevesse para você e prometeu que vai voltar à legião. Então é por isso que ela escreveu. Devo dizer que Starbuck tem um modo curioso de anunciar a volta.

— E onde ele está?

— Ela não diz.

Bird virou a carta. Os engenheiros haviam acendido o pavio e a trilha sibilou soltando fagulhas sem ser notada pelos dois homens. Bird franziu a testa tentando decifrar a segunda página.

— Ela disse que foi por isso que escreveu, porque Nate pediu, mas que está feliz por ele ter pedido porque é hora de você e ela serem amigos. E ela também diz que tem um novo trabalho, que você aprovaria, mas não diz o que é. Pronto, é isso. — Bird entregou a carta a Truslow. — Tenho certeza de que você pode ler sozinho, agora que descrevi.

— Acho que posso — concordou Truslow, e fungou de novo. — Então o Sr. Starbuck vai voltar!

— Segundo sua filha, sim. — Bird parecia duvidar.

— Então você não vai nomear um oficial para a Companhia K?

— Eu não ia.

— Bom. Afinal, nós elegemos Starbuck, não foi?

— Temo que sim. — E totalmente contra a vontade do general Faulconer, refletiu Bird, feliz.

Mais de setecentos homens votaram na eleição dos oficiais, e o nome de Nathaniel fora escrito em mais de quinhentas cédulas.

— E, se as eleições significam alguma coisa — disse Truslow —, então Starbuck deveria estar aqui, não é?

— Acho que sim, mas confesso que não vejo o general Faulconer permitindo. Ou o coronel Swynyard.

Não que Swynyard estivesse em muita evidência ultimamente. Até onde Bird sabia, o segundo em comando da brigada estava perdido num estupor perpétuo trazido por um suprimento interminável de uísque vagabundo, de quatro dólares o galão.

— Aposto um dólar que Starbuck pode dar uma surra no general — disse Truslow. — Starbuck é esperto.

— Um dólar? Feito.

Ele apertou a mão suja de Truslow justo quando a ponte explodiu. Cento e quarenta quilos de pólvora despedaçaram os suportes e mandaram a madeira antiga girando no ar. A fumaça e o ruído ecoaram nos pântanos, espantando uma centena de aves dos leitos de juncos. A água do rio pareceu recuar para longe das explosões, depois voltou com um grande jorro que provocou uma enorme nuvem de vapor atrás da fumaça. Onde houvera uma ponte agora estava apenas uma fileira de cotocos podres, enegrecidos, na água agitada, enquanto acima e abaixo o entulho caía no Chickahominy ou então nas poças estagnadas do pântano, onde as cobras fugiam retorcendo-se.

Um pedaço de madeira voou alto e depois caiu com mira impecável, acertando o dormente que Truslow havia equilibrado com tanto cuidado na pedra. O impacto comprimiu o dormente sobre a cápsula de percussão e o obus explodiu, abrindo uma pequena cratera no aterro menos denso por causa da chuva.

— Filho da puta — reclamou Truslow, evidentemente falando do esforço desperdiçado que tivera com o explosivo, mas o major Bird viu que mesmo assim o sargento sorria.

Ele decidiu que essa felicidade era algo a ser valorizado em tempos de guerra. O dia de hoje podia estar cheio de risos, mas o amanhã poderia trazer o que os pregadores chamavam de descanso eterno. E pensar naquelas sepulturas encheu Bird subitamente de terror. E se Truslow não vivesse para ver sua Sally outra vez? E se sua querida Priscilla ficasse viúva? Esse pensamento fez Thaddeus Bird ser dominado pelo pavor de que não era forte o suficiente para ser um soldado. Por que a guerra, para ele, era um jogo, apesar de todas as suas cáusticas pregações em contrário. Para Bird, a guerra era um jogo de vontades, onde o professor desconsiderado provaria que era mais esperto, mais inteligente, mais rápido e melhor que todo o resto. Mas, quando os mortos pálidos como cera eram enfileirados no julgamento sepulcral e seus olhos feridos e cheios de terra pediam ao inteligente Bird que explicasse por que haviam morrido, ele não tinha uma resposta.

Os dois canhões ianques dispararam uma última vez, inúteis, e seus projéteis ricochetearam no pântano. O tumulto do rio diminuiu até que de novo a água deslizava lentamente e cinzenta pelos restos enegrecidos da ponte, levando sua carga morta de peixes com barrigas brancas para o mar. Uma névoa se esgueirou das terras úmidas para se misturar à fumaça dos canhões. A floresta estava cheia de bacuraus, e o major Bird, que não acreditava em Deus, desejou subitamente que o Todo-Poderoso acabasse com essa guerra maldita.

Parte 3

9

Os exércitos pararam numa curva que rodeava o flanco nordeste de Richmond. O general Johnston havia se retirado para tão longe que os soldados nortistas conseguiam ouvir as horas soando nos sinos das igrejas e, quando o vento vinha do oeste, sentir o mau cheiro intenso de tabaco e fumaça de carvão, característicos da cidade.

Os jornais de Richmond reclamavam que fora permitido que os ianques chegassem perto demais, e os médicos dos dois exércitos reclamavam porque havia muitas tropas estacionadas nos pântanos assolados por doenças no rio Chickahominy. Os hospitais se enchiam de homens morrendo da febre do rio, uma doença que, mesmo à medida que os dias esquentavam em direção ao calor sufocante do verão, fazia suas vítimas tremerem incontrolavelmente. Os médicos explicavam que a febre era consequência natural do miasma invisível que se esgueirava do rio com as névoas sepulcrais que embranqueciam os pântanos ao amanhecer e ao entardecer, e, se os exércitos pudessem ao menos ir para terrenos mais elevados, a febre desapareceria, mas o general Johnston insistia que o destino de Richmond dependia do rio, e que seus homens deveriam, portanto, suportar o miasma. Havia uma estratégia, insistia, e, diante da ordem militar, os médicos não podiam fazer nada, a não ser abandonar os argumentos e assistir à morte dos pacientes.

No fim de maio, numa tarde de sexta-feira quente e parada, Johnston juntou seus auxiliares e explicou essa estratégia. Tinha pregado um mapa na parede da sala da casa que servia de quartel-general e usava um garfo de tostar, com cabo de nogueira, como ponteiro.

— Estão vendo, senhores, como forcei McClellan a se acavalar no Chickahominy? O exército nortista é uma força dividida, senhores, uma força dividida. — Ele enfatizou essa observação batendo no mapa a norte e a sul do rio, usando o garfo. — Uma das primeiras regras da guerra é jamais dividir as forças diante do inimigo, mas foi exatamente isso que McClellan fez! — Johnston estava num clima didático, tratando os ajudantes como se fossem um grupo de cadetes novos em West Point. — E por que um general jamais deveria dividir suas forças? — perguntou, olhando com expectativa para os ajudantes.

— Porque ele pode ser derrotado por partes, senhor — respondeu diligentemente um dos ajudantes.

— Exato. E amanhã de manhã, senhores, ao alvorecer, vamos obliterar esta metade do exército nortista. — Johnston bateu com o garfo no mapa. — Obliterar, senhores, obliterar.

Ele indicara a parte do mapa que ficava a leste de Richmond e ao sul do rio Chickahominy. A nascente ficava a noroeste da cidade, e depois, alargando-se rapidamente, o curso d'água corria inclinado atravessando a região ao norte da cidade e descia pelas terras baixas que ficavam a leste, antes de se juntar à corrente mais larga do James. Todo o exército confederado de Johnston estava a sul do rio, mas a força maior de McClellan estava dividida; metade das tropas ao norte dos pântanos do Chickahominy assolados pela malária e metade ao sul. A intenção de Johnston era saltar das névoas do alvorecer e rasgar essa metade no sul, transformando-a numa ruína sangrenta, antes que as tropas ianques ao norte do rio pudessem marchar por cima de suas pontes substitutas para salvar os colegas sitiados.

— E o faremos amanhã de manhã, senhores, ao alvorecer — concluiu Johnston, e não resistiu a dar um sorriso satisfeito quando viu a perplexidade dos outros.

Ele ficou satisfeito porque a surpresa deles era exatamente a reação que desejava. Johnston não tinha informado seus planos a ninguém; nem ao seu segundo em comando, o general Smith, nem ao seu presidente, Jefferson Davis. Havia espiões demais em Richmond, e um número grande demais de homens que podiam se sentir tentados a desertar para o inimigo com a notícia; e, para impedir essa traição, Johnston havia preparado seus planos em segredo e os mantivera escondidos até agora, na tarde anterior à batalha, quando seus ajudantes deveriam levar as ordens para os comandantes das divisões.

A divisão de Daniel Hill lideraria o ataque, golpeando o centro das linhas inimigas.

— Hill deverá lutar sozinho por um tempo — explicou Johnston aos ajudantes — porque queremos atrair os ianques, embrulhá-los, depois vamos atacar os flancos, aqui e aqui.

O garfo bateu no mapa, rasgando-o a cada vez e mostrando que, como os dentes externos de um tridente, os dois ataques se cravariam num inimigo que iria se empalar convenientemente no dente central.

— Longstreet golpeia o flanco norte — continuou Johnston — enquanto a divisão do general Huger golpeia o sul, e ao meio-dia, senhores, os ianques estarão mortos, presos ou fugindo no pântano White Oak.

Johnston já conseguia sentir o gosto da vitória; ouvia os gritos de comemoração quando entrasse cavalgando na praça do Capitólio, em Richmond, e visse a inveja no rosto dos generais rivais, como Beauregard e Robert Lee. Sabia que o plano era brilhante. Tudo que havia entre este momento e a glória era a batalha que começaria quando suas tropas vestidas de cinza surgissem das névoas do alvorecer, e, se essas tropas tivessem a surpresa de seu lado, Johnston acreditava que a vitória estava garantida.

Os ajudantes receberam as ordens lacradas para levar aos três generais de divisão. Adam Faulconer recebeu ordem de cavalgar até o quartel-general do general Huger, que ficava bem na borda de Richmond.

— Um conjunto de ordens — disse o chefe do estado-maior de Johnston, um sujeito afável chamado Morton, quando entregou a Adam o pacote lacrado — e a sua assinatura aqui, Adam. — O coronel Morton estendeu um recibo reconhecendo que Adam recebera o envelope. — Peça a Huger que assine o recibo aqui, está bem? O velho Huger provavelmente vai convidá-lo para o jantar, mas esteja de volta aqui à meia-noite. E, pelo amor de Deus, Adam, certifique-se de que ele saiba o que deve fazer amanhã.

Johnston havia tomado muito cuidado ao demonstrar a estratégia aos ajudantes para que eles, por sua vez, pudessem responder às perguntas dos seus generais. Ele sabia que, se tivesse chamado os generais, o exército farejaria a empolgação iminente, e algum desgraçado poderia se esgueirar até o inimigo durante a noite e alertar que havia algo sendo preparado.

Adam assinou o recibo, assim reconhecendo que assumira responsabilidade por um conjunto de ordens, depois colocou o papel numa bolsa de couro presa ao cinto.

— Eu partiria antes da chegada da chuva — aconselhou o coronel Morton. — E certifique-se de que Huger assine esse papel, Adam! Ele ou seu chefe do estado-maior. Ninguém mais.

Adam esperou na varanda da casa enquanto arreavam seu cavalo. O ar estava estagnado, denso e escuro, combinando com seu humor pensativo e desanimado. Manuseou a preciosa ordem, imaginando se a destruição de todas as suas esperanças estaria dentro daquele envelope lacrado. Talvez, pensou, o envelope fosse a chave para a vitória sulista, e imaginou o exército nortista fugindo como acontecera em Bull Run, e em seus temores viu homens em pânico chapinhando nos atoleiros do pântano White Oak, com lama até o peito e sendo alvejados por rebeldes maliciosos e animados como os bandidos que gargalhavam disparando do alto do penhasco de Ball. Viu o Chickahominy derramando águas avermelhadas de sangue no James e estremeceu diante da vivacidade da imaginação, e por um segundo louco se sentiu tentado a pegar seu cavalo e galopar atravessando as linhas, sangrando os flancos do animal enquanto esporeava passando pelos atônitos piquetes confederados e chegando ao exército nortista. Então pensou no sofrimento que essa deserção causaria em seu pai, e pensou em Julia em Richmond, e toda a confusão cresceu em Adam. A guerra era errada, no entanto ele era um Faulconer, e, portanto, herdeiro de uma família que cavalgara para a batalha com George Washington. Os Faulconers não desgraçavam sua linhagem desertando para o inimigo.

Mas como o país fundado por Washington podia ser o inimigo?

Apalpou as ordens na bolsa presa ao cinto e se perguntou, pela milésima vez, por que o Jovem Napoleão hesitara tanto. Adam havia revelado a fraqueza do sul na península, e em consequência esperara que McClellan partisse do Forte Monroe como um anjo vingador, mas, em vez disso, o comandante nortista escolhera uma abordagem pesada, cautelosa, que dera aos rebeldes tempo suficiente para fortalecer e engrossar as defesas de Richmond. E agora, justo quando o norte estava a distância de uma tranquila caminhada vespertina até Richmond, os rebeldes planejavam um ataque que poderia rasgar o coração do exército nortista, e Adam, parado na varanda e observando nuvens negras como a noite se amontoando agourentas acima da floresta estagnada, sabia que era incapaz de impedir o desastre. Não tinha coragem para desertar.

— Jovem Adam! Não saia daí! — O coronel Morton enfiou a cabeça pelas cortinas de musselina de uma janela na extremidade oposta da varanda. — Temos outra carta para você!

— Muito bem, senhor — respondeu Adam.

Um ordenança tinha acabado de trazer o cavalo de Adam para a frente da casa, e Adam disse ao sujeito que amarrasse as rédeas à balaustrada. O cavalo baixou a cabeça e pastou um trecho de capim que crescia denso perto dos degraus. Um escravo que pertencia ao dono da casa confiscada estava cavando nos restos de uma pequena horta pisoteada por cascos de cavalos. Ele estava cansado e parava a todo momento, mas então se lembrava da presença de Adam na varanda, por isso enxugava a testa e se dobrava de novo para trabalhar. Olhando-o, Adam sentiu uma raiva irracional e injusta contra toda a raça negra. Por que, em nome de Deus, alguém os havia importado para a América do Norte? Sem eles o país certamente seria a terra mais feliz e mais pacífica do mundo. Esse pensamento desatrelado o fez sentir vergonha de si mesmo. Não era culpa dos escravos, e sim da escravocracia. Não era a raça negra, e sim sua própria espécie que havia perturbado a paz e azedado o conteúdo da terra.

— Está quente demais para trabalhar, não é? — gritou para o escravo, tentando compensar seus pensamentos.

— Quente demais, sinhô. Está muito quente mesmo.

— Se eu fosse você, iria descansar.

— Tem descanso suficiente no céu, louvado seja Jesus, sinhô — retrucou o escravo, e cravou a pá outra vez no solo avermelhado e opaco.

— Aqui está você, Adam. — O coronel Morton entrou na varanda, as esporas tilintando enquanto andava. — Vamos emprestar alguns homens de Huger a Pete Longstreet. Huger não vai gostar, mas Longstreet vai se aproximar mais dos ianques, por isso precisa dos fuzis extras. Pelo amor de Deus, seja diplomático com Huger.

— Claro, senhor. — Adam pegou o envelope estendido. — O senhor vai querer... — Ele havia começado a perguntar se o coronel Morton iria querer outra assinatura do general Huger num recibo para este segundo conjunto de ordens, mas então se conteve. — Muito bem, senhor.

— Esteja de volta à meia-noite, jovem Adam, todos precisamos do nosso sono de beleza essa noite. E seja gentil com o velho Huger. Ele é um sujeito melindroso.

Adam cavalgou para oeste. O ar parecia ainda mais opressivo onde a estrada cruzava a floresta. As folhas pendiam sem se mexer, com a imobilidade parecendo estranhamente ameaçadora. O dia não parecia natural, mas ultimamente grande parte do mundo de Adam parecia irreal. Até mesmo Julia, e esse pensamento o lembrou de que deveria fazer um esforço para vê-la em breve. Ela mandara uma carta com seu pedido misterioso, e mesmo tendo insistido que sua mensagem não era de natureza pessoal, Adam não conseguia afastar a suspeita de que Julia queria terminar o noivado. Nos últimos tempos, começara a pensar que não a entendia de fato e a perceber que os desejos dela eram muitíssimo mais complicados do que jamais supusera. Superficialmente, era uma jovem convencional, devota e devidamente graciosa, mas Adam percebia sutilmente uma vivacidade mercurial que Julia mantinha escondida, e era essa qualidade que o fazia se sentir indigno dela. Suspeitava que sua mãe possuía essa mesma característica, que havia sido esmagada por seu pai.

Ele parou o cavalo num trecho de floresta onde não havia acampamentos do exército à vista. Sua jornada o levara através de vários acampamentos, mas de repente estava sozinho na floresta densa, escura e imóvel, e capaz de trazer à luz uma ideia que estivera tremeluzindo no fundo da mente.

Adam abriu a bolsa e pegou as duas mensagens. Estavam embrulhadas em envelopes pardos idênticos, lacrados com cera escarlate idêntica e endereçados na mesma letra preta. As ordens de batalha eram mais grossas que o segundo conjunto de instruções, mas afora isso não havia nada para distinguir um envelope do outro.

Pegou o recibo. Este mencionava apenas um conjunto de ordens.

Olhou de novo para os envelopes. E se simplesmente se esquecesse de entregar as ordens de batalha?, pensou. E se o norte vencesse a batalha do dia seguinte e tomasse Richmond? Quem se incomodaria com um conjunto de ordens faltando? E se, por algum acaso espantoso, o sul vencesse amanhã sem as tropas de Huger, quem se importaria? E, mesmo que sua negligência fosse descoberta — e Adam não era idiota a ponto de presumir que ela não seria descoberta afinal —, não precisaria ser considerada um ato de traição, e sim de esquecimento simples ou, na pior das hipóteses, de descuido. A negligência sem dúvida lhe custaria o cargo no estado-maior de Johnston, porém não traria desgraça, mas apenas uma infeliz reputação de descuido. E talvez, disse a si mesmo, devesse passar esta guerra se abrigando sob a asa do pai. Talvez fosse mais feliz como chefe do estado-maior do pai onde, no mínimo, poderia tentar preservar os empregados e os vizinhos, que estavam na legião, contra os piores rigores da guerra.

— Ah, meu Deus — murmurou, e foi realmente uma oração por sua própria felicidade, e não um pedido de orientação, porque já sabia o que iria fazer.

Lentamente, deliberadamente e com a devida cerimônia, Adam rasgou a ordem de batalha longitudinalmente, depois horizontalmente, então picou os pedaços em rasgos menores ainda. Rasgou como se estivesse picando o tecido da história, e, quando as ordens foram reduzidas a um punhado de migalhas, espalhou os pedacinhos de papel nas águas pretas de uma vala ao lado da estrada. E com esse ato de destruição traiçoeira veio uma felicidade súbita e saltitante. Ele havia sabotado a vitória! Tinha feito a obra do Senhor num dia negro e sentia como se um cansativo fardo de culpa e indecisão tivesse sido arrancado de cima de si. Esporeou o cavalo em direção ao oeste.

Meia hora depois, Adam chegou à casinha que servia de quartel-general para Huger onde, com uma meticulosidade que chegava às raias da insubordinação, insistiu em receber a assinatura do general antes de entregar o envelope que restava. Depois ficou respeitosamente de lado enquanto ele abria e lia a folha única. O general, com orgulho de sua ancestralidade francesa, era um homem detalhista e cauteloso que havia desfrutado de uma carreira bem-sucedida no antigo Exército dos Estados Unidos e agora gostava de fazer comparações desfavoráveis entre o antigo empregador e o novo.

— Eu não entendo! — disse a Adam depois de ler a ordem pela segunda vez.

— Perdão, senhor?

Adam estava parado com os ajudantes de Huger numa varanda que dava para o riacho Gillies. A casa ficava tão perto de Richmond que ele via os telhados e as chaminés que se estendiam atrás do atracadouro de Rockett, onde mastros e vergas de uns dez navios presos pela barricada no penhasco de Drewry surgiam na penumbra do dia. Abaixo da casa, no fim de uma longa campina salpicada com as carroças e os canhões que pertenciam à artilharia de Huger, a Ferrovia Richmond & York corria junto ao riacho, e à luz desbotada, que ficava pior com a massa de nuvens escuras, um trem passou lentamente em direção à cidade, soltando vapor. Ele puxava uma curiosa coleção de vagões-plataforma onde estava montada a unidade de balão da Confederação. O balão em si era uma bela obra feita dos melhores vestidos de seda doados pelas damas de Richmond e era içado e baixado através de um sarilho gigante parafusado num dos vagões. Outros vagões-plataforma abrigavam o aparato químico que produzia hidrogênio. O balão, que estivera observando as linhas inimigas para além da ferrovia arrancada na estação de Fair Oak, ainda estava sendo baixado enquanto o trem sacolejava, retinia e bufava abaixo do quartel-general de Huger.

— Será que devo entender — Huger, de cabelos brancos, espiava Adam por cima dos óculos de leitura — que alguns dos meus homens devem ser entregues ao comando do general Longstreet?

— Acredito que sim, senhor — respondeu Adam.

Huger soltou uma série de pequenas fungadas que evidentemente se destinavam a denotar um riso sarcástico.

— Suponho que o general Johnston esteja ciente de que meu posto é superior ao do general Longstreet — observou por fim.

— Tenho certeza de que sim, senhor.

Huger estava disfarçando seu ressentimento numa bela demonstração de vaidade ferida.

— Pelo que me lembro, o general Longstreet era encarregado dos pagamentos no antigo Exército. Um mero major. Não creio que tenha sido promovido acima de major ou recebido alguma tarefa mais onerosa do que distribuir os pagamentos das tropas. Mas agora ele dará ordens a homens que estão sob meu comando?

— Apenas alguns dos seus homens, senhor — observou Adam com tato.

— E por quê? — perguntou Huger. — Certamente Johnston tem seus motivos. Ele pensou em explicá-los a você, rapaz?

Johnston havia explicado, mas repassar a explicação destruiria o objetivo de Adam, por isso ele se contentou com a observação débil de que a divisão do general Longstreet estava acampada mais perto do inimigo, e que, portanto, fora considerado prudente incrementar suas brigadas com os homens extras.

— Tenho certeza de que é apenas um expediente temporário, senhor — concluiu Adam, depois olhou para além do infeliz Huger, para onde o trem parara completamente enquanto o balão era baixado pelos últimos metros. A fumaça da locomotiva parecia estranhamente branca e luminosa contra a nuvem preta.

— Não estou reclamando — declarou Huger, indignado. — Eu estou acima dessas considerações mesquinhas, e, nas conjunturas deste exército, esses insultos devem ser esperados. Mas seria educado da parte de Johnston ter perguntado se eu me importava que minhas tropas fossem entregues às ordens de um mero encarregado de pagamentos. Não seria educado? — perguntou aos ajudantes, e ambos assentiram ansiosamente.

— Tenho certeza de que o general não quis ser desrespeitoso, senhor — disse Adam.

— Você pode ter certeza do que quiser, rapaz, mas eu sou mais experiente nessas questões. — Huger, que se considerava uma espécie de aristocrata natural, empertigou-se para olhar para Adam de cima para baixo. — Talvez o general Johnston precise de meus homens para vigiar o pagamento do exército, é isso? — A piada foi de novo sinalizada por uma série de fungadas que fez os ajudantes de Huger sorrirem numa apreciação afável. — Houve um tempo — continuou, dobrando as ordens num quadrado apertado — em que as questões militares eram realizadas de modo adequado na América do Norte. Quando essas coisas eram feitas de modo correto. Como num exército bem organizado. — Ele jogou as ordens dobradas num banco suspenso por correntes que pendiam das traves da varanda. — Muito bem, rapaz, diga a Johnston que recebi as ordens, mesmo que não possa entendê-las. Tenho certeza de que você quer retornar ao seu senhor antes que a chuva chegue, por isso me despeço.

Essa dispensa rápida, dada sem oferecer ao menos um copo d'água a Adam, era uma afronta deliberada, mas não se importou. Ele tinha corrido um risco enorme e havia representado bem seu papel, mas não achava que poderia continuar se desviando das perguntas do general. Meu Deus, pensou com uma pontada de terror, haveria um inferno a pagar se Johnston descobrisse o que acontecera. Mas de novo Adam se tranquilizou ao pensar que sua única culpa era o esquecimento.

Pôs o recibo assinado no bolso e voltou ao cavalo. Era uma tarde de sexta-feira, e ele sabia que encontraria Julia no Hospital Chimborazo, ali perto. Sentia-se culpado com relação à carta, e, sabendo que tinha todo o fim de tarde livre, foi encontrar a noiva. Seu caminho o levou para além dos novos fortes do general Lee, em forma de estrela, que cercavam a cidade. A fortificação de terra era coroada com fileiras de sacos de areia recém-enchidos, doados pelos círculos de costureiras de Richmond. As damas usaram todos os restos de tecido disponível, de modo que as fortificações recentes pareciam uma colcha de retalhos de chita florida, veludos intensos e algodão com estampas alegres, e à luz sinistra do crepúsculo o efeito dessa mistura era estranhamente animado, um toque doméstico numa cena de guerra. O ar, que estivera quente e parado o dia inteiro, agitou-se de repente quando um sopro de vento inesperado levantou as dobras da bandeira de batalha confederada acima dos bastiões coloridos. A região ao sul, para além do rio, estava iluminada pelos últimos raios de sol que chegavam longe, sob as nuvens, fazendo a terra parecer mais iluminada que o céu. Após terminar seu último ato de traição, Adam tentou ler naquele raio distante de luz dourada um augúrio de felicidade e sucesso.

Ele precisou mostrar seu passe do quartel-general a uma sentinela no posto da guarda que interrompia a estrada para a cidade. Um trovão distante soou como disparo de canhão vindo da terra entre os rios. A sentinela franziu o cenho.

— Acho que vai haver uma tempestade esta noite, major. E das fortes.
— Não parece bom — concordou Adam.
— Nunca vi uma primavera assim — comentou a sentinela, depois parou quando um segundo trovão ominoso percorreu o céu. — Talvez afogue um ou dois ianques. Isso pouparia a gente de matar todos os filhos da puta.

Adam não respondeu, apenas pegou seu passe de volta e esporeou o cavalo. Raios espocaram no céu ao norte. Ele instigou o animal até o trote, apostando corrida com a chuva que começava a cair em gotas pesadas e nefastas justo quando entrou no terreno do hospital. Um ordenança lhe disse em qual enfermaria o serviço dos missionários estava sendo realizado, e ele galopou através do vento forte e súbito que levava a fumaça das finas chaminés de metal que se projetavam de cada barracão. A chuva começou a cair com mais força, tamborilando nos tetos de zinco e agitando as lonas esticadas das barracas montadas como enfermarias suplementares. Adam encontrou o barracão certo, amarrou o cavalo à varanda, depois mergulhou para dentro no exato instante em que um estrondo pareceu rasgar o coração do céu e provocar um aguaceiro que retumbava tão forte no teto da enfermaria que a voz do reverendo John Gordon foi abafada. Julia, sentada junto ao pequeno harmônio que chiava, sorriu com prazer com a chegada inesperada do noivo. Fechando a porta, Adam viu que essa era uma das noites de sexta em que a mãe de Julia optara por não vir ao hospital. Estavam apenas Julia, seu pai e o inevitável Sr. Samworth, que olhou nervoso para o teto quando outro estrondo de trovão retumbou no céu.

O serviço religioso prosseguiu a muito custo, interrompido por trovões e abafado pelo som da chuva. Parado diante de uma janela, Adam observou a noite cair sobre Richmond e viu a nova escuridão pontuada por riscos de relâmpagos que ofereciam uma luminosidade infernal às torres das igrejas da cidade. A tempestade parecia se intensificar como os ecos de uma guerra no céu, enquanto a chuva martelava o teto com uma força tão malévola que o reverendo Sr. Gordon desistiu da luta desigual e pediu um hino. Julia bombeou o pequeno instrumento e comandou a enfermaria num "Louvai o eterno Criador". Assim que o canto terminou, o missionário pronunciou uma bênção inaudível e com isso abandonou o culto assolado pela tempestade.

— Isso deve passar logo!

O reverendo Sr. Gordon precisou gritar com Adam para ser ouvido, mas a tempestade parecia parada sobre a cidade e implacável em sua fúria. Havia goteiras pelo teto da enfermaria em todo canto, e Adam ajudou a afastar as camas das gotas frias. Julia queria ver a tempestade, e, enrolando o casaco no corpo, foi para a pequena varanda no fundo da enfermaria onde, sob o abrigo do telhado, ela e Adam assistiram à forte chuva estremecer os céus da Virgínia. Um relâmpago após o outro caía, e um trovão após o outro ecoava nas nuvens. A noite havia chegado, mas era riscada por fogo e grandiosa com as explosões no céu. Um cachorro uivou em algum ponto do hospital, enquanto rios de água da chuva corriam, gorgolejavam e se derramavam nas profundezas negras do Bloody Run.

— Mamãe está com dor de cabeça. Ela sempre sabe quando uma tempestade vem por causa das dores de cabeça — comentou Julia com Adam numa voz inadequadamente animada.

Julia sempre gostara de tempestades. Percebia algo muito especial na fúria da natureza, acreditando que testemunhava um débil eco do caos com que Deus criara o mundo. Ela apertou o casaco com força e, sob os clarões dos raios, Adam viu que os olhos de Julia brilhavam de empolgação.

— Você queria me ver? — perguntou Adam.

— Espero que você também quisesse me ver! — brincou Julia em tom provocador, mas no íntimo ansiava que ele fizesse uma declaração passional de que cavalgaria através de inúmeras tempestades como esta só para estar perto dela.

— Claro que queria, sim — respondeu Adam. Mas permaneceu afastado de Julia com decoro apesar de, como ela, estar com as costas apoiadas na parede do barracão, onde era mais protegido pelo pequeno telhado da varanda. A água escorria das telhas fazendo uma cortina iluminada por uma claridade de prata sempre que um raio pipocava nas nuvens. — Mas você escreveu para mim — lembrou Adam.

Julia quase havia se esquecido da carta com a sugestão de uma mensagem importante, e agora, tanto tempo depois, suspeitou que ela talvez tivesse perdido parte da urgência.

— Era sobre o seu amigo Nate Starbuck — explicou.

— Nate? — Em parte esperando o fim do noivado, Adam não conseguiu esconder a surpresa.

— Ele veio procurar você logo depois de ser solto da prisão. Por acaso eu estava na casa do seu pai. Sei que não deveria tê-lo convidado a entrar, mas estava chovendo quase tão forte quanto agora, e ele parecia tão desolado que fiquei com pena. Você não se incomoda, não é? — Ela encarou Adam.

Adam quase havia esquecido o impulso que o fizera alertar os empregados do pai a mandar Nathaniel embora. Na ocasião, e depois da apresentação espantosa de uma mulher decaída na casa do missionário, o banimento parecera apenas precaução, mas o ultraje de Adam tinha esfriado desde aquela noite terrível.

— O que ele queria?

Julia parou quando uma afluência de trovões estalou até se esvair sobre a cidade. Os raios iluminavam as nuvens por trás, tremulando no céu oculto como rios de prata enevoados no ar. Um raio havia provocado um incêndio em algum local na cidade de Manchester, do outro lado do rio James, porque havia uma claridade vermelha e opaca que durou alguns segundos antes que a chuva a apagasse.

— Nate tinha uma mensagem para você. Eu achei muito misteriosa, mas ele não quis me explicar. Só disse que você entenderia. Disse que você parasse de se corresponder com a família dele.

Adam sentiu um arrepio atravessá-lo. Não disse nada, apenas olhou para a escuridão do vale do rio onde a chuva golpeava o curso de água sombrio.

— Adam? — chamou Julia.

De repente, ele estava sendo perseguido pela imagem de um nó corrediço pendendo de uma trave alta.

— Ele disse o quê? — conseguiu perguntar.

— Disse que você deveria parar de se corresponder com a família dele. Isso parece estranho para você? Pareceu muito esquisito para mim. Afinal, a família Starbuck está em Boston, então como você poderia se corresponder com ela? Disseram-me que as pessoas conseguem mandar cartas para o norte, mas tenho certeza de que não consigo imaginar você tendo esse trabalho todo só para escrever ao reverendo Elial Starbuck. E Nate também disse que explicaria assim que pudesse, mas foi igualmente misterioso com relação a quando isso aconteceria.

— Ah, meu Deus! — exclamou Adam, e estremeceu quando todo o terror voltou açoitando-o. Pensou na vergonha caso seu pai descobrisse que o filho havia traído a Virgínia. E como Nate havia descoberto? Será que James teria escrito para ele? Não poderia haver outra explicação. De que outro modo poderia ter descoberto? E se ele sabia, quem mais poderia saber? — Onde está Nate? — perguntou a Julia.

— Não sei. Como eu iria saber?

Na verdade, era uma sensação estranha, mas ela imaginava que Nathaniel havia atravessado as linhas. Porém, como sua fonte para acreditar nisso era Sally Truslow, não achou sensato mencionar. Julia havia por fim reunido coragem para visitá-la, e foi à casa de Sally armada com uma Bíblia e uma bolsa cheia de panfletos descrevendo os terrores do inferno que esperavam os pecadores. No entanto, a visita se transformara inesperadamente numa manhã alegre, de risadas, na qual, em vez de tentar conduzir a jovem ao caminho do Senhor, Julia se pegara admirando a coleção de vestidos e xales dela. As duas conversaram sobre cambraia de linho e de algodão, e se a tarlatana podia substituir o tule como material para véus, e Julia havia passado os dedos nas sedas e nos cetins de Sally. Com os temores e o desânimo da cidade, essa conversa sobre badulaques e babados fora simplesmente um alívio. As crenças religiosas de Julia foram ofendidas apenas pelos planos entusiasmados de Sally de estabelecer um templo espiritualista nos fundos da casa, mas o evidente cinismo da anfitriã e sua descrição honesta de como planejava enganar os clientes acabara provocando a diversão de Julia, mais do que a desaprovação. Além disso, ficara tocada com a preocupação que Sally sentia por Nathaniel, e enrubesceu quando ela afirmou como Nate gostava de Julia. Tudo havia sido muito estranho, estranho demais para explicar a Adam, que certamente explodiria de raiva e indignação com a mera ideia de sua noiva visitar uma das cortesãs de Richmond, embora do lado de fora a casa de Sally parecesse tão respeitável quanto qualquer outra da cidade, e era muito mais asseada que a maioria. No entanto, Julia não poderia contar ao noivo sobre essa visita, assim como não poderia contar à mãe.

— Importa onde Nate está? — perguntou a Adam.

— Acho que não. — Adam se remexeu, inquieto, as correntes da espora e os elos da bainha da espada tilintavam baixinho sob o fragor da chuva e o uivo do vento.

— Então, o que significa a mensagem? — perguntou Julia diretamente. Sua curiosidade fora aumentada pela reação do noivo, que, em seu pensamento, parecia espantosamente tomado pela culpa.

Adam balançou a cabeça, mas depois ofereceu uma explicação hesitante.

— Isso remonta há muito tempo — começou, vagarosa e desajeitadamente. — A quando Nate chegou aqui. Eu estava tentando... Papai tentou restaurar as relações com a família de Nate. Na ocasião isso pareceu importante. — Adam não mentia bem, e para encobrir o embaraço ele se afastou da parede do barracão e pousou as mãos na balaustrada. — Acho que Nate se ressente dos nossos esforços — terminou debilmente.

— Então não é tão misterioso, afinal, não é? — indagou Julia, sem acreditar em uma palavra do que Adam dissera.

— Não. Na verdade, não.

Ela ouviu os cães uivando, os cavalos relinchando e a lona das barracas estalando ao vento.

— O que Nate fez? — perguntou ela depois de uma longa pausa.

— Como assim?

— Quero dizer, o que Nate fez para perder o afeto da família?

Durante um longo tempo, Adam não respondeu, depois deu de ombros.

— Ele fugiu.

— Só isso?

Adam certamente não contaria a Julia que houvera uma mulher envolvida, uma atriz que usou Nathaniel como joguete e depois o abandonou em Richmond.

— Ele se comportou muito mal — continuou Adam em tom pomposo, sabendo que era uma explicação inadequada e também injusta. — Nate não é um homem ruim — acrescentou, mas não sabia como terminar a qualificação.

— Só passional?

— É. Só passional.

Depois, Adam ficou em silêncio quando uma enorme explosão de um trovão rasgou o céu. Um raio espocou na margem oposta do rio iluminando o estaleiro da Marinha com uma luz branca e cadavérica destacada por sombras totalmente pretas.

— Quando os ianques chegarem — disse, mudando o assunto para longe do caráter de Nate Starbuck —, você deve ficar em casa.

— Você acha que eu planejava dar boas-vindas a eles em Richmond? — questionou Julia em tom cortante.
— Você tem uma bandeira? Uma bandeira dos Estados Unidos?
— Não.
— Tenho certeza de que há uma no meu quarto na Clay Street. Peça a Polly que a entregue a você. Pendure-a na janela da sua casa.
Esse conselho pareceu muito covarde para Julia.
— Você parece ter muita certeza de que eles vão entrar em Richmond.
— Eles vão — declarou Adam fervorosamente. — É a vontade de Deus.
— É? — Julia ficou surpresa. — Então por que será que Deus permite que essa guerra aconteça?
— Nós declaramos a guerra. O homem fez isso, e não Deus, e foi o sul que fez a declaração. — Adam ficou em silêncio um tempo, examinando a própria consciência e descobrindo que ela era deficitária. — Eu acreditava em tudo que meu pai dizia na época. Ele me dizia que a América só precisava de um pequeno derramamento de sangue, como um médico fazendo sangria para extirpar uma doença. Uma batalha feroz e todos descobriríamos a sabedoria das negociações de paz. Agora, olhe só!
Ele apontou para da tempestade, e Julia olhou por cima do vale, onde o risco branco de um relâmpago evidenciou a silhueta dos cordames dos navios no rio e derramou um fogo branco pela correnteza. A chuva açoitava a terra, escorria do telhado da enfermaria, jorrava por sarjetas e transbordava o córrego abaixo do hospital.
— Seremos castigados — declarou Adam.
Julia se lembrou da bravata de Nathaniel, citando o belo desafio de John Paul Jones.
— Achei que nem tínhamos começado a lutar — comentou, ecoando as palavras de Nate, e se surpreendeu com a própria beligerância. Nunca pensara em si mesma como alguém que apoiasse a guerra, mas estava engajada demais na discussão para perceber que usava uma aliança política como meio de argumentar sobre um relacionamento pessoal. — Não podemos simplesmente admitir a derrota sem lutar! — insistiu.
— Seremos castigados — repetiu Adam. — Nós libertamos o mal, veja bem. Eu vi isso hoje. — Ele ficou em silêncio, e Julia, pensando que Adam teria testemunhado alguma injúria espantosa, não sondou, mas então ele deu uma explicação muito diferente, dizendo que se pegara culpando um escravo pela guerra. — Você não vê como a guerra traz o pior que há em

todos nós? Todas as cordas que nos atam à decência e a Deus estão sendo cortadas e estamos à deriva numa maré podre de raiva.

Julia franziu a testa.

— Você acha que o sul merece perder porque você não foi caridoso com um escravo?

— Acho que nossa América é um país só.

— Parece que você está lutando pelo lado errado — comentou Julia, fazendo o máximo para controlar uma raiva crescente.

— Talvez esteja — concordou Adam em voz baixa, mas não tanto que Julia não o escutasse acima da chuva forte.

— Então você deveria ir para o norte — disse ela com frieza.

— Deveria? — questionou Adam numa voz estranhamente humilde, como se realmente quisesse seu conselho.

— Certamente você deveria lutar por aquilo em que acredita — respondeu Julia bruscamente.

Adam assentiu.

— E você?

Julia se lembrou de algo que Sally dissera, algo que a surpreendera: que, apesar de todo o alarde, os homens eram fracos como gatinhos recém-nascidos.

— Eu? — perguntou Julia, como se não tivesse entendido imediatamente o que Adam sugeria.

— Você abandonaria o sul?

— Você gostaria que eu abandonasse? — perguntou ela, e na verdade era um convite para Adam cortejá-la e declarar que um grande amor merecia gestos extravagantes.

Julia não queria que o amor fosse corriqueiro, queria que ele tivesse os mesmos mistérios que alteravam a vida, como a religião, e que fosse tempestuoso como a tormenta que agora soltava sua fúria sobre toda a península.

— Eu gostaria que você fizesse o que o seu coração e a sua alma dizem para fazer — respondeu Adam rigidamente.

— Então meu coração me diz para ficar na Virgínia — retrucou Julia com igual frieza. — Diz que eu deveria trabalhar aqui, no hospital. Mamãe não aprova, mas talvez eu tenha de insistir. Você seria contra, se eu quisesse virar enfermeira?

— Não — respondeu Adam, mas sem a menor convicção. Ele parecia abandonado, como um viajante preso numa terra estranha. Então foi salvo da necessidade de falar mais alguma coisa porque a porta da enfermaria se abriu e o reverendo John Gordon olhou ansioso para a varanda.

— Eu estava com medo de que vocês dois tivessem sido levados pela chuva — disse o pai de Julia com o máximo de censura que era capaz de exprimir. Sua esposa teria protestado contra a impropriedade de Adam e Julia ficarem sozinhos no escuro, mas o reverendo Sr. Gordon não conseguia se obrigar a discernir qualquer atitude pecaminosa no comportamento deles.

— Estamos bem secos, papai — disse Julia, fingindo não entender a leve repreensão do pai. — Só estávamos olhando a tempestade.

— E desceu a chuva, e correram rios, e assopraram ventos, e combateram aquela casa, e não caiu, porque estava edificada sobre a rocha — citou, animado, o reverendo Gordon, do evangelho de Mateus.

— "Não vim trazer paz, mas espada" — citou Julia do mesmo evangelho. Ela olhava para Adam enquanto falava, mas ele não percebeu. Estava observando um vazio escuro partido por fogo e se lembrando dos pedacinhos de papel branco jogados numa vala preta. Era uma trilha de traição que deveria garantir a vitória ao norte, e, no caminho dessa vitória abençoada, a paz. E certamente, disse Adam a si mesmo, na paz tudo voltaria ao seu lugar.

Amanhã.

A terra encharcada pela chuva soltava vapor ao sol da manhã. O ataque já deveria ter começado duas horas antes, já deveria ter rasgado o coração das linhas ianques e estar impelindo os nortistas de volta ao pântano White Oak, mas nada se movia nas três estradas que iam das linhas rebeldes até as posições da União.

O general Johnston planejara usar as três vias como um tridente. A divisão de Hill avançaria primeiro pelo centro, atacando pela estrada de Williamsburg para abordar as tropas nortistas reunidas atrás da estação Fair Oaks. Johnston esperava que a infantaria ianque fosse golpeada ao norte pela divisão de Longstreet e ao sul pela de Huger. A divisão de Hill aguardava apenas a mensagem de que as tropas de Longstreet e de Huger tinham avançado de seus acampamentos perto de Richmond para começar o ataque. Os homens de Longstreet deviam estar na estrada Nine Mile, perto da taverna Old, enquanto a divisão de Huger deveria estar na estrada de Charles City, perto da taverna de White.

No entanto as duas estradas estavam vazias. Tinham ficado cheias de poças fundas com a chuva tempestuosa da noite, mas afora isso se encontravam desertas. A névoa matinal se dissipara revelando uma paisagem coberta de água que ondulava por um vento frio e suficientemente forte para manter os dois balões de observação ianques em terra e levar para longe a fumaça das fogueiras que lutavam para consumir a madeira molhada.

— Onde eles estão? — perguntou Johnston, e mandou seus ajudantes chapinhando pelas campinas encharcadas e pelas estradas agourentamente vazias em busca das divisões que faltavam. — Encontrem-nos! Encontrem-nos! — gritou.

Nesse ponto, segundo sua programação, os ataques já deveriam ter rompido as fileiras ianques e estar impelindo os refugiados em pânico na direção do traiçoeiro pântano White Oak. Em vez disso, os ianques não tinham ideia de seu destino e o horizonte a leste estava enevoado com a fumaça de suas fogueiras.

Um ajudante voltou do quartel-general do general Huger dizendo que havia descoberto o oficial na cama, dormindo a sono solto.

— Ele estava o quê? — perguntou Johnston.

— Dormindo, senhor. Todo o estado-maior dele também.

— Depois do nascer do sol?

O ajudante assentiu.

— Dormindo a sono solto, senhor.

— Meu Deus do céu! — Johnston olhou incrédulo para o ajudante. — Ele não recebeu nenhuma ordem?

O ajudante, amigo de Adam, hesitou enquanto procurava um modo de poupar o amigo.

— E então? — perguntou Johnston com raiva.

— O chefe do estado-maior dele disse que não, senhor — respondeu o ajudante, encolhendo os ombros com ar de desculpas na direção de Adam.

— Maldição! — exclamou Johnston. — Morton!

— Senhor?

— Quem levou as ordens de Huger?

— O major Faulconer, senhor, mas posso garantir que elas foram entregues. Tenho o recibo com a assinatura do general. Aqui, senhor. — O coronel Morton pegou o recibo e o entregou ao general.

Johnston olhou para o papel.

— Ele recebeu as ordens! O que significa que simplesmente dormiu demais?

— É o que parece, senhor — respondeu o ajudante que havia acordado o general Huger.

Johnston pareceu tremer com uma fúria contida, que foi incapaz de expressar em palavras.

— E onde está Longstreet?

— Ainda estamos tentando encontrá-lo, senhor — informou o coronel Morton. Ele havia mandado um ajudante pela estrada Nine Mile, mas o ajudante tinha desaparecido tão completamente quanto a divisão de Longstreet.

— Pelo amor de Deus! — gritou Johnston. — Encontrem o meu maldito exército!

Adam esperava espalhar a confusão destruindo as ordens para Huger, mas jamais ousaria imaginar que a confusão fosse complementada de tal forma pelo general Longstreet, que lepidamente decidira que não queria avançar pela estrada Nine Mile, e, em vez disso, escolhera usar a estrada de Charles City. A decisão implicava que sua divisão tinha de marchar pelos acampamentos das tropas do general Huger. O general Huger, acordado grosseiramente com ordens de que deveria estar avançando para o leste pela estrada de Charles City, descobriu que o caminho estava obstruído pelas tropas de Longstreet.

— Maldito encarregado dos pagamentos — comentou Huger, e pediu o café da manhã.

Meia hora depois, o próprio encarregado dos pagamentos chegou ao quartel-general de Huger.

— Espero que você não se importe por eu estar usando sua estrada — disse Longstreet. — A minha estava molhada demais para marcharmos. Lama até os joelhos.

— Quer um pouco de café? — sugeriu Huger.

— Você é tremendamente frio, Huger, para quem está diante de uma batalha — comentou Longstreet, olhando para o generoso prato de presunto e ovos que acabara de ser servido ao colega general.

Huger não sabia nada sobre nenhuma batalha, mas com certeza não revelaria a ignorância a um encarregado de pagamentos metido a besta.

— E quais são suas ordens para hoje? — perguntou, mascarando o alarme crescente de que podia ter perdido algo importante.

— As mesmas que as suas, imagino. Marchar para o leste até encontrarmos os ianques, depois atacar. Isso aí é pão fresco?
— Sirva-se — disse Huger, imaginando se o mundo teria enlouquecido.
— Mas eu não posso avançar se você está na minha estrada.
— Vou ficar de lado para você — ofereceu Longstreet generosamente.
— Mandarei meus rapazes atravessarem o riacho, depois darei um descanso a eles enquanto você passa por nós. Está bem, assim?
— Por que não come um pouco de presunto e ovos? — perguntou Huger. — Não sei se estou com fome.
Ele se levantou e gritou por seu chefe do estado-maior. Tinha uma divisão para mover e uma batalha para lutar. Meu Deus, pensou, essas coisas eram mais bem arranjadas no antigo Exército! Muito mais bem arranjadas.
No quartel-general do Exército, o general Johnston abriu seu relógio pela centésima vez. A batalha já deveria ter quatro horas de vida e nenhum disparo fora feito. O vento fazia as poças ondularem, mas pouco para afastar a umidade do dia. Os mosquetes iriam engasgar, pensou. Um dia seco significava que a pólvora queimaria limpa, ao passo que o tempo úmido prometia canos de fuzil sujos e dificuldade para os homens socarem a carga.
— Onde, em nome de Deus, eles estão? — gritou, frustrado.
A divisão do general Hill estivera pronta desde o alvorecer. Seus homens, abrigados numa floresta onde grandes árvores haviam sido despedaçadas pelos relâmpagos da noite, seguravam os fuzis com força e esperavam o sinal de avançar. As primeiras fileiras conseguiam ver os postos dos piquetes ianques do outro lado de uma clareira úmida. Esses postos de guarda eram abrigos rústicos feitos de galhos caídos, atrás dos quais os piquetes nortistas se protegiam do tempo como podiam. Alguns inimigos tinham pendurado casacas e camisas para secar em suas precárias proteções contra o vento. Um ianque, sem suspeitar que a floresta do outro lado da clareira estava apinhada de inimigos aguardando o para atacar, pegou uma pá e andou ao longo da linha das árvores. Acenou na direção dos rebeldes, presumindo que estava meramente sendo observado pelos mesmos piquetes com quem, ainda na véspera, havia trocado café por tabaco e um jornal nortista por um sulista.
O general Hill abriu seu relógio.
— Alguma novidade?
— Nenhuma, senhor. — Os ajudantes do oficial tinham cavalgado até a taverna de White e à taverna Old e não viram nada.

— Tiveram alguma notícia de Johnston?
— Nada, senhor.
— Maldição. Isso não é modo de vencer uma guerra. — Hill enfiou o relógio com força no bolso. — Dê o sinal! — gritou para uma bateria de artilharia cujos três disparos espaçados seriam o sinal para o início do ataque.
— O senhor vai avançar sem apoio? — questionou um ajudante, pasmo com a ideia de a divisão atacar metade do exército nortista sem nenhum reforço no flanco.
— Eles são apenas ianques malditos. Vamos ver os desgraçados fugir. Dispare o sinal!
O som seco, áspero, sem alma, dos três disparos de sinalização rompeu a paz do meio-dia. O primeiro disparo atravessou o bosque distante, espalhando gotas de água e agulhas de pinheiro, o segundo ricocheteou na campina molhada, acertando um tronco de árvore, e o terceiro e último trouxe a batalha.

— Johnston não vai atacar — garantiu James Starbuck ao irmão.
— Como sabemos disso?
— McClellan o conheceu antes da guerra. Conheceu bem, por isso conhece a mente dele — explicou, sem perceber a ironia de que o serviço secreto dos Estados Unidos deveria descobrir um indicador um pouco mais confiável das intenções do inimigo do que a capacidade de leitura de mente do general comandante.
James estendeu a mão para o prato de bacon e se serviu. Ele sempre gostara de comer, e, apesar de ser a hora do almoço e os cozinheiros terem lhe fornecido um luxuriante prato de frango frito, James exigira que o bacon que havia sobrado do café da manhã também fosse servido.
— Coma um pouco de bacon — convidou.
— Já comi bastante.
Nathaniel folheava a enorme pilha de jornais levados para onde quer que o quartel-general do serviço secreto estivesse. Esta pilha continha o *Journal* de Louisville, o *Mercury* de Charleston, o *Codman* de Cape Cod, o *Times* de Nova York, o *Herald* de Nova York, o *Mississippian*, o *National Era*, o *Harpers Weekly*, o *Gazette* de Cincinnati, o *Republican* de Jacksonville, o *North American* da Filadélfia e o *Journal* de Chicago.
— Alguém lê todos esses jornais? — perguntou Nate.

— Eu leio. Quando tenho tempo. Nunca há tempo suficiente. Não temos pessoas suficientes, esse é o problema. Olhe só para essa pilha! — James ergueu o olhar do jornal que estava lendo e indicou as mensagens telegráficas que precisavam ser decodificadas e que estavam sem tradução por falta de funcionários. — Talvez você pudesse se juntar a nós, Nate — sugeriu James. — O chefe gosta de você.

— Quando eu voltar de Richmond?

— Por que não? — James adorou a ideia. — Tem certeza de que não quer um pouco de bacon?

— Absoluta.

— Você puxou nosso pai — comentou James, cortando um pedaço de pão fresco e cobrindo-o de manteiga. — Ao passo que eu sempre fui carnudo como mamãe. — Ele virou uma página do jornal, depois levantou os olhos quando Pinkerton entrou na sala. — Como está o general?

— Doente — respondeu Pinkerton. Em seguida, parou para roubar um pedaço de bacon do prato de James. — Mas vai viver. Os médicos o enrolaram em flanela e o estão tratando com quinino.

O general McClellan havia contraído a febre do Chickahominy e estava alternadamente suando e tremendo num quarto confiscado. O serviço secreto de Pinkerton ocupara uma casa vizinha, porque o general não gostava de ficar longe de sua melhor fonte de informações.

— Mas está pensando com clareza — continuou Pinkerton — e concordou que é hora de você voltar. — Ele apontou para Nathaniel com o que restava de sua tira de bacon.

— Ah, meu Deus — disse James, e olhou consternado para o irmão mais novo.

— Você não precisa, Nate — observou Pinkerton —, se achar que é perigoso demais. — Ele pôs o resto do bacon na boca e foi até a janela espiar o céu. — Está ventando demais para os balões. Nunca vi uma tempestade como a de ontem à noite. Você dormiu?

— Sim — respondeu Starbuck, escondendo a empolgação que se agitava em seu íntimo.

Ele havia começado a suspeitar que jamais receberia a lista de perguntas, jamais voltaria para o lado sul e nunca mais veria Sally ou o pai dela de novo. Na verdade, estava entediado, e, se fosse honesto, estava mais entediado principalmente com a companhia do irmão. James era uma das almas mais bondosas que andavam sobre a Terra, mas não tinha assunto além de comida, família, Deus e McClellan. Quando Nate chegara às linhas ianques, tivera medo de que suas lealdades fossem testadas e que sua reverência pela bandeira de listras e estrelas ressuscitaria com força, a ponto de partir suas alianças rebeldes, mas o tédio da companhia de James servira como barreira para essa renovação do patriotismo.

Além disso, ele havia alimentado a imagem de si mesmo como pária, e no exército rebelde tinha reputação de renegado, ousado, de rebelde de verdade, ao passo que neste exército maior, com sua organização mais rígida, ele só podia ser mais um rapaz de Massachusetts que estaria sempre atado pelas expectativas da família. No sul, pensou, ele próprio definia o que desejava ser, e os únicos limites para essa ambição estavam em si mesmo, enquanto no norte seria sempre o filho de Elial Starbuck.

— Quando? — perguntou a Pinkerton um tanto ansioso demais.

— Esta noite, Nate? — sugeriu Pinkerton. — Você vai dizer que esteve viajando.

Pinkerton e James tinham criado uma história para explicar por que Nathaniel havia ficado tanto tempo longe de Richmond. A história afirmava que ele havia se recuperado da experiência na prisão viajando pela parte de baixo da Confederação, onde fora retardado pelo mau tempo e pela falta de pontualidade dos trens. Pinkerton, como James, não fazia ideia de que essa história era desnecessária, que Nate só precisava do papel que Pinkerton pegou agora e que ele entregaria a de'Ath, seu poderoso protetor em Richmond.

— O fato de o general ter ficado acamado ao menos o fez se concentrar no nosso negócio — disse Pinkerton, animado. — De modo que agora você pode levar essas perguntas ao seu amigo. — As perguntas de McClellan, como a mensagem falsa que de'Ath fornecera a Nate, estava lacrada dentro de uma bolsa de lona impermeável costurada.

Nathaniel pegou o pacote e o enfiou no bolso. Estava usando uma das casacas ianques do irmão, um volumoso uniforme ianque trespassado que pendia de seu corpo magro em grandes dobras.

— Precisamos saber muito mais sobre as defesas de Richmond — explicou Pinkerton. — Um cerco vai começar, Nate. Nossos canhões contra as fortificações de terra deles, e queremos que seu amigo nos diga quais fortalezas são mais frágeis. — Pinkerton olhou para James. — Isso é pão fresco, Jimmy?

— Santo Deus! — James ignorou a pergunta do chefe e, em vez disso, arregalou os olhos para um exemplar recente do *Examiner* de Richmond que estava ao lado do seu prato. — Ora, eu jamais...

— Pão, Jimmy? — tentou Pinkerton de novo.

— Henry de'Ath morreu — declarou James, sem perceber a fome do chefe. — Ora, eu jamais imaginaria.

— Quem? — perguntou Pinkerton.

— Ele estava com 80 anos! Uma boa idade para um homem mau. Ora, eu jamais imaginaria.

— De quem, em nome de Deus, você está falando? — perguntou Pinkerton.

— Henry de'Ath — respondeu James. — É o fim de uma era, sem dúvida. — Ele olhou atentamente para a tinta manchada do jornal. — Dizem que morreu dormindo. Que patife, que patife!

Nathaniel sentiu um tremor atravessando-o, mas não ousou revelar a preocupação súbita. Talvez Henry de'Ath não fosse o homem que o mandara para o outro lado das linhas, e sim algum outro com o mesmo sobrenome.

— Que tipo de patife?

— Ele tinha os princípios de um chacal — declarou James, mas não sem uma nota de admiração. Como cristão, precisava desaprovar a fama de de'Ath, mas como advogado sentia inveja da eficiência do sujeito. — Foi o único homem com quem Andrew Jackson se recusou a duelar. Provavelmente porque de'Ath havia matado seis homens na época, talvez mais. Ele era mortal com espada ou pistola. E também era mortal num tribunal. Lembro-me de que o juiz Shaw me contou que uma vez de'Ath alardeou a ele que havia mandado pelo menos dez inocentes para o cadafalso. Naturalmente Shaw protestou, mas de'Ath afirmou que a árvore da liberdade era regada com sangue e lhe disse para não se preocupar tanto em saber se o sangue era inocente ou culpado. — James meneou a cabeça, reprovando tamanha perversidade. — Ele sempre disse que era meio francês, mas Shaw tinha certeza de que era filho ilegítimo de Thomas Jefferson. — James enrubesceu ao contar essas fofocas de advogados. — Tenho certeza de que não era verdade — acrescentou apressadamente —, mas o sujeito atraía esse tipo de exagero. Agora foi para seu Juízo Final. Jeff Davis vai sentir falta dele.

— Por quê? — indagou Pinkerton.

— Eles eram unha e carne, senhor. De'Ath era uma *eminence grise*. Devia ser um dos conselheiros mais íntimos de Davis.

— Então temos de agradecer a Deus pelo desgraçado estar frio na cama — disse Pinkerton, animado. — Agora, isso aí é pão fresco?

— É, chefe, muito fresco.

— Corte um pedaço para mim, por favor. E vou agradecer por uma coxa de frango também. O que acho que deveríamos fazer — Pinkerton se virou de novo para Nathaniel quando havia garantido seu almoço — é mandar você atravessar o rio James esta noite. Teremos de colocá-lo a duas ou três horas a pé de Petersburg, e de lá você precisará ir sozinho para o norte. Acha que consegue?

— Tenho certeza de que sim, senhor — respondeu Nate, e ficou atônito por sua voz sair tão normal, porque no íntimo estava consumido com um terror que revirava o estômago.

De'Ath morto? Então quem, em Richmond, falaria a seu favor? Quem, na Confederação, garantiria que ele não havia desertado? Nathaniel estremeceu de repente. Não podia voltar! Sua consciência gelou ao ser inundada por essa percepção. Apenas de'Ath poderia responder por ele, e sem o homem ele estava sem amigos em Richmond. Sem de'Ath ele pareceria um vira-casaca duplo, duplamente desprezível, e sem de'Ath certamente jamais poderia voltar ao sul, quanto mais à legião.

— Você parece nervoso, Nate! — comentou Pinkerton, empolgado. — Está preocupado porque vai voltar? É isso?

— Vou ficar bem, senhor — respondeu Nate.

— Tenho certeza de que sim. Todos os meus melhores agentes ficam nervosos. Só os idiotas não mostram algum nervosismo com a ideia de ir para o sul. — O escocês se virou perplexo quando o estouro de um canhão soou a distância. — Isso é um tiro de canhão? Ou são mais trovões? — Ele atravessou a sala e escancarou uma janela. O som inconfundível de canhões atravessou o horizonte, esvaiu-se, depois cresceu de novo quando outra bateria se juntou. Pinkerton ouviu, depois deu de ombros. — Talvez uma equipe fazendo exercícios, não é?

— Posso pegar um cavalo emprestado para olhar? — perguntou Nathaniel.

Ele queria ficar sozinho para decidir seu futuro, agora que seu protetor havia morrido. Imaginou de'Ath deitado na mansão decadente com um sorriso irônico nos lábios mortos. Será que o velho havia deixado alguma anotação inocentando-o? De algum modo, Nathaniel duvidava, e tremeu de novo apesar do calor.

— Pegue o meu cavalo — ofereceu James.
— Mas volte antes das seis! — alertou Pinkerton. — Um homem virá para levá-lo ao rio às seis!
— Seis horas — prometeu Nate, e então, atordoado com a incerteza e o medo, foi para o estábulo.

Pinkerton pegou a cadeira de James e se serviu de mais frango.
— Seu irmão é um ótimo rapaz. Mas é tenso, Jimmy, muito tenso.
— Ele sempre foi neurastênico. E não se ajuda em nada usando tabaco e álcool.

Pinkerton sorriu.
— Eu também uso, Jimmy.
— Mas o senhor é um homem bastante corpulento, e meu irmão é magro. Pessoas como o senhor e eu, major, sofremos da barriga e das tripas, mas homens como o meu irmão sempre sofrerão dos nervos. Nesse sentido ele puxou ao meu pai.

— Deve ser fantástico ser erudito — comentou Pinkerton, acomodando-se diante do prato. O som dos disparos aumentou, mas ele o ignorou.
— Já minha querida avó, que Deus a tenha, sempre disse que não havia doença nesta terra de Deus que um golezinho de um bom uísque não curasse. Duvido que você fosse concordar, Jimmy, mas ela teve uma vida longa e mal conheceu um dia de doença.

— Mas ela recomendava apenas um golezinho — disse James, deliciado por ter marcado o ponto —, e não encher a pança como um porco, major, e nenhuma pessoa sensata questionará os poderes curativos do uísque, mas infelizmente ele não costuma ser tomado como remédio.

— Seu irmão gosta de um bom gole — observou Pinkerton maldosamente.

— Nate é uma enorme decepção — admitiu James. — Mas vejo a coisa do seguinte modo, major. Ele abandonou seu erro político, por isso está bem encaminhado na estrada da redenção. Ele teve uma longa apostasia, mas com a graça de Deus voltará cada passo desse caminho e depois avançará até a salvação plena.

— Acho que você está certo — resmungou Pinkerton.

Ele jamais se sentia confortável quando seu chefe do estado-maior entrava num clima de pregação, mas era sensível às sólidas virtudes de James e sabia que um ou outro sermão compensava a ordem rigorosa que ele trouxera às questões do serviço secreto.

— E talvez possamos ajudar na salvação de Nate lhe oferecendo um posto no escritório, não é? — persistiu James. — Temos pouquíssima gente, chefe. Olhe só aquilo! — Ele indicou a pilha de telegramas e interrogatórios.

— Quando ele voltar de Richmond vamos pensar nisso, prometo. — Pinkerton se virou para a janela, franzindo a testa. — Aqueles canhões estão animados. Você acha que os separatistas estão nos atacando?

— Não temos nenhum indício de um ataque rebelde — respondeu James, sugerindo, assim, que nenhum ataque poderia estar acontecendo. Sempre que uma ofensiva acontecia havia um pequeno fluxo de desertores trazendo notícias dos preparativos inimigos, mas a frente entre os exércitos estivera numa calma incomum nos últimos dias.

— Está certo, Jimmy, está certo. — Pinkerton se virou para a mesa outra vez. — Provavelmente é só uma canhoneira exercitando a tripulação. E, se houve algo mais notável, sem dúvida saberemos logo.

Ele pegou um exemplar do *Republican* de Jacksonville, de uma semana atrás, e começou a ler um relato espalhafatoso de como um navio tinha escapado do bloqueio nortista no litoral da Carolina do Sul. A embarcação carregava tecido de lona de Gênova, sapatos franceses, cápsulas de percussão inglesas, guta-percha da Malásia e água-de-colônia.

— Por que eles iriam querer água-de-colônia? — perguntou Pinkerton. — Por que, em nome de Deus, eles iriam querer isso?

James não respondeu. Estava se dedicando ao prato do almoço e acabara de se servir de mais frango quando a porta da sala foi escancarada rudemente e um coronel alto, de rosto magro, entrou. O coronel usava botas de montaria e carregava um chicote, e o uniforme estava sujo de lama vermelha, prova de que estivera cavalgando intensamente.

— Quem é você? — Pinkerton ergueu o olhar do jornal.

— Meu nome é Thorne. Tenente-coronel Thorne. Do Departamento de Inspetoria Geral em Washington. E quem é você?

— Pinkerton.

— Bom, Pinkerton, onde está Starbuck?

— Senhor? Eu sou Starbuck — respondeu James, tirando o guardanapo do pescoço e se levantando.

— Você é Nathaniel Starbuck? — perguntou, sério, o coronel Thorne.

James fez um gesto de negação com a cabeça.

— Não, senhor, sou irmão dele.

— Então onde, em nome de Deus, está Nathaniel Starbuck? Vocês o prenderam?

— Se o prendemos? — questionou Pinkerton

— Eu mandei um telegrama para vocês ontem. Ninguém cuida das coisas aqui? — indagou Thorne com voz amarga, consciente de que a carta de Delaney, revelando que Nathaniel Starbuck era um traidor, estivera fechada em sua própria mesa por tempo demais. — Então onde ele está?

James balançou a mão debilmente em direção aos fundos da casa.

— No estábulo, eu acho.

— Então me levem até lá! — Thorne sacou um revólver do coldre na cintura e enfiou uma cápsula de percussão num cone da câmara.

— Posso perguntar... — começou James, nervoso.

— Não, não pode perguntar, não! Levem-me ao estábulo! — gritou Thorne. — Não vim lá de Washington para ficar vendo você relutando feito uma virgem no leito nupcial. Agora, anda!

James correu para o estábulo.

A porta da baia onde seu cavalo estivera abrigado oscilava, estalando ao vento. A baia estava vazia.

— Ele ia ver de que se tratavam aqueles disparos — explicou James debilmente, com medo da expressão violenta de Thorne.

— Ele estará de volta às seis horas — garantiu Pinkerton a Thorne.

— É melhor rezar para que esteja mesmo. Onde está McClellan? Ele terá de me arranjar um pessoal da cavalaria e vamos perseguir o desgraçado traiçoeiro.

— Mas por quê? — quis saber James. — Por quê? O que ele fez?

Mas o coronel já havia se afastado. Os canhões estalavam no horizonte, onde agora uma película de fumaça branca surgia pálida sobre as árvores. Nate havia ido para oeste, algo terrível estava à deriva no universo e James sentiu um aperto no coração. Ele rezou para que seus temores estivessem errados, depois foi encontrar um cavalo.

A infantaria confederada investia entre uma corrida e uma caminhada num terreno que estava endurecido em alguns lugares e parecia um atoleiro em outros. Os piquetes ianques viram a linha de uniformes cinzentos e marrons emergirem da floresta e correram de volta para alertar os colegas de que os rebeldes estavam avançando.

Trombetas deram o toque de alarme nos acampamentos federais espalhados pelas fazendas ao sul da estação Fair Oaks. O general McClellan havia treinado bem aqueles homens e ficaria orgulhoso de como eles se comportaram. Regimentos inteiros largaram as cartas que escreviam e o café que coavam, largaram as bolas de beisebol e os baralhos, e pegaram os fuzis empilhados como mastros de tendas indígenas enquanto corriam para formar fileiras atrás do abatis que chegavam à altura da cintura e protegiam os acampamentos. Os escaramuçadores correram até uma linha de buracos que foram cavados cem passos à frente do abatis, onde uma leve protuberância no terreno supostamente mantinha o solo alto o suficiente para não ser alagado. No entanto, a tempestade da noite anterior havia enchido as trincheiras mesmo assim, de modo que os soldados se ajoelharam ao lado dos buracos inundados e tiraram as rolhas que haviam protegido o cano dos fuzis para não enferrujarem. O restante dos regimentos recém-alertados formou duas fileiras longas, que agora estavam de pé ao vento quente e forte e olhavam para as árvores de onde os piquetes tinham acabado de sair correndo. Homens carregavam suas armas e colocavam cápsulas de percussão nos cones dos fuzis.

O abatis diante da infantaria que aguardava era uma barreira emaranhada de árvores derrubadas. Era interrompida por aberturas que permitiam a passagem dos escaramuçadores e pelos barrancos de terra onde ficavam as peças de artilharia. Os canhões, na maioria Napoleões de doze libras, mas com um punhado de Parrotts de dez, já estavam carregados com granadas. Artilheiros tiravam lonas de cima de carretas de munição, enfiavam escorvas de fricção nos ouvidos das armas e ordenavam que projéteis de metralha fossem empilhados, prontos para o segundo e o terceiro disparos. Pássaros saíam voando das árvores, perturbados pelo avanço rebelde, e um par de cervos disparou da floresta e galopou diante de um novo batalhão de recrutas nova-iorquinos.

— Não atirem! — vociferou um sargento para um homem que acompanhava os cervos com o fuzil. — Mirem baixo quando eles vierem, procurem os oficiais! Firmes, agora! — O sargento andava de um lado para o outro em frente a seus homens nervosos. — Eles não passam de um bando de moleques maltrapilhos, não são diferentes de vocês, seus miseráveis. Não há nada de mágico nos rebeldes. Eles podem ser mortos como todo mundo. Mirem baixo quando os virem.

Um rapaz estava murmurando o nome de Jesus repetidamente. Suas mãos tremiam. Alguns homens tinham enfiado as varetas das armas no chão molhado para que estivessem mais à mão para a recarga.

— Esperem, rapazes, esperem — ordenou o sargento, vendo o nervosismo nos rostos jovens. O coronel galopou por trás da última fileira, os cascos do cavalo levantando jatos de água e torrões de terra.

— Onde eles estão? — perguntou um homem.

— Você vai vê-los logo — respondeu outro. No centro da linha as bandeiras pareciam luminosas contra o céu opaco.

Em algum lugar à direita uma saraivada de mosquetes soou como um bambuzal queimando. Um canhão disparou com um ruído que fez os homens pularem. Naquele flanco, os soldados gritavam como demônios e a fumaça pairava no terreno molhado, mas ainda não havia inimigo à vista diante dos rapazes de Nova York. Um segundo canhão disparou, lançando uma nuvem de fumaça a quase trinta metros ao longo do chão. Um projétil explodiu no ar atrás do regimento de Nova York, prova de que uma bateria rebelde estava em ação em algum lugar próximo. Um dos nova-iorquinos que esperavam se curvou de repente e vomitou um monte de biscoito e café no capim.

— Você vai se sentir melhor quando os vir — vociferou o sargento.

Outro cervo saiu correndo das árvores e galopou para o norte, na direção da fumaça e do barulho, depois deu meia-volta e correu pela frente do regimento. Havia formas se movendo entre as árvores, o lampejo de luz se refletindo em armas e um borrão com uma cor forte onde uma bandeira de batalha rebelde surgia em meio aos pinheiros.

— Preparar! Apontar! — gritou o coronel dos nova-iorquinos, e setecentos fuzis subiram em setecentos ombros. Os escaramuçadores já haviam aberto fogo junto aos buracos inundados, salpicando o terreno acidentado de retalhos de fumaça que eram levados para o norte pelo vento.

— Esperem! Esperem! — gritou o sargento.

Um tenente cortou o mato baixo com sua espada. Ele tentou engolir saliva, mas a boca estava seca demais. Durante dias estivera constipado, mas agora suas tripas pareciam cheias de água.

— Firmes, agora! Esperem! — O sargento recuou, entrando na primeira fila.

E então, de repente, eles estavam lá; o inimigo sobre o qual todos leram, de quem ouviram falar e de quem riram, e parecia um inimigo pobre, esfarrapado, nada além de uma linha esparsa de homens maltrapilhos com uniformes de um marrom sujo e cinza como ratos, emergindo das sombras das árvores distantes.

— Fogo! — O coronel havia desembainhado a espada e a baixou ao dar a ordem. A primeira fila do regimento de Nova York desapareceu atrás da nuvem de fumaça.

— Fogo! — gritaram os capitães da artilharia, e as granadas adentraram a linha das árvores ressoando e explodiram em súbitas nuvens de fumaça. Homens escorvaram o cano das peças e enfiaram metralhas sobre a pólvora

— Vocês estão impedindo o avanço deles, rapazes! Estão segurando-os! — O capelão de Nova York andava de um lado para o outro atrás das companhias, a Bíblia numa das mãos e um revólver na outra. — Enviem as almas deles para o Senhor, rapazes, mandem os patifes para a glória. Muito bem! Louvado seja o Senhor, mirem baixo!

— Fogo!

As metralhas se despedaçavam nos canos dos canhões se abrindo em leque como chumbo de espingarda sobre o solo acidentado. Rebeldes eram lançados para trás, o sangue pontilhando as poças deixadas pela chuva da noite anterior. Varetas de aço retiniam em canos de fuzil enquanto os nova-iorquinos recarregavam. A fumaça da primeira saraivada havia se dissipado e eles conseguiam ver que o inimigo ainda avançava, mas agora vinha em pequenos grupos que paravam, ajoelhavam-se, atiravam e vinham de novo, e o tempo todo soltavam o grito estranho, ululante, que era o famoso berro dos rebeldes. Sua nova bandeira de batalha parecia de um vermelho-sangue contra as árvores.

— Fogo! — gritou o sargento, e viu que um grupo rebelde parou.

Dois homens de cinza caíram. Uma vareta, disparada por engano, girou através da fumaça. Balas rebeldes acertavam os troncos na parte interna do abatis enquanto outras passavam assobiando por cima. Os escaramuçadores de Nova York recuavam, cedendo os buracos inúteis aos escaramuçadores rebeldes. A fumaça começava a esconder o campo de batalha e formar uma tela remendada atrás da qual os rebeldes eram meras formas pontuadas por chamas dos fuzis.

Os canhões saltavam para trás nas carretas e afundavam as conteiras no chão encharcado. Não houvera tempo de fazer troneiras decentes com chão endurecido, apenas para erguer uma parede grosseira diante das peças de artilharia que agora disparavam a metralha assassina. Cada peça de doze libras recebia carga dupla, com duas metralhas enfiadas em cima de um saco contendo mais de um quilo de pólvora, de modo que cada cano disparava cinquenta e quatro balas de mosquete, cada uma com quase quatro centímetros de diâmetro. Os invólucros eram feitos de estanho que se despedaçava, e as balas eram socadas em pó de serra que desaparecia em chamas no cano dos canhões. Elas estalavam nos troncos das árvores atrás dos atacantes rebeldes, acertavam o chão molhado espirrando lama e rasgavam corpos confederados. A cada disparo, os canhões recuavam mais, afundando as conteiras ainda mais no chão macio, e os artilheiros não tinham força nem tempo para arrancar as armas da lama que as sugava. Os canos precisavam ser baixados para compensar as conteiras que afundavam, mas ainda assim estavam fazendo seu trabalho e contendo o ataque rebelde. O som inquietante do grito rebelde havia parado, substituído pelo chiado da metralha rasgando a floresta distante.

— Vocês estão vencendo! Vocês estão vencendo! — O coronel de Nova York se levantou nos estribos para gritar com seus homens. — Estão indo muito bem! — elogiou, depois ofegou rigidamente quando uma bala acertou a parte de baixo da garganta.

O coronel começou a contrair o pescoço como uma pessoa com um colarinho rígido que estivesse apertado demais. Tentou falar, mas nenhuma palavra saiu, apenas uma mistura de sangue e saliva. Ele tombou pesadamente para trás na sela, uma expressão de perplexidade no rosto barbudo enquanto a espada escorregava de sua mão e se cravava na lama.

— Os rapazes estão se saindo muito bem, senhor, muito bem! — Um major surgiu a cavalo ao lado do coronel, então observou, consternado, seu oficial comandante tombar lentamente da sela. A montaria do coronel relinchou e trotou para a frente, arrastando o homem pelo pé esquerdo, preso no estribo.

— Ah, meu Deus — disse o major. — Médico! Médico!

Então outro canhão emitiu seu ruído oco de metralha, só que dessa vez as balas saltaram para as fileiras nova-iorquinas, estalando no abatis e derrubando quatro homens. Outro canhão estalou e o major viu que os rebeldes tinham posto duas peças no seu flanco esquerdo e estavam posicionando outras duas. Ele virou o cavalo para ir na direção do flanco ameaçado, mas a companhia daquela ala já se esgueirava para trás, afastando-se da ameaça rebelde. Havia outras tropas nortistas naquela área, mas se encontravam longe demais para ajudar, além de estarem lutando contra sua própria investida rebelde.

— Segurem-nos! Segurem-nos! Segurem-nos! — gritou o major, mas a chegada da artilharia rebelde dera ânimo ao ataque sulista.

Agora as figuras cinzentas e marrons estavam se aproximando mais do abatis, e seus disparos de mosquetes se tornavam ainda mais mortais. Feridos mancavam e se arrastavam para longe das fileiras nova-iorquinas, procurando ajuda com os músicos das bandas que serviam como ordenanças médicos. Os ianques mortos eram empurrados para fora das fileiras e os vivos se concentravam no centro. Estavam com a boca seca por causa do sal na pólvora que vazava sempre que mordiam um cartucho para abri-lo, e seus rostos estavam enegrecidos pela pólvora. O suor escorria, traçando linhas limpas através dos rostos pretos. Eles socavam e atiravam, socavam e atiravam, encolhendo-se com o coice dos fuzis pesados nos ombros feridos, depois socavam e disparavam outra vez. O chão atrás dos rebeldes estava cheio de mortos e feridos, com as baixas concentradas onde os disparos de metralha cortaram as fileiras que avançavam. A nova bandeira rebelde, com a cruz azul estrelada sobre um campo vermelho, fora rasgada pela metralha, mas um homem pegou o mastro e correu para a frente até que uma bala ianque despedaçou sua perna e derrubou a bandeira de novo. Outro homem a pegou, e vários fuzileiros de Nova York atiraram nele.

Um sargento de Nova York viu o garoto socar uma bala e percebeu que só meio metro da vareta havia entrado no cano antes de parar. O oficial abriu caminho entre as fileiras e pegou a arma.

— Você precisa disparar a maldita bala antes de enfiar outra em cima.

O sargento achou que o rapaz havia posto pelo menos quatro ou cinco cargas no fuzil e se esquecera de escorvar o cone com uma cápsula de percussão a cada vez. O sargento jogou a arma de lado e pegou a de um morto.

— É por isso que Deus lhe deu cápsulas de percussão, garoto, para matar rebeldes. Agora continue.

O major nova-iorquino se virou e passou galopando pelo corpo de seu coronel, voltando à bateria ianque mais próxima, onde seu cavalo derrapou até parar numa poça de lama.

— Vocês não conseguem mirar naqueles canhões? — perguntou, apontando com a espada para a artilharia rebelde que lançava fumaça no terreno de matança.

— Não podemos mover os canhões! — gritou de volta um tenente da artilharia.

Os canhões nortistas estavam tão enfiados na lama que nem a força combinada de homens e cavalos poderia desgrudá-los. Um obus ressoou acima deles, explodindo logo depois das barracas dos nova-iorquinos. Dois canhões ianques dispararam, mas suas conteiras estavam tão fundas no chão que a metralha simplesmente assobiava de forma fantasmagórica acima da cabeça dos rebeldes.

Então os gritos estranhos recomeçaram, o berro agudo, de gelar o sangue, que de algum modo sugeria insanidade, além de uma diversão perversa na carnificina, e era esse som, mais que o dos mosquetes ou da artilharia rebelde, que convenceu os nova-iorquinos de que haviam cumprido com seu dever. Eles recuaram do abatis, ainda disparando, mas ansiosos para escapar do inferno de metralha e tiros de fuzil que rasgavam as árvores do obstáculo que haviam preparado e arrancavam os homens das fileiras.

— Firmes agora, rapazes, firmes! — gritou o major enquanto suas tropas recuavam.

Os feridos imploravam para serem levados até o batalhão, mas cada homem incólume que pendurasse o fuzil no ombro para ajudar a salvar uma baixa era menos uma arma para ajudar a conter o ataque. O fogo rebelde aumentava em intensidade enquanto o de Nova York reduzia, mas mesmo assim os recrutas nova-iorquinos demonstravam coragem. Eles continuavam disparando enquanto andavam, e não entravam em pânico.

— Estou orgulhoso de vocês, rapazes! Orgulhoso! — gritou o major com a boca seca, então soltou um ganido quando sentiu uma dor no braço esquerdo que parecia um golpe de marreta.

Olhou incrédulo para o sangue denso que subitamente pingou de sua manga. Tentou mexer a mão, mas somente o dedo mínimo se movia, por isso dobrou o braço e isso fez o sangue parar de pingar. Sentia-se estranhamente tonto, mas descartou a sensação como se fosse indigna.

— Vocês estão se saindo bem, rapazes, muito bem! — Sua voz carecia de convicção, e o sangue empoçava no cotovelo da manga.

Agora os rebeldes estavam no abatis, usando-o como apoio para as armas. Alguns homens começaram a abrir partes da barricada, enquanto outros descobriam as aberturas deixadas para os piquetes e atravessaram. Sopros de fumaça apareciam nas linhas rebeldes e eram desfeitos pelo vento. Os nova-iorquinos estavam recuando mais depressa, em pânico com a visão dos artilheiros que abandonavam o canhão atolado e fugiam nos cavalos das parelhas. Um oficial de artilharia ficou e tentou estragar as armas martelando pregos de metal flexível em seus ouvidos, mas foi primeiro acertado por um tiro, depois pela baioneta de um rebelde que ansiosamente revistou os bolsos da vítima.

Por fim o major conseguiu colocar um torniquete no cotovelo esquerdo. Seu cavalo trotou sem ser guiado por entre as barracas do regimento, ainda imaculadas depois da inspeção matinal. As janelas e as portas estavam todas enroladas e presas, as mantas de chão varridas, e as cobertas dos homens muito bem dobradas. Fogueiras ardiam. Numa delas uma panela de café fervia abandonada. Cartas de baralho voavam. Os rebeldes estavam chegando mais depressa e os nova-iorquinos começaram a correr para o abrigo da linha de árvores atrás do acampamento. Em algum lugar atrás dessas árvores, em volta do entroncamento de estrada onde sete pinheiros altos se erguiam num grupo isolado, havia mais tropas nortistas, redutos maiores de canhões e um abatis mais resistente. Era lá que estava a salvação, por isso os ianques fugiram e os confederados ocuparam o acampamento com seu tesouro de comida, café e confortos mandados por famílias amorosas para homens engajados no negócio grandioso e sagrado de manter a união.

A sete quilômetros de lá, numa estrada com lama pegajosa que se estendia no meio de uma floresta soturna, a divisão do general Huger aguardava enquanto seu oficial comandante tentava descobrir onde, exatamente, deveria estar. Alguns de seus homens estavam embolados com as unidades de retaguarda da divisão do general Longstreet, mais confusos ainda porque Longstreet tinha acabado de ordenar que suas brigadas dessem meia-volta e marchassem na direção de onde vieram. O ar quente e pegajoso fazia truques com as ondas sonoras, às vezes abafando-as de modo que a batalha parecia estar a quilômetros de distância, e em outros momentos fazendo parecer que o conflito havia se movido mais para leste. As duas divisões deveriam ter se fechado como mandíbulas de aço sobre o exército ianque embolado numa confusão mal-humorada enquanto o general Johnston, sem perceber que suas alas haviam se emaranhado e ignorando que o centro de sua força havia começado um ataque sem elas, esperava na taverna Old pela chegada das tropas de Longstreet.

— Temos alguma notícia de Longstreet? — perguntou o general pela vigésima vez naquela hora.

— Nenhuma, senhor — respondeu Morton, infeliz. A divisão de Longstreet havia desaparecido. — Mas os homens de Huger estão avançando

— disse, porém não gostou de acrescentar que estavam avançando tão lentamente que duvidava que algum deles chegasse ao campo de batalha antes do anoitecer.

— Haverá um inquérito completo, Morton — ameaçou Johnston. — Quero saber quem desobedeceu a que ordens. Você vai arranjar isso.

— Claro, senhor — respondeu Morton, mas o chefe do estado-maior estava mais preocupado com o trovejar dos canhões que soava na direção da divisão de Hill. O som não era alto, porque de novo as camadas de ar quente e pegajoso abafavam as ondas sonoras de modo que o clamor da batalha era reduzido ao som de trovões distantes.

Johnston descartou os temores de seu chefe do estado-maior com relação ao som abafado.

— É um duelo de artilharia junto ao rio — sugeriu. — Hill não iria atacar sem apoio. Ele não é idiota.

A dez quilômetros de lá, em Richmond, o som dos canhões era muito mais claro, ecoando nas ruas lavadas pelo aguaceiro da noite anterior. As pessoas subiam nos telhados e nas torres das igrejas para ter uma visão da fumaça que subia da floresta a leste. O presidente não fora informado de que alguma batalha era iminente e mandou mensagens queixosas ao comandante do seu exército exigindo saber o que estava acontecendo. Os ianques estavam atacando? As reservas de ouro do governo deveriam ser colocadas no trem que esperava e levadas para Petersburg, ao sul? O general Robert Lee, tão ignorante das intenções de Johnston quanto o presidente Davis, aconselhou este a ser cauteloso. Seria melhor esperar notícias, disse, antes de dar início a outro pânico de evacuação na capital.

Nem todos esperavam notícias com nervosismo. Julia Gordon distribuía Novos Testamentos no Hospital Chimborazo, e do outro lado da cidade, na Franklin Street, Sally Truslow aproveitava a ausência de clientes para organizar uma meticulosa limpeza de primavera na casa inteira. Lençóis foram lavados e pendurados para secar no quintal, cortinas e tapetes foram batidos para tirar a poeira, delicadas cúpulas dos lampiões de vidro foram lavadas para tirar o negrume, pisos de madeira foram encerados e janelas foram lustradas com jornais encharcados em vinagre. No meio da tarde uma carroça trouxe a grande mesa redonda de mogno que seria a peça central da sala de sessões espiritualistas de Sally, e ela precisou ser encerada. A cozinha estava cheia de vapor saindo de tonéis de água quente e recendia a lixívia e a água sanitária. Com os braços e as mãos avermelhados, o cabelo preso num coque e o rosto brilhando de suor, Sally cantava enquanto trabalhava. Seu pai sentiria orgulho dela, mas Thomas Truslow dormia a sono solto. A Brigada Faulconer tinha sido posta de reserva, vigiando as travessias do Chickahominy a nordeste da cidade, onde os homens ouviam o som da batalha distante, jogavam cartas, lançavam ferraduras e contavam as bênçãos por sua presença não ser requisitada neste dia no campo de matança.

Nathaniel cavalgou para sudoeste, seguindo a estrada que ia até a travessia do Chickahominy mais próxima. Não sabia aonde estava indo ou o que poderia fazer. De'Ath fora sua garantia, seu protetor, e agora estava sozinho. Durante dias se sentira aterrorizado ao pensar que uma mensagem genuína de Adam poderia chegar a James e com isso desmascarar sua traição, mas nunca previra este risco, o de ser deixado sem amigos do lado errado das linhas de batalha. Sentia-se um animal caçado e expulso do esconderijo, depois se lembrou do documento que Pinkerton tinha acabado de lhe entregar e se perguntou se haveria poder suficiente naquele pedaço de papel para levá-lo em segurança à legião. Tinha certeza de que era para lá que queria ir, mas agora precisava abrir à força as fileiras da legião sem a ajuda de de'Ath, e essa perspectiva o fez se sentir quase desesperado novamente. Talvez, pensou, devesse se oferecer como voluntário para um regimento de infantaria nortista. Mudar de nome, pegar um fuzil e desaparecer nas fileiras azuis do maior exército da América.

Seu cavalo seguia lentamente pela margem enquanto ele tentava encontrar alguma esperança no redemoinho de medo e pensamentos que o assaltava. A estrada fora revirada de tal forma que se tornara um atoleiro de lama vermelha e profunda, e os sulcos deixados pelas rodas de canhões e carroças se encheram com a água da tempestade, que agora ondulava ao vento. O terreno era plano, de plantações, interrompido por trechos de floresta e pântano no meio do qual riachos lentos serpenteavam entre arbustos. Não muito adiante havia morros baixos que prometiam uma superfície mais sólida para seu cavalo emprestado.

Os disparos dos canhões se tornaram incessantes, sugerindo que algum dos lados estava decidido a desalojar o inimigo, mas mesmo assim havia uma urgência notavelmente pequena nas plantações desconfortavelmente esburacadas daquela campina molhada. Homens passavam a tarde preguiçosamente, como se a batalha do outro lado do rio pertencesse a algum outro exército ou outra nação. Uma fila de soldados esperava junto à loja de um vivandeiro para comprar os poucos luxos oferecidos pelo comerciante, e uma fila maior ainda se estendia de uma barraca que anunciava ostras secas. Um homem piscou para Nathaniel e deu um tapinha no cantil, sugerindo que na verdade o vendedor de ostras estava oferecendo uísque ilícito. Nate balançou a cabeça e continuou cavalgando. Será que deveria escapar? Ir para as terras ruins no oeste? Depois se lembrou do desprezo de Sally e soube que não podia simplesmente fugir. Tinha de lutar pelo que desejava!

Passou por uma igreja batista usada como hospital. Ao lado dela havia o acampamento de um coveiro com o slogan do dono pintado em letras vermelhas na cobertura de lona de uma carroça: "Ethan Cornett e Filhos, Newark, Nova Jersey. Embalsamamento, barato e completo, livre de odor e infecção." Uma segunda carroça tinha uma pilha de caixões de madeira, cada qual rotulado com o endereço onde deveria ser entregue. Os cadáveres embalsamados seriam levados para casa em Filadélfia e Boston, Newport e Chicago, Buffalo e St. Paul, e lá seriam enterrados com o acompanhamento de famílias soluçando e a retórica floreada de párocos sedentos de sangue. A maior parte dos corpos era enterrada onde caía, mas alguns homens, morrendo num hospital, pagavam para que seus cadáveres fossem enviados para casa. Enquanto Nathaniel olhava, um corpo foi trazido da igreja e posto numa mesa ao lado de uma das barracas de embalsamamento. As pontas das meias do cadáver estavam presas juntas e havia uma etiqueta amarrada num dos tornozelos. Um homem em mangas de camisa, usando um avental de pano manchado e carregando uma faca de lâmina larga, saiu de uma barraca para inspecionar o novo corpo.

Nate instigou o cavalo passando pelo odor forte dos produtos químicos do embalsamador, depois subiu uma ladeira baixa ao atravessar um denso cinturão de árvores. Para além delas ficava uma pequena fazenda pobre, com campos cercados para evitar a passagem de cobras, mas tudo que restava das cercas eram traços em zigue-zague no capim, porque os moirões tinham sido roubados para fazer fogueiras. Havia uma cabana feita de troncos junto à estrada, com uma bandeira de listras e estrelas, confeccionada em casa, pendendo da empena do telhado precário. As listras tinham sido produzidas de panos claros e escuros, e as estrelas eram trinta e quatro manchas de água sanitária pintadas num pedaço de pano azul-claro desbotado. A cabana era evidentemente o lar de uma família de negros livres, porque um negro velho, de cabelos brancos, saiu da moradia minúscula enquanto Nate passava. O homem foi em direção à pequena horta carregando um forcado que ele levantou saudando Starbuck.

— Vá acabar com eles, moço! — gritou o homem. — Faça o trabalho do Senhor, ouviu, senhor?

Nathaniel ergueu a mão num cumprimento silencioso. Adiante conseguia ver um trecho reluzente do rio, e do outro lado, ao longe, uma grande mancha de fumaça, como se uma vasta área da floresta pegasse fogo. Essa era a marca de uma batalha, e a visão o fez conter o cavalo e pensar na Companhia K, e se perguntou se Truslow estaria sob aquela fumaça, e se Decker, os gêmeos Cobb, Joseph May, Esau Washbrook e George Finney estariam lutando lá. Meu Deus, pensou. Se eles estavam lutando, queria estar junto. Ele xingou de'Ath em pensamento por ter morrido, depois olhou para além da fumaça, muito além, para uma mancha mais escura que indicava o lugar onde as fundições e as fábricas de Richmond lançavam sua fumaça tóxica para a ventania do dia, e essa evidência da cidade distante o fez sentir saudades de Sally.

Tirou um charuto do bolso e riscou um fósforo. Inalou a fumaça avidamente. Ao recolocar os fósforos no bolso, sentiu a forma alongada do embrulho impermeável, a única arma que lhe restava. O papel no interior seria seu passaporte para a legião, mas, se a lista de perguntas condenatórias fosse encontrada por um policial rebelde, ela poderia significar a forca. Outra vez, Nate sentiu um tremor de medo e a tentação de fugir dos dois exércitos.

— Faça o trabalho do Senhor, moço, vá acabar com eles, senhor — disse o velho negro, e Nathaniel se virou, achando que era com ele que o velho havia falado de novo, mas em vez disso viu outro cavaleiro esporeando pela estrada, em sua direção. Quase meio quilômetro atrás desse recém-chegado, um grupo de cavalaria nortista instigava as montarias na lama vermelha e pegajosa, o primeiro sinal de urgência que vira deste lado do rio Chickahominy.

Olhou de novo para a fumaça da batalha enquanto um rufar pesado e percussivo de disparos de canhão retumbava cruelmente sobre a paisagem. Então uma voz meio familiar o saudou com urgência, e Nathaniel se virou assustado, percebendo que estava mais encrencado ainda.

10

O ataque rebelde empacou no meio das barracas abandonadas do regimento de Nova York. Não foi a resistência nortista que conteve o avanço, e sim sua riqueza, pois dentro das barracas, que eram feitas de lona branca e resistente de uma qualidade esquecida pelos sulistas, havia caixas de comida, mochilas cheias de camisas boas, calças de reserva e sapatos de couro decente feitos para servir ao pé direito ou ao esquerdo, diferente dos calçados de bico quadrado fornecidos pela Confederação, que eram caixas rígidas de couro duro que podiam ser usadas em qualquer pé, indiscriminadamente, e prometiam dano igual aos dois. E havia os pacotes de comida enviados por lares nortistas amorosos: caixas de castanhas, jarros de picles de pimentão, garrafas de purê de maçã, pedaços de bolo de gengibre enrolados em papel, latas com bolos de frutas, latas de ameixas, queijos embrulhados em pano e, o melhor de tudo, café. Café de verdade. Não café adulterado com amendoim seco e moído, ou café feito de milho seco socado até virar pó, ou café feito de folhas de dente-de-leão secas misturadas com pó de maçã seca, e sim grãos de café verdadeiros, perfumados.

A princípio os oficiais rebeldes tentaram manter suas tropas se movendo em meio à riqueza inimiga, mas então os próprios oficiais foram seduzidos pelos ganhos fáceis nas barracas abandonadas. Havia presuntos finos, peixe defumado, ostras secas, manteiga nova e pão recém-assado. Havia cobertores grossos e, em algumas barracas, mantas feitas por mulheres para seus filhos e maridos heroicos. Uma manta tinha uma bandeira da União com uma legenda bordada em letras de seda dourada. "Vingue Ellsworth!", lia-se na colcha.

— Quem é Ellsworth? — perguntou um rebelde ao seu oficial.
— Um nova-iorquino que foi morto.
— Os ianques têm essa mania, não é?
— Ele foi o primeiro. Levou um tiro quando tentou tirar uma das nossas bandeiras de um telhado de hotel na Virgínia.
— Então o filho da puta deveria ter ficado em Nova York, não?

Nas barracas dos oficiais havia binóculos alemães sofisticados, fotos de família com molduras de prata sobre mesas dobráveis feitas de madeira de lei, elegantes escrivaninhas portáteis, para viagem, com papel timbrado, livros com encadernação de couro, escovas de cabelo de casco de tartaruga polido, belas navalhas de aço em caixas de couro, caixas de Creme de Barbear Roussell's, pilhas de daguerreótipos bastante manuseados mostrando damas despidas, garrafas de pedra com uísque bom e garrafas de vinho guardadas em caixotes com serragem. Um major confederado, ao encontrar um desses depósitos de garrafas, deu um tiro na caixa com seu revólver para que o álcool não tentasse seus homens. A serragem ficou descolorida com o vinho enquanto as balas pesadas penetravam nas garrafas.

— Mantenham os homens em movimento! — gritou o major para seus oficiais, no entanto eles eram como soldados, e os soldados pareciam crianças numa loja de brinquedos e não queriam ser levados para o serviço de verdade do dia.

No estacionamento de carroças do batalhão, atrás das barracas do quartel-general, um sargento descobriu cem fuzis Enfield novos em folha em caixotes com alças de corda onde estava pintado o nome do fabricante: "Ward & Filhos, Birmingham, Inglaterra". O Enfield era uma arma valiosa e um fuzil muito mais preciso e mais potente que as armas usadas por aquele regimento de rebeldes, e logo um clamor de homens se formou ao redor da carroça para conseguir uma das armas preciosas.

O caos foi dissipado lentamente. Alguns oficiais e sargentos cortaram as cordas das barracas, derrubando a lona sobre o conteúdo, para convencer os homens a abandonar o saque e continuar perseguindo os ianques derrotados. Nos dois flancos, onde nenhum acampamento servia para retardar o ataque, as linhas rebeldes já pressionavam através de um amplo cinturão de bosque onde brotavam flores selvagens, sanguinárias e violetas, e então os atacantes emergiram num trecho de capim inundado onde o vento fazia as poças ondularem e levantava as pesadas bandeiras das tropas ianques que resistiam logo a oeste do entroncamento, onde se juntavam as três estradas pelas quais as ofensivas rebeldes deveriam avançar. A encruzilhada era demarcada por sete pinheiros altos e duas casas de fazenda desoladas, marcos desse terreno de matança onde Johnston havia planejado a aniquilação dos ianques que estavam ao sul do rio.

A encruzilhada também era protegida por um elaborado forte de terra cravejado de canhões e coroado por uma bandeira num mastro feito de tronco de pinheiro aparado. A região ao redor era atravessada por abatises e trincheiras para fuzis. Era lá que Johnston havia planejado cercar os ianques, primeiro golpeando-os no centro, depois quebrando-os a partir do norte e do sul, impelindo-os, gemendo, para os atoleiros assombrados por cobras do pântano White Oak, mas, em vez disso, apenas uma divisão rebelde avançava saindo das árvores. Essa divisão já havia rompido uma linha nortista e agora, do outro lado do atoleiro açoitado pelo vento, viu uma segunda linha esperando atrás das bandeiras brilhantes, por isso as tropas cinzentas e marrons começaram a soltar seu grito de guerra, agudo e fantasmagórico.

— Fogo! — gritou um oficial nortista no barranco do forte.

Os canhões nortistas deram um coice nas conteiras. Obuses explodiram no ar distante, fumaça branca lançando estilhaços de aço incandescente na linha rebelde. As balas Minié assobiavam em cima do pântano, acertando os alvos e levantando jatos de sangue. As bandeiras caíram e foram erguidas outra vez enquanto os rebeldes vadeavam no terreno encharcado.

O general Huger ouviu o canhoneio reiniciado, mas se recusou a traduzi-lo como um chamado à urgência.

— Hill conhece o serviço — afirmou. — E, se ele precisasse da nossa ajuda, teria mandado nos chamar.

Nesse meio-tempo ele empurrava uma brigada cautelosamente por uma estrada vazia, dizendo que era um reconhecimento em força máxima. A brigada não encontrou coisa nenhuma. Enquanto isso, Longstreet, frustrado primeiro numa direção, depois na outra, ordenou que seus homens contramarchassem mais uma vez. Os dois generais amaldiçoavam a falta de mapas e uma névoa vespertina, que era apenas densa o bastante para esconder a fumaça reveladora da batalha que, de outro modo, diria a eles de onde vinham os sons abafados dos canhões.

Frustrado com o silêncio de seu general comandante, o presidente Davis foi de Richmond em direção ao campo de batalha. Ele perguntava as novidades a cada general que encontrava, mas ninguém sabia o que estava acontecendo nos campos pantanosos ao sul do rio. Nem o conselheiro militar do presidente conseguia descobrir a verdade. Robert E. Lee não tinha influência nas questões militares e tudo que podia era supor que um ataque fora lançado a partir das linhas confederadas, mas com que objetivo e com qual grau de sucesso, não sabia nem tinha como conjecturar. O presidente perguntou se alguém sabia onde ficava o quartel-general de Johnston, mas ninguém tinha certeza. Davis decidiu que precisava encontrar Johnston mesmo assim, de modo que seu grupo seguiu para leste em busca de notícias de uma batalha que voltava à vida enquanto as colunas de Hill, sem apoio, colidiam contra as defesas ianques muito bem estabelecidas ao redor dos sete pinheiros.

Onde os canhões esquentavam à medida que, alimentada pela confusão e apoiada pelo orgulho, a matança continuava.

O homem que havia saudado Nathaniel era o observador militar francês, o coronel Lassan, que agora esporeou o cavalo para atravessar o alto do morro e agarrou as rédeas do cavalo de Nate, puxando-o pela estrada e para fora do campo de visão da cavalaria ianque.

— Você sabe que está encrencado? — perguntou o francês.

Nathaniel estava tentando livrar o cavalo das mãos do coronel.

— Não seja um idiota! — disse rispidamente Lassan. — E me siga!

Ele soltou as rédeas e golpeou os flancos do cavalo com as esporas, e tamanha era a autoridade em sua voz que Nate o seguiu instintivamente enquanto o francês virava à direita da estrada, atravessando um terreno pantanoso até encontrarem a cobertura súbita de algumas árvores de folhas largas. Os dois abriram caminho pelo mato baixo e emaranhado, entre galhos encharcados, finalmente chegando a um trecho de floresta mais limpo onde o francês virou o cavalo e ergueu a mão, ordenando que Nathaniel fizesse silêncio.

Os dois prestaram atenção. Nate conseguia ouvir o estampido dos grandes canhões do outro lado do rio, que pareciam socos nos ouvidos, e os estalos mais leves e agudos dos mosquetes, e ouvia o farfalhar e o uivo do vento nas árvores altas, porém nada mais. No entanto, o francês continuava prestando atenção, e Nathaniel olhou com curiosidade renovada para seu salvador. Lassan era alto, devia ter 40 e poucos anos, com bigode preto e um rosto delgado e singular por causa das cicatrizes da guerra. Nate observou as cicatrizes de onde um sabre russo abrira a bochecha direita do francês, de onde a bala de um cossaco arrancara seu olho esquerdo e uma bala de fuzil australiano mutilara o maxilar do lado esquerdo, porém, apesar dos ferimentos, o coronel Lassan tinha um ar de júbilo e confiança tão grande que era difícil chamar o rosto com cicatrizes terríveis de feio. Em vez disso, era soberbamente calejado: um rosto em que a vida deixara uma narrativa de aventuras enfrentadas com ousadia. Lassan montava seu cavalo alto e preto com a mesma graça inata de Washington Faulconer, ao passo que seu uniforme, que já fora espalhafatoso com rendas, correntes de ouro e debruns dourados, estava agora desbotado pelo sol e remendado, e os delicados enfeites de metal estavam azinhavrados ou faltando completamente. Um dia, o uniforme devia ter tido um chapéu esplêndido, talvez feito de uma pele lustrosa ou de um latão brilhante, encimado com plumas ou uma crista escarlate, mas agora usava um chapéu de aba mole, de agricultor, que parecia ter vindo de um espantalho.

— Tudo bem. — Lassan rompeu o silêncio. — Eles não estão nos seguindo.

— Quem são eles?

— O líder do bando é um sujeito chamado Thorne. Vem de Washington. — Lassan parou para dar um tapinha no pescoço do cavalo. — Ele diz que tem uma prova de que você foi mandado para o outro lado das linhas para enganar os ianques. Pior, que você foi enviado para descobrir quem é o melhor espião deles em Richmond. — Lassan tirou uma bússola do bolso e deixou a agulha se acomodar antes de sinalizar para noroeste. — Vamos nessa direção. — Ele virou o cavalo e o instigou a andar no meio das árvores. — O fato, meu amigo, é que eles querem medir seu pescoço para uma corda. Eu me envolvi porque o enérgico Thorne procurou McClellan exigindo o uso da cavalaria. Eu escutei, e aqui estou. Ao seu serviço, monsieur. — Lassan deu uma risada buliçosa para Nate

— Por quê? — perguntou sem gentileza.

— Por que não? — respondeu Lassan, animado, depois ficou em silêncio enquanto seu cavalo descia a margem de um riacho e atravessava para o outro lado. — Certo, vou dizer por quê. É como eu disse antes. Preciso ir para o lado rebelde, é simples, e de preferência antes que esta campanha acabe, o que significa que não posso passar semanas viajando por meio mundo para ir de Yorktown a Richmond. Prefiro tentar atravessar as linhas, e achei que você faria o mesmo esta tarde, por isso pensei: por que não? Duas cabeças pensam melhor do que uma, e, quando chegarmos ao outro lado, você vai ser minha garantia, de modo que, em vez de me prenderem e atirarem em mim como espião, vão aceitar sua palavra de que eu sou, de fato, Patrick Lassan, coronel *chasseur* da Guarda Imperial. — Ele riu para Nathaniel. — Faz sentido?

— Patrick? — questionou ele, com a curiosidade instigada pelo nome que não parecia francês.

— Meu pai era inglês, e o melhor amigo dele era irlandês, e daí o nome. Minha mãe é francesa, e peguei o sobrenome dela porque ela não encontrou tempo para se casar com seu inglês, e isso faz de mim, *mon ami*, um vira-lata bastardo. — Lassan havia falado com afeto evidente pelos pais, um afeto que deixou Nathaniel com inveja. — Isso também faz de mim um vira-lata bastardo e entediado — continuou Lassan. — Os ianques são um povo bom, hospitaleiro, mas são assolados cada vez mais por uma disciplina teutônica. Eles querem me cercar com regulamentos e regras. Querem que eu mantenha uma distância decorosa da luta, como é adequado a um observador e não participante, mas preciso sentir o cheiro da matança, caso contrário não posso dizer como esta guerra está sendo vencida e perdida.

— Nós também temos regras e regulamentos — comentou Nathaniel.

— Arrá! — Lassan se virou na sela. — Então você é um rebelde?

Por um segundo o hábito arraigado das últimas semanas incitou Nate a negar, depois ele deu de ombros.

— Sou.

— Bom para você. Então talvez suas regras e seus regulamentos sejam tão ruins quanto os dos ianques. Verei. Mas será uma aventura, não é? Uma bela aventura. Venha!

Ele guiou Nathaniel para fora das árvores, atravessando uma campina usada como estacionamento de artilharia. Havia outra estrada adiante, e ao lado dela havia fileiras de soldados de infantaria ianque descansando. Lassan propôs que, se alguém questionasse a presença dos dois, ele explicaria que era um oficial cavalgando para a batalha e que Nathaniel era seu ordenança.

— Mas nosso maior obstáculo é atravessar o rio. Seus perseguidores vão permanecer na estrada atrás de nós, mas há uma chance de terem telegrafado a todas as pontes, alertando as sentinelas a ficarem de olho em você.

Nate sentiu o medo azedo em suas entranhas. Se os ianques o apanhassem, iriam enforcá-lo, e, se os policiais rebeldes encontrassem o documento de Pinkerton, fariam o mesmo. Mas ao atravessar as linhas ainda havia uma chance de abrir caminho através de blefes até a legião.

— Você está correndo um risco, não é? — perguntou a Lassan.

— Nenhum. Se eles nos prenderem, vou negar qualquer conhecimento de sua alma criminosa. Vou dizer que você me enganou, depois fumarei um charuto enquanto você é enforcado. Mas não se preocupe, vou rezar pela sua alma.

O pensamento em sua alma condenada fez Nate se lembrar de todas as orações desperdiçadas pelo irmão.

— Você viu meu irmão? — perguntou enquanto ele e o coronel passavam pelos canhões estacionados, indo na direção dos soldados de infantaria que descansavam junto à estrada.

— Ele estava proclamando sua inocência. Acho que seu irmão não é um soldado nato. — Era um julgamento delicadamente gentil. — Passei a maior parte da batalha de Bull Run na companhia do seu irmão. Ele é um homem que gosta do confinamento de regras e regulamentos. Não é um patife, acho. Os exércitos não sobreviveriam sem esses homens cuidadosos, mas precisam mais ainda de patifes.

— James é um bom advogado — disse Nate em defesa do irmão.

— Por que vocês, americanos, se orgulham tanto dos advogados? Os advogados não passam de sintomas de uma sociedade litigiosa, e cada centavo dado a um deles é um gole de champanhe a menos, uma mulher não conquistada ou um charuto não fumado. Danem-se todos aqueles sanguessugas, é o que eu digo, mas tenho certeza de que seu irmão é um verdadeiro anjo comparado ao resto. Sargento! — gritou Lassan para um homem da infantaria. — Qual é a sua unidade?

Convencido pela autoridade óbvia de Lassan, o sargento respondeu que era do 1º Regimento de Minnesota, na brigada do general Gorman.

— O senhor sabe o que está acontecendo? — perguntou o sargento.

— Os malditos rebeldes estão se movendo, sargento. Vocês vão marchar logo para lhes dar uma surra. Boa sorte! — Lassan foi em frente, sua montaria trotando em meio aos sulcos profundos e lamacentos da estrada e à infantaria que esperava. — Estas são as tropas do general Sumner — avisou a Nathaniel. — Sumner deve ter chegado perto da ponte, o que significa que está esperando ordens de atacar, mas duvido que vá recebê-las logo. Nosso Jovem Napoleão não parece totalmente convencido da urgência do dia. Ele está doente, mas mesmo assim deveria se sentir levemente animado.

— Você não gosta de McClellan?

— Se gosto dele? — O francês pensou na pergunta por um momento. — Não, não muito. Ele é um sargento instrutor, não um general. Isso não importaria se ele soubesse vencer batalhas, mas não parece ser capaz de travá-las, tampouco de vencê-las. Até agora tudo o que fez nesta campanha foi se apoiar nos rebeldes, usando o peso para empurrá-los para trás, mas não lutou contra eles. Ele tem medo deles! Acredita que vocês têm duzentos mil homens! — Lassan deu uma gargalhada, depois apontou para um fio telegráfico cintilante que fora estendido em postes improvisados ao longo da estrada. — Esse é o nosso problema, Starbuck. E se o nosso amigo Thorne telegrafou avisando, hein? Eles podem estar esperando por você na ponte. Provavelmente vão enforcá-lo nas galés do Forte Monroe. Uma última xícara de café, um charuto, uma passagem rápida pelo Salmo 23, depois vão colocar o capuz e jogar você pelo alçapão. Dizem que é um modo rápido de morrer. Muito melhor que uma bala. Já viu um pelotão de fuzilamento?

— Não.

— Vai ver. Sempre fico atônito com a frequência com que um pelotão de fuzilamento erra. Enfileiram os idiotas desgraçados a dez passos, prendem um pedaço de papel na altura do coração do coitado e enchem o fígado, os cotovelos e a bexiga de balas; na verdade, qualquer lugar que não acabe com o do sofrimento do pobre-diabo, o que significa que o oficial precisa ir até o prisioneiro e dar um golpe de misericórdia na cabeça do desgraçado, que fica se agitando. Nunca vou esquecer o meu primeiro. Eu estava com a mão tremendo feito vara verde e o coitado se agitava como um peixe fora d'água. Precisei de três balas de pistola e quinze dias para tirar o sangue dele da costura das botas. O pelotão de fuzilamento é um negócio sujo. Você está se sentindo bem?

— Estou — respondeu Nate. A conversa de Lassan o estava afastando das preocupações com a morte de de'Ath.

Lassan riu da serenidade de Nathaniel. A estrada havia entrado num trecho de floresta sombrio e úmido, onde as trepadeiras pendiam de árvores e poças de água parada havia muito se estendiam sob os galhos. A estrada fora coberta com toras, o que a tornava difícil para os cavalos, tanto que, depois de um tempo, Lassan sugeriu que apeassem e guiassem os animais pelas rédeas. Ele falou sobre a Crimeia e a idiotice dos generais, depois sobre a época em que havia entrado para o Exército francês como cadete, em 1832.

— Meu pai queria que eu entrasse para o Exército britânico. Seja um fuzileiro, dizia ele, os melhores dos melhores, e minha mãe queria que eu fosse cavalariano francês. Escolhi os franceses.

— Por quê?

— Porque estava apaixonado por uma garota cujos pais moravam em Paris e achei que, se fosse para St. Cyr, poderia seduzi-la, e, se me mudasse para a Inglaterra, nunca mais iria vê-la.

Nathaniel pensou em mademoiselle Dominique Demarest, de Nova Orleans, atriz barata e prostituta mais barata ainda, que o seduzira para que deixasse Yale e fugisse com um bando de artistas itinerantes. Perguntou-se onde Dominique estaria agora e se algum dia a reencontraria, para que resolvesse as contas com ela. Então, de repente, percebeu que não sentia ressentimentos dela. Dominique só o levara a fazer o que queria: fugir dos laços vazios de sua família.

— O que aconteceu com a garota?

— Casou-se com um comerciante de tecidos em Soissons. E agora mal consigo me lembrar de como ela era.

— Seu pai ficou com raiva?

— Só do meu gosto em relação a mulheres. Ele disse que já tinha visto um bezerro mais bonito que ela. — Lassan gargalhou de novo. — Mas eu fiz minha escolha por amor, veja bem, e não me arrependo. E talvez, se tivesse escolhido a outra opção, também não me arrependesse. Não existe uma opção perfeita na vida, só uma tremenda diversão aguardando quem tem coragem de agarrá-la. E coragem é do que precisamos agora, *mon ami*.

— Lassan indicou a ponte que agora conseguiam ver. — Se atravessarmos essa ponte, só precisaremos sobreviver às balas e aos obuses de dois exércitos.

A ponte parecia deplorável. A estrada coberta de toras e lama atravessava um pântano estagnado, depois parecia se elevar cerca de meio metro acima do rio mefítico e fétido antes de seguir para outro trecho abominável de lodaçal na margem sul. A pequena elevação era causada por quatro pontões, barcos de madeira cobertos de folha de flandres que levavam a estrada de toras até o outro lado do rio. Os pontões eram presos por cordas bastante compridas que iam até a floresta e eram amarradas em árvores, mas era evidente que havia um problema com o complicado arranjo de cordas, pontões, polias e pista de rolagem. A tempestade da noite anterior havia elevado o nível do rio e trazido uma massa de destroços flutuantes que ficara presa na ponte, esticando os cabos de atracação de tal forma que agora a pista se curvava perigosamente rio abaixo. Existia obviamente o perigo de que a pressão da água e dos destroços rompesse os cabos e destruísse a ponte, e, para impedir esse infeliz desastre, um grupo de soldados de engenharia estava enfiado até o peito na correnteza lamacenta tentando livrar a ponte e colocar novos cabos.

— Vocês não podem atravessar!

Um engenheiro em mangas de camisa se aproximou de Lassan e Nathaniel enquanto os dois conduziam os cavalos para fora da cobertura das árvores. Ele era um homem de meia-idade, suas calças estavam manchadas de lama e o suor pingava em profusão de seu rosto com costeletas, escurecendo a camisa branca.

— Sou o coronel Ellis, do Corpo de Engenharia — apresentou-se a Lassan. — A ponte não é segura. A tempestade deu uma tremenda surra nela. — Ellis lançou um olhar para Nathaniel, mas não demonstrou nenhum interesse nele. — Há outra ponte pouco mais de um quilômetro e meio rio acima.

Lassan franziu o cenho.

— Como chegamos a essa outra ponte?

— Voltem na direção de onde vieram. Depois de quase um quilômetro há uma curva à esquerda. Peguem-na. Mais quase um quilômetro e há um entroncamento em T. Sigam para a esquerda de novo.

Ellis deu um tapa num mosquito. No rio, uma fila de homens puxava uma corda, e Nathaniel viu a ponte frágil baixar e tremer enquanto a corda enorme se retesava. O cabo saiu da água, coberto pela vegetação do rio, pingando, então um dos homens gritou ao ver uma cobra na corda esticada. Ele soltou o cabo, e o pânico se espalhou para os colegas, que também o largaram e correram para a margem. A ponte estalou, inclinando-se rio abaixo de novo.

Um sargento gritou com a tropa, xingando os homens de filhos da mãe covardes.

— É uma cobrinha de nada! Não vai matar vocês! Agora segurem! Puxem, seus filhos da mãe, puxem!

— Você sabe que há uma tropa esperando para atravessar essa ponte? — perguntou Lassan, sério, ao coronel Ellis, como se o coronel engenheiro fosse pessoalmente responsável por atrasar o avanço dos soldados. — Está esperando do outro lado da floresta.

— Eles não vão atravessar enquanto a ponte não for consertada — retrucou Ellis, mal-humorado.

— Acho que deveríamos descobrir pessoalmente se a ponte é segura — observou Lassan com tranquilidade. — O futuro da União pode depender dela. Na guerra, coronel, há riscos que devem ser enfrentados que pareceriam impensáveis em tempos de paz, e, se uma ponte frágil é a única rota para a vitória, o risco deve ser corrido.

Ele declamou esse absurdo enquanto marchava resoluto para a ponte que tremia sob a força da água. Nathaniel via como a água da tempestade havia desalinhado dois pontões e, como resultado, a pista de toras se abrira em leque, revelando aberturas da altura dos tornozelos na camada superior de troncos.

— Quem é o senhor? — O coronel engenheiro sujo de lama correu atrás do francês. Lassan, ignorando-o, olhou para o interior de uma pequena barraca armada precariamente perto de um poço estagnado, na qual uma máquina de telégrafo matraqueava sem que ninguém prestasse atenção. — Exijo saber quem é o senhor! — insistiu o coronel com o rosto enrubescido.

— Sou o general Lassan, visconde de Seleglise, do ducado da Normandia e *chasseur* da Guarda Imperial, no momento servindo como adido ao estado-maior do general de divisão George McClellan. — Lassan caminhava com Nathaniel ao lado.

— Não me importo se o senhor é o rei de Sião — insistiu Ellis. — Mesmo assim não pode atravessar.

— Talvez não, o que significa que devo morrer tentando — argumentou Lassan em tom grandiloquente. — Se meu corpo for recuperado, coronel, peço que o mandem de volta à Normandia. Meu companheiro, por outro lado, é de Boston, portanto você pode permitir que o corpo dele apodreça em qualquer pântano fétido onde ele parar. Vamos, garoto!

Este último encorajamento foi para seu cavalo, que hesitava, nervoso, com o chão irregular no início da ponte. As toras afundavam sob o peso dos cavalos, e uma lama agitada saía das aberturas.

— Volte! — gritou o sargento para Lassan e Nathaniel, parado com água até a cintura e segurando a ponta de uma corda.

— Estou indo. O risco é meu, não seu! — gritou Lassan para o sargento, depois lançou um olhar malicioso para Nate. — Em frente, sempre em frente!

— General, por favor! — apelou pela última vez o coronel Ellis, mas Lassan simplesmente ignorou a tropa de engenharia e seguiu em frente, resoluto, sobre os troncos, até onde a ponte danificada atravessava a correnteza elevada, cheia de redemoinhos.

A pista estalava e afundava à medida que eles se aventuravam. Ao passar pelo primeiro pontão, Nate percebeu que ele estava meio inundado com água da chuva, depois encontrou a curva inadvertida da ponte. Seu cavalo tentou se afastar das águas que formavam redemoinhos ao correr contra os destroços e o pontão. Ele forçou o cavalo numa lentidão dolorosa, pois o animal precisava de tempo para apoiar os cascos nas toras que se balançavam.

— Fique do lado onde os troncos estão mais próximos — aconselhou Lassan.

O segundo pontão estava quase coberto de água, e, sob o peso do cavalo de Lassan, a pista baixou perigosamente perto dos redemoinhos lamacentos do rio.

— Coronel Ellis! — gritou o francês para a equipe de trabalho.

— O que foi?

— O senhor vai achar o serviço mais fácil se bombear a água dos pontões.

— Por que o senhor não cuida da sua própria vida?

— Boa pergunta — disse Lassan, animado.

Ele e Nathaniel estavam no meio da travessia, com o peso baixando a pista pesada até centímetros da superfície do rio.

— Vocês têm engenheiros muito bons neste país — comentou Lassan. — Melhores que os nossos. Os franceses adoram ser cavaleiros, mas qualquer outra coisa é considerada inferior. Ainda assim, tenho uma suspeita horrível de que as guerras futuras serão decididas pelos artilheiros e engenheiros, os enfadonhos matemáticos da guerra, enquanto nós, os esplêndidos cavalarianos, seremos reduzidos a meros garotos de recado. Mesmo assim, não consigo imaginar boas mulheres se apaixonando por engenheiros, não é? Isso é o bom de ser da cavalaria, torna as conquistas importantes da vida um tanto mais fáceis.

Nate gargalhou, depois ofegou quando uma bota escorregou num tronco oleoso. Conseguiu manter o equilíbrio, mas o movimento súbito pareceu esticar as cordas do pontão mais próximo, de modo que toda a ponte balançou sob a força da água agitada que surgia numa abertura entre os troncos. Nathaniel e seu cavalo ficaram imóveis até que os piores tremores da ponte diminuíram e eles puderam continuar se movendo cautelosamente.

— Você é mesmo um visconde? — perguntou ao francês, e se lembrou de que de'Ath também dissera ter um título francês, mas, se a fofoca de James estivesse correta, a origem de de'Ath era mais distinta ainda.

— Nunca tive certeza — respondeu Lassan casualmente. — É um título antigo, oficialmente abolido na Revolução, mas meu avô o usava e eu sou o único descendente do sexo masculino. Acho que perdi qualquer direito de pertencer à nobreza quando minha mãe e meu pai resolveram fazer amor fora do casamento, mas de vez em quando ressuscito o título para deixar os camponeses atônitos.

— E você disse que era general?

— Só honorário. Quando a guerra da Áustria acabou voltei a ser um simples e humilde coronel.

— E seu governo o mandou aqui para ver como nós lutamos? — perguntou Nate, atônito por um homem assim ter recebido ordem de vir para a América.

— Ah, não. Eles queriam que eu comandasse um posto de recrutamento, nada além de garotos acostumados com arados, pangarés derreados e sargentos bêbados. Mandaram uns homens maçantes da academia e uns bobalhões da infantaria para serem os observadores oficiais aqui, mas eu queria cuidar de mim mesmo, por isso tirei uma licença sem prazo, e o governo me deu crédito com relutância quando percebeu que eu não seria impedido. Penso em mim mesmo como alguém de férias, Starbuck. — Lassan puxou o cavalo. — Estamos quase chegando. Não sei por que aqueles filhos da mãe idiotas estão parados. Eu poderia ter feito um regimento inteiro de putas a galope usando vendas nos olhos valsar em cima dessa ponte.

Nathaniel sorriu com a afirmação ultrajante, depois se virou quando uma voz séria os chamou da margem norte do rio. Era o coronel Ellis, perto da barraca do telégrafo.

— Parem! — gritou Ellis. — Parem aí mesmo!

Nate acenou como se não tivesse entendido a ordem, depois continuou em movimento. Havia quase atravessado a ponte, aproximando-se do terreno irregular da estrada. Começou a se apressar, arrastando o cavalo.

— Parem! — berrou Ellis de novo, e desta vez reforçou a ordem sacando o revólver e disparando um tiro acima da cabeça de Nate. A bala rasgou as folhas das árvores que agora estavam uns cinquenta metros adiante.

— Vire o cavalo para ele — disse Lassan baixinho — para que pense que você vai obedecer. Ao mesmo tempo, monte e continue girando o cavalo e cavalgue como se o diabo estivesse atrás de você. Entendeu?

— Entendi — disse Nathaniel, e acenou de novo para o coronel engenheiro.

Depois virou o cavalo para deixar claro que não estava tentando fugir, e ao mesmo tempo colocou a bota esquerda, enlameada, no estribo. Agarrou o arção da sela com a mão esquerda e, com um esforço rápido, montou no cavalo do irmão. Lassan também montou em seu cavalo.

O coronel Ellis estava correndo para a ponte, chamando os dois fugitivos.

— Voltem!

— Adeus, *mon colonel* — disse Lassan em voz baixa, e virou o cavalo para longe. — Agora corra comigo! — gritou o francês, e Nate bateu no flanco do animal com os calcanhares, fazendo o cavalo partir atrás da montaria do francês. O caminho de troncos estava escorregadio e traiçoeiro, mas de algum modo as duas montarias mantiveram o equilíbrio. — Corra! — encorajou Lassan.

O coronel Ellis ofereceu ainda mais encorajamento ao disparar o revólver, só que desta vez não estava mirando acima da cabeça dos fugitivos, e sim nos cavalos. Porém, os dois já estavam a mais de cem metros de distância, e os revólveres eram armas pouco confiáveis contra qualquer coisa a mais de quarenta ou cinquenta metros. O coronel disparou duas vezes rápido demais e a mira foi lamentavelmente ruim. Depois, ele se deteve para mirar com mais cuidado, no entanto Lassan já estava na sombra das árvores, onde virou o cavalo preto, sacou seu revólver e disparou para além de Nathaniel. Os tiros espirraram lama no pântano e arrancaram lascas molhadas da pista. O francês não estava atirando para matar, e sim para atrapalhar a mira do engenheiro, então Nate passou por ele e virou uma curva, sumindo do campo de visão de Ellis.

Lassan o alcançou, e os dois cavalgaram em meio a uma floresta tão úmida e densa quanto a da margem norte do rio.

— Agora eles sabem onde estamos — comentou Lassan. — Ellis vai telegrafar.

O francês recarregava o revólver, enfiando as balas em cima da pólvora com a haste que ficava presa embaixo do cano. O som da batalha estava mais alto, enchendo o território mormacento adiante com a ameaça de morte. Lassan viu uma trilha na floresta e saiu da estrada, galopando por um terreno aberto que se alargou numa plantação junto a uma casa ampla. Nate foi atrás, retesando-se quando o francês saltou uma cerca. Ele segurou as rédeas com força, fechou os olhos e deixou o cavalo erguê-lo e ultrapassar o obstáculo. De algum modo, Nathaniel se agarrou às costas do animal e, quando abriu os olhos de novo, viu que trotavam por um caminho que passava entre uma plantação e outra floresta. Havia uma semeadeira abandonada junto ao caminho, lembrança de tempos mais pacíficos, e do outro lado da plantação havia um estacionamento de artilharia, onde os cavalos, os armões e os canhões de uma bateria nortista aguardavam ordens.

— É melhor não parecermos estar com muita pressa — alertou Lassan. — Não há nada tão suspeito num campo de batalha quanto um homem com pressa. Já notou isso? Os soldados fazem a maior parte das coisas em velocidade média. As únicas pessoas com pressa são os oficiais e os fugitivos.

O coronel francês virou mais para leste, entrando no campo aberto e trotando casualmente atrás dos canhões. Nathaniel seguia ao lado. Menos de um quilômetro à esquerda havia outro cinturão de árvores, para além do qual havia uma série de morros baixos cobertos por árvores que escondiam o terreno da matança. Uma enorme nuvem de fumaça subia para as nuvens atrás desses morros, e Lassan seguia para a borda dessa fumaça.

— Não há sentido em ir para o meio da ação, Starbuck. Vamos para o flanco.

— Você está gostando disso, não é? — perguntou Nate, contente em deixar o francês mais experiente ser seu guia.

— É melhor que ficar sentado no quartel-general de McClellan lendo o *World* de Nova York pela octogésima nona vez.

— Mas e os seus pertences? — indagou, percebendo de repente que o francês estava se propondo a ir das linhas federais para as confederadas sem bagagem aparente.

— Meus pertences estão na França. Aqui na América eu tenho uma capa. — Lassan bateu na vestimenta enrolada atrás da sela. — Um pouco de dinheiro aqui. — Bateu numa bolsa da sela. — O bastante para valer a pena você me matar, mas aconselho não tentar. — Ele deu um sorriso feliz. — Uma camisa de reserva, um pouco de fumo, cartuchos de revólver, roupa de baixo extra, um exemplar dos ensaios de Montaigne, uma escova de dentes, três cadernos, dois lápis, duas navalhas, uma faca, uma bússola, binóculo, um pente, um relógio, uma flauta, cartas de crédito e meus documentos oficiais. — Ele foi batendo nos bolsos ou nas bolsas onde estavam essas posses. — Assim que eu estiver em segurança com os rebeldes, vou comprar um cavalo de reserva e de novo terei posses suficientes para todas as minhas necessidades. Um soldado não deveria carregar mais do que isso, e se eu deixasse a barba crescer nem precisaria das navalhas.

— E a flauta?

— Um homem deve ter algum talento civilizado, ou então não passa de um bruto. Deus, eu não gostaria de lutar nesse terreno. — Ele verbalizou essa opinião quando chegaram ao topo de uma pequena colina e viram um emaranhado de pequenas plantações e bosques adiante. — Isto não é lugar para cavalaria.

— Por quê?

— Porque cavalos odeiam árvores. Árvores podem esconder canhões e mosquetes, e nós, da cavalaria, gostamos de planícies amplas. Primeiro se subjuga a infantaria inimiga com artilharia, depois se solta a cavalaria sobre ela, e então se acaba com todos. Essa é a receita de batalhas do Velho Mundo, mas só é possível em terreno aberto. E vou lhe dizer, amigo, que não existe emoção melhor que a experiência de cavalgar sobre um inimigo subjugado. O som dos cascos, das cornetas, o sol acima, o inimigo abaixo, meu Deus, a guerra é uma emoção perversa.

Eles continuaram trotando, passando pela primeira evidência da batalha do dia. Havia um posto de baixas no campo, para onde ambulâncias traziam os feridos e onde enfermeiras com uniforme composto de saias compridas e camisas masculinas ajudavam a carregar os corpos cobertos de sangue para fora das carroças e para dentro das barracas. Ao lado do posto de baixas estava um pequeno grupo de homens carrancudos com rostos enegrecidos de pólvora, fugitivos que se afastaram dos primeiros ataques rebeldes e que agora haviam sido cercados por policiais militares do norte. Mulas carregando cestos de munição para fuzis estavam sendo guiadas por uma estrada em direção à nuvem de fumaça.

Lassan e Nate passaram pelas mulas e entraram em outro cinturão de árvores, onde a infantaria nortista esperava em meio às sombras. O rosto dos homens não estava manchado de pólvora, prova de que ainda não haviam lutado nesse dia.

Para além das árvores, a estrada descia suavemente até onde a Ferrovia Richmond & York passava em seu aterro no meio da campina molhada. Os rebeldes haviam tirado os trilhos e explodido a ponte que atravessava o Chickahominy, mas os eficientes engenheiros nortistas tinham restaurado as duas coisas e um trem com um balão havia parado à direita do lugar onde a estrada cruzava os trilhos. Uma locomotiva lançava fumaça no ar enquanto a equipe do balão usava um guincho para tirar seu veículo desajeitado de um vagão-plataforma. O vento diminuíra depois da tempestade, mas mesmo assim a equipe do balão estava tendo dificuldade.

— Encrenca — grunhiu Lassan.

Nathaniel estivera olhando para o balão, mas se virou para a direção oposta e viu que uma patrulha de cavalaria estava avançando pelo aterro da ferrovia.

— Talvez só estejam procurando gente que não quer lutar — supôs Lassan. — Precisamos correr o risco. Assim que estivermos na floresta do lado de lá vamos ficar em segurança. — Ele apontou para um denso cinturão de árvores do outro lado da ferrovia. — Deixe o cavalo andar.

Lassan e Nathaniel desceram a estrada lentamente. O francês acendeu um charuto e o ofereceu a Nate, depois pegou um para si mesmo. A patrulha ainda estava longe, e Nathaniel sentiu a confiança crescer à medida que se aproximava dos trilhos de aço. A estrada subia gentilmente até chegar ao nível do aterro, entre margens salpicadas de capim queimado onde as fagulhas das locomotivas provocaram pequenos incêndios. Dois soldados carregavam um carretel montado numa vara, e dele desenrolavam um fio telegráfico que conectaria o cesto do balão ao fio recém-esticado ao longo do aterro da ferrovia. Um dos homens subiu por um poste com um alicate entre os dentes.

— Odeio a guerra moderna — comentou Lassan enquanto ele e Nate chegavam à travessia. — A guerra deveria ser com tambores e trombetas, não com engenheiros elétricos e motores a vapor.

Duas ambulâncias estavam indo rapidamente para o norte ao longo da estrada, e Lassan desviou seu cavalo do caminho para deixá-las passar. As rodas das duas carroças pintadas de branco chacoalharam sobre as tábuas que levavam o leito da estrada até o nível dos trilhos. As ambulâncias deixavam uma trilha de finas gotas de sangue na estrada. Lassan franziu o cenho ao ver a carga de passageiros gemendo, xingando e sangrando, depois pegou o binóculo para examinar o terreno ao sul da ferrovia. À esquerda havia fileiras de barracas e uma linha de fortificações de terra onde uma bateria de canhões estava posicionada, mas a luta do dia parecia acontecer cerca de um quilômetro e meio além, do outro lado das árvores. Dois sinaleiros, com as bandeiras num borrão de movimento, estavam no parapeito do reduto para mandar uma mensagem ao sul. Mais perto, a patrulha de cavalaria saiu do aterro e esporeou, entrando na campina.

— Eles nos viram — alertou Nathaniel, que olhou para a esquerda, vendo que os cavaleiros nortistas começavam a atravessar o campo numa manobra que parecia destinada a interceptar os dois fugitivos.

Lassan olhou por um segundo pelo binóculo.

— Seu irmão está lá. E Pinkerton. Acho que deveríamos nos tornar fugitivos, não é?

Ele riu para Nathaniel, depois desceu a trote a estrada que partia do lado sul do aterro. Ao pé da encosta, olhou de novo para os perseguidores e evidentemente não gostou do que viu, porque pegou a pesada bainha de metal com a espada grande e feia e a posicionou entre a coxa esquerda e a sela, de modo que ela não ficasse batendo nele e o machucando.

— Galope! — disse a Nathaniel.

Os dois instigaram os cavalos golpeando nos flancos com os calcanhares, e os animais ergueram a cabeça e enfiaram os cascos na lama vermelha da estrada. Uma trombeta de cavalaria deu o toque de atacar, e Nathaniel se virou desajeitadamente na sela, vendo os cavaleiros de casacas azuis se espalhando no campo. Os cavalarianos mais próximos ainda estavam a uns trezentos metros de distância e seus cavalos estavam cansados, mas de repente uma pistola ou uma carabina espocou, e Nate viu a fumaça ficar para trás dos cavaleiros. Não tinha certeza, mas pensou ter visto James, depois outra arma espocou e Nathaniel apenas baixou a cabeça e cavalgou alucinadamente atrás de Lassan. O cavalo do francês adentrou o terreno com árvores, onde Lassan saiu da estrada e seguiu para o mato emaranhado. Nathaniel foi atrás, cavalgando desesperadamente ao redor dos trechos mais densos de mato e se inclinando sob os galhos baixos, até que o coronel francês finalmente diminuiu a velocidade da montaria a um trote e olhou para trás, certificando-se de que não estavam mais sendo seguidos. Com o coração batendo forte, Nate tentou acalmar o cavalo suado.

— Odeio cavalgar — declarou ele.

Lassan pôs um dedo nos lábios e apontou a direção para onde queria ir Deixou os cavalos andarem. Nathaniel sentia o cheiro doce e desagradável de pólvora, e agora o som dos canhões estava tão próximo que cada disparo provocava uma pressão percussiva nos ouvidos, mas as árvores ainda escondiam toda a visão da batalha. Lassan parou de novo. O rosto do francês estava ardente de felicidade. Para ele isso tudo era uma aventura gloriosa, uma farra no Novo Mundo.

— Em frente. Sempre em frente.

Os dois saíram da floresta numa pequena campina irregular onde um batalhão de infantaria nortista esperava. O oficial que comandava a equipe de bandeiras do batalhão virou o cavalo ansioso quando Lassan apareceu.

— Ordens? — perguntou ele.

— Não de nós, mas desejo boa sorte — gritou Lassan em resposta, enquanto passava pela equipe das bandeiras.

O terreno se abria à esquerda de Nathaniel e dava para ver carroças e armões de canhões parados numa encruzilhada, e jatos de fumaça surgindo onde os canhões disparavam. Havia um grupo de pinheiros e duas casas lúgubres que pareciam estar bem embaixo da nuvem de fumaça. Uma bandeira da União erguia suas listras escarlate e brancas na brisa enfumaçada, então Nate perdeu a encruzilhada de vista enquanto seguia Lassan para outro cinturão de árvores.

Lassan o guiou através de um emaranhado de urzes, por cima de um tronco repleto de cogumelos e depois estavam em outra clareira. Desta vez Nathaniel viu o aterro da ferrovia à direita. Não havia soldados à vista.

— Despistamos aquela cavalaria — disse ao francês.

— Eles não estão muito longe — alertou Lassan. — Nós os despistamos por um tempo, mas eles vão voltar. Por aqui.

O caminho entrava na floresta de novo, depois em outro trecho de terreno aberto que se mostrou tão pantanoso que eles precisaram apear e puxar os cavalos pelo chão viscoso que sugava os pés. O som da batalha era incessante, mas de algum modo, estranhamente, toda evidência de soldados havia desaparecido; de fato a floresta estava tão calma que Lassan apontou subitamente à direita e Nathaniel viu três perus numa pequena clareira.

— São gostosos? — perguntou Lassan.

— Muito.

— Mas não hoje — disse Lassan, e se virou para olhar para a frente quando uma saraivada de disparos de fuzil atravessou o ar úmido. Então, por cima dessa fuzilaria, veio o ruído peculiar e arrepiante do grito de batalha rebelde, e o som daquele berro desafiador fez o coração de Nathaniel saltar, empolgado.

— Se eu fosse você — observou Lassan —, tiraria a casaca azul.

Nathaniel ainda estava usando a casaca do irmão. Agora revirou os bolsos apressadamente, pegando a Bíblia que James deixara para ele em Richmond e o embrulho impermeável com documentos. Enfiou tudo numa bolsa na sela, depois tirou o casaco do irmão e o deixou cair. Agora usava apenas sua velha calça cinza de rebelde, suspensórios vermelhos, sapatos novos que seu irmão lhe comprara com o vivandeiro de um regimento da Pensilvânia e um chapéu de aba larga tão surrado e manchado quanto o de Lassan.

O francês o guiou por entre as árvores. De vez em quando, Nate captava um vislumbre do aterro ferroviário à direita, mas ainda não conseguia ver as tropas que davam o grito rebelde. A intervalos de alguns segundos uma bala de fuzil desgarrada rasgava as folhas acima deles, mas era difícil determinar de onde vinham os disparos. Lassan escolhia o caminho com cuidado, alerta como um caçador se esgueirando até uma presa encurralada.

— Talvez tenhamos de atravessar os trilhos de novo — disse o francês, depois não houve tempo para deliberação nem reflexão, só para escapar, quando um grito atrás deles revelou que a cavalaria os encontrara de novo. Instintivamente os dois instigaram os cavalos a galope.

Uma bala estalou acima, outra acertou uma árvore. Lassan gritou empolgado e se abaixou sob um tronco. Nathaniel foi atrás, segurando o arção da sela enquanto o cavalo partia por um caminho enlameado, subia uma pequena elevação e descia até uma estrada onde uma fila dupla de infantaria ianque esperava.

— Abram caminho! Abram caminho! — gritou Lassan em sua voz autoritária, e os soldados se afastaram magicamente para deixar os dois cavaleiros passarem.

Eles saltaram uma cerca baixa, atravessaram um campo arado, depois as balas vieram de trás, mais uma vez, e Nate temeu que todo o batalhão de infantaria fosse abrir fogo, mas de repente ele estava na floresta de novo e viu soldados à esquerda, porém estes homens estavam fugindo a toda velocidade, correndo de algum inimigo à frente, e ele deixou as esperanças crescerem, ansioso. Os fugitivos eram nortistas, então certamente havia rebeldes por perto.

Lassan viu os homens correndo e desviou para longe deles. Nathaniel ouviu o som de cascos atrás deles e ousou olhar de relance, então viu um cavaleiro barbudo a uns vinte passos. O homem estava com um sabre desembainhado, a lâmina maligna brilhando na penumbra nublada do dia. Adiante soaram fuzis de infantaria, um grito rebelde outra vez, e mais nortistas correndo. Lassan olhou para trás e viu o cavalariano se aproximando de Nathaniel. O francês virou o cavalo para a esquerda, diminuiu a velocidade e sacou sua grande espada. Deixou seu companheiro ultrapassá-lo, depois desferiu um golpe no caminho do nortista, baixando a espada brutalmente no crânio do cavalo do sujeito. A lâmina se cravou na testa do animal, que relinchou, caindo de joelhos. Ele balançava a cabeça, espirrando sangue, depois desmoronou e o cavaleiro saiu voando, xingando enquanto escorregava num emaranhado de espinheiros junto à trilha. Lassan já havia se virado e estava alcançando Nate de novo.

— Sempre tente acertar o cavalo, jamais o homem — gritou enquanto galopava para chegar ao companheiro.

O francês embainhou a espada enquanto ele e Nathaniel irrompiam num grande trecho de terreno aberto. À direita, no aterro da ferrovia, havia pequenos grupos de ianques que assistiam a tudo impotentes enquanto uma única brigada de infantaria rebelde avançava com ousadia pela área aberta. A brigada era composta de quatro batalhões, três dos quais traziam a nova bandeira da Confederação, enquanto o quarto ainda carregava a antiga, de três listras. O grupo avançava em duas linhas sem apoio de artilharia ou cavalaria, mas nada parecia capaz de impedir seu progresso. Na frente havia uma caótica massa de fugitivos, e atrás uma enorme quantidade de mortos e agonizantes. Não havia outros rebeldes à vista. Era como se essa única brigada tivesse encontrado uma abertura na linha ianque e decidido vencer a batalha sozinha.

Nathaniel se virou para a brigada rebelde.

— Virgínia! — exclamou como um grito de batalha. — Virgínia! — E acenou para mostrar que estava desarmado. Lassan foi atrás, e pouco mais de cinquenta metros atrás dele a cavalaria nortista irrompeu das árvores.

A brigada rebelde fora a primeira unidade do general Longstreet a chegar ao campo de batalha, e seu comandante, o coronel Micah Jenkins, tinha apenas 26 anos. Era responsável por três batalhões da Carolina do Sul e um da Geórgia, e os quatro regimentos sulistas já haviam atravessado três posições ianques. Jenkins recebera ordem de atacar, e ninguém ordenara que parasse, e assim ele continuava marchando para dentro da retaguarda ianque. Com a sorte de um soldado nato, sua brigada havia golpeado as defesas ianques onde havia poucos canhões e apenas unidades de infantaria esparsas, e uma a uma as posições nortistas foram dominadas e lançadas numa fuga em pânico. Agora seus homens eram ameaçados por um punhado de cavalarianos de uniforme azul que surgiu em seu flanco esquerdo.

— Certifiquem-se de que estão com as armas carregadas! Mirem nos cavalos!

Alguns ianques sabiam o que viria e puxaram as rédeas. Um cavalo, ao virar rápido demais, perdeu o equilíbrio no solo molhado e escorregou. Outro empinou, relinchando e derrubando o cavaleiro por cima da patilha da sela. Mas a maioria dos ianques gritou e continuou galopando, consumida pelo belo frenesi de cavalarianos em pleno ataque. Trinta cavaleiros estavam com os sabres desembainhados, outros carregavam revólveres. Um sargento barbudo carregava o guião, uma pequena flâmula triangular presa num cabo de lança, e ele baixou a ponta afiada da lança apontando-a para o coração do capitão da Carolina do Sul.

O capitão esperou que os dois estranhos cavaleiros fugitivos passassem em segurança por seus fuzis, depois gritou a ordem de atirar. Cinquenta fuzis espocaram.

Cavalos relincharam e caíram na lama. O guião mergulhou de ponta numa moita e ficou lá, tremendo enquanto o sargento caía do cavalo balançando os braços, com sangue escorrendo subitamente da boca. Uns dez cavalos caíram na lama e outros dez adentraram o caos de cascos e homens que tentavam se levantar. As montarias gritavam de dor. Os animais sobreviventes não queriam atacar naquele emaranhado de sangue e cascos se agitando; em vez disso, esquivaram-se. Alguns cavaleiros dispararam seus revólveres contra a fumaça dos fuzis, depois esporearam para longe antes que a infantaria recarregasse as armas. O coronel Thorne estava entre os que tombaram, preso na lama embaixo do cavalo ferido. Sua perna estava quebrada e seu belo sonho de galopar por um campo enfumaçado para salvar o país estava reduzido ao mau cheiro de sangue, ao grito dos animais feridos e ao som de cascos se afastando enquanto o restante da cavalaria fugia. O capitão da Carolina do Sul fez sua companhia virar de volta para a linha e continuou marchando.

O coronel Jenkins galopou até os recém-chegados.

— Quem são vocês?

— Capitão Starbuck, Legião Faulconer, Virgínia — disse Nate, ofegando.

— Lassan, coronel do Exército francês, vim ver a luta — apresentou-se Lassan.

— Sem dúvida veio ao lugar certo, coronel. O que há adiante?

— Minha posição oficial como observador me impede de dizer — respondeu Lassan. — Mas meu companheiro, se tivesse recuperado o fôlego, diria que há três regimentos de infantaria ianque separados, um numa clareira depois do próximo agrupamento de árvores e outro quase meio quilômetro além. Depois disso, vocês chegam às principais fortificações de defesa deles na encruzilhada.

— Então é melhor continuarmos avançando — declarou Micah Jenkins —, e vamos açoitar mais um pouco os desgraçados. — Ele olhou para Nathaniel. — Você era prisioneiro?

— De certa forma, sim.

— Então bem-vindo ao lar, capitão, bem-vindo. — Ele virou o cavalo e ergueu a voz. — Em frente, rapazes, em frente! Vamos empurrar os desgraçados de volta ao lugar de onde vieram. Em frente, rapazes!

Nathaniel se virou a fim de olhar para o flanco esquerdo. Um esquadrão de escaramuçadores rebeldes tinha ido acabar com o sofrimento dos cavalos, e seus disparos soaram secos e opressivos no lusco-fusco do dia. O restante da cavalaria ianque havia se reunido junto às árvores distantes e agora estava lá, impotente, vendo os soldados de infantaria saquearem as bolsas de sela e os bolsos dos cavaleiros caídos. Os sulistas puxaram o cavalo de Thorne de cima do coronel, tiraram sua espada e a pistola e o deixaram xingando a ascendência deles. Outros cavaleiros emergiram das árvores, e Nate viu James entre eles. Pobre James, pensou, e a culpa o atravessou como uma bala.

— O que foi? — perguntou Lassan, percebendo a expressão de dor no rosto do companheiro.

— Meu irmão.

— Vocês estão num jogo — disse Lassan rudemente. — Ele perdeu, você ganhou, os dois estão vivos. Há milhares de homens que vão se sair pior que isso hoje.

— Eu não quero que ele sofra.

— Como ele sofreu? O pior que vai acontecer a seu irmão é ele voltar a atuar como advogado, e vai passar o resto da vida contando aos colegas sobre o irmão imprestável que tem. E você acha que, em segredo, ele não sentirá orgulho de você? Você está fazendo tudo que ele não ousaria, mas secretamente gostaria de fazer. Homens assim precisam de irmãos como você, caso contrário nada jamais aconteceria na vida deles. Minha mãe sempre dizia a mim e à minha irmã que os gansos vão em bando, mas as águias voam sozinhas. — Lassan deu um riso malicioso. — Pode ser que nada disso seja verdade, *mon ami*, mas, se a ideia ajudar sua consciência, eu me agarraria a ela como se fosse uma mulher quente numa cama confortável durante uma noite fria. Agora pare de se sentir culpado e procure uma arma. Há uma batalha para lutar.

Nathaniel procurou uma arma. Estava de volta sob a bandeira que havia escolhido, com uma batalha para lutar, uma forca da qual escapar e um amigo para trair. Pegou o fuzil de um homem caído, encontrou alguns cartuchos e procurou um alvo.

Por fim os reforços nortistas começaram a atravessar o rio elevado por causa da chuva. O peso de um canhão de campanha quebrou a ponte danificada, mas milagrosamente nenhum homem ou arma se perdeu. Em vez disso, as parelhas de cavalos foram chicoteadas até sangrar, arrastando o canhão pesado para fora d'água e subindo a estrada coberta de troncos na margem sul.

McClellan permaneceu na cama, tomando quinino, mel e conhaque. Havia tomado tantos remédios que estava tonto e sentia dor de cabeça, mas seu médico confirmou ao pessoal do quartel-general que o oficial com febre sabia que uma batalha estava sendo travada, mas disse que o paciente não tinha condições de comandar o exército. No dia seguinte, talvez, o Jovem Napoleão pudesse impor sua vontade de ferro no campo de batalha, mas até lá deveria descansar e o exército precisaria se virar sem seu gênio orientador. O estado-maior do general saiu na ponta dos pés para não atrapalhar a recuperação do grande homem.

O general Johnston, esperando em seu quartel-general na taverna Old, ao norte da ferrovia, finalmente descobrira que o som abafado dos canhões não era um duelo de artilharia, e sim uma batalha que ocorria sem seu conhecimento ou sua orientação. O general Longstreet chegara ao estabelecimento confirmando que suas primeiras tropas estavam agora atacando ao sul da ferrovia.

— Perdi Micah Jenkins — avisou a Johnston. — Só Deus sabe onde a brigada dele está, e os outros, Johnston, estão agindo como virgens.

Johnston poderia ter jurado que Longstreet dissera que seus homens pareciam virgens.

— Eles estão parecendo virginianos?

— Virgens, Johnston, virgens! Nervosos com relação aos flancos. — Longstreet riu. Estava tomado por uma energia e por um arrebatamento. — Precisamos de um ataque aqui — e bateu uma unha suja no mapa de Johnston. — Ao norte dos trilhos.

Johnston acreditava ter dado ordens específicas a Longstreet que realizasse exatamente esse ataque ao norte dos trilhos, e que essas ordens exigiam que o ataque fosse feito ao alvorecer, e não agora, quando o dia já estava no fim. Só Deus sabia o que tinha dado errado com seu cuidadoso ataque em três pontas, mas algo o havia embaraçado perigosamente, e, no dia seguinte, jurou Johnston, descobriria exatamente por que dera errado e quem era o responsável. Mas esse inquérito deveria esperar pela vitória, por isso ele conteve a língua normalmente afiada e mandou uma ordem para uma das divisões de reserva atacar pelo lado norte do aterro da ferrovia.

Os novos atacantes passaram marchando pela taverna Old, e Johnston, ansioso para saber exatamente o que acontecia no campo de batalha, juntou-se às tropas que avançavam. Enquanto cavalgava, imaginou por que tudo neste exército parecia tão desnecessariamente complicado. Fora exatamente assim em Manassas, refletiu. Naquela batalha, o quartel-general rebelde havia esperado na direita, sem saber, enquanto uma batalha acontecia na esquerda, e aqui ele havia esperado na esquerda enquanto uma batalha explodia desgovernada na direita. Mas mesmo assim poderia arrancar a vitória do caos se ao menos os ianques não tivessem enviado muitos reforços para o outro lado do Chickahominy.

O presidente Davis chegou à taverna Old e descobriu que o general Johnston tinha ido para leste. O segundo em comando de Johnston, Gustavus Smith, que fora secretário de obras em Nova York antes da guerra, confessou não saber muito bem sobre os acontecimentos do dia, mas deu o veredicto amplo de que tudo parecia ótimo para ele, mesmo admitindo que seu conhecimento não ia muito longe. O general Lee, acompanhando o presidente, ficou sem graça com essa resposta vinda de um companheiro soldado e se remexeu desconfortavelmente na sela. O taverneiro trouxe um copo de limonada doce para o presidente, que Davis tomou ainda montado. A distância, Davis via os dois balões amarelos do Corpo Aeronáutico do Exército federal, balançando precariamente ao vento forte.

— Não podemos fazer nada com relação àqueles balões? — perguntou Davis, carrancudo.

Houve silêncio por alguns instantes, então Lee sugeriu em voz baixa que os canhões não tinham a elevação necessária e que a melhor resposta poderia ser usar fuzis de alta potência com atiradores de elite para tornar a vida dos ocupantes da gôndola desconfortável.

— Mesmo assim, senhor presidente, duvido que os fuzis tenham o alcance necessário.

— Alguma coisa deveria ser feita — disse Davis, irritado.

— Águias? — observou, animado, o general Smith. Lee e Davis olharam para ele com expressões de dúvida, e Smith curvou os dedos para demonstrar a ação das garras de um pássaro. — Águias treinadas, senhor presidente, poderiam ser convencidas a furar os envelopes dos balões, não é?

— É mesmo — concordou Davis, atônito. — É mesmo.

Ele olhou para seu conselheiro militar, mas Lee estava olhando para uma poça como se, de algum modo, a resposta para os problemas da Confederação pudesse ser encontrada em suas profundezas escuras.

Enquanto nos campos os canhões continuavam estrondeando.

— Em frente! Em frente! Em frente! Em frente! Em frente!

Micah Jenkins parecia só saber como instigar seus homens adiante. Ignorava as baixas, deixando-as para trás enquanto animava, encorajava e inspirava seus homens a continuar avançando. Agora já havia adentrado bastante o território ianque, sem nenhuma tropa sulista para oferecer apoio, mas o jovem da Carolina do Sul não se importava.

— Em frente! Em frente! — gritava. — Agora não podemos parar! Vamos acabar com os desgraçados! Andem, tambores! Deixem-me ouvir! Continuem marchando!

Uma bala assobiou a centímetros do rosto de Jenkins e o vento da passagem do projétil pareceu um tapinha quente. Ele viu fumaça se afastando do topo de um pinheiro e esporeou até uma das suas companhias em marcha.

— Estão vendo a fumaça? No pinheiro, lá! À esquerda do espinheiro. Há um atirador nos galhos; quero que a mulher do desgraçado se torne viúva neste instante!

Doze homens se ajoelharam, miraram e dispararam. A árvore pareceu tremer, então um corpo tombou, preso pela corda que amarrara o atirador nortista à árvore.

— Muito bem! — gritou Jenkins. — Muito bem! Continuem marchando!

Nathaniel havia recolhido um fuzil Palmetto, uma mochila de cartuchos e uma casaca cinza do corpo de um cadáver da Carolina do Sul. A casaca tinha um pequeno buraco de bala no lado esquerdo do peito e um grande rasgo sujo de sangue nas costas, mas mesmo assim era um uniforme melhor que sua camisa encardida. Agora ele lutava como um soldado de infantaria montado, carregando e disparando de cima do cavalo. Cavalgava pouco atrás da linha de frente de Jenkins, apanhado na ousadia louca desse

355

ataque, que havia enfiado seu gancho sangrento na retaguarda ianque. A batalha principal ainda estrondeava à direita da brigada, mas aquele combate parecia uma ação quase completamente separada dessa investida inspirada de soldados da Carolina do Sul.

Os rebeldes marcharam em linha, atravessando uma estrada, derrubando a cerca contra cobras do lado oposto antes de ir até um cinturão de árvores. Pingava sangue do atirador ianque morto pendurado no topo do pinheiro. Seu fuzil, um modelo de elite caro com cano pesado e mira telescópica, tinha caído, alojando-se num dos galhos mais baixos, de onde foi recuperado por um jubiloso georgiano que alcançou os colegas justo quando emergiam do cinturão de árvores para enfrentar outro batalhão de infantaria nortista. Os soldados da União tinham acabado de receber a ordem de se levantar quando os rebeldes irromperam das árvores. Micah Jenkins vociferou para seus homens não atirarem e simplesmente partirem numa carga.

— Gritem! — berrou. — Gritem! — E o grito ululante dos rebeldes recomeçou.

A linha ianque desapareceu atrás de sua nuvem de fumaça. Balas passaram assobiando por Nathaniel. Havia confederados caídos, ofegando e se sacudindo no capim, mas a linha cinzenta continuava avançando com Jenkins a instigando implacavelmente.

— Deixem os feridos! Deixem-nos! — gritava. — Em frente! Em frente! Em frente!

Os ianques começaram a recarregar as armas, as varetas surgindo espetadas acima das duas fileiras, mas então o grito fantasmagórico dos sulistas e o brilho do aço das baionetas na fumaça convenceram os nortistas de que esse dia estava perdido. O batalhão ianque se rompeu e fugiu.

— Atrás deles! Atrás deles! — incitou Jenkins, e os cansados rebeldes partiram para a floresta, onde abriram fogo contra os fugitivos.

Alguns ianques tentaram se render, mas Jenkins não tinha tempo para prisioneiros. Os nortistas perderam os fuzis e receberam ordem de sumir.

Um batalhão ianque esperava na borda distante da floresta e, como todos os outros regimentos nortistas que a brigada de Jenkins enfrentara naquele dia, não tinha o apoio de nenhuma outra infantaria. A primeira coisa que aqueles homens viram de um ataque rebelde foi o surgimento dos ianques em fuga vindo do meio das árvores, porém, antes que o coronel pudesse organizar sua defesa, os rebeldes estavam à vista, uivando e gritando por sangue. Os ianques fugiram, espalhando-se por uma plantação de trigo, em direção à encruzilhada onde o grosso de seu exército havia contido a forte investida central do principal ataque rebelde. E agora, vendo a batalha maior, Micah Jenkins deteve seus homens.

A brigada havia penetrado fundo na retaguarda ianque, porém ir mais longe era um convite a ser aniquilada. Diante deles agora se estendia uma planície aberta atulhada de barracas, carroças, armões e cofres de munição, e à direita estava a encruzilhada junto às duas casas destruídas por obuses e os sete pinheiros rasgados por balas. Era lá, junto às trincheiras de fuzis e ao grande reduto, que ocorria a maior batalha do dia. O principal ataque confederado empacara diante do reduto onde os ianques ofereciam uma defesa sólida. Os tiros de canhão chamuscavam o trigo e derrubavam rebeldes. Era lá que Johnston planejara pegar a teimosa defesa ianque na pinça de seus ataques pelo flanco, mas as investidas não aconteceram e o impulso central estava sendo ferido e dizimado pelos artilheiros ianques.

Porém, por acaso, os mil e duzentos homens de Micah Jenkins estavam na retaguarda nortista neste momento. A brigada começara com mil e novecentos homens, mas setecentos estavam mortos ou feridos no caminho de caos que os soldados da Carolina do Sul abriram no campo de batalha. Agora ele tinha a chance de provocar mais caos.

— Formar linha! — gritou Jenkins, e esperou enquanto sua segunda linha de homens alcançava a primeira. — Carregar!

Mil e duzentos rebeldes em duas fileiras malformadas enfiaram balas Minié sobre cargas de pólvora. Mil e duzentas cápsulas de percussão foram colocadas sobre cones de disparo e mil e duzentos percussores foram puxados para trás.

— Apontar!

Não que houvesse qualquer coisa específica em que mirar. Nenhum inimigo confrontava diretamente a brigada de Jenkins; em vez disso, os soldados rebeldes enfrentaram um campo amplo com acampamentos ianques sob um céu com muito vento e carregado de nuvens de fumaça. As bandeiras rebeldes foram erguidas bem alto, atrás da linha, as bandeiras do palmito da Carolina do Sul e o brasão com três colunas da Geórgia, e acima de todas elas as estrelas cruzadas da bandeira de batalha confederada. Seis bandeiras inimigas estavam no capim junto ao cavalo de Jenkins, todas capturadas no ataque e mantidas como troféus para serem mandadas à fazenda dos seus pais na ilha Edisto.

Jenkins levantou o sabre, parou um instante e depois baixou a lâmina curva.

— Fogo!

Mil e duzentas balas atravessaram os campos úmidos na tarde. A saraivada causou pouco dano físico, mas seu estrondo agudo anunciou aos nortistas que havia rebeldes em sua retaguarda, e essa percepção bastou para iniciar o recuo a partir da encruzilhada dos sete pinheiros. Um a um os canhões ianques foram arrastados para fora do reduto, em seguida os batalhões de infantaria começaram a recuar de seus parapeitos. Gritos rebeldes soavam no lusco-fusco, e Nathaniel viu uma linha de homens vestidos de cinza partir como um enxame pelas sombras compridas, na direção do forte de terra. Um último canhão nortista disparou, lançando um grupo de atacantes para trás numa névoa de sangue, depois uma profusão de baionetas avançou, subindo os parapeitos protegidos por sacos de areia, e de repente o campo de trigo diante da brigada de Micah Jenkins estava escuro com homens em pânico correndo para o leste. Os ianques estavam abandonando suas barracas, sua artilharia e seus feridos. Cavaleiros galopavam em meio aos fugitivos que corriam para a noite, deixando para os rebeldes as duas casas, os pinheiros despedaçados e o reduto coberto de sangue.

— Meu Deus. — Jenkins cuspiu um jato de sumo de tabaco que atingiu uma das bandeiras nortistas capturadas. — Sem dúvida os ianques são ótimos corredores!

Restava luz suficiente para ajudar os rebeldes vitoriosos a saquear os acampamentos abandonados, mas não o bastante para transformar a vitória do dia em triunfo. Os nortistas não seriam impelidos para o pântano. Em vez disso, seus oficiais interromperam a fuga em pânico pouco mais de dois quilômetros a leste da encruzilhada e lá ordenaram que os batalhões castigados cavassem novas trincheiras de fuzis e derrubassem árvores para fazer novas barricadas. Canhões vieram da retaguarda nortista para reforçar a nova linha defensiva, mas à luz agonizante do dia nenhum rebelde veio desafiar as baterias recém-posicionadas.

Ao norte da ferrovia o avanço de Johnston pelo flanco vadeava até a cintura num pântano para atacar canhões protegidos pela infantaria que havia acabado de atravessar o rio. A linha ianque abriu fogo, com os canhões lançando obuses, metralha e lanternetas e fazendo as linhas cinzentas dos rebeldes tombarem ensanguentadas e despedaçadas. As linhas azuis comemoraram no crepúsculo ao ver o inimigo que antes gritava incialmente se silenciar, depois sangrar, e então ser derrotado. Homens feridos se afogaram no pântano, com o sangue escorrendo na lama fétida.

O general Johnston viu seus homens recuarem da repentina e inesperada defesa ianque. Ele estava montado em seu cavalo no alto de um morro baixo que permitia uma ótima vista do campo de batalha subitamente avermelhado pela luz do sol da tarde, que atravessava as nuvens e a fumaça da batalha. Balas passavam acima, rasgando as folhas de uma pequena árvore. Um dos seus ajudantes se remexia na sela sempre que uma bala passava perto, e a insegurança do sujeito incomodou o general.

— Você não pode se desviar de uma bala — disse rispidamente ao ajudante. — Quando a ouve, ela já passou.

O general havia sido ferido cinco vezes a serviço do antigo Exército dos Estados Unidos e sabia o que era estar sob fogo. Também sabia que a batalha cuidadosa que deveria ter lhe garantido glória e fama dera desastrosamente errado. Por Deus, alguém sofreria por causa disso, pensou de forma vingativa.

— Alguém aqui sabe onde Huger está? — perguntou, mas ninguém sabia. O general parecia ter sumido tão completamente quanto Longstreet desaparecera antes, mas ao menos Longstreet chegara enfim ao campo de batalha. Não se encontrava Huger em lugar nenhum. — Quem entregou as ordens a Huger? — perguntou Johnston de novo.

— Eu já lhe disse, senhor — respondeu o coronel Morton respeitosamente. — Foi o jovem Faulconer.

Johnston se virou para Adam.

— Ele as entendeu?

— Acho que sim, senhor.

— Como assim? Você acha? Ele fez perguntas?

— Sim, senhor. — Adam se sentia enrubescer.

— Que perguntas?

Adam tentou não demonstrar o nervosismo.

— Sobre as tropas que o senhor colocou sob o comando do general Longstreet.

Johnston franziu a testa.

— Ele não fez perguntas sobre o ataque?

— Não, senhor.

— Bom, amanhã colocaremos todos numa sala. O general Huger, o general Longstreet, depois vamos descobrir o que aconteceu hoje, e prometo que quem estragou o trabalho deste dia desejará não ter nascido. Não é, Morton?

— Sem dúvida, senhor.

— E quero que todos os ajudantes que levaram as mensagens estejam aqui — insistiu Johnston.

— Claro, senhor.

Adam olhou para a fumaça dos canhões. De algum modo, na da fúria crua de Johnston, sua ideia febril da noite anterior não parecia tão brilhante, afinal. Planejara dizer que havia esquecido, ou simplesmente que tinha sido descuidado, mas agora essas desculpas pareciam incrivelmente frágeis.

— Farei com que o responsável seja executado! — exclamou Johnston com raiva, ainda obcecado com o fracasso de seus planos cuidadosos, depois fez um gesto espalhafatoso com o braço esquerdo, que pareceu curiosamente anormal, e Adam, que estava aterrorizado com o que a investigação do dia seguinte poderia trazer, pensou por um segundo que o general estava tentando bater nele. Então viu que Johnston fora atingido no ombro direito e que havia simplesmente balançado o braço esquerdo numa tentativa desesperada de manter o equilíbrio.

O general piscou repetidas vezes, engoliu em seco, depois, hesitando, encostou a ponta dos dedos da mão esquerda no ombro direito.

— Maldição, fui acertado — avisou a Morton. — Uma bala. Maldição. — Ele estava ofegante.

— Senhor! — Morton esporeou o cavalo para ajudar Johnston.

— Tudo bem, Morton. Nada vital foi atingido. Foi só uma bala, só isso.

Johnston, desajeitado, pegou um lenço e começou a dobrá-lo, mas então um obus ianque explodiu ao pé do morro baixo e um pedaço do invólucro acertou o general bem no peito e o arrancou do cavalo. O general deu um grito, mais de perplexidade que de dor, em seguida seus ajudantes se juntaram ao redor dele para tirar seu cinto da espada, as pistolas e a casaca. A frente do uniforme de Johnston estava ficando encharcada de sangue.

— O senhor vai ficar bem — declarou um ajudante, mas o general estava inconsciente e o sangue tinha começado a escorrer da boca.

— Levem-no de volta! — O coronel Morton havia assumido o comando. — Uma maca aqui, depressa! — Outro obus ianque explodiu perto, com estilhaços sibilando no alto e rasgando mais folhas da *árvore* mais próxima.

Adam ficou olhando enquanto homens do batalhão de infantaria mais próximo traziam uma maca para o comandante do Exército. Os olhos de Johnston estavam fechados, a pele pálida e a respiração curta. Isso daria um jeito no inquérito do dia seguinte, pensou Adam, e suas esperanças cresceram. Ele iria se livrar! Tinha engendrado um fracasso e ninguém jamais saberia!

Do outro lado da planície os canhões continuavam disparando. O sol afundou atrás de nuvens outra vez e os mortos ficaram caídos nos campos molhados, os feridos gritavam e os vivos se agachavam para morder seus cartuchos e disparar as armas. O crepúsculo fazia as chamas dos canhões golpearem o lusco-fusco com um brilho mais forte. Então o anoitecer trouxe os vaga-lumes, e os canhões foram parando lentamente, até que os gritos dos agonizantes eram o ruído mais alto que restava entre a cidade e o pântano White Oak.

Chamas tremeluziam na escuridão. Não havia estrelas nem luar, apenas lampiões e pequenas fogueiras. Homens rezavam.

De manhã, sabiam, a batalha se agitaria de novo como brasas sopradas pelo sussurro de um vento até voltar a pegar fogo, mas agora, na escuridão onde os feridos pediam socorro, os dois exércitos descansavam.

A batalha chegou ao fim na manhã de domingo. Os rebeldes, agora comandados pelo general Smith, pressionaram no centro, mas os ianques tinham mandado reforços do norte do Chickahominy e era impossível arrancá-los de sua nova linha de defesa. Então os ianques pressionaram de volta e os rebeldes cederam terreno até que, ao meio-dia, os dois exércitos desistiram da luta por cansaço mútuo. Os rebeldes, sem encontrar lucro em manter a fatia de terreno que ganharam, recuaram para as linhas originais, assim deixando os ianques reocuparem a encruzilhada sob os sete pinheiros arrebentados por tiros.

Equipes de soldados cortaram madeira e fizeram piras onde os cavalos mortos foram queimados. O calor contraía os tendões dos cavalos fazendo os animais mortos parecerem se retorcer em galopes oníricos enquanto as chamas sibilavam ao redor. Os feridos foram levados a hospitais de campanha ou, do lado rebelde, foram postos em carroças e vagões-plataforma para serem levados a Richmond. Os nortistas enterraram os mortos em covas rasas porque ninguém tinha energia para cavar fundo, ao passo que os confederados empilharam seus cadáveres em carroças levadas aos cemitérios de Richmond. Na cidade, enquanto as carroças chacoalhavam pelas ruas com suas cargas de mortos e agonizantes descobertos, mulheres e crianças olhavam estupefatas.

Os ianques comemoraram. Um dos espólios da batalha foi uma grande carroça de dois andares que o Richmond Exchange Hotel usava antigamente para levar os hóspedes às estações ferroviárias da cidade. Ela fora trazida ao campo de batalha para servir como ambulância, mas o veículo atolara na lama e fora abandonado, de modo que agora os soldados da União o arrastaram para seu acampamento, oferecendo passeios de dois centavos pela Broadway. Todos a bordo para o Battery, gritavam. Os nortistas declararam que a batalha foi uma vitória. Não tinham repelido os famosos confederados que estavam em número muito superior? E, quando o doente, trêmulo e débil McClellan apareceu a cavalo em meio aos destroços de armões queimados, canhões despedaçados, capim sangrento e fuzis destruídos, foi recebido com gritos de comemoração como se fosse um herói conquistador. Uma banda de Nova York recebeu-o com "Hail to the Chief". O general, elegantemente, tentou fazer um discurso, mas sua voz estava fraca e apenas alguns homens o ouviram declarar que eles haviam testemunhado o último golpe desesperado do exército rebelde, e que em breve, muito em breve, ele iria levá-los ao coração da secessão e lá derrotá-la por completo.

Dos dois lados das linhas, regimentos formaram quadrados para o culto dominical. Regimentos católicos tiveram missas, protestantes ouviram as Escrituras e todos agradeceram a Deus por estarem vivos. Vozes vigorosas de homens cantaram hinos, com o som lamentoso num campo de batalha que recendia a morte e a fumaça.

Nathaniel e Lassan passaram a noite com a brigada de Micah Jenkins, mas à tarde, depois que a batalha chegou ao fim, voltaram passando pelos buracos dos obuses e pelas fileiras de homens mortos por metralha até encontrar o quartel-general do exército numa pequena casa de tábuas ao norte da estrada. Nate pediu orientações lá e depois, parado na estrada, separou-se de Lassan, mas não antes de insistir que o francês ficasse com o cavalo de seu irmão.

— Você deveria vender o cavalo! — censurou Lassan.

Nathaniel balançou a cabeça.

— Estou em dívida com você.

— Por que, *mon ami*?

— Pela minha vida.

— Ah, bobagem! Num campo de batalha essas dívidas vêm e vão, como os desejos de uma criança.

— Mas estou em dívida com você — insistiu.

Lassan gargalhou.

— No fundo você é um puritano. Deixa o medo do pecado montá-lo como um jóquei. Certo, vou pegar o cavalo como castigo por seus pecados imaginários. Vamos nos encontrar em breve, certo?

— Espero que sim — respondeu Nate, mas apenas se o jogo que ele estava contemplando desse resultado. Caso contrário, pensou, estaria pendurado numa trave alta num amanhecer frio, e sentiu a tentação de jogar fora o papel de Pinkerton. — Espero que sim — repetiu, resistindo à tentação.

— E lembre-se do que lhe ensinei: mire baixo para os homens e alto para as mulheres. — Ele trocou um aperto de mão com Nate. — Boa sorte, amigo.

O francês foi se apresentar ao quartel-general dos confederados enquanto Nathaniel caminhava lentamente para o norte com seu punhado de espólios do campo de batalha. Havia uma bela navalha nortista com cabo de marfim, um pequeno binóculo de ópera e uma jarra de pedra com café frio. Tomou o café enquanto andava e jogou fora a garrafa vazia quando chegou ao campo onde a Brigada Faulconer estava acampada.

Era hora de fazer o que Sally lhe dissera tanto tempo atrás; era hora de lutar.

Ele entrou no acampamento quando os soldados estavam sendo dispensados de entrar em formação à tarde para o culto. Evitou deliberadamente as linhas da legião; em vez disso, foi para as barracas do quartel-general, agrupadas ao redor de dois pinheiros que tiveram os galhos retirados para servir como mastros de bandeiras. A árvore mais alta tinha uma bandeira de batalha da Confederação, a ligeiramente mais curta estava com a bandeira adaptada do brasão dos Faulconers com seu lema " Sempre Ardente". Nelson, o serviçal do general Washington Faulconer, foi o primeiro homem a ver Nathaniel no acampamento.

— O senhor deve ir embora, Sr. Starbuck. Se o patrão o vir, vai mandar prendê-lo!

— Tudo bem, Nelson. Disseram-me que o senhor Adam está aqui. É verdade?

— Está, senhor. E dividindo a barraca com o capitão Moxey, até que arranjem uma nova para ele. O patrão ficou muito feliz porque ele voltou.

— Agora Moxey é capitão? — perguntou Nate, achando divertido.

— É ajudante do general, senhor. E o senhor não deveria estar aqui, não deveria. O general não o suporta, senhor.

— Mostre a barraca de Moxey, Nelson.

Era uma barraca grande, servindo não somente como dormitório mas também como escritório da brigada. Havia duas camas de campanha, duas mesas compridas e duas cadeiras, tudo num piso de tábuas. A cama de Moxey tinha uma pilha de roupas sujas e equipamento largado, ao passo que a bagagem de Adam estava ao pé de seus cobertores muito bem dobrados. As mesas estavam cobertas pela papelada que o serviço militar gerava, todas com pedras em cima mantendo os formulários a salvo do vento fraco que passava pelas abas da porta e das janelas.

Nate se sentou numa cadeira dobrável de lona. O sol do meio-dia, quase encoberto pelas nuvens, adquiria num tom amarelo leproso por causa da lona. Ele viu um revólver Savage, da Marinha, em meio aos pertences de Moxey embolados na cama, e pegou a arma assim que os primeiros oficiais começaram a voltar para o quartel-general. Os cascos dos cavalos batiam no chão, serviçais e escravos corriam para pegar as rédeas enquanto os cozinheiros dos oficiais levavam a refeição da tarde para as mesas. Nate viu que o Savage estava descarregado, mas, típico do descuido de Moxey, ainda havia uma cápsula de percussão não disparada em cima de um cone. Ele girou o tambor até que a cápsula estivesse na próxima posição de disparo, depois ergueu o olhar justo quando o capitão Moxey passou pela porta, abaixando-se. Nate sorriu, mas não disse nada.

Moxey o olhou boquiaberto.

— Você não deveria estar aqui, Starbuck.

— As pessoas vivem me dizendo isso. Estou começando a sentir nitidamente que não me querem, Moxey. Mas mesmo assim estou aqui, portanto vá brincar em outro lugar.

— Essa barraca é minha, Starbuck, portanto... — Moxey parou abruptamente quando Nate levantou o revólver pesado. Ele ergueu as mãos. — Ei, Starbuck. Por favor! Seja sensato!

— Bangue! — disse Nate, depois puxou o gatilho inferior da arma, que posicionava o percussor e girava o tambor. — Vá embora.

— Ei, Starbuck, por favor! — gaguejou Moxey, depois guinchou quando Nathaniel puxou o gatilho de cima, fazendo a cápsula de percussão estalar raivosa.

Moxey deu um grito e saiu correndo, enquanto Nate tirava os pedaços de cobre queimados e despedaçados de cima do cone. O ar da barraca ficou azedo por causa de uma leve camada de fumaça adstringente.

Adam entrou alguns segundos depois. Parou ao ver Nate e seu rosto ficou subitamente pálido, mas talvez isso fosse apenas o efeito da lona filtrando a luz.

— Nate — disse Adam numa voz que não era receptiva nem de rejeição, mas que tinha um tom levemente resguardado.

— Olá, Adam — respondeu, animado.

— Meu pai...

— ... não vai gostar de saber que eu estou aqui — continuou Nate para o amigo. — Nem o coronel Swynyard. Moxey também não aprova minha presença, estranhamente. Mas não sei por que, em nome de Deus, deveríamos nos importar com o que Moxey pensa. Quero falar com você.

Adam olhou para a arma na mão de Nate.

— Andei pensando em onde você estava.

— Estive com o meu irmão James. Lembra-se de James? Estive com ele e com o chefe dele, que é um homenzinho rude chamado Pinkerton. Ah, e estive com McClellan também. Não devemos esquecer o general de divisão McClellan, o Jovem Napoleão. — Nathaniel olhou para o cano do Savage. — Moxey deixa a arma suja. Se não a limpar, um dia ela vai explodir a mão dele. — Olhou de novo para Adam. — James mandou lembranças.

A barraca se agitou violentamente quando um homem atravessou a entrada. Era Washington Faulconer, com o belo rosto vermelho de raiva. O coronel Swynyard estava atrás do general, mas ficou fora, à luz esmaecida, enquanto Faulconer encarava seu inimigo.

— O que você está fazendo aqui, Starbuck? — perguntou o general Faulconer.

— Conversando com Adam — disse Nathaniel em tom afável. Ele estava suprimindo o nervosismo. Poderia não gostar de Washington Faulconer, mas o sujeito ainda era um inimigo poderoso, além de ser um general.

— Levante-se quando falar comigo — ordenou Faulconer. — E largue essa arma — acrescentou depois de Nathaniel se levantar obedientemente.

Faulconer confundiu obediência com subserviência. O general havia entrado na barraca com a mão direita no punho de seu próprio revólver, mas agora relaxou.

— Eu ordenei que você saísse da minha legião, Starbuck, e, quando dei essa ordem, pretendi que você ficasse bem longe dos meus homens. De todos os meus homens, especialmente da minha família. Você não é bem-vindo aqui, nem como visita. E vai sair agora.

O general havia falado com dignidade, mantendo a voz baixa, de modo que os curiosos por perto não ouvissem o confronto no interior da barraca.

— E se eu não for? — perguntou Nathaniel com a voz igualmente baixa.

Um músculo estremeceu no rosto de Washington Faulconer, revelando que o general estava muito mais nervoso do que sua postura revelava. A última vez que os dois se encararam fora na tarde da batalha de Manassas, e naquela noite Faulconer fora humilhado e Nate havia triunfado. Washington Faulconer estava decidido a se vingar.

— Você vai embora, Starbuck — disse o general, cheio de confiança. — Não há nada para você aqui. Não precisamos de você e não queremos você, portanto pode se arrastar de volta para sua família ou para aquela puta em Richmond, e pode fazer isso por conta própria ou preso. Mas você vai. Eu mando aqui e ordeno que vá. — Faulconer ficou de lado e sinalizou para a porta da barraca. — Vá.

Nathaniel abriu o bolso de cima da casaca puída que ele havia tirado do morto da Carolina do Sul e pegou a Bíblia que James lhe dera. Olhou para Adam e viu que o amigo reconheceu o livro.

— Pai — interveio Adam em voz baixa.

— Não, Adam! — disse o general com firmeza. — Eu conheço a sua natureza, sei que você vai apelar por seu amigo, mas não há apelação. — Faulconer olhou com desprezo para Nathaniel Starbuck. — Guarde sua Bíblia e vá. Ou então chamarei a polícia.

— Adam? — instigou Nate.

Adam sabia o que Nathaniel queria dizer. A Bíblia era o símbolo de James, e James era o parceiro de Adam na espionagem, e a consciência culpada de Adam era forte o bastante para fazer a ligação entre a Bíblia e sua traição à causa do pai.

— Pai — repetiu Adam.

— Não, Adam — insistiu Faulconer.

— Sim! — Adam soltou a palavra num volume surpreendentemente alto, deixando o pai atônito. — Preciso falar com Nate. E depois falo com o senhor. — Havia um sofrimento absoluto em sua voz.

Washington Faulconer sentiu a certeza desmoronar como uma linha de batalha se despedaçando sob fogo de canhão. Passou a língua pelos lábios.

— O que vocês têm a conversar? — perguntou ao filho.

— Por favor, pai!

— O que está acontecendo? — exigiu saber Faulconer. Swynyard estava agachado junto à entrada da barraca, tentando ouvir. — O que está acontecendo? — apelou Faulconer. — Diga, Adam!

Com o rosto ainda pálido, Adam apenas balançou a cabeça.

— Por favor, papai.

Porém Washington Faulconer ainda não estava pronto para se render. Pôs a mão de volta na pistola e olhou furioso para Nathaniel.

— Para mim já basta. Não vou ficar aqui parado enquanto você torna nossa vida um sofrimento de novo, portanto simplesmente dê o fora! Agora!

— General? — disse Nate num tom tão afável e respeitoso que momentaneamente deixou Washington Faulconer perplexo.

— O que foi? — perguntou ele cheio de suspeitas.

Nate deu um leve sorriso ao seu inimigo.

— Só estou pedindo permissão para me juntar de novo à legião, senhor. Nada mais, só quero isso.

— Vou chamar a polícia — declarou o general Faulconer num tom seco, e se virou para a entrada da barraca.

— Para quem? — perguntou Nathaniel com a voz suficientemente enérgica para conter Washington Faulconer. — Se eu não falar com Adam agora — continuou sem remorso —, garanto que o nome Faulconer afundará na história da Virgínia com o de Benedict Arnold. Vou arrastar sua família tão fundo na lama que nem os porcos vão se deitar nos seus lençóis. Vou destruir o seu nome, general, e toda a nação vai cuspir nos restos dele.

— Nate! — apelou Adam.

— Faulconer e Arnold.

Nathaniel esfregou a ameaça na cara dos dois, e, enquanto dizia o nome do traidor, sentiu a empolgação do jogo, a mesma emoção que o havia atravessado quando fizera o flanco ianque virar no penhasco de Ball. Ele fora até lá sozinho, armado apenas com um pedaço de papel sem poder, e estava derrotando um general cercado por sua própria brigada. Nate poderia ter gargalhado com o sucesso e a arrogância desse momento. Ele era um soldado, estava atacando um inimigo poderoso, e estava vencendo.

— Venha conversar! — disse Adam a Nathaniel, e se virou na direção da entrada da barraca.

— Adam? — chamou o pai.

— Daqui a pouco, pai, daqui a pouco. Primeiro Nate e eu precisamos conversar! — avisou Adam enquanto saía ao sol.

Nate sorriu.

— É bom estar de volta à legião, general.

Por um segundo, Nate pensou que Washington Faulconer iria abrir o coldre e sacar o revólver, mas então o general se virou e saiu da barraca.

O nortista foi atrás. O general e Swynyard estavam se afastando, espalhando o grupo de espectadores que se juntaram para escutar a conversa no interior da barraca. Adam segurou o braço de Nate.

— Venha.

— Não quer conversar aqui?

— Vamos andar — insistiu Adam, e levou Starbuck pelo círculo de oficiais perplexos e silenciosos.

Eles atravessaram o campo e subiram até o topo de uma colina coberta de árvores onde cresciam olaias e carpinos. As olaias estavam floridas, de um rosa opaco e glorioso. Adam parou ao lado de uma árvore caída e se virou para olhar por cima do acampamento, em direção à cidade distante.

— O quanto você sabe? — perguntou a Nathaniel.

— Quase tudo, acho. — Ele acendeu um charuto, depois se sentou no tronco caído e observou a fumaça distante de uma locomotiva. Achou que o trem estaria levando baixas para Richmond, mais corpos para os barracões na colina Chimborazo ou para as sepulturas à sombra de flores no Cemitério Hollywood.

— Quero que a guerra termine, veja bem — começou Adam, rompendo o silêncio. — Eu estava errado, Nate, o tempo todo. Não deveria ter usado o uniforme, nunca. Esse foi o meu erro. — Ele estava agitado, inseguro, talvez irritado com o silêncio de Nate. — Não acredito na guerra — continuou em tom de desafio. — Acho que ela é um pecado.

— Mas não é um pecado compartilhado igualmente pelos dois lados?

— Não. O norte está moralmente certo. Nós estamos errados. Você consegue ver isso, não consegue? Certamente consegue ver.

Como resposta, Nathaniel pegou o embrulho impermeável no bolso e soltou a costura. Enquanto abria o algodão encerado, contou a Adam que uma das cartas dele havia sido interceptada quando Webster fora preso, e que as autoridades suspeitavam que Starbuck era o autor, e que, depois de passar por esse sofrimento, ele fora mandado atravessar as linhas para descobrir o verdadeiro traidor.

— Um homem muito apavorante em Richmond me mandou, Adam. Ele queria saber quem tinha escrito a carta, mas eu sabia que era você. Ou adivinhei que era você. — Nate tirou o papel bem dobrado de dentro do invólucro impermeável. — Eu deveria levar esse papel de volta a Richmond. É a prova que eles querem. Ele cita você como espião.

O papel não revelava nada disso; era meramente a lista de perguntas que Pinkerton e McClellan haviam feito antes que o general contraísse a febre do Chickahominy, mas havia a impressão circular de um carimbo de borracha na parte de baixo da carta, dizendo "Lacrada por ordem do chefe do Serviço Secreto do Exército do Potomac", e Nathaniel deixou Adam ver o lacre antes de dobrar a carta num quadrado.

Adam estava apavorado demais para questionar a declaração ousada de Nathaniel, de que o papel era indício de sua culpa. Tinha visto o lacre e as precauções elaboradas para proteger o papel da umidade, e o que vira era prova suficiente. Não fazia ideia de que tudo era um blefe, que o papel não o incriminava e que o sujeito apavorante de Nate em Richmond estava sete palmas debaixo da terra. Na verdade, Nate tinha uma cartada sem consistência, mas Adam se sentia culpado demais para perceber que o amigo blefava.

— E o que você vai fazer? — perguntou Adam.

— O que eu não vou fazer é ir ao homem apavorante de Richmond lhe entregar esta carta. — Ele colocou a carta dobrada no bolso do peito, junto da Bíblia. — O que você pode fazer — sugeriu — é atirar em mim agora mesmo. Depois pode pegar a carta e ninguém vai saber que você era um traidor.

— Não sou traidor! — Adam se eriçou. — Meu Deus, Nate, isto era um único país há apenas um ano! Você e eu tirávamos o chapéu para a mesma bandeira, comemorávamos juntos o Quatro de Julho e tínhamos lágrimas nos olhos quando tocavam o hino dos Estados Unidos. Então como posso ser um traidor se tudo que estou fazendo é lutar pelo que aprendi a amar?

— Porque, se você tivesse sido bem-sucedido, homens que são seus amigos teriam morrido.

— Mas um número menor deles! — gritou Adam em protesto. Havia lágrimas nos olhos dele ao virar as costas para Nate e olhar para além da terra verde, em direção às torres das igrejas e dos telhados escuros de

Richmond. — Você não entende, Nate, que, quanto mais essa guerra durar, mais mortes acontecerão?

— Então você ia acabar com ela sozinho?

Adam notou o tom de escárnio.

— Eu ia fazer a coisa certa, Nate. Você se lembra de quando procurava a coisa certa? Quando rezava comigo? Quando lia a Bíblia? Quando a vontade de Deus era mais importante que qualquer coisa nesta terra? O que aconteceu com você, pelo amor de Deus?

Nathaniel olhou para o amigo raivoso.

— Encontrei uma causa.

— Uma causa! — Adam zombou da palavra. — O sul? Dixie? Você nem conhece o sul! Não viajou ao sul do atracadouro de Rockett em toda a vida! Você já viu os campos de arroz da Carolina do Sul? Viu as plantações do delta? — A raiva de Adam era eloquente e feroz. — Quer uma visão do inferno na terra, Nate Starbuck, viaje para ver o que você está defendendo. Desça o rio, Nate, e ouça os chicotes, veja o sangue e olhe as crianças sendo estupradas! Depois venha me falar da sua causa.

— E qual é a sua causa moral? — Nathaniel tentou recuperar a vantagem na discussão. — Você acha que, vencendo esta guerra, o norte vai tornar os escravos felizes? Acha que eles serão mais bem servidos do que os pobres que estão nas fábricas do norte? Você esteve em Massachusetts, Adam, viu as fábricas em Lowell. Aquilo é a sua nova Jerusalém?

Adam balançou a cabeça, cansado.

— Os Estados Unidos tiveram essa discussão mil vezes, Nate, depois tivemos uma eleição e resolvemos a contenda na urna, e foi o sul que não quis aceitar a decisão. — Ele abriu as mãos como se mostrasse que não queria ouvir mais a velha discussão sem sentido. — Minha causa é fazer o que é certo, nada mais.

— E enganar o seu pai? Você se lembra do verão passado? No Condado de Faulconer? Você me perguntou como eu podia sentir medo do meu pai e não sentir medo da batalha. Então por que não diz ao seu pai em que você acredita?

— Porque isso partiria o coração dele — respondeu Adam simplesmente. Ele ficou em silêncio, olhando para o norte, onde uma curva do Chickahominy surgia como um clarão de luz na paisagem verde. — Veja só, eu achei que poderia montar nos dois cavalos ao mesmo tempo, que poderia servir ao meu país e ao meu estado, e que, se a guerra acabasse depressa, meu pai jamais saberia que traí um pelo outro. — Ele fez uma pausa. — E isso ainda pode acontecer. McClellan só precisa pressionar.

— McClellan não pode pressionar. Ele é um pavão, cheio de pose e sem fôlego. Além disso, acha que nós estamos em superioridade numérica. Eu garanti isso.

Adam se encolheu diante do tom de Nate, mas não disse nada durante um longo tempo. Depois suspirou.

— James me traiu?

— Ninguém traiu você. Eu descobri tudo sozinho.

— O esperto Nate — disse Adam com tristeza. — O esperto e equivocado Nate.

— O que o seu pai vai fazer se descobrir que você estava traindo o sul? Adam olhou para ele.

— Você vai contar a ele? Você já quase contou, então agora vai dizer o resto, é isso?

Nathaniel balançou a cabeça.

— O que eu vou fazer, Adam, é descer até aquelas barracas, vou encontrar Pica-Pau Bird e dizer que voltei a ser o capitão da Companhia K. É isso que eu vou fazer, a não ser que alguém venha me chutar outra vez da legião, e nesse caso vou a Richmond encontrar um homem maligno e inteligente e fazer com que ele cuide das coisas, em vez de eu cuidar.

Adam franziu a testa diante da ameaça implícita.

— Por quê? — perguntou, depois de um tempo em silêncio.

— Porque é nisso que eu sou bom. Descobri que gosto de ser soldado.

— Na brigada do meu pai? Ele odeia você! Por que não entra para outro regimento?

Por um instante Nathaniel não respondeu. A verdade é que não tinha status para entrar em outro regimento, pelo menos como capitão, porque seu pedaço de papel só era útil como arma contra a família Faulconer. Mas também havia uma verdade mais profunda. Nate estava começando a entender que a guerra não podia ser abordada pela metade. Um homem não pode brincar com a matança assim como um cristão não pode flertar com o pecado. A guerra precisava ser abraçada, celebrada, bebida por completo, e apenas uns poucos homens sobreviviam a esse processo, mas esses poucos resplandeciam através da história como heróis. Washington Faulconer não era um homem assim. Faulconer gostava dos atavios do alto posto militar, mas não tinha gosto pela guerra, e de repente Nate percebeu com bastante clareza que, se sobrevivesse às balas e aos projéteis dos canhões, um dia comandaria essa brigada precária na batalha. Seria uma Brigada Starbuck, e que Deus ajudasse o inimigo quando esse dia chegasse.

— Porque não se foge dos inimigos — respondeu por fim.

Adam meneou a cabeça com pesar.

— Nate Starbuck — disse em tom amargo. — Apaixonado pela guerra e por ser soldado. É porque você fracassou em todo o resto?

— Esse é o meu lugar. — Ele ignorou a pergunta amarga de Adam. — E não é o seu. Portanto o que você vai fazer, Adam, é convencer o seu pai a me deixar ser capitão da Companhia K da legião. Como vai fazer isso é da sua conta. Não precisa contar a verdade.

— O que mais posso contar a ele? — perguntou Adam, desanimado. — Você sugeriu o suficiente.

— Você e seu pai têm uma opção: fazer isso em particular ou ter a verdade arrastada ao ar livre. Acho que sei o que seu pai preferiria. — Fez uma pausa, depois enfeitou o blefe com outra mentira. — E vou escrever ao velho em Richmond e dizer que o espião morreu. Vou dizer que ele foi morto na batalha de ontem. Afinal, sua carreira de espião terminou, não é?

Adam ouviu o sarcasmo e se encolheu. Depois olhou intensamente para Nathaniel.

— Eu tenho outra opção, lembre-se.

— Tem?

Adam desabotoou a aba que mantinha o revólver em seu coldre e sacou a arma. Era um revólver Whitney dispendioso com as laterais do cabo de marfim e tambor gravado com relevos. Pegou uma pequena cápsula de percussão e escorvou uma câmara carregada.

— Pelo amor de Deus, não se mate — disse Nate, alarmado.

Adam girou o tambor de modo que a câmara carregada estivesse pronta para entrar sob o percussor.

— Às vezes pensava em suicídio, Nate — disse em voz afável. — Na verdade, pensei com frequência em como seria abençoado não ter de me preocupar em fazer a coisa certa, não ter de me preocupar com papai, nem ter de me preocupar pensando se Julia me ama ou se eu a amo. Você não acha a vida complicada? Ah, Deus do céu, eu acho que ela é complexa demais. Porém, nas orações, Nate, e em tudo que pensei nestas últimas semanas, encontrei uma certeza. — Ele fez um gesto com o revólver carregado, girando a arma por todo o amplo horizonte. — Este é o país de Deus, Nate, e Ele nos colocou aqui com um propósito, e esse propósito não era matarmos uns aos outros. Acredito nos Estados Unidos da América, e não nos Estados Confederados, e acredito que Deus fez os Estados Unidos para serem um exemplo e uma bênção para o mundo. Portanto, não, não vou me matar, porque me matar não fará o auge americano se aproximar um dia sequer, assim como nenhuma morte na batalha o fez. — Ele ajeitou o braço e baixou o cano da arma até apontar para a testa de Nathaniel. — Mas, como você disse, Nate, eu poderia matar você e ninguém ficaria sabendo.

Starbuck olhou para a arma. Podia ver os cones pontudos das balas nas câmaras inferiores e soube que uma bala daquelas o encarava no cano escuro. A arma tremia levemente na mão de Adam enquanto Nathaniel olhava para além dela, para o rosto pálido e sério do amigo.

Adam engatilhou o revólver. O som do percussor se posicionando foi muito alto.

— Você se lembra de quando conversávamos em Yale? — perguntou Adam. — Como nos orgulhávamos do fato de que Deus tornava tão difícil ser virtuoso? Era mais fácil ser um pecador, e muito difícil ser cristão. Mas você desistiu de ser um cristão, não é, Nate? — A arma ainda tremia, o cano captando e refletindo a última luz do sol. — Lembro-me de quando conheci você, Nate. Eu me preocupava muito com as dificuldades da vida, com as dificuldades de saber qual era a vontade de Deus, e então você chegou e achei que nada seria tão difícil outra vez. Pensei que você e eu compartilharíamos o fardo. Achei que andaríamos juntos pelo caminho de Deus. Eu estava errado, não estava?

Nathaniel não disse nada.

— O que você está pedindo de mim — disse Adam — é o que não tem força para fazer. Está pedindo que eu enfrente o meu pai e parta o coração dele. Sempre achei que você era o mais forte de nós dois, mas estava errado, não é? — Adam parecia à beira das lágrimas.

— Se você tivesse coragem, não atiraria em mim. Iria lutar pelos ianques.

— Não preciso mais do seu conselho. Já estou farto dos seus conselhos imundos pelo resto da vida, Nate. — Então ele puxou o gatilho.

A arma espocou ruidosamente, mas Adam havia erguido o cano no último instante para disparar na árvore acima da cabeça de Nate. A bala atravessou um cacho de flores vermelhas, espalhando as pétalas nos ombros de Starbuck.

Nathaniel se empertigou.

— Estou indo para a legião. Você sabe onde me encontrar.

— Sabe como chamam essa árvore? — perguntou Adam enquanto Nate se afastava.

Nathaniel se virou e parou enquanto tentava descobrir o truque da pergunta. Não encontrou nenhum.

— Uma olaia, por quê?

— Ela é chamada de árvore-de-judas, Nate. Árvore-de-judas.

Nathaniel olhou para o rosto do amigo.

— Adeus, Adam.

Mas não houve resposta, e ele desceu sozinho para a legião.

— Ouviu a novidade? — perguntou Thaddeus Bird quando Nathaniel se apresentou em sua barraca.

— Eu voltei.

— Voltou mesmo — disse Bird, como se o aparecimento súbito de Nathaniel Starbuck fosse totalmente corriqueiro. — Meu cunhado sabe que você está sob o comando dele outra vez?

— Está descobrindo agora mesmo. — Nate vira Adam ir à barraca do pai.

— E você acha que o general vai aprovar? — perguntou Bird, duvidando. Ele escrevia uma carta antes e agora pousou a pena na beira do caixote de alimentos que servia como mesa.

— Não acho que ele vá me expulsar da legião.

— Você é cheio de mistérios, jovem Starbuck. Bom, tenho certeza de que o Sr. Truslow ficará satisfeito em vê-lo. Por algum motivo ele parece ter lamentado sua ausência. — Bird pegou a pena e mergulhou a ponta no tinteiro. — Presumo que você tenha ouvido a novidade.

— Que novidade?

— Temos um novo comandante no Exército.

— Temos?

— Robert E. Lee. — Bird deu de ombros como se sugerisse que a notícia nem valia ser mencionada.

— Ah.

— Exato. Ah. Parece que o presidente não confiava em Smith para substituir Johnston, por isso a Vovó Lee, nosso Rei de Espadas, ganhou o emprego. Mesmo assim, nem mesmo o Rei de Espadas pode ser pior que

Johnston, pode? Ou talvez possa. Talvez o melhor que possamos esperar é que Lee seja um tanto melhor que sua reputação.

— McClellan acha que Lee carece de força moral.

— Você sabe isso com certeza, jovem Starbuck?

— Sim, senhor, sei. McClellan me disse na semana passada.

— Esplêndido, bom, saia. — Bird acenou imperiosamente.

Nathaniel fez uma pausa.

— É bom voltar, senhor.

— Deite cedo, Starbuck, vamos estar de serviço de piquete a partir da meia-noite. O major Hinton levará suas ordens.

— Sim, senhor.

— E dê um dólar ao sargento Truslow.

— Um dólar, senhor?

— Dê-lhe um dólar! É uma ordem. — Bird fez uma pausa. — Fico feliz por você ter voltado, Nate. Agora saia.

— Sim, senhor.

Nate foi andando entre as fileiras, ouvindo o som triste e distante de um violino. Mas a tristeza não o tocou, ao menos por enquanto, porque agora estava de volta ao seu lugar. O cabeça-de-cobre estava em casa.

Epílogo

A Companhia K começou a perecer três semanas depois. Joseph May foi o primeiro. Estava pegando água quando um obus desgarrado caiu perto do córrego. Seus novos óculos foram arrancados do rosto, uma lente foi despedaçada e a outra ficou tão coberta de sangue que parecia que o vidro era cor de rubi.

Durante todo esse dia a legião esperou enquanto uma batalha martelava logo ao norte. Os canhões soavam do amanhecer ao crepúsculo, mas a nuvem de fumaça nunca mudava de lugar, prova de que, apesar de todos os ataques rebeldes, os ianques não recuavam. Mas naquela noite, depois do fim do combate, o exército nortista se deslocou para novas posições mais a leste. No alvorecer eles podiam ser ouvidos cavando, e os rebeldes souberam que haveria serviço árduo pela frente, se os barrigas-azuis tivessem de ser empurrados para longe de Richmond. James Bleasdale morreu naquela manhã. Subiu numa árvore para pegar ovos de um ninho e um atirador ianque o acertou no pescoço. Estava morto antes de bater no chão. Nathaniel escreveu para a mãe dele, uma viúva, e tentou encontrar palavras que pudessem sugerir que o filho não morrera em vão.

"Certamente a falta dele será sentida", escreveu Nate, mas não era verdade. Ninguém gostava particularmente de Bleasdale, mas também não desgostava. O som de tiros anunciou que a expedição do sargento Truslow havia localizado o atirador ianque, mas o sargento voltou desconsolado.

— O filho da puta deu o fora — avisou, depois se virou para olhar o major Bird. — Ele enlouqueceu.

De fato, o major Bird estava se comportando mais estranhamente que o normal. Andava pelo acampamento com um passo curioso, como caranguejo, às vezes avançando alguns passos, depois parando com os pés juntos e um braço estendido, antes de se virar de súbito e recomeçar toda a sequência estranha. De vez em quando interrompia a curiosa cabriola para informar a um grupo de homens que eles deveriam estar prontos para marchar dali a uma hora.

— Ele enlouqueceu — repetiu Truslow, depois de examinar de novo o estranho passo do major.

— Estou aprendendo a dançar — explicou Bird a Nate, e fez o giro completo com uma parceira imaginária nos braços magros.

— Por quê?

— Porque dançar é um complemento gracioso do alto posto. Meu cunhado acaba de me promover a tenente-coronel.

— Parabéns, Pica-Pau. — Nathaniel estava genuinamente satisfeito.

— Parece que ele tem poucas opções, agora que Adam se demitiu da peleja.

Apesar do declarado desprezo pela hierarquia militar formal, Pica-Pau Bird não conseguia esconder o prazer.

— Ele tinha menos opções ainda depois que todo mundo votou em você — resmungou Truslow.

— Votou! Você acha que devo meu status militar à mera democracia? À ralé-cracia? Eu sou um gênio, sargento, ascendendo como um cometa através de oceanos de mediocridade. E também misturo metáforas. — Bird olhou para o papel no colo de Nathaniel. — Está escrevendo metáforas para a mãe Bleasdale, Nate?

— As mentiras de sempre, Pica-Pau.

— Então conte algumas incomuns. Diga que o filho maçante dela foi promovido à glória, que foi liberado dos laços desta terra e agora trina no coro eterno. Diga que ele saracoteia no seio de Abraão. Sara Bleasdale vai gostar disso, ela sempre foi idiota. Meia hora, Starbuck, depois marchamos.

Bird se afastou com sua dança, girando uma parceira invisível por cima de esterco de vaca no campo onde a legião havia dormido sob as estrelas.

O general Lee estava ao lado da estrada enquanto a legião marchava para fora do acampamento. Montava empertigado num cavalo cinza cercado por seu estado-maior, tocando o chapéu para cada companhia.

— Devemos expulsá-los — dizia a cada companhia em tom de conversa, e no meio-tempo tinha conversas desconfortáveis sobre amenidades com Washington Faulconer. — Expulsem-nos, rapazes, expulsem-nos — repetiu Lee, desta vez à companhia que marchava à frente da de Nathaniel, e, quando o general se virou para Faulconer de novo, descobriu que o brigadeiro havia se afastado inexplicavelmente. — Empurre-os, Faulconer! — gritou Lee, intrigado com a partida súbita de Faulconer.

O afastamento repentino de Faulconer não era mistério para a legião, que notara como seu general evitava assiduamente a Companhia K. Ele havia jantado com os oficiais de cada um dos outros regimentos da brigada, mas ignorava a legião caso fosse obrigado a reconhecer a presença de Nate. Faulconer disse a Swynyard que não queria que parecesse que ele favorecia o regimento que levava o seu nome, e por esse mesmo motivo disse que decidira não nomear o filho para a Legião Faulconer, mas ninguém acreditava nisso. Segundo diziam, Adam estava doente na casa de campo do pai, mas algumas pessoas, como Bird e Truslow, suspeitavam que a enfermidade tinha a ver com o retorno de Nathaniel. O próprio Starbuck se recusava a falar sobre isso.

— Expulsem-nos, rapazes, expulsem-nos — disse Lee à Companhia K, levando a mão ao chapéu.

Atrás do general um trecho de floresta estava lascado e chamuscado pela luta do dia anterior. Um grupo de negros recolhia cadáveres, arrastando-os para uma cova recente. Logo depois da curva outro negro estava pendurado, morto, numa árvore, com uma placa mal escrita. "Esse criolo era guia dos ianque", dizia a placa. Lee, acompanhando a Companhia K pela estrada, ordenou com raiva que o cadáver fosse retirado.

O general se separou da legião numa encruzilhada onde uma taverna oferecia alojamento pela noite por cinco centavos. Um grupo de prisioneiros nortistas desconsolados estava sentado nos degraus da taverna, vigiados por dois soldados da Geórgia que não pareciam ter mais de 14 anos. Um obus explodiu no ar a quase um quilômetro dali, a fumaça súbita e silenciosa no céu perolado. O som chegou um instante depois, em seguida um estalo de mosquetes rasgou a manhã espantando um bando de pássaros das árvores. Uma bateria de canhões confederados se posicionou num campo à direita da estrada. Homens em mangas de camisa conduziram as parelhas de cavalo para longe dos canhões, enquanto outros artilheiros enchiam com água da vala os baldes com esponjas. Todos tinham a aparência eficiente e indolente de trabalhadores iniciando os preparativos do dia.

— Coronel Bird! Coronel Bird! — O capitão Moxey se aproximou a meio galope pela linha de marcha da legião. — Onde está o coronel Bird?

— No meio das árvores — gritou de volta o sargento Hutton.

— O que ele está fazendo no meio das árvores?

— O que o senhor acha?

Moxey virou seu cavalo.

— Ele deve se apresentar ao general Faulconer. Há um moinho adiante. — Ele apontou para uma estrada lateral. — Ele vai para lá. Chama-se Moinho de Gaines.

— Vamos dizer a ele — disse Truslow.

Moxey atraiu inadvertidamente o olhar de Nathaniel e no mesmo instante bateu as esporas no cavalo para seguir em frente.

— Não vamos vê-lo perto das balas hoje — comentou Truslow secamente.

A legião esperou ao lado da estrada até Bird tomar conhecimento do destino dos homens. Claramente os ianques não estavam longe, visto que os obuses rebeldes explodiam por cima de uma floresta próxima. Tiros de fuzis soavam em saraivadas súbitas, como se os escaramuçadores dos dois lados estivessem sondando para fazer contato. A legião esperou enquanto o sol subia cada vez mais. Em algum lugar à frente um grande véu de poeira pairava no ar, prova do intenso tráfego sobre rodas numa estrada, mas ninguém sabia se eram os ianques recuando ou os rebeldes avançando. A manhã passou e a legião teve uma refeição fria com biscoitos duros, arroz com casca e água.

Bird voltou logo depois do meio-dia e chamou seus oficiais. Disse que menos de um quilômetro à frente da legião havia um cinturão de árvores. As árvores escondiam um vale íngreme pelo qual um riacho atravessava um terreno pantanoso na direção do Chickahominy. Os ianques estavam enfiados na outra margem do riacho, e o serviço da legião era expulsar os filhos da puta.

— Estamos na linha de frente — disse Bird aos oficiais das suas companhias. — Os rapazes do Arkansas estarão na nossa esquerda, o restante da brigada virá atrás de nós.

— E o brigadeiro atrás deles — acrescentou o capitão Murphy em seu débil sotaque irlandês.

Bird fingiu não ouvir a provocação.

— O rio não fica muito longe, atrás dos ianques. E Jackson está marchando para interceptá-los, de modo que talvez hoje possamos quebrá-los de uma vez por todas.

Stonewall Jackson havia trazido seu exército para a península depois de expulsar os ianques do vale do Shenandoah. As tropas nortistas no Shenandoah estavam em número maior do que Jackson, mas primeiro ele marchou em círculos à volta delas, depois as açoitou até sangrar, e agora suas tropas estavam sob as ordens de Lee, diante do exército pesado e hesitante de McClellan. Essa força, depois da luta ao redor dos sete pinheiros na encruzilhada, não tinha avançado nem recuado; em vez disso, ocupara-se em fazer uma nova base de suprimentos no rio James. Jeb Stuart havia comandado mil e duzentos cavalarianos rebeldes, com desprezo, numa cavalgada em torno de todo o exército nortista, zombando da impotência de McClellan e dando um novo herói aos patriotas sulistas. O coronel Lassan havia cavalgado com Stuart e trouxera notícias para Nate.

— Foi magnífica! — dissera Lassan com entusiasmo. — Digna da cavalaria francesa!

Ele havia trazido três garrafas de conhaque ianque saqueado, que dividiu com os oficiais da legião enquanto enchia um início de noite com histórias de batalhas distantes.

Porém McClellan não seria derrotado por cavaleiros, por mais brilhantes que fossem, e sim por homens de infantaria como os que Bird levava em direção à floresta acima do riacho. O dia estava quentíssimo. A primavera havia se transformado em verão, as flores tinham sumido, e as estradas lamacentas da península haviam secado até formar uma crosta rachada que se soltava numa poeira densa sempre que homens ou cavalos passavam.

Bird organizou oito companhias da legião numa linha de duas fileiras. O pequeno batalhão do Arkansas se formou à esquerda da legião, ao lado dos homens de Nathaniel. Eles ergueram seus estandartes. Um deles era uma antiquada bandeira confederada com listras, e o outro era preto com uma cobra branca, desenhada de modo grosseiro, enrolada no centro.

— Não é nossa bandeira de verdade — confidenciou o major do Arkansas a Nathaniel —, mas meio que gostamos dela, por isso pegamos. Antes ela era de uns rapazes de Nova Jersey. — Ele cuspiu um viscoso jato de sumo de tabaco, depois contou a Nate que ele e seus homens haviam chegado a Richmond como voluntários bem no início da guerra. — Alguns rapazes queriam ir para casa, no Arkansas, depois de Manassas, e eu entendia isso, mas fiquei dizendo a eles que havia mais ianques vivos aqui do que lá em casa, por isso acho que só ficamos para matar um pouco. — Seu nome era Haxall e seu batalhão apenas tinha pouco mais de duzentos homens, todos magros e maltrapilhos como o próprio Haxall. — Boa sorte, capitão — disse ele a Nate, depois voltou para seu pequeno batalhão no momento em que o coronel Swynyard dava a ordem de avançar. Passava do meio-dia, o que significava que Swynyard já estava com dificuldade de se manter firme na sela; no fim da tarde ele estaria incoerente e à meia-noite insensível. — Avançar! — gritou Swynyard outra vez, e a legião foi andando em direção à floresta coberta de sombras.

— Alguém sabe onde nós estamos? — perguntou o sargento Hutton à Companhia K.

Ninguém sabia. Era apenas outro trecho de terreno pantanoso sobre o qual os obuses começaram a explodir. Nathaniel ouvia os projéteis atravessando as árvores, e de vez em quando folhas se agitavam evidenciando onde um obus passava entre os galhos mais altos. Alguns projéteis explodiam no meio das árvores, outros passavam ressoando por cima da legião, em direção à bateria confederada no campo atrás. Os canhões rebeldes respondiam, enchendo o céu com o uivo trovejante de um duelo de artilharia.

— Escaramuçadores! — gritou o major Hinton. — Vá, Nate! — acrescentou em tom mais casual, e a companhia de Nathaniel Starbuck rompeu fileiras obedientemente e correu adiante para formar uma linha esparsa, cinquenta passos à frente das outras companhias.

A companhia de Nate formou grupos de quatro homens, mas ele, como oficial, estava sozinho e de repente se sentiu muito exposto. Não carregava nada que indicasse ao inimigo que ele era oficial; nem espada, nem brilho de debrum nem barra de metal na gola, mas sua própria posição solitária parecia de repente torná-lo um alvo. Nate observou a linha das árvores, imaginando se escaramuçadores nortistas esperavam lá ou, pior, se as sombras verdes esconderiam vários atiradores de elite, letais com suas miras telescópicas e seus fuzis assassinos. Sentia o coração batendo e cada passo requeria um esforço deliberado. Instintivamente mantinha a coronha de madeira do fuzil acima da virilha. Um obus explodiu a poucos metros adiante e um estilhaço do invólucro passou perto de seu ombro.

— Está feliz por ter voltado? — gritou Truslow.

— É assim que eu sempre sonhei em passar as tardes de sexta-feira, sargento — respondeu Starbuck, perplexo por sua voz soar tão despreocupada.

Olhou em volta, certificando-se de que seus homens não estavam ficando para trás, e ficou atônito ao ver que a legião era meramente uma pequena parte de uma imensa linha de infantaria vestida de cinza, que se estendia à esquerda por quase um quilômetro ou mais. Até esqueceu o medo por alguns segundos, enquanto olhava para os milhares de homens em sua oscilante linha de ataque, andando para a frente sob as bandeiras de cores vívidas.

Um obus explodiu à frente de Nathaniel, trazendo sua atenção de volta para as árvores. Ele passou rapidamente por um trecho de chão queimado onde um fragmento do invólucro soltava fumaça. Outra explosão soou, esta atrás de Nate, tão forte que pareceu socar uma onda de ar quente na paisagem de verão. Ele se virou e viu que um obus ianque havia acertado um armão de artilharia carregado de munição. A fumaça subia do veículo despedaçado e um cavalo sem cavaleiro se afastou, mancando, das chamas. Um canhão ali perto disparou, lançando uma nuvem de fumaça com vinte metros atrás do projétil. O capim ondulou do cano da arma numa onda de choque. A segunda linha de homens da Brigada Faulconer estava se posicionando, e em algum lugar uma banda tocava "God Will Defend the Right", uma canção popular em Richmond. Nathaniel desejou que os músicos tivessem escolhido algo mais animado, depois esqueceu a música enquanto mergulhava no meio das árvores, onde a luz intensa do dia era filtrada em verde pelas folhas. Um esquilo correu à frente, pelo chão coberto de folhas.

— Quando foi que comemos esquilo pela última vez? — perguntou a Truslow.

— Nós comemos um bocado enquanto você estava longe — disse o sargento.

— Seria bom comer um pouco de esquilo frito.

Um ano antes ele teria engasgado com a simples ideia de comer esquilos, mas agora partilhava do apetite estranho dos soldados por esquilos novos fritos. Os animais mais velhos eram muito duros, e ficavam mais bem cozidos.

— Esta noite vamos comer ração ianque — declarou Truslow.

— Verdade.

Onde estavam os escaramuçadores inimigos? Onde estavam seus atiradores de elite? Um obus rasgou a copa das árvores, provocando uma agitação de asas de pombos. Por sinal, onde estavam o riacho e o pântano? Então ele viu a borda de um vale à frente, e mais além as árvores altas da encosta do lado oposto, e sob as árvores havia um vislumbre de terra recém-revirada, e ele soube que os ianques estavam enfiados em buracos naquela encosta distante, que serviria para eles como uma gigantesca fortificação de terra.

— Corram! — gritou. — Corram! — Sabia instintivamente o que ia acontecer. — Carga!

E o mundo explodiu.

Todo o lado oposto do vale pareceu se esconder num súbito banco de fumaça que brotara sozinho. Num momento o outro lado do vale era feito de folhas e arbustos, e então era uma camada de fumaça branca. O som veio pouco depois, acompanhado de uma tempestade de balas que acertou e rasgou o bosque verde. Homens na encosta distante gritavam comemorando; homens do lado do vale onde estava Nathaniel morriam.

— O sargento Carter foi atingido! — gritou um homem.

— Continuem correndo! — ordenou Nate.

Não havia sentido em se demorar na borda do vale para virarem vítimas dos ianques. A fumaça dos canhões estava se desfazendo, e ele conseguia ver uma massa de infantaria de uniforme azul em meio às árvores distantes enquanto, no topo, uma linha de canhões estava posicionada atrás de fortificações recém-escavadas. Chamas de fuzil partiam daquela linha azul, em seguida os canhões dispararam lançando uma nuvem de fumaça branco-acinzentada no meio das árvores. Um homem gritou quando uma bala de metralha o estripou, outro se arrastou sangrando até o grosso da legião que avançava para a floresta no meio dos escaramuçadores. As árvores acima de Nathaniel pareciam golpeadas por um vendaval súbito. Mais canhões dispararam, e de repente todo o bosque estava tomado pelos gritos e pelo barulho da metralha. Balas de fuzil assobiavam e estalavam. O medo era como vômito na garganta de Nate, mas a sobrevivência estava em fazer uma carga à frente, descendo para o vazio verde do vale. Ele pulou por cima do topo da encosta e meio escorregou, meio correu, descendo-a. Os homens do Arkansas davam o grito rebelde. Um deles rolava morro abaixo, com sangue manchando as folhas mortas que ficavam para trás. Os disparos ianques eram um som constante e ensurdecedor, um estalar contínuo, que entorpecia a mente, à medida que centenas de fuzis disparavam por cima do pequeno vale. Amos Parks foi atingido na barriga, lançado para trás com a força de um coice de mula. Mais metralha passava acima, derrubando uma chuva de pedaços de folhas e galhos quebrados. Agora a única esperança da legião era continuar correndo e dominar o inimigo por meio da velocidade.

— Calar baionetas! — gritou Haxall à esquerda de Nathaniel.

— Continuem correndo! — gritou Nate para seus homens.

Ele não queria que diminuíssem a velocidade para colocar as baionetas desajeitadas. Era melhor continuar em movimento para o atoleiro no fundo do vale, onde um trecho de água preta e estagnada era interrompido por árvores partidas, troncos caídos e margens pantanosas. Sem dúvida o riacho corria em algum lugar no meio do atoleiro, mas Nathaniel não conseguia vê-lo. Chegou ao pé da encosta e saltou para uma tora caída, depois pulou de novo numa touceira de capim denso. Uma bala levantou água à sua frente, outra arrancou um pedaço podre de madeira molhada de um tronco. Ele correu por um trecho de água, depois escorregou ao tentar subir por uma margem lamacenta. Caiu para a frente no capim, protegido dos ianques acima por um enorme tronco preto e meio podre. Sentiu a tentação de ficar atrás do tronco, mas sabia que seu trabalho era manter os homens em movimento.

— Venham! — gritou, e se perguntou por que ninguém mais gritava, porém, justo quando tentava se levantar, uma mão o acertou na base das costas e o impeliu para baixo.

Era o sargento Truslow.

— Esqueça! — exclamou Truslow.

Toda a companhia havia se jogado no chão. Não apenas a companhia, mas a legião inteira. Na verdade, todo o ataque rebelde buscara cobertura porque o vale inteiro era açoitado por balas ianques, preenchido com o assobio agudo da metralha e coberto por uma densa fumaça de pólvora. Nate ergueu a cabeça e viu a borda distante do vale embrulhada em fumaça, acima da qual flutuavam as listras vermelhas e brancas das bandeiras ianques. Uma bala acertou o tronco a centímetros de seu rosto, cravando uma farpa na sua bochecha.

— Fique de cabeça baixa — vociferou Truslow.

Nate se virou. Os únicos homens à vista eram os mortos. Todos os outros estavam agachados atrás de árvores ou escondidos na vegetação baixa. O grosso da legião continuava no alto da encosta, deitado no trecho principal da floresta. Só os escaramuçadores haviam chegado à base do vale, e nem todos chegaram em segurança.

— Carter Hutton está morto — avisou Truslow. — Só Deus sabe como a mulher dele vai se virar.

— Ele tinha filhos? — perguntou Nate, e se censurou por ter de perguntar. Um oficial deveria saber essas coisas.

— Um garoto e uma garota. O garoto é um retardado babão. O Dr. Billy deveria tê-lo estrangulado ao nascer, como geralmente faz. — Truslow ergueu o fuzil acima da borda do tronco, mirou brevemente, depois atirou e se abaixou no mesmo instante. — A garota é surda feito uma porta. Carter não deveria ter se casado com aquela maldita mulher. — Ele mordeu o topo do cartucho. — Todas as mulheres daquela família têm ninhadas fracas. Não é bom se casar pela beleza. Deve-se casar pela força.

— Por que você se casou?

— Pela beleza, é claro.

— Eu pedi a Sally que se casasse comigo — confessou Nate, sem jeito.

— E?

Nathaniel se ajoelhou, apontou o fuzil para o topo da encosta, puxou o gatilho e se abaixou pouco antes de uma saraivada de balas atingir as árvores.

— Ela não quis — confessou.

— Então a garota ainda tem algum tino, hein? — Truslow riu.

Ele estava recarregando o fuzil, deitado. Os ianques gritavam comemorando porque o ataque confederado fora contido com tanta facilidade, mas então um grito rebelde anunciou a chegada da segunda linha da Brigada Faulconer, e o fogo ianque pareceu dobrar enquanto atingia esses novos atacantes no meio das árvores. Alguns homens da primeira linha conseguiram se jogar por cima da borda do vale e correram encosta abaixo para encontrar abrigo. Canhões disparavam à queima-roupa, lançando homens para trás da linha cinzenta. Nate ficou tentado a avançar mais alguns metros, no entanto o segundo ataque veio mais depressa que o primeiro, e os fuzis ianques voltaram a disparar no fundo do vale, onde a água e a lama eram reviradas por balas.

— Os desgraçados se animaram esta tarde — resmungou Truslow.

— Acho que vamos ficar aqui até o anoitecer — comentou Nate, depois usou os dentes para tirar uma bala do cartucho. Sacudiu a pólvora no cano depois cuspiu a bala dentro. — Só a escuridão vai nos livrar disso.

— A não ser que os desgraçados fujam — disse Truslow, mas sem nenhum vislumbre de otimismo. — Vou lhe dizer uma coisa. Não vamos ver Faulconer aqui embaixo. Ele vai manter as calças secas.

Truslow havia encontrado um nicho na árvore caída que lhe oferecia uma visão oblíqua da encosta inimiga. A maior parte dos nortistas estava enfiada em buracos para fuzil ou trincheiras, mas Truslow encontrou um alvo no topo e mirou com cuidado.

— Peguei você — disse, depois puxou o gatilho. — Ela não quis mesmo se casar com você?

— Sally me deu a maior bronca — respondeu Nathaniel, enfiando uma nova bala no cano do fuzil.

— Ela é durona — disse Truslow com admiração relutante. Uma carga de metralha acertou os galhos mais altos, provocando uma chuva de gravetos e folhas.

— Ela puxou a você — observou Nate.

Em seguida, ele se ajoelhou, disparou e se abaixou de novo. Enquanto as balas em retaliação acertavam o tronco, Nathaniel se perguntou o que exatamente implicava o novo trabalho de Sally. Não houvera oportunidade de visitar Richmond, nem haveria até que os ianques fossem expulsos da cidade, mas, quando isso acontecesse, ele e Truslow planejavam visitar Sally. Nate tinha outros trabalhos na cidade. Queria fazer uma visita ao tenente Gillespie. Ele sentia prazer com a antecipação dessa vingança E também queria ver Julia Gordon de novo. Se, de fato, ela o recebesse, porque suspeitava de que a lealdade dela para com Adam provavelmente a faria manter a porta fechada.

Os nortistas começaram a zombar dos rebeldes empacados.

— Perderam a coragem? O que aconteceu com seus gritos, Johnny? Seus escravos não vão ajudar vocês agora!

Os gritos de zombaria pararam abruptamente quando a artilharia rebelde por fim conseguiu ajustar a mira na encosta distante e começou a lançar obuses contra o inimigo. Truslow se arriscou a olhar rapidamente para a encosta.

— Eles estão entocados bem fundo.

Fundo demais para serem tirados com facilidade, considerou Nathaniel, o que significava que a companhia teria uma espera longa e quente. Tirou a casaca cinza e a largou ao lado da árvore caída, depois se sentou com as costas apoiadas na madeira apodrecida para tentar descobrir onde seus homens estavam deitados. Só os mortos estavam à vista.

— Quem é aquele? — perguntou, apontando para um corpo com o rosto virado para baixo, esparramado num trecho de água a uns trinta metros dali. Havia um buraco enorme na casaca cinza, através da qual conseguia ser vista uma confusão de sangue, moscas e o brilho de uma costela branca.

— Felix Waggoner — respondeu Truslow depois de olhar de relance.

— Como você sabe que não é Peter? — perguntou Nate. Peter e Felix Waggoner eram gêmeos.

— Hoje era a vez de Felix usar as botas boas.

Em algum lugar um ferido gemia, mas ninguém podia se mover para ajudá-lo. O vale era uma armadilha mortal. Os canhões ianques não podiam se inclinar o suficiente para rasgar o fundo com metralha, mas os fuzileiros nortistas tinham uma bela visão de qualquer um que tentasse se mover no pântano, e assim os feridos teriam de sofrer.

— Starbuck! — gritou o coronel Bird em algum lugar atrás da borda do vale. — Você pode se mover?

— Anda, Starbuck! Mova-se! — gritou um ianque, e de repente um bando de inimigos estava entoando seu nome, zombando dele, convidando-o a tentar a sorte contra seus fuzis.

— Não, Pica-Pau! — gritou Nathaniel.

A floresta ficou silenciosa de novo, ou o mais silenciosa que uma batalha poderia ficar. Um duelo de artilharia continuava despedaçando o céu, aproximadamente a cada meia hora um crescendo de disparos de fuzis e gritos de comemoração marcava outra tentativa rebelde de empurrar uma brigada ou um batalhão por cima do pântano, mas os ianques tinham a vantagem e não iriam cedê-la. Havia uma retaguarda posicionada ao norte do Chickahominy para proteger as pontes, enquanto o restante do exército atravessava para a parte sul da península que McClellan havia declarado que seria sua nova base de operações. Até agora os vapores haviam descarregado seus suprimentos no Forte Monroe ou em West Point, no rio York, mas de agora em diante eles navegariam até o atracadouro de Harrison, no rio James. McClellan havia descrito o reposicionamento em direção ao sul como uma mudança de base, e declarara que era um movimento "sem paralelo nos anais da guerra", porém, para a maioria dos seus soldados, a mudança de base mais parecia um recuo, motivo pelo qual estavam tendo tanto prazer em açoitar os rebeldes, obrigando-os a se encolher no fundo desse vale saturado de febre do pântano, que corria mais de um quilômetro e meio ao norte do rio Chickahominy. E cada hora que mantinham os rebeldes a distância era uma hora em que mais soldados nortistas podiam atravessar as pontes precárias do rio para a segurança temporária da margem sul.

Nathaniel pegou a Bíblia do irmão no bolso da casaca, virou para as páginas em branco na parte de trás e usou um toco de lápis para escrever os nomes dos homens que morreram até aquele ponto da tarde. Já sabia sobre o sargento Carter Hutton, Felix Waggoner e Amos Park, mas agora ficou sabendo de mais seis nomes fazendo uma chamada dos homens que estavam perto.

— Nós levamos uma surra — comentou enquanto colocava a Bíblia em cima da casaca largada.

— É.

Truslow disparou através de seu buraco no tronco, e o sopro da fumaça bastou para atrair uma reação furiosa de numerosos nortistas. As balas tiravam pedaços da madeira podre, jogando lascas no ar. Um homem do Arkansas atirou, depois outro da Companhia K, mas agora os disparos eram desconexos. Não havia reservas para colocar nessa parte do vale, e o general Faulconer não estava fazendo nenhum esforço para tirar seus homens dos refúgios lamacentos. Mais acima no vale, fora do campo de visão de Nate, um ataque contínuo estava gerando uma tempestade de tiros de fuzil e canhão que morreram lentamente conforme a investida rebelde fracassava.

Uma cobra preta deslizou pela base do banco de lama onde Nate e Truslow tinham se escondido. Ela tinha um padrão de losangos na nuca.

— Boca-de-algodão? — perguntou Nathaniel.

— Você está aprendendo — respondeu Truslow, aprovando.

A boca-de-algodão parou à beira d'água, provando o ar com a língua, depois nadou corrente abaixo até desaparecer num emaranhado de galhos caídos. Um incêndio havia começado no outro lado do vale, ardendo e tremeluzindo nas folhas mortas sob uma árvore caída. Nate coçou a barriga e encontrou vários carrapatos enterrados na pele. Tentou arrancá-los, mas as cabeças se partiam e ficavam enterradas na carne. O calor da tarde estava denso e úmido, e o pântano estagnado. A água em seu cantil tinha gosto salgado e quente. Ele matou um mosquito com um tapa. Em algum lugar rio acima, fora da vista atrás da curva do vale, outro ataque devia ter começado, porque houve o ruído súbito de tiros e gritos. O ataque durou dois minutos, depois fracassou.

— Pobres coitados — disse Truslow.

— Venham, rebeldes! Não sejam tímidos! Temos balas suficientes para vocês também! — gritou um ianque, depois gargalhou do silêncio sulista.

O dia pareceu ficar ainda mais quente. Nathaniel não tinha relógio e tentou avaliar a passagem da tarde pelo movimento das sombras, mas o sol parecia estar quase imóvel.

— Talvez a gente não coma rações ianques esta noite.

— Eu queria um pouco de café — retrucou Truslow, pensativo.

— Duzentos e cinquenta gramas de café de verdade estão custando trinta pratas em Richmond — disse Starbuck.

— Não pode ser.

— Claro que pode.

Em seguida, Nate se virou, levantou a cabeça e apontou o fuzil para a cicatriz de um buraco de fuzil na outra encosta. Disparou e se abaixou, esperando que a fuzilaria de retaliação fizesse estremecer o tronco podre, mas, em vez disso, os ianques começaram a gritar uns com os outros mandando não atirar. Duas balas atingiram o tronco, mas imediatamente uma voz autoritária exigiu que os nortistas cessassem fogo. Alguém perguntou, em tom lamentoso, o que estava acontecendo, então várias vozes gritaram que estava seguro. Truslow olhava pasmo para o lado do vale dominado pelos rebeldes.

— Filho da puta — disse, atônito.

Nathaniel se virou.

— Santo Deus! — exclamou. Os nortistas haviam parado de atirar e agora Nathaniel gritou para se certificar de que seus homens fizessem o mesmo. — Não atirem! — gritou. O coronel Bird estava gritando a mesma ordem no topo da encosta.

Porque Adam havia chegado ao campo de batalha.

Ele não estava fazendo nenhum esforço para se esconder, apenas caminhava como se estivesse fazendo um passeio no fim de tarde. Vestia roupas civis e estava desarmado, mas não era isso que havia convencido os ianques a cessar fogo, e sim a bandeira que ele carregava. Adam estava segurando a bandeira de listras e estrelas e a balançava de um lado e para o outro enquanto descia o morro lentamente. Assim que os tiros pararam ele pendurou a bandeira nos ombros como uma capa.

— Ele ficou de miolo mole — comentou Truslow.

— Acho que não. — Nate pôs as mãos em concha na boca. — Adam! Adam mudou de direção, descendo o morro na direção dele.

— Eu estava procurando você, Nate! — gritou, animado.

— Abaixe a cabeça!

— Por quê? Ninguém está atirando. — Adam olhou para a encosta dos ianques e alguns nortistas o aplaudiram com gritos. Outros perguntaram o que ele queria, mas em resposta Adam apenas acenou.

— O que você está fazendo? — Nate manteve a cabeça abaixada atrás do parapeito improvisado do tronco cheio de balas.

— O que você me disse para fazer, é claro. — Adam fez uma careta porque precisou vadear por um trecho de pântano imundo e estava usando seus melhores sapatos. — Boa tarde, Truslow. Como vai?

— Acho que já estive melhor — respondeu Truslow com uma voz cheia de suspeitas.

— Encontrei sua filha em Richmond. Infelizmente não fui gentil com ela. Você poderia pedir desculpas por mim?

Adam foi andando com dificuldade pela lama e pela água até chegar ao trecho de terreno mais seco onde Truslow e Nate estavam abrigados. Ficou de pé, despreocupadamente, como se não houvesse um combate acontecendo. E por enquanto não havia batalha nesta parte do vale. Em vez disso, homens dos dois lados saíram da cobertura para olhar Adam e se perguntar que tipo de idiota entraria tão descaradamente num ninho de fuzilaria. Um oficial ianque gritou perguntando o que ele queria, mas Adam apenas acenou de novo, como a sugerir que tudo seria esclarecido em pouco tempo.

— Você estava certo, Nate.

— Adam, pelo amor de Deus, abaixe-se!

Adam sorriu.

— Pelo amor de Deus, Nate, eu vou subir. — Ele sinalizou na direção da encosta inimiga. — Estou fazendo o que você fez, mudando de lado. Vou lutar pelo norte. Você pode dizer que estou desertando. Quer ir comigo?

— Só se abaixe, Adam.

Em vez de se proteger, Adam olhou ao redor o vale verde e úmido, como se fosse um lugar onde não havia nenhum morto apodrecendo no ar estagnado.

— Não temo o mal, Nate. Não mais. — Ele enfiou a mão num bolso da casaca e tirou um maço de cartas amarradas com fita verde. — Pode fazer com que isso chegue até Julia?

— Adam! — implorou Nathaniel na lama.

— São as cartas dela. Ela deve tê-las de volta. Ela não quis vir comigo, veja bem. Eu pedi e ela disse que não, e então as coisas ficaram meio amargas, e, para resumir, nós não vamos nos casar. — Ele jogou o maço de cartas na casaca dobrada de Nate e notou a Bíblia ali. Parou, pegou as Escrituras e folheou as páginas. — Ainda está lendo a Bíblia, Nate? Não parece mais o seu tipo de livro. Acho que você ficaria mais feliz com um manual de como retalhar porcos. — Ele ergueu a cabeça e fitou nos olhos de Nathaniel. — Por que não se levanta agora, Nate, e vem junto? Salve sua alma, meu amigo.

— Abaixe-se!

Adam gargalhou do medo de Nathaniel.

— Estou fazendo a obra de Deus, Nate, portanto, Deus vai cuidar de mim. Mas você? Você não é assim, não é? — Ele tirou um lápis do bolso e fez uma anotação na Bíblia de Nate, que depois jogou junto às cartas. — Há alguns instantes eu disse ao meu pai o que ia fazer. Disse que estava fazendo a vontade de Deus, mas papai acha que é coisa sua, e não de Deus, mas papai pensaria isso, não é? — Adam lançou um último olhar para a encosta dos rebeldes, depois se virou para os ianques. — Adeus, Nate — disse, em seguida balançou a bandeira no ar quente e passou por cima do tronco preto, vadeando até os joelhos em direção ao outro lado do vale. Perdeu os sapatos bons no fundo lamacento do riacho no meio do pântano, mas continuou andando com os pés calçados com meias. A leve coxeadura causada pela bala ianque que ele havia levado em Manassas ficou mais pronunciada à medida que começava a subir o morro do outro lado do atoleiro.

— Ele enlouqueceu! — disse Truslow.

— Ele é um maldito idiota metido a santo. Adam! — gritou Nate, mas Adam apenas balançou a bandeira resplandecente e continuou andando. Nate se ajoelhou. — Adam! Volte! — berrou por cima da árvore caída. — Pelo amor de Deus, Adam! Volte!

Mas Adam nem olhou para trás; em vez disso, simplesmente subiu para o meio das árvores no lado oposto do vale e desapareceu onde a terra revirada marcava as trincheiras ianques no topo da encosta. O desaparecimento de Adam quebrou o feitiço que mantivera os dois lados em suspense. Alguém gritou uma ordem para atirar e Nathaniel se abaixou atrás do tronco um segundo antes que todo o vale estalasse e assobiasse com o som das balas. A fumaça pairou no meio das folhas e por cima dos poços pretos, dos cotocos de árvores quebradas e dos soldados mortos.

Nate pegou a Bíblia. Adam havia marcado uma página em algum lugar no centro do livro, e ele a folheou até encontrar a mensagem do amigo.

Balas açoitavam o vale enquanto folheava os Salmos, os Provérbios e o Cântico de Salomão. Então encontrou: um círculo feito a lápis em volta do décimo segundo versículo do capítulo sessenta e cinco do livro de Isaías. Nathaniel leu o versículo e, no calor sufocante do vale, sentiu um frio súbito. Fechou a Bíblia depressa.

— O que diz aí? — perguntou Truslow. Ele vira Nate empalidecer.

— Nada — respondeu Nathaniel rapidamente, depois colocou a Bíblia de volta no bolso da casaca esgarçada e puída e a vestiu. Enfiou as cartas num bolso, depois puxou o rolo do cobertor por cima da cabeça. — Absolutamente nada — reforçou, em seguida pegou o fuzil e verificou se havia uma cápsula de percussão no cone. — Vamos matar alguns ianques — disse, depois se encolheu porque todo o vale subitamente ecoava com o som da matança.

A artilharia retumbava e os fuzis estalavam. Os rebeldes esbravejavam seu grito demoníaco entre as árvores quando um novo assalto cinzento se lançou por cima da borda do vale. Outra brigada de infantaria fora mandada para atacar à esquerda dos homens do major Haxall, do Arkansas, e os recém-chegados gritaram em desafio enquanto saltavam encosta abaixo. Os ianques dispararam de volta, as chamas dos fuzis lançadas como espadas ferozes nas sombras que se alongavam. Obuses explodiam do lado oposto do vale, espalhando retalhos de fumaça amarga. A metralha nortista obliterava fileiras de atacantes sulistas, revirando as folhas cobertas de sangue no chão, porém mais homens ainda, vestidos de cinza e de marrom, lançavam-se da floresta no alto e desciam a encosta que estava escorregadia por causa do sangue até que todo o vale estava tomado por uma torrente de soldados gritando, atacando através da lama, por cima dos mortos afundados.

Nathaniel se levantou.

— Companhia K! Atacar! Siga-me! Venha!

Ele não se importava agora. Estava amaldiçoado por Deus, era uma alma perdida na escuridão. A encosta adiante estava salpicada de nuvens de fumaça iluminada por chamas. Nate começou a gritar, não o grito rebelde, e sim um berro de alguém que sabe que sua alma está condenada. Entrou correndo no riacho, forçando os passos pela lama que grudava seus pés. Ele viu um ianque mirar de dentro de um buraco à frente, em seguida o homem foi lançado para trás por um disparo dado do lado rebelde do vale. Outro nortista saiu do buraco e começou a subir. Nathaniel olhou para além do homem que fugia e pensou que era assim que o penhasco de Ball devia ter parecido para os ianques agonizantes no dia em que ele e os outros rebeldes se enfileiraram no topo e derramaram um fogo mortal sobre suas fileiras impotentes.

— Venham! — gritou. — Matem os desgraçados, venham! — E se lançou para a encosta, avançando em meio a raízes e arbustos.

Nate passou por dois buracos de fuzil abandonados, em seguida houve um movimento súbito à direita e ele olhou, vendo outro buraco meio escondido por arbustos. Um ianque estava mirando nele, e Nathaniel se jogou para a frente no instante em que o fuzil do sujeito disparou. A fumaça acre envolveu o rosto de Nate. Agora ele estava gritando em desafio, querendo a morte do sujeito. Rolou de costas e puxou o gatilho, disparando da altura do quadril. A arma tossiu fumaça e a bala passou longe. O ianque saiu de qualquer jeito de sua trincheira e começou a subir para a segurança, mas Nathaniel o estava perseguindo, gritando. O homem se virou, subitamente apavorado, tentando se defender com o fuzil descarregado, mas Nate empurrou a arma de lado desajeitadamente, depois enfiou seu fuzil com força entre as pernas do sujeito para fazê-lo tropeçar. O ianque gritou em pânico ao cair. Ele tentou pegar sua baioneta embainhada, mas Nate estava acima dele com seu fuzil erguido e a coronha pesada, com extremidade de latão apontando para baixo, e o homem gritou algo no instante em que Nathaniel golpeou. O golpe fez os braços de Nate estremecerem, o sangue espirrou em suas botas, então ele teve consciência de que, por todo lado, a encosta se movia com corpos vestindo cinza, e o vale verdejante inteiro ecoava com o grito assassino de um ataque rebelde. As bandeiras cruzadas por estrelas avançavam e os estandartes ianques recuavam. Nate deixou sua vítima sangrando e correu morro acima, querendo chegar ao topo do vale primeiro, mas os rebeldes apostavam corrida por todo lado, instigados pelos toques de trombeta que os impeliam a um platô envolto em fumaça. Alguns artilheiros ianques tentavam salvar seu canhão, mas era tarde demais. Uma onda cinzenta brotou da floresta e a terra entre o pântano e o rio subitamente se tornou um caos de nortistas em pânico.

Uma tropa de cavaleiros da União tentou fazer os rebeldes voltarem. Duzentos e cinquenta cavaleiros esperaram que a infantaria sulista emergisse das árvores, e agora, em três linhas com os sabres desembainhados, os cavalarianos atacaram as desarrumadas formações rebeldes. Os cascos dos cavalos ressoavam no terreno de verão fazendo todo o topo do morro estremecer. Os animais galopavam, dentes à mostra e olhos brancos enquanto uma trombeta tocava seu desafio ao céu enfumaçado, e os guiões nas pontas das lanças baixavam num ângulo para matar.

— Atacar! — O comandante da cavalaria lançou a palavra num grito de desafio longo e belo enquanto apontava a lâmina do sabre para as tropas rebeldes a menos de cinquenta metros de distância.

— Fogo! — gritou um oficial do Alabama, e a infantaria rebelde disparou uma saraivada de balas que arrancou as tripas e a glória da cavalaria nortista. Cavalos relincharam e caíram, os cascos se agitando no ar da tarde enevoado de sangue. Cavaleiros foram esmagados, empalados em suas próprias espadas, mortos por balas. A segunda linha de cavalaria tentou se desviar dando a volta na carnificina sangrenta da primeira fila.

— Fogo! — Uma segunda saraivada lançou fumaça e chumbo, esta disparada pelo flanco esquerdo, e os cavalarianos sobreviventes foram expulsos. Cavalos se chocavam entre si, homens caíam das selas e eram arrastados pelos estribos. Outros caíam longe, mas eram pisoteados por animais em pânico.

— Fogo! — Uma última saraivada perseguiu os poucos cavaleiros derrotados que fugiam, deixando para trás uma chacina de cavalos agonizantes e homens gritando. Os rebeldes passaram em bando sobre o horror, atirando nos cavalos e saqueando os homens.

Em outros pontos do platô os rebeldes capturaram canhões nortistas ainda quentes da batalha do dia. Prisioneiros, alguns usando chapéus de palha, foram arrebanhados em grupos. Uma bandeira nortista capturada foi carregada em desfile diante das fileiras vitoriosas, enquanto no pântano os feridos xingavam, sangravam e pediam socorro.

Nathaniel subiu no cano de um canhão de doze libras nortista. O ouvido e o cano estavam pretos de pólvora queimada, pretos como as sombras que agora se estendiam longas pelo amplo topo da colina. Os nortistas que fugiam eram uma massa escura na luz agonizante. Nate procurou Adam, mas sabia que jamais conseguiria ver um homem em meio a tantos. Uma faixa de prata indicava onde o rio se enrolava entre os pântanos escurecidos, atrás do qual o sol poente iluminava um balão nortista que bamboleava vagarosamente, descendo em direção ao seu guincho. Ele ficou olhando por um longo tempo, depois pendurou o fuzil no ombro, com a coronha coberta de sangue e pegajosa, e pulou no chão.

Naquela noite a legião comeu víveres nortistas ao redor de uma fogueira de acampamento nortista. Bebeu café ianque e ouviu Izard Cobb tocar uma música num violino ianque. A legião havia levado uma sova. O capitão Carstairs e quatro outros oficiais estavam mortos, assim como o sargento-mor Proctor. Outros oito homens estavam mortos ou desaparecidos, com pelo menos um número igual de feridos.

— Vamos fazer oito companhias em vez de dez — declarou Bird.

Ele havia recebido uma bala no braço esquerdo, mas tinha se recusado a se importar com o ferimento assim que recebeu uma bandagem.

— Sabemos o que vamos fazer amanhã? — O major Haxall, do batalhão de infantaria do Arkansas, havia se juntado aos oficiais da legião em volta da fogueira.

— Só Deus sabe — respondeu Bird. E tomou um gole do uísque capturado dos ianques.

— Alguém viu Faulconer? — indagou Haxall. — Ou Swynyard?

— Swynyard está bêbado — respondeu Bird. — E Faulconer está a caminho de se embebedar, e, mesmo se estivesse sóbrio, não iria querer falar com ninguém.

— Por causa de Adam? — perguntou o capitão Murphy.

— É — respondeu Bird. — Acho.

— O que aconteceu afinal? — quis saber Murphy.

Ninguém respondeu durante um longo tempo. Alguns homens olharam para Nathaniel, esperando e querendo que explicasse o comportamento de Adam, mas ele não disse nada. Só estava esperando que seu ex-amigo tivesse forças para ser um estranho numa terra estranha.

— Adam pensa demais. — Bird por fim rompeu o silêncio. A luz da fogueira fazia o rosto delgado do coronel parecer mais magro que nunca. — Pensar não é bom para o homem. Só confunde coisas simples. Deveríamos tornar o pensamento ilegal no nosso país novo e glorioso. Vamos alcançar a felicidade abolindo a educação e banindo todas as ideias que forem consideradas difíceis demais para a compreensão dos batistas charlatões. O verdadeiro contentamento da nossa nação dependerá de uma estupidez sublime. — Ele ergueu a garrafa num brinde zombeteiro. — Vamos celebrar uma ideia genial: a estupidez imposta legalmente.

— Por acaso, eu sou batista — comentou de modo afável o major Haxall.

— Meu caro major, sinto muitíssimo. — Bird se arrependeu imediatamente. Ele podia adorar o som da própria voz, mas não suportava a ideia de magoar pessoas de quem gostava. — Pode me perdoar, major?

— Eu poderia fazer mais que perdoá-lo coronel, poderia tentar levá-lo a reconhecer o Senhor Jesus Cristo como seu salvador.

Antes que Bird pudesse pensar numa resposta adequada, uma súbita luz vermelha preencheu todo o céu ao sul. A luz se estendeu mais, iluminando uma região vasta, lançando uma sombra sinistra quase até os limites de Richmond.

Um instante depois o som de uma explosão atravessou a terra. Era um estrondo retumbante, e logo após ele soaram mais explosões e outros globos ferozes apareceram, cresceram e morreram na margem distante do rio. Mil foguetes de sinalização saltaram para a noite, deixando riscos de fagulhas. Chamas de incêndios colossais se lançaram ao ar e rios ardentes serpentearam pela terra escura.

— Eles estão destruindo os suprimentos — comentou Bird em tom de espanto. Como todos os outros rebeldes no platô, ele havia se levantado para olhar para o inferno distante. Mais explosões ecoaram sobre a terra e mais luzes enormes saltaram na noite. — Os ianques estão queimando os suprimentos deles! — exultou Bird.

Os nortistas estavam ateando fogo em comida e munição suficientes para um verão inteiro. Vagões ferroviários que foram retirados de estações nortistas e mandados à península agora eram incendiados. Todos os obuses enormes, as bombas de duzentas libras e as de duzentas e cinquenta, destinadas a despedaçar a colcha de retalhos das defesas de Richmond foram detonados. A ponte ferroviária sobre o Chickahominy, que fora destruída e depois reconstruída, explodiu outra vez, e, quando os ianques tiveram certeza de que a ponte se fora nas águas escuras, mandaram um trem com vagões de munição a toda velocidade para o vazio. A locomotiva mergulhou na lama primeiro, e depois dela uma sucessão de vagões de carga despencou da borda e foi queimando e explodindo até as margens pantanosas do rio. Durante a noite inteira os incêndios arderam, durante a noite inteira a munição lançou seus clarões no céu, e durante a noite inteira a destruição continuou até que, à luz cinzenta do alvorecer, não restavam mais ianques nem suprimentos na estação Savage, apenas uma enorme pira de fumaça oleosa como a que os rebeldes deixaram no entroncamento de Manassas três meses antes. McClellan, ainda convencido de que estava em menor número, fugia para o sul na direção do rio James.

E Richmond estava em segurança.

A legião enterrou seus mortos, pegou os fuzis deles e seguiu os ianques, atravessando os pântanos do Chickahominy. Em algum lugar adiante do exército um canhão trovejou e soaram estalos de mosquetes.

— Acelerar! — gritou Nate para sua nova companhia, formada pelos sobreviventes das companhias J e K. — Mais rápido! Rápido!

Incitava-os porque muito à frente dos homens cansados a fumaça dos canhões começara a subir de novo, sinal certo de morte num dia de verão e de uma pira que os chamava.

Incitava-os porque eram soldados.

NOTA HISTÓRICA

A batalha do penhasco de Ball foi um desastre para o norte, não devido às baixas, que foram pequenas comparadas aos derramamentos de sangue que viriam mais tarde, nem por causa dos efeitos estratégicos do combate, que foram mínimos, mas porque o Congresso dos Estados Unidos foi instigado pelo desastre a instituir um Comitê Conjunto sobre a Conduta de Guerra, e qualquer um que conheça os métodos do Congresso dos Estados Unidos não ficará nem um pouco surpreso porque o comitê se tornou uma das instituições mais obstrutivas, mal-informadas e ineficientes do governo nortista.

Oliver Wendell Holmes, que sobreviveu para se tornar um dos juízes mais célebres da Corte Suprema dos Estados Unidos, foi de fato ferido seriamente no penhasco de Ball. Ele se recuperou o suficiente para voltar à sua unidade durante a Campanha Peninsular de McClellan. Seria ferido mais duas vezes durante a guerra.

Questiona-se se McClellan poderia encerrar a guerra com um ataque bem-sucedido a Richmond nos primeiros meses de 1862. Mas o que não pode ser questionado é que o norte perdeu sua melhor chance precoce de infligir um golpe severo na rebelião durante aqueles meses, e perdeu essa chance devido à pusilanimidade de seu general. McClellan superestimou constantemente os números dos rebeldes que o enfrentavam, assim justificando a própria cautela. Seus homens, apesar disso, adoravam-no, considerando-o, nas palavras de um deles, "o maior general da história". Esse era um julgamento com o qual McClellan sem dúvida concordaria, mas ele tomou um cuidado enorme para não testar o prestígio a não ser que fosse obrigado a entrar em batalha, e, quando isso acontecia, ele geralmente conseguia estar a muitos quilômetros da luta. O general marchou com seu exército até cerca de dez quilômetros de Richmond, depois marchou para longe assim que foi seriamente desafiado. Então Robert Lee assumiu a iniciativa com tanto sucesso que em dois meses a grande invasão nortista da península não passava de uma lembrança. A opinião de McClellan sobre

Lee, citada em *Traidor*, é genuína; "Lee carece de firmeza moral quando pressionado por grandes responsabilidades, e tem chance de se mostrar tímido e irresoluto durante a ação", escreveu McClellan.

O palco da luta no penhasco de Ball pode ser encontrado logo ao norte de Leesburg, na Virgínia, perto da Estrada Federal 15. O menor Cemitério Nacional dos Estados Unidos fica ali, perto de onde o desafortunado senador Baker foi morto. Uma pedra marca o suposto ponto exato. O local ainda está relativamente inalterado, e uma lenda da região insiste que um fantasma confederado pode ser visto nas sombras do crepúsculo.

A maioria dos cenários das maiores batalhas perto de Richmond está bem preservada (embora não seja o caso de Seven Pines, infelizmente, que é conhecida pelos nortistas como a Batalha de Fair Oaks) e pode ser vista ao se seguir as rotas dos campos de batalha que começam no Centro Histórico no Parque Chimborazo, em Richmond. O forte no penhasco de Drewry vale a pena ser visitado. A batalha descrita no epílogo de *Traidor* é a de Gaines' Mill, e a destruição dos suprimentos nortistas na estação Savage aconteceu mesmo.

Eu não poderia ter escrito *Traidor* sem o maravilhoso relato de Stephen W. Sears sobre a Campanha Peninsular, *To the Gates of Richmond*, e os leitores que desejarem saber onde os acontecimentos do romance coincidem com a verdade histórica fariam bem em ler a obra de Sears. Muitos personagens em *Traidor* são extraídos da história, inclusive todos os oficiais generais, exceto, claro, Washington Faulconer. O general Huger de fato dormiu até tarde na manhã de Seven Pines e não tinha ideia de que a batalha seria travada até que Longstreet, avançando pela estrada errada, informou-lhe sobre os planos de Johnston. A brigada de Micah Jenkins de fato abriu um grande buraco no exército nortista. John Daniels, editor do *Examiner* de Richmond e autor do mais infame panfleto sulista sobre a escravatura, foi uma pessoa real, assim como Timothy Webster, que morreu como o romance descreve. O inglês Price Lewis e o irlandês John Scully tiveram sorte de não compartilhar o destino de Webster. Há uma história, sem confirmação, de que a admissão de espionagem por parte de Scully foi arrancada dele por um homem que fingiu tomar sua confissão. Pinkerton existiu, é claro, e alimentava seu chefe McClellan com as fantasias da força rebelde que justificaram a timidez inata de McClellan.

Assim, graças a essa timidez, a guerra não terminou. Os escritórios de recrutamento nortista vão ser reabertos logo porque, na Vovó Lee, o sul descobriu um dos maiores soldados de todos os tempos. A rebelião está para se tornar lenda, e a quase derrota será transformada numa série de vitórias ofuscantes e reviravoltas espantosas. O sul, na verdade, apenas começou a lutar, o que significa que Nathaniel Starbuck e Truslow marcharão de novo.

Este livro foi composto na tipologia Minion Pro,
em corpo 11/14,5, e impresso em papel off-white
no Sistema Cameron da Divisão Gráfica
da Distribuidora Record.